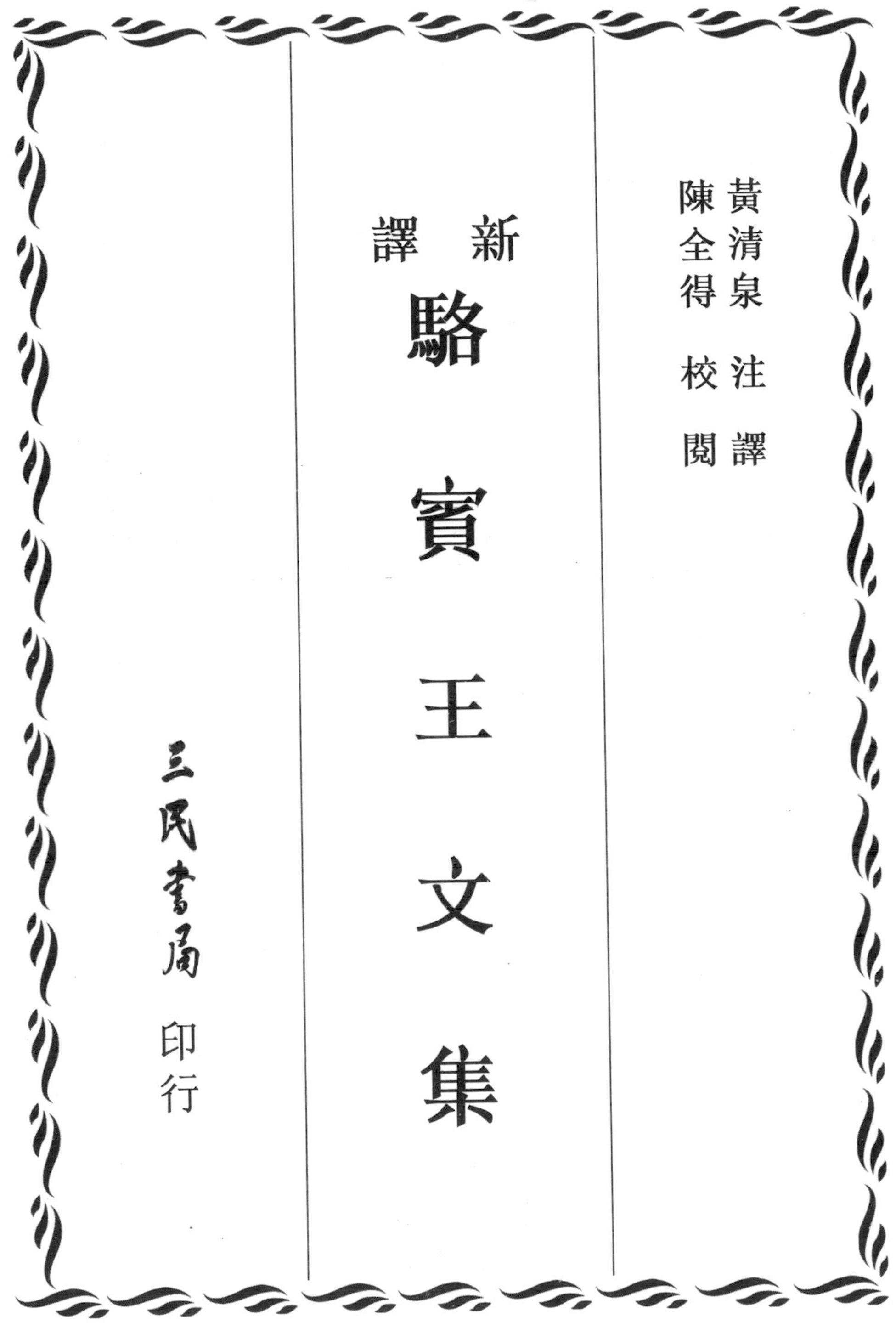

黃清泉 注譯
陳全得 校閱

新譯駱賓王文集

三民書局 印行

國家圖書館出版品預行編目資料

新譯駱賓王文集／黃清泉注譯；陳全得校閱.－－初版一刷.－－臺北市；三民，2003
面；　公分－－(古籍今注新譯叢書)
ISBN 957-14-3690-9　(精裝)
ISBN 957-14-3691-7　(平裝)

844.13　　91018295

網路書店位址　http://www.sanmin.com.tw

 新譯駱賓王文集

注譯者　黃清泉
校閱者　陳全得
發行人　劉振強
著作財產權人　三民書局股份有限公司
臺北市復興北路三八六號
發行所　三民書局股份有限公司
地址／臺北市復興北路三八六號
電話／二五〇〇六六〇〇
郵撥／〇〇〇九九九八——五號
印刷所　三民書局股份有限公司
門市部　復北店／臺北市復興北路三八六號
重南店／臺北市重慶南路一段六十一號
初版一刷　西元二〇〇三年一月
編　號　S 03213
基本定價　捌　元
行政院新聞局登記證局版臺業字第〇二〇〇號

ISBN　957-14-3691-7　(平裝)

刊印古籍今注新譯叢書緣起

劉振強

人類歷史發展，每至偏執一端，往而不返的關頭，總有一股新興的反本運動繼起，要求回顧過往的源頭，從中汲取新生的創造力量。孔子所謂的述而不作，溫故知新，以及西方文藝復興所強調的再生精神，都體現了創造源頭這股日新不竭的力量。古典之所以重要，古籍之所以不可不讀，正在這層尋本與啟示的意義上。處於現代世界而倡言讀古書，並不是迷信傳統，更不是故步自封；而是當我們愈懂得聆聽來自根源的聲音，我們就愈懂得如何向歷史追問，也就愈能夠清醒正對當世的苦厄。要擴大心量，冥契古今心靈，會通宇宙精神，不能不由學會讀古書這一層根本的工夫做起。

基於這樣的想法，本局自草創以來，即懷著注譯傳統重要典籍的理想，由第一部的四書做起，希望藉由文字障礙的掃除，幫助有心的讀者，打開禁錮於古老話語中的豐沛寶藏。我們工作的原則是「兼取諸家，直注明解」。一方面熔鑄眾說，擇善而從；一方面也力求明白可喻，達到學術普及化的要求。叢書自陸續出刊以來，頗受各界的喜愛，使我們得到很大的鼓勵，也有信心繼續推廣這項工作。隨著海峽兩岸的交流，我們注譯的成員，也由臺灣各大學的教授，擴及大陸各有專長的學者。陣容的充實，使我們有更多的資源，整理更多樣化的古籍。兼採經、史、子、集四部的要典，重拾對通才器識的重視，將是我們進一步工作的目標。

古籍的注譯，固然是一件繁難的工作，但其實也只是整個工作的開端而已，最後的完成與意義的賦予，全賴讀者的閱讀與自得自證。我們期望這項工作能有助於為世界文化的未來匯流，注入一股源頭活水；也希望各界博雅君子不吝指正，讓我們的步伐能夠更堅穩地走下去。

新譯駱賓王文集 目次

卷四　雜詩

卷五 雜詩

卷六　表　啟

卷七 書啟

卷八 序策

導讀

(一)

唐詩是中國詩歌發展的高峰，而正式揭開唐詩序幕的，為初唐著名文學家王勃、楊炯、盧照鄰、駱賓王，他們以「文章齊名天下」，被稱為「初唐四傑」，號為「王楊盧駱」，也號「盧駱楊王四才子」。

駱賓王是「四傑」中最為典型的悲劇詩人，因為他經受著生活上、政治上的雙重悲劇。《舊唐書》本傳稱他「怏怏失志」，《新唐書》本傳稱他「鞅鞅不得志」，明人汪道昆萬曆辛卯（一五九一）舊序稱他「末路阻喪，終身離憂」，正是他一生悲劇命運的寫照。他自己在作品中也反覆申述自己的悲劇：「擔石厭於糟糠，負薪疲於短褐」（〈上兗州崔長史啟〉）、「僕失路艱虞，遭時徽纆，不哀傷而自怨，未搖落而先衰」（〈在獄詠蟬並序〉）、「覆盆徒望日，蟄戶未驚雷。霜歇蘭猶敗，風多木屢摧」（〈幽縶書情通簡知己〉），等等。但是「國家不幸詩家幸，賦到滄桑句便工」，駱賓王在身世滄桑、人生坎坷的不幸遭際中，卻有幸地成為一代詩人。他的作品，那深厚的歷史現實內涵與文化意蘊，那深沉的人生憂患意識，那審美理想與審美價值，給我們留下了豐贍的精神財富。

駱賓王，字觀光（《義烏縣志》），婺州義烏（今浙江義烏）人。《舊唐書・文苑傳》、《新唐書・文藝傳》，均有傳。

關於駱賓王生卒年代，歷來說法不一。義烏駱祥發教授〈駱賓王生年考辨〉一文，立足於內證，依據駱賓王〈詠懷古意上裴侍郎〉之「三十二餘罷，鬢是潘安仁。四十九仍入，年非朱買臣」，作了詳盡的考訂，推論其生年為唐高祖武德二年，卒年為唐武則天光宅元年，即西元六一九年至六八四年（《唐代文學論叢》總第二期）。茲從其新說。

據此，駱賓王一生活了六十五歲，經歷了唐高祖、唐太宗、唐高宗、唐武則天等幾個時期。唐高祖統一了全國，結束了四百多年的社會動亂局面，經過唐太宗勵精圖治的「貞觀之治」，重建並鞏固了中央集權的封建國家。唐高宗繼位後，繼續推行唐太宗政策，史稱「永徽之治」，但到了後期，大權則旁落到他的皇后武則天手中去了。

駱賓王就是在這樣的歷史背景下進行創作活動的。他的生活經歷和創作大致可分為四個時期：

第一時期　博昌攻讀、任道王府屬時期。

駱賓王出生於一個小官僚地主家庭。祖父駱雪莊，隋時曾任右軍長史；父親駱履元，「勵志進修」，通曉經書子史，唐高祖武德年間，任青州博昌（今山東省博興縣）縣令，即所謂「昔吾先君，出宰斯邑，清芬雖遠，遺愛猶存」（〈與博昌父老書〉）。

駱賓王聰明穎悟。「賓王生七歲，能詩。嘗嬉戲池上，客指鵝群令賦焉，應聲曰：『白毛浮綠水，紅掌撥清波』，客嘆詫，呼神童」（明胡應麟：〈補唐書駱侍御傳〉）。

駱賓王大約十歲時，隨父北上至博昌；大約十七、八歲時，父死於博昌任上，因經濟拮据，即旅葬其地，然後奉母移居兗州瑕丘（今山東省滋陽縣西），過著貧困潦倒的生活。

山東博昌是駱賓王求學成長的地方，可說是他的第二故鄉。一個詩人的成長，主要取決於個人的內因，但生活環境及文化學術氛圍等外在條件，也對他起著重要影響。山東博昌屬春秋時期的齊、魯兩國國境。齊國，在今山東北部，都營丘（後稱臨淄，在今山東省淄博市東北），齊桓公為春秋五霸之首，齊威王為戰國七雄之冠。魯國，在今山東西南部，都曲阜。駱賓王在〈上兗州張司馬啟〉中說：「託根鄒邑，時聞闕里之音；接閈雩津，屢聽杏壇之說。」鄒邑，指山東兗州的鄒縣，為戰國時期孟子的故鄉；闕里，指山東曲阜城內的闕里街，為春秋時期孔子的住地；雩津，指雩水，在山東瑕丘；杏壇，亦在曲阜，為孔子講學處。因此，齊、魯是孔、孟的誕生地，也是儒家文化的搖籃。值得注意的是，駱賓王自稱是「稷下遺甿」（〈上兗州刺史啟〉），稷下，指戰國時期齊國都城臨淄附近的地區。齊宣王繼承祖父的遺志，在此地擴置學宮，招攬文學遊說之士講學，形成了儒、道、法、名、兵、農、陰陽等百家之學，因而齊、魯又是百家之學薈萃的中心。在這樣的學術文化氛圍中成長的駱賓王，發憤攻讀，刻苦鑽研，正如他所說，「少奉過庭之訓，長趨克己之方。弋志書林，咀風騷於七略；耘情藝圃，偃圖籍於九流。灑惠渥於羊陂，屢泛文通之麥；峻曲岸於鶯谷，時遺公叔之冠」（〈上兗州崔長史啟〉），「九流百氏，頗探其異端；萬卷五車，亦研其奧旨」（〈上瑕丘韋明府啟〉）。這說明他從小就受到儒風的熏陶，禮義的化育，還受到百家之學的洗禮，使他除了以儒家思想為主導外，還雜糅其他的思想，這奠定他一生博學多才的基礎。

在科舉制盛行的唐代，駱賓王為了擺脫困境和追求自我價值的實現，向當道干謁求仕，希望能躋身仕途。

他可能曾赴京求仕，並且做了幾年小小的京官，三十二、三歲時即被罷官，「三十二餘罷」，說的似乎就是這次被罷官的事。

大約在高宗龍朔元年（六六一），駱賓王被道王李元慶辟為府屬。李元慶是高祖第十六子，唐太宗的異母弟。太宗貞觀十年（六三六），封道王，授豫州（今河南省汝南縣）刺史。大概駱賓王在此期間入道王府，為刺史的僚屬，有如參軍、錄事之類，約有六年時間，「六載奉長廊」（〈疇昔篇〉）即是寫的這段生活。道王曾「通狀自敘所能」，但詩人卻「斯不奉令」，加以婉拒，表現了詩人不同流合汙、不夤緣求進的人格力量（〈自敘狀〉）。駱賓王約在顯慶元年（六五六）左右離開道王府，返回兗州。

這一時期的主要作品大致有：〈上瑕丘韋明府啟〉、〈上兗州刺史啟〉、〈上兗州崔長史啟〉、〈詠鵝〉、〈春夜韋明府宅宴〉、〈在兗州餞宋五〉、〈遊兗郡逢孔君自衛來欣然相遇若舊〉、〈自敘狀〉、〈於紫雲觀贈道士〉、〈望鄉夕泛〉、〈過張平子墓〉、〈早發諸暨〉、〈途中有懷〉、〈晚泊江鎮〉，等等。

第二時期　賦閒獨居齊、魯時期。

駱賓王由道王府返回齊、魯賦閒獨居，大約由顯慶元年（六五六），至乾封二年（六六七），共沉寂了十多年之久（見楊柳、駱祥發教授《駱賓王評傳》），這是可以從駱賓王的作品中找到印證的。「塊然獨居，十載於茲矣」（〈上李少常啟〉）「塊然獨處者，一紀於茲矣」（〈上齊州張司馬啟〉）「十年無祿，萬里維桑」（〈上廉察使啟〉）。

這種被社會所遺忘、被命運所撥弄的身世，是極富於悲劇性的。聖明之朝懷才不遇，承平之世壯志難酬，這十分強烈的反差，就是駱賓王憤懣不平的思想根源。他為此苦悶徬徨：「似舟飄不定，如梗泛何從？仙客終難託，良工豈易逢」（〈浮查〉）；他為此感傷悲秋：「寂寥心事晚，搖落歲時秋。共此傷年髮，相看惜去留。當歌應破涕，哀命返窮愁」（〈秋日送別〉）。

這一時期是駱賓王思想發展的重要時期，集中表現在入仕與出仕的悲劇矛盾。一方面，他繼續向當道干謁求仕；另方面他又嚮往山林泉石的隱居生活：「棲拙隱金華，狎道訪仙槎。放曠愚公谷，消散野人家」（〈夏日遊德州贈高四〉）。這是關於歷史與現實、社會與個人的哲理思考，是思想日趨成熟的標誌。

高宗麟德二年（六六六），高宗、武后到泰山封禪，路過齊州。駱賓王應齊州父老之請，寫了〈為齊州父老請陪封禪表〉。

這一時的主要作品有：〈上司列太常伯啟〉、〈上李少常啟〉、〈上兗州張司馬啟〉、〈上齊州張司馬啟〉、〈為齊州父老請陪封禪表〉、〈答員半千書〉、〈夏日遊德州贈高四〉、〈浮查〉、〈秋晨同淄州毛司馬秋色九詠〉、

〈秋日送別〉、〈同辛簿簡仰酬思玄上人林泉四首〉、〈寒夜獨坐遊子多懷簡知己〉、〈冬日宴〉等。

第三時期　入仕、從軍時期。

在封禪結束後，駱賓王再上長安，參加試舉，對策入選，拜奉禮郎，任東臺詳正學士，這即是「四十九仍入」。據《新唐書・百官志》，三太常寺屬下有「奉禮郎二人，從九品上，掌君臣版位，以奉朝會、祭祀之禮。」在唐朝九品三十階的官制中，奉禮郎屬二十九階，品秩卑下。「東臺」，即門下省，其所屬之行文館有「詳正學士」，職責是「校理圖籍」。

從軍邊塞，建功立業，是唐代士大夫的一種人生理想。咸亨元年（六七〇），駱賓王被罷去詳正學士。正好此時在西北邊庭發生了與吐蕃部族的戰爭，他即投筆從戎，隨軍遠征，開始了他的戎馬生涯。「四傑」都嚮往軍功，唯有駱賓王能身體力行。軍旅生活，使他受到了戰火的洗禮，邊塞苦寒的考驗，擴大了生活視野，磨煉了堅強意志，豐富了創作題材。他寫有邊塞詩〈早秋出塞寄東臺詳正學士〉、〈從軍行〉、〈行軍軍中行路難〉、〈晚泊蒲類〉、〈邊庭落日〉、〈在軍中贈先還知己〉、〈西行別東臺詳正學士〉、〈軍中行路難同辛常伯作〉、〈晚度天山有懷京邑〉、〈宿溫城望軍營〉、〈邊夜有懷〉、〈久戍邊城有懷京邑〉，等等。

咸亨三年（六七二），西南姚州（雲南楚雄彝族自治州姚安縣）發生亂事，唐王朝「發梁、益等一十八州兵，募五千三百人，遣右衛副率梁積壽往姚州擊叛蠻」（《舊唐書・高宗紀》）。駱賓王也隨軍到了姚州，為姚州大總管掌管書檄，寫有〈兵部奏姚州道破逆賊諾沒弄楊虔柳露布〉、〈兵部奏姚州破賊設蒙儉等露布〉、〈祭趙郎將文為李義作〉。

戰事結束後，駱賓王奉使西南，居留蜀地，寫有〈豔情代郭氏答盧照鄰〉、〈代女道士王靈妃贈道士李榮〉，等。

不久，他離蜀返回長安。上元二年（六七五），被授為武功縣（陝西省武功縣）主簿，繼之又調為明堂主簿。武功為畿縣,明堂為京縣。此時寫有〈上吏部裴侍郎書〉,以母老多病為由,婉言辭謝裴行儉之軍中書記之徵聘。後又寫有〈上吏部侍郎帝京篇〉,因傳誦不絕,聲譽鵲起,「當時以為絕唱」(《舊唐書》本傳)。不久,因母喪去官,寄居於長安青門外的滻水濱。

第四時期 入獄、貶謫、起義時期。

在人生旅途上,身陷囹圄,含冤負屈,這是駱賓王的政治悲劇。高宗儀鳳三年(六七八),駱賓王母喪服闋,調任長安主簿。似乎不久又擢為侍御史。擢侍御史之事,《舊唐書》、《新唐書》本傳均不載,但郗雲卿〈駱賓王文集原序〉卻斷言「仕至侍御史。」郗雲卿為兗州人,生活在唐中宗(七〇五——七一七),離駱賓王的時代不遠,而且又是奉中宗之命搜求訪輯駱賓王詩、文的官員,態度嚴肅認真,他的話大致可信。侍御史屬御史臺,而御史臺為唐朝中央最高監察機關,長官御史大夫轄有臺院、殿院和察院,侍御史屬臺院,「常糾察百僚,推鞫獄訟」(《舊唐書·職官志》)。任職期間,駱賓王被捕下獄。下獄原因,《舊唐書》本傳說是「坐贓」,可能是受人栽贓誣陷,是「莫須有」之罪名。清人陳熙晉〈續補唐書駱侍御傳〉云:「儀鳳三年,以薦遷侍御史。時高宗不君,政由武氏,賓王數上章疏諷諫,為當時所忌,誣以贓下獄久縶。」按,駱賓王秉性剛直,敢於直言進諫,因而被誣下獄,也是可能的。在獄中駱賓王寫有〈在獄詠蟬〉、〈螢火賦〉、〈獄中書情通簡知己〉、〈憲臺出縶寒夜有懷〉等,抒發了他遭誣下獄、沉冤莫白的悲憤。

《新唐書·高宗紀》:「永隆元年(六八〇),八月乙丑,立皇哲為皇太子,大赦改元,賜酺三日。」駱賓王大概於此時遇赦出獄,在痛定思痛之後,他創作了自傳體長詩〈疇昔篇〉,對其大半生的不幸遭際作了總結。不久,被貶為臨海縣丞。赴任時,路過齊州,寫有〈與博昌父老書〉,抒發了對人世變遷的感慨。他還返回家鄉義烏,安葬母親,寫有〈與親情書〉、〈再與親情書〉、〈靈泉頌〉等。

這時唐王朝政局發生了劇變。高宗死後,其子中宗李顯、睿宗李旦先後繼位,代表新興庶族的武則天,以皇太后的身分臨朝稱制，在唐王朝內部一場權力和財產再分配的政治鬥爭中，逐步掌握了唐朝政權。她很有政治才能，採取過有利於發展社會生產的措施，但又有殘暴的一面，如任用親信，濫殺無辜，功役苛重，土地兼併現象嚴重等。武則天光宅元年（六八四）九月，眉州刺史英公徐敬業舉起討伐武則天的旗幟，憤而在揚州起兵。一生仕途蹭蹬、負屈含冤的駱賓王，早已不滿武則天的專制，毅然參加揚州起義的隊伍，並成為徐敬業幕府中的「藝文令」。他草擬了非常著名的〈代李敬業以武后臨朝移諸郡縣檄〉，大壯軍聲，大振士氣，朝野震動，使他一時成為天下矚目的風雲人物。同年十一月，起義失敗，徐敬業在逃遁中為部將所害；駱賓王亡命，「不知所之」（《新唐書・本傳》）。

(二)

駱賓王的作品，現在流傳下來的，《全唐詩》卷七七至卷七九輯有詩一百二十題，一百二十九首（其中〈行軍軍中行路難〉作二首），《全唐詩外編》輯有三首（其中〈靈隱寺〉、〈隴頭水〉有爭議）。《全唐文》卷一九五至卷一九九，輯有賦三篇，文三十五篇。而輯錄最為完備的陳熙晉《駱臨海集箋注》，輯有詩一百二十題一百三十三首，文三十五篇，弁於詩、賦前的「并序」，共十一篇，賦三篇。

駱賓王的創作成就是多方面的，概括起來，有這麼四個方面：

第一、詩風變革的倡導。

初唐是中國詩歌由齊梁詩風轉向盛唐氣象的過渡階段。「四傑」即是這一階段詩風革新的代表人物。楊炯在〈王勃集序〉中指出：

> 〈王勃〉嘗以龍朔初載，文場變體，爭構纖微，競為雕刻，……骨氣都盡，剛健不聞。思革其弊，

用光志業。……以茲偉鑒，取其雄伯，壯而不虛，剛而能潤，雕而不碎，按而彌堅。

這等於是「四傑」有關詩風變革的共同宣言。南朝以來的宮體詩，柔媚綺靡，沒有筋骨。在初唐高宗龍朔初年，上官儀「好以綺錯婉媚為本」的「上官體」，仍然頑強地佔據著文壇地位。他們爭著寫脫離生活的細小題材，雕章琢句，浮華艷麗，氣勢喪失殆盡，剛健之風不聞。因此，「四傑」反對這種綺靡詩風，希望代之以陽剛之氣，雄健之風，具體說即雄壯而不流於空疏，剛健又不失之枯澀，雕琢又不傷於煩瑣碎屑，切磋聲律，使之更為和諧堅實。

駱賓王的詩論，在〈和道士閨情詩啟〉中表現得最為充分，概括起來有這麼二點：

一是「弘茲雅奏，抑彼淫哇」，即倡導雅正，反對綺靡。他讚揚南朝顏延之、謝靈運的「戕伐典麗」的功績，並且提出正本、救弊的辦法是「澄五際之源，救四始之弊」，以便使詩歌「用之邦國，厚此人倫」，這仍然是〈毛詩序〉觀點的發揮。詩人所倡導的「雅奏」，指風雅頌之傳統，即〈毛詩序〉所謂「雅者，正也，言王教之所由興廢也」；詩人所反對的「淫哇」，指變風變雅的放蕩的俗樂，古稱鄭、衛之音，此指代齊梁詩，即〈毛詩序〉所謂「至於王道衰，禮義廢，政教失，國異政，家殊俗，而變風變雅作矣。」總之，這繼承發揚了儒家「詩教」的文化傳統，具體地說，「詩教」就是強調詩歌對於道德思想方面的教育作用，以及對於國家社會的政教作用。

二是「言志緣情」，強調詩歌抒情的特徵和功能。詩人肯定「纏綿巧妙」、「發越清回」、「理在文外」、「意盡行間」，都是著眼於詩的抒情性的功能。詩人還在其他詩序和文章中強調創作主體感情活動的特點：「僕失路艱虞，遭時徽纆。不哀傷而自怨，未搖落而先衰。……庶情沿物應，哀弱羽之飄零；道寄人知，憫餘聲之寂寞」（〈在獄詠蟬并序〉），「事感則萬緒與端，情應則百憂交軫」（〈傷祝阿王明府序〉），「情蓄於衷，事符則感；形潛於內，迹應斯通。……夫怨於中者，哀聲可以應木石；感於情者，至性可以通神明」

（〈上吏部裴侍郎書〉）。這是物我感應的觀點，或是觸物生情，達到物我交融，或是移情入物，借物言情；這也許已包含有詩歌意境的概念。駱賓王因有不幸遭際，故感觸特別多，他的理想抱負，他的憂患和幽憤，都寄託於詩中。

「四傑」詩風革新的理論，不可避免地受儒家正統思想的局限，與他們的創作實踐存在著一些矛盾。

第二、詩歌題材轉折性的擴展。

聞一多先生在評價「四傑」時指出：「正如宮體詩在盧、駱手裡是從宮廷走到市井，五律到王、楊的時代是從臺閣移至江山與塞漠」（《唐詩雜論・四傑》），這說明「四傑」詩歌的題材已出現由宮廷轉向市井、由臺閣轉向江山與塞漠的轉折性變化。「四傑」社會閱歷較多，生活面較廣，從而大大擴展了題材範圍。駱賓王詩歌的題材是：

一、城市詩，是由宮廷轉向市井的標誌。漢代隨著城市經濟的繁榮，出現了城市賦，如班固的〈兩都〉，張衡的〈西京〉、〈東京〉，司馬相如的〈子虛〉、〈上林〉，左思的〈三都〉，揚雄的〈長楊〉，鮑照的〈蕪城〉，等等。到了初唐，在繼承城市賦傳統的基礎上，形成了城市詩的新格局。

帝京長安，是當時全國的政治、經濟、文化中心，是大唐王朝強盛的象徵，因而成為詩人特別關注的審美對象。如唐太宗有十首〈帝京篇〉、盧照鄰有〈長安古意〉、王勃有〈臨高臺〉等。

駱賓王的〈帝京篇〉，是城市詩的代表。它描繪出長安的雄偉形勢和繁榮景象，並展現長安朝氣蓬勃的精神面貌。明人胡應麟評它「初唐短歌，子安〈滕王閣〉為冠；長歌，賓王〈帝京篇〉為冠」（《詩藪・內編》卷三）。由於長安是詩人馳騁才志、報效朝廷的地方，故詩人對它懷有極為深摯的愛心，一旦離開，就思念不已，如〈同崔駙馬曉初登樓思京〉、〈晚度天山有懷京邑〉、〈久戍邊城有懷京邑〉等都有所表現。

駱賓王的城市詩還有個特點，即以帝京長安為中心，把筆觸伸展到其他城市，如德州、金陵、兗州、洛陽、杭州、蘇州、潤州、越州、臨海，等等，從不同的側面反映出大唐王朝的城市布局。

二、邊塞詩，是由臺閣轉向江山與塞漠的標誌。「四傑」都寫有邊塞詩，或是要求投筆從戎，「橫行徇知己，負羽遠從戎」（盧照鄰〈俠客少年場行〉），或是希望立功邊塞，「寧為百夫長，勝做一書生」（楊炯〈從軍行〉）、「丈夫皆有志，會是立功勛」（楊炯〈出塞〉）。駱賓王「羽書資銳筆，戎幕引英賓」（李嶠〈送駱奉禮從軍〉），是真正走向塞漠、置身戎旅的邊塞詩人。他的邊塞詩作了如下的擴展：在寫作上突破借樂府舊題的傳統模式，代之以五律、排律、歌行等詩體形式，即事名篇，如實描寫，富於現實主義精神。在主題方面，強烈地表現自我，既有報效朝廷的英雄氣概，又有邊塞行軍的困苦艱辛，還有壯志未酬的幽怨憤懣，富於個性特點。在表現手法方面，客觀景物與主觀感受相統一，達到情景交融。這三個方面形成詩人邊塞詩的獨特的色調。如〈在軍中贈先還知己〉：

蓬轉俱行役，瓜時獨未還。魂迷金闕路，望斷玉門關。獻凱多慚霍，論封幾謝班。風塵催白首，歲月損紅顏。落雁低秋塞，驚鳧起暝灣。胡霜如劍鍔，漢月似刀環。別後邊庭樹，相思幾度攀。

這首詩活動著詩人真實的自我。「魂迷」、「望斷」，是對帝京的懷念；「慚霍」、「謝班」，是對功業無成的感喟；「白首」、「紅顏」，是對風塵艱苦、歲月無情的嘆息；接著用邊塞的「落雁」、「秋塞」、「驚鳧」、「暝灣」、「胡霜」、「劍鍔」、「漢月」、「刀環」等意象，把詩人複雜的感情烘托出來。

駱賓王詩歌的題材，還有山水詩、詠物詩和贈別詩等。

第三、促進詩體形式的演化。

唐代的詩體形式，如三四五言，六七雜言，樂府歌行，近體絕句，已形成多樣化、定型化和規範化的格局，宋代以後至明清的詩體都沒有超越出它的範圍。這種多樣化的詩體形式，具有多角度、多側面地反映廣闊現實生活的力度，所謂「長篇以敍事，短篇以寫意，七言以浩歌，五言以穆誦」（清劉熙載《藝概・詩概》）。

南朝齊武帝永明（四八三——四九三）年間，沈約提出聲律說，將「四聲」理論引入詩歌創作，即以平上去入為四聲，以此制韻，不可增減，世稱「永明體」。沈約認為他的自得之祕在於「宮羽相變，低昂舛節。若前有浮聲，則後須切響。一簡之內，音韵盡殊；兩句之中，輕重悉異。妙達此旨，始可言文」（《宋書・謝靈運傳論》），這就大大深化了漢語語音的內部規律，促使古體詩向唐代近體詩的轉變。

「四傑」接受了「四聲」理論，很重視聲律。王勃提出詩歌要「得宮商之正律，受山川之傑氣」（〈山亭居友序〉），盧照鄰則認為詩作要「含古今之制，扣宮徵之聲」、「妙諧鐘律，體會風騷」（〈南陽公集序〉），而駱賓王也充分肯定南朝顏延之、謝靈運之後「聲律稍精」的情況（〈和道士閨情詩啟〉）。由於聲律與詩體有極為密切的關係，也就使「四傑」逐步促進詩體的演化和完善。

「四傑」創作主要在七言歌行和五言律詩方面，盧、駱長於歌行，王、楊長於五律。駱賓王的歌行和五律，對詩體的演化起承先啟後的作用。

明人胡震亨在《唐音癸籤》卷一中說：「凡效漢魏以下詩，聲律未叶者，名往體；其所變詩，則聲律之叶者，不論長句、絕句，概名為律體；而七言古詩，於往體外另為一目，又或名歌行。」七言古詩，在唐代一開始就走的是歌行路子，故又名歌行。駱賓王的七言歌行有〈帝京篇〉、〈疇昔篇〉、〈艷情代郭氏答盧照鄰〉、〈代女道士王靈妃贈道士李榮〉、〈從軍軍中行路難〉等。駱賓王是駢文作家，除了講究聲律、對仗外，還受到駢賦的影響滲透，可以說用駢賦的方法寫歌行，是他的歌行形式美的特點。

一是結構宏偉。駱賓王的七言歌行往往是長篇巨製。〈疇昔篇〉以七言為主體，雜以五言，其中五言九十六句，七言一百零四句，全詩共二百句，一百韻。〈帝京篇〉以七言為主體，雜以三言、五言，其中七言六十四句，三言二十二句；或二句一韻，或四句一韻，或六句、八句、十句一韻，全詩共九十六句，十七韻。〈從軍軍中行路難〉共六十九句十四韻。這些歌行，在章法上，是以駢賦形式展開的，縱橫捭闔，大起大落，磅礴奔放，氣足神完；在句法上，五言七言的轉換句式，接近駢文四言六言的轉換句式，每一轉換，就是一層內涵、一重境界；在用韻上，是四句一換韻，蟬聯而下，平仄錯綜，回環往復，造成一種流動婉轉的聲調，具有流動感。這裡要特別提出的，是「轆轤韻」（宋魏慶之《詩人玉屑》卷二）的體式，詩人繼承六朝樂府重疊回環的結構形式和唐代逐步過渡的近體詩的格律融合而成的一種體式，例如〈疇昔篇〉中的「且知無玉饌，誰肯逐金丸。金丸玉饌盛繁華，自言輕侮季倫家」、「揮戈出武帳，落筆入文昌。文昌隱隱皇城裡，由來奕奕多才子」。〈行軍軍中行路難〉中的「玉璽分兵徵惡少，金壇授律動將軍。將軍擁旄宣廟略，戰士橫戈靜夷落」、「長驅一息背銅梁，直指三巴逾劍閣。閣道岧嶢起戍樓，劍門遙裔俯靈丘」等等。這使語言流轉，音韻和諧。

二是用典對仗靈活化。用典、屬對也是駢賦常用的表現方法，七言歌行也以此見長。典故高度濃縮，概括性強，因而運用到歌行中能大大發揮語言的表現功能，擴展詩歌的思想容量，提高詩歌的藝術境界，而且能使讀者產生豐富的聯想。駱賓王學博才高，對歷史掌故，能駕馭自如。如寫思婦情結的〈艷情代郭氏答盧照鄰〉，詩人首先用「擲果河陽」、「貰酒成都」的典故，點出情人東返洛陽、思婦自己滯留成都的情況，接著用綠珠、飛燕、新縑、故劍、吉夢蘭兆、淚竹成斑、覆水難收、下山借問、盧家莫愁等典故，淋漓盡致地寫出思婦與情人離別後孤獨悲苦的命運，纏綿悱惻，親切感人。〈帝京篇〉中，詩人用了一系列的典故，濃筆重彩地表現自己懷才不遇的憤慨，如久留郎署、空掃相門、黃雀巢桂、青門種瓜、灰死、羅傷、馬卿辭蜀、揚雄仕漢、汲黯、孫弘、長沙傅、洛陽才，等等。上述情況表明，詩人用典是為詩作的主旨服務的，是綜合用博，取事貴約，善使典故而不為典故所使，妙在有而若無，實而若虛，不露堆垛餖飣痕跡。

在對仗上，駱賓王繼承南朝賦的排比手法，〈疇昔篇〉中有一段文字就是以密集的意象展開排比的：

蜀路何悠悠，岷峰阻且脩。迴腸隨九折，迸淚連雙流。寒光千里暮，露氣三江秋。長途看束馬，平水見沉牛。華陽舊地標神制，石鏡娥眉真秀麗。諸葛才雄已號龍，公孫躍馬輕稱帝。五丁卓犖多奇力，四士英靈用文藝。雲氣橫開八陣形，橋影遙分七星勢。

這本來僅寫川蜀的形勢，但詩人卻將與川蜀有關的山水、神話傳說、歷史人物都融合進去，使內容充實，氣勢雄壯。

詞的分類是對仗的基礎。詩人充分注意到詞性相對的原則，還能把握到名詞細緻的分類。如〈從軍軍中行路難〉的對仗：「閣道岧嶢起戍樓，劍門遙裔俯靈丘。邛關九折無平路，江水雙源有急流。」其中「閣道」對「劍門」，「邛關」對「江水」，是地理對；「川源饒毒霧，溪谷多淫雨」二句中的「毒霧」對「淫雨」，是天文對；「行潦四時流，崩槎千歲古」二句中的「四時」對「千歲」，是時令對；「三春邊地風光少，五月瀘中瘴癘多」二句中的「三春」對「五月」，是數目對；「向月彎繁弱，連星轉太阿」二句中的「繁弱」對「太阿」，是器物對；「絳節朱旗分白羽，丹心白刃酬明主」二句中的「絳節朱旗」對「丹心白刃」，是顏色對；等等。

三是注重鍊字鍊句。鍊字鍊句，是為了鍊意，做到字句中有餘味，有餘意，不單純是文字技巧問題。駱賓王的七言歌行，詞彙豐富，而且鍊字鍊句，甚見功力，提高了詩作的藝術品味。如〈疇昔篇〉有個突出的特點，即運用了不少雙聲、疊韻、疊詞、連綿詞等，其中有名詞性的，有動詞性的，有形容詞性的。如「掩映」、「參差」、「憔悴」、「駱驛」、「迢遞（遞）」、「芳菲」、「寂寞」、「坎壈」、「迍邅」、「隱隱」、「奕奕」、「悠悠」、「沉沉」、「冉冉」、「迢迢」，等等，這不只有加倍形容的作用，而且造成一種珠圓玉潤的音節美。又如〈艷情代郭氏答盧照鄰〉，用時間副詞加以聯接和轉換，如「此時」、「此日」、「離前」、「別後」、

「別日」、「當時」，等等，使篇法緊湊，句式靈動。

明人胡應麟在談及七言歌行的沿革時指出：「建安以後，五言日盛。晉、宋、齊間，七言歌行，寥寥無幾，獨〈白紵歌〉、〈行路難〉時見文士集中，皆短手也。梁人頗尚此體，〈燕歌行〉、〈搗衣曲〉諸曲，實為初唐鼻祖。陳江總持、盧思道等篇什浸盛，然音響時乖，節奏未協，正類當時五言詩體。垂拱四子，一變而精華瀏亮，抑揚起伏，悉協宮商，開合轉換，咸中肯綮。七言長體，極於此矣。」（《詩藪・內編》卷三）這大致是不錯的。

五言律詩在唐代是新興詩體。它共有八句，每二句構成一聯，即一、二句為首聯（或稱起聯），三、四句為頷聯，五、六句為頸聯（或稱腹聯），七、八句為尾聯，共四聯；每聯兩句分為上句（即單句）和下句（即雙句），上句叫出句，下句叫對句。五言律詩有三個要素：

一為平仄，是由漢語聲調的高低、升降或長短形成的。平仄在五律的本句中是交替的，在五律的對句中是對立的。沒有平仄，就沒有格律，不合平仄，即非律詩。

二為對仗，即對對子，詞性相對，或結構（如主謂結構、動賓結構、偏正結構、聯合結構等）相對，造成一種結構相同或相近、意義相關或相反的對子。

三為押韻，即把同韻的兩個或更多的字放在同一位置上，使聲調和諧，一般是把韻放在句尾，故又叫「韻腳」。

唐代的律詩，多認為是完成於沈佺期、宋之問。但是，實際上「四傑」已為律詩的形成奠定了基礎。王勃、楊炯的五言律詩，幾乎全部合律；盧照鄰、駱賓王的五言律詩，絕大部分也合律。駱賓王創作有五律七十首，如〈在獄詠蟬〉：

仄仄平平仄　平平仄仄平▲
西陸蟬聲唱　南冠客思侵。
平平▲平仄仄　仄仄▲仄平平
那堪玄鬢影　來對白頭吟。
仄仄▲平平仄　平平▲仄仄平
露重飛難進　風多響易沉。
平平▲平仄仄　仄仄仄平平
無人信高潔　誰為表予心。

這是一首典型的五律，已完全包含了平仄、對仗、押韻等三個要素。這裡要特別強調的是，駱賓王已充分注意到律詩的「粘對」規則的運用。對，即平對仄，仄對平，也就是在對句中平仄是對立的。粘，即平粘平，仄粘仄，也就是後聯出句第二字的平仄要與前聯對句第二字的平仄相同。具體到這首五律來說，要使第三句第二字的平聲，與第二句第二字的平聲相粘，第五句第二字的仄聲，與第四句第二字的仄聲相粘，第七句第二字的平聲，與第六句第二字的平聲相粘。如果破壞了「對」的規則，上下兩句的平仄就會雷同；如果破壞了「粘」的規則，前後兩聯的平仄就會雷同。要是上下句和前後聯平仄雷同，就會失去旋律和節奏，就沒有音調的和諧了。本詩沒有失粘或失對的情況，真正做到了「宮羽相變，低昂互節」。「四傑」之前的虞世南、上官儀的詩往往有失粘的現象，相比之下，駱賓王對律詩形體的演化，已大大推進了一步。

駱賓王還創作有排律三十三首，如〈夏日遊德州贈高四〉，長達四十九韻，〈在江南贈宋五之問〉，長達三十六韻，而〈久戍邊城有懷京邑〉有十九聯，三十八句，三十七韻，都符合規律，中間對仗嚴整，首聯為工對，尾聯為流水對，全部對仗。「沈、宋前，排律殊寡，惟駱賓王篇什獨盛，佳者『二庭歸望斷，蓬轉俱行役』，『彭山折坂外，蜀地開天府』，皆流麗雄渾，獨步一時」（明胡應麟《詩藪・內編》卷三）。

第四、多姿多彩的藝術境界的開拓。

「四傑」有理想，有抱負，有才能，官小而才大，名高而位卑，既自尊，又自負，既現實，又浪漫，既洋溢著追求功名的幻想與激情，又鬱積著不甘屈辱的雄豪之氣。因此，他們的詩作往往出現一種昂揚奮發、慷慨激昂的壯大之氣，構成一個壯美境界，這就是王勃所謂「高情壯思，有抑揚天地之心；雄筆奇才，有鼓怒風雲之氣」（〈游冀州韓家園序〉）。

首先，駱賓王就追求這樣的壯美境界，如〈帝京篇〉就極有代表性：

山河千里國，城闕九重門。不睹皇居壯，安知天子尊。皇居帝里崤函谷，鶉野龍山侯甸服。五緯連影集星躔，八水分流橫地軸。秦塞重關一百二，漢家離宮三十六。桂殿陰岑對玉樓，椒房窈窕連金屋。三條九陌麗城隈，萬戶千門平旦開。複道斜通鳷鵲觀，交衢直指鳳凰臺。劍履南宮入，簪纓北闕來。聲明冠寰宇，文物象昭回。鉤陳肅蘭戺，璧沼浮槐市。銅羽應風回，金莖承露起。校文天祿閣，習戰昆明水。朱邸抗平臺，黃扉通戚里。平臺戚里帶崇墉，酌金饌玉待鳴鐘。小堂綺帳三千戶，大道青樓十二重。寶蓋雕鞍金絡馬，蘭窗繡柱玉盤龍。……

詩人彷彿站在高山之巔，俯瞰帝京長安，由遠至近，由外到內，由表及裡，把長安的山河城闕、函谷侯甸、秦塞離宮、桂殿玉樓、椒房金屋，全都攝入眼底；把長安的人文薈萃、文治武功、朱邸黃扉、平臺戚里、寶蓋雕鞍、蘭窗繡柱，盡都納入胸中，視野是多麼開闊，心胸是多麼廣闊，氣勢是多麼磅礴。特別是其中運用了最大限度的數量詞的數目對，如「千里」對「九重」，「五緯」對「八水」，「一百二」對「三十六」，「三條九陌」對「萬戶千門」，「三千戶」對「十二重」，等等，使廣大的空間得到無限的擴展和延伸，於是「帝居壯」、「天子尊」的氣派就充分顯現出來，而且從中透露出初唐內在的蓬勃向上、積極進取的時代精神，和博大厚重的人文精神，那不是非常壯美的境界嗎？

但是，詩人在歌頌、讚美帝京之餘，又抒發自我懷才不遇的感慨。「已矣哉！歸去來，馬卿辭蜀多文藻，揚雄仕漢乏良媒。」這真是一唱三歎，長歌當哭。詩人在引用那些懷才不遇的歷史人物中，以遭際坎坷的才人司馬相如、揚雄、賈誼自比，表現出一種桀傲不馴、憤懣不平之氣。

詩人的邊塞詩，比較集中地寫出壯美境界：

平生一顧重，意氣溢三軍。野日分戈影，天星合劍文。
弓絃抱漢月，馬足踐胡塵。不求生入塞，惟當死報君。
——〈從軍行〉

這首詩塑造出從軍邊塞的戰士形象。「意氣」，說的是橫溢三軍的浩然正氣，為全詩定下一個基調。「戈影」、「劍文」、「弓絃」、「馬足」，又以「野日」、「天星」、「漢月」、「胡塵」加以鋪墊、渲染，使戰士揮戈躍馬、威武剛猛的英雄氣概噴薄而出。結尾「不求生入塞，惟當死報君」，表現戰士英勇殺敵、誓死報君的忠肝義膽，這樣就把壯美的戰鬥場面與壯美的精神境界結合在一起，坐實了「意氣」的內涵。唐人吳兢《樂府古題要解》下稱：「〈從軍行〉皆述軍旅苦辛之辭也。」但本詩卻寫出軍旅的英雄主義和樂觀主義精神。具有雄渾豪放的風格。

再看下面所展現的壯美的精神境界：

投筆懷班業，臨戎想霍勳。是應雪漢恥，持此報明君。——〈宿溫城望軍營〉

龍庭但苦戰，燕頷會封侯。莫作蘭山下，空令漢國羞。——〈晚泊蒲類〉

壯志凌蒼兕，精神貫白虹。君恩如可報，龍劍有雌雄。——〈邊城落日〉

行路難，行路難！誓令氛祲靜皋蘭！但使封侯龍額貴，詎隨中婦鳳樓寒。——〈軍中行路難同辛常伯作〉

駱賓王有的送別詩，一掃離情別緒，出之於壯美境界：

此地別燕丹，壯士髮衝冠。昔時人已沒，今日水猶寒。——〈於易水送人〉

戰國時代，燕太子丹為俠客荊軻刺秦王送行，是英雄式的壯別。易水岸邊，衣冠似雪，悲風蕭蕭，寒波澹澹。荊軻把酒臨風，唱起了「風蕭蕭兮易水寒，壯士一去兮不復還！」真是慷慨悲歌，壯懷激烈。高漸離擊筑，宋意唱和，「為壯聲則髮怒衝冠，作哀聲則士皆流涕」（《燕丹子》），其感染力竟是如此強烈。那酒，那歌聲，那氛圍，那忠心義膽、奇情壯采，完全融為一體，壯美極了。本詩寫送別友人，卻與易水壯別相比擬，自是另有寄託。前二句將「此地」與「壯士」相聯繫，概括了易水壯別的場面。後二句將「昔時」與「今日」相聯繫，作了時間消逝與空間永恆的對比：千載之下，易水猶寒；英雄雖逝，豪氣如在，寄託了詩人對英雄的崇拜，和自己懷才不遇的憤慨。本詩借古喻今，一氣揮灑，風格蒼涼。

其次，駱賓王詩作中大量的還是那種悲劇性的境界。駱賓王的一生，仕途蹭蹬，生活坎坷，懷才不遇，報國無門，甚至含冤入獄，貶官臨海，起義失敗後逃亡等等，因此遠大理想與冷酷現實的矛盾，構成他一生悲劇性的矛盾，也形成他詩作的悲劇性境界。在這種境界中，充滿著幽憤、悲愴和淒寒，不知積澱著多少世事滄桑，含醞著多少人生況味。這種境界，可從兩個方面來看：

一是自我悲劇情懷的抒發。由於悲劇性的獨特遭際，使詩人筆端常帶感情，紙間常溢悲憤。他在閒居齊、魯期間，就悲憤地寫到：「言謝垂釣隱，來參負鼎職。天子不見知，群公誰相識？未展從東駿，空戢圖南翼。時命欲何言，撫膺長歎息。」（〈夏日遊德州贈高四〉）〈疇昔篇〉是詩人自傳性的長詩，敘述他在參加揚州起義前的大半生的經歷，具有敘事詩的特點，但它又具有政治抒情詩的特點。「當時門客今何在，疇昔交遊已疏索」，是對世態炎涼的感嘆；「卿相未曾識，王侯寧見擬。徒勞倦負薪，何處逢知己」，是對懷才不遇的怨恨；「判將運命賦窮通，從來奇舛任西東。不應永棄同芻狗，且復飄飄類轉蓬」，是對命運不公的憤慨；「他鄉冉冉消年月，帝里沉沉恨城闕。不見猿聲助客啼，唯聞旅思將花發」，是對天涯漂泊的憂思；「年來歲去成銷鑠，懷抱心期漸寥落」，是對人生易老的惆悵。尤其是有關橫遭入獄的情事：

> 適離京兆謗，還從御府彈。炎威資夏景，平曲況秋翰。畫地終難入，書空自不安。吹毛未可待，搖尾且求餐。丈夫坎壈多愁疾，契闊迍邅盡今日。慎罰寧憑兩造辭，嚴科直掛三章律。鄒衍銜悲衛燕獄，李斯抱怨拘秦桎。不應白髮軟成絲，直為黃沙暗如漆。紫禁終難叫，朱門不易排。驚魂聞葉落，危魄逐輪埋。霜威遙有勵，雪枉更無階。含冤欲誰道，飲氣獨居懷。

詩人傾訴自己如鄒衍銜悲，如李斯抱怨，沉冤莫白，狀告無門，其中有憤慨，有悲痛，有哀怨，感情錯綜複雜，正是詩人生活、政治悲劇的反映。這首詩繼承了古代政治詩的優良傳統，長歌當哭，感人肺腑。

由於表現了理想與現實的對立，近似戰國時期的屈《騷》。《史記·屈原賈生列傳》稱「屈平正道直行，竭忠盡智，以事其君，讒人間之，可謂窮矣。信而見疑，忠而被謗，能無怨乎？屈平之作〈離騷〉，蓋自怨生也。」又由於反映出個人與環境的不調和，又近似漢末蔡琰所寫被擄入胡的血淚控訴：「彼蒼者何辜？乃遭此戹禍！」（〈悲憤詩〉）

另一首〈詠懷〉，詩人把他的風雨人生全都濃縮到這首五言排律中：

少年識事淺，不知交道難。一言芬若桂，四海臭如蘭。寶劍思存楚，金鎚許報韓。虛心徒有託，循迹諒無端。太息關山險，吁嗟歲月闌。忘機殊會俗，守拙異懷安。阮籍空長嘯，劉琨獨未歡。十步庭芳斂，三秋隴月團。槐疏非盡意，松晚夜凌寒。悲調弦中急，窮愁醉裡寬。莫將流水引，空向俗人彈。

詩人感慨萬端，放情長言。他有忠君報國之心，希望效法申包胥心存楚，張子房許報韓，但是現實卻是那樣冷酷無情，使他忠心無託，報國無門，遺恨無端。「忘機殊會俗」，「守拙異懷安」，是要安貧樂道。「阮籍空長嘯，劉琨獨未歡」，一「空」一「獨」，仍然說的是志不獲展。「槐疏非盡意，松晚夜凌寒」，借疏槐之生意盎然，晚松之凌寒傲立，表達詩人自己窮當益壯、老當益堅之晚節。「弦中急」，是彈琴泄悲；「醉裡寬」，是借酒消愁。「莫將流水引，空向俗人彈」，是說高山流水，知音難求，憤懣之情，溢於言表。

二是自我悲劇形象的塑造。詩人喜歡用一些富於悲劇的象徵、比喻等意象，來象徵、比喻自我形象，達到物我相應、情景交融。如〈浮查〉，詩前有序，為詩的詮釋。詩云：

昔負千年質，高臨九仞峰。貞心凌晚桂，勁節掩寒松。忽值風飆折，坐為波浪衝。摧殘空有恨，擁腫遂無庸。渤海三千里，泥沙幾萬重。似舟飄不定，如梗泛何從？仙客終難託，良工豈易逢。徒懷萬乘器，誰為一先容！

此詩以浮查為象徵意象，寫浮查，正是象徵詩人自己。起筆即寫浮查前身：自負千年之資質，挺立九仞之高峰，「貞心」凌越「晚桂」，「勁節」掩蓋「寒松」，這就托起了浮查獨立挺拔的英姿，和高尚純潔的節操，即序文所謂「負凌雲概日之姿，抱積雪封霜之骨」，是棟梁之材，為廟堂之用。正是這樣，它就「委根險岸，託質畏途」，為世俗所不容，為當道所排斥。「忽值飆風折，坐為波浪衝」，在結構上是一個突轉，轉到浮查的不幸遭際。它備受摧殘折磨，萬里飄蕩，與波沉浮，「似舟飄不定，如梗泛何從」的設問，點明浮查無所寄託，無處歸宿的遭際。如〈上齊州張司馬啟〉所說「某疾抱支離，材均臃腫，……而出沒風塵之內，淪漂名利之間」，結尾感歎仙客難託，良工難逢，無人給予引薦提攜，雖是「萬乘之器」，也是無可奈何。這首詩是詩人有關悲劇命運的思考，表明悲劇的癥結在於仕途蹭蹬，懷才不遇。這個人悲劇不也是當時不得志的士大夫的共同悲劇命運嗎？

下面二首詩，是同一個主題：

洛川流雅韻，秦道擅苛威。聽歌梁上動，應律管中飛。
光飄神女襪，影落羽人衣。願言心未翳，終冀效輕微。　——〈塵灰〉

凌波起羅襪，含風染素衣。別有知音調，聞歌應自飛。　——〈詠塵〉

塵灰是最輕微、卑賤、鄙俗之物，詩人偏讓它登上詩歌高雅的殿堂，大作反「卑」為「尊」、反「俗」為「雅」的翻案文章，這實際上是對社會不公的一種反撥。在詩人看來，塵灰入選曹植的〈洛神賦〉，成為美化神女「凌波微步，羅襪生塵」的妙筆；塵灰為商鞅治秦立法樹威；塵灰還是聽歌而舞的知音，應律而飛的解人；塵灰能與神女為伴，能與神仙同行，等等，於是塵灰的地位與價值就得到了認同。塵灰是比喻的意象，結句「願言心未翳，終冀效輕微」，寫塵灰要為朝廷奉獻微薄的心力，正是詩人用世之心的表現，微言大義，耐人尋味。

詩人背井離鄉，求仕從軍，跋涉關山，浪跡天涯，不知遭受到多少離別之悲，思鄉之苦，行旅之恨，而「轉蓬離本根，飄颻隨長風」（曹植〈雜詩〉）的「轉蓬」意象，也被詩人用來象徵自己遊蕩無根、漂泊無依的命運。如「轉蓬勞遠役，披薜下田家」（〈晚憩田家〉），「橘性行應化，蓬心去不安」（〈早發諸暨〉），「轉蓬驚別緒，徙橘愴離憂」（〈晚泊江鎮〉），「恓惶勞梗泛，淒斷倦蓬飄」（〈晚泊河曲〉），「蓬轉俱行役，瓜時獨未還」（〈在軍中贈先還知己〉）。

秋天季節，草木搖落，肅殺蕭條，最易觸動詩人的悲秋情結。如〈秋晨同淄州毛司馬秋九詠〉，是組詩，秋天大自然的秋風、秋雲、秋蟬、秋露、秋月、秋水、秋螢、秋菊、秋雁等，都奔赴詩人的筆下，組成全景式的立體圖畫，並從中可依稀看到詩人的身影和心態。投身於大自然的懷抱，去尋找心靈的伴侶，求得精神的和諧，這也是詩人的悲劇性。

再次，駱賓王詩歌還有一種境界，即哲理的思考和體認，表現詩人對人生價值，對世事滄桑的感悟。如〈玩初月〉：

忌滿光恆缺，乘昏影暫流。自能明似鏡，何用曲如鉤？

這首五言古絕，是典型的哲理詩。它是對梁簡文帝的〈蒙華林園戒詩〉「居高常慮缺，持滿每憂盈」的繼承與發展。詩借月抒情，又由月及人，寫出人的品格應該戒驕戒滿，如光明使者月亮那樣純潔平正，不可屈曲如鉤。這就表現了詩人坦蕩的胸懷，以及光明磊落、獨立自尊、剛正不阿的人格力量。

〈帝京篇〉有壯美境界，也有哲理境界。詩人在揭露王侯貴戚豪華熱鬧的生活場面之後，立刻進行冷峻的哲理思考：

古來榮利若浮雲，人生倚伏信難分。始見田、竇相移奪，俄聞衛、霍有功勳。……莫矜一旦擅豪華，自言千載長驕奢。倏忽摶風生羽翼，須臾失浪委泥沙。

這段文字，與盧照鄰的「節物風光不相待，桑田碧海須臾改。昔時金階白玉堂，即今惟見青松在」（〈長安古意〉），與王勃的「娼家少婦不須顰，東園桃李片時春。君看舊日高臺處，柏梁銅雀生黃塵」（〈臨高臺〉），可說是異曲同工。這種哲理思考，出自「樂極生悲」的感悟。它用「倏忽」、「須臾」、「片時」等時間副詞，強調時間的急遽、短暫，向王侯貴戚發出警告：歲月無情，人生短促，榮華富貴，轉瞬即逝，不能持久。這種能用哲理眼光透過繁華外衣看隱憂的敏感性，是對現實的超越。

〈艷情代郭氏答盧照鄰〉、〈代女道士王靈妃贈道士李榮〉二詩，是詩人代郭氏和王靈妃向各自的戀人致信函的，觸及到婦女觀問題。在封建社會，婦女問題是一個突出的社會問題，婦女在「七出」之條（《孔子家語・本命解》）禁錮下，遭受被虐待、被拋棄的命運。郭氏和王靈妃也相等於棄婦的命運，詩人善於結合特定的環境氛圍，展開棄婦複雜細膩的心理活動。如「傳聞織女對牽牛，相望銀河隔淺流。誰分迢迢經兩歲，誰能脈脈待三秋」（〈艷情代郭氏答盧照鄰〉），把棄婦分離之痛苦，眷戀之情懷，孤獨之哀怨，一一表現出來，極哀婉低迴、纏綿悱惻之致。顯然，詩人對她們的不幸遭際，進行了理性探索，並表示尊重與同情，為她們鳴不平，具有比較開明的婦女觀。

詩歌之外，駱賓王還有文和賦。〈螢火賦〉、〈蕩子從軍賦〉是賦的代表作。前者以流螢自喻，以辨明其含冤入獄的心跡。它共一百十六句，以四、六言為主，雜以七言、八言、九言，錯落有致。後者寫邊塞戰鬥生活，共五十四句，以七言為主，雜以四言、五言、六言，聲情並茂。

駱賓王的文，包括表、啟、書、狀、序、檄文、露布、對策等，都是用駢文形式寫成的應用文。駢文在魏晉時期，已從散文中獨立出來，成為一種新興文體，並逐步在文壇上取得統治地位。到齊梁時期，駢文除講究用典、對偶，還注重平仄聲韻，句式也形成四六格式。進入初唐，「四傑」的駢文，雖未擺脫齊梁的綺麗文風的影響，但隨著新詩風的倡導，已有了發展變化，如注重句式的錯雜多變，語言的婉曲傳神，用典的精當雅切，聲韻的流轉回環，以及敘事、抒情、議論的結合等。如〈代李敬業以武后臨朝移諸郡縣檄〉之一段文字：

> 公等或家傳漢爵，或地協周親；或膺重寄於爪牙，或受顧命於宣室。言猶在耳，忠豈忘心？一抔之土未乾，六尺之孤安在？倘能轉禍為福，送往事居，共立勤王之勛，無廢舊君之命，凡諸爵賞，同指山河。若或眷戀窮城，徘徊歧路，坐昧先幾之兆，必貽後至之誅。請看今日之域中，竟是誰家之天下！移檄諸郡，咸使知聞。

寫來激昂慷慨，讀來盪氣迴腸，不失為駢文中的精品。他如〈與博昌父老書〉、〈與程將軍書〉、〈上吏部裴侍郎書〉、〈自敘狀〉、〈揚州看競渡序〉等，也是駢文佳品。當然，駱賓王也寫過如干謁求仕格調不大高的作品。

駱賓王的創作成就已如上述，作為唐詩的奠基者，他在詩壇上發生了較大的影響。如他的邊塞詩，開有唐一代邊塞詩的先河；他與盧照鄰的七言歌行，一直影響著唐代的張若虛、盛唐的邊塞詩派、元白「長慶體」，到清代吳梅村的「梅村體」；他的律詩「沉雄富麗，沈、宋前鞭」（明胡應麟《詩藪・內編》卷五）。

(三)

最後，有必要說說駱賓王作品的版本。

駱賓王詩文，大率由後人綴拾而成，已非唐時原帙。由於駱賓王參加揚州起義的特殊原因，「遂致文集悉皆散失」。二十年後，中宗復位，即命郗雲卿「搜訪賓王詩筆」（郗雲卿〈駱賓王文集原序〉），「集成十卷，盛傳於世」（《舊唐書》本傳）。這個十卷本已佚，只留下郗序。

明代出現了較多刻本，如金繼震本《駱先生集》六卷，顏文選本《駱丞集》四卷。其他如《侍御集》、《義烏集》、《武功集》、《靈隱子集》、《臨海集》等。

到了清代，發現了一些宋元舊本，如十卷本《駱賓王文集》即是。另外，還有康熙中黃之綺本十卷，乾隆中項家達本四卷，嘉慶中秦恩復本十卷。而咸豐年間，義烏人陳熙晉，字西僑，採各本之長，將駱賓王詩文逐一進行勘校辨正，輯佚補缺，並作了極有價值的箋注，「閱數十年而成帙」（駱祖攀〈駱臨海集箋注跋〉），題為《駱臨海集箋注》。一九六一年中華書局上海編輯所對此書作了校勘、句讀，鉛印出版。一九八五年，上海古籍出版社再次校勘出版，成為駱賓王文集中最為完善的本子。

《新譯駱賓王文集》以四部叢刊《駱賓王文集》十卷本（上海涵芬樓藏明翻元刻本）為底本，校以顏文選本《駱丞集》、陳熙晉本《駱臨海集箋注》，以及《全唐詩》、《全唐文》、《文苑英華》等，將底本中的脫簡，如佚篇、佚題、佚題字、佚字句，一一加以補錄、訂正。需要說明的是，古籍整理中有關目錄、版本、校勘工作，是複雜艱辛的，會碰到很多懸而未決的難題。如幾首有爭議的駱詩〈靈隱寺〉、〈稱心寺〉等，只能存疑，還待考訂。如駱文之〈上兗州張司馬啟〉一文，原考慮不收，理由是僅見於《全唐文》、《駱臨海集箋注》，而不見於較早的《駱賓王文集》與《駱丞集》。但後經反覆比勘，發現該文與駱賓王在兗州時期所作的「啟」，文體相同，內容風格近似，特別是對理解駱之思想基礎有重要價值，才判定為駱作，當予補入，以求完善。

本書體例有題解、注釋、語譯、賞析、說明等。注釋重在輿地、職官、典章制度、成語典故；詩歌的語譯，將直譯與意譯相結合，力爭能保持詩的色澤與韻味；賞析或說明，著眼於藝術性與寫作特點。

承蒙浙江師範大學校長駱祥發教授，撥冗惠賜大著《駱賓王詩評注》（北京出版社），為本書詩注提供很有價值的線索與借鑑。高情厚誼，寸衷銜感，謹致謝忱。內子劉定瓊在查找資料、切磋疑難方面，也給我很大的幫助。

本書難免有錯漏，敬請批評指正。

黃清泉　謹識

卷一　賦頌

螢火賦并序

【題　解】這是一篇詠物賦，與作者〈秋晨同淄州毛司馬秋九詠〉之〈秋螢〉，所詠為同一對象，為作者名篇之一。螢火，即螢火蟲，是一種活動於秋夜的昆蟲。其腹部下方有發光器官，能發出忽明忽滅的帶綠色的光。也許是這星星點點的螢火，給黑夜帶來了一些亮色，使作者感而賦之。陳熙晉《駱臨海集箋注》本稱：「按此篇當是為侍御史上疏下獄時作。」此賦前面有序，說是「余猥以明時，久遭幽縶」，「悽然客之為心乎，悲哉秋之為氣也」，似為調露元年（六七九）秋左右在獄中所作。同時寫的還有〈在獄詠蟬詩〉，一賦一詩，是為雙璧，可相互發明。賦，文體名，是一種不歌而誦的文體。

余猥以明時，久遭幽縶。見一葉之已落，知四運之將終；悽然客之為心乎？悲哉秋之為氣也！光陰無幾，時事如何？大塊是勞生之機，小智非周身之務❶。嗟乎！綈袍匪舊，白首如新。誰明公冶之非，孰辨臧倉之訴❷！是用中宵而作，達旦不瞑，睹茲流螢之自明，哀此覆盆之難照。夫類同而心異者，龍蹲歸而宋樹伐；質殊而聲合者，魚形出而吳石鳴。苟有會於精靈，夫何患於異類❸。況乘時而變，合氣而生，雖造化之不殊，亦昆蟲之一物。應節不愆，「信」也；與物不競，「仁」也；逢昏不昧，「智」也；避日不明，「義」也；臨危不懼，「勇」也。事沿情而動興，理因物而多懷。感而賦之，聊以自廣云爾❹。

【章 旨】為全篇序文，敘述創作原因。

【注 釋】❶余猥以明時十句 謂自己含冤入獄。猥，謙詞，辱的意思。明時，清明時世。幽縶，深禁，指入獄。縶，拘囚。四運，指春夏秋冬四時的運行。時事，世事；人生。大塊，《莊子・大宗師》：「夫大塊載我以形，勞我以生，佚我以老，息我以死。」意謂天地賜予形體使我有所寄託，賜予生命使我疲勞，賜予老年使我享受清閒，賜予死亡使我安息。大塊，指天地、自然。機，樞要；關鍵。周身，全身；保全自身。❷嗟乎五句 謂無新朋舊友幫忙伸冤。綈袍匪舊，典出《史記・范雎蔡澤列傳》。戰國時，魏人范雎，受魏中大夫須賈的誹謗，被魏相打得死去活來。范雎改名張祿，入秦為相。須賈出使秦國，范裝扮成窮人求見。須賈同情范的貧寒，送范一件綈袍，及至得知范為秦相，便肉袒膝行向范請罪。范因他贈綈袍，戀戀有故人之意，便釋放了他。後以綈袍作為舊友的代稱。綈袍，粗袍。白首如新，即諺語「白頭如新，傾蓋如故」。見《史記・魯仲連鄒陽列傳》。前句是說人不相知，到了頭髮白時，還像新交一樣。後句謂初次見面，便如同舊時相識。此以「白首」指代新朋，以「傾蓋」（朋友相遇，雙方停下車子，兩車蓋相交，親切交談）指代舊友。公冶之非，謂罪非其罪。公冶，即公冶長，字子長，魯人，孔子的學生。孔子說公冶長雖然坐過牢獄，卻不是他的罪過，便把自己的女兒嫁給他。見《論語・公冶長》。傳說公冶長因懂鳥語入獄。皇侃《論語義疏》載：「范寧曰：公冶行正獲罪，罪非其罪。別有一書，名為《論釋》云：『公冶長從衛返魯，行至二堺上，聞鳥相呼往清溪食死人肉。須臾，見一老嫗當道而哭。冶長問之，嫗曰：兒前日出行，于今不返，當是已死亡，不知所在。冶長曰：向聞鳥相呼往清溪食肉，恐是嫗兒也。嫗往看，即得其兒也，已死。嫗即告村司。村司問嫗從何得知之，嫗曰：見冶長，道如此。村官曰：冶長不殺人，何緣知之？因錄冶長付獄。』」但據明人楊慎《升庵詩話》

卷十稱：「世傳公治長通鳥語，不見於書。……似實有其事，或在亡佚書中，如《衝波傳》、《魯定公記》之類，今無所考耳。」臧倉之訴，典出《孟子．梁惠王下》。戰國時魯平公將見孟子，他所寵愛的小臣臧倉勸阻說：「您不要以為孟子是賢人，賢人的行為應該合乎禮義，但孟子辦他母親的喪事規格，大大超過他以前辦父親喪事的規格。您不要見他。」樂正子解釋說，如果是指棺槨衣衾的好壞，那不叫超過，只是孟子前後貧富情況不同罷了。此謂臧倉之說不符實際。❸是用中宵而作十句　謂創作原因。是用，因此。中宵，夜半。不瞑，不眠。瞑，同「眠」。覆盆，謂把盆子覆蓋在地上，陽光照不進去。此喻暗無天日。龍蹲歸而宋樹伐，典出《莊子．天運》。據《史記．孔子世家》記載，孔子曾遊說宋國，在宋國一株大樹下對弟子講學。宋司馬桓魋想殺掉孔子。孔子離開以後，桓魋把他在那裡講學的大樹也拔掉了。龍蹲，指孔子，據說孔子坐如蹲龍，立如牽牛。魚形出而吳石鳴，典出酈道元《水經注》卷四十〈漸江水〉引《異苑》。晉武時，吳郡臨平岸崩，出現一個石鼓，打之無聲，去問張華。張華說可用蜀中的桐材，刻成魚的形狀，扣之則有響聲。按照張華的辦法去做，結果聲聞數十里。❹況乘時而變十八句　謂流螢具有五種品德。造化，自然的創造化育。應節不愆，順應秋天的節候不會誤期。愆，失誤。不競，無爭。不昧，不蒙昧。理，原缺，據《文苑英華》補。自廣，自我寬慰。

【語　譯】我生活在清明時世，長期遭受牢獄的災禍。看見一葉被西風吹落，才知一年四季快要終結；他鄉的客心本來就悽苦，偏偏又碰上秋氣的悲涼！光陰無多，人生幾何？是宇宙自然的恩賜，使我獲得寶貴的生命，但我才智短淺，不知如何保全自己而免於拘禁。唉！綈袍不再是舊友，白首怎能成新朋。誰來弄清公治鋃鐺入獄的無辜，誰來辨明臧倉誇大失實的誣告。因此夜半起身，達旦不眠。眼見螢火點點可以自明，可歎覆盆之內陽光不照。是同類可以大異心志，有孔子過宋、桓魋伐樹的故事；是異質能夠同聲相應，有魚木扣擊、吳石鳴響的傳說。如果萬物的精靈，能做到互相交會感應，又何必要擔憂他們是不是同類。況且萬物都是乘時變化，合氣生長。即使創造化育各有不同，但流螢終究是萬物中的一物昆蟲。牠應節不誤，是「信」的美德；牠與物無爭，是「仁」的美德；牠遇夜不昧，是「智」的美德；牠避日不明，是「義」的美德；牠臨危不懼，是「勇」的美德。事有觸景生情的興會，理有托物寄意的感懷。有所感受，寫成此賦，姑且自我寬慰罷了。

伊玄功之播氣，有丹鳥之賦象。順陰陽而亭毒，資變往而含養❶。每寒潛而暑至，若知來而藏往。既發暉以外融，亦含光而內朗❷。

【章旨】描寫流螢的生成及本性。

【注釋】❶伊玄功之播氣四句　謂流螢的生成。伊，句首助詞。玄功，天工，指天的職司。《荀子・天論》：「列星隨旋，日月遞炤，四時代御，陰陽大化……是之謂天。」播氣，傳布秋氣。丹鳥，流螢的別名。崔豹《古今注・蟲魚》：「螢火，一名景天，一名熠耀，一名丹良，一名燐，一名丹鳥，一名夜光，一名宵燭，腐草為之，食蚊蚋。」賦象，天賦的資質、形象。陰陽，《易・繫辭上傳》：「陰陽不測之謂神。」此指天地間化生萬物的二氣。亭毒，形成品質。《老子》五十一章：「長之育之，亭之毒之，養之覆之。」王弼注：「亭謂品其形，毒謂成其質。」資，憑藉。變往，猶變化。含養，滋養。❷每寒潛而暑至四句　謂流螢的本性。寒潛，寒冬潛藏。暉，原作「揮」。按，「暉」與「融」、「光」、「朗」都含有光明的意思，為同義詞互用。

【語譯】當秋季到來的時候，在茫茫夜空出現流螢的形象。牠順應陰陽的消長形成品質，牠憑藉節氣的變化獲得滋養。牠每每要寒來暑往，牠好像有神智懂得秋出冬藏。牠發出亮光使自己遍體通明，牠含融光明袒露出內心明朗。

若夫小暑南收，大火西流，林塘改夏，雲物迎秋❶。忽凌虛而赴遠，乍排叢而出幽。均火齊之宵映，如夜光之暗投。逝將歸其未返，忽欲去而中留。入槐榆而焰發，若改燧而環周。繞堂皇而影泛，疑秉燭以嬉遊。點綴懸珠之網，隱映落星之樓❷。乍滅乍興，或聚或散，居無定所，習無常玩❸。曳影周流，飄光零亂。泛艷乎池沼，徘徊乎林岸。狀火井之沉熒，似明珠之出漢。值衝飇之不烈，逢淫雨而逾煥❹。

【章　旨】讚揚流螢背負黑暗、追求光明的精神。

【注　釋】❶若夫小暑南收四句　謂季節的變化。小暑南收，《禮・月令》：「仲夏之月，小暑至。」夏天位屬南，故稱暑氣退去為「南收」。大火西流，謂暑氣退寒秋將至。大火，火星，即心宿。西流，向西下移。每年夏曆五月，火星位在中天。六月以後，隨著暑氣消退，逐漸偏西下移。改夏，謂改變夏天的景色。雲物，風物；景物。❷忽凌虛而赴遠十二句　謂流螢在秋夜的活動。淩虛，淩空。虛，空。均，同；如。火齊，寶珠名，狀如雲母，色如紫金，有光曜。夜光，即夜光珠。其，原作「而」。槐榆，槐樹和榆樹。改燧，即改火，古代鑽木取火，因一年四季所鑽的木材不同，故稱改火。環周，指一年中寒暑循環一周。堂皇，亦作「堂隍」。指殿堂。疑，似；好像。秉燭，指古人秉燭夜遊的愛好。〈古詩十九首〉：「晝短苦夜長，何不秉燭遊？」秉，執持。嬉，樂。懸珠之網，似為懸掛著的用珠玉裝飾的簾櫳。落星之樓，樓名，在江蘇南京市東北的落星山上，為三國吳所建。此形容螢火如落星閃耀。❸乍滅乍興四句　謂流螢聚散不定。習無常玩，謂沒有玩忽飛翔。習，飛翔。玩，玩忽。❹曳影周流八句　謂螢火之光明。曳影，搖曳光影。徘徊，聯綿詞，來回地飛翔的樣子。火井，《文選》左思〈蜀都賦〉：「火井沉熒於幽泉。」火井即四川、雲南一帶製作井鹽的工場，從鹽井取鹽鹵作原料，從火井點火引出天然氣作燃料，設灶煎製食鹽，故又稱火灶、井灶。沉熒，火灶之潛火，因天然氣須點火才能燃燒，故為潛藏之火源。明珠，指漢皋之明珠。《文選》張衡〈南都賦〉：「游女弄珠於漢皋之曲。」李善注引《韓詩外傳》曰：「鄭交甫將南適楚，遵彼漢皋臺下，乃遇二女，佩兩珠，大如荊雞之卵。」衝飇，猛烈的疾風。淫雨，久雨。

【語　譯】暑氣退小暑南收，秋將至大火西流。林塘已改夏天的色澤，景物將迎秋天的降臨。有流螢凌空飄忽向遠處，排開草叢出深幽。如火齊珠照耀宵夜，如夜光珠投向暗陬。似將飛而未逝，若舉翼而中留。進入槐榆林中發出光焰，像是鑽木取火循環一周。飛繞殿堂光影浮泛，像高舉火燭夜晚嬉遊。閃閃爍爍點綴著珠飾的簾櫳，星星點點映襯著落星的名樓。忽滅忽興，或聚或散，居住沒有定所，飛翔沒有玩忽。拖著光影四處旋轉，飄著亮點錯綜零亂。浮光明亮照池沼，身影來回飛林岸。如火灶引發潛火，如明珠出於皋漢。不借疾風飄飄使光焰更為猛烈，偏抗淫雨霏霏使光焰愈加煥發。

照灼兮若湛盧之夜飛，的皪兮像招搖之夕爛。與庭燎而相炫，然重陰於已昏。共爝火而齊息，避太陽於始旦❶。爾其光不周物，明足自資。偶仙鼠而伺夜，謝飛蛾之赴熺❷。類君子之有道，入暗室而不欺。同至人之無迹，懷明義以應時❸。處幽不昧，居照斯晦。隨隱顯而動息，候昏明而進退❹。委性命兮幽玄，任物理兮推遷。化腐木而含彩，集枯草而藏煙。不貪熱以苟進，每和光而曲全。豈如鎔金而自爍，寧學膏火之相煎❺。陋蟬蜩之習蛻，怵螻蟻之慕羶。匪傷蜉蝣之夕，不羨龜鶴之年。搶榆飛而控地，搏扶起而垂天。雖小大之殊品，豈逍遙之異詮。夫何化之斯化，無使然而自然❻。若乃有來斯通，無往不至，排朱門而獨遠，昇青雲而自致。匪偷光於鄰壁，寧假輝於陽燧。終徇己以致能，靡因人而成事❼。

【章　旨】歌頌流螢具有「信」、「仁」、「智」、「義」、「勇」等美德。

【注　釋】❶照灼兮若湛盧之夜飛六句　歌頌流螢應節不愆之「信」。湛盧，寶劍名。趙曄《吳越春秋・闔廬內傳》：「湛盧之劍，惡闔閭之無道也，乃去而出，水行如楚。楚昭王臥而寤，得吳王湛盧之劍於床。」的皪，又作「的礫」、「玓瓅」、「的皪」。聯綿詞。明亮的樣子。原作「灼爍」。招搖，北斗七星。爛，爛漫。庭燎，庭中大燭。炫，照耀。然，同「燃」。重陰，黑暗。爝火，火炬。旦，天亮。❷爾其光不周物四句　歌頌流螢與物不競之「仁」。周物，語出《易・繫辭上》：「知周乎萬物，而道濟天下。」此謂遍及萬物。資，用；取。偶，配合。仙鼠，指蝙蝠，又稱「服翼」、「飛鼠」。伺夜，指蝙蝠乘夜而出，盤翔室內、天空。謝，辭謝。原作「對」。熺，大明。原作「嬉」。❸類君子之有道四句　歌頌流螢逢昏不昧之「智」。暗室，指黑暗而隱蔽的地方。後以心地光明磊落，在暗中不做壞事稱為「不欺暗室」。至人，指思想道德達到最高境界的人，莊子、荀子都有「至人」的說法。無迹，謂其行無跡，即不為形跡所拘。明義，此指道義。應時，處時。❹處幽不昧四句　歌頌流螢避日不明之「義」。居照斯晦，謂處在昏暗中卻發出光亮。居，處於。原缺。動息，作息。進退，謂進不與天光競爭，退在昏暗能發光。❺委性命於幽玄八句　歌頌流螢臨危不懼之「勇」。幽玄，幽暗深遠。物理，指事物的道理。化腐木，謂流螢為腐木枯草所化。貪，原作「食」。苟進，苟且謀求進身之路。和光，語出《老子》五十六章：「和其光，同其塵。」意思是混同於光和塵，與世無爭，隨俗浮沉。曲全，委曲求全。爍，熔化。膏火自煎，語出《莊子・人間世》：「膏火，自煎也。」膏火，照明用的油火。自煎，自討燃燒。❻陋蟬蜩之習蛻十句　歌頌流螢逍遙自在的自然之性。陋，鄙視。蟬蜩，連文同義，即蟬。蛻，指蟬蛻。怵，戒懼。羶，羊腥氣。蜉蝣，一種生命短促的小蟲，朝生而夕死。搶榆，典出《莊子・逍遙遊》：蟬和小鳥譏笑大鵬說：「我從地上迅速地飛起，衝過榆樹和檀木；有時飛不到，也不過是投落地上罷了，為什麼要飛到九萬里的高空向南海飛去呢？」此指螢火落地。搶，原作「槍」。摶扶起，《莊子・逍遙遊》：「鵬之徙於南冥也，水擊三千里，摶扶搖而上者九萬里。」摶，拍擊。扶搖，旋風。垂天，謂遮天。逍遙，悠閒自得、無拘無束的樣子。詮，指事理，真理。原作「荃」。何化之斯化，即《列子・天瑞篇》所謂常生常化、生化相因之理。意謂宇宙萬物無時不生，無時不化，生者自生，化者自化。無使然而自然，謂反對人為束縛，主張順應自然。❼若乃有來斯通八句　歌頌流螢不慕勢利的清高品德。若乃，假如。有來斯通，來往相通。斯，則。排，排斥。朱門，古代王公貴族之家的大門漆成紅色，以顯耀尊貴，故以朱門比喻富貴人家。青雲，比喻清高，因流螢不貪熱、不爭光，自求隱居於昏夜環境。致，求得；達到。偷光鄰壁，典出晉葛洪《西京雜記》。西漢張衡勤學而無燭，便鑿壁引鄰居之燭光，以書映光而讀。陽燧，又名「夫燧」，古人就日下取火的一種用具。崔豹《古今注・雜注》：「陽燧，以銅為之，形如鏡。照物則影倒，向日則火生，以艾炷之則得火。」徇己，謂犧牲自己。徇，同「殉」。因人成事，語出《史記・平原君虞卿列傳》，謂依賴別人的力量成事。

【語　譯】螢光像湛盧劍芒在夜空閃過，像北斗七星在夜空爛漫。螢光與庭中的大燭交相輝映，在暗夜中點燃更加璀燦。螢光與夜晚的火炬一同熄滅，避開陽光在秋晨寒露中飄散。螢光沒有照及萬物的恩賜，只是自足自用有所為。螢光配合蝙蝠殷勤守夜，不學飛蛾自撲追逐光輝。螢光像是有道的君子，做到胸襟坦蕩暗室不欺。螢光像至人其行無跡，懷抱道義順應秋時。流螢雖處幽暗卻不蒙昧無知，雖處黑夜卻是螢光和煦。牠有隨隱顯而動息的稟賦，牠有候昏明而進退的天資。流螢將性命託寄於幽玄，隨著物理的變化而變遷。牠是腐木所化放出霞彩，牠是草木所生蘊含雲煙。牠不貪熱而苟且求進，牠每和光而委曲求全。難道像鎔金那樣自我熔化，不如學油燈那樣自燒自燃。牠鄙薄蟬蜩那樣蛻皮尋求解脫，牠戒懼螻蟻那樣喜逐腥膻。牠不傷痛蜉蝣的朝生夕死，牠不羨慕龜鶴的益壽延年。小鳥碰樹投於地，大鵬摶飛衝九天。即使一小一大有區分，一樣是逍遙自在性使然。宇宙只是常生常化而生化不息，萬物只要不拘形跡而順應自然。假使來去則通，無往不至，那麼螢光不貪富貴遠離朱門，不爭光熱清高有志。螢光不是從鄰壁中偷引來的光華，不是從陽燧中假借來的光輝。牠始終是犧牲自我來效力，絕不是依賴別人以成事。

物有感而情動，迹或均而心異。響必應之於同聲，道固求之於同類❶。殆未明於趨捨，庸詎識其指意。子尚不知魚之為樂，吾又安知螢之所利❷？高明兮有融，遷變兮無窮。牛哀倏而化虎，羽泉忽兮生熊。血三年而藏碧，魂一變而成虹。知戰場之有燐，悟寃獄之為蟲❸。彼翾飛之弱質，尚矯翼之凌空。何微生之多躓，獨宛頸以觸籠。異壁光之照廡，同劍影之埋豐。覬道迷而可復，庶鑒幽而或通❹。覽光華而自照，顧形影以相弔。感秋夕以殷憂，歎宵行以熠燿。熠燿飛兮絕復連，殷憂積兮明自煎。見流光之不息，愴驚魂之屢遷。如過隙兮已矣，同奔電兮忽焉。儻餘光之可照，庶寒灰之重然❺！

【章　旨】作者由物及情，抒發含冤入獄的感慨。

【注　釋】❶物有感而情動四句　寫同聲相應、同類相從的道理。同聲，《莊子・漁父》：「客曰：『同類相從，同聲相應，固天之理也。』」❷殆未明於趨捨四句　寫未明流螢趨捨的旨意。殆，大概。原作「始」。趨捨，指進退。庸詎，豈；難道。魚之為樂，典出《莊子・秋水》：「莊子與惠子遊於濠梁之上。莊子曰：『鯈魚出遊從容，是魚樂也。』惠子曰：『子非魚，安知魚之樂？』莊子曰：『子非我，安知我不知魚之樂？』」此指一種別有會心、自得其樂的境界。所，原缺。❸高明兮有融八句　寫流螢為天地靈氣之所鍾。高明有融，語出《詩經・大雅・既醉》：「昭明有融，高朗令終。」高明，指光明。融，長久；長遠。牛哀，即公牛哀，典出《淮南子・俶真》。公牛哀，韓人，傳說他生病七日，身化為虎。其兄入室觀看，被虎搏殺。倏，倏忽。羽泉，即羽淵，典出《左傳・昭公七年》。唐堯殛鯀於羽山，其神化為黃熊，入於羽淵。唐避高祖諱，改淵為泉。藏碧，典出《呂氏春秋・八覽・必己篇》。萇弘為周敬王大夫，不當其罪被殺，藏其血三年而成碧。成虹，典出《太平御覽・天部十四》引《異苑》曰：「古語有之曰：『古者，有夫婦荒年菜食而死，俱化成青虹。』」戰場有燐，謂戰場人馬死亡、屍骨腐爛時產生燐火，俗稱鬼火。悟，了解；領會。原作「焐」。冤獄之為蟲，典出《藝文類聚・食物部》引《東方朔別傳》。漢武帝時，在長平坂道中發現有色赤如肝的蟲。東方朔說，此謂「怪哉」，在秦獄處，謂是秦獄冤氣積聚而成。❹彼翾飛之弱質八句　謂入獄的不幸遭際。翾飛，連文同義，飛的意思。弱質，原作「質弱」，倒文。矯翼，舉翅。矯，同「撟」。舉起。躓，被絆倒。引申為不順利。宛頸，屈頸。觸籠，觸犯牢籠，指入獄。籠，原作「龍」。螢光之照廡，典出《尹文子・大道上》。魏有農夫在田野耕作時，拾得一徑尺寶石，放在廡下，夜間大放光明。鄰人盜此寶石獻給魏王，才知為無價之寶。廡，堂周的廊屋。劍影埋豐，典出《晉書・張華傳》。相傳晉初有紫氣出現在斗、牛之間，被看作是劍之精氣。張華派人尋找，果在豫章郡之豐城（今江西省豐城縣）掘出龍泉、太阿寶劍，後兩劍沒水化為龍。埋，原作「理」。覬，希望。鑒幽，原作「幽鑒」。倒文。❺覽光華而自照十二句　謂以流螢自勉。覽，同「攬」，摘取。形影以相弔，謂自己的身子和影子可以互相安慰，形容孤獨一身，無所依靠。殷憂，深憂。熠燿，即螢火，又名「挾火」、「據火」。明自煎，謂明亮相煎。原作「明且煎」。愴，悲愴。過隙，語本《莊子・知北遊》：「人生天地之間，若白駒之過隙，忽然而已。」成玄英疏：「白駒，駿馬也，亦言日也。」陸德明釋文：「隙，孔也。」兮，原作「之」。矣，原作「來」。儻，倘或。餘光，《史記・樗里子甘茂列傳》：「甘茂之亡秦，奔齊，逢蘇代。代為齊使於秦。甘茂曰：臣得罪於秦，懼而遁逃，無使容迹。臣聞貧人女與富人女會績，貧人女曰：『我無以買燭，而子之燭光幸有餘，子可分我餘光，無損子明而得一斯便焉。』今臣困，而君方使秦而當路矣。茂之妻子在焉，願君以餘光振之。蘇代許諾。」寒灰熏燃，典出《漢書・竇田灌韓傳》：「(韓)安國，字長孺，梁成安人也。安國坐法，抵罪。蒙獄吏田甲辱安國，安國曰：『死灰獨不復燃乎?』甲曰：『然，即溺(尿)之。』居無幾，梁內史缺，漢使使者拜安國為梁內史。……甲肉袒謝，安國笑曰：『公等足與治乎?』卒善遇之。」

【語譯】事物感應而生情，形跡雖同心有異。同聲相應必然同發鳴響，同類相求才能共趨道義。人們不明流螢的進退，也就不明流螢的旨意。你既然不知遊魚為何快樂，我又怎能了解流螢所圖何利?日月的光明是那樣綿延不絕，萬物的變化是那樣無盡無窮。牛哀生病身化為虎，鯀入羽泉神化為熊。萇弘冤死血藏三年成碧，荒年餓死魂靈不滅成虹。已知戰場積血生燐火，才悟秦獄積冤生怪蟲。看流螢點點身小體又弱，尚且能舉翼凌空得自由。獨我命運不濟多苦難，負屈含冤入牢籠。那螢光不像是只照廊屋的璧光，卻像是豐城埋劍衝斗牛。希望迷途能知返，庶幾幽遠能相通。摘取光華來自照，形單影孤來相弔。有感秋夕肅殺牽動深憂，可歎夜間飛行螢光照耀。照耀飛翔啊斷又連，深憂積澱啊明自煎。看見時光流逝不息，悲愴驚魂屢受變遷。光陰如過隙那樣流失，時間如奔雷那樣忽然。倘若是餘光猶可照，也許能讓寒灰再重燃!

【賞析】關於流螢，《詩經・豳風・東山》已有「町疃鹿場，熠燿宵行」的描寫。到了魏晉，有曹植之論，有潘岳、傅咸之賦，有郭璞之贊。到了南朝梁時，又有簡文帝的詩、蕭和的賦，等等。這些詩賦，已注入了作者的思想感情，對流螢作出某些描繪與頌揚，如「猶賢哲之處世，時昏昧而道明。若蘭香之在幽，越群臭(氣味)而彌馨」(潘岳〈螢火賦〉)；如「進不競於天光兮，退在晦而能明」(傅咸〈螢火賦〉)。

但是，像駱賓王那樣，把螢火與自己的悲劇命運融為一體的寫法，並不多見。詩人無辜入獄，沉冤莫白，於是移情入景，託物寄意，便成為引發創作靈感的一種契機。賦的結構共分三大部分：一是序文，闡明創作動因；二是主體，寫流螢本身，其中又有寫流螢的生成、在秋夜的活動、具有「信」「仁」「智」「義」「勇」的美德等幾個層次；三是抒發自我之感慨及「儻餘光之可照，庶寒灰之重然」的生活信念。

本賦具有寓言性質，又深蘊哲理意義。它通過擬人化，塑造出流螢背負黑暗、追求光明的形象，牠的品性、精神與美德，不愧為宇宙的精靈，光明的天使，自由的驕子，美德的範型。其實這正是作者自我形象的寫照、自我美德的弘揚。

本賦用比喻、誇張、渲染、鋪墊等藝術方法寫出螢光之美。如「均火齊之宵映，如夜光之暗投」，「點綴懸珠之網，隱映落星之樓」，「狀火井之沉熒，似明珠之出漢」，「照灼兮若湛盧之夜飛，的皪兮像招搖之夕爛」，等等。

蕩子從軍賦

【題　解】這是唐代早期的一篇邊塞賦，它與作者的一組邊塞詩，具有同樣的藝術價值。「蕩子」，本指在外浪遊不歸者，此即為作者所歌頌的從軍邊塞的戰士形象，詞義已由貶義轉化為褒義。

胡兵十萬起妖氛，漢騎三千掃陣雲；隱隱地中鳴戰鼓，迢迢天上出將軍❶。邊沙遠雜風塵氣，塞草長萎霜露文❷。

【章　旨】敘邊塞戰事與環境，揭示蕩子從軍的背景。

【注　釋】❶胡兵十萬起妖氛四句　敘邊塞戰事。妖氛，不祥之氣。喻凶災、戰亂、禍患。此指胡兵進犯邊防。漢騎，漢朝軍馬。騎，一人一馬為騎。陣雲，戰陣如雲。指代胡兵。隱隱，眾多。形容鼓聲盛大。迢迢，高遠的樣子。❷邊沙遠雜風塵氣二句　敘邊塞環境。風塵，比喻軍旅艱苦生活。萎，枯槁。文，花紋。

【語　譯】胡兵十萬進犯邊防，戰亂紛紛；漢騎三千橫掃戰陣，衝向敵群。從大地傳來進軍的咚咚戰鼓，從高空飛下英勇的無敵將軍。邊境沙漠無邊，混雜著軍旅生活的風塵；邊境霜露重重，使塞草枯萎，現出橫七豎八的花紋。

蕩子辛苦十年行，回首關山萬里情❶。遠天橫劍氣，邊地聚笳聲。鐵騎朝常警，銅焦夜不鳴。抗左賢而列陣，比右校以疏營❷。滄波積凍連蒲海，雨雪凝寒遍柳城。若乃地分玄徼，路指青波。邊城暖氣從來少，關塞寒雲本自多。嚴風凜凜將軍樹，苦霧蒼蒼太史河❸。既拔距而從軍，且揚麾而挑戰。征旆凌沙漠，戎衣犯霜霰。樓船一舉爭沸騰，烽火四連相隱見。戈文耿耿懸落星，馬足駸駸擁飛電❹。終取俊而先鳴，豈論功而後殿❺。

【章　旨】從不同角度展現蕩子從軍的歷程。

【注　釋】❶蕩子辛苦十年行二句　寫蕩子從軍的回顧。行，指行軍。關山，指關隘山川。❷遠山橫劍氣六句　寫從軍的戰陣生活。橫劍氣，謂充溢劍氣。橫，紛雜；充溢。笳，胡笳。古管樂器，流行於塞北、西域。朝常警，謂白天派遣斥候（偵察敵情的士兵）負責警戒。銅焦夜不鳴，謂夜晚不打更防衛。《史記・李將軍列傳》載，西漢名將飛將軍李廣，用兵不擊刁斗以自衛。銅焦，銅製的焦器，白天用作炊具，晚上用作打更，稱為刁斗。抗左賢，謂與左賢相抗衡。左賢，匈奴冒頓單于設左、右屠耆王，為單于手下的高官。「屠耆」為匈奴語「賢」的意思，故又稱左、右賢王。比右校，謂與右校相較量。比，較量。右校，指匈奴之右校王官職。疏營，疏開營寨。指部隊之間擴大間隔與距離的戰術行動。❸滄波積凍連蒲海八句　寫從軍苦寒環境。蒲海，即蒲類海。漢代湖泊名，唐名婆悉海，在西域。柳城，指柳城縣和柳城郡，治所在今遼寧省朝陽市。地分玄徼，謂邊城處於塞北。玄，黑色。因北方色黑，故以玄色稱北方。徼，塞。路指青波，謂塞道指向青波。青波，地名。

將軍樹，《後漢書・馮岑賈列傳》載，馮異為人謙虛，諸將並坐論功，異常獨屏樹下，軍中號稱「大樹將軍」。此指塞外的大樹。太史河，借用庾信〈周宗廟歌〉之「皇夏太史河如鏡」句，形容塞外河流。太史，史官。❹既拔距而從軍八句　寫從軍的戰鬥場面。拔距，也稱「超距」。跳躍的意思。揚麾，謂飛舉旗幟。麾，古代用以指揮軍隊的旗幟。征旆，征旗。旆，同「斾」。旗幟。淩，迫近。霰，冰雹。樓船，有樓的大船。即戰船。舉，行動。沸騰，河水騰湧的樣子。烽火，即烽燧。古代邊境在高臺上燒柴或狼糞，作為報警的信號。白天舉煙，叫「烽」，夜晚舉火，叫「燧」。《墨子・號令》：「與城上烽燧相望，晝則舉烽，夜則舉火。」隱見，時隱時現。見，同「現」。戈文，各種兵器的形狀。耿耿，光亮的樣子。駸駸，急驟的樣子。❺終取俊而先鳴二句　謂從軍的戰鬥勝利。取俊，攻克、取勝的意思。《左傳・莊公十一年》：「得俊曰克。」孔穎達《正義》：「戰勝其師，獲得其雄俊者。」先鳴，先聲奪人。後殿，即殿後。最後、最下的意思。

【語　譯】蕩子經過十年辛苦的從軍之行，回顧關隘山川有著萬里之情。劍氣充塞在遙遠的天際，邊地融聚著胡笳的鳴聲。白天鐵騎擔任警戒，夜晚刁斗不用打更。與單于左賢王相抗衡，排列了陣勢，同匈奴右校王相較量，疏開了兵營。滄波結成冰凍，連接蒲海；雨雪凝成寒氣，遍布柳城。邊防處於北方的地域，道路指向塞外的青波。邊城從來缺少暖氣，關塞寒雲自是增多。寒風中屹立著威風懍懍的將軍樹，苦霧中呈現出顏色蒼蒼的太史河。征人保邊防，踴躍來從軍；戰士為擊敵，揚旗來挑戰。征旗直迫沙漠，戎衣冷凝霜霰。戰船一經開動，波濤湧起；烽火四下相連，時隱時現。戈矛閃亮如同高空星星，戰馬奔馳像在追風逐電。終於奪取勝利，顯出先聲奪人；待到論功行賞，豈能落人後面。

征夫〈行樂〉踐榆溪，倡婦銜怨坐空閨。〈蘼蕪〉舊曲終難贈，〈芍藥〉新詩豈易題❶。池前怯對鴛鴦伴，庭際羞看桃李蹊。花有情而獨笑，鳥無事而恆啼❷。見空陌之草積，知閨牖之塵栖❸。蕩子別來年月久，賤妾空房更難守。鳳凰樓上罷吹簫，鸚鵡杯中休勸酒❹。聞道書來一鴈飛，此時緘怨下鳴機。裁鴛貼夜被，薰麝染春衣。屏風宛轉蓮花帳，牕月玲瓏翡翠帷。個日新妝始復罷，衹應含笑待君歸❺。

【章旨】敘思婦懷念征人的情結。

【注釋】❶征夫行樂踐榆溪四句　寫思婦的幽怨。征夫，征人。此指蕩子。行樂，指〈從軍行〉。樂府〈相和歌〉〈平調曲〉名，多用漢代故事寫邊塞生活，以三國時王粲所作五首為早。踐，到；臨。榆溪，古代北方邊塞多植榆樹，故稱邊塞為「榆塞」。此指榆溪塞，又稱榆林塞。《漢書・韓安國傳》：「累石為城，樹榆為塞，匈奴不敢飲馬於河。」其舊址在今河套一帶。倡婦，指思婦。〈蘼蕪〉舊曲，即〈古詩〉：「上山採蘼蕪，下山逢故夫」詩。〈芍藥〉新詩，即《詩經・鄭風・溱洧》：「伊其相謔，贈之以芍藥。」❷池前怯對鴛鴦伴四句　寫思婦觸景傷情。鴛鴦，鳥名。雌雄偶居不離，古稱「匹鳥」。桃李蹊，《史記・李將軍列傳》引諺曰：「桃李不言，下自成蹊。」此借指賞花的人多。蹊，小路。❸見空陌之草積二句　原缺。寫思婦處境的冷落。空陌，謂空寂的陌頭。陌，陌上、路旁。闇牖，謂昏暗的窗戶。塵栖，猶塵封。栖，停留。❹蕩子別來年月久四句　寫思婦空閨難守。鳳凰樓，暗用典故。《列仙傳》載：蕭史善吹簫，秦穆公將好吹簫的女兒弄玉嫁給他，並築鳳臺給他們居住。後來，蕭史乘龍，弄玉乘鳳，升天而去。鸚鵡杯，謂用狀如蝸牛殼的鸚鵡螺雕琢成的酒杯。❺聞道書來一雁飛八句　寫思婦的喜悅。一雁飛，古代以鴻雁比喻書信，有鴻雁傳書之說。此指蕩子即將回家的書信。緘怨，謂閉口不出怨言。緘，扎束；封閉。鳴機，指織機。裁鴛貼夜被，謂裁成鴛鴦被。〈古詩十九首〉：「文綵雙鴛鴦，裁成合歡被。」宛轉，聯綿詞。形容委婉曲折。蓮花帳，繪有蓮花圖案的帳子。玲瓏，聯綿詞。形容明亮的樣子。翡翠帷，用翡翠鳥羽裝飾的帳幕。個日，此日。衹，只。

【語譯】征人高唱〈從軍行〉到了榆溪，思婦銜怨在家鄉獨坐空閨。〈蘼蕪〉舊曲說「故夫」何以為贈，〈芍藥〉新詩敘恩情難於為題。立池前怕對鴛鴦戲水，在庭際羞看桃李成蹊。花是有情，獨開笑臉；鳥雖無事，也常常鳴啼。空寂的陌上長滿了雜草，昏暗的窗戶堆滿了灰塵。蕩子一別十年久，思婦空閨更難守。樂添離恨，鳳凰樓上不要再吹簫；酒入愁腸，鸚鵡杯中不要再勸酒。聽說書信來時鴻雁高飛，此時不再抱怨下了織機。立刻裁製成鴛鴦錦被，馬上薰染好麝香春衣。宛轉屏風伴著蓮花帳，明亮窗月照著翡翠帷。此日喜穿新妝又卸下，只應含笑等候征人歸。

【賞　析】古來不乏寫征人思婦情結的作品，如〈古詩十九首〉：「青青河畔草，鬱鬱園中柳。……昔為倡家女，今為蕩子婦。蕩子久不歸，空牀難獨守。」如庾信〈蕩子賦〉：「蕩子辛苦逐征行，直守長城千里城。隴水恆冰合，關山唯月明。」梁元帝〈蕩婦秋思賦〉：「蕩子之別十年，倡婦之居自憐。」這些詩賦，或多或少對駱賓王〈蕩子從軍賦〉的創作有所影響。

本篇融鑄著作者從軍的生活理想與生活體驗，又賦予豐富的藝術想像，具有創造性。它借漢喻唐，反映了初唐時期鞏固邊防的邊防戰爭的現實與本質。和作者的邊塞詩一樣，它的價值在於它的現實性。本篇分三個部分，以蕩子從軍的「辛苦」貫穿全篇，以從軍的背景到從軍的歷程，再到思婦的幽怨、喜悅等，將征人思婦的情結表達得淋漓盡致。

蕩子從軍的歷程，為本篇的主體部分。從「辛苦十年」的時間、「關山萬里」的空間切入，展開多側面、多角度的描寫。「劍氣」、「笳聲」、「鐵騎」、「銅焦」、「列陣」、「疏營」，寫蕩子經受軍旅生活的磨鍊；「滄波」、「雨雪」、「嚴風」、「苦霧」，寫蕩子經受苦寒環境的熬煎；「拔距」、「揚麾」、「征旆」、「戎衣」、「樓船」、「烽火」、「落星」、「飛電」，寫蕩子經受戰鬥場面的考驗。最後以「終取俊而先鳴，豈論功而後殿」的勝利慶功作結，從中表現了蕩子的英雄風采。

本篇以思婦的「幽怨」，襯托出蕩子從軍的「辛苦」，思婦的「怨」愈多，蕩子的「苦」愈重。因此，征人與思婦，是通過「怨」與「苦」的情結聯繫起來的，顯示了情結的分量與重量。

本篇寫關塞煙塵，寫閨閣風月，是典型景物。把「關塞」和「閨閣」並提，「煙塵」與「風月」對舉，構成了一個極為鮮明的對照。於是，在畫面上有明有暗，節奏上有緩有急，色調上有冷有暖，風格上有剛有柔。

陳熙晉《駱臨海集箋注》評本篇云：「臨海夙齡英俠，久戍邊城，慷慨臨戎，徘徊戀闕，借子山之賦體，攄定遠之壯懷。絕塞烟塵，空閨風月，雖文託艷冶，而義協〈風〉〈騷〉。」他確定本篇為賦體，從而否定了明人李夢陽有關七言歌行之說。子山，指北周文學家庾信，字子山，以詩賦著稱於世。定遠，指東漢名將班超，在西域戰功赫赫，被封為定遠侯。陳氏以為駱賓王借助賦的形式，抒發軍旅壯懷，雖文辭艷麗，卻深合〈風〉、〈騷〉之旨，的確概括出本篇形式、內容的特色。

靈泉頌并序三首

【題解】本篇乃駱賓王為宋思禮所作。宋思禮，以孝聞名。宋祁《新唐書·孝友傳》即據此頌并序為之立傳：「宋思禮，字過庭，事繼母徐，為聞孝，補蕭縣主簿。會大旱，井池涸，母羸疾，非泉水不適口。思禮憂懼，且禱，忽有泉出諸庭，味甘寒，日不乏汲。縣人異之，尉柳晃為刻石頌其孝感。」蕭縣，當作蕭山縣（今浙江省蕭山市）。《舊唐書·地理志》「江南道越州中都督府蕭山」條說：「儀鳳二年（六七七）分會稽、諸暨置永興縣，天寶元年（七四二），改為蕭山。」此沿用舊稱。調露二年（六八〇），駱賓王貶臨海縣丞，宋思禮補蕭山縣主簿。這年秋，駱因赴任，順道回義烏葬母，途經蕭山縣，親眼看到了靈泉，便有感而作此頌詩。頌，文體名，指以歌功頌德為主旨的詩文。南朝梁蕭統〈文選序〉：「頌者，所以游揚（宣揚）德業，褒讚成功。」

聞夫玄功幽贊，靈心以有德是親❶；至道冥符，篤行以通神為本❷。若乃天經地義，色養叶於因心；夏凊冬溫，愛敬弘於錫類❸。下逮六幽之奧，上洞三光之精，不有至誠，孰云斯感❹？有廣平宋思禮，字過庭，皇朝永州刺史昉之嫡孫，戶部員外順之長子。幼丁偏罰，早喪慈親。永懷鞠養之恩，長增思慕之痛❺。弱不好弄，長而能賢。趨庭聞詩、禮之風，亢宗勗曾、閔之行，事後母徐，以至孝聞❻。北面興悲，泣高堂而咎己❼；東遊下位，歡微祿以逮親❽。調露二年，來佐百里。俯就微班之列，將申返哺之情❾。苟立身其若斯，於從政乎何遠❿？時歲亢旱，金石行銷，環近川源，殆將堙絕。濬井皆為湯谷，通波盡化污池⓫。太夫人在遲暮之年，有溫勞之疾，非濫漿不可以適口，非源泉不可以蠲痾。色養既虧，憂惶靡訴。俄而廳階之下，忽清泉而自生，因疏導其源，遂流注不竭，味甘若醴，氣冷如冰⓬。此邑城控剡山，地連禹穴，基址多石，崗阜無津。爰自興建已來，曾微穿汲之利，非精誠貫於有道，純志浹於無私，孰能洽冥貺以通幽，導靈泉而致養者也⓭？昔漢臣忠烈，窮井飛於一言；姜婦孝思，潛波移於七里。靜惟陳迹，彼亦何人⓮。蕭縣尉柳晃，耿介之士也。道合則金蘭若膠漆，情異則軒冕猶塵泥。片善可嘉，朝聞甘於夕死；一諾猶重，黃金賤於白珪。以為執友素交，豈祿利輕肥之謂也；賞音達禮，非鐘鼓玉帛之云乎⓯？所耻者歿而無稱，所貴者存乎不朽。徒懷美志，未遇良材⓰。某出贊荒隅，途經勝壤，三秋客恨，長懷宋玉之悲；一面交歡，暫雪桓譚之涕⓱。睹此水之清泚，感若人之精誠。見賢思齊，仰珪璋而有地；揮毫與頌，鏤琬琰之無慚。乃作頌曰⓲：

【章　旨】本篇序文，闡明「見賢思齊」的創作目的。

【注　釋】❶聞夫玄功幽贊二句　謂孝行有天功祐助。玄功，即天功。見本卷〈螢火賦〉注。幽贊，暗行祐助。靈心，天心；天意。靈，即神，亦即天。有德是親，即惟親有德。語本《左傳・僖公五年》引《周書》曰：「皇天無親，惟德是輔。」意謂皇天公正，無偏無私，總是祐助有德的善人。❷至道冥符二句　謂孝行可以通神。至道，指至高無上的天道，即自然之道，古人有「天」與「道」合一之說。冥符，暗賜的符兆，即賜福的徵兆。篤行，誠摯忠實的德行。指孝行。通神，通達神明。神，神靈；神明。原作「仁」。本，根本。❸若乃天經地義四句　謂事親的孝行。若乃，至於。天經地義，指正確而不可改變的道理。經，常。義，宜。色養，和顏悅色奉養父母。即盡孝。叶，同「協」。協調；和諧。因心，謂順從親意。因，順著。夏清冬溫，指夏天扇席使涼，冬天溫被使暖，為古代子女奉養父母之禮。清，涼。愛敬，謂愛親、敬親。弘，擴充；光大。錫類，語本《詩經・大雅・既醉》：「孝子不匱，永錫爾類。」錫，同「賜」。賜給。類，善；好。❹下逮六幽之奧四句　謂孝行的影響。逮，及。原作「建」。六幽，指六合（天地四方）幽隱之處。洞，洞徹。三光，指日、月、星。精，精華；精光。至誠，真心誠意。孰，何。❺有廣平宋思禮八句　謂宋思禮之身世。廣平，郡、國名。漢有廣平國，唐改為洺州，此稱其古地名。皇朝，即唐朝。永州，唐州名，今湖南省零陵縣。刺史，官名，即太守。唐高祖武德元年（六一八）改太守曰刺史。刺，原作「剌」。戶部員外，官名。《新唐書・百官志》：「戶部，尚書一人，正三品，侍郎二人，正四品下。掌天下土地、人民、錢穀之政，貢賦之差。……戶部郎中、員外郎，掌戶口、土田、賦役、貢獻、蠲免、優復、姻婚繼嗣之事。」順，原作「頤」。幼丁，幼時遭逢。偏罰，語本《晉書・孝友劉殷傳》：「罪釁深重，幼丁艱罰。」此謂受到不公正的懲罰。指喪母。偏，不平等的；不公正的。鞠育，連文同義，養育。鞠，養。❻弱不好弄六句　謂宋思禮之孝行。弄，玩弄。引申為戲耍，玩耍。能，乃；就。趨庭，典出《論語・季氏》，為孔子教育他兒子鯉（即伯魚）學詩、禮的事。有天孔子站在庭中，鯉恭敬地走過。孔子問他有沒有學詩，說不學詩便不會說話。鯉馬上就去學詩。他日，孔子又問鯉有無學禮，說不學禮就沒有立足社會的基礎。鯉馬上就去學禮。後即以「鯉庭」、「庭趨」代稱父訓。趨，小步而行，表示恭敬的意思。亢宗，本指保衛宗族，引申為光宗耀祖之意。亢，蔽護。原作「永」。勗，勉勵。曾、閔，指孔子的學生曾參、閔損（字子騫）。《初學記・人事部》：「閔損與曾參，門徒之中，最有孝稱。」❼北面興悲二句　謂不能奉養生母。北面興悲，典出《韓詩外傳》卷七。孔子的學生曾子說他仕齊為吏時，俸祿雖少，但能養親，欣欣而喜。母親死後，他到南方楚地做了大官，不免向著北方悲傷流淚，是因為再也不能養親。因此他認為家貧親老，應不擇官而仕。高堂，指父母。咎己，引咎自責。❽東遊下位二句　謂祿養繼母。東遊，向東遊宦。下位，官職卑小。逮親，養親。❾調露二年四句　謂宋思禮為蕭縣主簿。調露二年（六八九），王溥《唐會要・帝號上》：「高宗儀鳳四年六月十五日，改為調露，調露二年八月二十三日改為永隆。」百里，百里之地。指蕭縣。俯就，屈就。微班，末次。指蕭縣主簿。申，表達。原作「由」。返哺，傳說烏雛長則返哺其母，故稱慈烏、孝烏。❿苟立身其若斯二句　謂行孝與效忠為一體。苟，如果。原作「敬」。立身，謂行孝。《孝經・開宗明義第一章》：「立身行道，揚名於後世，以顯父母，孝之終也。」從政，謂效忠朝廷。⓫時歲亢旱六句　謂大旱之年。亢旱，大旱。銷，銷釋。環，周圍。殆，幾乎。原作「始」。堙，塞。原作「煙」。濬井，深井。湯谷，即暘谷。古代傳說中的日出處。通波，流通的江河。污池，停積不流的池水。⓬太夫人在遲暮之年十二句　謂靈泉自生。太夫人，對繼母之尊稱。溫勞之疾，指傷寒病，為受溫熱之邪所引發的急性熱病。濫漿，指泉水。蠲痾，除病。蠲，除。色養，和顏悅色以盡奉養之道。憂惶，憂慮疑懼。惶，原作「煌」。醴，甜酒。王充《論衡・是應》：「泉從地下出，其味甘若醴，故曰醴泉。」又，《宋書・符瑞志下》：「醴泉，水之精也，甘美。王者修理則出。」⓭此邑城控剡山十句　謂靈泉出於精誠。邑，指蕭山縣。剡山，本作「剡溪」。在剡縣，治所在今浙江省嵊縣。禹穴，傳說大禹巡狩到會稽山（在浙江中部紹興、嵊縣、諸暨、東陽之間）而崩，便葬在那裡，上有孔穴。崗阜，連文同義。指山巒。阜，土山。津，指泉水。爰，乃；於是。興建，謂蕭山縣於儀鳳二年改名為「永興」。曾，乃。微，無。穿汲，指興修水利。穿，穿鑿水道。汲，汲引水源。精誠，真誠。此指孝心。有道，孝道。有，語助詞，無義。純志，純孝。浹，融洽。無私，不自私；不偏心。洽，協和；和睦。原作「治」。冥貺，神的賜與。致養，達到養親的目的。⓮昔漢臣忠烈六句　謂精誠純志可通神之事例。漢臣忠烈，典出《後漢書・耿弇列傳》。東漢耿恭，曾為戊己校尉，擊匈奴。他以疏勒（古西域國名）城傍有澗水可以堅守，便引兵佔據。匈奴來攻，包圍城下斷絕澗水。他在城中鑿井，十五丈不得水。吏士又累又渴，竟壓榨馬糞汁飲用。他仰天長歎，向井跪拜，為吏士祈禱。不一會，泉水奔湧而出，眾人皆呼萬歲。匈奴以為神明，引兵而去。姜婦孝思，典出《後漢書・列女傳》。廣漢（東漢郡名）姜詩妻，事母至孝。母好飲江水，水離舍六七里，妻常逆流而上去汲水。母嗜細切的魚肉，又不能獨食，夫婦常常供奉，呼鄰母共食。舍側忽有湧泉味如江水，每天出雙鯉魚，常以供兩母之膳。惟，想；思考。陳迹，舊跡；遺跡。彼亦何人，意謂那些人都很平常，並不特殊。⓯蕭縣尉柳晃十二句　謂柳晃與宋思禮的密切關係。耿介，正直。道合，志同道合。合，原作「外」。金蘭，語本《易・繫辭上傳》：「二人同心，其利斷金；同心之言，其臭（氣味）如蘭。」此謂友情契合。膠漆，如膠似漆。比喻情意相投，親密無間。情，原作「清」。軒冕，古時卿大夫的軒車冕服。此指代高官厚祿。塵泥，比喻細微輕賤。原作「埃塵」。片善，細小的優點。嘉，讚美。朝聞甘於夕死，語本《論語・里仁》：「子曰：『朝聞道，夕死可矣。』」一諾，語本《史記・季布欒布列傳》：「楚人諺曰：『得黃金百斤，不如得季布一諾。』」白珪，珪璧。古代帝王、諸侯朝聘或祭祀時所執的玉器。輕裘肥馬，謂穿上又輕又暖的皮袍，坐上由肥馬駕的車子。比喻豪華富貴的生活。鐘鼓玉帛，語本《論語・陽貨》：「子曰：『禮云禮云，玉帛云乎哉？樂云樂云，鐘鼓云乎哉？』」又，《孝經・廣要道章第十二》：「移風易俗，莫善於樂；安上治民，莫善於禮。」意謂樂的實質貴在移風易俗，不僅是指鐘鼓形式；禮的實質貴在安上治民，不僅是指玉帛形式。⑯所恥者歿而無稱四句　謂柳晃為宋思禮刻石歌頌。歿而無稱，司馬遷〈悲士不遇賦〉：「歿世無聞，古人惟恥。」歿，死亡。稱，讚許；表彰。存乎不朽，謂保存下去永久不廢。⑰某出贊荒隅六句　謂創作時間。某，我，自稱代詞。荒隅，荒僻的角落。指臨海縣，因濱海，故云。勝壤，名勝之地。指蕭山縣。三秋，指秋季。宋玉之悲，宋玉〈九辯〉：「悲哉秋之為氣也，蕭瑟兮草木搖落而變衰。」雪，除。桓譚，字君山，沛國相（今安徽省濉溪縣西北）人，東漢哲學家、經學家，官至議郎給事中。因反對讖緯神學，觸怒了光武帝，幾遭處斬，被貶為六安郡丞，憂傷而死。見《後漢書・桓譚馮衍列傳》。譚，原作「潭」。此喻作者貶臨海縣丞事。⑱睹此水之清泚七句　謂創作目的。清泚，連文同義。清澈。見賢思齊，語本《論語・里仁》：「見賢思齊焉，見不賢而內自省也。」意謂見到賢人便向他看齊。賢，賢人。指宋思禮。仰，敬慕。珪璋，玉製禮器。比喻高貴的品德。地，位置。鏤琬琰，指柳晃刻石。鏤，雕刻。琬琰，琬圭與琰圭。比喻美石與美文。

【語　譯】聽說天功暗行祐助，因為天心總是祐助行孝的善人；天道暗賜福兆，因為孝行以通達神明為根本。至於天經地義，奉養父母要和顏悅色，使親人心滿意足；夏涼冬暖，敬愛父母要發揚光大，使祖宗賜給好處。孝行下可深達六合的幽隱，上可洞徹三光的精華。如果沒有行孝的真心誠意，何以能如此通神感天？廣平宋思禮，字過庭，本朝永州刺史宋昉的嫡孫，戶部員外宋順的長子。幼遭偏罰，早喪慈母。於是他永懷慈母養育的恩德，長增思慕慈母的悲痛。他小時不愛玩耍，長大就成為賢才。他庭受父訓，有學詩、學禮的家風；他光宗耀祖，有曾參閔損的孝行。他奉養後母徐太夫人，有至孝的名聲。他向北悲涕，引咎自責，因為不能奉養去世的生母；他向東遊宦，喜得微祿，因為能夠奉養健在的後母。調露二年庚辰，他來任蕭山縣主簿；

雖然官小祿微，但能表達慈烏返哺的孝心。如果能在孝順父母方面立身揚名，那麼與效忠朝廷的揚名後世還有什麼差別呢？當時正值大旱，即使是堅似金石也將銷釋，周圍河川，幾乎塞斷。深阱的水井變成暘谷，流通的江河化為汙池。徐太夫人晚年患有傷寒病，不是泉水不可以適口，不是源流不可以除病。此時此際，他奉養有了虧缺，憂慮疑懼無處傾訴。一會兒在廳堂石階下面，忽然有清泉流出，便疏導它的源頭，於是泉源流注不盡，那泉水味甘如同甜酒，氣冷如同寒冰。蕭山縣城控剡山，地連禹穴，城址多石頭，山上缺水源。因此自興建縣治以來，並沒有穿鑿汲引的水利，假使不是真誠貫通於孝道，不是純孝融洽於無私，又何能得到神明的恩賜，引導靈泉來奉養後母呢？從前漢臣言忠烈，一言禱告，使窮井湧出源泉；姜婦孝思，七里汲水，使江水移注舍側。靜靜地思考這些歷史遺跡，那些人又有什麼特殊之處呢。蕭山縣尉柳晃，是個正直的人。如果志同道合，那麼金蘭相契，親密得如膠似漆；如果情志相異，那麼高官厚祿，也輕賤得如塵似泥。朋友的小善可嘉，朝聞真理可以夕死；朋友的一諾猶重，使千兩黃金比不上白珪的價值。因為摯友相交，重在情投意合，不是所謂功名利祿、輕裘肥馬的生活；賞音達禮，重在精神實質，不是所云鐘鼓之樂玉帛之禮的形式。令人感到可恥的，是死後得不到表彰；令人感到可貴的，是保存美名永不磨滅而流傳下去。但是宋思禮徒然抱有美好的志向，未遇上知己的良士，這大概就是柳晃為宋思禮刻石歌頌的原因。我出贊臨海縣丞，途經蕭山縣城，正值三秋季節，不免有宋玉悲秋的感慨；歡見甘泉湧地，暫除桓譚遭貶的涕淚。看見靈泉的清澈，被宋思禮的精神深深感動。見賢思齊，仰慕宋思禮的高尚品德，找到學習的位置；揮毫興頌，有柳晃表彰宋思禮的刻石，才不會使我因遺憾而感到慚愧。我於是就寫了下面的三首頌詩：

粵若稽古，厥初生人❶。其誰不孝，獨我難倫❷。義不悖道，仁不遺親❸。愛敬盡力，孝悌❹通神。

【章　旨】頌詩之一，頌孝親的傳統。

【注　釋】❶粵若稽古二句　謂追溯考察遠古祖先的歷史。粵，即「曰」，句首助詞。若，順。稽古，考古。厥初生人，語本《詩經・大雅・生民》之「厥初生民」。這是周人追述祖先后稷事跡的詩。厥，其；那。初，起初；開始。生人，指周部族的人民。人，原作「民」，因唐代避太宗李世民的諱，改「民」為「人」。❷其誰不孝二句　謂本朝宋思禮的孝行無能與之倫比。其，那。獨，唯獨。我，我朝。倫，倫比；匹敵。❸義不悖道二句　謂孝道與仁義的關係。《孝經・聖治章第九》：「故不愛其親而愛他人者，謂之悖德；不敬其親而敬他人者，謂之悖禮。」悖，違背；違反。原作「存」。道，指孝道。遺，棄。❹孝悌　《孟子・滕文公下》：「於此有人焉，入則孝，出則悌。」悌，敬愛兄長。

【語　譯】順著遠古的史跡進行考察，可以追溯到周族祖先最初的生民。從那時起就有了孝親的傳統，但是唯有我朝宋思禮，誰也比不上他感天動地的孝行。義要做到不違背孝道，仁要做到不遺棄孝親。愛親敬親如果盡心盡力，入孝出悌就能通達天神。

顧我罔極，因心感至❶。冥契動天，甘泉湧地❷。泠泠無竭，蒸蒸不匱❸。曾是我思❹，永錫爾類。

【章　旨】頌詩之二，頌孝心感天動地。

【注　釋】❶顧我罔極二句　謂孝心在於真誠。顧，回顧。原作「頑」。罔極，語本《詩經・小雅・蓼莪》：「欲報之德，昊天罔極。」意思是父母的恩德如天大，無以為報。罔，原作「恩」。因，憑藉；依靠。心，指誠心。❷冥契動天二句　謂孝心感天而出甘泉。冥契，神交。❸泠泠無竭二句　寫甘泉。泠泠，疊字。形容清涼的樣子。原作「冷冷」。蒸蒸，同「烝烝」。疊字。形容眾多的樣子。不匱，不竭。❹曾是我思　謂思慕孝行。曾，乃。思，思慕。

【語　譯】回顧親恩浩蕩如天大，做到交感相應靠的是真心誠意。因為是神交感動了上蒼，才使得甘泉湧出了大地。清涼的流水源源不絕，大量的源泉滔滔不匱。我乃思慕高尚的孝行，這孝行將會得到祖宗的蔭庇。

爰有勞人❶，景行芳塵❷。事諧則感❸，道洽斯親❹。孝為禮主❺，名是實賓❻。倘斯文❼之不墜，知盛德之有鄰❽。

【章　旨】頌詩之三，頌盛德有鄰。

【注　釋】❶勞人　語本《詩經．小雅．巷伯》「勞人草草」。指憂傷的人。原作「芳人」。❷景行芳塵　謂對名賢的仰慕。景行，崇高的德行。一說大路。語本《詩經．小雅．車舝》：「高山仰止，景行行止。」芳塵，名賢的蹤跡。原作「勞塵」。❸事諧則感　指宋思禮的孝行。❹道洽斯親　指柳晃刻石的情誼。道，原作「通」。❺孝為禮主　語本《論語．為政》。孟懿子問孝道，孔子說：「不要違背禮節。」樊遲道：「這是什麼意思？」孔子說：「父母活著，按照規定的禮節奉養他們；父母死了，按照規定的禮節安葬他們，祭祀他們。」❻名是實賓　語本《莊子．逍遙遊》：「名者，實之賓也。」意謂名稱是從實物派生的東西。名，名稱。實，實物。賓，從屬；派生物。❼斯文　謂古代的禮樂文化。此指孝道。❽知盛德之有鄰　語本《論語．里仁》：「子曰：『德不孤，必有鄰。』」意謂有道德的名賢不會孤獨，一定有志同道合的人與他作伴。

【語　譯】我本是個憂傷的人，名賢的德行是我所敬所遵。孝親和諧就能感動神明，志同道合就能相敬相親。孝是禮的主導，盡孝才能盡禮；名是實的從屬，虛名何足為珍。如果不失去孝親的斯文傳統，德高的賢人將永遠不會孤單，必有知己朋友和他相伴為鄰。

【賞　析】駱賓王作〈靈泉頌〉，與其所歌頌的對象宋思禮，在思想感情上發生了共鳴。一是駱與宋的身世有相似之處。駱小時即「夙遭不造，幼丁閔凶」（〈上吏部崔侍郎啟〉）；上元二年（六七五）冬，母親逝世，「人事謝光陰，俄遭霜雪侵。偷存七尺影，分沒九泉深」（〈疇昔篇〉）。而宋是「幼丁偏罰，早喪慈親」。二是駱與宋都是孝子。駱「不汲汲於榮名，不戚戚於卑位，蓋養親之故也」，「故寢食夢想，噬指之戀徒深；歲時蒸嘗，崩心之痛罔極」(〈上吏部裴侍郎啟〉)。而宋事後母至孝,感動了天地神明。

本篇有序文,共分四個層次。由「聞夫玄功幽贊」至「孰云斯感」為一層,敘天功祐助孝行,天心惟親有德,為序文的總說。由「有廣平宋思禮」至「彼亦何人」為二層,敘所頌人物宋思禮奉養後母至孝,在亢旱之年,「精誠貫於有道,純志浹於無私」,因而能感天動地,靈泉湧出,流注不竭。由「蕭縣尉柳晃」至「未遇良材」為三層,敘柳晃為宋思禮刻石興頌。由「某出贊荒隅」至「乃作頌曰」為四層,敘作者自己的創作目的,即「睹此水之清泚,感若人之精誠。見賢思齊,仰珪璋而有地;揮毫興頌,鏤琬琰之無慚」。

頌詩三首。第一首歌頌孝親的優良傳統。《孝經》所謂:「子曰:『夫孝,德之本也,教之所由生也。』」又謂:「子曰:『君子之事親孝,故忠可移於君。』」這說出了孝的本質。「義不悖道,仁不遺親」,頌詩將孝提到仁義道德的高度,正好為孝的本質作了注腳。

第二首歌頌孝心感天動地。甘泉湧地,事出偶然,是一種自然現象,並不是宋思禮的孝心真的能感通神明。《孝經·感應章第十六》:「孝悌之至,通於神明,光於四海,無所不通。」這是「天人感應」的學說。作者相信通神的道聽塗說,正是受到這種學說的影響。

第三首歌頌盛德有鄰。對宋思禮通達神明的孝行,柳晃刻石興頌的情誼,作者認為這是自己學習的「盛德」榜樣。

這三首頌詩各自獨立,但又是一個整體。結合寫作背景來看,作者一是緬懷母親,寄託哀思;二是在出獄之後,身心交瘁,擬在自身的情操美、人格美方面,找到精神的慰藉與靈魂的寄託。

卷二 雜詩

夏日遊德州贈高四并序

【題解】德州，春秋戰國時齊地。漢高祖時置平原郡，隋文帝時改置德州，隋煬帝初復改平原郡，唐高祖武德四年（六二一）平竇建德，復置德州，屬河北道，今屬山東省。高四，事跡不詳，德州人，為駱賓王的詩友之一。這是一首贈詩，有序。

夫在心為志，發言為詩❶。詩有不得盡言，言有不得盡意❷。僕少負不羈，長逾虛誕❸；讀書頗存涉獵，學劍不待窮工❹。進不能矯翰龍雲，退不能棲神豹霧；撫循諸己，深覺勞生❺。而太夫人在堂，義須捧檄❻。固仰長安而就日，赴帝鄉以望雲❼。雖文闕三冬，而書勞十上❽。嗟虖！入門自媚，誰相謂言❾？致使君門隔於九重，中堂遠於千里❿。既而交非得免⓫，路是亡羊⓬。幸而敬止弊盧，朅來初服⓭；遂得載披玉葉，款洽金蘭。傾意氣於一言，締風期於千祀⑭。雖交因氣合，資得意以敦交；道契言忘，少寄言而筌道⑮。是以輕投木李，以代疏麻；章句繁蕪，心神愧恧⑯。庶宏雅韻，佇辱報章⑰。則覬紫耀連星，開龍文於劍匣⑱；素輝虧月，領驪頷於珠胎云爾⑲。

【章旨】此為詩序，敘述作者給高四贈詩以抒情言志。

【注釋】❶夫在心為志二句　謂詩可抒情言志。語本《詩大序》：「詩者，志之所之也，在心為志，發言為詩。」夫，句首發語詞。志，志意；懷抱。❷詩有不得盡言二句　謂言不盡意。語本《易・繫辭上傳》：「子曰：『書不盡言，言不盡意，然則聖人之意，其不可見乎？』」❸僕少負不羈二句　作者自謂少有抱負。僕，自稱謙詞。負，自負；自許。不羈，不受拘束。逾，同「愈」。更加。虛誕，虛妄放任。❹讀書頗存涉獵二句　作者自謂學無長進。典出《史記・項羽本紀》：「項籍少時，學書不成，去；學劍，又不成。項梁怒之，籍曰：『書足以記名姓而已。劍，一人敵，不足學。學萬人敵。』於是項梁乃教籍兵法，籍大喜，略知其意，又不肯竟學。」涉獵，瀏覽群書。❺進不能矯翰龍雲四句　作者自謂業無所成。進，仕進。矯翰龍雲，謂仕途高升。矯，飛。翰，高。龍雲，如龍之飛凌雲霄。退，退隱；不做官。棲神豹霧，典出劉向《列女傳・賢明傳・陶荅子妻》。陶大夫荅子治陶三年，名譽不好，家富三倍。其妻說：「妾聞南山有玄豹，霧雨七日不下食者，何也？欲以澤其毛而成文章也，故藏而遠害。」此謂藏身守節而避禍。撫循，撫慰。原作「撫修」。諸，「之於」的合音。勞生，即勞我以生，語本《莊子・大宗師》。見本書卷一〈螢火賦〉注。❻而太夫人在堂二句　謂做官乃為奉養老母。太夫人，尊稱母親。在堂，在堂上；意謂健在。義須捧檄，典出《後漢書・劉趙淳于江劉周趙列傳序》：「盧江毛義，以孝行稱。南陽人張奉慕其名，往候之。坐定而府檄適至，以義守令。義奉檄而入，喜動顏色。奉者，志尚士，心賤之，自恨來，固辭而去。及義母死，去官行服，數辟公府；為縣令，進退必以禮。後舉賢良，公車徵，遂不至。張奉歎曰：『賢者固不可測，往日之喜，乃為親屈也。』」義，指毛義。檄，檄文；官府徵召的文書。也用於曉喻或征討。❼固仰長安而就日二句　謂赴帝都求仕。《史記・五帝本紀》：「帝堯者，放勳，其仁如天，其知如神，就之如日，望之如雲。」司馬貞《索隱》：「如日之照臨，人咸依就之，若葵藿傾心以向日也。如雲之覆渥，言德化廣大而浸潤生人，人咸仰望之，故曰如百穀之仰膏雨也。」此以「就日」、

「望雲」比喻天子或帝都。固，本來。長安，在陝西省西安市南，為唐之京都。帝鄉，指皇帝住的地方。即京都。❽雖文闕三冬二句　謂求仕無望。闕，空缺。三冬，謂多年冬日學習，指學問的積累。《漢書・東方朔傳》：東方朔曾上書皇帝曰：「臣朔少失父母，長養兄嫂，年十三學書，三冬文史足用。」勞，耗費。十上，指學問的用途。《戰國策・秦策》載，蘇秦以「連橫」之策說秦王，「書十上，而說不行，黑貂之裘敝，黃金百斤盡，資用乏絕，去秦而歸」。❾入門自媚二句　謂無人推薦。語本古詩〈飲馬長城窟行〉：「入門各自媚，誰肯相為言！」這是說遠方歸來的人只顧愛自家的人，不管別家的事，誰都不肯代為問訊。媚，愛。誰，原作「謂」。言，問訊。❿致使君門隔於九重二句　謂不用於朝廷。九重，帝王所居之地。語本《楚辭・九辯》：「豈不鬱陶而思君兮，君之門以九重。」中堂，中庭。語本《管子・法法第十六》：「堂上遠於百里，堂下遠於千里，門庭遠於萬里。……步者十日，千里之情通矣。堂下有事，一月而君不聞，此所謂遠於千里也。……」⓫交非得兔　謂朋友不念舊情。交，結交。得兔，語本《莊子・外物》：「筌者所以在魚，得魚而忘筌；蹄者所以在兔，得兔而忘蹄；言者所以在意，得意而忘言。」意思是筌（魚笱，長形的竹籠）用來捕魚，捕到了魚就忘了筌；蹄（兔弶）用來捕兔，捕到了兔就忘了蹄；說話是用來表達意思的，領會了意思就連說話也忘記了。這裡比喻忘了昔日的交情。⓬路是亡羊　比喻歧路徬徨。典出《列子・說符》：「楊子之鄰人亡羊，既率其黨，又請楊子之豎追之。楊子曰：『嘻！亡一羊，何追者之眾？』鄰人曰：『多歧路。』既反，問：『獲羊乎？』曰：『亡之矣。』曰：『奚亡之？』曰：『歧路之中，又有歧焉，吾不知所之，所以反也。』」⓭幸而敬止弊盧二句　謂回家居住。而，原作「堂」。敬，謹慎。止，居住。原作「上」。弊盧，破敗的居室。一作「敝廬」。揭來，去來。此指回來。初服，原在家穿的衣服。此喻平民生活。⓮遂得載披玉葉四句　謂與高四交情深厚。玉葉，花木葉子的美稱。比喻友情尊貴。葉，原作「禁」。金蘭，比喻友情契合，見本書卷一〈螢火賦〉注。意氣，指意志和氣概。一言，猶一諾。風期。指風度品格。千祀，千年。⓯雖交因氣合四句　謂與高四情投意合。資，憑藉。得意，即得意忘言。此喻心領神會。敦交，厚交。筌，一作「詮」。詮釋、闡明。⓰是以輕投木李四句　謂給高四贈詩。木李，果名，即李梨。贈答之物。見《詩經・衛風・木瓜》：「投我以木李，報之以瓊玖。」疏麻，即神麻，贈答之物。見《楚辭・九歌・大司命》：「折疏麻兮瑤華，將以遺兮離居。」繁蕪，蕪雜。愧恧，慚愧。⓱庶宏雅韵二句　謂希望得到高四的應和、酬答。庶，希望。宏，光大。雅韵，對高的酬答詩的敬稱。佇，等待。辱，承蒙。謙詞。報章，指酬答的詩。⓲則覬紫耀連星二句　比喻高的酬答詩。典出《晉書・張華傳》之豐城劍氣事，見本書卷一〈螢火賦〉注。覬，希望。紫耀，紫氣。原缺。連星，指紫氣在牛星、斗星之間。龍文，指寶劍。⓳素輝虧月二句　比喻自己贈詩的用心。素輝，指月光。虧，指月缺。左思〈吳都賦〉：「蚌蛤珠胎，與月虧全。」古人認為珠胎（即蚌腹內尚未剖出的珍珠）之形成與月圓月缺有關。《呂氏春秋・精通篇》：「月望則蚌蛤實，月晦則蚌蛤虛（空）。」此以月虧珠空比喻己詩無價值。領，取。原作「頻」。驪頷，黑龍的下巴。《莊子・列禦寇》載：河上有家靠編蘆葦製品過活的窮人，他兒子潛入深淵，獲得價值千金的珍珠。他對兒子說：「用石頭砸爛珠子吧。價值千金的珠子，必定在深淵中黑龍的下巴下面，你能弄到手，必定湊巧碰上黑龍睡得正熟，假如黑龍醒著，你能得到什麼呢！」此以千金之珠比喻高之酬答詩的價值。云爾，如此而已。

【語　譯】 詩歌可以抒情言志，把內心的志意、懷抱，用語言表達出來，也就成為詩歌了。詩有不能盡言之時，言有不能盡意之處。我少有抱負，不受拘束，長大後愈加虛妄任性；讀書稍事瀏覽，學劍也不精工。仕進不能像龍那樣飛凌雲霄，退隱不能像豹那樣棲神雨霧；捫心問問自己，深覺有負上天賜給生命的恩德。老母健在須奉養，要學毛義捧檄出仕。因而到長安去應考，赴帝都去求仕。即使有多年積累的學問，也無法讓學問派上用場。唉！人們只愛自家不管別家，誰能替你引薦。使得君門如隔九重天，中堂遠於千里地。而且結交不念舊情，更使我徘徊徬徨於歧路。幸而我回到舊居，穿上平民的衣服；與高四相交，友誼尊貴如玉葉，感情融洽似金蘭。意氣相交，重在一諾的信義；品性相投，結成千年的友誼。得意之中的厚誼，是因為情投意合；忘言之中的深交，是因為志同道合。因此我贈君以詩，抒情言志，希望能發揚光大君的高雅的詩韻，等待君的酬和的篇章。那麼君詩如同紫氣出現在牛、斗之間，將有寶劍從劍匣中閃現光芒。我這沒有價值的贈詩，將會得到君的價值千金的酬答之作了。

日觀鄰全趙，星臨俯舊吳。鬲津開巨浸，稽阜鎮名都❶。紫電浮劍匣，青山孕寶符。封疆恢霸道，問鼎競雄圖❷。神光包四大，皇威震八區。風煙通地軸，星象正天樞。天樞限南北，地軸殊鄉國。闢門通舜賓，比屋封堯德❸。

【章　旨】敘述德州形勢，歌頌大唐盛世。

【注　釋】❶日觀鄰全趙四句　寫德州的地理形勢。日觀，即泰山日觀峰，為觀日出之處。因泰山在戰國時屬齊地，故用以代指德州。鄰全趙，戰國時齊、趙相鄰，故名。星臨，猶星紀。指二十八宿中的斗宿和牛宿。古代天文家以十二星辰之位置劃分地面的區域，叫分野。左思〈吳都賦〉謂吳都（蘇州）「上當星紀」，即指斗宿和牛宿為吳地的分野。鬲津，水名，古九河之一，在平原鬲縣故城西，唐時屬德州。鬲，原作「隔」。巨浸，大水；大河。《水經注・河水》稱鬲津為「大河故瀆」。浸，原作「寖」。稽阜，即越州會稽縣之會稽山，在今浙江省紹興市東南。鎮，古稱一方的主山。名都，指會稽城，春秋時越國屬地，秦時置會稽郡。唐時為山陰縣治所，今紹興市。❷紫電浮劍匣四句　寫德州人傑地靈。紫電，用豐城劍氣事，見序文注。電，原作「雲」。孕，包含。寶符，指象徵天命的符節。典出《史記・趙世家》：「簡子乃告諸子曰：『吾藏寶符於常山（本名恆山，漢避文帝劉恆諱而改，在今河北曲陽西北）上，先得者賞。』諸子馳之常山上，求無所得。毋恤還曰：『已得符矣。』簡子曰：『奏之。』毋恤曰：『從常山上臨（面對著）代（代國，在常山北四百里），代可取也。』簡子於是知毋恤果賢，乃廢太子伯魯，而以毋恤為太子。」封疆，劃定疆界。恢霸道，指齊桓公用管仲封疆之策使鄰國親附而成霸業的事。典出《國語・齊語》。齊桓公想稱霸於諸侯，管仲獻策說：「審吾疆埸，而反（返）其侵地，正其封疆，無受其資，以安四鄰，則四鄰之國親我矣。」問鼎，典出《左傳・宣公三年》：「楚子伐陸渾之戎，遂至於雒，觀兵於周疆。定王使王孫滿勞楚子，楚子問鼎之大小輕重焉。」夏、商、周三代以九鼎為傳國寶器，楚子問鼎，有對周朝取而代之的意思，此謂與諸侯爭霸。❸神光包四大八句　歌頌大唐盛世。神光，神聖的光芒。四大，道家以道、天、地、王為四大。《老子》：「故道大、天大、地大、王亦大。域中有四大，而王居其一焉。」皇威，帝王的威嚴。八區，八方。地軸，傳說大地有軸。晉張華《博物志》卷一：「地有三千六百軸，犬牙相舉。」此指大地。星象，指天象，如日月星宿等。天樞，星名，北斗第一星。此指天體樞紐的正常運行，為國家祥瑞之兆。限南北，謂星象為東西南北方位的分野。鄉國，指州縣。辟門，謂像舜帝那樣惜賢，開四方之門納賢。比屋，謂像堯帝那樣教化，使相鄰的每戶人家都有德行。典出陸賈《新語・無為》：「堯舜之民，可比屋而封，……教化使然也。」封，獲得封賞。堯德，指唐堯的德政與教化。

【語　譯】泰山的日觀峰，鄰接著趙地；斗、牛二宿的分野，就是舊時的吳都。鬲津水開通大河，會稽山主鎮名都。紫電的劍光浮現出劍匣，青山的根底包孕著寶符。齊桓封疆，終成霸業；楚子問鼎，競爭雄圖。神靈的光芒包攬了四大，帝王的權威震動著八區。風煙滋潤著大地，星象運行在天樞。星象標出東西的方位，地軸顯出州縣的疆域。大唐像虞舜那樣有開門納賢之信義；像唐堯那樣有廣施教化之恩德。

言謝垂鈞隱，來參負鼎職❶。天子不見知，群公誰相識？未展從東駿，空戢圖南翼。時命欲何言，撫膺長歎息❷。歎息將如何，遊人意氣多。白雲梁山曲，寒風易水歌。泣魏傷吳起，思趙切廉頗。淒斷韓王劍，生死翟公羅；羅悲翟公意，劍負韓王氣。驕餌去易淪，忌途良可畏。夙昔懷江海，平生混涇渭。千載契風雲，一言忘賤貴❸。

【章旨】感歎求仕無成，並以古賢德行自勉。

【注釋】❶言謝垂鈞隱二句　謂辭家求仕。言，助詞。謝，告辭。垂鈞隱，指呂尚隱居渭水垂釣之事，典出《史記・齊太公世家》。此指代作者的隱居生活。參，參與。負鼎職，典出《史記・殷本紀》：「伊尹名阿衡。阿衡欲干湯而無由，乃為有莘氏媵臣，負鼎俎，以滋味說湯，致於王道。」此指代作者求仕。❷天子不見知六句　感慨求仕無成。群公，諸公。指高官顯宦。誰，一作「詎」。展，展開足力。東駿，駿馬。即古代西域大宛國所產良馬。《史記・大宛列傳》稱大宛「多善馬，馬汗血，其先天馬子也。」戢，收斂。圖南翼，謂圖謀飛向南海。《莊子・逍遙遊》謂鯤鵬背像負著青天一般，而沒有什麼阻攔，然後才圖謀向南海飛去。時命，時機和命運。撫膺，情緒激動時所表現的拍胸動作。撫，同「拊」。拍；擊。膺，胸。❸歎息將如何十六句　謂古賢之德行操守。歎息，原缺。遊人，謂宦遊之人。此為作者自稱。白雲，一作「白雪」。梁山曲，即古琴曲〈梁山操〉，也稱〈梁山歌〉。蔡邕〈琴操〉：「〈梁山操〉者，曾子之所作也。曾子曾耕泰山之下，遭天霖澤，雨雪寒凍，旬月不得歸，思其父母，乃作憂思之歌。」易水歌，典出《史記・刺客列傳》荊軻刺秦事：「(燕)太子及賓客知其事者，皆白衣冠以送之。至易水之上，既祖，取道，高漸離擊筑，荊軻和而歌，為變徵之聲，士皆垂淚涕泣。又前而歌曰：『風蕭蕭兮易水寒，壯士一去兮不復還！』復為羽聲慷慨。士皆瞋目，髮盡上指冠。於是荊軻就車而去，終已不顧。」易水，河名，源出河北省易縣西寬中谷，是大清河的上源，南入距馬河。吳起，戰國時兵家，衛國左氏（今山東省曹縣北）人。善用兵，任魏將，屢建戰功，魏文侯命率兵擊秦，出為西河守。後遭讒，被召離西河。吳起泣曰：「今君聽讒人之議而不知我，西河之為秦取不久矣，魏從此削矣！」於是他去魏奔楚。不久，西河全部為秦所佔。見《呂氏春秋．十二紀．長見篇》。切，悲悽的樣子。廉頗，戰國時趙名將。因戰功拜為上卿，任相國，封信平君。趙悼襄王以樂乘代廉頗，廉頗怒，奔魏之大梁。久之，魏不能信用。趙以屢困於秦兵，趙王思復得廉頗，廉頗亦思復用於趙。後楚聞廉頗在魏，陰使人迎之。廉頗一為楚將，卻無功，感歎曰：「我思用趙人。」見《史記．廉頗藺相如列傳》。韓王劍，為戰國蘇秦事。《史記．蘇秦列傳》載蘇秦「說韓宣（惠）王曰：『臣聞鄙諺曰：寧為雞口，無為牛後。今西面交臂而臣事秦，何異於牛後乎？夫以大王之賢，挾強韓之兵，而有牛後之名，臣竊為大王羞之。』於是韓王勃然作色，攘臂瞋目，按劍仰天太息曰：『寡人雖不肖，必不能事秦。』」翟公羅，為「門可羅雀」之典故。《漢書．張馮汲鄭傳》：「先是下邽翟公為廷尉，賓客亦填門。及廢，門外可設爵羅（捕雀的網）。後復為廷尉，客欲往，翟公大署其門曰：『一死一生，乃知交情；一貧一富，乃知交態；一貴一賤，交情乃見。』」悲，原缺。負，負載。驕餌，驕君之餌。比喻爵祿。《漢書．敘傳第七十上》有「不顧驕君之餌」之句，顏師古注：「餌謂爵祿，君所以制使其臣，亦猶釣魚之設餌也。」去，去路。淪，沉淪。原作「論」。宦途，指仕途、官場。良，確；真。夙昔，從前。懷江海，懷抱江海之志。平生，指少年時代。涇渭，涇水與渭水。《詩經．邶風．谷風》：「涇以渭濁。」毛傳：「涇渭相入而清濁異。」後即以涇渭比喻人品的清濁。契，契合。風雲，比喻才氣豪邁、行為壯烈之士。

【語　譯】告別了閒居的生活，到京城求仕來盡職。哪知天子不信用我的才幹，達官貴人又有誰能對我賞識？像駿馬不能展開奔馳千里的足力，像鯤鵬不能張開飛往南海的羽翼。命運機遇不好還能說些什麼，不免拊胸長長地歎息。拊胸歎息又如何，我這宦遊人總是意氣多。雨雪霏霏梁山操，譜出曾子孝親的綿綿憂思；寒風蕭蕭易水歌，唱出荊軻刺秦的慷慨悲歌。吳起泣魏，是因為不能忍受讒言的陷害；廉頗思趙，是因為不能忍受不被信用的折磨。我的悲憤，可以摧折當年韓王的寶劍；我的遭際，如同當年翟公門外可設爵羅。爵羅悲歎的，是翟公冷暖炎涼的體會；寶劍負載的，是韓王威武不能屈的豪氣。沿著驕君設餌的去路容易沉淪，仕途的沉浮的確令人生畏。從前懷抱有江海大志，一清一濁而自知涇渭。我要找到豪邁壯烈的千年之交，只要一言相合，不論身分地位的賤貴。

去去訪林泉，空谷有遺賢❶。言投爵里刺，來泛野人船。締交君贈縞，投分我忘筌。成風郢匠斵，流水伯牙絃❷。牙絃忘道術，漳濱恣閒逸。聊安張蔚廬，詎掃陳蕃室❸。虛室狎招尋，敬愛混浮沉。一諾黃金信，三復白珪心。霜松貞雅節，月桂朗沖襟。靈臺萬頃濬，學府九流深。談玄明毀璧，拾紫陋籝金。鷺濤開碧海，鳳彩綴詞林❹。林虛星華映，水澈霞光淨。霞水兩分紅，川源四望通。霧卷天山靜，煙銷太史空。鳥聲流迥薄，蝶影亂芳叢。柳陰低嶂水，荷氣上薰風。❺

【章旨】歌頌山林隱逸。

【注釋】❶去去訪林泉二句　寫訪問山林隱逸。去去，表示行走的趨向。林泉，山林泉石；指隱居之地。遺賢，指不仕而隱居的賢人。❷言投爵里刺六句　謂與高四結交。言，助詞。爵里刺，一種署有官爵及郡縣鄉里的名刺，類似今之名片。野人船，指隱士之船。締交，結交。贈縞，典出《左傳・襄公二十九年》：「吳公子札聘於鄭，見子產，如舊相識，與之縞帶。子產獻紵衣焉。」縞為白色生絹所作的大帶。投分，表達情意。分，志，指思想感情。忘筌，即得魚忘筌，此喻親密到了忘情的地步。郢匠斵，典出《莊子・徐无鬼》：郢人在他鼻尖上抹點白灰，像蒼蠅的翅膀那樣微薄，讓一個姓石的匠人，用斧頭削掉鼻尖上的白灰。匠人揮動斧頭，漫不經意地把它削掉了，白灰削去而不傷著鼻子。郢人站在那裡一點也沒有驚惶失措的樣子。意思是郢人與匠人相互配合得很默契。此喻友情相契。伯牙絃，典出《列子・湯問》：「伯牙善鼓琴，鍾子期善聽。伯牙鼓琴，志在登高山。鍾子期曰：『善哉！峨峨兮若泰山！』志在流水，鍾子期曰：『善哉！洋洋兮若江河！』」❸牙絃忘道術四句　謂山林隱逸的志趣。忘道術，語本《莊子・大宗師》：「魚相忘乎江湖，人相忘乎道術。」這裡「道術」作道路講，指代一種無人無我、虛寂無為的境界。漳濱，指漳河。山西省東部有清漳、濁漳兩河，東南流至今河北、河南兩省邊境，合為漳河。由於漳河與涇渭一樣，同是象徵人的清濁品質，故作者常用作指代某地。張蔚廬，典出皇甫謐《高士傳》：張仲蔚，平陵人，常居窮素，所處蓬蒿沒人，時人不識，唯有劉龔與他相交。此喻安貧樂道。詎，不；非。陳蕃室，典出《後漢書・陳王列傳》：「陳蕃，字仲舉，汝南平輿人也。年十五，嘗閒處一室，而庭宇荒穢。父友同郡薛勤來候之，謂蕃曰：『孺子何不灑掃，以待賓客？』蕃曰：『大丈夫處世，當掃除天下，安事一室乎？』」此喻閒散生活。❹虛室狎招尋十二句 稱贊山林隱逸的道德文章。虛室，語本《莊子・人間世》：「虛室生白，吉祥止止。」陸德明《釋文》：「司馬（彪）云：『室，喻心，心能空虛，則純白獨生矣。』」此指內心什麼都不存在的空虛狀態。狎招尋，形容關係親密。語本李嶠〈蘭詩〉：「虛室重招尋。」狎，親近。招尋，招引；尋找。混浮沉，混同浮沉；指不管什麼的升降榮辱。黃金信，用季布事，見本書卷一〈靈泉頌〉注。此指講究信用。白圭心，用南容事，見本書卷一〈靈泉頌〉注。此指注重修養。貞雅節，指青松經霜不凋的堅貞高雅的節操。朗沖襟，指月中桂樹明朗淡遠的胸襟。靈臺，猶靈府；指內心。《莊子・庚桑楚》：「不可內於靈臺。」又，《莊子・德充符》：「不可入於靈府。」成玄英疏：「靈府者，精神之宅，所謂心也。」萬頃濬，謂萬頃波濤。濬，開濬；疏通。學府，學問淵博。九流深，指對九流百家的學問有很深的造詣。九流，《漢書・藝文志》載有儒家、道家、陰陽家、法家、名家、墨家、縱橫家、雜家、農家、小說家等。談玄，指談論玄理。毀璧，用庚市子毀玉事。《淮南子・莊子後解》：「庚市子，聖人無欲者也。人有爭財相鬥者，庚市子毀玉於其間，而鬥者止。」此以毀玉比喻消除功名利祿的貪欲。拾紫，指求官。紫，紫綬。即紫色絲帶。古代高級官員用作印組或服飾。此作貴官高位之代稱。陋，鄙視。籯金，謂滿筐之黃金。籯，筐、籠之類。原作「嬴」。鷺濤，形容詩文波濤騰湧如白鷺飛舞。碧海，諧音筆海，形容學識淵博。鳳彩，形容詩文如鳳凰羽毛那樣華麗。詞林，形容文詞豐富。❺林虛星華映十句 謂德州之風物。星華，指星光。兩分紅，指天上的紅霞倒映在水面上互相輝映。天山，指代德州的山名。太史，指代德州的水名。迥，遠；長。原作「向」。薄，草木交錯的樣子。低，原作「佤」。塹水，溝水。塹，原作「槧」。荷氣，荷花的香氣。薰風，夏天的南風。

【語 譯】我走去拜訪山林泉石的勝境，那隱居之地住有山野遺賢。我投贈來訪者的名刺，坐上那隱居者的小船。朋友贈我縞帶見真心，我得意之中忘情又忘言。友情相契，且看運斤成風郢人斲；知音相遇，且聽高山流水伯牙絃。感情和諧，進入無人無我、虛靜無為的境界；漳水之濱，讓我們得到縱情的遊逸。像張仲蔚那樣清高，安居茅廬；像陳蕃那樣閒散，不掃居室。內心虛靜，只管那友誼親密；相互敬愛，不問那仕途浮沉。季布一諾，是那可貴的黃金信，南容三復，是那可貴的白珪心。蒼松在霜雪之下，更顯堅貞高雅的節操；月桂處清暉之中，倍顯明朗淡遠的胸襟。胸懷開闊，容納萬頃波濤深又廣；學問淵博，融貫九流百家造詣深。談論玄理，不生爭財謀利的欲念；雖求仕進，卻鄙視裝滿筐籠的黃金。筆海展開了驚濤駭浪的氣勢，詞林綴滿了鳳凰羽毛的光彩。疏林中星光映照，清水中霞光明淨。天上的紅霞，倒映水面互相輝映；地上的川源，放眼四望十分開闊。霧捲天山顯得靜穆；煙銷太史顯出空闊。鳥聲流囀於山林，蝶影飛舞於花叢。柳條低拂溝水，荷香隨薰風飄揚。

風月芳菲節，物華紛可悅。將歡促席賞，遽爾又歸別❶。積水帶吳門，通波連禹穴❷。贈言雖欲盡，機心庶應絕❸。潘岳本自閒，梁鴻不因熱。一瓢欣狎道，三月聊棲拙。棲拙隱金華，狎道訪仙槎。放曠愚公谷，消散野人家。一頃南山豆，五色東陵瓜；野衣裁薜葉，山酒酌藤花。白雲離望遠，青溪隱路賒；儻憶幽巖桂，猶冀折疏麻❹。

【章　旨】抒發隱居學道的心志。

【注　釋】❶風月芳菲節四句　謂向朋友告別。風月，指清風明月。芳菲，指花草茂密芬芳。物華，指勝景。促席，將坐席移近朋友表示親近。促，近。遽爾，急；快。歸別，離別。❷積水帶吳門二句　謂將取道吳、越返鄉。吳門，古吳縣的別稱，即今江蘇省蘇州市。禹穴，見本書卷一〈靈泉頌〉注。❸贈言雖盡二句　謂臨別贈言。雖，原作「錐」。機心，指機巧變詐的心計。語本《莊子・天地》載菜園老人對子貢說的話：有了機械，就必定會產生機巧的事；有了機巧的事，就必定產生機巧的心；胸中存有機巧的心，就不具備純潔的心了。❹潘岳本自閒十六句　謂決心過隱居生活。潘岳，字安仁，西晉文學家，少有才華，而仕途不得志，因作〈閒居賦〉，故說「本自閒」。見《晉書．潘岳傳》。閒，指清閒安逸的生活情調。梁鴻，字伯鸞，東漢人，家貧好學，不求功名。陳熙晉《駱臨海集箋注》引《世說．德行篇》：「梁伯鸞少孤，嘗獨止，不與人同食。比舍先炊已，呼伯鸞及熱釜炊，伯鸞曰：『童子！鴻不因人熱者也。』滅竈更燃之。」此喻不趨炎附勢。一瓢，用許由事。蔡邕〈琴操〉載，許由當唐堯之時為布衣，隱居山中，夏則巢居，冬則穴處。臨河飲水，無杯器，以手捧水飲之，別人送他一水瓢，許由用瓢飲水畢，把瓢掛在樹上，風吹樹動，歷歷有聲。許由感到煩擾，就把瓢砸壞了。瓢，原作「飄」。柙道，指學道。棲拙，猶棲隱山林。拙，愚拙。自謙之詞。金華，金華山，屬婺州，為作者故鄉。訪仙槎，典出張華《博物志》：「天河與海通，近世有人居海濱者，年年八月，有浮槎去來不失期。人有奇志，立飛閣于查上，多齎糧，乘槎而去。十餘日中，猶觀日星月辰，自後芒芒忽忽，亦不覺晝夜。去十餘日，奄至一處，有城郭狀，屋舍甚嚴。遙望宮中，多織婦。見一丈夫，牽牛渚次飲之。牽牛人乃驚問曰：『何由至此？』此人具說來意，並問此是何處，答曰：『君還至蜀郡，訪嚴君平則知之。』……後至蜀，問君平，曰：『某年月日，有客星犯牽牛宿。』計年月，正是此人到天河時也。」仙槎，神仙乘坐的船。槎，船。原作「查」。放曠，放縱曠達。愚公谷，比喻隱居之所。典出劉向《說苑．政理》：「齊桓公出獵，逐鹿而走入山谷之中，見一老公而問之曰：『是為何谷？』對曰：『為愚公之谷。』」頃，原作「傾」。南山豆，晉陶淵明〈歸園田居〉之三有「種豆南山下」之句。東陵瓜，典出《史記．蕭相國世家》：「召平者，故秦東陵侯。秦破，為布衣。貧，種瓜於長安城東。瓜美，故世俗謂之『東陵瓜』。」薜葉，薜荔葉，一種香草。此喻隱士的服飾。藤花，即藤花酒。崔豹《古今注》：「酒杯藤出西域，藤大如臂，葉似葛花，實如梧桐。花實堅，皆可以酌酒。」青溪，即青溪山，在今湖北省南漳縣南，相傳鬼谷子曾隱居山中。賒，長；遠。儻，倘若。原作「僮」。幽巖桂，淮南小山〈招隱士〉：「桂樹叢生兮山之幽」。此代指隱士，作者自稱。疏麻，即神麻。借喻高四的和詩。

【語　譯】在那清風朗月、草木芳菲的時節，美好的景物使人紛紛感到喜悅。正當彼此促席歡宴，卻急匆匆又要離別。我將取道回家，有積水橫帶吳門，有通波連著禹穴。臨別的贈言說不盡，重要的是機詐之心要決絕。潘岳閒居，自有他清閒安逸的情趣；梁鴻不熱，自有不趨炎附勢的氣節。許由損瓢，為了排除世俗的煩擾；三月棲隱，為了恪保自然人性的本色。我棲隱在金華，學道訪仙槎。放縱曠達愚公谷，投閒置散野人家。躬耕一頃南山豆，自種五色東陵瓜。有薜葉裁成野衣，有山酒自酌藤花。白雲悠悠隱天遠，青溪迢迢隱路賒。

倘若您還能想起我這個隱士，就希望您能給我和詩酬答。

【賞析】本篇在構思上分為四個層次。由「日觀鄰全趙」至「比屋封堯德」，為一層。由於是遊覽德州，而高四又是德州人，故開篇即扣題，從描寫德州形勢、歌頌大唐盛世切入，非常自然。由「言謝垂釣隱」至「一言忘賤貴」，為二層，抒寫自己求仕無成、懷才不遇的感慨，為隱居學道的動因。由「去去訪林泉」至「荷氣上薰風」，為三層，從一個「訪」字生發開來，寫出世外桃源式的境界，表現山林泉石的美景、志趣，歌頌山林隱逸的道德文章，為隱居學道作了鋪墊。由「風月芳菲節」至「猶冀折疏麻」，為四層，以抒發隱居學道的心志結束。這四個層次，就是詩序所概括的內容。作者給詩友高四贈詩，要求酬答，實際是借此抒發身世遭際，希望得到詩友的理解、同情。

本篇的思想內容，有兩點值得注意：

第一，表達了作者有關「抒情言志」的詩歌創作理論。〈詩大序〉是先秦儒家詩論的一個總結。它把「詩者，志之所之也」的「志」，與「情動於中而形於言」的「情」結合起來，把握了詩歌具有抒情言志的特徵，闡明了詩的性質、功能。孔穎達則認為「志」與「情」是一個問題的兩個方面。作者正是繼承了這一優良傳統，並付之於創作實踐。

第二，反映了作者早期思想發展的一個軌跡，即入仕與出仕的矛盾。唐代士大夫希望通過科舉考試走上仕途，但理想與現實總是相扞格，往往求仕無成，生活坎坷，命運乖蹇。「天子不見知，群公詎相識？未展從東駿，空戢圖南翼。時命欲何言，撫膺長歎息」，作者這種感慨，正是出於懷才不遇的無奈，和壯志難酬的憤懣，代表了唐代士大夫的不幸命運。因此，作者在個人與現實不和諧的情況下，轉向追求自我與自然的和諧，希望投入大自然的懷抱中談玄學道，恣情山水，放浪形骸，進入「天人合一」的境界，獲得精神的慰藉和個性的解脫。這既有儒家的「窮則獨善其身，達則兼濟天下」的思想，也有道家的生命意識。

本篇可看作是一首五言排律，注重平仄協調，對仗工整，用韻和諧，用典妥貼。它以作者的感情為主線，將仕途蹭蹬的遭際、壯志難酬的感歎、林泉生活的志趣相融合，構成一個整體。其中有個藝術特點，即運用了轆轤體蟬聯句式。如「星象正天樞。天樞限南北」，「撫膺長歎息。歎息將如何」，「生死翟公羅。羅悲翟公意」，「流水伯牙絃。牙絃忘道術」，「鳳彩綴詞林。林虛星華映」，「荷氣上薰風。風月芳菲節」，「三月聊棲拙。棲拙隱金華」，等等，這些句式，在結構的起、承、轉、合上，在行文的時間、空間轉換上，具有斡旋、聯綴、貫穿、轉換的作用，形成強烈的節奏感和旋律感。

於紫雲觀贈道士并序

【題解】本篇是贈給道士的詩。紫雲觀，道觀名，在兗州境。《舊唐書．高宗紀》：「乾封元年（六六六）正月，兗州界置紫雲、仙鶴、萬歲觀，封巒、非烟、重輪三寺。天下諸州，置觀、寺一所。」

余鄉國一辭，江山萬里❶。昔年離別，還同塞北之鳧；今日歸來，即似遼東之鶴❷。先生情均得兔，忘筌之契已深；路是亡羊，分歧之恨逾切❸。不題短什，何汰衷襟乎❹？

【章旨】此為詩序，敘述作者歧路亡羊之悔恨。

【注釋】❶余鄉國一辭二句　謂離鄉背井。鄉國，謂故鄉。〈上兗州刺史啟〉中稱「賓王淹中故俗，稷下遺甿」。淹中屬魯，稷下屬齊，都在兗州一帶。作者早年從宦博昌，又僑居齊、魯多年，故以兗州為故鄉。❷昔年離別四句　謂昔別今歸。還，便。副詞。塞北之鳧，飛往塞外的野鴨。比喻離家。遼東之鶴，典出陶潛《搜神後記》：「丁令威，本遼東人。學道於靈虛山，後化鶴歸遼，集城門華表柱。時有少年，舉弓欲射之。鶴乃飛，徘徊空中而言曰：『有鳥有鳥丁令威，去家千歲今來歸。城郭如故人民非，何不學仙冢纍纍。』遂高上沖天。」此喻歸家。❸先生情均得兔四句　謂不求仕進與誤求仕進之對比。先生，尊稱道士。情均，高情雅韻。均，古無「韵」字，概寫作「均」，魏晉間別造「韵」字。得兔，即謂得兔忘蹄、得魚忘筌。見本書卷二〈夏日遊德州贈高四〉注。此喻不求仕進。亡羊，即謂歧路亡羊。見本書卷二〈夏日遊德州贈高四〉注。此喻自己誤求仕進。歧，原作「岐」。恨，悔恨；遺憾。❹不題短什二句　謂題詩抒情。短什，短詩。什，篇什。《詩經》的〈雅〉和〈頌〉，以十篇為一什，故又稱詩章為「篇什」。汰，清洗；洗滌。引申為排解。衷襟，胸襟；內心。

【語　譯】我離別了兗州故鄉，就覺得江山遼闊萬里迢迢。昔年離家，便同飛往塞北的野鳧；今日歸家，又似插翅遼東的孤鶴。先生有高情雅韻，能夠淡忘世俗的功名利祿；我是歧路徬徨，難免有仕途誤身的遺憾。如不賦詩，又怎麼能排解我內心的憂鬱呢？

碧落澄秋景，玄門啟曙關❶。人疑列禦至，客似令威還❷。羽蓋徒欣仰，雲車未可攀❸。
只應傾玉醴，時許寄頹顏❹。

【章　旨】抒發遊紫雲觀時仕途落寞的感慨。

【注　釋】❶碧落澄秋景二句　謂遊紫雲觀的時間。碧落，指天空。澄秋，清秋。玄門，此謂紫雲觀的大門。啟，開。曙，破曉的時候。❷人疑列禦至二句　謂回到兗州。列禦，即列禦寇。《莊子・逍遙遊》：「夫列子御風而行，泠然善也，旬有五日而後反。」令威，即丁令威。❸羽蓋徒欣仰二句　謂求仕無成。羽蓋，一種用翠羽裝飾車蓋的車子，為貴族所乘坐。此指代功名利祿。徒，徒然；白白地。仰，仰慕。雲車，傳說中仙人所乘之車。此處猶雲路，指代仕途。❹只應傾玉醴二句　謂借酒消愁度日。玉醴，美酒。寄，寄託。頹顏，衰老的容顏。

【語　譯】正值秋高氣爽的季節，迎接我的紫雲觀，在拂曉時分打開了門關。此次我回到兗州，像列禦寇輕妙御風，翩然而至；又像是丁令威千年化鶴忽回人間。我仰慕功名，徒勞無望；我留意仕進，高不可攀。現在我只有借酒澆愁，來寄託慰藉我這衰老的容顏。

【賞　析】本篇有詩序。遊紫雲觀，有尋仙訪道的意味，顯然受到道家思想的影響。贈道士，也是借此抒情言志。

本篇為五言律詩。首聯點題，從時、空切入，交代遊覽的時間和地點。頷聯承接，寫久別後又回到故鄉兗州。頸聯一轉，寫自己對仕途蹭蹬的不平。尾聯以借酒消愁度日作結。

詩序有兩個對比。一是今昔對比：「昔年離別，還同塞北之鳧；今日歸來，即似遼東之鶴。」昔年離家，今日歸家，頓覺江山依舊，人事全非，觸景生情，大有失落之感。二是道士不仕與自己求仕的對比：「先生情均得兔，忘筌之契已深；路是亡羊，分歧之恨逾切。」求仕無成，青春蹉跎，不免有歧路亡羊之恨。通過對比，揭示出仕途誤身的主旨，故詩中有「羽蓋徒欣仰，雲車未可攀」之歎。這仕途誤身的憤懣，與後來杜甫的「儒冠誤身」的憤懣是一致的。對唐代士大夫來說，這種遭際，這種憤懣，具有典型意義和悲劇意味。

在江南贈宋五之問

【題　解】本篇大約作於奉使江南期間。宋五之問，即宋之問（約六五六——七一三），字延清，汾州（今山西省汾陽縣）人，進士出身。武則天召與楊炯分直習藝館，官至考工員外郎。他為初唐詩人，是律詩的奠基人之一，與沈佺期齊名，時號「沈宋」。他們使漸趨成熟的律詩形式（如篇章、平仄、對仗）確立下來，使律詩開始規範化、定型化。《新唐書》有傳。

井絡雙源濬，潯陽九派長。淪波通地穴，委輸下歸塘❶。別島籠朝蜃，連洲擁夕漲。韞珠澄積潤，讓璧動浮光。浮光疑折水，積潤疏圓沚。玉輪涵地開，劍匣連星起。風煙標迥秀，英靈信多美❷。

【章　旨】抒寫江南風光。

【注　釋】❶井絡雙源濬四句　謂江南水鄉的形勢。井絡，井宿。《水經注》卷三十三〈江水〉：「《河圖括地象》曰：『岷山之精，上為井絡。』」這是說岷山地當井宿的分野。原作「井路」。雙源，指岷山為岷江、嘉陵江的發源地，而兩水又為長江之上源。《水經注》卷三十三〈江水〉：「岷山導江，泉流深遠，盛為四瀆之首。」潯陽，古縣名，一作「尋陽」。漢代廬江郡有尋陽縣。唐武德四年（六二一），改湓城縣置，治所在今江西九江市。原作「陽侯」。九派，《文選》郭璞〈江賦〉：「流九派乎潯陽。」這是說長江流經潯陽分為很多支流。派，水別為派。淪波，指江波。地穴，指洞庭。郭璞《山海經注》：「洞庭，地穴也，在長沙巴陵。今吳縣南太湖中有包山，下有洞庭穴道，潛行水底，云無所不通，號為地脈。」委輸，輸送的意思。歸塘，即歸墟。指大海深如無底之谷，其下無底。❷別島籠朝蜃十句　寫江南水鄉的秀麗風光。別島，新奇別致的島嶼。朝蜃，早上的蜃景。即海市蜃樓的幻象，古人以為是蜃所吐之氣而成。連洲，連綿的洲渚。夕漲，傍晚漲上來的潮水。韞珠，韞藏的寶珠。澄，澄清。原作「成」。積潤，積水。讓，同「攘」。取。璧，平圓形正中有孔的美玉。此指代明月。浮光，在水波中浮泛閃動的月光。疑，比擬。折水，形容方折或圓折形狀的水的流向。《文選》顏延年〈贈王太常詩〉：「玉水記方流，璇源載圓折。」李善注：「尸子曰：『凡水，其方折者有玉，其圓折者有珠也。』」疏，疏導。沚，水中的小洲。玉輪，坂名。即玉輪坂。《水經注．江水》卷三十三：「江水又逕汶江，道汶出徼外岷山西玉輪阪下而南行，又東逕其縣（指氐道縣），而東注於大江。」涵，包容。劍匣，用豐城劍氣事，見本書卷一〈螢火賦〉注。風煙，此指風物。標，標示。迥秀，深遠雋秀。英靈，英才。

【語　譯】兩水由岷山導入浩瀚的長江，江流到潯陽，就成九派長。江波通向洞庭湖地穴，又輸送到大海最深的歸塘。別致新奇的島嶼，籠罩著早上的蜃景；連綿不斷的小洲，擁抱著傍晚的江潮。如同寶珠放亮，使積水澄澈；如似璧玉照耀，使水波閃光。浮光疑似或圓或折的流向，積水在疏導著周圍的圓沚。玉輪包容大地南行而開，劍光連著星光淩空而起。家鄉風物，顯示出深遠雋秀的境界；人才輩出，表現出颯爽英姿的俊美。

懷德踐遺芳，端操慚謀己；謀己謬觀光，牽迹強悽惶。揆拙迷三省，勞生昧兩忘。彈隨空被笑，獻楚自多傷。一朝殊默語，千里暴炎涼❶。炎涼幾遷貿，川陸疲臻湊。積水架吳濤，連山橫楚岫。風月雖殊昔，星河猶是舊。姑蘇望南浦，邯鄲通北走❷。

【章旨】抒發仕途誤身的慨歎和思鄉的情結。

【注釋】❶懷德踐遺芳十句　謂仕途誤身。踐，履行。遺芳，指美德的傳統。端操，端正操守。謀己，為己營謀。指求仕。觀光，語本《易・觀卦》：「觀國之光，利用賓於王。」意思是說，仰觀王朝的光輝盛治，利於成為君王的貴賓。這裡指代仕進，因為仕進於王朝，就可成為君王的賓客，為君王效力。牽迹，謂形跡受拘牽。揆，揆度；度量。三省，多次地反省自己。語本《論語・學而》：「曾子曰：『吾日三省吾身，為人謀而不忠乎？與朋友交而不信乎？傳不習乎？』」省，反省；內省。原作「雀」。勞生，見本書卷一〈螢火賦〉注。昧，昏暗不明。兩忘，指進入一種物我兩忘的境界。彈隨，典出《莊子・讓王》：「今有人於此，以隋侯之珠，彈千仞之雀，世必笑之。是何也？則其所用者重，而所要者輕也。」此謂有才能而不為世所用。被，原作「歡」。獻楚，《韓非子・和氏》載：春秋時，楚人卞和，在山中得一璞玉，獻給楚厲王，被認為是石頭，以欺君罪砍和左足。楚武王時卞和又獻璞，又以欺君罪砍和右足。楚文王即位，卞和抱璞哭於荊山（在湖北西部，武當山東南，西周時楚立國於此一帶）之下。三日，淚盡，繼之以血。文王使人雕琢其璞，果得寶玉，因名「和氏璧」、「和璧」。此謂欲上報國家，卻壯志難酬。默語，亦作「語默」、「語嘿」。語本《易・繫辭上傳》：「君子之道，或出或處，或默或語。」意謂君子處世，有時外出，有時安處，有時沉默，有時議論，都要遵守一定的道德準則。這裡「默語」是指代求仕或退隱，認為求仕是「殊默語」，有違處世準則。暴，古「曝」字。曬；暴露。一作「易」。炎涼，氣候的冷熱。比喻人情勢利，親疏反覆無常。❷炎涼幾遷貿八句　謂思念故鄉。遷貿，遷易；變化。貿，易。疲，疲乏。臻，至。湊，會合。架，同「駕」。吳濤，指廣陵之曲江，廣陵即今之揚州，屬吳，故名。楚岫，楚地的峰巒。姑蘇，即蘇州。南浦，南面的水邊。《楚辭・九歌・河伯》：「送美人兮南浦。」後用以稱送別之地。邯鄲，古都邑、縣名，七國時為趙都，故址在今河北省邯鄲市。《史記・張釋之馮唐列傳》：「從行至霸陵，居北臨廁。是時慎夫人從。上指示慎夫人新豐道曰：『此走邯鄲道也。』使慎夫人鼓瑟，上自倚瑟而歌，意慘悽悲懷……。」裴駰《集解》：「張晏曰：『愼夫人，邯鄲人也。』」此借指思鄉之悽苦。走，趨向。原作「阡」。

【語譯】我存心履行美德的傳統，在端守節操中又深愧為己求仕忙。求仕等於是赴京觀光，形跡被拘束得如此悽苦驚惶。我不禁多次反躬自問，這一生辛勞真難做到物我兩忘。我有才能學識，因為不被信用而受譏笑；我有報國之心，又為壯志難酬而暗自悲傷。一朝求仕，有違君子處世的準則；跋涉千里，備受世態的冷暖炎涼。仕途坎坷，幾度變遷；親赴江南，水陸奔走。積水駕起了吳濤，連山橫亙著楚岫。家鄉的風物雖殊往昔，天際的星河依然照舊。遙望姑蘇的南面水邊，不免有思念邯鄲那樣的悽苦。

北走平生親，南浦別離津。瀟湘一超忽，洞庭多苦辛。秋江無綠芷，寒汀有白蘋。采之將何遺，故人漳水濱❶。漳濱已遼遠，江潭永旋返。為聽短歌行，當想長洲苑。露金薰菊岸，風珮搖蘭坂。蟬鳴稻葉秋，雁起蘆花晚❷。

【章旨】抒寫江南秋色並以贈詩宋之問扣題。

【注釋】❶北走平生親八句　謂給宋之問贈詩。走，原作「阡」。平生親，指故鄉。別離津，指離開故鄉。津，渡口。瀟湘，指湖南的湘水。超忽，遙遠的樣子。綠芷，香草名，又名白芷。此喻詩有高雅價值。汀，小洲。白蘋，蕨類植物，又名「四葉菜」、「田字草」，可作飼料。此喻自己贈詩低劣無價值。故人，指宋之問。漳水濱，見本書卷二〈夏日遊德州贈高四〉注。宋之問為汾州人，此以漳水指代汾州。❷漳濱已遼遠八句　寫江南秋景。江潭，謂瀟湘、洞庭。旋返，連文同義。返歸的意思。短歌行，鄭樵《通志・樂略第一》：「按長短歌行，皆言其歌聲發越，自有短長。」此指代自己的贈詩。長洲苑，樂史《太平寰宇記》：「江南東道蘇州長洲縣長洲苑，在縣西南七十里。」此指代故鄉。露金，露水。菊，原作「蒭」。風珮，謂風聲如同珮玉聲。珮，同「佩」。《禮記・玉藻》：「君子在車，則聞鸞和之聲，行則鳴佩玉。」坂，山坡。

【語 譯】故鄉啊是我平生所親，別離時就在南浦之津。來到瀟湘千里遠，來到洞庭多苦辛。秋江中沒有高雅的綠芷，寒汀裡只有粗劣的白蘋。我寫下粗劣的詩贈送誰，就是那漳水之濱的故人。你在漳濱已遼遠，我在瀟湘難歸返。請聽聽我這首短歌行，當想想家鄉的長洲苑。金色的露水，浸染著水岸邊的金菊；如佩玉作響的秋風，搖曳在生長蘭草的山坂。秋蟬鳴響在秋天的稻葉之中，大雁在傍晚的蘆花叢中飛散。

晚秋雲日明，亭皋風霧清。獨負平生氣，空牽搖落情❶。占星非聚德，夢月詎懸名❷。寂寥傷楚奏，淒斷泣秦聲。秦聲懷舊里，楚奏悲無已❸。郢路少叢臺，叢臺富奇士。溫輝凌愛日，壯氣驚寒水❹。一顧重風雲，三冬足文史。文史盛紛綸，京洛多風塵。猶輕五車富，未重一囊貧。李仙非易託，蘇鬼曲難因。不惜勞歌盡，誰為聽〈陽春〉❺！

【章 旨】抒發懷才不遇之感。

【注 釋】❶晚秋雲日明四句　謂壯志難酬。亭皋，水邊地。亭，澤。搖落，草木零落。❷占星非聚德二句　謂命運乖蹇。占星，占卜星象。聚德，指德星相聚，象徵有福氣。德星，即歲星，為主祥瑞的星。《史記・孝武本紀》：「望氣王朔言：『候獨見其星出如瓠，食頃復入焉。』有司言曰：『陛下建漢家封禪，天其報德星云。』」司馬貞《索隱》：「今按此紀惟言德星，則德星，歲星也。歲星所在有福，故曰德星也。」夢月，《太平御覽・人事部三九》引《會稽先賢傳》：「吳侍中闞澤，字德潤，山陰人也。在母胎八月，而叱聲震外。年十三，夜夢名字炳然懸在月，後遂昇進也。」❸寂寥傷楚奏四句　謂思念家鄉。楚奏，楚地的樂曲。典出《左傳・成公九年》。晉侯問楚囚鍾儀：「能樂乎？」對曰：「先父之職官也，敢有二事。」使與之琴，操南音（即楚聲）。故范文子說：「楚囚，君子也。言稱先職，不背本也；樂操土風，不忘舊也。」秦聲，秦地的樂曲。典出《史記・張儀列傳》。秦惠王以張儀為相，陳軫奔楚。後陳軫使秦，惠王曰：「子去寡人之楚，亦思寡人不？」陳軫對曰：「王聞夫越人莊舄乎？」王曰：「不聞。」曰：「越人莊舄仕楚執珪，有頃而病。楚王曰：『舄故越之鄙細人也，今仕楚執珪，富貴矣，亦思越不？」中謝對曰：「凡人之思故，在其病也。彼思越則越聲，不思越則楚聲。」使人往聽之，猶尚越聲也。今臣雖棄逐於楚，豈能無秦聲哉！」❹郢路少叢臺四句　謂曲高和寡，知音難得。郢路，指郢曲。宋玉〈對楚王問〉：「客有歌於郢中者，其始曰〈下里〉、〈巴人〉，國中屬而和者數千人。其為〈陽阿〉、〈薤露〉，國中屬而和者數百人。其為〈陽春〉、〈白雪〉，國中屬而和者不過數十人。引商刻羽，雜以流徵，國中屬而和者不過數人而已。是其曲彌高，其和彌寡。」叢臺，臺名，戰國時趙國所築，在邯鄲城內。此喻燕趙奇士。溫輝，溫暖的光輝。淩，迫近。愛日，冬日。《左傳．文公七年》：「趙衰，冬日之日也。」杜預注：「冬日可愛。」後因稱冬日為愛日，也常比喻恩德。壯氣，暗用荊軻刺秦王唱〈易水歌〉事，見本書卷二〈夏日遊德州贈高四〉注。❺一顧重風雲十句　謂懷才不遇。一顧，《戰國策．燕策二》：蘇代遊說齊國，對淳于髡說：「有人去賣駿馬，接連有三個早上在市場上，都沒有人知道他賣的是駿馬。他就去找伯樂幫忙，要求伯樂能夠圍繞馬仔細瞧瞧，離開後又能回過頭來望望馬。伯樂答應他，就照他說的那樣去辦了，結果馬的價格一下就漲了十倍。」此喻受人的推薦。風雲，比喻機遇。三冬，謂多年刻苦攻讀，見本書卷二〈夏日遊德州贈高四〉注。紛綸，此謂文史知識淵博。京洛，指長安和洛陽。洛，原作「濟」。風塵，此喻仕途艱難。輕，輕視。五車，指五車書。《莊子．天下》：「惠施多方，其書五車。」一囊貧，《漢書．東方朔傳》載：漢武帝召問東方朔有關朱儒號泣頓首事，對曰：「朱儒長三尺餘，奉一囊粟，錢二百四十；臣朔長九尺餘，亦奉一囊粟，錢二百四十。朱儒飽欲死，臣朔飢欲死。臣言可用，幸異其禮；不可用，罷之，無令但索長安米。」武帝大笑，因使待詔金馬門。李仙，即東漢李膺。《後漢書．郭符許列傳》：「郭太，字林宗，始見河南尹李膺。膺大奇之，遂相友善，於是名震京師。後歸鄉里，衣冠諸儒送至河上，車數千兩。林宗惟與李膺同舟而濟，眾賓望之，以為神仙焉。」蘇鬼，即戰國時的蘇秦。《戰國策．楚策》：「蘇秦之楚，三日乃得見乎王。談卒，辭而行。王曰：『寡人聞先生若聞古人，今先生乃不遠千里而臨寡人，曾不肯留，願聞其說。』對曰：『楚國之食貴於玉，薪貴於桂，謁者難得見如鬼，王難得見如天帝。今令臣食玉炊桂，因鬼見帝。』王曰：『先生就舍，寡人聞命矣。』」勞歌，勞者之歌。陽春，指〈陽春白雪〉。比喻才德高尚。

【語　譯】江南的晚秋，雲淡日明；晚秋的水畔，霧白風清。我獨負平生的淩雲壯志，卻辜負了草木零落之情。我命運不濟，未見德星高照；我仕途多乖，沒有夢月懸名。寂寞中哀傷楚奏，寥落中斷泣秦聲。秦聲懷舊，思念故土；楚奏戀家，悲傷不已。知音終難覓，由於曲高和寡；知音雖難覓，卻是燕趙多奇士。希冀有溫暖的光輝迫近融融冬日；盼望有豪邁的壯氣，震動滔滔寒水。我很重知遇，能使我風雲際遇；我刻苦攻讀，能使我滿腹經綸。文史浩繁而廣博，京洛仕途多風塵。當世小看五車書山的分量；也未重視一囊貧士的經營。既然不去愛惜勞者之歌，還能有誰去傾聽〈陽春白雪〉的歌聲！

【賞　析】本篇有四個層次，但是可分成兩大部分，即寫景部分和抒情部分。寫景為抒情作出鋪墊，展開氣勢，提供環境背景和氛圍，而抒情也使景物染上濃烈的感情色彩。抒情是全詩內容的重點。作者由於仕途坎坷，才由景入情，生發出這樣或那樣的感慨和不平。有仕途誤身的哀歎：「謀己謬觀光，牽迹強恓惶。揆拙迷三省，勞生昧兩忘。彈隨空被笑，獻楚自多傷。」有世態炎涼的感慨：「一朝殊默語，千里暴炎涼。」有命運多乖的傾訴：「獨負平生氣，空牽搖落情。占星非聚德，夢月詎懸名。」有懷才不遇的不平：「猶輕五車富，未重一囊貧。」這是寫出作者感情的層次感。

本篇寫景很有藝術特色。它精選出準確、生動、形象的動詞，表現出畫面景物的動勢、動態和動感。如「淪波通地穴，委輸下歸塘。別島籠朝蜃，連洲擁夕漲。韞珠澄積潤，讓璧動浮光」。在這一段描繪中，就用了「通」、「下」、「籠」、「擁」、「澄」、「動」等六個動詞，表現大江入海的情況。「露金薰菊岸，風珮搖蘭坂。蟬鳴稻葉秋，雁起蘆花晚」，用了「薰」、「搖」、「鳴」、「起」等動詞，寫出景物的種種動態，有聲有色。作者不用擬人化或化靜為動的寫法，純用白描的粗線條勾勒，使得整幅畫面都處在流動、活動、飛動之中，視野開闊，氣勢壯闊，形象鮮明，氣韻生動。

本篇為五言古體，也運用了轆轤體的蟬聯句式，從中斡旋、貫穿，使詩的結構開闔有法，渾然一體。

浮查并序

【題　解】本篇為作者詠物詩的名篇之一。詠物詩的所詠對象，主要是指事物或是景物。作者往往遊目騁懷，託物寓意，有感而發。此篇大約作於仕途失意，閒居齊魯期間。浮查，木筏。此指水中浮木。查，同「楂」。〈廣韻・麻韻〉：「楂，水中浮木。查，同。」

遊目川上，觀一浮查，泛泛然若木偶之乘流，迷不知其所適也❶。觀其根柢盤屈，枝幹扶疏；大則有棟梁舟楫之利，小則有輪轅榱桷之用❷。非夫稟乾坤之秀氣，含宇宙之淳精，孰能負凌雲概日之姿，抱積雪封霜之骨❸。向使懷材幽藪，藏穎重巖，絕望於廊廟之榮，遺形於斤斧之患❹。固可垂蔭萬畝，懸映九霄，與建木較其短長，將大椿齊其年壽者❺。而委根險岸，託質畏途，上為疾風衝飆所摧殘，下為奔濤迅浪所激射，基由壤括，勢以地危，豈盛衰之理繫乎時，封殖之道存乎我❻？一墜泉谷，萬里飄淪，與波浮沉，隨時逝止❼。雖殷仲文歎生意已盡，孔宣父知朽質難雕，然而遇良工，逢仙客，牛磯可託，玉璜之路非遙；匠石先談，萬乘之器何遠❽？故材用與不用，時也！悲夫❾！然知萬物之相應感者，亦奚必同聲同氣而已哉！感而賦詩，貽諸同疾云爾❿。

【章　旨】借浮查抒發懷才不遇之感。

【注　釋】❶遊目川上四句　謂浮查的出現。遊目，放眼四望。原作「遊日」。泛泛然，隨波漂流的樣子。木偶，典出《史記・孟嘗君列傳》：孟嘗君將入秦，蘇代謂曰：「今旦從外來，見木偶人與土偶人相與語。木偶人曰：『天雨，子將敗矣。』土偶人曰：『我生於土，敗則歸土。今天雨，流子而行，未知所止息也。』今秦，虎狼之國也，而君欲往；如有不得還，君得無為土偶人所笑乎？」孟嘗君乃止。適，往。❷觀其根柢盤屈四句　謂浮查的功用。根柢，連文同義。指根。扶疏，枝葉茂盛分披的樣子。舟楫，連文同義。指船隻。輪轅，指車輪和車前轅木。榱桷，椽子，方的叫桷，圓的叫椽。❸非夫稟乾坤之秀氣四句　謂浮查的風姿、氣骨。稟，承受。乾坤，指天地。秀氣，自然靈氣。宇宙，天地萬物的總稱。《淮南子・齊俗》：「往古來今謂之宙，四方上下謂之宇。」淳精，指自然淳和之精氣。負，抱持。概日，連接著太陽。概，相摩；連接。積雪封霜，即雪壓霜封。封，原作「掛」。骨，氣骨。❹向使懷材幽藪四句　提出浮查藏身僻遠的假設。向使，假使。向，原作「肉」。懷材，懷抱材質。幽藪，深遠的湖澤。藏穎，掩藏特異的才智。廊廟之榮，謂建造廊廟的榮寵。廊廟，猶廟堂。為古代君王和大臣議事之處，後以喻朝廷。原作「巖廊」。遺形，忘形、忘機；不拘形跡、泯除機心。斤斧，連文同義。指斧頭。❺固可垂蔭萬畝四句　提出浮查遠禍全身的假設。固，本來。懸映，高懸遮蔽。九霄，九天。建木，神木。《山海經・海內經》載：「有木青葉，紫莖，玄華，黃實，名曰建木。百仞無枝，有九欘，下有九枸，其實如麻，其葉如芒。」將，與；共。大椿，木名。《莊子・逍遙遊》：「上古有大椿者，以八千歲為春，八千歲為秋，此大年也。」❻而委根險岸八句　謂浮查的危險處境。委根，託根。衝飈，狂風。基，樹根。括，束縛。勢，樹的形勢。時，時勢；時運。封殖，即封植。壅土培植。❼一墜泉谷四句　謂浮查的不幸遭際。飄淪，飄浮。逝止，去留。❽雖殷仲文歎生意已盡八句　謂浮查尚可修飾為用。生意，指生機、生命力。典出《晉書・殷仲文傳》：「仲文因月朔，與眾至大司馬府。府中有老槐樹，顧之良久而歎曰：『此樹婆娑，生意盡矣。』」孔宣父，指孔子。《新唐書・禮樂志》：「貞觀二年（六二八），……升孔子為先聖，以顏回配。四年（六三〇），詔州、縣學皆作孔子廟。十一年（六三七），詔尊孔子為宣父，作廟於兗州，給戶二十以奉之。」朽質難雕，《論語・公冶長》：「子曰：『朽木不可雕也。』」仙客，仙人。牛磯可託，謂浮查可加工成仙槎，完成赴牛渚的任務。牛磯，指牛宿。即八月浮槎的故事，見本卷〈夏日遊德州贈高四〉注。玉璜，半圓形的璧。《尚書大傳》卷一：「周文王（即姬昌）至磻溪，見呂尚釣。文王拜，呂尚云：『望釣得玉璜，刻曰：姬受命，呂佐檢。德合於今昌來提。』」後即以玉璜指呂尚佐文王事。匠石，即郢匠運斤的故事，見本卷〈夏日遊德州贈高四〉注。先談，猶先容。謂事先為之雕飾。《文選》鄒陽〈於獄中上書自明〉：「蟠木根柢，輪囷離奇，而為萬乘器者，何則？以左右先為之容也。」李善注：「器，謂服玩之屬；容，謂雕飾。」此以先談引申為受人引薦。萬乘，指帝王。周制，王畿方千里，能出兵車萬乘，故以萬乘指代帝位。❾故材用與不用三句　謂時機的好壞。材用，材幹受到重用。用，原缺。❿然知萬物之相應感者四句　點明寫作目的。同聲同氣。《易・乾卦》：「同聲相應，同氣相求。」同疾，同病。

【語　譯】我向川上放眼四望，看見水中有一浮木，像木偶那樣隨波逐流，不知要流向何處。看看它根柢盤屈，枝葉扶疏，大的方面可做棟梁和舟楫，小的方面可做輪轅和椽木。如果不是承受天地造化的靈氣，不是包含宇宙自然的精氣，又怎麼能夠抱持凌雲概日的雄姿，具有鬥雪傲霜的氣骨。假使能藏身幽深的湖澤，隱跡僻遠的山巖，不奢望姿質得到建造廊廟的榮寵，不計較形跡會受到刀斧砍削的禍患，那麼它本來可平安地以垂蔭覆蓋萬畝，以高枝遮蔽雲霄，與神木比較短長，與大椿等同年壽。但是它卻託根於險岸，委身於畏途，上受狂風的摧殘，下受怒濤的激射，樹的根基會因險岸而不固，樹的形勢會因畏途而危急，這難道不是盛衰的道理取決於時運，而培植生長才在於自己嗎？一當墜落泉谷，便萬里漂流，與江波一起沉浮，隨水勢或留或止。即使像殷仲文感歎生意已盡，像孔宣父深知朽木難雕，但仍然還有機會遇良工，逢仙客，或是成為仙槎，通向天河牛宿，受君王重用的道路已不遙遠；或是像匠石運斤，先加雕飾，成為萬乘的器用也為期不遠了。因此人才的受重用和不受重用，關鍵在於時運的好壞，這是多麼可悲啊！但是由此可以知道，天下萬物的相互感應，又何必一定要同聲相應，同氣相求呢！有了上述的感受，寫成這首詩，送給與我有相同感受的朋友。

昔負千年質，高臨九仞峰。貞心凌晚桂，勁節掩寒松❶。忽值風飆折，坐為波浪衝。推殘空有恨，擁腫遂無庸。渤海三千里，泥沙幾萬重。似舟飄不定，如梗泛何從❷？仙客終難託，良工豈易逢。徒懷萬乘器，誰為一先容❸！

【章　旨】通過浮查寫自我形象及其遭際。

【注　釋】❶昔負千年質四句　寫浮查的形象和貞節。千年，一作「千尋」。臨，居高視下。九仞，形容高度。貞心，堅貞不移的心志。淩，同「淩」。逾越。晚桂，晚秋之桂花。桂花可花開二度。勁節，威武不屈的氣節。掩，蓋過。❷忽值風飆折

八句　寫浮查的摧折漂流的命運。坐，副詞。遂；頓。摧殘，猶摧殘。擁腫，語本《莊子．逍遙遊》：「惠子謂莊子曰：『吾有大樹，人謂之樗；其大本擁腫而不中繩墨，其小枝卷曲而不中規矩。立之塗，匠者不顧。今子之言，大而無用，眾所同去也。』」此謂樹幹肥短有疙瘩，不能成材。庸，功用。渤海，中國的內海，在遼寧、河北、山東、天津之間。此泛指大海。梗，浮梗。猶浮萍。❸仙客終難託四句　感歎浮查的不幸命運。徒，空。

【語　譯】抱持著千年的姿質，俯視著高高的山峰。堅貞不移的心志，可以超越秋桂；威武不屈的氣節，可以蓋過寒松。忽然被狂風所摧折，於是被怒浪所激衝。空有遺恨，是由於摧殘挫折；大而無用，是因為樹幹擁腫。大海遠有三千里，泥沙多至幾萬重。像孤舟泛海，漂流不定；像浮梗飄忽，不知所終。仙客終究難託付，良工難道容易逢。徒然懷抱萬乘之器的才智，又有誰能事先為我費雕飾之功！

【賞　析】本篇有詩序，序為駢文，已包含了詩的全部內容。文中雖寫浮查，實寫自我懷才不遇、壯志難酬的遭際。它歌頌浮查「根柢盤屈，枝幹扶疏」的姿態，和「棟梁舟楫之利」、「輪轅榱桷之用」的用途，意在說明自己有學識，有才幹，有抱負。接著對仕途誤身進行反省。如果自己不求仕進，「懷材幽藪，藏穎重巖」，不慕榮寵，不拘形跡，就可以遠禍全身，達到「與建木較其短長」、「將大椿齊其年壽」的目的。但是而今由於求仕，就等於是「委根險岸」、「託質畏途」，以致陷入「一墜泉谷，萬里飄淪，與波浮沉，隨時逝止」的命運。在這情況下，如能遇上良工、仙客，也許能得到君王的重用，而現實卻沒有給自己提供如此際遇。因此，作者慨歎時運不濟，機遇不好。「材用與不用，時也！悲夫！」正是全篇的精神所在。

駢文在結構上，開篇以「觀」字提挈全文，後以「悲夫」結束全文，由觀生悲，順理成章。駢文的句法，一般都比較嚴整，但本篇的句法卻相當靈活，其中有三言、四言、五言、六言、七言、八言、九言，還有散化的雜言，長短參差、錯落有致，具有鮮明的節奏。特別是其中的假設句用了假設連詞，轉折句用了轉折連詞，如「非夫」、「孰能」、「向使」、「然而」、「故」、「然」等，形成前後呼應、一氣流注的意脈，使得駢文這種板塊式的凝重感，一下變得靈動起來了。

詩為五言排律，是自我悲劇形象的寫照。它以「昔負」、「高臨」作為時空的座標，以「晚桂」、「寒松」襯托出「貞心」、「勁節」，以似舟、如梗比喻漂泊的命運。作者把建功立業的豪情壯志與才高位卑的抑鬱不平相結合，形成一種特定的悲劇氛圍。感情深沉，題意深刻。

在獄詠蟬并序

【題　解】本篇當是為侍御史上疏下獄時所作，約在調露元年（六七九）秋，為作者名篇之一。這篇詠物詩以蟬為抒寫對象。蟬，又名鳴蜩、螗蛄，俗名知了。《詩經・豳風・七月》已寫到「五月鳴蜩」。繼之有魏曹植之〈蟬賦〉，晉陸雲之〈寒蟬賦〉、傅咸之〈黏蟬賦〉、〈鳴蜩賦〉、郭璞之〈蟬贊〉、傅元之〈蟬賦〉，直到唐駱賓王之〈在獄詠蟬〉，都是以蟬為題材的。但駱詩為獄中所作，題曰詠蟬，實則自憐自傷，不同凡響。

余禁所禁垣❶西，是法曹廳事也❷，有古槐數株焉。雖生意可知，同殷仲文之古樹❸；而聽訟斯在，即周邵伯之甘棠❹。每至夕照低陰❺，秋蟬疏引❻，發聲幽息❼，有切常❽聞。豈人心異於曩時❾，將❿蟲響悲於前聽？嗟乎！聲以動容⓫，德以象賢⓬。故潔其身也，稟君子達人之高行⓭；蛻其皮也，有仙都羽化之靈姿⓮。候時而來，順陰陽之數⓯；應節為變，審藏用之機⓰。有目斯開，不以道昏而昧其視⓱；有翼自薄，不以俗厚而易其真⓲。吟喬樹之微風，韻資天縱⓳；飲高秋之墜露，清畏人知⓴。僕失路艱虞，遭時徽纆，不哀傷而自怨，未搖落而先衰㉑。聞蟪蛄之流聲，悟平反之已奏；見螳螂之抱影，怯危機之未安㉒。感而綴詩，貽諸知己。庶情沿物應，哀弱羽之飄零；道寄人知，憫餘聲之寂寞。非謂文墨，取代幽憂云爾㉓。

【章旨】敘述蟬的美德與自己入獄的冤屈。

【注釋】❶禁垣　監獄的高牆。垣，牆。❷是法曹廳事也　指唐代司法官署。《新唐書．百官志》：「法曹，司法參軍事，掌鞫獄，麗法，督盜賊，知贓賄出入。」曹，官署。原缺。廳事，同「聽事」。指廳堂。❸雖生意可知二句　謂古槐年久。生意可知，即晉朝殷仲文感歎老槐樹之事，見本卷〈浮查〉注。古，一作「枯」。❹而聽訟斯在二句　謂古槐有如甘棠。《詩經．召南．甘棠》，是讚美德政的詩。傳說周武王之臣召公奭，因封在召（今陝西省岐山縣西南），稱為召公或召伯。他曾巡行南國（古指江漢一帶的諸侯國），實施德政，在甘棠樹下聽訟決獄，公正無私。國人愛召伯而敬其樹。後以甘棠稱官吏之德政。而，原缺。訟，原作「松」。斯，原缺。甘棠，即棠梨，又名杜梨。❺低陰　原作「佉陰」。❻疏引　猶說稀鳴。疏，稀。引，長。❼幽息　深深地喘息。❽常　同「嘗」。曾經。❾曩時　從前。❿將　抑或；還是。⓫動容　謂內心感動而見於神色。⓬象賢　謂效法先人的賢德。象，法式。⓭故潔其身也二句　謂蟬的高潔。稟，稟承。君子達人，指道德高尚、通達事理的人。⓮蛻其皮也二句　謂蟬的天姿。蛻，蟬蛻。仙都，神仙洞府。羽化，傳說成仙可以飛升，如同生了羽翼。⓯候時而來二句　謂蟬之候時。陰陽，即陰陽二氣，見本書卷一〈螢火賦〉注。數，氣數。⓰應節為變二句　謂蟬能應節。節，節氣。審，明悉；詳知。藏用，語本《易．繫辭上傳》，指宇宙潛藏的不為人認知的生育萬物的功用。機，先兆。⓱有目斯開二句　謂蟬不昧其視。道昏，世道昏聵。昧，昏暗。引申為目不明。⓲有翼自薄二句　謂蟬不易其真。自薄，自甘淡薄。俗厚，謂世俗淫靡之風氣深重。真，真淳的本性。⓳吟喬樹之微風二句　謂蟬吟微風。喬樹，高大的樹木。韻資，韻致。指氣派、風度。天縱，謂上天之使然。⓴飲高秋之墜露二句　謂蟬飲墜露。清畏人知，典出《晉書．良吏傳》。胡威，字伯武，淮南壽春人。其父以忠清著稱。後威遷徐州刺史，入朝，晉武帝問他：你與父誰最忠清？威回答說：「臣不如父。臣父清，恐人知道；臣清，恐人不知道，臣遠遠趕不上他呢。」㉑僕失路艱虞四句　謂自己被拘禁的命運。僕，自稱謙詞。失路，此指找不到出路。比喻很不得志。艱虞，艱難。徽纆，捆綁囚犯用的黑色繩索。此指被拘禁在獄。纆，原作「纏」。怨，原作「怨」。搖落，草木凋殘、零落。㉒聞蟪蛄之流聲四句　為自己命運深感不安。蟪蛄，蟬的別名。流，原缺。平反，指糾正原判的冤案、錯案。反，原作「仄」。抱影，形容螳螂捕蟬時張臂圍抱的樣子。㉓感而綴詩八句　點明創作目的。綴詩，聯綴詞句成詩。即賦詩。庶，庶幾。道，理。餘聲，殘聲。寂寞，冷落；孤獨。

【語譯】在我被拘禁的監獄的高牆西邊，是司法官署的廳堂，那裡有幾株古老的槐樹。古槐年深月久，還富有生意，就像當年殷仲文所感慨的枯樹；古槐長於司法官署，如同當年召公聽訟決獄的甘棠。每天夕照低陰的時候，就聽到獄外的秋蟬稀唱，發出深深的歎息，比較曾經聽到的蟬鳴，似乎更為悽惋悲切。難道人心變化有別於從前，還是蟬鳴悲切不同於過去？唉！蟬的鳴聲能使人內心感動，蟬的品行能法式前賢的美德。因此蟬的自身高潔，是稟受君子達人的高尚情操；蟬的蛻去皮殼，有羽化登仙的天生神姿。蟬候時而來，能順應天地陰陽消長的氣數；蟬應節為變，能明悉自然藏用變化的先機。蟬視野開朗，不因為世道昏瞶便模糊銳利的目光；蟬自甘淡薄，不因為時俗淫靡便改變真淳的本性。蟬吟風於高樹之巔，是翩翩風度出自天然；蟬飲露於高秋之際，是耿耿忠清畏人所知。我失路艱難，遭時拘禁，不用哀傷而自怨，未及凋殘而先衰。我聽到秋蟬的知了鳴聲，才悟到已出現平反的前奏；我看到螳螂的張臂捕蟬，又因有潛伏的危險而害怕不安。感慨賦詩，送給知己朋友，也許可以借此讓感情觸物生發，哀歎弱羽之飄零；讓道理傳達人知，憐憫殘聲的孤苦。這不是僅僅只持所謂文墨議論，就可取代深深的憂慮的。

西陸蟬聲唱，南冠客思侵。❶那堪玄鬢影，來對白頭吟❷。露重飛難進，風多響易沉❸。
無人信高潔，誰為表予心❹？

【章旨】借詠蟬寄託自己含冤入獄的悲憤，表白自我的高潔。

【注　釋】❶西陸蟬聲唱二句　謂無辜入獄。西陸，專指秋季。《隋書．天文志中》：「日循黃道東行，一日一夜行一度，三百六十五日有奇而周天。行東陸謂之春，行南陸謂之夏，行西陸謂之秋，行北陸謂之冬，行以成陰陽寒暑之節。」南冠，楚冠。《左傳．成公九年》：「晉侯觀於軍府，見鍾儀，問之曰：『南冠而縶者，誰也？』有司對曰：『鄭人所獻楚囚也。』」後以「南冠」指代囚犯。客思，漂泊在外而思家的情思。侵，擾。一作「深」。❷那堪玄髩影二句　謂蟬的哀吟。那堪，哪能經受住。那，原作「般」。玄髩影，即蟬影。「玄」諧音「蟬」。髩，同「鬢」。白頭吟，語意雙關，意謂秋蟬正對著自己的白頭哀吟。又《白頭吟》為古樂府相和歌曲名，曲調哀怨。晉葛洪《西京雜記》卷三：「相如將聘茂陵人女為妾，卓文君作〈白頭吟〉以自絕。」吟，指蟬鳴。❸露重飛難進二句　謂沉冤莫白。露重，寒露濃重。風多，西風猛烈。響，指蟬鳴。沉，聲音深沉、凝滯。❹無人信高潔二句　與蟬對話，借蟬自喻。無人，用南朝齊永明間沈約〈咏竹〉之「無人賞高節，徒自抱真心」詩意。信，相信。高潔，謂蟬居高樹，餐風飲露，與世無爭，顯得清高純潔。誰，誰人。表，表白。

【語　譯】獄外傳來了秋蟬的哀唱，觸動了獄中人憂憤的胸襟。哪裡受得住秋蟬如此不停地侵擾，來向我這白頭人哀唱白頭吟。濃重的寒露沾濕了蟬翼，使牠欲飛難進，猛烈的西風壓抑了蟬聲，使牠欲響易沉。蟬呀！既然無人能相信你的高潔，那麼我還能向誰去表白自己純真的內心？

【賞　析】本篇前面有一詩序，敘述悲切的蟬鳴，觸動自己被拘禁的憂思，進而聯想到秋蟬的高潔品行，最後歸結到賦詩的目的，希望人們能對自己含冤莫辯的不幸遭際，給予同情和關注。

序文是典型的駢文。它從蟬的潔身、蛻皮、候時、應節、吟風、飲露等不同角度，讚揚蟬的高潔的品行，塑造蟬的高潔的形象，即「稟君子達人之高行」、「有仙都羽化之靈姿」，這正是詩的主旨所在。明人鍾惺評云：「思理韵致，是四六中一篇小題絕佳文字。」（《詩歸》）

本詩與作者之〈螢火賦〉相同，具有寓言性質和哲理意蘊，在藝術上它有四個特點：

一是託物言志，義兼比興。清人施樸華《峴傭說詩》中云：「三百篇比興為多，唐人猶得此意。同一詠蟬，虞世南『居高聲自遠，非是藉秋風』是清華人語；駱賓王『露重飛難進，風多響易沉』是患難人語；李商隱『本以高難飽，徒勞恨費聲』是牢騷人語。比興不同於此。」虞詩著眼於個人修養，李詩著筆於清高品格，而駱詩確從患難中來，「露重」、「風多」點環境之險惡。後人評此三詩，譽為唐人「詠蟬詩三絕」。

二是情景交融。晉陸雲〈寒蟬賦序〉，論及蟬有多種美德，說是「君子則其操，可以事君，可以立身，豈非至德之蟲哉！」駱賓王將蟬與自我命運相結合，以蟬的高潔的「至德」，來比喻、象徵自己高尚的情操，並將自己在逆境中的拘囚之冤、飄零之苦、遲暮之悲、冷落之痛一一宣泄出來。

三是虛實映照。「那堪玄鬢影，來對白頭吟」，白頭人是實寫，表明作者因含冤入獄而悲憤，使頭髮盡白。白頭吟是虛寫。據〈白頭吟〉古辭之開頭二句「皚如山上雪，皎如雲間月」，以及結尾二句「男兒重意氣，何用錢刀為？」唐吳兢《樂府古題要解》云：「自傷清正芬馥，而遭鑠金玷玉之謗。」這裡暗用其意，以喻自己清白之身橫遭贓罪之冤。這樣有虛有實，有明有暗，使詩更委婉曲折而有情致。

四是格律嚴整。南朝齊代永明年間，沈約將「四聲」理論引入詩歌創作，從而深化了漢語語音的內部規律，促進了古體詩向唐代近體詩的過渡。在這個過渡中，有許多詩人參與了創作實踐，駱賓王是其中之一，他的詩已注重到律詩的平仄、對仗、用韻等要素。律詩一般是中間兩聯對仗，首聯對仗是可用可不用的。但本詩首聯即對仗，「西陸」對「南冠」，是方位名詞相對，為工對，「蟬聲」對「客思」，也是工對。頷聯是流水對，即一句分成兩句說，是一個整體。頸聯寫環境，尾聯點題，富於理趣。本詩音調和諧，節奏明快，情真意切，一氣流注，屬於比較成熟的五言律詩了。

艷情代郭氏答盧照鄰

【題　解】本篇為作者代郭氏贈寄盧照鄰的詩。艷情，指男女間的愛情。郭氏，為盧照鄰的情侶。盧照鄰，字升之，幽州范陽（今北京附近）人，為「初唐四傑」之一。他年輕時四出遊學，初為鄧王府典籤，約在龍朔三年（六六三），被授為蜀之新都尉。後因患「風疾」，辭官北上。因不堪疾病折磨，投潁水而死。此詩當作於咸亨年間（六七一——六七四）時作者在蜀中，而盧照鄰已由蜀返洛。

迢迢芋路望芝田，眇眇函關限蜀川。歸雲已落涪江外，還鴈應過洛水壥❶。洛水傍連帝城側，帝宅層甍垂鳳翼。銅駝路上柳千條，金谷園中花幾色。柳葉園花處處新，洛陽桃李應芳春。妾向雙流窺石鏡，君住三川守玉人❷。

【章　旨】抒寫與盧照鄰相分離的情況。

【注　釋】❶迢迢芋路望芝田四句　謂盧照鄰回洛。迢迢，遙遠的樣子。芋路，大路。芋，大。芝田，傳說仙人種芝草的地方。曹植〈洛神賦〉：「爾乃稅駕乎蘅皋，秣駟乎芝田。」此以「芝田」指代京洛。眇眇，同「渺渺」。高遠的樣子。函關，指河南省新安縣東的函谷故關，靠近洛陽。限，界限；阻隔。原作「恨」。蜀川，蜀地山川。歸雲，語本《文選》張衡〈思玄賦〉：「憑歸雲而遐逝兮，夕余宿乎扶桑。」此借喻返洛的盧照鄰。涪江，嘉陵江支流，在四川省中部。還雁，北歸的大雁。喻盧照鄰。洛水，即洛河。源出陝西省洛南縣西北，流經洛陽，於鞏縣之洛口入黃河。壥，同「廛」。居地。此指盧照鄰在洛居地。原作「纏」。❷洛水傍連帝城側八句　寫洛陽宮闕與春色。帝城，指洛陽。唐高宗顯慶二年（六五七）以洛陽為東都。層甍，層層屋脊。甍，屋脊。鳳翼，指風標。以鐵鑄為鳳凰形，兩翼張開，常向風如欲飛狀。銅駝路，即銅駝街。洛陽宮中陽門外南街，因門外街口，有兩銅駱駝夾道相對而得名。金谷園，晉石崇所建園林，因有金谷水流經其地而得名，舊址在今河南省洛陽市東北。妾，郭氏自稱。雙流，縣名，在今四川省成都市南部。石鏡，典出《華陽國志・蜀志》：「武都有一丈夫化為女子，美而艷，蓋山精也，蜀王納為妃。……無幾，物故。蜀王哀念之，乃遣五丁之武都擔土為妃作冢，蓋地數畝，高七丈，上有石鏡，今成都北角武擔是也。」此喻思念。三川，郡名，秦置，其地在河南省洛陽市西南，因其地有伊水、洛水、黃河三水故名。此代指洛陽。守，陪伴。玉人，美女。

【語　譯】遙遠的大路通向洛陽，高遠的函關阻隔了蜀川。君北歸，如白雲飄向涪江外；君回洛，又如大雁飛過洛水邊。滔滔的洛水，依傍在洛陽城側；城闕屋脊上的鳳凰，張開了兩翼。銅駝路上，長出青青千樹柳；金谷園中，盛開爛漫新花色。當成都柳葉園花處處新之時，洛陽的桃李也該是花季的芳春。我孤獨寂寞，在雙流思念你；君卻喜新厭舊，在洛陽伴美人。

此時離別那堪道，此日空牀對芳沼。芳沼徒遊比目魚，幽徑還生拔心草❶。流風回雪儻便娟，驥子魚文實可憐。擲果河陽君有分，貰酒成都妾亦然❷。莫言貧賤無人重，莫言富貴應須種。綠珠猶得石崇憐，飛燕曾經漢皇寵❸。良人何處醉縱橫，直如循默守空名。倒提新縑成慊慊，翻將故劍作平平。離前吉夢成蘭兆，別後啼痕上竹生❹。

【章旨】寫郭氏被遺棄的痛苦。

【注釋】❶此時離別那堪道四句　謂離別之苦。芳沼，生長芳草的池塘。比目魚，《爾雅·釋地》：「東方有比目魚焉，不比不行，其名謂之鰈。」此喻形影不離的夫婦。拔心草，即宿莽。《爾雅·釋草》：「卷施草，拔心不死。」比喻愛情的忠貞。❷流風回雪儻便娟四句　謂回憶蜀中的生活。流風回雪，語本曹植〈洛神賦〉之「飄搖兮若流風之回雪」。這裡形容美女體態的婀娜多姿。儻，風流倜儻的意思。便娟，聯綿詞。語本《楚辭·大招》：「豐肉微骨，體便娟只。」此是形容輕盈美好的樣子。比喻郭氏。原作「便奸」。驥子魚文，指王孫公子的裝束。驥子為良馬，魚文為用魚皮製成的箭袋。《文選》左思〈蜀都賦〉：「若夫王孫之屬，……並乘驥子，俱服魚文。」此喻盧照鄰。憐，愛。擲果，為晉人潘岳事。潘岳貌美，年輕時，每出洛陽道，婦女相遇，皆擲果示愛。見《晉書·潘岳傳》。河陽，縣名，故地在今河南省孟縣。潘岳曾任河陽令。此以潘安喻盧照鄰。貰酒成都，用司馬相如與卓文君事，典出《西京雜記》：「司馬相如初與文君還成都，居貧，愁懣，以所著鷫鸘裘就市人陽昌貰酒，與文君為懽。」此喻貧賤之情。貰，賒。原作「貨」。❸莫言貧賤無人重四句　謂自己身居貧賤。綠珠，晉人石崇的寵妓，美而艷，善歌舞。當時權要孫秀，向石崇索要綠珠，石崇不與而獲罪，綠珠跳樓而死。見《晉書·石崇傳》。飛燕，即趙飛燕。原是漢成帝宮人，善歌舞，因其體輕，號曰飛燕。入宮，為婕妤，貴傾後宮，後立為皇后。漢平帝時被廢為庶人，自殺。見《漢書・孝成趙皇后傳》。❹良人何處醉縱橫六句 謂盧照鄰喜新厭舊。良人，婦女對丈夫的稱呼。語本《孟子・離婁下》：「良人者，所仰望而終身也，今若此。」醉縱橫，謂宴飲遊樂。循默，緘默無言。空名，空有妻子之名分。新縑，新織的細絹。江總〈怨詩〉：「奈許新縑傷客意，無由故劍動君心。」此喻新人。慊慊，滿足；愜意。故劍，典出《漢書・外戚傳》：漢宣帝早年娶許平君，及即帝位，平君為婕妤。當時大將軍霍光有女，與皇太后有親，眾臣議立霍光女為皇后。宣帝就下詔尋求自己早年佩戴的舊劍，眾臣會意，便議立平君為皇后。此喻舊妻。平平，平常。蘭兆，即夢蘭。指生子。典出《左傳・宣公三年》：鄭文公有賤妾名燕姞，夢有天使送給她蘭草，後生子取名蘭，即鄭穆公。此喻郭氏生有一子。啼痕，用湘妃竹故事。相傳舜的兩個妃子娥皇、女英在舜死後，哭泣淚下，染竹成斑。妃死為湘水神，故曰湘妃竹。

【語譯】此時話離別，悲悲切切不堪道；此日剩空床，冷冷清清對池沼。池沼空游比目魚，怎談夫妻恩愛；幽徑還生拔心草，徒添棄婦苦惱。女的體態輕盈，風流倜儻；男方良馬魚文，風度翩翩。雖然君如貌美潘岳，得到女人厚愛；但是我如痴情文君也得到君的纏綿。別說貧賤無人看重，別說富貴是上天賜種。且看那身為歌妓的綠珠，能得到石崇的鍾愛；且看那出身低微的飛燕，能獲得漢皇的專寵。夫君不知到何處宴飲遊樂，我只有沉默無奈，忍守妻子的空名。新織的絹反倒讓君心滿意足，舊日的劍反而使君視為平平。分離之前，夢蘭生子有喜兆；分離之後，淚染斑竹不勝情。

別日分明相約束，已取宜家成誠勗。當時擬弄掌中珠，豈謂先摧庭際玉？悲鳴五里無人問，腸斷三聲誰為續？思君欲坐望夫臺，端居懶聽將雛曲❶。沉沉落日向山低，簷前歸燕並頭棲；抱膝當窗瞻夕兔，側耳空房聽曉雞。舞蝶臨階只自舞，啼鳥逢人亦助啼❷。獨坐傷孤枕，春來悲更甚。峨眉山上月如眉，濯錦江中霞似錦❸。

【章　旨】寫郭氏喪子之悲及思夫之苦。

【注　釋】❶別日分明相約束八句　寫郭氏喪子之痛。約束，指盟誓之約。宜家，語本《詩經・周南・桃夭》：「之子于歸，宜其室家。」意謂男女及時成婚。誡勗，勸誡；勉勵。弄，撫愛。掌中珠，謂鍾愛女兒有如掌上明珠。摧，摧折。原作「推」。庭際玉，謂庭中玉樹。典出《晉書・謝玄傳》：「玄與從兄朗，俱為叔安（謝安）所器重，安常戒約子侄，因曰：『子弟亦何豫人事，而正欲使其佳？』玄答曰：『譬如芝蘭玉樹，欲其生於庭階耳。』」後以芝蘭玉樹喻佳子弟。此指郭氏之子。悲鳴五里，相傳春秋時，膠東猿盛，踐人莊稼。楚昭王使養由基射之，遇子母猿，中其子死。母猿長鳴三聲，五里之外，諸猿聞之俱死。腸斷三聲，傳說猿性急腸狹，聞同類死則悲鳴，腸斷而死。此喻郭氏之悲痛斷腸。望夫臺，即傳說中的望夫山、望夫石。因有婦人思念外出的丈夫，遠望而化山、化石。此喻郭氏對盧照鄰的思念。端居，謂平時居處。將雛曲，古曲名。即《鳳將雛》。《晉書・樂志》：「《鳳將雛歌》者，舊曲也。」這裡借用字面意義。❷沉沉落日向山低六句　寫郭氏相思之苦。瞻，望。原作「聽」。夕兔，月亮。古代傳說，月中有兔，故名。曉，原作「晚」。❸獨坐傷孤枕四句　謂蜀地春景添愁供恨。孤枕，謂獨睡。峨眉山，在四川省峨眉縣西南，為岷山南脈之主峰，山峰相對如峨眉，故名。濯錦江，見本書卷六〈上兗州刺史啟〉注。霞似錦，謂雲霞與濯錦相媲美。

【語　譯】分離時有過誓盟共同約束，希望宜室宜家互相督促。當時愛撫女兒掌中珠，誰料到不幸摧折顏如玉。我悲鳴五里無人過問，我腸斷三聲有誰相續？我思君，有心化作望夫石；我喪子，無心懶聽將雛曲。太陽向西山沉沉落下，歸燕在簷前並頭宿棲。我當窗思念，抱膝仰望團圓月；我空房不寐，側耳細聽報曉雞。蝴蝶臨階飛舞，使我浮想聯翩；啼鳥逢人助啼，使我更增悲悽。我孤寂獨坐傷衾枕，春來悲苦更難寢。看峨眉山上新月如眉，望濯錦江中紅霞似錦。

錦字回文欲贈君，劍壁層峰自糾紛。平江淼淼分青浦，長路悠悠間白雲❶。也知京洛多佳麗，也知山岫遙虧蔽，無那短封即疏索，不在長情守期契❷。傳聞織女對牽牛，相望銀河隔淺流。誰分迢迢經兩歲，誰能脉脉待三秋？情知唾井終無理，情知覆水也難收。不復下山能借問，更向盧家字莫愁❸。

【章　旨】寫郭氏決心斷絕舊情。

【注　釋】❶錦字迴文欲贈君四句　謂給盧照鄰寄信。錦字回文，即織錦回文。典出《晉書・列女傳》。前秦時秦州刺史竇滔，被流放流沙。他的妻子蘇氏，名蕙，字若蘭，在錦上織成回文旋圖詩送給丈夫。這種詩能宛轉循環，是順讀倒讀都能念通的詩體。此喻書信。劍壁層峰，指劍閣一帶的重巒疊嶂。糾紛，交錯雜亂的樣子。平江，指闊的江流。淼淼，浩瀚的樣子。間，間隔。一作「間」。❷也知京洛多佳麗四句　謂郭氏的無奈。京洛，即洛陽。佳麗，美女。虧蔽，遮蔽。無那，無奈。短封，短書。疏索，稀疏。長情，謂長久的感情。期契，期約。指相互的承諾。❸傳聞織女對牽牛八句　謂對盧照鄰不再抱有希望。銀河，原作「重陽」。淺流，指銀河。〈古詩十九首〉之〈迢迢牽牛星〉：「河漢清且淺，相去復幾許。盈盈一水間，脈脈不得語。」流，原作「深」。兩歲，指郭氏與盧照鄰分離已有兩年。脉脉，含情相視的樣子。三秋，三年。唾井，將口水唾在井中。見《玉臺新咏》載劉勛妻王氏〈雜詩〉：「誰言去婦薄，去婦情更重。千里不唾井，況乃昔所奉。」此喻不念舊情。覆水，潑出去的水。典出《韵府類林》：太公望的妻子馬氏，棄他而去。後來太公富貴，馬氏要求復婚，太公取一盆水倒在地上，叫馬氏收回來，說是：「若言離更合，覆水定難收。」此喻復婚已不可能。不復，不再。借問，古樂府〈上山採蘼蕪〉：「上山採蘼蕪，下山逢故夫。長跪問故夫，新人復何如？」此喻不委曲求全。字，古稱女子出嫁。莫愁，《樂府詩集》梁武帝〈河中之水歌〉：「河中之水向東流，洛陽女兒名莫愁。莫愁十三能織綺，十四採桑南陌頭。十五嫁為盧家婦，十六生兒字阿侯。」此喻盧照鄰另有新婦。

【語　譯】我想將書信寄贈君，受阻於劍閣的疊嶂重巒。岷江浩瀚小洲漫，長路悠悠白雲間。也知洛陽多佳麗，也知高山來遮蔽。君短書稀疏我無奈，長久的承諾已不相契。牽牛織女分開在兩頭，中間也不過只隔著一條銀河淺流。我與君分開已兩載，誰還能含情脈脈待三秋？情知不念舊情終無理，情知潑出去的水再難收。我何苦委曲求全下山借問，因為君已有了新婦情意稠。

【賞 析】此詩寫到郭氏傾訴盧照鄰回洛後另有新歡，遺棄故人，完全出於誤會，而誤會是山重水遠、不明情況所致。其實是盧照鄰因風疾臥病洛陽，他的負約似乎情有可原。但是，此詩的思想價值並不在此，而在於它為棄婦鳴不平，表達了作者開明的婦女觀。這具體表現在：

一是同情、關注棄婦的悲劇命運。封建社會的棄婦，是個婦女問題，當然也是個社會問題。作者是站在棄婦的立場來寫郭氏這個棄婦的。「良人何處醉縱橫，直如循默守空名。倒提新縑成慊慊，翻將故劍作平平」。這裡「倒提」、「翻將」，認為是不正常的情況，而「新縑」、「故劍」，寫出「良人」的喜新厭舊，在客觀上揭示出棄婦悲劇的社會思想根源。

二是讚揚棄婦的美好品德。郭氏是屬於那種賢妻良母型的婦女。「此時離別那堪道，此日空牀對芳沼。芳沼徒游比目魚，幽徑還生拔心草」，寫她的離別之苦；「當時擬弄掌中珠，豈謂先摧庭際玉。悲鳴五里無人問，腸斷三聲誰為續」，寫她的喪子之痛；「沉沉落日向山低，簷前歸燕並頭栖。抱膝當窗瞻夕兔，側耳空房聽曉雞」，寫她的望夫之愁。從這些感情的層次中，表現出她的純樸善良和對愛情的忠貞不渝。

本詩採用第一人稱，通過複雜的、發展的心理流程，塑造出淒楚動人的棄婦形象。詩從「迢迢芋路望芝田」的「望」字領起，提出「君住三川守玉人」的情結，接著寫別離、寫喪子、寫望夫，層層遞進，到後面由希望到失望，由愛生恨，表示要恩斷義絕，使詩意有跌宕，有頓挫。這種加一倍的寫法，恰恰不是削弱，而是加強了思念的分量。

本篇為七言古風，它以良人的薄情與棄婦的多情、良人的負心與棄婦的真心作對比、映襯。句式上注重用時間副詞加以轉換和連接，如「此時」、「此日」、「離前」、「別後」、「別日」、「當時」等。感情真摯，語言典麗，音節婉轉，可說是情文並茂的名篇。

代女道士王靈妃贈道士李榮

【題　解】本篇反映唐代道士生活的某一個側面、某一種動態，是作者代替「女冠」（唐代出家的女道士戴黃冠）王靈妃贈道士李榮的。李榮，為四川巴西人，顯慶中東明觀道士。此篇與〈艷情代郭氏答盧照鄰〉一詩具有相同的主旨和風格，而創作的時間、地點也可能相同。陳熙晉《駱臨海集箋注》曾注云：「案此當是李在蜀，靈妃居長安，故擬代贈云。蓋亦蜀中作也。」

玄都五府風塵絕，碧海三山波浪深。桃實千年非易待，桑田一變已難尋❶。別有仙居對三市，金闕銀宮相向起。臺前鏡影伴仙娥，樓上簫聲隨鳳史❷。鳳樓迢遞絕塵埃，鶯時物色正徘徊。靈芝紫檢參差長，仙桂丹花重疊開。雙童綽約時遊陟，三鳥聯翩報消息❸。盡言真侶出遨遊，傳道風光無限極。輕花委砌惹裙香，殘月窺窗覘幌色。箇時無數並妖妍，箇裡無窮總可憐。別有眾中稱黜帝，天上人間少流例。洛濱仙駕啟遙源，淮浦靈津符遠筮❹。

【章　旨】寫王靈妃與李榮的道士生活。

【注　釋】❶玄都五府風塵絕四句　謂道家神仙境界。玄都，傳說中神仙居處。東方朔《十洲記‧玄洲》：「上有大玄都，仙伯真公所治。」五府，東漢稱太傅、太尉、司徒、司空、大將軍為五府。此指代神仙洞府。風塵絕，謂超塵脫俗。三山，傳說中海上的三座神山，即方丈、蓬萊、瀛洲。桃實，典出班固《武帝內傳》：「王母又命侍女更索桃果。須臾，以玉盤盛仙桃七顆，大如鴨卵，形圓青色，以呈王母。母以四顆與帝，三顆自食，桃味甘美，口有盈味。帝食輒收其核，王母問帝，帝曰：『欲種之。』母曰：『此桃三千年一生實，中夏地薄，種之不生。』帝乃止。」桑田，指滄海桑田。《神仙傳・麻姑》：「麻姑自說云，自接待以來，已見東海三為桑田。」此喻世事變遷之大。❷別有仙居對三市四句　寫男女道士生活。仙居，指道觀。三市，《三輔黃圖・廟記》：「長安市有九，各方二百六十六步。六市在道西，三市在道東，凡四里為一市。」金闕銀宮，指長安的宮闕。也指道家所謂天帝的居處。臺前，為漢武帝築月臺事。《洞冥記》：「帝於望鵠臺西起俯月臺，臺下穿池，廣千尺。登臺以眺，月影入池中，使仙人乘舟弄月影，因名影娥池，亦曰眺蟾臺。」影，原作「裡」。鳳史，為簫史、弄玉事。《水經注・渭水二》：「秦穆公時有簫史者，善吹簫，能致白鵠、孔雀。穆公女弄玉好之，公為作鳳臺以居之。積數十年，一旦隨鳳去云。」❸鳳樓迢遞絕塵埃六句　寫道觀風光。迢遞，聯綿詞。遙遠的樣子。鶯時，指群鶯亂飛的暮春三月。徘徊，聯綿詞。此是戀戀不捨的意思。靈芝，亦稱「木靈芝」。菌類植物，古人以為祥瑞之物。紫檢，即紫靈芝。木耳的一種。參差，聯綿詞。長短高低不齊的樣子。雙童，指道童。綽約，聯綿詞。姿態優美的樣子。陟，登。三鳥，《山海經・大荒西經》：「西有王母之山，有三青鳥，赤首黑目。」郭璞注：「皆西王母所使也。」聯翩，聯綿詞。鳥飛的樣子。❹盡言真侶出遨遊十句　寫男女道士出遊。真侶，真人。指道士。委砌，堆積於臺階。裙，下裳。覘，窺視。幌，窗帘。原作「黃」。箇時，此時。箇裡，此中。黜帝，指謫仙。意為天帝所貶黜，謫生人世。流例，自古流傳至今的慣例。洛濱，洛水。淮浦，淮河。符遠筮，典出《晉書・王導傳》：「初，導渡淮，使郭璞筮之。卦成，璞曰：『吉，無不利。淮水絕，王氏滅。』」其後子孫繁衍。」此謂道士出遊大吉。

【語　譯】神仙洞府，是如此超塵脫俗；碧海三山，是那樣波闊浪深。千年的仙桃不易栽種，桑田一變已難覓尋。別有道觀對著長安街市，那是金闕銀宮相向而起。月臺前的鏡影，留有月殿嫦娥；鳳樓上的簫聲，伴著弄玉簫史。鳳樓遙遠，斷絕世俗塵埃；暮春風物，正在留戀徘徊。靈芝紫檢在參差生長，仙桂丹花在重疊盛開。道童時時在玩遊，青鳥翩翩報信由。盡說道士外出逍遙遊，傳言風光無限春意稠。輕花聚臺階，芳香沾滿了下裙；殘月照窗戶，窺視窗簾的色樣。此時無數的道士個個打扮艷麗，惹人愛憐。其中另有謫仙人，天上人間少此例。仙駕從洛水遙源啟動，到淮河靈津都很吉利。

自言少小慕幽玄，只言容易得神仙。佩中邀勒經時序，簫裡尋思復幾年❶。尋思許事真情變，二八容華識少選。漫道燒丹止七飛，空傳化石曾三轉❷。寄語天上弄機人，寄語河邊值查客，乍可匆匆共百年，誰使遙遙期七夕❸？想知人意自相尋，果得深心共一心。一心一意無窮已，投漆投膠非足擬。只將羞澀當風流，持此相憐保終始❹。相憐相念倍相親，一生一代一雙人。不投丹心比玄石，惟將濁水況清塵❺。

【章旨】寫王靈妃與李榮的相戀過程。

【注釋】❶自言少小慕幽玄四句　寫兩人彼此思慕。幽玄，謂道家深奧的玄理。神仙，道家追求得道成仙。佩中邀勒，為江妃二女事。典出劉向《列仙傳》：江妃二女，出遊於江漢之濱，碰上鄭交甫。鄭見而悅之，不知其為神人。鄭求賜佩，二女解佩與之。鄭受佩行數十步，視佩，空懷無佩，顧二女，忽然不見。此喻李榮。簫裡尋思，為湘君吹簫望夫事。《楚辭・九歌・湘君》：「望夫君兮未來，吹參差兮誰思。」王逸注：「參差，洞簫也。」此喻王靈妃。❷尋思許事真情變四句　寫王靈妃的鍾情。許事，猶此事。即情事。少選，一會兒。形容感情發展迅速。七飛，指道家鍊丹的方法。化石，即道家所謂鍊五石（丹砂、雄黃、白礬、曾青、慈石），謂之「五石散」，亦稱「寒石散」。三轉，指三轉之丹。王褒〈靈壇館銘〉：「鍊石三轉，燒丹七飛。」道家認為一轉之丹服之三年得仙；二轉之丹服之二年得仙；三轉之丹服之一年得仙。轉，謂循環變化之理。❸寄語天上弄機人四句　寫作者插入的評論。弄機人，指織女。此喻王靈妃。值查客，為八月浮槎事，見本書卷二〈夏日遊德州贈高四〉注。此喻李榮。使，原缺。期，希望。七夕，節日名。傳說牛郎織女相會天河之夕。《荊楚歲時記》：「傅玄〈擬天問〉云：『七月七日，牽牛織女會天河。』」此喻愛情。❹想知人意自相尋六句　寫兩人一心相愛。擬，比。保終始，謂保持白頭偕老。❺相憐相念倍相親四句　寫愛情忠貞。比玄石，《詩經・邶風・柏舟》：「我心匪石，不可轉也。」朱熹集注：「言石可轉，而我心不可轉。」此喻愛情堅定。惟，一作「誰」。況清塵，曹植〈七哀詩〉：「君若清路塵，妾若濁水泥。浮沉不異勢，會合何時諧？」此喻愛情和諧。況，比況。

【語　譯】君自言從小仰慕道家的玄理，又說道術精湛可以修鍊成仙。我倆的愛慕已有好幾季，我倆的思念已有好幾年。我尋思情事獨鍾情，我二八年華來相識。別說燒丹有七飛，空傳鍊石三轉仄。寄語天上弄機的織女，寄語河邊乘槎的客人，怎麼能急匆匆成百年喜事，又是誰使你們相會在七夕？想知人意自相尋，果得真心共一心。一心一意情無盡，投漆投膠不足比。只把羞澀當風流，白頭偕老有終始。相愛相念更相親，一生一代一雙人。石可轉丹心不轉是堅貞，求和諧即將濁水比清塵。

只言柱下留期信，好欲將心學松蕣。不能京兆畫蛾眉，翻向成都騁騶引❶。青牛紫氣度靈關，尺素赩鱗去不還。連苔上砌無窮綠，脩竹臨壇幾處斑。此日別離那可久。梅花如雪柳如絲，年去年來不自持❷。初言別在寒偏在，何悞春來春更思。春時物色無端緒，雙枕孤眠誰分許。不忿嬌鶯一種啼，生憎燕子千般語❸。

【章　旨】寫李榮雲遊蜀地，與王靈妃的相思之苦。

【注　釋】❶只言柱下留期信四句　寫李榮離京去蜀。柱下，典出《莊子・盜跖》：「尾生與女子期於梁下，女子不來，水至不去，抱梁柱而死。」此喻守約。期信，盟約。松蕣，即松菌蕣花。松菌向晨而結，絕日而殞。此喻時間短促。畫蛾眉，為漢代張敞為婦畫眉事。見《漢書・張敞傳》。此喻夫妻恩愛。騁騶引，謂馳騁車馬。騶，古時掌馬的官。指代車馬。引，牽挽。❷青牛紫氣度靈關八句　寫王靈妃的孤苦。青牛紫氣，為道家老子西遊度函谷關事。《史記・老子韓非列傳》載，老子著《道德經》後，「莫知其所終」。司馬貞索隱引劉向《列仙傳》：「老子西遊，關（函谷關）令尹喜望見有紫氣浮關，而老子果乘青牛而過也。」此喻李榮入蜀事。尺素赩鱗，謂書信。古樂府〈飲馬長城窟行〉：「客從遠方來，遺我雙鯉魚。呼兒烹鯉魚，中有尺素書。」此借指音信斷絕。赩，大赤。修竹，即湘妃竹故事。見本卷〈艷情代郭氏答盧照鄰〉注。斑，原作「班」。

箇時，原作「箇時」。自持，自我控制感情。持，控制；約束。❸初言別在寒偏在六句　寫王靈妃的春愁。別在，一作「別去」。寒偏在，謂留下冷清孤苦。悞，同「誤」。分許，分擔。許，這樣；這般。不忿，氣憤。原作「分念」。

【語　譯】只說要共守愛情的盟信，哪知道愛心短促如松蕣。君不能在京都長相守，反而雲遊蜀中任馳騁。君離京去蜀度關山，沒有音信一去不復還。臺階上我任憑青苔無窮綠，竹林裡我悲痛淚水染成斑。此時冷清的空床終難獨守，此日痛苦的別離哪能長久。冬梅如雪春柳如絲，年去年來感情難自持。剛說別離，就留下冷清和孤苦；待得春來，春天更增我的情思。春時的物色，理不清許多頭緒；雙枕卻孤眠，又有誰能分擔這孤苦滋味。我多麼氣憤那燕語鶯啼，我多麼憎恨那鶯啼燕語。

朝雲旭日照青樓，遲暉麗色滿皇州。落花泛泛浮靈沼，垂柳長長拂御溝❶。御溝大道多奇賞，俠客妖容遞來往。寶騎連花鋏作錢，香輪鶩水珠為網。香輪寶騎競繁華，可憐今夜宿倡家。鸚鵡杯中浮竹葉，鳳凰琴裡落梅花❷。許輩多情偏送款，為問春花幾時滿。千回鳥語說眾諸，百過鶯啼說長短。長短眾諸判不尋，千回百過浪開心。何曾舉意西鄰玉，未肯留情南陌金❸。南陌西鄰咸自保，還轡歸期須及早。為想三春狹斜路，莫辭九折邛關道。假令白里似長安，肯使青牛學劍端。蘋風入馭來應易，竹杖成龍去不難❹。龍颷去去無消息，鸞鏡朝朝減容色。君心不記下山人，妾欲空期上林翼。上林三月鴻欲稀，華表千年鶴來歸。不分淹留桑路待，只應直取桂輪飛❺。

【章　旨】寫王靈妃對愛情的忠貞不渝。

【注　釋】❶朝雲旭日照青樓四句　寫帝都的壯麗。青樓，泛指豪華壯麗的樓房。曹植〈美女篇〉：「青樓臨大路，高門結重關。」遲暉，指夕陽。皇都，指帝都長安。御溝，又稱「禁溝」、「羊溝」、「楊溝」。為皇城外的護城河。❷御溝大道多奇賞八句　謂御溝的繁華。奇賞，新奇的玩賞。俠客，此指冶遊者。妖容，指美女。遞，順次；一個接一個。寶騎，原作「挑騎」。連花，原作「車花」。銕作錢，即鐵連錢。一種馬飾。銕，同「鐵」。香輪，指七種香木做的七香車。網，即輞。車輪的外周。倡家，指妓女。鸚鵡盃，見本書卷一〈蕩子從軍賦〉注。竹葉，美酒名。張華〈輕薄篇〉：「蒼梧竹葉青，宜城九醞酒。」落梅花，即〈梅花落〉，又稱〈梅花曲〉，漢樂府橫吹曲名。《樂府詩集・橫吹曲辭四・梅花落》郭茂倩題解：「〈梅花落〉本笛中曲也。按唐大角曲，亦有〈大單于〉、〈小單于〉、〈大梅花〉、〈小梅花〉等曲，今其聲猶有存者。」❸許輩多情偏送款八句　寫王靈妃的堅貞。許輩，此輩。指挑逗王靈妃的冶遊子。送款，謂大獻殷勤。鳥語，比喻獻殷勤的話。原作「鳥信」。判，定。不尋，不長。尋，長。浪，隨便；濫。開心，一作「關心」。西鄰玉，典出宋玉〈登徒子好色賦〉：「天下之佳人，莫若楚國；楚國之麗者，莫若臣里；臣里之美者，莫若臣東家之子，然此女登牆窺臣三年，至今未許也。」此喻冶遊子。南陌金，典出劉向《列女傳・節義》：魯秋胡子宦於陳，五年回家，見路旁有婦人採桑，便送金子挑逗她，婦人不受。秋胡子回到家，才發現婦人是他妻子。妻子責備他孝義並亡，投河而死。此喻王靈妃。❹南陌西鄰咸自保八句　寫盼望李榮歸期。咸，原作「成」。邅轡，指還家。轡，駕馭牲口的韁繩。指代牛、馬。狹斜，小街曲巷。因為妓女多住在這些地方，故以「狹斜」稱妓女。狹，原作「狎」。九折，即九折坂，山路險阻，須經九折乃得上，在四川省滎經縣西邛崍山。邛關，即邛崍山。關，原作「開」。白里，地名，不詳。似，過於。肯，原缺。青牛，即老子乘青牛事，見前注。劍端，指劍門端。劍閣有大劍、小劍之號，如劍鋒之狀，故名。蘋風入馭，謂馭風。《莊子・逍遙遊》：「列子御（駕馭）風而行，泠然（輕妙）善也，旬有五日而後反（返）。」蘋風，即宋玉〈風賦〉所謂「夫風生於地，起於青蘋之末」。竹杖成龍，典出《後漢書・方術列傳》：東漢費長房為市掾時，在市上逢一老翁。翁予一竹杖，曰：「騎此任所之，則自至矣。既至，可以杖投葛陂中也。」費即乘杖歸，以杖投葛陂，顧視則為龍。❺龍飆去去無消息八句　寫王靈妃一往情深。龍飆，謂乘龍御風。飆，原作「驗」。鸞鏡，妝鏡。下山人，即古詩〈上山採蘼蕪〉所謂「下山逢故夫」。即指棄婦。見本書卷二〈艷情代郭氏答盧照鄰〉注。上林翼，即上林雁。典出《漢書・李廣蘇建傳》：蘇武出使匈奴，被流放北海上無人處，使牧公羊。後匈奴與漢和親，漢求武等，匈奴詭言武死。

常惠夜見漢使，教使者謂單于，言天子射上林（上林苑）中，得雁，足有繫帛書，言武等在某澤中。蘇武因得返漢。此喻書信。華表千年，即丁令威乘鶴歸來事，見本卷〈於紫雲觀贈道士〉注。不分，沒有料到。桑路待，即秋胡子妻採桑待夫事。桑，原作「乘」。桂輪飛，謂乘月輪回來。桂輪，圓月。桂，原作「挂」。

【語　譯】早上旭日朝霞映照青樓，傍晚夕照晚霞染紅京都。落花泛泛浮池沼，垂柳長長拂御溝。御溝大道擁有很多玩賞，冶遊客和美女來來往往。寶騎連花，有銕作錢的馬飾，香輪鶩水，有珍珠裝飾的車輛。香輪寶騎競繁華，冶遊今夜宿娼家。鸚鵡盃中浮遊竹葉青，鳳凰琴上彈奏落梅花。自作多情獻殷勤，卻問春花幾時滿。鳥語鶯啼說千道萬，鶯啼鳥語說長道短。說長道短定不長，說千道萬濫開心。我何曾留意西鄰玉，我怎肯看重南陌金。南陌西鄰都出於自保，望君駕車歸來須及早。不要想及三春狹斜路，不要推辭九折邛關道。假使白里勝過於長安，也要學老子青牛過劍端。自君去後，杳杳無消息；我攬鏡自照，朝朝減容色。君心不掛念我這下山人，讓我空待上林鴻雁稀。上林三月鴻雁稀，我只望華表千年騎鶴歸。君未料及我採桑路旁來等待，君只該直乘月輪往家飛。

【賞　析】本篇有一定的時代背景。唐朝王室是隴西李氏，自認為是道家創始人老子（一說即老聃，姓李名耳）的後代。《新唐書．宗室系世表》稱：李氏出自嬴姓，歷虞、夏、商，世為大理，以官命族為理氏。至紂之時改理為李氏。到五世孫李乾，娶益壽氏女嬰敷，生耳，字伯陽，一字聃，周平王時為太史。因此，有唐一代，很崇敬道家和道教。如設崇賢署，掌京都諸觀名數與道士帳籍、齋醮之事；如唐高宗乾封二年（六六七）追號老子為「太上玄元皇帝」。到了後來的開元期間，道士、女冠隸屬於管理皇族宗室的宗正寺，把道士視為宗室；還建玄元皇帝廟於各地，等等。唐代公主妃嬪，多入道為女真，受金仙玉真的封號。有的道士也受寵被授官。在這道風甚熾的情勢下，王靈妃與道士李榮談愛，屬於一種浪漫事跡。

作者寫出王靈妃與李榮的關係，即由相識、到相慕、到相戀、到相許、到相離的全過程。「佩中邀勒經時序，簾裡尋思復幾年」，寫私慕之心；「一心一意無窮已，投漆投膠非足擬」，出膠漆之情；「相憐相念倍相親，一生一代一雙人。不投丹心比玄石，惟將濁水況清塵」，見纏綿之愛。這樣就細緻地寫出他們風流韻事的浪漫之處。

但是，王靈妃同郭氏一樣，也是個棄婦。自李榮雲遊蜀中後，她就陷入被遺棄的悲劇命運。作品用一半篇幅寫她的思念，她的孤苦，她的忠貞。當時移物換之時，她情思綿綿；當冶遊子獻殷勤之時，她堅貞自守；當李榮久盼不歸時，她一往情深。這一切都表現了她的善良、多情。

棄婦詩與閨怨詩、宮怨詩大體相似，主要塑造出思婦的悲劇形象。她們善良、真摯，卻又孤獨、寂寞、苦悶、徬徨，形成希望與失望交織、愛情與怨恨交融的極其複雜的情結。本篇以纏綿悱惻的情調表現出來，一氣流注，回環往復，跌宕起伏，給人以強烈的藝術感染。

本篇為七言歌行，同樣表現了作者開明的婦女觀。他所寫的是女冠和道士的驚世駭俗的愛情，無疑是對宗教的禁欲教旨的一種反撥，具有離經叛道的意味。

卷三 雜詩

春霽早行

【題解】本篇抒寫長安的早春和懷才不遇的感慨。霽，雨後初晴。一本題作〈春日離長安客中言懷〉，則交代了具體行蹤，即離開京都旅次所作，但創作時間不詳。客中，旅途之中。言懷，抒情言志。

年華開早律，霽色蕩芳晨。城闕千門曉，山河四望春❶。御溝通太液，戚里對平津。寶瑟調中婦，金罍引上賓❷。劇談推曼倩，驚坐揖陳遵。意氣一言合，風期萬里親❸。自惟安直道，守拙忌因人。談器非先木，圖榮異後薪❹。揶揄慚路鬼，憔悴切波臣。玄草終疲漢，烏裘幾滯秦。生涯無歲月，歧路有風塵。還嗟太行道，處處白頭新❺！

【注釋】❶年華開早律四句　寫長安春霽景色。年華，指春光。早律，早春。律，指中國古代的樂律。即十二律，總稱「六律」、「六呂」，簡稱「律呂」。《呂氏春秋》以「律」與「歷」附會，十二律對應十二月，故名。城闕，指長安城。❷御溝通太液四句　寫長安繁華氣象。御溝，見本書卷二〈代女道士王靈妃贈道士李榮〉注。太液，指太液池。在長安建章宮內。戚里，漢代長安城內皇帝姻親居住的地方。平津，地名。河北道滄州鹽山縣。《漢書．公孫弘傳》載：漢武帝曾以高成之平津鄉戶六百五十，封丞相公孫弘為平津侯，此借代列侯之府第。寶瑟，一種撥絃樂器，有二十五根絃。調中婦，謂中婦調瑟就音。古樂府〈相逢行〉：「大婦織綺羅，中婦織流黃。小婦無所為，挾瑟上高堂。」金罍，酒器，以黃金為飾。引，招致。上賓，貴賓。❸劇談推曼倩四句　寫高談縱飲的豪興。劇談，疾談；流暢地談吐。劇，疾。曼倩，即漢代東方朔，複姓東方，名朔，字曼倩，平原厭次人。漢武帝待詔金馬門，官至大中大夫。他以詼諧滑稽著名。陳遵，《漢書．遊俠傳》：「陳遵，字孟公，杜陵人也。長八尺餘，容貌甚偉。略涉傳記，贍於文辭。所到衣冠懷之，惟恐在後。時列侯有與遵同姓氏者，每至人門，曰陳孟公，坐中莫不震動。既至而非，因號其人曰陳驚坐云。」風期，見本書卷二〈夏日遊德州贈高四〉注。❹自惟安直道四句　謂仕途失意的原因。直道，正道。指立身處世不同流合污。守拙，猶守身。愛護自身的品節。《孟子．離婁上》：「孰不為守？守者，守之本也。」趙岐注：「守身，使不陷於不義也。」因人，謂因人成事。談器，即本書卷二〈浮查〉詩序所謂「匠石先談，萬乘之器何遠」的意思。此喻求仕。圖榮，圖謀榮身，指求仕。後薪，典出《漢書．張馮汲鄭傳》：漢代汲黯，字長孺，濮陽人。他位列九卿時，公孫弘、張湯仍是小吏。後來公孫弘為丞相，封侯；張湯則為御史大夫，而汲黯未能升遷。汲黯很不服氣，便向皇帝說：「陛下用群臣，如積薪耳，後來者居上。」此喻後來居上。❺揶揄慚路鬼八句　謂仕途坎坷。揶揄，亦作「邪揄」。聯綿詞。戲弄；嘲笑。慚路鬼，典出《世說新語．任誕》「襄陽羅友」條注引《晉陽秋》：羅友，字它仁，襄陽人。桓溫雖以才學遇之，而謂其誕肆非治民才，許而不用。後同府人有得郡者，溫為席，起別，友至尤晚，問之，友答曰：「旦出門，於中路逢一鬼，大揶揄云：『我只見汝送人作郡，何以不見人送汝作郡？』始怖終慚回還以解，不覺成淹緩之罪。」溫雖知其滑稽，心頗愧焉，後以為襄陽太守。憔悴，典出《莊子．外物》：莊周家貧，故往貸粟於監河侯。監河侯曰：「諾。我將得邑金，將貸子三百金，可乎？」莊周忿然作色曰：「周昨來，有中道而呼者。周顧視車轍中，有鮒魚焉。周問之曰：『鮒魚來！子何為者邪？』對曰：『我，東海之波臣也。君豈有斗升之水而活我哉？』周曰：『諾。我且南遊吳越之王，激西江之水而迎子，可乎？』鮒魚忿然作色曰：『吾失我常與，我無所處。吾得斗升之水然活耳，君乃言此，曾不如早索我於枯魚之肆！』」切，切責；急切求索。原作「被」。波臣，鮒魚自稱。意為水族中的臣僕奴隸。原作「功臣」。玄草，《漢書．揚雄傳》：「哀帝時，丁傅、董賢用事。諸附離之者，或起家至二千石。時揚雄方草〈太玄〉（即〈太玄經〉），有以自守，泊如也。」烏裘，為蘇秦說秦王事。見本書卷二〈夏日遊德州贈高四〉注。太行道，謂旅途。阮籍〈咏懷〉：「北臨太行道，失路將如何？」

【語譯】早春已來到了京城，春光蕩漾在雨後初晴的清晨。城闕開千門迎接曙色，四面望山河處處皆春。御溝通向那太液池畔，皇親與列侯府第相鄰。寶瑟由中婦彈奏雅調，金罍上酒筵款待上賓。高談闊論有曼倩，語驚四座有陳遵。意氣相投，一言即重諾；性格相合，萬里也相親。立身處世堅持正道，潔身自好不靠別人。懷抱才志，卻無人關說和引薦，圖謀仕進，卻讓後來居上難榮身。落第慚愧，受到路鬼的無情嘲笑；懷才不遇，成為涸轍瀕死的波臣。像揚雄起草〈太玄〉，是為漢室受累；像蘇秦破裘困秦，是主張不能實行。生活辛苦，要經歷無窮無盡的歲月；道路艱難，要奔走無邊無際的風塵。現在離長安走上旅途，可歎使我處處生愁白髮新。

【賞　析】本篇是一首五言排律，寫「春霽早行」的主題。它在結構上，可分為兩個部分。第一部分主要是寫景。一聯的「早律」、「霽色」、「芳晨」，緊扣題目。二聯的「千門曉」、「四望春」，加以承轉，作者的視線從廣袤的天地中伸展開來，再投射到「御溝」、「太液」、「戚里」、「平津」等典型景物上面，寫出長安早春景色的特點。然後就以「寶瑟」、「金罍」透露出長安豪華的氣派，以「劇談」、「驚坐」、「意氣」、「風期」顯示出長安杯酒交歡的豪華生活。這一切都洋溢著愉悅、明朗的情調。第二部分主要是抒情，但情調發生了變化。「自惟安直道，守拙忌因人」，對全篇有提綱挈領的作用，它揭示出作者仕途失意的內因，在於他守身正義，不願同流合污。這就最終導致他求仕無成、懷才不遇，就像揚雄受累於漢室，像蘇秦受困於秦國。但是，問題更為嚴重的是，展望前途，非常渺茫。歲月是那樣無窮無盡，道路是那樣無休無止，不知道要經歷多少艱難和困苦，真是「還嗟太行道，處處白頭新」了。

本篇由主要寫景到主要抒情，是由「樂」到「哀」。這在感情上是個突轉，在情境上是個反差，在節奏上是個頓挫，其藝術效果，就如明代王夫之在《薑齋詩話・詩譯》中所說：「以樂景寫哀，以哀景寫樂，一倍增其哀樂。」

秋日山行簡梁大官

【題解】本篇寫秋日山行產生的退隱思想。以「秋日山行」為題，點明了時空關係，可能作於貶臨海縣丞期間。簡，書簡，此用作動詞，是寄簡的意思。梁大官，生平不詳。

束馬陟層阜，回首睇山川。攢峰銜宿霧，疊巘架寒煙❶。百重含翠色，一道落飛泉。香吹分巖桂，鮮雲抱石蓮❷。地偏心易遠❸，致默體逾玄❹。得性虛遊刃❺，忘言已棄筌❻。彈冠勞巧拙，結綬倦牽纏❼。不如從四皓，丘中鳴一絃❽。

【注釋】❶束馬陟層阜四句　謂山中形勢。束馬，《管子・封禪》：「束馬懸車，上卑耳之山。」顏師古注引韋昭曰：「將上山，纏束其馬，縣鉤其車也。」這是說把馬足包裹起來，把車子鉤牢，以防滑跌。束，原作「來」。層阜，層疊的山巒。阜，土山。睇，看。攢峰，聚集的山峰。銜，含。原作「街」。宿霧，隔夜的煙霧。疊巘，重疊的山。巘，險峻的山峰。架，同「駕」。❷百重含翠色四句　寫山中景色。飛泉，指瀑布。香吹，香風。分，分辨。鮮雲，亮麗的雲霞。石蓮，謂形似蓮花的山石。❸地偏心易遠　謂地偏心遠。晉陶淵明〈飲酒〉其二：「結廬在人境，而無車馬喧。問君何能爾，心遠地自偏。」偏，偏僻。❹致默體逾玄　謂心境清靜。致默，達到清靜。玄，玄遠。❺得性虛遊刃　《莊子・養生主》載庖丁為文惠君解牛，說是：「彼節者有間，而刀刃者無厚；以無厚入有間，恢恢乎（寬綽的樣子）其於遊刃必有餘地矣，是以十九年而刀刃若新發於硎（磨刀石）。」得性，謂獲得掌握牛體結構的本性。虛，原作「靈」。❻忘言已棄筌　即得魚忘筌、得意忘言的意思。見本書卷二〈夏日遊德州贈高四〉注。此喻無意仕進。❼彈冠勞巧拙二句　謂厭倦仕途。彈冠，即彈冠相慶。典出《漢書・王吉傳》：「王吉，字子陽，與貢禹為友，世稱王陽在位，貢公彈冠，言其取舍同也。」顏師古注：「彈冠者，且入仕也。」巧拙，巧宦與愚拙。《文選》潘岳〈閒居賦序〉：「岳嘗讀〈汲黯傳〉，至司馬安四至九卿，而良史書之，題以巧宦之目，未嘗不慨然廢書而歎曰：『嗟乎！巧誠有之，拙亦宜然。』」此謂官場投機鑽營、心勞力拙。結綬，繫上印紐絲帶。此喻為官。牽纏，牽累。❽不如從四皓二句　謂退隱山林。四皓，秦末有東園公、甪里先生、綺里季、夏黃公四人隱於商山（今陝西省商縣東南），年皆八十餘，鬚眉盡白，稱「商山四皓」。見《史記．留侯世家》。鳴一絃，《文選》左思〈招隱士〉：「策杖招隱士，荒塗橫古今。巖穴無結構，丘中有鳴琴。」李善注：「《尚書大傳》：子夏曰：『弟子受書於夫子者，不敢忘。雖退而巖居河濟之間，深山之中，作壞室，尚彈琴其中，以歌先王之風，則可以發憤矣。』」

【語　譯】束馬登上重重的山阜，回首眺望四面的山川。攢聚的山峰，瀰漫著夜霧，險峻的山巒，騰駕起寒煙。百重山脈飽含翠色，一道銀河直落九天。巖上的桂花四溢香氣，亮麗的雲霞擁抱石蓮。地處偏僻而心自高遠，神至靜穆而體自幽玄。聽任物性自然就能遊刃有餘；無意追求仕進，就能忘言棄筌。出仕就會鑽營笨拙；做官就難脫俗務牽纏。還不如追隨「四皓」當隱士，在丘壑之中去鳴絃。

【賞　析】四面雲山，全收眼底，八方風物，都上心頭。本篇從寫景切入，去抒發感慨。作者登上層層山阜，回首遠望，但見攢峰銜霧，險山籠煙，百重翠色，一道飛泉，巖桂飄香，雲擁石蓮。這種淡泊、恬靜、幽雅的自然環境，是隱居的好地方，使作者從中進入到「地偏心易遠，致默體逾玄。得性虛遊刃，忘言已棄筌」的虛靜、空無的境界，生發出棄官退隱、復歸自然的感慨，希望在大自然的懷抱中，獲得個性的解脫與精神的慰藉。

本篇很注重用典使事。如「丘中鳴一絃」，內容極其豐富。王嘉《拾遺記》卷二：「及殷時，總修三皇五帝之樂，拊一絃則地祇皆升，吹玉律則天神俱降。」葛洪《神仙傳》第六卷載：「孫登，字公和，汲郡人，無家屬，於郡北為土窟居之。好讀《易》，撫一絃琴，性無恚怒。」又，《四庫唐人文集叢刊》之《駱丞集》注云：「陳伏〈招隱〉詩：『招隱訪仙楹，邱中琴正鳴。』梁庾吾〈贈周處士詩〉：『籬下黃花菊，邱中白雪琴。』」

晚渡天山有懷京邑

【題　解】本篇特地點明創作地點在天山，當是從軍邊塞之作。寫上天山而思念京都。天山，《方輿紀要》：「天山，在土魯番西北三百餘里，亙天山、蒲澤兩縣界，亦名祁連山，亦謂之白山。」《元和郡縣志》卷四十：「隴右道西州天山縣，東至州百五十里。」京邑，指京都長安。此為邊塞詩代表作之一。

忽上天山路，依然想物華。雲疑上苑葉，雪似御溝花❶。行歎戎麾遠，坐令衣帶賒。交河浮絕塞，弱水浸流沙❷。旅思徒漂梗，歸期未及瓜。寧知心斷絕，夜夜泣胡笳❸。

【注　釋】❶忽上天山路四句　寫由山景聯想京都物華。物華，此指美好的景物。疑，疑似。上苑葉，指上林苑的名果異木。漢武帝以秦代舊苑為基礎，擴建為上林苑，供皇帝羽獵。周圍三百里，離宮七十所，苑中有珍禽異獸，名果異木。司馬相如〈上林賦〉即鋪敘其豪華。故址在今陝西省西安市西。❷行歎戎麾遠四句　謂邊塞的艱苦。戎麾，軍旅之旗。此指代軍旅。坐，遂；頓。衣帶賒，謂身體消瘦使帶圍減尺。賒，寬鬆。〈古詩十九首〉：「相去日已遠，衣帶日已緩。」交河，古縣名。《元和郡縣志》：「西州交河縣，本漢車師前王庭也。」因為交河出縣北天山，水分流於城下，故名。絕塞，極遠的邊塞。弱水，水名。《書・禹貢》：「導弱水，至於合黎，餘波入於流沙。」水的上源指今甘肅山丹河，下游即山丹河與甘州河合流後的黑河。流沙，指沙漠。其沙隨風流行，故名。❸旅思徒漂梗四句　謂軍旅的思念。漂梗，漂流的浮梗。未及瓜，謂「瓜代」。《左傳・莊公八年》：「齊侯使連稱、管至父戍葵丘。瓜時而往，曰：『及瓜而代。』」這是說瓜熟的時候往戍，到第二年瓜熟時派人代替。後稱任職期滿由人接替為「瓜代」。寧，豈；難道。胡笳，古管樂器，漢時流行於塞北和西域一帶。

【語　譯】倏忽之間走上天山路，依然想到京都的物華。天上的白雲，疑似上林苑的青枝綠葉；山上的白雪，好像御溝旁的異卉奇花。感歎軍旅生活邊塞遠，遂使身體消瘦衣帶賒。交河浮於邊塞，弱水浸入流沙。旅思漂流如浮梗，歸期不定未及瓜。豈知思鄉念切肝腸斷，是因為夜夜可聽到悲泣的胡笳。

【賞析】本篇觸景生情。作者站在天山路上，放眼遠望，由邊塞想到京都的物華，又由物及人，聯想到自己。關山迢遞，萬里戎機，邊塞荒涼，衣帶寬緩，不免思鄉念切，感慨萬端。這只有那種有從軍邊塞生活體驗的人，才會寫得如此真切感人。不過，本篇的基調顯得比較低沉，色彩也比較暗淡，不像其他邊塞詩那樣有昂揚奮發精神，可能是邊塞詩的後期作品。

本篇在結構上，由「想」字發端，由「歎」字承轉，再以「泣」字結束，感情真摯，開闔有度。

本篇用比喻、襯托、對比的表現方法。用「上苑葉」比擬邊塞的「雲」，用「御溝花」比擬邊塞的「雪」，形成了鮮明的對比，並從這一對比中生發反跌出思鄉的情結來。「寧知心斷絕，夜夜泣胡笳」的結句，以夜夜悲咽、聲聲腸斷的胡笳來襯托、渲染，使思鄉感情更為強烈。

晚泊河曲

【題解】本篇寫行役途中的感慨。河曲，古地名，今山西省芮城縣西風陵渡一帶，黃河自北向南流，至此折向東流成一曲，故名。春秋時秦晉戰於河曲，即其地。

三秋倦行役，千里泛歸潮。通波竹箭水，輕舸木蘭橈❶。金隄連曲岸，貝闕影浮橋。水淨千年近，星飛五老遙❷。疊花開宿浪，浮葉下涼飆。蒲荷疏晚的，津柳漬寒條❸。恓惶勞梗泛，淒斷倦蓬飄。仙查不可託，河上獨長謠❹。

【注　釋】❶三秋倦行役四句　謂千里行役。三秋，指晚秋。行役，因軍役、勞役或公務在外跋涉，此指行旅。歸潮，從水路回家。竹箭水，謂水的流速如箭。《初學記・山部・華山》：「河下龍門，流駛竹箭。」輕舸，輕舟。木蘭橈，用木蘭製成的船槳。此用作船的美稱。❷金隄連曲岸四句　謂河曲之傳說。金堤，河堤的美稱。貝闕，猶水府龍宮。《楚辭・九歌・河伯》：「魚鱗屋兮龍堂，紫貝闕兮朱宮。」注：「言河伯所居，以魚鱗蓋屋，堂畫蛟龍之文；以貝作闕（宮闕），朱丹其宮。」水淨，水清。傳說黃河千年一清。王嘉《拾遺記》：「黃河，千年一清，至聖之君，以為大瑞。」李康《運命論》：「黃河清而聖人生。」星飛，謂五星之精。《元和郡縣志》卷十二：「河東道河中府永樂縣，五老山在縣東北十三里。堯（帝堯）升首山，觀河渚，有五老人，飛為流星，上入昴，因號其山為五老山。」❸疊花開宿浪四句　謂河曲的秋景。宿浪，大浪。宿，大。涼飇，秋風。蒲，指蒲津，又名蒲板津。古黃河津渡口，以東岸在蒲板（今山西省永濟縣西蒲州）而得名。疏，布陳。的，同「菂」。蓮子。津柳，渡口的楊柳。漬，浸染。❹悽惶勞梗泛四句　謂行役之感慨。悽惶，即淒惶。悲傷不安。梗，浮梗。泛，浮泛。倦蓬，疲倦的轉蓬。《文選》曹植〈雜詩〉六首之一：「轉蓬離本根，飄飄隨長風。」此喻漂泊在外。仙查，即八月浮槎的故事。見本書卷二〈夏日遊德州贈高四〉注。長謠，謂長歌。

【語　譯】晚秋行役在外，甚感疲勞；我由水路歸家，千里迢迢。波浪翻湧，速如竹箭水；行舟輕快，美似木蘭橈。河隄連接著曲岸，河水影照著浮橋。黃河千年一清聖人出，流星飛昇化成五老遙。層疊的浪花掀開了大浪，浮泛的落葉在秋風中飄搖。蒲荷上面布陳晚秋的蓮子，津柳伸開浸染寒露的枝條。我淒惶行蹤如浮梗泛泛，我悲歎命運似倦蓬飄飄。既然八月浮槎不可託，我只好河上長歌悲寂寥。

【賞　析】本篇為五言排律，共八聯十六句。它通過晚泊河曲來抒發遊子情結。首聯的「倦行役」、「泛歸潮」，引出了遊子的心態。二聯是承轉，「通波」、「輕舸」，不僅承上「歸」字，而且轉到寫河曲上來。三、四聯寫河曲，暫不寫景，卻宕開一筆，從神話傳說寫起，使全詩搖曳多姿、頓挫有致。關於黃河水清、五老飛星的神話傳說，增加了古老而神聖的黃河的神祕氣氛。五、六聯用「宿浪」、「涼飇」、「蒲荷」、「津柳」四筆，寫黃河的蕭瑟的秋景，為下面七、八聯的自我感慨作了鋪墊。結尾的「勞梗泛」、「倦蓬飄」，兩比喻正是緊扣遊子如浮梗的獨特身世，和如倦蓬的獨特命運。「不可託」、「獨長謠」，無可奈何，長歌當哭，顯得那樣孤獨悽清。

晚泊蒲類

【題解】本篇又題作〈夕次蒲類津〉，寫作者投筆從戎、立功邊塞的壯志。為作者早期邊塞詩代表作之一。

蒲類，即漢之蒲類海，原西漢國名，舊址在今新疆維吾爾自治區哈密西北。《元和郡縣志》卷四十：「隴右道庭州蒲類縣，貞觀十四年（六四〇）置，因蒲類海為名。」

二庭歸望斷，萬里客心愁。山路猶南屬，河源自北流❶。晚風連朔氣，新月照邊秋。竈火通軍壁，烽煙上戍樓❷。龍庭但苦戰，燕頷會封侯。莫作蘭山下，空令漢國羞❸。

【注釋】❶二庭歸望斷四句　謂邊塞環境。二庭，前漢烏孫國之舊地，唐貞觀二十年（六四六）置隴右道庭州。庭州分南庭和北庭。北庭大都護府轄金滿、輪臺、蒲類三縣。見《舊唐書・地理志》。此以「二庭」指代蒲類。歸望斷，望盡歸路。歸，回。斷，盡。客心，客思，旅思。屬，連；續。自，別自。❷晚風連朔氣四句　謂邊塞風物。朔氣，北方的寒氣。新月，剛升起的月亮。邊秋，邊塞之秋。竈火，用以煮飯照明的行軍灶火。軍壁，軍隊的營壘。烽煙，即烽火，見本書卷一〈蕩子從軍賦〉注。戍樓，邊防的城堡、營樓。❸龍庭但苦戰四句　謂報國立功。龍庭，一稱龍城。為匈奴祭天處。《史記・匈奴列傳》：「五月，大會龍庭，祭其先、天地、鬼神。」據《史記・衛將軍驃騎列傳》載：漢武帝元光五年（前一二八），大將軍衛青至龍城，斬首虜數百。後龍庭為漢兵所焚蕩。燕頷，即「燕頷（燕子的下巴頦）虎頸」。一種封侯的相。此指東漢的名將班超。他保護西域各族的安全和絲綢之路的暢通，鞏固東漢在西域的統治，被封為定遠侯。《後漢書・班梁列傳》載：「班超為人有志，不修細節。其後行詣相者，曰：『祭酒布衣諸生耳，而當封侯萬里之外。』」超問其狀，相者指曰：『生燕頷虎頸，飛而食肉，此萬里侯相也。』」蘭山，即漢代匈奴境內的蘭于山。《漢書・李陵傳》載：武帝天漢二年（前九九），召陵，欲使為貳師將輜重。陵召見武臺，叩頭自請曰：「願得自當一隊，到蘭于山南，以分單于兵，毋令專鄉貳師軍。」武帝壯而許之。陵於是將其步卒五千人，出居延，與單于八萬騎遭遇，矢盡無援，遂降。令，使。羞，恥辱。

【語　譯】身在邊塞，望斷歸路；迢迢萬里，客心傷愁。蒲類的山路往南伸展，蒲類的水道向北奔流。晚風捲來朔漠的寒氣，新月冷照邊塞的寒秋。軍灶連接營壘，烽煙直上戍樓。只要在異域艱苦奮戰，就能像班超立功封侯。別作蘭于山下的李陵，空使漢國受辱蒙羞。

【賞　析】本篇為五言排律，與〈蕩子從軍賦〉具有共同的主旨與風格。「龍庭但苦戰，燕頷會封侯。莫作蘭山下，空令漢國羞」，寫來意氣風發，慷慨激昂。這裡把衛青的直搗龍庭、班超的封侯萬里與李陵的屈辱降敵，進行強烈的對比，這是報國與辱國、崇高與卑下的對比。經此對比，表現出作者投筆從戎、報國立功的壯志豪情，形成了全詩的感情基調和邏輯高潮。由於作者有邊塞從軍的生活體驗，故能牢籠邊塞百態。晚風、朔氣、新月、邊秋、竈火、軍壁、烽煙、戍樓，無一不是塞外景物的特點，給人以親臨其境之感。這不僅突出了軍旅生活的艱苦，也使軍旅壯懷有更強的抒情氣氛。

晚渡黃河

【題　解】本篇是在行役途中晚渡黃河所作。它以黃河作為具體描繪對象，但不詳其創作時間。

千里尋歸路，一葦亂平源❶。通波連馬頰，迸水急龍門。照日縈光渾，驚風瑞浪翻。棹唱臨風斷，樵謳入聽喧。岸迴秋霞落，潭深夕霧繁❷。誰堪逝川上，日暮他鄉魂❸。

【注　釋】❶千里尋歸路二句　寫晚渡黃河。一葦，《詩經・衛風・河廣》：「誰謂河廣，一葦杭（同「航」）之。」這是說一排蘆葦筏子可以渡河。此指代小船。亂，橫渡。平源，指黃河。源，原作「原」。❷通波連馬頰八句　寫黃河景色。馬頰，指馬頰河。因河勢上廣下狹，狀如馬頰，故名。樂史《太平寰宇記》：「河北道滄州樂陵縣，馬頰河，在縣東六十里，從滴河縣北界來。」迸水，激射噴湧的波濤。龍門，即禹門口。在山西省河津縣西北，和陝西省韓城縣東北。黃河至此，兩岸峭壁對峙，形如闕門，水流交衝，波濤迅急，有「河下龍門，流駛竹箭」之說。照日，夕照。榮光，一種五彩的雲氣，象徵祥瑞。渾，渾成。棹唱，指船歌。樵謳，指樵歌。迥，遠。繁，多；盛。❸誰堪逝川上二句　寫他鄉客思。堪，原作「看」。逝川，流水。《論語・子罕》：「子在川上曰：『逝者如斯夫，不舍晝夜！』」此指代黃河。他鄉魂，謂作客他鄉的遊子。

【語　譯】千里迢迢尋歸路，一船橫渡過河源。黃河水流直接連通馬頰，黃河怒濤急速衝向龍門。夕照下榮光渾成，驚風中瑞浪頻翻。船歌迎著晚風時斷時續，樵唱迴盪耳畔時響時喧。遠遠的河岸上秋霞飄落，深深的潭水邊夕煙瀰漫。誰能忍受那滔滔東逝的河水，在暮色蒼茫中站著思鄉的遊子魂。

【賞　析】作者不愧是個丹青妙手，為我們描繪出黃河晚渡圖。開篇即以一「尋」一「亂」兩個動詞，緊扣「晚渡黃河」的題旨，接著，中間八句即著力去描繪黃河的景色。黃河是全詩的主體，處於整幅畫面的中心，作者通過自己的親身體驗，和細緻觀察，去選擇、捕捉典型景物，構成種種富於感情色彩的意象。三、四句「通波連馬頰，迸水急龍門」，以「馬頰」、「龍門」作為黃河的代表，最足於表現黃河那種崩浪萬尋、懸流千丈、鼓若山騰的險峻形勢，而黃河的壯美形象也就凌空而出。五、六句寫「照日」、「榮光」、「驚風」、「瑞浪」，七、八句寫「棹唱」、「樵謳」，九、十句寫「岸迴」、「潭深」、「秋霞」、「夕霧」，從視覺、聽覺、觸覺等不同的側面，對黃河進行渲染、鋪墊、烘托，使畫面有聲有色、絢麗多彩。詩結束於日暮鄉關，遊子旅思，也耐人尋味。

本篇的結構大起大落，大開大闔。用筆如行雲流水，生動自然。在風格上卻表現出動靜結合、明暗交替、剛柔並濟，是五言排律中比較典型的。

早發淮口望盱眙

【題解】本篇抒發奉使江南的感慨。可能是行役途中所作，但寫作時間不詳。淮口，地名，在江蘇淮安。《太平寰宇記》：「淮南道楚州山陽縣公路浦，淮口也。昔袁術向九江，將奔袁譚，路出斯浦，因名之。」盱眙，地名，在今江蘇西部，北臨洪澤湖，鄰接安徽省。這是寫早上向淮口出發而回望盱眙的所見所感。

養蒙分四瀆，習坎奠三荊。徙帝留餘地，封王表舊城❶。岸昏涵蜃氣，潮滿應雞聲。洲迥連沙靜，川虛積溜明❷。一朝從捧檄，千里倦懸旌。背流桐柏遠，逗浦木蘭輕❸。小山迷隱路，大塊切勞生。唯有貞心在，獨映寒潭清❹。

【注釋】❶養蒙分四瀆四句　寫盱眙的形勢。養蒙，猶發蒙。語本《易・蒙卦》：「蒙以養正，聖功也。」這是說童蒙的時候應當培養純正無邪的品德，即可達到聖人的成功之路。蒙卦上艮為山，下坎為水之象，泉流出山必然逐漸匯成江河，就像童蒙逐漸開啟那樣，故〈象〉曰：「山下出泉，蒙。」此指江水發源。四瀆，《爾雅・釋水》：「江、河、淮、濟為四瀆。四瀆者，發源注海者也。」此指長江、黃河、淮河、濟水四大河流，皆入海。習坎，謂重險。語本《易・坎卦》：「〈彖〉曰：『習坎，重險也，水流而不盈。』」意思是〈彖傳〉所說：習坎，謂有重重險陷，就像水流進陷穴不見滿盈。奠，定。三荊，古地區名。即三楚。秦、漢時分戰國楚地為三楚。《漢書・高帝紀》注引孟康《音義》稱舊名江陵（即南郡）為南楚；吳為東楚；彭城為西楚。徙帝，《史記・項羽本紀》載：項梁（項羽之季父）起兵，立楚懷王孫心為懷王，都盱眙，以順民心所望。後來秦擊楚軍，破之定陶，項梁死。楚懷王恐懼，從盱眙遷到彭城。項羽滅秦，尊懷王為義帝，立諸將為侯王，自立為西楚霸王，都彭城，派使臣徙義帝於長沙郴縣，並暗中派人擊殺於江中。因此，盱眙故老相傳，謂之皇城，即義帝舊居。封王，

《漢書・平帝紀》：「元始二年，立江都易王孫盱台侯宮為廣川王。」此亦指懷王都盱眙事。表，標記。舊城，指盱眙。❷岸昏涵蜃氣四句　寫盱眙的景色。蜃氣，指海市蜃樓的幻景。見本書卷二〈在江南贈宋五之問〉注。潮滿，《太平御覽・羽族部五》載：「孫綽〈望海賦〉曰：『石雞清響以應潮，慧軀輕清以遠潔。』原注：石雞，形似家雞而灰色，在海中山上。每潮水將至，輒鳴相應，若家雞司晨也。」虛，空濛；空曠。積溜，積水。❸一朝從捧檄四句　寫奉命行役。捧檄，接到官府任命的文書。見本書卷二〈夏日遊德州贈高四〉注。懸旌，掛在空中隨風飄蕩的旌旗。比喻心神不定。背流，逆流而上。桐柏，山名。在河南省南陽市桐柏縣西南，為淮水所出，東南至淮陵入海。《書・禹貢》：「導淮自桐柏。」柏，原作「拍」。逗浦，謂逗留水邊。木蘭，船的美稱。❹小山迷隱路四句　寫行役的感慨。小山，即淮南小山。為西漢淮南王劉安一部分門客的共稱。王逸《楚辭章句・招隱士》：「〈招隱士〉者，淮南小山之所作也。昔淮南王安，博雅好古，招懷天下俊偉之士，自八公之徒，咸慕其德，而歸其仁。各竭才智，著作篇章，分造辭賦，以類相從，故或稱小山，或稱大山。……雖身沉沒，名德顯聞，與隱處山澤無異。」大塊，見本書卷一〈螢火賦〉注。勞生，見本書卷一〈螢火賦〉注。貞心，原作「負心」。

【語譯】江水發源分為四瀆，形勢險要奠定三荊。盱眙是徙帝所留的皇都，盱眙是封王表記的舊城。河岸濛濛，呈現出蜃樓海市；河水漲潮，應和著石雞鳴聲。遙遠的小洲連接著明淨的平沙，空濛的山川可看到積水通明。一朝奉命，身不由己來行役；千里疲乏，心如飄忽的懸旌。逆流而上頓覺桐柏遠，逗留水邊才知小船輕。要學習小山沉迷於隱路，是因為天地使我疲勞而生。唯有我一顆純潔的忠心長存宇宙，有如寒潭秋水那樣一片澄清。

【賞析】開篇兩聯即起筆寫盱眙。四瀆之一的淮河，源出河南桐柏山，東流經河南、安徽到江蘇入洪澤湖。古代的吳國都於吳，在今江蘇省蘇州市，為三楚之一。而盱眙在江蘇淮河之濱，又屬三楚之東楚地域，故「分四瀆」、「奠三荊」，說的是盱眙山水形勢的險要。「留餘地」，指留有帝王的遺跡；「表舊城」，指表記帝王的舊城，表現盱眙人文歷史的價值。三、四聯寫向淮口出發時的盱眙景色。「岸昏涵蜃氣，潮滿應雞聲」，其中「岸昏」、「潮滿」是實寫，「蜃氣」、「雞聲」是虛寫，做到有實有虛。「洲迥連沙淨，川虛積溜明」，一「淨」一「明」，前者點染沙洲的氣氛，後者顯出積水的色澤，用筆各有特點。五、六聯寫奉命行役的情況，以「遠」

和「輕」寫出旅程中的兩種感覺。最後兩聯，歸結到行役的感慨，認為自己的「貞心」與宇宙同在、與秋水比美，對自我的人格力量表示充分的自信、自豪，很有感染力。

渡瓜步江

【題　解】本篇寫夜渡瓜步江的景色和感慨。可能作於奉使江南途中，但具體創作時間還有待考訂。瓜步江，水名。《隋書・地理志》：「江都郡六合，有瓜步山。」《初學記》：「瓜步江，今揚州六合縣界。」江，原作「派」。

捧檝辭幽徑，鳴桹下貴洲❶。驚濤疑躍馬，積氣似連牛。月迥黃沙淨，風急夜江秋❷。不學浮雲影，他鄉空滯流❸。

【注　釋】❶捧檝辭幽徑二句　寫渡瓜步江。捧檝，見本書卷二〈夏日遊德州贈高四〉注。鳴桹，亦作「鳴榔」。潘岳〈西征賦〉：「鳴榔厲響。」謂漁人捕魚時用長木敲船舷為聲，驅魚入網。此喻乘船。貴洲，地名，不詳。❷驚濤疑躍馬四句　寫瓜步江的景色。躍馬，奔馬。連牛，謂斗星與牛星之間。此用豐城劍氣喻水氣。見本書卷一〈螢火賦〉注。黃沙，一作「寒沙」。❸不學浮雲影二句　寫急於返家的心情。浮雲，比喻飄忽不定的行蹤。流，一作「留」。

【語　譯】奉命行役，告別了幽深的小徑；乘船直下江南水鄉的貴洲。驚濤駭浪勢若奔馬，水氣蒸騰直上斗牛。高空明月朗朗，使黃沙更呈明淨；江上晚風急吹，使夜江秋意更稠。我不能學那遊蹤飄忽不定的浮雲，以免滯流他鄉蹉跎春秋。

【賞　析】作者奉命行役，乘船夜渡瓜步江，不免觸景生情。它寫江水、江面，再寫到江月、江風，多角度、多層次、多側面地展現瓜步江的夜景。其中有驚濤，有積氣，有迴月，有急風，意象各不相同，而畫面卻有明有暗，有聲有色。最後，把感情調動到「不學浮雲影，他鄉空滯流」的結句上來。這種感慨，是對行役在外、飄泊他鄉、行蹤不定的反撥，表現作者厭倦仕途的情緒。

本篇注重用筆。「驚濤疑躍馬」，是從江水著墨，寫出洶湧澎湃的氣勢；「積氣似連牛」，是從江面落筆，寫出氣衝斗牛的壯觀。「月迴黃沙淨，風急夜江秋」，構成了兩對因果關係。前句從視角寫出月照黃沙的色澤，後句從觸覺寫出風急夜江的寒氣。

遠使海曲春夜多懷

【題解】本篇寫遠使海曲的感懷。海曲，為漢之縣名，屬瑯琊郡。《元和郡縣志》卷十一：「河南道密州莒縣，漢海曲縣。」陳熙晉《駱臨海集箋注》詩題下注：「漢海曲故縣，在今山東沂州府日照縣。」

長嘯三春晚，端居百慮盈。未安蝴蝶夢，遽切魯禽情❶。別島連寰海，離魂斷戍城。流星疑伴使，低月似依營❷。懷祿寧期達，牽時匪徇名❸。覊虞行已遠，昧迹自相驚❹。

【注釋】❶長嘯三春晚四句　謂到海曲時的心態。長嘯，指長歌。三春，晚春。題為「春夜多懷」，當作「三春」。原作「三秋」。端居，安居；閒居。百慮，謂多種多樣的憂慮。盈，滿。蝴蝶夢，即莊周夢蝶事。《莊子・齊物論》：「昔者莊周夢為蝴蝶，栩栩然蝴蝶也，自喻適志與！不知周也。俄然覺，則蘧蘧然周也。不知周之夢為蝴蝶與？蝴蝶之夢為周與？周與蝴蝶，則必有分矣。此之謂物化。」後即以蝴蝶夢喻做夢。遽，遂；就。魯禽情，即魯君養鳥事。《莊子・達生》：有一隻鳥停在魯國國都的郊外，魯君很高興，為這隻鳥準備了像太牢那樣的盛宴招待牠，奏起九韶的音樂讓牠快樂。於是鳥便開始頭暈目眩，不敢吃也不敢喝。這是魯君用養自己的方法來養鳥。此喻得到生活哺育。❷別島連寰海四句　寫海曲風光。別島，見本書卷二〈在江南贈宋五之問〉注。寰海，傳說中的巨海。東方朔《十洲記》：「八方巨海之中，有祖洲、瀛洲、玄洲、炎洲、長洲、元洲、流洲、生洲、鳳麟洲、聚窟洲。有此十洲，乃人迹所稀絕處。」戍城，泛指邊防地的營壘、城堡。流星，《晉書·天文志》：「流星，天使也。自上而降曰流，自下而升曰飛，大者曰奔。」低，原作「徂」。依，依傍；依戀。❸懷祿寧期達二句　謂求仕的無奈。懷祿，懷戀俸祿。期，希望。達，顯貴。原作「遠」。牽時，謂被世俗所牽制。徇名，曲從虛名。徇，曲從。❹艱虞行已遠二句　寫身不由己的感慨。艱虞，艱難憂患。艱，原作「難」。虞，憂慮；憂患。昧迹，欺昧自己的心跡。指出仕。昧，原作「時」。

【語　譯】遠使海曲，高歌長嘯；閒居傷春，百慮叢生。夢繞齊魯的風土，難忘齊魯的人情。海曲的別島連結寰海，遊子的離魂斷絕戍城。流星飛過天際，似是相伴的天使；低空明月照耀，似是對軍營戀戀有情。我懷祿為養親，不是期望顯貴；我牽時酬壯志，不是貪圖虛名。人生艱難的行程，越走越遠；有違自己不仕的初衷，深感心驚。

【賞　析】海曲在山東，屬齊魯。作者遠使海曲時，自然就聯想到曾經哺育過他的齊魯大地。齊魯的風土人情，齊魯的父老兄弟，一直使他難於忘懷。「未安蝴蝶夢，遽切魯禽情」，說的就是這種夢繞魂縈之思，刻骨銘心之情。中間兩聯寫景，寰海、戍城、流星、低月等幾個意象，對感情起了鋪墊、點染、襯托的作用。「懷祿寧期達，牽時匪徇名」，言明自己求仕的苦衷，不是為了求取顯貴和虛名，而是為了養親，和實現自己的理想抱負。但理想與現實的矛盾，使他厭倦仕途。

晚泊江鎮

【題　解】本篇抒發奉使江南時的離情別恨。四部叢刊本從「轉蓬驚別緒」句下缺「徙橘愴離憂。魂飛灞陵岸，淚盡洞庭秋。振影希鴻陸」四句，據陳熙晉《駱臨海集箋注》校補。江鎮，地名。《元和郡縣志》卷二十五：「江南道潤州，本春秋吳之朱方邑，始皇改為丹徒。後漢獻帝建安十四年，孫權自吳理丹徒，號曰京城。十六年遷都建業，于此為京口鎮。吳晉以後，皆為重鎮。隋開皇九年，改為延陵鎮。十五年，罷鎮，置潤州城。」按：潤州在今江蘇省鎮江市，曾稱京城或京口城，為長江下游軍事重鎮。

四運移陰律，三翼泛陽侯❶。荷香銷晚夏，菊氣入新秋。夜烏喧粉堞，宿雁下蘆洲。海霧籠邊徼，江風繞戍樓❷。轉蓬驚別緒，徙橘愴離憂❸。魂飛灞陵岸，淚盡洞庭秋❹。振影希鴻陸，遯名謝蟻丘❺。還嗟帝鄉遠，空望白雲浮❻。

【注釋】❶四運移陰律二句　謂奉使江南。四運，指一年四季的運行。陰律，此謂陰氣。即秋之寒氣、肅殺之氣。古代用音律辨別氣候，故可用陰律指代陰氣。三翼，古代船有大翼、中翼、小翼之分，合稱三翼。陽侯，傳說中的波臣。《淮南子·覽冥》：「武王伐紂，渡於孟津，陽侯之波，逆流而擊。」高誘注：「陽侯，陵陽國侯也。其國近水，溺水而死。其神能為大波，有所傷害，因謂之陽侯之波。」此指代波浪。❷荷香銷晚夏六句　寫江鎮之晚景。銷晚夏，謂夏天即將過去。銷，盡。粉堞，白色的城上矮牆，亦稱女牆。蘆洲，謂長有蘆葦的小洲。邊徼，邊塞；邊界。徼，塞。戍樓，邊塞警戒的瞭望樓。❸轉蓬驚別緒二句　感慨身世。轉蓬，見本書卷三〈晚泊河曲〉注。別緒，原作「別渚」。徙橘，《淮南子·原道》：「今夫徙樹者，失其陰陽之性，則莫不枯槁。故橘樹之江北則化為枳。」此喻離開故土，失去本性。原缺「徙橘愴離憂」一句。❹魂飛灞陵岸二句　謂思念故土親人。原缺此二句。灞陵，一作「霸陵」。漢文帝陵墓，在漢長安東南。此指代京都長安。岸，高地。洞庭秋，《楚辭·九歌·湘夫人》：「嫋嫋兮秋風，洞庭波兮木葉下。」此以湘夫人等候湘君比喻不見親人。❺振影希鴻陸二句　謂退隱山林。原缺「振影希鴻陸」一句。振影，即「振景」。《文選》陸機〈謝平原內史表〉：「振景拔迹，顧邈同列。」這裡有提拔的意思。鴻陸，語本《易·漸卦》：「上九，鴻漸于陸，其羽可用為儀，吉。」這是說，鴻雁飛行漸進於高山頂，羽毛可作潔美的儀飾，吉祥。朱熹《本義》依據胡瑗、程頤之說，認為「『陸』當作『逵』，謂『雲路』也」。此以雲路比喻仕途。蟻丘，山名。《莊子・則陽》載：孔子到楚國去，住在蟻丘山下一戶賣漿的人家。旁邊住有一個隱士，把孔子當成邪佞的人，因為羞於聽邪佞的言論，不願見孔子就逃走了。此喻避世退隱。❻還嗟帝鄉遠二句 謂念家思親。帝鄉，帝都。白雲，《莊子・天地》：「乘彼白雲，遊于帝鄉。」此喻帝都、仙都。又，《舊唐書・狄仁傑傳》：「其親在河陽別業。仁傑赴并州，登太行山，南望見白雲孤飛，謂左右曰：『吾親所居，在此雲下。』瞻望佇立久之，雲移乃行。」此喻思親。

【語　譯】在夏秋之交，奉使江南；我泛舟江鎮，橫渡中流。荷花的香味在晚夏銷盡，菊花的香氣正四溢新秋。夜烏喧噪於白色的女牆，宿雁飛翔於蘆葦的小洲。海霧籠罩著邊塞，江風環繞著戍樓。漂泊異地，不免觸動別恨；遷徙外鄉，常常悲歎離愁。我懷念故土，離魂飛往長安道；我思念親人，別淚盡灑洞庭秋。既然身在仕途難展壯志，就不如退隱林泉歸山丘。我想回帝都，是如此遙遠；我想見親人，但宿願難酬。

【賞　析】本篇為五言排律，注重寫景。夏荷、秋菊是季景，夜烏、宿雁是夜景，海霧、江風是江景。這不僅寫出景物在時空方面的各種層次，而且通過動詞的運用，寫出各種景物的態勢。如「銷」與「入」寫荷、菊的香氣；「喧」與「下」寫烏、雁的活動；「籠」與「繞」寫霧、風的氣氛，等等。

由於行役在外，故容易觸動羈旅情懷。「轉蓬」、「徙橘」，形象地比喻出漂泊天涯的身世，「魂飛」、「淚盡」，直抒胸臆，寫出思鄉念親的真情實感。最後，由離情別恨引發出退隱林泉的思想，實屬無可奈何。「還嗟帝鄉遠，空望白雲浮」，讀來餘音裊裊，悠悠不盡。

早發諸暨

【題　解】本篇寫從諸暨出發的一次遠行，抒發仕途坎坷、漂泊天涯的感慨。從詩的內容考察，可能是應試下第後的作品。諸暨，縣名。《元和郡縣志》卷二十六：「江南道越州諸暨縣，秦舊縣也。」顧祖禹《方輿紀要》：「浙江紹興府諸暨縣，府南百二十里，西南至義烏縣百二十里，西至浦江百里。」今屬浙江，因其有暨山、浦諸山而得名。

征夫懷遠路，夙駕上危巒❶。薄煙橫絕巘，輕凍澀迴湍。野霧連空暗，山風入曙寒。帝城臨灞涘，禹穴枕江干❷。橘性行應化，蓬心去不安❸。獨掩窮途淚，長歌行路難❹。

【注釋】❶征夫懷遠路二句　謂早發諸暨。征夫，遠行的人。作者自稱。懷，歸向。夙駕，早晨駕車。危巒，高山。❷薄煙橫絕巘六句　寫諸暨初冬的山水風光。薄煙，淡淡的雲煙。橫，橫繞。絕巘，險峻陡峭的山峰。輕凍，指薄冰。澀，滯留；使水流不通暢。迴湍，迴旋的急流。曙，曙色。帝城，指京都長安。灞涘，灞水之濱。灞水，為渭水支流，流經長安東。本名霸水。《水經注．渭水》：「霸者，水上地名也。古曰滋水矣。秦穆公霸世，更名滋水為霸水，以顯霸功。水出藍田縣藍田谷，所謂多玉者也。」此指代長安。涘，水邊。禹穴，大禹墓。見本書卷一〈靈泉頌〉注。枕，靠近。江干，指浦陽江江邊。❸橘性行應化二句　謂漂泊在外。橘性，橘樹的本性。見本書卷三〈晚泊江鎮〉注。行應化，快要發生變化。指橘化枳。蓬心，蓬草之心。因為蓬草短而拳曲不直，用以比喻仕途不通達的士子。去，離開。❹獨掩窮途淚二句　謂仕途坎坷。掩，掩面。窮途淚，典出《晉書．阮籍傳》：阮籍「時率意獨駕，不由徑路，車迹所窮，輒慟哭而返。」行路難，樂府雜曲歌辭名。原為民間歌謠，後經文人擬作，採入樂府。《樂府詩集》卷七十〈行路難〉題下注曰：「行路難，備言世路艱難及離別傷悲之意，多以『君不見』為首。」

【語譯】我從諸暨出發，朝向遠方；清早動身，登上高高的山巒。淡淡的雲煙橫繞險峰，薄薄的冰皮澀滯迴湍。野霧連空天日暗，山風入曙分外寒。我突然想起灞水之濱的長安，是因為看到禹穴緊靠在浦陽江干。橘性行將化為枳，蓬心離去卻不安。我掩面痛哭窮途淚，無奈中只有長歌行路難。

【賞析】本篇為五言排律。首二句扣題；中間四句寫諸暨山中的初冬景物。七、八句寫漂泊之苦，後二句寫仕途坎坷之憤。由景及情，一氣流注。

本篇「獨掩窮途淚，長歌行路難」的結句，最為警策。這裡用了兩個典故，一是阮籍窮途慟哭事，一是晉人袁山松歌〈行路難〉事。《晉書・袁山松傳》：「山松，少有才名，博學有文章。……善音樂，舊歌有〈行路難曲〉，辭頗疏質，山松好之，乃文其辭句，婉其節制，每因酣醉縱歌之，聽者莫不流涕。初，羊曇善唱樂，桓伊能挽歌，及山松〈行路難〉繼之，時人謂之『三絕』。」前者借喻求仕無成、走投無路的悲苦，後者借喻世道崎嶇、人生艱難的淒涼，這完全是一種悲劇情結。可見作者是把晉人阮籍、袁山松這兩個悲劇人物引為同調的。

懷才不遇，壯志難酬，這是封建時代士大夫的悲劇，而且成為擬行路難的人生詠歎調。南朝宋鮑照有〈擬行路難〉十八首，其五寫道：「對案不能食，拔劍擊柱長歎息。丈夫生世會幾時，安能蹀躞垂羽翼？棄置罷官去，還家自休息。……自古聖賢盡貧賤，何況我輩孤且直！」就是對懷才不遇的憤慨。「初唐四傑」之一的盧照鄰也寫有〈行路難〉，表達出榮華富貴不能久持，決心退隱的思想。因此，〈行路難〉的長歌悲唱，具有豐富的人生況味。

途中有懷

【題　解】本篇未交代時間與地點，可能是自長安返回江南義烏老家途中所作，抒發行役途中對仕途蹭蹬的憤慨。

眷然懷楚奏，悵矣背秦關❶。涸鱗驚照轍，墜羽怯虛彎❷。素服三川化，烏裘十上還❸。

莫言無皓齒，時俗薄朱顏❹。

【注　釋】❶眷然懷楚奏二句　謂離京南返。眷然，反顧。引申為眷注、懷念的樣子。楚奏，楚地的樂曲，見本書卷二〈在江南贈宋五之問〉注。悵矣，形容茫然自失。矣，原作「戾」。秦關，秦地的關山。即秦中。今陝西中部一帶。長安屬秦中，故以秦中指代長安。❷涸鱗驚照轍二句　謂心情惶恐。涸鱗，即涸轍之魚。見本書卷三〈春齋早行〉注。此喻仕途乖蹇。照，一作「煦」。墜羽，典出《戰國策・楚策四》：更贏和魏王在京臺之下，仰頭望見飛鳥。更贏便對魏王說：「我能為大王彎弓虛放一箭，就可以把鳥射下來。」魏王不相信地說：「難道射箭的技巧可以達到如此神奇的地步嗎？」不一會，有隻孤雁飛過來了，更贏虛放一箭，果然把雁射了下來。魏王問他怎麼知道。更贏解釋說：「雁飛得慢，因為瘡傷疼痛；鳴聲哀，因為離開了雁群。瘡傷沒有恢復，驚恐的心又沒有去掉，猛聽到弓絃的響聲便衝向高空，瘡傷發作便掉下來了。」此以驚弓之鳥喻命運坎坷。虛彎，謂彎弓虛放。❸素服三川化二句　謂窮困潦倒。素服，語本陸機〈為顧彥先贈婦〉：「京洛多風塵，素衣化為淄。」素，白色。淄，黑色。此指風塵僕僕、衣服破舊。三川，指涇水、渭水、洛水。此指代京都長安。烏裘，見本書卷二〈夏日遊德州贈高四〉注。此喻志不獲展。❹莫言無皓齒二句　對才不見用的憤慨。皓齒，即明眸皓齒。用以形容女人的美貌。此喻才能。薄，輕視；鄙薄。朱顏，紅顏美女，也喻才能。

【語　譯】我懷念江南的家鄉，茫然若失地離開了秦關。我如涸轍之鮒，誠惶誠恐；我如驚弓之鳥，徬徨不安。素服化淄，生活困頓；烏裘十上，落第而還。不是說自己沒有才幹，而是俗眼看不上我的青春朱顏。

【賞　析】本篇為五言律詩，集中抒發了對仕途失意、生活困頓的徬徨、苦悶和憤懣。由於表現了封建時代不得志的士大夫的典型情緒，讀來低回宛轉，扣人心絃。

本篇在藝術上有三點值得注意。一是注重用典。全詩四聯八句，幾乎每聯都在用典，使詩的容量更大。二是注重對仗。首聯點題，即開始對仗。頷聯、頸聯結合作者身世、遭際來對仗，內容豐富。尾聯用流水對結束。除流水對外，全用工對，如「楚奏」對「秦關」為地理對，「涸鱗」對「墜羽」為名物對，「素服」對「烏裘」為顏色對，「三川」對「十上」為數目對，等等。三是注重點化，如結句的「莫言無皓齒，時俗薄朱顏」，是點化《文選》曹植〈雜詩〉六首之一的「時俗薄朱顏，誰為發皓齒」。但經此點化，感情色彩更為鮮明。

晚憩田家

【題解】本篇寫行役遠方晚憩田家的感受。晚憩，晚上休息。田家，即農家。

轉蓬勞遠役，披薜下田家❶。山形類九折，水勢急三巴。懸梁接斷岸，澀路擁崩查。霧崰淪曉魄，風溆漲寒沙❷。心迹一朝舛，關山萬里賒❸。龍章徒表越，閩俗本非華❹。旅行悲泛梗，離贈斷疏麻❺。唯有寒潭菊，獨似故園花❻。

【注釋】❶轉蓬勞遠役二句　謂夜憩田家。轉蓬，見本書卷三〈晚泊河曲〉注。勞，勞苦。披薜，佩戴香草。《楚辭・九歌・山鬼》：「若有人兮山之阿，披薜荔兮帶女蘿。」此以披薜帶蘿比喻品性高潔的野老草民。薜，香草。❷山形類九折六句　寫田家的景物。九折，山名。即九折坂。喻山勢險峻。見本書卷二〈代女道士王靈妃贈道士李榮〉注。三巴，地名。《太平寰宇記》：「山南西道渝州。《三巴記》云：『閬、白二水東南流，曲折三回如巴字，故謂三巴。』」懸梁，高架的橋梁。澀路，不通暢的水道。崩查，指破敗的木筏。霧崰，瀰漫霧氣的山崰。崰，同「巖」。淪，淹沒。曉魄，早晨的月亮。風溆，水邊的寒風。溆，水邊。原作「漵」。❸心迹一朝舛二句　謂心念之差。舛，錯亂。賒，遠；長。❹龍章徒表越二句　謂厭倦仕途官場。龍，指袞龍之服。即古代帝王和上公的禮服。章，指章甫之冠。即殷代冠名。《莊子・逍遙遊》載：有宋國人購置帽子到越人那裡去賣，但是越人有斷髮（不留頭髮）文身（身上刺花紋）的習俗，帽子對他們沒有什麼用處。表越，指外加禮服於越人。越，古族名。秦漢以前廣泛分佈於長江中、下游以南，部落眾多，有「百越」、「百粵」之稱。閩俗，指閩越人的習俗。非華，謂不追求浮華。非，反對。❺旅行悲泛梗二句　謂漂泊外鄉。旅行，指行役。疏麻，神麻。此喻書信。見本書卷二〈夏日遊德州贈高四〉注。❻唯有寒潭菊二句　謂故園之思。

【語　譯】我行役遠方，漂泊在外；今如野老草民，來到農家。此處山形曲折多險峻，此處水勢曲折如三巴。橋梁高架在斷缺的高地，水道簇擁著破敗的木槎。巖間霧氣，淹沒了晨月；水邊的山風，吹漲起寒沙。為了求仕的一念之差，從此跋涉關山萬里賒。龍章衣冠無所用，閩俗本是反浮華。悲歎身世如浮梗，離別投贈斷疏麻。只有寒水潭邊菊，獨似故鄉園中花。

【賞　析】這首五言排律，可能是在一次行役途中投宿農家所作。它大體上可分為兩個部分。第一部分由「轉蓬勞遠役」至「風激漲寒沙」，主要是寫景，用「九折」、「三巴」、「懸梁」、「斷岸」、「澀路」、「崩查」、「霧岊」、「曉魄」、「風激」、「寒沙」等意象，構成一個艱難險阻的典型環境，實際上反映出作者行路難的獨特感受和人生況味。因此又是景中有情。第二部分由「心迹一朝舛」至「獨似故園花」，主要是抒情。因為有了「一朝舛」的徹悟，才有了「龍章徒表越，閩俗本非華」的認識，對仕宦衣冠、官場禮儀表示厭倦了。結尾寫思念家園，卻不明說、直說，用農家的「寒潭菊」引發出「故園花」來，委婉含蓄，耐人尋味。

宿山莊

【題　解】本篇為途經金陵城郊住某一山莊所作，可能是晚期作品。抒發身世坎坷、漂泊異鄉的感慨。山莊，一本作「仙莊」。

金陵一超忽，玉燭幾還周❶。露積吳臺草，風入郢門楸❷。林虛宿斷霧，磴險挂懸流❸。
拾青非漢策，緇化類秦裘❹。牽迹猶多蹇，勞生未寡尤❺。獨此他鄉夢，空山明月秋❻。

【注　釋】❶金陵一超忽二句　謂金陵歷史悠久。金陵，古邑名。戰國楚威王七年（前三三三）滅越後所置，在今江蘇省南京市，後即為今南京市的別稱。超忽，遙遠。玉燭，《爾雅・釋天》：「四氣和謂之玉燭。」此謂四季和氣，溫潤朗照。還周，環繞；回環。此謂寒暑回環。還，同「環」。❷露積吳臺草二句　謂春秋戰國時吳、楚之敗亡。吳臺草，《漢書・伍被傳》載：淮南王陰有邪謀。被曰：「昔子胥諫吳王，吳王不用，乃曰：『臣今見麋鹿遊姑蘇之臺。』今臣亦將見宮中生荊棘，露沾衣也。」此謂吳之敗亡。郢門楸，《楚辭・九章・哀郢》：「望長楸而太息兮，涕淫淫其若霰，過夏首而西浮兮，顧龍門而不見。」這是屈原回憶初被放逐時的情景。郢，楚國都城。楸，即梓樹。落葉喬木。古人以喬木為國家的象徵，此以長楸喻楚國。龍門，指楚國郢都的東城門。此謂楚國之敗亡。❸林虛宿斷霧二句　寫山莊的景物。虛，稀少。宿，停留。磴，石階。懸流，即瀑布。❹拾青非漢策二句　謂仕途失意。拾青，拾取青紫。此以青紫的印綬或服飾的顏色比喻做官。漢策，漢朝公平的待遇。此用漢代揚雄起草《太玄經》，不得重用事。見本書卷三〈春霽早行〉注。秦裘，用蘇秦困秦事，見本書卷二〈夏日遊德州贈高四〉注。❺牽迹猶多蹇二句　謂身世坎坷。蹇，跛足。引申為艱難困苦。勞生，見本書卷一〈螢火賦〉注。寡尤，缺少罪過。❻獨此他鄉夢二句　謂思念家鄉。

【語譯】金陵古城，歷史悠久，和氣呈祥，不知經歷過多少春秋。吳國之敗，寒露冷凝吳宮的蔓草；楚國之亡，淒風入侵郢都的高楸。稀疏的樹林間停留著斷霧，險峻的石階上高掛著懸流。求仕無成，像揚雄為漢室操勞，得不到公平待遇；素服化緇，像蘇秦為學說推行，只落得敗衣破裘。我漂泊外地，還是艱難困苦；我生活勞苦，也未能缺少罪尤。獨此異地思鄉來入夢，只剩有空山明月照清秋。

【賞析】本篇為留宿山莊時的所見所想。金陵地處吳楚，因此，很容易由金陵的悠久歷史，聯想到吳楚的歷史教訓。在作者看來，春秋時吳國的敗亡，是因為不聽伍子胥的忠言；戰國時楚國的破滅，是在於不聽屈原的忠諫。由於作者對唐朝的政局和命運，表示極大的關注，因而借古喻今，具有現實的針對性，希望當局能接受忠諫，重振朝綱。然後由國家聯想到自己的命運。「拾青非漢策，緇化類秦裘。牽迹猶多蹇，勞生未寡尤」，從仕途失意說到身世坎坷，其中可能包含了作者遭誣下獄、貶臨海縣丞的遭際。把國家命運與個人命運結合起來，提高了詩的境界。

本篇用寒露、蔓草、淒風、高楸，渲染出國破家亡的荒涼氣氛，用空山明月來烘托思鄉之夢，都很有藝術感染力。

出石門

【題　解】本篇為作者途經石門時所作，寫出石門的險峻形勢和山行感想。具體時間不詳。石門，地名。據陳熙晉《駱臨海集箋注》於詩題下引《太平寰宇記》：「河東道解州解縣，通路，自縣東南踰中條山，出白陘，趣陝州之道也。山嶺參天，左右壁立，間不容軌，謂之石門，路出其中，名曰白陘嶺焉。」解縣，在今山西省。

層巖遠接天，絕嶺上棲煙。松低輕蓋偃，藤細弱絲懸。石明如挂鏡，苔分似列錢❶。暫策為龍杖，何處得神仙❷？

【注　釋】❶層巖遠接天六句　寫石門的景色。層巖，層疊的山巖。絕嶺，陡峭險峻的山嶺。棲，停留。輕蓋，輕車的車蓋。葛洪《抱朴子・內篇・對俗》：「《玉策記》曰：『千歲松樹，四邊枝起，上杪下長，有如偃蓋。』」偃，仰臥。絲，原作「鉤」。挂，原作「桂」。列錢，《初學記・草部》：「《廣志》曰：『空室無人行，則生苔蘚，或青或紫，一名圓蘚，一名綠錢。』」❷暫策為龍杖二句　謂山行感慨。策，杖。龍杖，費長房乘杖事。見本書卷二〈代女道士王靈妃贈道士李榮〉注。

【語　譯】層層的山巖遠接天邊，險峻的山嶺上留雲煙。低松像車蓋仰臥，細藤像絲線高懸。山石晶瑩如懸掛的明鏡，苔蘚蔓生如排列的綠錢。我不禁想到竹杖化龍歸去的神話，但我何處去找到這樣有法力的神仙？

【賞　析】本篇為五言律詩。開篇即從石門的山景寫起，從「層巖」到「絕嶺」，寫出山形山勢；從山松、山藤到山石、山苔，寫出山中的樹木石苔等景物。不斷地變換視角，是他寫景的特點，其中有遠視、仰視、俯視、平視等，從而使景物也在不斷地變換鏡頭，顯得多姿多彩，使人有目不暇接、美不勝收之感。深山野嶺，地處僻遠，與人們的生活有距離。作者為了縮短這個距離，使景物更貼近生活，便運用了多種形象的比喻。由於「輕蓋」、「弱絲」、「挂鏡」、「列錢」等比喻，都是生活中常見的事物，也給人以熟悉感、親切感。只有熱愛自然山水的人，才能把自然山水寫得如此真切、細緻。

至分陝

【題　解】本篇為途經分陝之地而作，歌頌西周周公、召公分陝而治的教化。創作時間不詳。分陝，分陝而治。《公羊傳・隱公五年》：「自陝而東者，周公主之；自陝而西者，召公主之。」這是說西周初期，周公旦與召公奭分陝（今河南省陝縣）而治。周公居東部洛邑，統治東部諸侯；召公居西部鎬京，統治西部諸侯。

陝西開勝壤，召南分沃疇❶。列樹巢維鵲，平渚下雎鳩。憩棠疑勿翦，曳葛似攀樛❷。至今王化美，非獨在隆周❸。

【注　釋】❶陝西開勝壤二句　謂陝西土壤肥沃。陝西，指河南省陝縣之西，為召公奭所治之地。勝壤，優美的土壤。召南，為召公之采地，今陝西省岐山縣西南。此指陝縣以西。召，原作「邵」。沃疇，肥沃的田疇。❷列樹巢維鵲四句　寫分陝之風物。列樹，排列成行的樹木。巢維鵲，喜鵲築巢。《詩經・召南・鵲巢》：「維鵲有巢，維鳩居之。」平渚，平坦的小洲。雎鳩，水鳥名。一名王雎，俗稱魚鷹，相傳雌雄有定偶，而不相亂。《詩經・周南・關雎》：「關關雎鳩，在河之洲。」憩棠，謂召公曾在甘棠（也稱棠梨、白棠）樹下休息。《詩經・召南・甘棠》：「蔽芾甘棠，勿翦勿敗，召伯所憩。」這是歌頌召伯體察民情、布施德政的詩。召伯巡行南國，在甘棠樹下聽訟決獄，公正無私。故國人被其德，悅其化，思其人，敬其樹。此喻德政。勿，原作「忽」。曳葛，蔓生搖曳的葛藤。《詩經．周南．樛木》：「南有樛木，葛藟累之。」這是說南有彎彎的樹，有葛藟藤兒把它攀援。❸至今王化美二句 謂王化久遠。至今，謂由西周初周公、召公分陝而治至初唐。王化，謂聖王的德政教化。指周公、召公分陝而治的德政。《毛詩正義．毛詩序》：「然則〈關雎〉〈麟趾〉之化，王者之風，故繫之周公。南，言化自北而南也。〈鵲巢〉〈騶虞〉之德，諸侯之風也，先王之所以教，故繫之召公。〈周南〉〈召南〉，正始之道，王化之基。」《正義》：「〈周南〉〈召南〉二十五篇之詩，皆是正其初始之大道，王業風化之基本也。」隆周，周朝隆盛時期。即周公、召公分陝而治的時期。

【語　譯】河南省陝縣之西，有優美的土壤；召公召南采邑，有肥沃的田疇。樹上有築巢的喜鵲，小洲有戲水的雎鳩。茂密的甘棠，不剪不敗；蔓生的葛藤，攀樹飄柔。至今還遺有聖王的德化，不獨是在興盛的西周。

【賞　析】西周初期周公、召公分陝而治事，是西周「王化」的象徵，是儒家「仁政」、「德治」的典範。作者來到分陝所在地，自不免追慕聖哲，緬懷前賢，由歷史聯想到現實，由西周聯想到初唐，由德政聯想到盛世。這詩的中間寫分陝土地的肥沃，寫喜鵲築巢，雎鳩戲水，寫甘棠茂密，葛藤搖曳，都是在表現一種太平景象，渲染一種祥和氣氛。實際上這是在借古喻今，歌頌初唐的太平盛世。「至今王化美，非獨在隆周」，就說明了這一點。可見作者當時與環境是和諧的，不妨看作是他早期的作品。

本篇是首五言律詩。作者可能是受到《毛詩序》的啟發，把周公、召公的分陝而治，與《詩經》中的〈周南〉、〈召南〉聯繫起來，進行點化。如頷聯點化《詩經．召南．鵲巢》、《詩經．周南．關雎》，頸聯點化《詩經．召南．甘棠》、《詩經．周南．樛木》。這些點化，不僅使詩的內容更加豐富，而且大大加強了詩的韻味和表現力。

至汾水戍

【題　解】本篇寫至汾水戍地的悲愴。汾水，即汾河，為黃河第二大支流，在山西省中部，在河津縣西入黃河。一作「分水」。陳熙晉《駱臨海集箋注》於詩題下注：「分水嶺，在今河南南陽府南陽縣北七十里，水北流入汝水，南流入淯水。」

行役忽離憂，復此愴分流❶。濺石迴湍咽，縈叢曲澗幽。陰崖常結晦，宿莽競含秋❷。況乃霜晨早，寒風入戍樓❸。

【注　釋】❶行役總離憂二句　謂至汾水戍地。忽，一作「總」。離憂，離愁。愴，悲傷。❷濺石迴湍咽四句　寫分水的形勢與景物。濺石，謂水流沖濺山石。迴湍，見本書卷三〈早發諸暨〉注。咽，阻塞。此謂水聲因受阻塞而低沉。縈叢，纏繞叢生的草木。曲澗，曲曲折折的水澗。幽，深。結，凝結。晦，昏暗不明。宿莽，經冬不枯的草。競，原作「竟」。❸況乃霜晨早二句　寫邊塞寒秋。戍樓，邊防駐軍的瞭望樓。

【語　譯】行役途中忽生離愁，再加上悲傷此處水的分流。水流濺石，使迴湍受到阻塞；草木縈繞，使曲澗更加深幽。背陰的山崖，常常使昏暗凝結；經冬的宿莽，競相讓翠色含秋。何況是霜晨早到，秋風席捲寒氣直入戍樓。

【賞　析】本篇為五言律詩。首聯即用遞進一層的寫法。作者在行役途中，本來就醞釀著離愁，及至看到水的分流，又增加了悲愴，使感情的負荷大大加重了。他悲愴什麼呢?可能是由分流想到身在異地的離情別恨；也可能是想到「子在川上曰：『逝者如斯夫，不舍晝夜』」（《論語・子罕》），感歎流年似水，青春易逝，年華易老。這種獨特的感受，是由作者獨特的遭際所生發出來的。頷聯、頸聯展開了景物描寫，濺石、迴湍、縈叢、曲澗、陰崖、宿莽，寫出深秋晦暝深幽的環境、蕭條肅殺的氣氛，而且都被染上悲愴的感情色彩。中間寫景只是鋪墊，最終是為了反跌出結句來。「況乃霜晨早，寒風入戍樓」，是流水對，使作者悲愴的感情，在霜晨寒風中達到了高潮，給人以言有盡而意無窮的感覺。

過張平子墓

【題　解】本篇是弔古懷今之作。張平子，即張衡（七八——一三九），東漢著名的天文學家、文學家。河南省南陽西鄂（今河南省南召縣）人，曾任掌管天文的太史令、河間相。他精通天文曆算，創造了世界上最早利用水力轉動的渾天儀，和測定地震的地動儀。他的文學作品有〈二京賦〉、〈思玄賦〉、〈歸田賦〉、〈四愁詩〉、〈同聲歌〉等，在五言詩發展史上有一定地位。其墓在今河南省南陽市。原作「張子平」，倒文。

西鄂該通理，南陽擅德音❶。玉卮浮藻麗，銅渾積思深❷。忽懷今日昔，非復昔時今❸。
日落豐碑暗，風來古木吟❹。唯歎窮泉下，終鬱羨魚心❺。

【注　釋】❶西鄂該通理二句　謂張衡的才德美譽。西鄂，《元和郡縣志》卷二十一：「山南道鄧州向城縣，本漢西鄂縣地，春秋時向邑。……西鄂故城在縣南二十里，張衡即此縣人，故宅餘址猶存。」此以「西鄂」與下句「南陽」對舉。該，同「賅」。包括一切。通理，通曉物理。《易．坤卦》：「君子黃中通理」。孔穎達《正義》：「以黃居中兼四方之色，奉承臣職，是通曉物理也。」此喻張衡精通天文曆算。擅，獨佔；據有。德音，語本《詩經．豳風．狼跋》：「德音不瑕。」朱熹集傳：「德音，猶令聞也。」令聞，謂好的聲譽。❷玉卮浮藻麗二句　謂張衡的創造。玉卮，玉製的盛酒器。指代張衡所造候風地動儀。

《後漢書・張衡列傳》：「陽嘉元年（一三二），復造候風地動儀。以精銅鑄成，圓徑八尺，合蓋隆起，形似酒尊，飾以篆文山龜鳥獸之形。……外有八龍，首銜銅丸，下有蟾蜍，張口承之。其牙機巧制，皆隱在尊中，覆蓋周密無際。如有地動，尊則振，龍機發，吐丸而蟾蜍銜之。振聲激揚，伺者因此覺知。」藻麗，謂藻飾華麗。指地動儀上面的篆文。銅渾，指銅製的渾天儀，因「周旋無端，其形渾渾」，故名渾天，又稱「渾儀」、「渾象」，是一種表示天象的儀器。《後漢書・張衡列傳》：「遂乃研覈陰陽，妙盡璇璣之正，作渾天儀。」❸忽懷今日昔二句　寫今昔之感慨。今日昔，指張衡昔日榮耀的情況。昔時今，指張衡今日被冷落的情況。❹日落豐碑暗二句　寫張衡墓的荒涼悲淒。落，原作「往」。豐碑，指墓碑。歐陽脩《集古錄》：「後漢張平子墓銘，永和四年（一三九），世傳崔子玉撰並書。」暗，原作「闇」。❺唯歎窮泉下二句　謂懷才不遇。窮泉，泉下。指人埋葬之地。羨魚心，《文選》張衡〈歸田賦〉：「遊都邑以永久，無明略以佐時。徒臨川以羨魚，俟河清乎未期。」李善注：「羨，貪欲也。《淮南子》：『臨河羨魚，不如歸家結網。』」

【語　譯】西鄂的張衡完全通曉物理，南陽的平子獨佔美名德音。地動儀形同酒尊，藻飾華麗；渾天儀出自機巧，思慮精深。忽然想起當日的張衡已成過去，再沒有昔日的榮耀冷落至今。日落西山，使墓碑黯然失色；風吹曠野，使墓木發出呻吟。唯有感歎此黃泉之下的人，空有臨河羨魚之心。

【賞　析】本篇為五言排律，抒發路過河南南陽張衡墓時的感慨。

東漢的張衡，是作者所敬仰的歷史人物。張衡的賢德才能，是史有定評的。《後漢書・張衡列傳》之「論曰」，引用崔瑗的評價，說張衡「數術窮天地，制作侔造化」。「贊曰」也說他「三才理通，人靈多蔽」。但是張衡生前，就受到了宦官的排斥。如《後漢書》本傳載：「後遷侍中，帝引在帷幄，諷議左右，嘗問衡天下所疾惡者。宦官懼其毀己，皆共目之，衡乃詭對而出。閹豎恐終為其患，遂共讒之。」張衡死後，星移斗轉，滄海桑田，已失去當年的輝煌，完全被遺忘、被冷落了，帶有悲劇的意味。作者在詩的結尾，化用張衡在其〈歸田賦〉中所感歎的「徒臨川以羨魚，俟河清乎未期」，值得注意。前一句出於《漢書・揚雄傳上》：「（揚）雄以為臨川羨魚，不如歸而結網。」羨魚，比喻空存想望。結網，亦作「結罔」，即織網，比喻做實事。駱賓王在這裡對張衡的壯志難酬、未盡才用，表示深深的悼念與痛惜。而在另一方面，他發思古之幽情，其實也是悲歎自己空想功名、青雲無路的不幸遭際。

詩文中有一種修辭方法，即出現或反覆出現同樣的字詞、短語或句式，叫複重。本篇「忽懷今日昔，非復昔時今」，即用了複重，具有突出、強調的作用。但在這裡卻又形成了今與昔的對比、冷與熱的映襯、榮與辱的反差，並從中透露出世態炎涼、人情冷暖來。

把握典型景物，渲染典型氣氛，也是本篇的藝術特色。冷清清的落照，黯然失色的墓碑，蕭瑟的秋風，悲咽呻吟的古木，冷落、荒涼、幽暗、悽惶，構成特定的悲劇環境氛圍，給人以「坐覺蒼茫萬古意，遠自荒烟落日之中來」的感受。

北眺春陵

【題解】本篇為行役途中所作，寫北眺春陵的感受。春陵，《元和郡縣志》卷二十一：「山南道隨州棗陽縣春陵，故城在縣東南三十五里，漢景帝長沙王發子春陵侯之邑也。」

總轡疲宵邁，驅馬倦晨興❶。既出封泥谷，還過避雨陵❷。山明行照上，溪宿密雲蒸❸。

登高徒欲賦，詞殫獨撫膺❹。

【注釋】❶總轡疲宵邁二句　寫疲於行役。總轡，繫馬。總，繫；結。轡，馬韁繩。指代馬。宵邁，夜行。邁，邁步前行。驅馬，鞭馬前進。驅，原作「駈」。晨興，晨起。興，起。❷既出封泥谷二句　寫道路艱險。封泥谷，《後漢書．隗囂列傳》載：王元說隗囂曰：「請以一丸泥為大王東封函谷關，此萬世一時也。」謂據守雄關如封泥（古代文書外加繩捆紮，在繩結處以膠泥加封，上蓋鈐印，以防泄密、失竊）。此喻函谷關之險。《水經注》卷四〈河水〉：「（河水）歷北出東崤，通謂之函谷關也，邃岸天高，空谷幽深，澗道之峽，車不方軌，號曰天險。」避雨陵，在河南西部的崤山。《水經注》卷四〈河水〉：「山有兩陵，南陵夏后臯之墓也；北陵文王所避風雨矣。言山徑委深，峰阜交蔭，故可以避風雨也。」❸山明行照上二句　寫山水景色。明照，指月亮。密雲，指山間霧氣。蒸，蒸騰。❹登高徒欲賦二句　謂歎息懷才不遇。登高，《韓詩外傳》七：「孔子游于景山之上，子路、子貢、顏淵從，孔子曰：『君子登高必賦，小子願者何？』」《漢書・藝文志》：「傳曰：不歌而頌謂之賦，登高能賦可以為大夫。」此謂仕途蹭蹬。殫，盡。

【語譯】繫馬羈旅，疲於夜行；驅馬出發，倦於晨興。剛出天險函谷關，又過高危避雨陵。山間有明月照耀，溪邊有霧氣蒸騰。我仕途蹭蹬，不能登高成賦；我詞盡難言，獨自長歎撫膺。

【賞析】本篇為五言律詩，以「行路難」作為全詩的主旋律。

本篇四聯八句，在結構藝術上做到前後呼應，首尾銜接。首聯一「宵」一「晨」，點時間，說明早晚都在兼程前進。而一「疲」一「倦」，寫出心力交瘁的情況。頷聯承轉，有虛有實，最為關鍵。「既出封泥谷，還過避雨陵」，寫出行役的路線和行役的艱險。這是實寫。但是它更深層的意蘊，是寫仕途蹭蹬，並交代了心力交瘁的根本原因。這是虛寫。而頸聯寫山間明月，溪邊霧氣，又回到景物的實寫上來，給人以實感。這種虛實轉換的寫法，增強了詩的節奏美。本來是登高必賦、登高能賦，但現在卻形成了「登高徒欲賦，詞殫獨撫膺」的情況，顯然是對懷才不遇的憤懣了。

望鄉夕泛

【題解】本篇寫乘船回家的感受。望鄉，眺望故鄉。夕泛，謂夜晚泛舟。

歸懷剩不安，促榜犯風瀾❶。落宿含樓近，浮月帶江寒❷。喜逐行前至，憂從望裡寬❸。

今夜南枝鵲，應無繞樹難❹。

【注　釋】❶歸懷剩不安二句　謂催舟回鄉。歸懷，歸心。剩，頗，更。原作「到」。促，催促。榜，船。犯，冒著。❷落宿含樓近二句　寫舟行景色。落宿，落星。此暗指落星樓。見本書卷一〈螢火賦〉注。浮月，浮在水面上的月亮。❸喜逐行前至二句　寫返鄉的心情。行，指行舟。前至，先期到達。至，原作「志」。寬，寬解。❹今夜南枝鵲二句　謂回到家鄉。南枝鵲，語本曹操〈短歌行〉之一：「月明星稀，烏鵲南飛。繞樹三匝，何枝可依？」此喻客子無所依託。

【語　譯】歸家在即，心情更顯不安；催舟出發，冒著那風急浪翻。近樓的落星，包含樓影閃閃發亮；浮動的月光，帶著江水熠熠生寒。喜逐行舟，希望先期到達；家鄉在望，憂從望中放寬。今夜回鄉南飛的烏鵲，再也不會有無枝可託的困難。

【賞　析】本篇為五言律詩，具體寫出回家途中的複雜微妙的心理活動，很有層次感。開篇即從矛盾心情切入。回家在即，心情反而不安起來，這大概就是近鄉情更怯的生活體驗。但又回家心切，急不可耐，因而不管風急浪翻，催舟連夜出發。此為一層。由於是夜晚，只能見到星星和月亮，星光閃現著幢幢樓影，月色陪伴著滔滔江水，雖是寫景，卻又襯托出明朗、開闊的胸襟，可說是情景如畫。此為二層。接近家鄉時，喜逐行舟，希望先期到達；家鄉在望時，原來的憂患在望中完全得到寬解。此為三層。及至回到了家鄉，有了歸宿，也有了溫暖，就不再是無枝可依的烏鵲了。此為四層。全詩感情真摯，語言樸實，親切感人。

久客臨海有懷

【題　解】本篇標明「臨海」，當作於貶臨海縣丞任上，抒寫被貶臨海的憂患意識。臨海，《元和郡縣志》卷二十六：「江南道台州臨海縣，本漢回浦縣地，後漢更名章安，吳分章安置臨海縣，屬會稽郡。武德五年（六二二），改置台州，縣屬焉。」

天涯非日觀，地岊望星樓。練光搖亂馬，劍氣上連牛❶。草濕姑蘇夕，葉下洞庭秋❷。欲知悽斷意，江上步安流❸。

【注　釋】❶天涯非日觀四句　謂臨海縣形勢。天涯，天邊。此指臨海縣。日觀，指泰山日觀峰。見本書卷二〈夏日遊德州贈高四〉注。地岊，指山的轉彎處。岊，山曲。星樓，似指落星樓。見本書卷一〈螢火賦〉注。練光，王充《論衡》卷第四〈書虛篇〉：「傳書或言顏淵與孔子俱上魯太山，孔子東南望吳閶門外有繫白馬，引顏淵指以示之曰：『若見吳閶門乎？』顏淵曰：『見之。』孔子曰：『門外何有？』曰：『有如繫練之狀。』孔子撫其目而止之，因與俱下。下而顏淵髮白齒落，遂以病死。」劍氣，用豐城劍氣事。見本書卷一〈螢火賦〉注。❷草濕姑蘇夕二句　謂國勢傾危。草濕，即以吳臺（姑蘇臺）生草喻國勢。見本卷〈宿山莊〉注。葉下，以洞庭秋風落葉喻國勢。見本書卷三〈晚泊江鎮〉注。❸欲知悽斷意二句　謂為國擔憂。悽斷，猶悽絕。形容心情悲痛。江上，指臨海江。《元和郡縣志》卷二十六：「臨海江有二水，合成一水，一是始豐溪，一是樂安溪，至州城南北一十三里合。」步，涉的意思。安流，《楚辭・九歌・湘君》：「令沅湘兮無波，使江水兮安流。」此喻國勢能夠平靜下來。

【語　譯】臨海不是我住過的齊魯大地，臨海也沒有我家鄉的落星名樓。遠處的霧氣，如練光繫白馬；升騰的水氣，如劍光射斗牛。露濕姑蘇臺，蔓草萋萋；風吹洞庭波，葉落清秋。欲知我此時悲痛的心情，是希望能平安地渡過江水急流。

【賞　析】此首五律，可能作於作者被貶謫臨海縣丞期間，也就是參加揚州起事之前。這時正是處於「山雨欲來風滿樓」的時刻，而作者對國家、對朝廷的憂患意識，也最為深沉的時刻。首聯將臨海與齊魯掛聯起來，生發出作者「久客」思家的心情。中間即抒發憂患意識。二聯寫「練光」、「劍氣」，雖屬自然景觀，卻又暗寓國勢、人事的紛紜。三聯以草濕姑蘇的荒涼，葉下洞庭的衰颯，比喻國勢的衰敗。尾聯寫作者希望國勢能轉危為安的矛盾情懷。

此詩把自然與人事、歷史和現實緊密地結合在一起，又把作者的憂患意識融入其中，形成詩的意境。

遊兗郡逢孔君自衛來欣然相遇若舊

【題解】本篇寫與孔君邂逅相識的情況，可能作於閒居齊魯期間。兗郡，即兗州。原作「部」。孔君，不詳。衛，古國名，在今河南。此指代河南。若舊，如同舊時相識的朋友。

遊人自衛反，背客隔淮來❶。傾蓋金蘭合，忘筌玉葉開❷。繁花明日柳，疏蕊落風梅❸。

將期重交態，時尉不然灰❹。

【注釋】❶遊人自衛反二句　謂與孔君相遇。遊人，宦遊之人。指孔君。反，同「返」。背客，背運之人。指仕途不順利，作者自稱。原作「客背」，倒文。淮，江淮。❷傾蓋金蘭合二句　謂相交甚洽。傾蓋，喻親切談話。見本書卷一〈螢火賦〉注。金蘭，喻友情真摯。見本書卷一〈靈泉頌〉注。忘筌，此喻交情。見本書卷二〈夏日遊德州贈高四〉注。玉葉，此喻交情。見本書卷二〈夏日遊德州贈高四〉注。❸繁花明日柳二句　寫季候風物。繁花，指柳絮。明日柳，謂柳絮已盡。疏蕊，指梅花。落風梅，謂落梅風，農曆五月的季風。《太平御覽》卷九七〇。引漢應劭《風俗通》稱：「五月有落梅風，江淮以為信風。」此指梅花已落。❹將期重交態二句　謂再次見面。期，希望。重交態，重新見面交談。尉，即「慰」之本字。安慰。不然灰，猶寒灰、死灰。喻生活坎坷。見本書卷一〈螢火賦〉注。此為作者自稱。

【語譯】孔君從衛地返回，我從江淮回來。我倆親切交談，如金蘭相契；我倆友誼真摯，如玉葉盛開。春末的柳絮將為明日柳，夏初的梅花已成落風梅。希望我倆重新會面，以便安慰我這不燃的寒灰。

【賞　析】本篇抒寫於兗州與孔君相遇、相交的情況。「欣然」，是喜悅、欣幸的意思，提挈全詩。首聯的一「反」一「來」，點明了行蹤。二聯「傾蓋金蘭合，忘筌玉葉開」，即寫相交。如金蘭契合，如玉葉盛開，就說明交情的深厚、友誼的珍貴。三聯「繁花明日柳，疏蕊落風梅」，寫春末夏初景物，點相交季節。四聯寫希望時相會見，以慰寂寥。

本篇當作於求仕無成之後。作者自稱是「背客」、「不然灰」，顯然是對命運乖蹇、生活坎坷的不平和憤慨。

本篇為五言律詩，對仗工穩，比喻貼切，感情真摯自然。

西京守歲

【題　解】本篇抒發守歲思鄉的情結。一題作「於西京守歲」，當作於西京。西京，即西漢的都城長安，此指唐都城。守歲，古代的風俗，在陰曆除夕之夜，家人團圓，徹夜不眠，坐待天明，以示送舊迎新之意。

閒居寡言宴，獨坐慘風塵❶。忽見嚴冬盡，方知列宿春。夜將寒色去，年共曉光新❷。耿耿他鄉夕，無由展舊親❸。

【注　釋】❶閒居寡言宴二句　謂獨坐守歲。閒居，賦閒家居。寡，少。言宴，言笑、歡樂。語本《詩經・衛風・氓》：「總角之宴，言笑宴宴。」獨坐，指守歲。慘，悲傷。風塵，謂蒙受行旅艱辛、世俗紛擾之苦。❷忽見嚴冬盡四句　謂送舊迎新之感受。列宿，天上羅列的星宿。指二十八宿。古人認為四季的變化與天上星宿的排列位置有關係。《周禮・春官》：馮相氏「掌十有二歲，十有二月，十有二辰，二十八星位，辨其敘事以會天位。冬夏致日，春秋致月，以辨四時之敘。」將，率領。

寒色，嚴冬的景色。年，指新的一年。曉光，曙光。❸耿耿他鄉夕二句　謂心情憂傷。耿耿，語本《詩經・邶風・柏舟》：「耿耿不寐，如有隱憂。」此謂內心不安。無由，無從。展，省視；看望。舊親，指家鄉的親友。

【語　譯】賦閒家居，缺少歡樂氣氛；獨坐守歲，悲歎碌碌風塵。忽然間發覺嚴冬將要完結，才知道列宿移位已到陽春。夜色率寒色，送走臘月舊歲；年光共曙光，迎來萬象更新。我在他鄉守歲內心不安，因為無從探望故舊鄉親。

【賞　析】除夕，是個民族傳統的節日。佳節良辰，賞心樂事，合家團聚，送舊迎新。作者特地選擇這樣一個典型節日，正是為了反映他求仕無成的落寞處境與思鄉情結。首聯「閒居寡言宴，獨坐慘風塵」，以「閒」、「獨」、「寡」、「慘」等具有強烈感情色彩的詞語，形容他此時此際無聊、無奈的心情。二聯「忽見嚴冬盡，方知列宿春」，寫時序的變化，同時也是寫作者內心的變化。「忽見」與「方知」，前後呼應，表現作者對冬盡春來的季候轉換，似乎沒有及時地覺察到，這說明作者的精神負荷已到了徬徨徘徊、迷離恍惚的地步。三聯「夜將寒色去，年共曉光新」，構思新穎，通過「將」與「共」，寫出夜色率寒色飄然而逝，年光攜曙光結伴而來，化靜為動，富於生活氣息。四聯以思親結束，也給人以每逢佳節倍思親的感受。這首五言律詩，總的說來，是寫一種人生的孤獨感和失落感。

海曲書情

【題　解】此與〈遠使海曲春夜多懷〉當為同一時期之作，寫遠使海曲的愁緒。本篇共有五聯，從「白雲照春海」以下三聯六句全缺。茲據上海古籍出版社印行《四庫唐人文集叢刊》之《駱丞集》校補。

薄遊倦千里，勞生負百年❶。未能查上漢，詎肯劍遊燕❷。白雲照春海，青山橫曙天❸。江濤讓雙璧，渭水擲三錢❹。坐惜風光晚，長歌獨塊然❺。

【注　釋】❶薄遊倦千里二句　謂勞苦一生。薄，薄宦；官職卑微。指仕途不得意。勞生，見本書卷一〈螢火賦〉注。負，負載；負荷。百年，長壽之意。此謂一生。❷未能查上漢二句　謂心情矛盾苦悶。查上漢，即八月浮槎的故事。見本書卷二〈夏日遊德州贈高四〉注。查，同「槎」。漢，雲漢。指天河。詎，豈。劍遊燕，《史記・刺客列傳》載：荊軻，衛人，遊於燕，燕人謂之荊卿，好讀書擊劍。他嗜酒，日與狗屠及高漸離飲於燕市，高漸離擊筑，和而歌於市，相樂也，已而相泣，旁若無人。❸白雲照春海二句　寫海曲風光。春海，謂春天的海潮。橫，橫出。曙天，指拂曉。❹江濤讓雙璧二句　謂將隱遁江湖。讓雙璧，《史記・秦本紀》載，始皇三十六年，使者從關東夜過華陰平舒道，有人送雙璧至。始皇命御府查看，是二十八年行渡江所沉之璧。擲三錢，《太平御覽・地部二十七》引《三輔黃圖》曰：「項仲山飲馬渭水，日與三錢以償之。」❺坐惜風光晚二句　謂孤獨長歌。坐，由於。塊然，孤獨的樣子。

【語　譯】宦遊千里疲倦纏，一生勞苦負百年。未能乘查上天去，豈能仗劍來遊燕。白雲光潔照春海，青山橫出拂曉天。江濤讓璧為舊物，渭水飲馬擲三錢。愛惜海曲風光晚，孤獨長歌愁緒牽。

【賞　析】此首排律，可能與〈遠使海曲春夜多懷〉是同一時期的作品。千里宦遊，一生勞苦，既未能青雲直上，又未能仗劍遊燕，這坎坷的遭際，這艱辛的生活，這落寞的情懷，具有典型意義，從中可以感受到初唐不得志的士大夫的感情的分量。三聯的「白雲照春海，青山橫曙天」，是實寫，點染海曲之景致。四聯的「江濤讓雙璧，渭水擲三錢」，是虛寫，表現作者留戀江湖、恣情山水的矛盾心態。尾聯指點風光，長歌當哭，使作者的感情達到了高潮。

軍中行路難同辛常伯作

【題　解】〈行路難〉，樂府雜曲歌辭名，見本書卷三〈早發諸暨〉注。軍中行路難，譜寫軍旅生活的內容。辛常伯，不詳。常伯，官名。《舊唐書・職官志》：「龍朔二年（六六二）二月甲子，改百司及官名，吏部為司列，尚書為太常伯，侍郎為少常伯。」陳熙晉《駱臨海集箋注》於詩題下注云：「此由東臺詳正學士從征吐蕃作也。」

君不見玉門塵色暗邊庭，銅鞮雜虜寇長城❶。天子按劍徵餘勇，將軍受脤事橫行❷。

【章　旨】寫將軍出征的背景。

【注　釋】❶君不見玉門塵色暗邊庭二句　謂吐蕃犯邊君不見，為〈行路難〉之凝固結構形式，置。於詩的開頭。玉門，即甘肅的玉門關，與陽關同為漢代通往西域的交通門戶。塵色，邊塞煙塵。指戰事。暗邊庭，《舊唐書・高宗紀》：「咸亨元年（六七〇），夏四月，吐蕃寇陷白州等一十八州，又與于闐合眾襲龜茲撥換城，陷之。罷安西四鎮。辛亥，以右威衛大將軍薛仁貴為邏娑道行軍大總管，右衛員外大將軍阿史那道真，左衛將軍郭待封為副，領兵五萬以擊吐蕃。」銅鞮，地名。《隋書・地理志》：「上黨郡銅鞮，有銅鞮水。」銅鞮為春秋時晉邑，在今山西省沁縣南。吳均〈戰城南詩〉：「雜虜寇銅鞮，征役去三齊。」寇，掠奪；侵犯。長城，比喻堅固的邊防。❷天子按劍徵餘勇二句　謂將軍出征。徵，徵召。受脤，古代出兵祭社之名。《左傳・閔公二年》：「帥師者受命於廟，受脤於社。」脤，脤膰。古代王侯祭社稷和宗廟所用的肉，生肉叫脤，熟肉叫膰。橫行，形容左右縱橫，所向披靡。

【語　譯】君不見玉門關煙塵滾滾暗邊庭，是因為吐蕃侵擾我堅固的長城。天子按劍而起，徵召勇士，將軍受命祭社，慷慨出征。

七德龍韜開玉帳，千里鼉鼓疊金鉦❶。陰山苦霧埋高壘，交河孤月照連營❷。連營去去無窮極，擁旆遙遙過絕國。陣雲朝結晦天山，寒沙夕漲迷疏勒❸。龍鱗水上開魚貫，馬首山前振鵬翼❹。長驅萬里讋祁連，分麾三令武功宣。百發烏號遙碎柳，七尺龍文迥照蓮❺。

【章旨】寫戰爭的過程。

【注釋】❶七德龍韜開玉帳二句　謂紮營。七德，《左傳・宣公十二年》：「楚子曰：『夫武，禁暴、戢兵、保大、定功、定民、和眾、豐財者也。』」杜預注：「此武七德。」龍韜，指兵略。《隋書・經籍志》：「太公《六韜》五卷，謂文韜、武韜、龍韜、虎韜、豹韜、犬韜。」玉帳，軍帳；征戰時主將所居之帳幕。千里鼉鼓，形容戰陣。鼉鼓，用鼉魚皮製成的鼓。此謂戰鼓。金鉦，即鐃。古擊樂器之一，又名金鼓，因其形似鼓，故名。❷陰山苦霧埋高壘二句　寫邊塞景色。陰山，《漢書・匈奴傳》：「郎中侯應習邊事，上問狀，應曰：『臣聞北邊塞至遼東外有陰山，東西千餘里，草木茂盛，多禽獸，本冒頓單于依阻其中。』」交河，《舊唐書・地理志》：「河西道西州中都督府交河，縣界有交河，水源出縣北天山，一名祁連山，縣取水名。地本漢車師前王庭。」在今新疆吐魯番西北。交，原缺。❸連營去去無窮極四句　謂行軍。旆，見本書卷一〈蕩子從軍賦〉注。遙遙，飄搖。絕國，極遠的邊塞邦國。此指代西域。絕，原作「強」。天山，《舊唐書・地理志》：「河西道西州中都督府天山，貞觀十四年（六四〇）置，取祁連山為名。」寒沙，指沙漠。疏勒，本疏勒國，在白山之南。上元中，置疏勒都督府，為安西大都護府所統四鎮之一。見《舊唐書・地理志》。❹龍鱗水上開魚貫二句　謂布陣。龍鱗，即龍城。指蒲昌海。《水經注・河水》：「龍城，故姜賴之墟，胡之大國也。蒲昌海溢，盪覆其國，城基尚存而至大。晨發西門，暮達東門，澮其崖岸，餘溜風吹，稍成龍形，西面向海，因名龍城。」馬首山，山名，不詳。❺長驅萬里讋祁連四句　謂戰鬥。讋，同「慴」。慴服。祁連，此指天山。祁，原作「祈」。分麾，指揮。三令，三令五申。謂再三告誡。令，原作「命」。武功，戰功。宣，傳播。烏號，良弓名。《文選》枚乘〈七發〉：「右夏服之勁箭，左烏號之彫弓。」李善注：「又古考史曰：『柘樹枝長而勁，烏集之將飛，柘起彈烏，烏乃號呼，此枝為弓，快而有力，因名也。』」碎柳，用養由基事。《戰國策．西周策》：「楚有養由基者，善射，去柳葉者百步而射之，百發百中。」碎，原作「醉」。龍文，寶劍名。張華《博物志．器名考》：「干將，陽，龍文；莫邪，陰，漫理。此二劍吳王使干將作。莫邪，干將妻也。」迥，原作「迴」。蓮，謂劍杪所刻蓮花圖案。

【語　譯】文韜武略，中軍帳開，鼉鼓金鉦，千里齊鳴。陰山的苦霧，籠罩著高高的壁壘；交河的孤月，慘照著連結的軍營。軍營連結，無窮無盡；旌旗飄搖，馳過絕國。早上凝結的陣雲，使天山昏暗；傍晚漲起的寒沙，瀰漫疏勒。隊伍在龍城，像魚貫前進，隊伍在馬首，像大鵬展翼。長驅萬里，使祁連懾服；指揮三令，使戰功播傳。烏號良弓，百步穿楊飛利箭；龍文寶劍，光耀蓮花倍鮮妍。

春來秋去移灰琯，蘭閨柳市芳塵斷❶。雁門迢遞尺書稀，鴛被相思雙帶緩❷。

【章　旨】寫征人的家庭生活。

【注　釋】❶春去秋來移灰琯二句　謂家人斷絕。移灰琯，謂季節變化。灰琯，古代候驗節氣變化的器具。把蘆葦莖中的薄膜製成灰，放在十二樂律的玉管內，以占氣候。每月當某一節氣一到，則中律的樂管內灰即飛動。蘭閨，香閨。柳市，漢代長安九市之一。《三輔黃圖．長安九市》：「當市樓有令署，以察商賈貨財買賣之事，三輔都尉掌之。」此指市井冶遊場所。芳塵，芳蹤。❷雁門迢遞尺書稀二句　謂家人相思。雁門，關名，唐置，也叫西陘關，在今山西，東西峭峻，中路盤旋崎嶇，為邊防重地。此指代邊塞。尺書，指書信。

【語　譯】春來秋去，季節變換；香閨柳市，芳蹤已斷。遙遠的邊塞，音信稀少；妻子的相思，使衣帶寬緩。

行路難，行路難！誓令氛祲靜皋蘭❶。但使封侯龍額貴，詎隨中婦鳳樓寒❷。

【章　旨】寫為國立功的誓言。

【注　釋】❶行路難三句　謂誓掃氛祲。行路難，兩句原缺一句。令，原作「合」。氛祲，妖氛。皋蘭，山名。即皋蘭山，在今甘肅省蘭州市皋蘭縣。此指代邊防。❷但使封侯龍額貴二句　謂立功封侯。龍額貴，用漢武帝封韓說為龍額侯事。《史記・衛將軍驃騎列傳》：「都尉韓說，從大將軍出窳渾，至匈奴右賢王庭，為麾下搏戰，獲王，以千三百戶封說為龍額侯。」中婦，女子。鳳樓，用簫史、弄玉事，比喻夫妻愛情生活。見本書卷二〈代女道士王靈妃贈道士李榮〉注。江淹〈征怨詩〉：「蕩子從征久，鳳樓簫管閒。」

【語　譯】行路難啊，行路難！發誓要掃除妖氛，保邊塞平安。但要能建功立業，封侯顯貴，豈能讓兒女情牽求團圞。

【賞　析】本篇借用樂府雜曲歌辭，寫出作者從軍邊塞的生活體驗與感受。邊塞詩與邊塞賦，在思想內容方面是一致的。〈蕩子從軍賦〉以「十年辛苦」為線索，而本篇卻以「行路難」作為貫穿全篇的線索，同樣是表現了初唐時期為鞏固邊防的邊防戰爭正義性的現實本質。

本篇開篇在交代吐蕃寇邊的背景後，即轉入從軍行路難的具體描寫。「陰山苦霧埋高壘，交河孤月照連營」、「陣雲朝結晦天山，寒沙夕漲迷疏勒」，作者選擇邊塞的陰山、交河、天山、疏勒等地點，渲染苦霧、孤月、陣雲、寒沙的氣氛，正是把握了邊塞典型景物的特點，將行路難與荒漠、苦寒、慘淡、昏暗等獨特的環境聯繫起來了。但是，行路難只是一種客觀的困難，問題是征人在主觀上如何去對待這些困難。作者通過整個戰爭過程，去寫出征人戰勝困難的方方面面。「開魚貫」、「振鵬翼」、「讋祁連」、「武功宣」、「遙碎柳」、「迴照蓮」等場面，寫出行軍、布陣、戰鬥等軍事行動，特別是表現出征人艱苦卓絕、英勇奮戰的精神面貌。因此，主客觀的矛盾統一，拓寬了本篇的表現領域。

詩的結尾，是本篇的高潮。不講兒女情長，不受家庭牽累，立誓要掃除妖氛，立志要立功邊疆，大大提高了征人的精神境界。

邊城落日

【題解】本篇寫邊城落日的景物與戍邊的雄心壯志。邊城，猶邊庭、邊塞的城池，一題作〈邊庭落日〉。

紫塞流沙北，黃圖灞水東。一朝辭俎豆，萬里逐沙蓬❶。候月恆持滿，尋源屢鑿空。野昏邊氣合，烽迥戍煙通。膂力風塵倦，疆埸歲月窮。河流控積石，山路遠崆峒❷。壯志凌蒼兕，精神貫白虹。君恩如可報，龍劍有雌雄❸。

【注釋】❶紫塞流沙北四句　謂由京都赴邊塞。紫塞，北方的邊塞。崔豹《古今注・都邑》：「秦築長城，土色皆紫，漢塞亦然，故稱紫塞焉。」流沙，指沙漠。黃圖，指帝都長安。漢景帝二年（前一五五），分內史為左、右內史，與主爵中尉同治長安城，所轄皆京畿之地，合稱「三輔」。後有一古地理書《三輔黃圖》（撰人及年代不詳），即記載「三輔」的城池、宮觀、陵廟、明堂、郊畤等。故以「黃圖」稱代長安。灞水，見本書卷三〈早發諸暨〉注。俎豆，古代祭祀用以盛物的兩種禮器，常藉以表示禮儀之事。此指代掌朝會、祭祀的奉禮郎，作者曾任奉禮郎之職。沙蓬，沙漠中的蓬草。❷候月恆持滿八句　寫邊城落日之景。候月，《史記・匈奴列傳》：「舉事而候星月，月盛壯則攻戰，月虧則退兵。」持滿，猶引滿。把弓拉滿，形容戰備狀態。尋源，謂尋找黃河源頭。漢武帝曾派張騫出使西域，去尋找黃河源頭，後人稱之為尋源使。見《漢書・張騫傳》。鑿空，謂自張騫始，開通西域道路。鑿，開。空，通。烽，烽火。一作「燧」。膂力，指體力、筋力。積石，地名。《元和郡縣志》卷三十九：「隴右道河州枹罕縣積石山，一名唐述山，今名小積石山，在縣西北七十里。」崆峒，山名。又作「空同」、「空桐」。相傳是黃帝問道於廣成子之處。見《莊子・在宥》。山在今甘肅省平涼縣西。❸壯志凌蒼兕四句　寫戍邊壯志。凌，同「陵」。逾越。蒼兕，一是水獸名；二是官名，蒼兕能覆舟，故以此名掌管舟楫之官。三是借指水軍。《梁書・武帝紀》：「總蒼兕之師，翼龍豹之陣。」此處指代江河之險阻。《呂氏春秋・論威》：「雖有江河之險，則凌之。」精神，一作「精誠」。

貫白虹，即白虹貫日。謂白色的長虹直衝白日。《文選》鄒陽〈獄中上書自明〉：「昔者荊軻慕燕丹之義，白虹貫日，太子畏之。」龍劍，寶劍。雌雄，指干將、莫邪兩劍，見本書卷三〈軍中行路難〉注。

【語　譯】邊塞在沙漠之北，京都在灞水之東。我一旦辭卻禮儀職事，就成為萬里奔走的沙蓬。等候月圓月缺，常常是劍拔弩張，嚴陣以待；西域自是險阻，屢屢要披荊斬棘，把道路開通。塞野昏暗，是因為雲氣四面聚合；遠處烽火，使戍煙報警四處相通。戰爭風塵，使體力疲倦不堪；疆場歲月，是那樣沒有始終。河流控制積石，山路遠接崆峒。壯志可以超越江河之險阻，精誠成為氣貫白日的長虹。如果能保衛邊塞酬君恩，我雌雄寶劍建奇功。

【賞　析】本篇為五言排律。把邊城落日的景色與為國立功的雄心壯志結合起來，形成獨特的抒情氛圍，這是寫作特色。作者從京城長安來到邊塞，大漠窮秋，孤城落日，真有說不盡的荒涼淒清。「野昏邊氣合，烽迥戍煙通」、「河流控積石，山路遠崆峒」，這裡有野景、烽景、河景、山景，有遠景、近景，有明景、暗景等，視野非常開闊。作者還進一步寫出「候月恆持滿，尋源屢鑿空」的情況。一方面是面對敵騎進犯，要張弓引箭，嚴陣以待；一方面是在西域本無道路的情況下把道路開通。這種艱苦而又緊張的備戰形勢，也就容易產生「膂力風塵倦，疆場歲月窮」的感想，使詩更富於人情味了。詩的結尾四句，以建功立業的雄心壯志，昂揚奮發的戰鬥精神，表現出作者的思想境界，給人以鼓舞力量。

蓬萊鎮

【題　解】本篇原缺，僅有標題。茲據上海古籍出版社印行《四庫唐人文集叢刊》之《駱丞集》校補。寫到邊城蓬萊鎮的感慨。蓬萊鎮，《元和郡縣志》卷十一：「河南道登州蓬萊縣，本漢黃縣之地，屬東萊郡。昔漢武帝於此望蓬萊山，因以為名。在黃縣東北五十里。貞觀八年（六三四），於此置蓬萊鎮。神龍三年（七〇七），析黃縣置蓬萊縣。在鎮南一里，即今登州所理是也。」

旅客春心斷，邊城夜望高❶。野樓疑海氣，白鷺似江濤❷。結綬疲三入，承冠泣二毛。將飛憐弱羽，欲濟乏輕舠❸。賴有陽春曲，窮愁且代勞❹。

【注釋】❶旅客春心斷二句　寫羈旅傷春。旅客，羈旅之人。邊城，邊境的城鎮。此指蓬萊鎮。❷野樓疑海氣二句　寫蓬萊鎮之景色。疑海氣，謂疑似海市蜃樓。似江濤，謂白鷺飛舞如江濤起伏湧動。❸結綬疲三入四句　感慨仕途無成。結綬，繫結印鈕的絲帶。此喻求仕做官。疲，原作「披」。三入，指多次入仕。承冠，承受官弁。此喻求仕。二毛，謂頭髮有黑白二色。濟，渡。輕舠，小船，其形似刀，故名。❹賴有陽春曲二句　謂藉詩消愁。陽春曲，謂陽春白雪。此指代作者之詩。

【語譯】羈旅之人有強烈的傷春情緒，夜望邊城有如高入雲霄。海氣瀰漫的樓臺，彷彿蜃樓海市；海上飛翔的白鷺，好似翻湧的江濤。我曾多次入仕，已被弄得精疲力盡；我為官場操勞，頭上已長有黑白二毛。我要凌空高飛，翅膀無力；我想橫渡江河，缺乏輕舠。只好憑藉自作的〈陽春曲〉，解除我的窮愁和牢騷。

【賞析】本篇是一首五言排律。作者長途跋涉來到蓬萊鎮，時間是在春天，而該鎮又是邊城，因此，觸景生情，似乎有很多的感慨。「野樓疑海氣，白鷺似江濤」，寫出邊城的變景、動景的特點。但對景物就那麼輕帶一筆，即直接轉入抒情，感情色彩很濃烈。「疲三入」，是說為多次求仕而感到疲倦；「泣二毛」，是說求仕的結果是青春易逝，頭髮花白，這是對求仕引發的嚴肅思考。「將飛憐弱羽，欲濟乏輕舠」，為全詩的關鍵所在，因為它和盤托出作者此時此地的孤苦處境。「將飛」、「欲濟」，說明作者有遠大的理想和抱負。但是「憐弱羽」、「乏輕舠」，在嚴酷的現實面前，卻不能實現，終於使自己陷入沒有任何依託的坎坷命運。這就深刻地反映了個人與環境矛盾的悲劇，反映了仕途失意的士大夫的悲劇。

在軍登城樓

【題　解】本篇抒發揚州起兵的必勝信念。據陳熙晉《駱臨海集箋注》本篇按語云：「臨海從軍二次，一塞外，一姚州，詳味詩中情景，俱不似。考《舊唐書・則天紀》，嗣聖元年（六八四）九月，徐敬業據揚州起兵，則此詩當在廣陵（即揚州）軍中作也。」

城上風威冷，江中水氣寒❶。戎衣何日定，歌舞入長安❷。

【注　釋】❶城上風威冷二句　謂起兵的地點與季節。城上，指揚州城。風威冷，謂冷風威勢逼人。冷，原作「險」。❷戎衣何日定二句　寫必勝的信念。戎衣，軍衣。《書・武成》：「一戎衣，天下大定。」傳：「衣，服也，一著戎服而滅紂。言與眾同心，動有成功。」此以周武王滅紂指代李敬業起兵。

【語　譯】揚州城上，冷風的威勢逼人；秋天的江面，蒸騰的霧氣生寒。試問討伐何日能取得勝利，我們要載歌載舞進入長安。

【賞　析】本篇的時代背景，當從陳熙晉之說。唐高宗弘道元年（六八三），高宗李治病死。唐王朝在政權交接的過渡中，李唐宗室與武氏集團的鬥爭逐步激化。唐中宗李顯繼位，武則天臨朝稱制，改元「嗣聖」（六八四）。同年二月，廢中宗為廬陵王，立睿宗李旦，改元「文明」。同年九月，又改「文明」為「光宅」。武氏大權在握，任用親信，排除異己，一時朝野嘩然，人心怨憤。當時開國元勛李勣之長孫、眉州刺史英公李敬業，以「匡復唐室」為號召，在揚州起兵，反對武后，自領揚州大都督，以駱賓王為「藝文令」。駱賓王就在此時寫下著名的〈代李敬業傳檄天下文〉和〈在軍登城樓〉這首詩。

本詩為五言古絕，與檄文相比，各有特色。詩是檄文詩化的高度概括，以形象見長；檄文是詩的背景、主旨的全面鋪敘和詮釋，以說理取勝。兩者可以相互發明，相得益彰。詩中塑造出一個屹立城頭、堅信正義事業必勝的戰士形象，也就是作者的自我形象，他的信念，他的豪情，他的風采，他整個的思想境界，就如同檄文所寫到的：「是以氣憤風雲，志安社稷。因天下之失望，順宇內之推心，爰舉義旗，以清妖孽。……班聲動而北風起，劍氣衝而星斗平；喑嗚則山嶽崩頹，叱咤則風雲變色。以此制敵，何敵不摧！以此攻城，何城不克！」

本篇用典使事，卻又顯得真切自然，不著痕跡。「城上風威冷，江中水氣寒」，點明時間、地點，渲染出深秋的「冷」與「寒」的氣氛，但又襯托出軍容整飭、軍威雄壯的氣勢，更是襯托出戰士與冷風同威、與江水同憤的英雄氣概。這是暗用「信與江水同流，氣與寒風共憤」（《梁書・元帝紀》）之事。「戎衣何日定，歌舞入長安」，是明用《尚書》中周武王滅殷紂之典，卻又包含了合乎民心、一舉成功的豐富內容，這用以比喻李敬業起兵的正義性、合法性和必勝的信念，非常貼切。

宿溫城望軍營

【題解】本篇寫溫城塞景及建功立業的胸懷。溫城，地名，不詳。

虜地寒膠折，邊城夜柝聞。兵符關帝闕，天策動將軍❶。塞靜胡笳徹，沙明楚練分。風旗翻翼影，霜劍轉龍文。白羽搖如月，青山亂若雲。烟疏疑卷幔，塵滅似銷氛❷。投筆懷班業，臨戎想霍勳。是應雪漢恥，持此報明君❸。

【注釋】❶虜地寒膠折四句　謂邊塞用兵。虜地，指邊塞。膠折，謂折膠。膠可製弓，秋寒時易折，最適宜製弓。這是古時邊地民族選擇秋季用兵的原因之一。《漢書・鼂錯傳》：「欲立威者，始於折膠。」顏師古注引蘇林曰：「秋氣至，膠可折，弓弩可用，匈奴常以為候而出軍。」後即以折膠喻適於用兵的秋季。邊城，指溫城。柝，古時打更用的梆子。原作「析」。兵符，皇帝調遣軍隊的符節憑證。關，關合；涉及。帝闕，宮闕。代指朝廷。天策，皇帝的決策。一說為星宿名，天策星夜動，象徵有戰事發生。❷塞靜胡笳徹八句　寫溫城邊景。胡笳，見本書卷一〈蕩子從軍賦〉注。楚練，《左傳・襄公三年》：「楚子重使鄧廖帥組甲三百，被練三千，以侵吳。」杜預注：「被練，練袍。」這是說步卒所穿以帛綴甲的戰袍。後以「楚練」泛指軍隊。翼影，指軍旗上繪有鳥隼的圖形。龍文，寶劍名。見本書卷三〈軍中行路難同辛常伯作〉注。白羽，白羽扇。古代儒將用以指揮軍隊之物。《孔子家語・致思》：「孔子北遊於農山，子路進曰：『由願得白羽若月，赤羽若日，鐘鼓之音，上震於天，旌旗繽紛，下蟠於地。由當一隊而敵之。』」摓，同「捧」。亂若雲，謂青山錯雜紛亂如陣雲。亂，原作「斷」。卷祲，把妖氣捲走。祲，妖氣；不祥之氣。原作「幔」。銷氛，把兇氣消滅。銷，同「消」。氛，兇氣；惡氣。❸投筆懷班業四句　寫投筆臨戎。投筆，《後漢書・班梁列傳》稱班超：「家貧，常為官傭書以供養。久勞苦，嘗輟業投筆歎曰：『大丈夫無他志略，猶當效傅介子、張騫立功異域，以取封侯，安能久事筆硯間乎？』」後來他出使西域，屢建戰功，封定遠侯。投，原作「披」。霍勳，指霍去病的功勳。霍去病為西漢名將，河東平陽（今山西臨汾西南）人。他曾六次出擊匈奴，有軍功，封驃騎將軍、冠軍侯。霍，原作「顧」。

【語譯】胡地只要到了折膠的秋天，邊城巡夜的梆聲，就會傳來緊張的氣氛。朝廷動兵符，派遣戍邊的軍隊；天子定策略，調動出征的將軍。軍營安靜下來，悲涼的胡笳響徹塞野；沙漠的明月照耀，戰士的甲衣更加分明。旌旗上鳥隼的圖形，在隨風飛動；白如霜雪的劍光，閃耀龍文。白羽揮動，如捧滿月；青山萬仞，亂如陣雲。烽煙銷盡時，捲走了妖氣；煙塵消散時，滅盡了妖氛。要學習班定遠投筆從戎，要效法霍驃騎建立奇勳。應該是如此為國雪恥，以報答我們聖朝的明君。

【賞析】本篇據陳熙晉《駱臨海集箋注》於詩題下注云：「《晉書・唐彬傳》：『北虜侵掠北平，以彬為使，持節監幽州諸軍事，……遂開拓舊境，卻地千里，復秦長城塞，自溫城洎於碣石，綿亙山谷，且三千里。』

此說只供參考，不一定確切。

本篇為五言排律，格調高朗，氣勢雄渾，當是邊塞詩的早期作品之一。如同其他邊塞詩寫景那樣，本篇也寫的是秋景。「寒膠折」、「夜柝聞」，從備戰的緊張形勢，寫到「兵符關帝闕，天策動將軍」的邊塞用兵。這就為下面的寫景作了鋪墊。「塞靜胡笳徹，沙明楚練分」，寫來有靜有動，有聲有色。「風旗翻翼影」，點出邊塞風寒，「霜劍轉龍文」，點出邊塞霜雪。而「白羽」、「青山」、「卷祲」、「銷氛」，則是在寫景中更多的融進了作者的想像和希望。後面四句，抒發投筆從戎、建功立業、洗雪國恥、報效明主的理想抱負，從中彷彿可以傾聽到班超「立功異域，以取封侯，安能久事筆硯間乎」的壯言豪語，以及霍去病的「匈奴未滅，無以家為也」的錚錚誓言。

白雲抱幽石

【題解】本篇原缺，僅有標題。茲據上海古籍出版社印行《四庫唐人文集叢刊》之《駱丞集》進行校補。此是作者第一個時期的作品，寫白雲抱幽石的情致。

重巖抱危石，幽澗曳輕雲❶。繞瑱仙衣動，飄蓮羽蓋分。錦色連花靜，苔光帶葉薰❷。詎知吳會影，長抱穀城文❸。

【注釋】❶重巖抱危石二句　寫危石輕雲。重巖，層疊的山巖。危石，高高的山石。危，高。幽澗，幽深的山澗。曳，搖曳；牽引。❷繞瑱仙衣動四句　寫白雲抱幽石之景致。瑱，美玉。此謂山石如美玉。仙衣，指仙女的衣裳。飄蓮，謂白雲飄拂在蓮花似的山石上。羽蓋，指華蓋。帝王的車蓋。崔豹《古今注．輿服》：「華蓋，黃帝所作也，與蚩尤戰於涿鹿之野，常有五色雲氣，金枝玉葉，止於帝上，有花葩之象，故因而作華蓋也。」此喻白雲。錦色，指花葩的彩色。苔光，指金枝玉葉的光澤。薰，溫和。❸詎知吳會影二句　讚賞白雲抱幽石。詎，原作「距」。吳會影，指吳郡和會稽郡，語本曹丕〈雜詩〉之一：「西北有浮雲，亭亭如車蓋。惜哉時不遇，適與飄風會。吹我東南行，行行至吳會。吳會非吾鄉，安得久留滯？棄置勿復陳，客子常畏人。」此以「浮雲」喻白雲。穀城，古地名，也稱小穀，為春秋時齊地，秦代稱為穀城。《史記・留侯世家》載：張良於下邳圯上遇一老父，授他以《太公兵法》，並說：「讀此則可為王者師矣。後十年興，十三年孺子見我濟北穀城山下，黃石即我矣。」此以「黃石」喻幽石。

【語　譯】層疊的山巖，擁抱高高的山石；深幽的山澗，搖曳著淡淡的白雲。白雲環繞在美玉般的山石，如仙女衣袂飄飄；白雲飄拂在蓮花似的山石，如華蓋開合頻頻。白雲的色彩如葩花幽靜，白雲的光澤，如玉葉氤氳。豈知吳會郡上的白雲，卻長抱穀城黃石意殷勤。

【賞　析】本篇一題作〈賦得白雲抱幽石〉。「賦得」，為詩體名。唐代科舉考試採用的試帖詩，以古人成句或成語為題，首冠以「賦得」二字，做成五言六韻或八韻的排律，並限韻腳，也稱「賦得體」。本篇為五言律詩，詩題即用謝靈運〈過始寧墅〉之「白雲抱幽石，綠篠媚清漣」之成句。

初唐時期，以上官儀為代表的宮廷詩，多應制、奉和之作，婉媚工整，士大夫紛紛仿效，稱為「上官體」。本篇裁雲鏤月，婉約柔媚，實是受到宮廷詩的影響。這說明本篇是作者早期的作品。

本篇寫白雲，寫幽石，通過一個「抱」字，把兩者聯繫起來，生發出一種情致。詩的中間，純用比喻。像仙衣飄拂，像羽蓋開張，像花葩放彩，像玉葉流翠，把白雲和幽石寫得多姿多彩。詩的結尾，用典使事，大有深意。曹丕的〈雜詩〉是寫遊子的。「惜哉時不遇，適與飄風會」、「吳會非吾鄉，安得久留滯」，表現了遊子生不逢時、飄泊異地的思鄉情結，這大概也就是作者的思鄉情結。

和孫長史〈秋日臥病〉

【題　解】本篇原缺，僅存詩題。茲據上海古籍出版社印行《四庫唐人文集叢刊》之《駱丞集》校補。唯其所補之第三聯「尚想歡娛洽，吁嗟歲月催」二句，細味實為作者之感慨。因此，當是錯簡，不應插在中間，應移至本篇的結尾，即「暫喜躍沉鰓」一句的後面。詩中歌頌孫長史和感歎歲月催人。和，唱和。用他人詩詞的原韻，或針對原作的思想內容，回贈一首，叫「和」。孫長史，不詳。長史，官名。《新唐書・百官志》載：「左右衛，長史各一人，從六品上，掌判諸曹、五府、外府稟祿、卒伍、軍團之名數，器械、軍馬之多少，小事得專達，每歲秋，贊大將軍考課。」〈秋日臥病〉，為孫長史原詩之詩題。從本篇「笳繁思落梅」一句推測，可能是作者第三個時期從軍邊塞的作品。

霍第疏天府，潘園近帝臺。調絃三婦至，置驛五侯來❶。金壇分上將，玉帳引瑰才。決勝鯨波靜，騰謀鳥谷開。白雲淮水外，紫陌霸陵隈❷。節變鶯哀柳，笳繁思落梅。調神和玉燭，掞藻握珠胎❸。悵兮欣懷土，居然欲死灰。還自承雅曲，暫喜躍沉鰓。尚想歡娛洽，吁嗟歲月催❹。

【注　釋】❶霍第疏天府四句　寫孫長史的門第與家世。霍第，指漢代驃騎將軍霍去病的府第。疏，開通。天府，古之秦地被山帶河，四塞為之固，土地肥沃，因稱秦地為天府之國。此喻京都長安。潘園，指家園。潘岳〈閒居賦〉：「太夫人乃御版輿，升輕軒，遠覽王畿，近周家園。」帝臺，神人名。此喻東都洛陽。三婦，語本古樂府清調曲〈相逢行〉，見本書卷三〈春霽早行〉注。置驛，《史記．汲鄭列傳》：鄭當時，字莊，陳人。「孝景時，為太子舍人，每五日洗沐，常置驛馬長安諸郊，存諸故人，請謝賓客，夜以繼日，至其明旦，常恐不遍。」五侯，《漢書．元后傳》：「河平二年（前二七），上悉封舅譚為平阿侯、商成都侯、立紅陽侯、根曲陽侯、逢時高平侯，五人同日封，故世謂之五侯。」❷金壇分上將六句　寫孫長史的官職與戰功。金壇，拜將壇。分，分擔。上將，指將帥。玉帳，見本書卷三〈軍中行路難同辛常伯作〉注。引，招致。瑰才，謂特出不同尋常的將才。鯨波，鯨魚掀起的海浪。此喻敵人進犯。騰謀，駕御謀略。騰，乘。駕御的意思。鳥谷，猶鳥道。意謂險峻狹窄的山路，只有飛鳥可度。淮水，即淮河。紫陌，京師郊野之道路。霸陵，見本書卷三〈晚泊江鎮〉注。限，角落。❸節變驚衰柳四句　寫孫長史秋日臥病調養。節變，指節氣變化。衰柳，此喻秋天。笳繁，謂笳聲繁密。落梅，謂〈梅花落〉樂曲。玉燭，猶清和。《爾雅．釋天》：「四氣和謂之玉燭。」邢昺疏：「言四時和氣，溫潤明照，故曰玉燭。」摛藻，抒發詞藻。指賦詩。珠胎，見本書卷二〈夏日遊德州贈高四〉注。此喻詩美如珠圓玉潤。❹悵兮欣懷土六句　寫作者的感慨。懷土，懷念鄉土。居然，竟然。表示出乎意料，不當如此。死灰，《莊子．知北遊》：「形若槁骸，心若死灰。」形容一種寂滅、憂傷的心態。比喻沒有生機和希望。還，同「旋」。立即。承，受。雅曲，指孫長史之詩作。躍沉鰓，使沉魚跳躍。《列子．湯問》：「瓠巴鼓琴，而鳥舞魚躍。」鰓，魚鰓。此代魚。洽，原作「合」。催，原作「摧」。

【語　譯】霍氏的門第通向帝都，潘氏的家園靠近帝臺。高堂有調絃娛親的三婦出進，家族有放馬京郊的五侯往來。拜將壇上分擔上將，中軍帳內招致將才。決戰決勝，使鯨波平息；運籌帷幄，使鳥道敞開。足跡南到白雲淮水外，行蹤北達京郊霸陵隈。令人驚歎，是季節速變秋已至；令人思念，是邊塞笳聲落梅哀。您調養精神，順應和氣；您抒發詞藻，美如珠胎。我懷念鄉土而惆悵，想不到我竟然意冷心灰。我即刻接到您那高雅的曲調，如沉魚受感染那樣跳躍起來。我還想與您同歡聚，可歎歲月無情把人催。

【賞　析】本篇是一首和詩，具有強烈的針對性和現實性。它本來是針對孫長史的〈秋日臥病〉而作的，但它一筆宕開，先從孫長史的門第、家世寫起，其次寫到孫長史的將才和武功，再次寫到孫長史生病、養病和賦詩的情況，這就很有層次地概括出孫長史的戎馬生涯，表現出孫長史的身分、地位和風采。

本篇為五言排律，卻採用頌詩的形式。其中「霍第」、「潘園」、「金壇」、「玉帳」、「上將」、「瑰才」等詞語，都是褒義，富於頌讚的感情色彩，在對孫長史歌功頌德中起著重要的語言媒體的作用。

作者從軍邊塞，生活艱苦，產生了惆悵的思鄉戀土的情結，以「死灰」自喻，終不免情調低沉。由於孫長史的贈詩，才暫時得到了寬解。這反映出孫長史雖身在病中，仍保有積極樂觀的精神狀態，其詩珠圓玉潤，還具有真摯感人的精神力量。結句「尚想歡娛洽，吁嗟歲月催」，是感歎歲月催人，青春蹉跎，蘊含著作者的遲暮之悲、坎坷之苦，使詩的情境更深進一層了。

四月八日題七級

【題　解】本篇原缺，僅存詩題。茲據上海古籍出版社印行《四庫唐人文集叢刊》之《駱丞集》校補。寫作者遊佛寺時對佛家理想境界的追求。四月八日，傳說為佛祖釋迦牟尼之生日。《魏書．釋老志》載：「釋迦，即天竺迦維衛國王之子，天竺其總稱，迦維別名也。初，釋迦於四月八日夜，從母右脅而生。」七級，指七級佛塔。《魏書．釋老志》載：「凡宮塔制度，猶依天竺舊狀而重構之，從一級至三、五、七、九，世人相承，謂之『浮圖』，或云『佛圖』。」

化城分鳥堞，香閣俯龍川❶。複棟侵黃道，重簷駕紫烟❷。銘書非晉代，壁畫是梁年❸。
霸略今何在，王宮尚巋然❹。二帝曾遊聖，三卿是偶賢❺。因茲遊勝侶，超彼託良緣❻。我出
有為界，君登非想天。悠悠青曠裡，蕩蕩白雲前❼。今日經行處，曲音號蓋烟❽。

【注　釋】❶化城分鳥堞二句　寫佛寺佛塔的形勢。化城，即化城喻品。佛家認為，化城，一時作之城郭。其喻意以一切眾

生成佛之所，即為寶所。但到寶所，道路悠遠險惡，恐行人疲倦退卻，故於路中化作一城郭，使之止息，以蓄養精力，再到達寶所。後因稱佛寺為「化城」。分，分離。烏堞，即雉堞。城上排列如齒狀的矮牆。香閣，指佛寺殿閣。俯，俯瞰。龍川，不詳。左思〈吳都賦〉：「或涌川而開瀆，或吞江而納漢。」劉逵注：「錢塘縣武林水所出龍川，故曰涌川。」陳熙晉《駱臨海集箋注》於詩題下注云：「案詩有『香閣俯龍川』之句，所題疑杭州靈隱山之浮圖也。」❷複棟侵黃道二句　謂佛寺的構造規模。複棟，重屋。指廟堂。侵，漸近。黃道，指閣道。建築物之間的空中通道。重簷，謂在外簷下壁，再安上板簷以避風雨之灑壁。駕，凌駕。超越。紫烟，猶紫氣。指寶物的光氣或祥瑞之氣。❸銘書非晉代二句　謂佛寺之銘文壁畫。銘書，指銘篆。古人刻在器物上的文字。此指銘刻在佛寺壁上的文字。壁畫，指畫在佛寺壁上的羅漢佛菩薩像。梁年，梁代。此指代佛教盛行的南北朝。❹霸略今何在二句　謂作者對世事沉浮的感慨。霸略，圖王成霸的謀略。巋然，高高屹立的樣子。❺二帝曾遊聖二句　寫壁畫佛像。二帝，不詳，似為佛之菩薩。三卿，不詳，似為佛之菩薩。卿，原作「鄉」。❻因茲遊勝侶二句　寫遊佛寺的目的。因，原作「昔」。勝侶，良朋。良緣，佛家稱美好的因緣。❼我出有為界四句　謂佛家的境界。有為界，佛家語。為者，造作之義，有造作，謂之有為，即因緣所生之事物，盡是有為。非想天，佛家語。即非想非非想天，舊曰非有想非無想。佛家有三界，指欲界、色界、無色界。佛家稱無色界有四天，非想天為其中之第四天，三界之最頂也，因而亦曰有頂天。青曠，猶青冥，青色的天空。此喻有為界。白雲，此喻非想天。❽今日經行處二句　寫做佛事的情況。曲音，指梵唄。佛教讚歌。號蓋烟，不詳。可能有錯字。

【語　譯】佛寺的地址雖在城外，但它高高矗立可以俯瞰龍川。重屋靠近空中的閣道，重簷凌駕高空的紫煙。銘篆久遠，不是晉朝書法；壁畫鮮妍，卻是梁朝所傳。想想圖王成霸的謀略，於今何在；看看空蕩的王宮，還屹立天邊。畫像上的「二帝」曾遊聖，畫像上的「三卿」是偶賢。我與良朋同遊佛寺，希望能與我佛結下因緣。我出入佛家的有為界，你登上佛家的非想天。讓我感受到空曠處蒼天悠悠，讓你體驗到脫俗處白雲翩躚。今日我倆經行處，梵音高妙號蓋烟。

【賞　析】本篇為五言排律，是作者在佛祖釋迦牟尼的生日，與良朋同遊佛寺後寫成此詩，表達出作者的一種宗教情感。

佛教的建築藝術，最具有宗教意義的是佛寺、佛塔，它以空間形式和物質形態表現出一種宗教信仰、宗教觀念和宗教情感。它神聖、莊嚴、肅穆，是神佛的象徵，成為人們頂禮膜拜的對象。因此，作者從佛寺寫起。本篇從佛寺的外部形式，如地理位置、高度、結構，再到佛寺內部的文化氛圍，如銘文、壁畫、「二帝」、「三卿」等等，從而概括出佛寺的整體面貌。接著，通過「因茲遊勝侶，超彼託良緣」二句，過渡到「我出有為界，君登非想天」的境界上來。這是作者所追求的佛家的理想境界，以便獲得靈魂的解脫。「悠悠青曠裡」承上「有為界」，「蕩蕩白雲前」承上「非想天」，說明作者正處於悠悠蕩蕩、撲朔迷離的精神狀態，與前面「霸略今何在，王宮尚巋然」相對照，似乎作者已進入那種敝屣功名、超塵脫俗的頓悟境界了。

春雲處處生

【題　解】本篇原缺，僅存標題。茲據上海古籍出版社印行《四庫唐人文集叢刊》之《駱丞集》校補。此為作者第一個時期的作品，寫春雲處處生的情致。

千里年光靜，四望春雲生❶。塹日祥光舉，疏雲瑞葉輕。蓋陰籠迥樹，陣影抱危城❷。非將吳會遠，飄蕩帝鄉情❸。

【注　釋】❶千里年光靜二句　謂春雲發生。年光，此指春光。❷塹日祥光舉四句　寫春雲處處生的景象。塹，大；高大。一作「暫」。祥光，象徵祥瑞的陽光。瑞葉，象徵祥瑞的金枝玉葉。此喻春雲。蓋陰，謂春雲如華蓋。迥樹，遠樹。陣影，指陣雲。危城，高高聳立的城樓。❸非將吳會遠二句　謂思念帝鄉。將，謂；以為。吳會，見本書卷三〈白雲抱幽石〉注。

【語　譯】千里春光，和煦幽靜；遠望四處，春雲發生。太陽如祥光高舉，春雲似瑞葉輕盈。雲傘籠罩著遠樹，雲陣環抱著高城。不要以為吳會的春雲將飄向遠處，原來它帶去對帝鄉的思念之情。

【賞　析】本篇一題作〈賦得春雲處處生〉。其詩題用謝朓〈望海詩〉之「往往孤山映，處處春雲生」之成句，以及蔡凝〈賦得處處春雲生〉之詩題。

本篇與上篇〈白雲抱幽石〉一樣，是在宮廷詩影響下的作品。兩詩的形式、主旨、風格也大致相同。比起上篇來，它以「春雲」作為抒寫對象，完全變換了一個角度。而「處處生」，點明視野開闊。春雲知時節，當春乃發生，作者用讚美的筆調去寫春雲，把它說成是「瑞葉」，是吉祥物，是把它美化了。作者又把它比作是雲傘，是雲陣，是形象化、具體化了。這一切都給人以美感。後面的結句「非將吳會遠，飄蕩帝鄉情」，反跌出一個「情」字來，使遊子鄉思、羈旅情懷更加顯豁了。

早秋出塞寄東臺詳正學士

【題　解】從「蘭室薰延閣」以下至「桃李自無言」共十六句，原缺。茲據上海古籍出版社印行《四庫唐人文集叢刊》之《駱丞集》校補。東臺，王溥《唐會要・門下省》：「武德初，因隋舊制，為門下省。龍朔二年二月四日，改為東臺。咸亨元年十二月二十三日，改為門下省。」詳正學士，官名，校理圖籍舊書，亦作「掌詳正圖籍」，屬東臺，故稱「東臺詳正學士」。此為咸亨元年（六七〇），作者被罷去「東臺詳正學士」以後赴邊塞之作，寫早秋出塞與感歎命運乖蹇。

促駕逾三水，長驅望五原。天街分斗極，地理接樓煩❶。漢月明關隴，胡雲聚塞垣。山川殊物候，風壤異涼溫。戍古秋塵合，沙寒宿霧繁❷。昔余迷學步，投迹忝詞源。蘭室薰延閣，蓬山款禁園。彯纓陪紱冕，載筆偶璵璠❸。汲冢寧詳蠹，秦牢詎辨冤？一朝從籠服，千里騖輕軒❹。鄉夢隨魂斷，邊聲入聽喧。南圖終鎩翮，北上遽摧轅。吊影慚蓮茹，浮生倦觸藩。數奇何以托，桃李自無言❺。

【注釋】❶促駕逾三水四句　謂跋涉至邊塞。促駕，催車馬出發。駕，繫馬於車。原作「篤」。三水，《元和郡縣志》卷三：「關內道邠州三水縣，本漢舊縣，有鐵官，屬安定郡，以縣界有羅川谷，三泉並流，故名。」今屬陝西邠州。五原，《元和郡縣志》卷四：「關內道鹽州五原縣，本漢馬領縣地，貞觀二年與州同置。五原謂龍游原、乞地千原、青領原、可嵐貞原、橫槽原也。」今陝西省定邊縣。天街，星名。《漢書・天文志》：「畢、昴間，天街也。街北，胡也；街南，中國也。」斗極，指北斗星和北極星。地理，指地形，如山川原野。語本《易・繫辭上傳》：「仰以觀於天文，俯以察於地理，是故知幽明之故。」樓煩，古縣名。《元和郡縣志》卷十四：「河東道嵐州，禹貢冀州之域，周并州之域，春秋時屬晉。晉滅後為胡樓煩王所居，趙武靈王破之以為縣，秦為太原郡地，在漢即太原郡之汾陽縣地也。隋大業四年，於靜樂縣界置樓煩郡，因漢樓煩縣為名。」今山西省寧武縣附近。❷漢月明關隴六句　寫邊塞秋景。漢月，原作「谿月」。關隴，指關中和甘肅東部一帶地區。塞垣，蔡邕《難夏育上言鮮卑仍犯諸郡》：「秦築長城，漢起塞垣，所以別外內異殊俗也。」原指漢代抵禦鮮卑所設的邊塞，後亦指長城。物候，本指景物隨季節的變化而變化的周期現象，此泛指時令。風壤，即風土。戍古，古老的戍樓。秋塵，秋天的邊塞煙塵。沙寒，寒冷的沙漠。宿霧，夜霧。宿，夜。❸昔余迷學步六句　謂求學任職。學步，即邯鄲學步。《莊子・秋水》：「且子獨不聞夫壽陵餘子之學行於邯鄲與？未得國能，又失其故行矣，直匍匐而歸耳！」這是說燕國的少年，到趙國國都邯鄲去學走步，沒有學到趙國的本領，卻把原有的步法也忘了，只能爬著回去了。此喻求學。投迹，投身；舉步前往。投，原作「披」。忝，辱；有愧於。詞源，謂文詞源流不竭。蘭室，指蘭臺。漢代皇家圖書的藏書處。西漢建立了典藏制度，使皇家圖書分別藏於石渠閣、天祿閣、麒麟閣、蘭臺、石室、延閣、廣內等處，稱「秘書」、「中書」、「內書」；另太常、太史、博士等處也有藏書，稱為「外書」。蓬山，漢宮室名，在建章宮附近。款，誠；愛。禁園，指禁苑。彯纓，謂冠帶飄搖。紱冕，古代祭服。《淮南子・俶真》：「繁登降之禮，飾紱冕之服。」此謂官服。載筆，拿筆。《禮記・曲禮上》：「史載筆，士載言。」鄭氏注：「筆謂書具之屬。」孔穎達疏：「史謂國史，書錄王事者。」璵璠，亦作「璠璵」。兩種美玉。《太平御覽》卷八〇四引《逸論語》：「璠璵，魯之寶玉也。孔子曰：『美哉璠璵，遠而望之，煥若也；近而視之，瑟若也。』」此喻文史圖書之美。❹汲冢寧詳蠹四句　謂罷職出塞。汲冢，即「汲冢書」，又稱「汲冢古文」。晉太康二年（二八一），汲郡人不準，盜發魏襄王墓，一說安釐王冢，得竹書數十車，漆書皆科斗字（頭粗尾細，形同蝌蚪）。初發冢者，燒策照取寶物，及官收之，多燼簡斷札，文既殘缺，不復詮次。武帝以其書付秘書校綴次第，尋考指歸，而以今文寫之。見《晉書．束皙傳》。此喻含冤負屈。蠹，蛀蝕。秦牢，即秦獄。見本書卷一〈螢火賦〉注。此喻罷職事。從，從事。筐服，即匪服。謂不稱職之事。此指從戎。輕軒，指輕車。❺鄉夢隨魂斷八句　抒發思鄉和命運乖蹇之情。魂斷，謂斷魂。入聽喧，謂入耳喧鬧。南圖，喻壯志。見本書卷二〈夏日遊德州贈高四〉注。鎩翮，摧殘傷害鳥羽。語本《文選》左思〈蜀都賦〉：「鳥鎩翮，獸廢足。」李善注：「飛鳥鎩羽，走獸廢足。」北上，語本曹丕〈苦寒行〉：「北上太行山，艱哉何巍巍。羊腸阪詰曲，車輪為之摧。」此喻人生旅途的艱難。吊影，形影相弔，形容孤獨或孤苦無依的處境。蓮茹，不詳。陳熙晉《駱臨海集箋注》引《易．泰卦》：「初九，拔茅茹，以其彙，征吉。」茅，指茅草。茹，謂根相牽引。此以茅草的根相牽引與形影相弔相對照。浮生，平生。觸藩，指羝羊觸藩。語本《易．大壯卦》：「羝羊觸藩，羸其角。」意思是大羊用角強觸藩籬，羊角必然被拘牽纏繞。此喻仕進受挫。數奇，命數不合。《史記．李將軍列傳》：「大將軍青，亦陰受上戒，以為李廣老，數奇，毋令當單于，恐不得所欲。」桃李，《史記．李將軍列傳》：「太史公曰：『余睹李將軍，悛悛（循循）如鄙人，口不能道辭。及死之日，天下知與不知，皆為盡哀，彼其忠實心誠信於士大夫也。』諺曰：桃李不言，下自成蹊。此言雖小，可以諭大也。」

【語譯】催動車駕，越過三水；長途馳驅，來到五原。天街分出南北，地形接近樓煩。漢月照耀著關隴，胡雲聚集在塞垣。山川有不同的節候風物，風土有不同的寒涼暖溫。古老的戍樓，煙塵聚合；寒冷的沙漠，夜霧雜繁。我昔日求學，迷於邯鄲學步；我舉步維艱，愧對學海詞源。蘭室的書香董染延閣，蓬山的書山親近禁園。我任職，飄搖的冠帶伴隨官服；我校理，書錄的文筆伴隨璵璠。我含冤負屈，豈悉圖籍蛀蝕之事；我被免官職，怎知秦獄積怨之冤？一朝倉促從戎事，千里迢迢駕輕軒。思鄉念切魂欲斷，邊聲嘈雜入耳喧。我想南飛，終於被殘損毛羽；我想北上，突然被折斷車輈。形影相弔，有慚於茅根相牽；仕途挫折，好像是羝羊觸藩。我命運不好何相託，但我忠實心誠受人憐。

【賞析】本篇為五言排律，共二十八句，十四韻。它從早秋出塞寫起。「三水」、「五原」、「分斗極」、「接樓煩」，先是交代邊塞的具體地點與方位，接著通過對比，寫出漢、胡兩邊自然環境的差別。關隴一帶，明月朗朗高照；塞垣那邊，胡雲沉沉堆壓。山川物候自是迥異，風土涼溫各有不同。秋天的煙塵聚積古老的戍樓，夜晚的霧氣瀰漫寒冷的沙漠。這裡有虛有實，有明有暗，有冷有暖，有動有靜，概括出邊塞荒涼、苦寒的特點，為下面「鄉夢隨魂斷，邊聲入聽喧」預留地步。如果照此順序寫去，就可以直接抒發感慨了。但作者於此處卻插入一段倒敘，寫他昔日任東臺詳正學士之職，以及含冤被罷職之事，這就使詩意頓生波瀾，顯得曲折多變，搖曳多姿，而不是平鋪直敘了。後面的感慨，寫來心情沉重。「南圖終鎩翮，北上遽摧轅」一聯，是點睛之筆，籠罩全局。這與本卷〈蓬萊鎮〉所謂「將飛憐弱羽，欲濟乏輕舠」是一致的，點明了作者的宏大的理想抱負，被現實摧殘、扼殺的矛盾。正是這一矛盾，使作者仕途無望、生活坎坷、命運乖蹇，前程渺茫，陷入了悲劇。於是個人悲劇就被提到時代悲劇的高度上來了。

卷四 雜詩

在軍中贈先還知己

【題解】本篇寫軍中贈先還京都之知己的感想。原缺結句「別後邊庭樹，相思幾度攀」一聯，茲據上海古籍出版社印行《四庫唐人文集叢刊》之《駱丞集》校補。在軍中，指從軍邊塞。

蓬轉俱行役，瓜時獨未還❶。魂迷金闕路，望斷玉門關❷。獻凱多慚霍，論封幾謝班。風塵催白首，歲月損紅顏❸。落雁低秋塞，驚鳧起暝灣。胡霜如劍鍔，漢月似刀環❹。別後邊庭樹，相思幾度攀❺。

【注釋】❶蓬轉俱行役二句　謂從軍出塞。蓬轉，此喻漂泊身世。轉，原作「轄」。行役，謂從戎。瓜時，即「及瓜而代」，見本書卷三〈晚渡天山有懷京邑〉注。猶未還，梁荀濟〈贈陰梁州詩〉：「聞君戍靈關，瓜時猶未還。」此謂到了「瓜時」，自己未能返家。❷魂迷金闕路二句　謂懷念京都長安。金闕，本指仙居，此指帝闕，即長安。玉門關，即甘肅玉門關。❸獻凱多慚霍四句　謂功名無成。獻凱，指獻功於社。」《禮・夏官・大司馬》：「若師有功，則左執律，右秉鉞，以先，愷樂獻於社」。鄭康成注：「兵樂曰愷。獻於社，獻功於社也。」霍，指西漢驃騎將軍霍去病。見本書卷三〈宿溫城望軍營〉注。封，封侯。原作「風」。班，指東漢定遠侯班超。見本書卷三〈宿溫城望軍營〉注。紅顏，青春的容顏。❹落雁低秋塞四句　寫邊塞景物。落雁，指雁塞。《初學記》三十：《梁州記》曰：『梁州縣界有雁塞山，傳云此山有大池水，雁棲集之，故因名曰雁塞。』」劍鍔，劍鋒。鍔，刀劍刃。刀環，刀頭的環。此喻彎月。吳筠〈古意詩〉：「蓮花穿劍鍔，秋月掩刀環。」❺別後邊庭樹二句　謂對知己的相思之情。邊庭樹，盧思道〈從軍詩〉：「庭中奇樹已堪攀，塞外征人殊未還。」

【語　譯】我們身世飄零，一起從軍出塞；到了瓜時的期限，獨我未還。我魂迷帝都路，望盡玉門關。事業無成，在霍去病面前感到慚愧；封侯無望，不及班定遠功耀人寰。塞上風塵，催白了滿頭黑髮；無情歲月，損害了青春容顏。雁兒落在寒秋的塞上，野梟驚起夜晚的水灣。胡霜寒白如劍刃，漢月彎鉤似刀環。別後的相思難排遣，把已長大的庭樹幾度攀。

【賞　析】本篇為五言排律，共十四句，七韻，也是邊塞詩的代表作。作者從軍邊塞，到了「及瓜而代」的期限。同來邊塞的軍中知己朋友，已被調回京都，唯獨自己卻留了下來，因而感慨多端，便賦此詩，為先還的知己贈別。從這個意義上說，它又是一首贈別詩。

開篇首聯破題，以「瓜時獨未還」提挈全篇。「獨」字包含著孤獨、孤苦的人生況味，而「未還」二字則點明思鄉心切。二聯承上，寫魂迷帝都，望斷玉關，渲染感傷情緒。三聯、四聯通過「慚」、「謝」、「催」、「損」四字，寫出事業無成、功名無望、歲月蹉跎的遺憾，使感傷更深進一層。五聯、六聯寫景。「落雁」、「驚梟」，是動景，是虛寫；「胡霜」、「漢月」，是靜景，是實寫。其中「似刀環」的「環」，諧音還家的「還」，情景交融，正是透露出作者獨特的內心感受。

本篇的結句「別後邊庭樹，相思幾度攀」，本是寫對先還知己的相思之情，但有著更深的意蘊。南朝宋劉義慶的《世說新語．言語第二》，寫了「桓公（即桓溫）北征」的故事：「桓公北征，經金城（今江蘇省句容縣北），見前為琅琊（桓溫曾為琅琊郡太守）時種柳，皆已十圍，慨然曰：『木猶如此，人何以堪！』攀枝執條，泫然流淚。」這裡「前」與「已」前後呼應，寫以前到目前的時間，「十圍」，形容柳樹已壯大成材，寫出空間，這從時間的流失與空間的變位方面著筆。後面的「慨然」，將「木」這一自然現象與「人」的生命現象聯繫起來，由柳樹的成長快速，體驗到光陰易逝、滄桑易變、人生易老的哲理，表現出一種生命意識。作者這一聯詩，正是暗用「桓公北征」的故事，形成感傷的高潮。

本篇在平仄、協韻、對仗方面，比較嚴整。方回《瀛奎律髓》評云：「賓王詩近似庾信，時有平仄不協。此篇乃字字入律，工不可言。」

酬思玄上人林泉四首

【題　解】本篇共四首，為組詩。詩題一作〈同辛簿簡仰酬思玄上人林泉四首〉。酬，酬唱，謂以詩詞相互贈答。思玄上人，不詳，大概是隱士或是僧人。林泉，指隱居之地。

(一)

聞君招隱地，髣髴武陵春❶。緝芰如違楚，披蓁似避秦。崩查年祀積，幽草歲時新❷。一謝滄浪水，安知有逸人❸？

【章　旨】寫隱居的自然環境。

【注　釋】❶聞君招隱地二句　謂思玄上人的隱居環境。君，對思玄上人的敬稱。招隱地，即隱居之地。王逸〈楚辭招隱士序〉：「〈招隱士〉者，淮南小山之所作也。小山之徒，閔傷屈原身雖沉沒，名德顯聞，與隱處山澤無異，故作〈招隱士〉之賦，以章其志也。」武陵春，指晉陶潛〈桃花源記〉中寫到的武陵漁人偶入桃花源之事。梁任昉《述異記》也記載：「武陵源在吳中，山無他木，盡生桃李，俗呼為『桃李源』。」❷緝芰如違楚四句　謂思玄上人的隱居生活。緝芰，縫綴荷葉。屈原〈離騷〉：「製芰荷以為衣兮，集芙蓉以為裳。」如，原作「知」。違楚，離開楚國的郢都，指屈原被放逐隱居。原作「還楚」。披蓁，開闢荊棘。此喻隱居之地。蓁，同「榛」。荊棘。避秦，謂與世隔絕。〈桃花源記〉：「自云先世避秦時亂，率妻子邑人來此絕境，不復出焉，遂與外人間隔。問今是何世，乃不知有漢，無論魏晉。」崩查，此指腐朽的樹木。年祀，年歲。❸一謝滄浪水二句　謂思玄上人的氣節。謝，辭謝。滄浪水，一說是漢水，或說是漢水支流，或說是地名，在湖北均縣北。《孟子·離婁上》：「有孺子歌曰：『滄浪之水清兮，可以濯我纓；滄浪之水濁兮，可以濯我足。』」此以滄浪水比喻超塵脫俗之境。逸人，指隱者、高士。

【語　譯】聽說您隱居所在，彷彿是武陵源之春。芰荷為衣，如屈原放逐隱居；披荊斬棘，似秦人避亂全身。朽木年年堆積，幽草歲歲更新。如果不到滄浪水邊，又怎麼知道其中有隱士高人？

(二)

芳晨臨上月，幽賞狎中園❶。有蝶堪成夢，無羊可觸藩❷。忘懷南澗藻，蠲思北堂萱❸。坐歎華滋歇，思君誰為言❹！

【章　旨】寫隱士與世無爭的自然人性。

【注　釋】❶芳晨臨上月二句　謂恬靜悠閒。芳晨，美好的清晨。臨，面臨。狎，親近。中園，即園中、故園。❷有蝶堪成夢二句　謂與世無爭。有蝶，指莊周夢蝶。見本書卷三〈遠使海曲春夜多懷〉注。觸藩，指羝羊觸藩。見本書卷三〈早秋出塞寄東臺詳正學士〉注。❸忘懷南澗藻二句　謂無憂無慮。南澗藻，語本《詩經·召南·采蘋》：「于以采蘋？南澗之濱。

于以采蘋，于彼行潦。」蘋藻，水草，可用作告祭祖廟的祭品。蠲思，除去思念。北堂，古代士大夫家主婦所居留之處。萱，草名。《詩經・衛風・伯兮》：「焉得諼草，言樹之背。」諼，即「萱」。背，指北堂。古人認為萱草（即金針葉）可以忘憂，故稱「忘憂草」。❹坐歎華滋歇二句　謂思念之情。坐，因。華滋，指花。〈古詩十九首〉：「庭中有奇樹，綠葉發華滋。攀條折其榮，將以遺所思。」歇，凋殘。

【語　譯】芳晨可以面對恬靜的月亮，幽賞可以親近悠閒的故園。有莊周夢蝶，酣然入夢；無羝羊觸藩，復歸自然。無憂無慮，忘卻南澗藻；無拘無束，不思北堂萱。因歎鮮花開放又凋殘，還有誰能代我表白思君的纏綿！

(三)

林泉恣探歷，風景暫徘徊❶。客有遷鶯處，人無結駟來❷。聚花如薄雪，沸水若輕雷❸。
今日徒招隱，終知異鑿坏❹。

【章　旨】寫隱居的自然風物。

【注　釋】❶林泉恣探歷二句　謂遊覽風景。恣，任意無拘束。探歷，謂遊玩。探，原作「深」。徘徊，來回地走動。❷客有遷鶯處二句　謂深山之幽靜。客，指隱士。遷鶯，升遷的頌辭，意同「喬遷」、「遷喬」。按《詩經・小雅・伐木》：「伐木丁丁，鳥鳴嚶嚶。出自幽谷，遷於喬木。」是說鳥兒從深谷飛到高高的樹上，未提及鶯。後來《禽經》有「鶯鳴嚶嚶」之語，唐人省試有〈鶯出谷詩〉，後人即以「鶯遷」祝遷居或升官。此指退隱的歸宿。結駟，謂駟馬高車，古代顯貴者的車乘，也指顯貴。駟，駕四馬之車。❸聚花如薄雪二句　謂山花與瀑布。聚花，謝朓〈與江水曹詩〉：「花枝聚如雪，蕪絲散猶網。」沸水，形容瀑水沸騰聲。❹今日徒招隱二句　謂隱居不仕。徒，但；只。招隱，此指隱居。異，新奇。鑿坏，即鑿坏而遁。

典出《淮南子‧齊俗》：「顏闔，魯君欲相之而不肯，使人以幣先焉。闔鑿坏而遁。」高誘注：「顏闔，魯隱士。坏，屋後牆也。」

【語譯】在林泉中，我無拘無束地盡情玩賞；在風景中，我自由自在地來去徘徊。只有隱士才獲得佳境的歸宿，何曾有高車駟馬到這深山中來。山花盛開白如薄雪，瀑水沸騰響若輕雷。今日我只是嚮往不仕而隱的生活，終知有顏闔那樣鑿牆而遁的奇才。

(四)

俗遠風塵隔，春還初服遲❶。林疑中散地，人似上皇時。芳杜湘君曲，幽蘭楚客詞❷。山中有春草，長似寄相思❸。

【章旨】寫隱士的自然情趣。

【注釋】❶俗遠風塵隔二句　謂隱居林泉。俗遠，遠離世俗。風塵，此指紛擾的社會生活。春還，指春回大地。初服，原先的衣服，此喻隱居生活。❷林疑中散地四句　謂隱居之高雅。中散，指魏中散大夫嵇康。《晉書‧嵇康傳》：「康早孤，有奇才，博覽無不該通。與魏宗室婚，拜中散大夫。彈琴詠詩，自足於懷。所與神交者，惟陳留阮籍、河內山濤。豫其流者，河內向秀、沛國劉伶、籍兄子咸、琅邪王戎，遂為竹林之遊，世所謂竹林七賢也。」上皇，上古之帝皇。鄭康成〈詩譜序〉：「詩之興也，諒不於上皇之世。」孔穎達《正義》：「上皇，謂伏犧三皇之最先者，故謂之上皇。」此謂隱士與世隔絕已久，如同上古之人。杜，杜若，草名，別稱「竹葉蓮」。原作「牡」。湘君曲，指《楚辭‧九歌‧湘君》：「采芳洲兮杜若，將以遺兮下女。」幽蘭，發出幽香的蘭草。《楚辭‧離騷》：「時曖曖其將罷兮，結幽蘭而延佇。」楚客，指楚國之屈原。❸山中有春草二句　謂思念隱居生活。

【語　譯】遠隔世俗社會的風塵；享受到春光，才後悔隱居已遲。山林深幽，疑似嵇中散之境；隱士隔世，恍惚伏犧三皇之時。芳洲的杜若，寫入湘君歌曲；幽香的蘭草，譜進楚客騷詞。山中蓬勃生長的春草，彷彿寄託了對隱居生活的相思。

【賞　析】這組詩共有五言律詩四首。第一首寫隱居的自然環境。第二首寫隱士與世無爭的自然人性。第三首寫隱居的自然風物。第四首寫隱士的自然情趣。這四首詩，在組詩的結構上說，是四個層次。其中貫穿著作者嚮往隱居生活、熱愛自然山水的感情。

晉朝的陶淵明的隱居，具有典型意義，對後世有極大的影響。這主要原因，在於他通過退隱，表現出一種不同流合污的高風亮節。他創作的詩歌，如「羈鳥戀舊林，池魚歸故淵。……久在樊籠裡，復得返自然。」（〈歸園田居〉其五）「結廬在人境，而無車馬喧。問君何能爾，心遠地自偏。」（〈飲酒〉其五）駱賓王這組詩，正是接受了陶淵明的保持節操、回歸自然的思想。他把隱居世界寫成是一方淨土，一個樂園，純真、樸實、恬靜、和諧，沒有紅塵的喧囂，沒有人世的紛爭，就像是「桃花源」的理想世界。「聞君招隱地，髣髴武陵春」、「客有遷鶯處，人無結駟來」、「林疑中散地，人似上皇時」，等等，就集中寫到了作者個人與現實環境相對立的這一方面，寫到了人與自然和諧的理想追求。

望月有所思

【題　解】本篇寫在邊塞望月的感懷。原缺首聯、二聯，即「九秋涼氣肅，千里月華開。圓光隨露湛，碎影逐波來。」茲據上海古籍出版社印行《四庫唐人文集叢刊》之《駱丞集》校補。

九秋涼氣肅，千里月華開❶。圓光隨露湛，碎影逐波來。似霜明玉砌，如鏡寫珠胎❷。曉色依關近，邊聲雜吹哀。離居分照耀，怨緒共徘徊❸。自繞南飛羽，空忝北堂才❹。

【注釋】❶九秋涼氣肅二句　寫秋月升起。九秋，秋季有三個月、九十天，故稱秋季為「三秋」或「九秋」。肅，肅殺。月華，月亮。❷圓光隨露湛四句　寫月色美好。圓光，指圓月的光輝。湛，盈滿；飽滿。碎影，指被水波搖碎的月影。玉砌，用玉石砌成的臺階。寫，同「瀉」。珠胎，即蚌珠。見本書卷二〈夏日遊德州贈高四〉注。❸曉色依關近四句　寫征人思鄉之情。曉色，指早晨的月色。邊聲，謂邊塞上的胡笳聲、馬鳴聲等。離居，謂離家居邊塞。分照耀，指月亮分別照耀家鄉與邊塞兩地。共徘徊，謂愁緒與月色一起徘徊。❹自繞南飛羽二句　謂自己懷才不遇。南飛羽，即南飛繞枝鵲。見本書卷三〈望鄉夕泛〉注。忝，有愧於。北堂才，陸機〈擬明月何皎皎〉：「安寢北堂上，明月入我牖。照之有餘暉，攬之不盈手。」此以陸機之才能喻自己。

【語譯】深秋的寒氣多肅殺，千里遼闊月華開。圓月的光輝，隨白露盈滿；細碎的月影，被波浪搖來。似寒霜照亮了玉砌，如銅鏡瀉入了珠胎。曉月依關分明近，邊聲雜吹倍增哀。月亮分別照耀家鄉和邊塞，愁緒伴隨月色一起徘徊。我是個無枝可依的南飛鵲，空空辜負了像陸機那樣的經綸之才。

【賞析】本篇為五言排律，共六聯十二句，是邊塞詩的代表作。

月亮，象徵著幸福和團圓，完全融進我們民族的風情之中，成為歷代詩人所詠歎讚美的對象。作者從軍邊塞，懷才不遇，壯志難酬，又值邊塞秋天苦寒季節，本就有思鄉情結，而皓月當空，更增添了離愁別怨。首聯即扣「望月」題意；二聯、三聯，結合秋天霜、露的特點，對月亮著意描繪，加倍形容。圓光與白露相伴，是那樣盈滿；碎影與波浪同來，是那樣柔膩。這是白描。月的清輝白如寒霜，月的光華亮如銅鏡。它使玉砌明亮，它使珠胎入瀉。這是比喻、誇張。於是，月亮的美的風采被呈現出來。後面即從「望」字生發出「思」字。「曉色」可以依戀邊關，「邊聲」可以增加哀愁，都是從作者自身的感受去寫。「離居分照耀」，是說不能與家人團聚，「怨緒共徘徊」，是說離愁難於排遣。結句的「自繞南飛羽，空忝北堂才」，是個人理想得不到實現的感慨。

本篇達到情景交融的境界。觸景盡是生悲，對月無非惹恨，思鄉之情，滄桑之感，坎坷之憤，寫來情真意切。

寓居洛濱對雪憶謝二

【題　解】本篇抒寫對雪憶友。詩題一本作〈寓居洛濱對雪憶謝二兄弟〉。洛濱，洛水之濱，此指洛陽。謝二，不詳，為作者之詩友。

旅思眇難裁，衝飆恨易哀❶。曠望洛川晚，飄飄瑞雪來❷。積彩明書帳，流韵繞琴臺。色奪迎仙羽，花避犯霜梅。謝庭賞芳逸，袁扉掩未開❸。高人倘有訪，興盡詎須回❹。

【注　釋】❶旅思眇難裁二句　謂旅思幽恨。旅思，羈旅之思。眇，遠。裁，消除。衝飆，暴風。此喻生活挫折。恨，幽恨。原作「限」。❷曠望洛川晚二句　謂夜晚下雪。曠望，即望曠。眺望曠野。原缺「望」字。洛川，洛水。飄飄，一作「飄颻」。❸積彩明書帳六句　謂雪景之美。積彩，指積雪之色。彩，一作「朗」。書帳，指書房之窗帘。帳，一作「幌」。流韵，指飛雪之韻律。奪，奪取；強取。仙羽，指白鶴。避，避開。犯，侵犯；觸犯。謝庭，為謝道韞詠雪事。典出劉義慶《世說新語・言語》：「謝太傅寒雪日內集，與兒女講論文義。俄而雪驟，公欣然曰：『白雪紛紛何所似？』兄子胡兒曰：『撒鹽空中差可擬。』兄女曰：『未若柳絮因風起。』公大笑樂，即公大兄無奕女、左將軍王凝之妻也。」袁扉，為袁安大雪僵臥事。典出《後漢書・袁安傳》章懷太子注：「《汝南先賢傳》曰：『時大雪積地丈餘，洛陽令自出案行，見人家皆除雪出。有乞食者，至袁安門，無有行路，謂安已死。令人除雪，入戶，見安僵臥，問何以不出，安曰：大雪人皆餓，不宜干（求）人。令以為賢，舉為孝廉也。」❹高人倘有訪二句　謂盼望謝二踏雪來訪。高人，高士，指謝二。興盡，謂興盡而返，為王子猷雪夜訪戴逵事。典出《晉書．王徽之傳》：「徽之，字子猷，性卓犖不羈。嘗居山陰，夜雪初霽，月色清朗，四望皓然，獨酌酒，詠左思〈招隱詩〉。忽憶戴逵，逵時在剡，便夜乘小船詣之。經宿方至，造門不前而反。人問其故，徽之曰：『本乘興而來，興盡而反，何必見安道耶？』」

【語　譯】深遠的羈旅之思難於消除，暴風帶來了生活挫折的悲哀。眺望洛川傍晚的曠野，瑞雪正紛紛揚揚落下來。積雪的光亮，映照書室；飛雪的韻律，縈繞琴臺。白雪要與白鶴爭勝，梅花不與雪花同開。謝安家的庭前有賞雪的逸興，袁安家的門戶因積雪而未開。如果高人乘興踏雪來相訪，即使興盡又何須回。

【賞　析】本篇為五言排律，共十二句，六韻。寓居洛濱，對雪憶友，富於情趣。

全詩主要描繪雪景。二聯即著筆於雪。三聯以「積彩明書帳」，寫積雪的光澤亮度，以「流韵繞琴臺」，寫飛雪的輕盈、飄忽的韻律節奏，角度不同。四聯用襯托、對比的寫法。「色奪迎仙羽，花避犯霜梅」，是說白雪勝過仙鶴、壓倒靈梅，就把雪的超塵脫俗的神韻，把雪的純真、潔白、飄逸、灑脫的內在精神表現出來了。這已經深入一層，但作者的本意，是要通過自然美寫出人格美，因此，又將與雪有關的典故引入詩中，生發出崇高來。謝道韞的「未若柳絮因風起」的詠雪名句，不只是反映她的文才，還反映她對自然美與人格美的追求的人生理想，顯出她「神情散朗」的高雅氣質。袁安大雪掩門僵臥，不求於人，表現出他的清高。王子猷雪夜訪隱士戴逵，更是表現為一種魏晉風度。王把任性而發、獨來獨往作為生活準則，乘興而來，說來就來，興盡而返，說返就返，這正是自然人性的流露。訪問朋友與欣賞自然是一致的，因為自然美可以映襯出人格美。當王子猷欣賞雪景達到物我兩忘的境界時，已保有自己的最佳審美狀態，至於見不見朋友，反而無關緊要了，把人生的功利主義淡化了。

詩無虛筆，即無靈氣；詩無實義，即無摯語。因此虛實相間，相得益彰，本篇即具有這個藝術特點。

秋日送陳文林陸道士得風字

【題　解】寫秋日餞別兩位朋友。前有序言，見本書卷八〈秋日送陳文林陸道士序〉。送，一本作「餞」。陳文林，事跡不詳。陸道士，不詳。得風字，謂限韻賦詩。唐初文人遊宴，喜歡即席限韻賦詩，或分韻，或從韻筒中摸取韻籤，然後依韻而作。這裡是說分韻所得字為「風」字。此為贈別詩之一。

青牛遊華嶽，赤馬走吳宮❶。玉柱離鴻怨，金罍浮蟻空❷。日霽崤陵雨，塵起洛陽風❸。
唯當玄度月，千里與君同❹。

【注　釋】❶青牛遊華嶽二句　寫朋友的去向。青牛，用老子乘青牛過函谷關事。見本書卷二〈代女道士王靈妃贈道士李榮〉注。此指陸道士。華嶽，指華山。赤馬，船名。《釋名・釋船》：「輕疾者曰赤馬舟，其體正赤，疾如馬也。」此喻陳文林乘船出發。馬，原作「烏」。吳宮，謂吳地。❷玉柱離鴻怨二句　謂餞別朋友。玉柱，樂器的美稱。柱，原作「桂」。〈離鴻〉，樂曲名。王嘉《拾遺記・周靈王》：「師涓出於衛靈公之世，寫列代之樂，造新曲以代古樂，故有四時之樂。春有〈離鴻〉、〈去雁〉、〈應蘋〉之歌，夏有〈明晨〉、〈焦泉〉、〈泛華〉、〈流金〉之調，秋有〈商風〉、〈白雲〉、〈落葉〉、〈吹蓬〉之曲，冬有〈凝河〉、〈流陰〉、〈沉雲〉之操。」金罍，酒器。浮蟻，也作「淥蟻」、「綠蟻」。酒面上浮起的泡沫。《文選》張衡〈南都賦〉：「醪敷徑寸，浮蟻若萍。」此作為酒的代稱。❸日霽崤陵雨二句　謂旅途的艱苦。崤陵，指崤山上的南陵和北陵。見本書卷三〈北眺春陵〉注。洛陽風，謂洛陽的風塵。陸機〈為顧彥先贈婦詩〉：「京洛多風塵，素衣化為淄。」洛，原作「陟」。❹唯當玄度月二句　謂別後的思念。玄度，謂月亮。劉向《列仙傳・關令尹》：「尹喜抱關，念德為務。挹漱日華，仰玩玄度。」

【語　譯】陸道長將西向遊華山，陳文林將乘船返吳宮。我送別，樂曲奏起〈離鴻〉愁怨；我祝酒，酒器頻斟浮蟻空。天晴時，會想到旅途艱辛崤陵雨；塵揚起，會想到旅程勞頓洛陽風。只有明月當空照，迢迢千里與君同。

【賞析】本卷〈望月有所思詩〉，借月抒情。「離居分照耀，怨緒共徘徊」，這是從思鄉的角度。本篇同樣也是借月抒情，卻採取思友的角度。它的結句「唯當玄度月，千里與君同」，意思是說，月亮無私地分別照耀遠隔千里的兩地，好像也理解我們的離情別恨似的。這裡還包含了作者的祝願。一是祝願友情像月亮那樣皎潔明淨，二是祝願友情像月亮那樣長久。有了這兩句，大大增加了詩的情趣與韻味。後來宋代蘇東坡的〈水調歌頭〉，是寫中秋歡飲，兼懷其弟子由，其中有「人有悲歡離合，月有陰晴圓缺，此事古難全。但願人長久，千里共嬋娟。」這當然是一種創格，不過可能受到駱詩的影響。

本篇為五言律詩，共四聯、八句、四韻，除尾聯外，三聯均對仗。「青牛」對「赤馬」，「離鴻」對「浮蟻」，是動物；「玉柱」對「金罍」，是器物；「崤陵」對「洛陽」，是地理；「雨」對「風」，是天文，等等，非常工穩，具有對稱美。

送鄭少府入遼

【題解】寫送鄭少府入遼，以壯行色。詩題一作〈送鄭少府入遼共賦俠客遠從戎〉。鄭少府，不詳。少府，官名，縣尉的別稱。宋趙彥衛《雲麓漫鈔》卷二：「唐人則以明府稱縣令，……既稱令為明府，尉遂曰少府。」入，往；去。遼，州名，唐遼州，治所在今遼寧省遼陽市。

邊烽警榆塞，俠客度桑乾❶。柳葉開銀鏑，桃花照玉鞍。滿月臨弓影，連星入劍端❷。不學燕丹客，空歌易水寒❸！

【注釋】❶邊烽警榆塞二句　謂鄭少府從軍邊塞。邊烽，謂邊塞烽煙。見本書卷一〈蕩子從軍賦〉注。榆塞，指邊塞。見本書卷一〈蕩子從軍賦〉注。俠客，謂鄭少府有豪俠之氣概。度，即「渡」。桑乾，即桑乾河。源出山西馬邑縣桑乾山，入大清河。乾，原缺。❷柳葉開銀鏑四句　寫鄭少府的英雄形象。柳葉，為養由基善射事。見本書卷三〈軍中行路難〉注。銀鏑，銀色的箭。鏑，箭鏃。桃花，馬名，即桃花馬。《爾雅．釋畜》：「黃白雜毛駓。」杜預注：「今之桃華馬。」滿月，圓月。月，原作「目」。臨，照耀。連星，列星；群星。❸不學燕丹客二句　謂建功立業。燕丹客，指燕太子丹於易水送荊軻行刺秦王事。見本書卷二〈夏日遊德州贈高四〉注。

【語譯】邊塞的烽煙傳來警報，俠客從軍渡過桑乾河。穿過柳葉，顯出銀鏑的射藝；騎上桃花，配上華麗的玉鞍。弓開處如滿月團圓照弓影；揮劍時，似星光閃閃入劍端。要立功邊塞，要名垂青史，不去學燕丹客，空歌易水寒。

【賞析】本篇為五言律詩，是送別鄭少府從軍邊塞而作。它有如下的特色：

一是作者認為鄭少府從軍是保衛邊塞，報效國家，是一種豪舉、義舉，因稱他是「俠客」，從而大大提高了人物的思想境界。

二是不正面去寫人物，而是通過中間兩聯，以「銀鏑」、「玉鞍」、「弓影」、「劍端」四副筆墨，一個張弓引箭、躍馬揮劍的英雄形象，就從側面烘托而出，寫來英風逼人，豪氣壯人，光采照人。

三是用自然景物美化戎馬生活。「柳葉」喻箭技，「桃花」喻戰馬，呈現出自然美。「滿月」、「連星」，就是弓開如滿月，劍芒似流星的形象寫照，也給人以自然的美感。

四是結句「不學燕丹客，空歌易水寒」，是將俠客荊軻刺秦事入詩，卻是反用其意，賦之於建功立業的思想。此既是對朋友的勉勵，也是對自己的鞭策。

五是詩中洋溢著英雄主義、樂觀主義的精神，詞藻華贍，韻律優美，格調高昂，風格豪放，成為唐代邊塞詩的先聲。

送費六還蜀

【題　解】費六，一本作「費元之」，不詳。此為贈別詩之一

星樓望蜀道，月峽指吳門❶。萬行流別淚，九折切驚魂❷。雪影含花落，雲陰帶葉昏❸。還愁三徑晚，獨對一清樽❹。

【注　釋】❶星樓望蜀道二句　謂送別朋友。星樓，即南京市落星山上之落星樓。月峽，即明月峽。在四川巴縣。李膺《益州記》：「廣陽州東七里水南有遮要三槌石，石東二里至明月峽。峽首南岸，壁高四十丈，其壁有圓孔，形若滿月，因以為名。」峽，原作「破」。吳門，泛指吳地。❷萬行流別淚二句　謂離情別恨。萬行，形容路途遙遠。萬，原作「雁」。九折，即九折坂，見本書卷三〈晚憩田家〉。此喻路途艱險。❸雪影含花落二句　謂送別的季候。含花落，即雪花落。帶葉昏，晉崔豹《古今注》：「華蓋，黃帝所作也，與蚩尤戰於涿鹿之野，常有五色雲氣，金枝玉葉，止於帝上。有花葩之象，故因而作華蓋也。」晉陸機〈浮雲賦〉：「金柯分，玉葉散。」後即以金枝玉葉喻雲。❹還愁三徑晚二句　謂孤獨愁苦。愁，原作「當」。三徑，《文選》陶潛〈歸去來辭〉：「三徑就荒，松菊猶存。」李善注：「《三輔決錄》曰：『蔣詡，字元卿，舍中三徑，唯羊仲、求仲從之遊，皆挫廉逃名不出。』此以三徑喻家園。清樽，清酒。樽，酒杯。

【語　譯】從吳地落星樓遙望蜀道，由蜀中明月峽指向吳門。蜀道遙遠，流下惜別的淚水；蜀道艱難，使魂魄受到震驚。雪影如花漫天落，陰雲似葉天色昏。獨剩自己家居的晚上，只有借酒消愁對一樽。

【賞　析】本篇為五言律詩，共四聯八句。首聯將吳中與蜀中兩地銜接貫通起來，坐實了詩題的一「送」一「還」。這裡強調的是，與友人感情上的交通，把時空的界限都打破了。二聯從歸途的遙遠、艱險的情況，生發出「別淚」、「驚魂」的離情別恨。三聯寫自然景物，以雪景、雲景點明冬天，渲染送別的環境氛圍。尾聯「還愁三徑晚，獨對一清樽」，收束到「愁」字、「獨」字上來，大有借酒銷愁愁更愁的意味，也就表達出作者的孤獨愁苦來了。餘韻悠然，耐人尋味。

本篇很注重運用感情色彩強烈的字眼，如「別」、「驚」、「愁」、「獨」等，大大加強了離情別恨的分量。本篇還注重對仗，如地理對有「星樓」對「月峽」，「蜀道」對「吳門」，數目對有「萬行」對「九折」，天文對有「雪影」對「雲陰」等，非常工整。

秋日別侯四

【題　解】詩題一本作〈秋日送侯四得彈字〉。侯四，不詳。此為贈別詩之一，寫送別友人外出求仕。

我留安豹隱，君去學鵬摶❶。岐路分襟易，風雲促膝難❷。夕漲流波急，秋山落日寒❸。

惟有〈思歸引〉，悽斷為君彈❹。

【注　釋】❶我留安豹隱二句　謂送別朋友。豹隱，指玄豹藏身於霧雨中。見本書卷二〈夏日遊德州贈高四〉注。此喻隱居山林。鵬摶，典出《莊子．逍遙遊》：「鵬之徙於南冥也，水擊三千里，摶扶搖而上者九萬里。」此喻謀求仕進。❷岐路分襟易二句　謂別易會難。歧，原作「岐」。分襟，指分離。風雲，指風雲變幻。促膝，謂膝與膝相接，坐得很近。❸夕漲流波急二句　寫送別時的秋景。夕漲，傍晚的河水。❹惟有思歸引二句　寫希望團聚。〈思歸引〉，琴曲名。《文選》石季倫〈思歸引序〉：「尋覽樂篇，有〈思歸引〉。倘古人之情，有同於今，故制此曲。此曲有絃無歌，今為作歌辭，以述余懷。恨時無知音者，令造新聲而播於絲竹也。」李善注：「《琴操》：『思歸者，衛女之所作也，欲歸不得，心悲憂傷，援琴而歌，作〈思歸引〉。』」悽斷，猶悽絕。

【語　譯】我留下退隱如豹隱雨霧，君外出求仕學南冥鵬搏。歧路徬徨分離易，風雲變幻會面難。傍晚的江河，流波迅急；深秋的山巒，日落生寒。我盼望與君早團聚，只好把〈思歸引〉悽絕為君彈。

【賞　析】本篇為五言律詩，共四聯八句。因為是送友求仕，故感慨良多。作者面對「歧路」徬徨、「風雲」多變的現實，不免有別易會難之感。接著，即寫送別時的秋景，眼前指點，分外真切。流波迅急，秋山生寒，卻又襯墊出離情別恨，俱見匠心。

送別詩往往與思念朋友結合在一起，但要一氣貫注，不枝不蔓，而且重在有序的步驟，不可錯雜，重在含蓄的情致，不可直露，對景抒懷，撫時感事，自有一種真情流露言表，一種氣韻動蕩其間。本篇結句本來是寫盼望與友人早日團聚，卻不直說、明說，以「惟有〈思歸引〉，悽斷為君彈」出之，委婉曲折，富於情趣。

秋日送尹大赴京

【題　解】前有序，見本書卷八〈秋日送尹大往京序〉。送，一本作「餞」。尹大，不詳。此為贈別詩之一。

挂瓢余隱舜，負鼎爾干湯❶。竹葉離樽滿，桃花別路長❷。低河耿秋色，落月抱寒光❸。

素書如可嗣，幽谷佇賓行❹。

【注　釋】❶挂瓢余隱舜二句　謂送別尹大。挂瓢，指隱居。見本書卷二〈夏日遊德州贈高四〉注。隱舜，謂舜隱居。《史記・五帝本紀》：「舜耕歷山，漁雷澤，陶河濱，作什器於壽丘，就時於負夏。」挂，原作「桂」。負鼎，即伊尹負鼎俎求商湯王事，見本書卷二〈夏日遊德州贈高四〉注。此指代求仕。❷竹葉離樽滿二句　謂別離在即。竹葉，酒名。張華〈輕薄篇〉：「蒼梧竹葉青，宜城九醞酒也。」桃花，馬名，即桃花馬。見本書卷四〈送鄭少府入遼〉注。❸低河耿秋色二句　謂送別時節。低河，銀河。秋天天高氣爽，故銀河顯得低淺。耿，明亮。❹素書如可嗣二句　素書，書信。古人書信寫於白絹上，故名。嗣，連續。幽谷，猶山居。指退隱之地。佇，久立等待。賓行，猶雁行。〈淮南子・時則〉：「季秋三月，候雁來賓。」高誘注：「雁以仲秋先至者為主，後至者為賓。」此指雁書。

【語　譯】我掛瓢退隱如舜隱，君負鼎求仕如求湯。滿飲竹葉青，揮手從茲去。騎上桃花馬，別路遠又長。銀河低淺明秋色，落月依依抱寒光。如果君的書信能連續不斷，我將在山居等待捎信來的雁行。

【賞　析】本篇為五言律詩，與卷第八之詩序相互發明。首聯之「挂瓢余隱舜，負鼎爾干湯」，提出了作者自己「隱舜」與尹大「干湯」的對比，點明了自己仕途坎坷的處境。接著，二聯以「離樽」、「別路」寫送別。不過作者用「竹葉」喻酒，用「桃花」喻馬，是加倍形容。因為花草等景物，是一種美的事物，用來形容酒與馬，使之顯得更美。三聯見秋景。「低河耿秋色」，是寫天高氣爽，「落月抱寒光」，是寫溶溶月色，也描繪得很美。這種美化，反映出作者以自然為美的審美理想。「素書如可嗣，幽谷佇賓行」的結句，就含蘊有叮嚀珍重的意思了。

秋夜送閻五

【題　解】詩題一作〈秋夜送閻五還潤州〉。前有序，見本書卷八〈秋夜送閻五序〉。閻五，不詳。潤州，即江鎮，見本書卷三〈晚泊江鎮〉題解。此為贈別詩之一。

通莊抵舊里，溝水泣新知❶。斷雲飄易滯，連霧積難披❷。傃風啼迥堞，驚月繞疏枝❸。無力厲短翰，輕舉送長離❹。

【注　釋】❶通莊抵舊里二句　謂送別朋友。通莊，猶康莊。指寬闊平坦、四通八達的道路。抵，抵達。舊里，故鄉。指潤州。新知，新結識的朋友。❷斷雲飄易滯二句　謂斷雲迷霧般的命運。斷雲，指浮雲，用曹丕〈雜詩〉「西北有浮雲」詩意，喻飄浮不定的身世。連霧，指連綿的迷霧，此用《晉書・樂廣傳》之披雲霧睹青天的詩意。霧，原作「露」。披，撥開。❸傃風啼迥堞二句　謂孤苦無依。傃，向。啼，城烏之夜啼。朱超〈詠城上烏詩〉：「朝飛集麗城，猶作夜啼聲。」迥堞，遠處的城牆。堞，城上如齒狀的矮牆，亦稱女牆。繞疏枝，用曹操〈短歌行〉之南飛鵲詩意，見本書卷三〈望鄉夕泛〉注。❹無力厲短翰二句　謂難送長離。厲，疾飛。短翰，即短羽。長離，遠別。

【語　譯】康莊的大道直抵故鄉，溝水潺潺如泣新知。命運如斷雲飄浮，滯留他鄉；如連霧混茫，積重難披。城烏向風夜啼城堞，南鵲驚月飛繞疏枝。我無力疾飛自己的短羽，因此不能翱翔天空伴君遠離。

【賞　析】本篇為五言律詩。關於詩的結構，如陳熙晉《駱臨海集箋注》所說：「案此篇首句言閭旋里，次句言己與之別，三、四句歎己之遇，五、六句藉烏鵲以喻己。長離，喻閭也。」

閭五也可能是個仕途失意者，使作者產生同是天涯淪落人的感受。因此，雖寫送別，卻重在感歎自己不幸的身世和命運。首聯一個「泣」字，就帶有個人感傷的色彩，形成全詩的基調。「斷雲」、「連霧」，就點明了飄泊他鄉、尋求出路的遊子身分。「傃風」、「驚月」，寫烏是為了寫人，意思又深進一層。城烏的向風哀啼，南鵲的無枝可依，又何嘗不是作者孤苦無依的寫照？「無力厲短翰，輕舉送長離」，依依惜別之情，含悠悠不盡之意。借他人之酒杯，澆自己之塊壘，這是作者送別詩的特色之一。

送吳七遊蜀

【題　解】吳七，不詳，為作者的朋友。此為贈別詩之一。

日觀分齊壤，星橋抵蜀門❶。桃花嘶別路，竹葉瀉離樽❷。夏盡蘭猶茂，秋新柳尚繁。霧消山望迥，風高野聽喧❸。勞歌徒欲奏，贈別竟無言。唯有當秋月，空照野人園❹。

【注　釋】❶日觀分齊壤二句　謂吳七由齊入蜀。日觀，即泰山日觀峰。分，區分。齊壤，齊地。星橋，即蜀中七星橋。《華陽國志・蜀志》：「西南兩江有七橋。長老傳言，李冰造七橋，以上應七星。」蜀門，指蜀地。❷桃花嘶別路二句　謂送別吳七。桃花，馬名，即桃花馬。見本書卷四〈送鄭少府入遼〉注。竹葉，酒名，即竹葉青。❸夏盡蘭猶茂四句　謂送別季候。夏盡，指夏末。秋新，新秋，指初秋。霧消，霧氣消散。迥，遠。風高，秋風高爽。喧，喧鬧。❹勞歌徒欲奏四句　謂離情別恨。勞歌，憂愁之歌。《詩經・小雅・燕燕》：「實勞我心。」此指離歌。竟，原作「競」。當秋月，正當秋天的月亮。野人園，山野之人的家園。此喻作者自己的居地。

【語　譯】高高的日觀峰區分齊地，長長的七星橋直抵蜀門。桃花馬嘶鳴走上別路，竹葉青泛綠瀉入離樽。晚夏時節的蘭草，還開得茂盛；初秋時分的楊柳，仍枝壯葉繁。霧氣消盡，眺望山間的景物更為闊遠；高爽的秋風，送來了野外嘈雜的鬧喧。憂傷的離歌難於啟奏，珍重的贈別相互無言。唯有秋天的月亮，空空地照著我這草民的家園。

【賞　析】本篇為五言排律，是為送別吳七而作。首聯即用對仗。「日觀」對「星橋」為天文對，「齊壤」對「蜀門」為地理對，把吳七由齊入蜀的路線都涵蓋了，概括性很強。二聯切題，桃花喻馬，竹葉喻酒，顯得很美，很有詩情畫意。三聯選擇蘭、柳的意象來表現夏秋之交的景物，大概蘭象徵同心同德之友誼，而柳則關合折柳送別。四聯是採取兩個角度。「霧消山望迥」，是寫視野的開闊；「風高野聽喧」，是寫聽覺的敏銳。五聯、六聯就直抒離情別緒。離歌難奏，贈別無言，不言愁而愁自見。「唯有當秋月，空照野人園」，又深進一層。朋友離別，只剩下秋月，照著空蕩蕩的家園，和空蕩蕩的心。這是一種孤獨、落寞的感受了。

送王明府上京參選

【題　解】詩題一作〈送王贊府上京參選賦得鶴〉。王明府，生平不詳。明府，唐人稱縣令為明府，丞為贊府，尉為少府。參選，列選，參加選拔。唐人封演《封氏聞見記．詮曹》：「至於官員不充，省符追人赴京參選，遠州皆率衣糧以相資送，然猶辭訴求免。」此為贈別詩之一。

振衣遊紫府，飛蓋背青田❶。虛心恒警露，孤影尚凌煙❷。離歌悽妙曲，別引繞繁絃❸。

在陰如可和，清響會聞天❹。

【注　釋】❶振衣遊紫府二句　謂王明府上京參選。振衣，語本《楚辭．漁父》：「新沐者必彈冠，新浴者必振衣。」此以白鶴之整理毛羽喻整理衣冠。遊，宦遊。紫府，道家神仙之洞府。此喻帝都長安。飛蓋，語本劉楨〈魯都賦〉：「蓋如飛鶴，馬似遊魚。」此喻飛快的車馬。蓋，車蓋。背，離開。青田，縣名。《元和郡縣志》：「江南道處州青田縣，本麗水縣之鄉名也。景雲二年，刺史孔琮奏於此分置青田縣。」❷虛心恒警露二句　寫友人謙恭高潔的品性。虛心，謙虛謹慎。警露，戒露。《藝文類聚．鳥部》：「《風土記》曰：『鳴鶴戒露。此鳥性警，至八月，白露降流於草上，滴滴有聲，因即高鳴相警，移徙所宿處，慮有變害也。』」孤影，孤高的身影。凌煙，猶飛凌雲霄。❸離歌悽妙曲二句　謂依依惜別。悽，悽惶。妙曲，精妙的樂曲。別引，即〈別鶴操〉。崔豹《古今注・音樂第三》：「〈別鶴操〉，商陵牧子所作也。娶妻五年，而無子。父兄將為之改娶。妻聞之，中夜起，倚戶而悲嘯。牧子聞之，愴然而悲，乃歌曰：『將乖比翼隔天端，山川悠遠路漫漫，攬衣不寢食忘餐。』後人因為樂章焉。」繁絃，急促錯雜的琴音。❹在陰如可和二句　謂友人參選能如願以償。在陰，語本《易・中孚》：「九二，鳴鶴在陰，其子和之；我有好爵，吾與爾靡之。」這意思是說，白鶴鳴叫在山的背陰，牠的同類會聲聲應和；我有甜美的好酒，願與你共飲同樂。清響，指鶴唳清越。聞天，語本《詩經・小雅・鶴鳴》：「鶴鳴於九皋，聲聞於天。」

【語　譯】友人整理衣冠宦遊帝都，如飛的車馬載著他離開家鄉青田。他謙虛謹慎，常常心存警惕；他孤高純潔，崇尚壯志凌煙。悽惶的離歌，伴著精美的旋律；憂傷的別引，繚繞急促的琴絃。如果能實現鶴鳴子和，那麼你的清名就會聲聞於上天。

【賞　析】本篇以鶴為喻體，是表現藝術上的主要特點。古稱鶴為仙禽。魏之王粲、曹植，宋之鮑照，都寫有鶴賦。《埤雅》卷六〈釋鳥〉云：「蓋鶴體潔白，舉則高至，鳴則遠聞，性又善警，行必依洲嶼，止必集林木，故詩傳以為君子言行之象。」因此古代往往以鶴喻人。如鶴鳴之士，比喻有德行之士，《後漢書・楊賜列傳》有謂「斥遠佞巧之臣，速徵鶴鳴之士」。

本篇為五言律詩，四聯均用了鶴之典故。首聯「振衣」，即以整理鶴羽喻整裝；「飛蓋」，猶鶴駕，指神仙的車駕。此喻動身。「青田」為道家三十六洞天之一的所在地。據《初學記・鳥部》載：「《永嘉郡記》曰：『有洙沐溪，在青田九里，此中有一雙白鶴，年年生子，長大便去，只惟餘父母一雙在耳。精白可愛，多云神仙所養。』」頷聯以鶴之「虛心」、「孤影」，比喻王明府君子之品德和志向。頸聯以〈別鶴操〉喻離情別恨，尾聯以鶴鳴子和，聲聞於天喻王明府參選成功。構思新穎，一氣呵成，委婉含蓄，韻味悠長。

秋日送別

【題　解】此為贈別詩之一，寫秋日送別的悲秋情結。

寂寥心事晚，搖落歲時秋❶。共此傷年髮，相看惜去留❷。當歌應破涕，哀命返窮愁❸。
別復能相憶，東陵有故侯❹。

【注　釋】❶寂寥心事晚二句　謂悲秋情緒。寂寥，空虛落寞。心事，內心憂傷之事。搖落，草木凋零。❷共此傷年髮二句　謂惜別之情。年髮，猶華髮。指兩鬢因年華流逝而變白。江總〈傷顧野王詩〉：「年髮兩如此，傷心獨幾時。」去留，一去一留，指離別。❸當歌應破涕二句　謂悲歎命運。當歌，謂對酒當歌。破涕，謂破涕為笑。哀命，哀歎命運。返窮愁，指重新回到窮愁潦倒的境地。❹別復能相憶二句　謂希望友人不忘交情。復，一作「後」。東陵，即東陵侯邵平。見本書卷二〈夏日遊德州贈高四〉注。此喻故人。

【語　譯】整天到晚內心空虛落寞，又碰上草木凋零的深秋。彼此憂傷年華流逝添白髮，相伴著離情別恨惜去留。對酒當歌應是破涕為笑，哀歎窮愁潦倒的命運又臨頭。別後希望能相憶，不忘東陵有故侯。

【賞　析】本篇為五言律詩。從離情別恨中寫出一種悲秋的情結，使它獨具特色。曹操的「對酒當歌，為歡幾何，譬如朝露，去日苦多。何以解憂，唯有杜康」（〈短歌行〉），這是生命意識的流露。本篇即暗用其意。在一個深秋的季節，又有友人離開，西風黃葉，山川寂寥，冷落蕭瑟，倍增離索。作者悲秋，悲的是自然的秋天，也是人生的秋天。他悲歎心事落寞，草木凋零，他悲歎年華易逝，人生易老；他悲歎生活困頓，命運窮愁，等等。總之，這是對人生、生命的集中思考和探索，比一般的送別詩多了一層境界。作者還特地選用與秋事、與生活有關的詞彙，如「寂寥」、「搖落」、「傷年髮」、「惜去留」、「當歌」、「哀命」、「破涕」、「窮愁」等，加強悲秋情結的感情色彩。

易水送人

【題解】寫易水送友的感慨。易水，水名，在河北省西部，源出易縣境內。

此地別燕丹，壯髮上衝冠❶。昔時人已沒，今日水猶寒❷。

【注釋】❶此地別燕丹二句　謂易水壯別。此地，指易水岸邊。燕丹，即燕太子丹。曾在秦國做人質，秦王對他無禮，後秦兵又威脅燕國，太子丹為復仇和救燕，派荊軻入秦刺殺秦王，未遂而死。壯髮上，《全唐詩》作「壯士髮」。❷昔時人已沒二句　謂荊軻的深遠影響。

【語譯】荊軻入秦，在易水岸邊壯別燕太子丹，氣壯山河壯士怒髮上衝冠。昔日的英雄雖然已經逝去，但是英雄永恆的浩然正氣仍使今日長流的易水生寒。

【賞析】戰國時期，荊軻刺秦，由燕入秦，視死如歸，義無反顧，是一種叱咤風雲的義舉。而燕太子丹易水岸邊的送別，悲風蕭蕭，易水生寒，素衣似雪，怒髮衝冠，就是一種激動人心的壯別了。那酒，那歌聲，那氛圍，那俠肝義膽，完全融為一體，如聞其聲，如見其人，真有說不盡的悲歌慷慨，壯懷激烈。這個故事，在《史記・刺客列傳》與《戰國策・燕策》中都有記載，而《燕丹子》一書，則摻進了一些民間傳說。

作者在易水岸邊送別友人，自然會聯想到荊軻刺秦的義舉與壯別。但是，更為重要的，是作者與荊軻有某種精神上的聯繫，而決不是發思古之幽情。在作者看來，荊軻刺秦，不僅有著深厚的歷史文化土壤，而且洋溢著捨生取義的民族精神。作者通過「昔」與「今」的對比，打破了時空的間隔，托出了荊軻的精神。其實，這是消逝與永恒的對比，昔日的英雄已逝去了，只有易水至今仍滔滔滾滾，寒氣逼人。這等於是說，千載之下，英雄精神永恒，其浩然正氣，與易水長流，其雄風壯采，凛然猶在。這與晉詩人陶潛〈詠荊軻〉一詩中所寫的「昔時人已沒，千載有餘情」有異曲同工之妙。作者的用心，是擬在荊軻這樣的英雄義士身上，寄託了拯救國家危難的理想。這種理想，很可能成為他後來參加揚州起義的契機。

本篇是五言古絕。古體詩除了押韻外，不受格律的束縛。它用典自然妥貼，基調沉雄悲壯。俞陛雲《詩境淺說續編》稱它「一氣揮灑，懷古蒼涼，勁氣直達，高格也。」

西行別東臺詳正學士

【題解】寫西行邊塞途中的所見所想。東臺詳正學士，見本書卷三〈早秋出塞寄東臺詳正學士〉之題解。

意氣坐相親，關河別故人❶。客自秦川上，歌從易水濱。塞荒行辨玉，臺遠尚名輪❷。泄井懷邊將，尋源重漢臣❸。上苑梅花早，御溝楊柳新。只應持此曲，別作邊城春❹。

【注釋】❶意氣坐相親二句　謂告別西行。意氣，謂志趣性格相投。坐，副詞，有「自」的意思。關河，猶關山、山河。❷客自秦川上四句　謂西行道路。秦川，古地區名，泛指今陝西、甘肅秦嶺以北平原地帶，因春秋、戰國時地屬秦國而得名。此指代京都長安。易水濱，即燕太子丹送荊軻入秦處，見本書卷二〈夏日遊德州贈高四〉注。辨玉，指春秋時楚人卞和獻璞事，見本書卷二〈在江南贈宋五之問〉注。此指代甘肅敦煌西的玉門關，因西域輸入玉石取道於此而得名。臺遠，謂遙遠的輪臺，其地在今新疆輪臺東南。❸泄井懷邊將二句　謂緬懷戍邊功臣。泄井，井水泄出，為東漢耿恭守疏勒對井祈禱事。見本書卷一〈靈泉頌〉注。尋源，尋找水源，為西漢張騫事。張騫奉漢武帝命出使大月氏，途經匈奴被拘留十餘年。後逃脫以校尉從大將軍衛青擊匈奴，因他熟悉沙漠中水草所在，使士兵不受困乏，他以功封博望侯。見《漢書・張騫李廣利傳》。❹上苑梅花早四句　謂懷念京城和故人。上苑，即長安上林苑。御溝，即長安御溝。此曲，指兩個曲調，一為〈梅花落〉，見本書卷二〈代女道士王靈妃贈道士李榮〉注。一為〈楊柳曲〉，樂府〈近代曲・楊柳枝〉的別稱。本為漢樂府橫吹曲辭〈折楊柳〉，至唐易名〈楊柳枝〉，開元時已入教坊曲。

【語　譯】意氣相投自然相親，關山迢迢離別故人。我從秦川西上，高歌易水之濱。經過玉門關塞，直達荒遠輪臺。想到耿恭禱井求水的業績，回憶張騫尋找水源的功勛。長安上苑梅花開放早，長安御溝楊柳枝頭新。只有曲中的〈梅花〉與〈楊柳〉，暫且當作荒漠邊城春。

【賞　析】本篇與〈早秋出塞寄東臺詳正學士〉為姐妹篇，兩者可以相互發明。

本篇為五言排律，共六聯十二句，寫來很富於想像力。首聯破題，寫告別故人西行。二聯「客自秦川上，歌從易水濱」，前句實寫，以秦川指代京城長安，即從長安出發西行；後句虛寫，由西行想像到荊軻當年入秦的悲歌慷慨，以壯行色。三聯寫西行路線，用卞和獻璞的典故以喻玉門關，也很貼切。四聯寫「泄井懷邊將，尋源重漢臣」，由沙漠缺水源想像到與水有關的耿恭和張騫這些功臣，這與作者效命疆場、立功邊塞的思想有一定的聯繫。五聯、六聯是寫抵達邊塞後對京城、故人的懷念。作者西行，是在秋天，而「梅花」、「楊柳」，明點長安春景，顯然又是想像，又是虛擬。然後由長安春景推想到〈梅花落〉、〈楊柳枝〉等樂曲，再由此推想到借助樂曲，聊當邊城春意，其荒涼苦寒也就可以想見了。構思新穎，層層翻出，耐人尋味。後來唐王之渙的「羌笛何須怨楊柳，春風不度玉門關」（〈涼州詞〉）與本篇有異曲同工之妙。

別李嶠得勝字

【題解】李嶠（六四五——七一四），字巨山，趙州贊皇（今河北贊皇）人。二十擢進士第，始任安定尉，後任監察御史、給事中。聖曆元年（六九八），以麟臺少監同鳳閣鸞臺平章事。神龍二年（七〇六），再拜相，封趙國公。睿宗立，致仕。他為初唐詩人，與駱賓王、劉光業以文章著名京畿，與蘇味道、崔融、杜審言並稱「文章四友」，又與里人蘇味道並稱「蘇李」。《舊唐書》、《新唐書》有傳。嶠，原作「矯」。本篇大概與〈西行別東臺詳正學士〉、〈早秋出塞寄東臺詳正學士〉為同一時期的作品，即咸亨元年（六七〇），作者西行出塞的時候。

芳尊徒自滿，別恨轉難勝❶。客似遊江岸，人疑上灞陵❷。寒更承夜永，涼景向秋澄❸。

離心何以贈？自有玉壺冰❹。

【注釋】❶芳尊徒自滿二句　謂離情別恨。芳尊，芳香的美酒。尊，酒器。徒，空。轉，轉變。難勝，難於承受。勝，承受得起。❷客似遊江岸二句　寫送行與告別。遊江岸，用晉人袁宏事。《晉書・文苑傳》：「袁宏，字彥伯，侍中猷之孫也。父勗，臨汝令。宏有逸才，曾為詠史詩，是其風情所寄。少孤貧，以運租自業。謝尚時鎮牛渚，率爾與左右微服泛江，會宏在舫中諷詠，聲既清會，辭又藻拔，遂駐聽久之，遣問焉，答云：是袁臨汝郎誦詩，即其詠史之作也。尚即迎升舟，與之譚論，申旦不寐。自此名譽日茂。」此指李嶠在江岸送行並贊其才賦。上灞陵，王粲〈七哀詩〉：「南登灞陵岸，回首望長安。」此指自己向李嶠告別，依依不捨。灞陵，即漢文帝陵，在長安縣東。見本書卷三〈晚泊江鎮〉注。❸寒更承夜永二句　寫離別的季候。寒更，寒夜的更聲。更，古代用滴漏計時，夜間憑漏刻傳更；一夜為五更，每更約二小時。承，次第。夜永，長夜。涼景，悲涼的景色。向，趨向。秋澄，清澄的秋天。❹離心何以贈二句　謂以冰心為贈。玉壺冰，謂玉壺之冰心，比喻高潔。鮑照〈代白頭吟〉：「直如朱絲繩，清如玉壺冰。」

【語　譯】離愁使香醇的美酒難於下嚥，別恨變得心理上難於擔承。君眷眷情深送於江岸，我依依惜別走上灞陵。更漏聲聲，伴著寒冷的長夜；悲涼景色，伴著秋天的清澄。離心何以為贈？自有玉壺之冰心。

【賞　析】本篇為五言律詩，為作者於咸亨元年（六七〇），西行從軍出塞告別朋友李嶠時所作。李嶠曾寫過一些有關朋友從軍、朝臣赴邊之送別詩，其中就有送別駱賓王此次從軍的詩，題為〈送駱奉禮從軍〉：「玉塞邊烽舉，金壇廟略申。羽書資銳筆，戎幕引英賓。劍動三軍氣，衣飄萬里塵。琴尊留別賞，風景惜離晨。笛梅含晚吹，營柳帶餘春。希君勒石返，歌舞入城闉。」此詩寄託了李嶠對駱賓王立功邊塞的殷切期望，寫來氣象恢宏，蒼勁老辣。

本篇為五言律詩，著重寫了作者與李嶠之間的深摯情誼。開篇「芳尊徒自滿，別恨轉難勝」，正是針對李詩的「琴尊留別賞，風景惜離晨」兩句而發的，依依惜別，眷眷情深，可以拈出其感情的分量與重量。二聯用晉人袁宏「少有逸才」之典故，來稱讚李嶠的才華，蘊意深厚。三聯寫秋夜景色，以寒冷淒清的氣氛，進一步烘托出離情別緒。結句「離心何以贈，自有玉壺冰」，意味悠長。這不僅說明君子之交淡如水，玉潔冰清，纖塵不染，更重要的是表現兩人貞節自守的高尚情操，是那樣超塵脫俗。

在兗州餞宋五

【題　解】詩題一作〈在兗州餞宋五之問〉。兗州，《元和郡縣志》卷十：「河南道兗州。春秋時為魯國。隋大業元年（六〇五），於兗州置都督府，二年（六〇六），改為魯州。三年（六〇七），改為魯郡。武德五年（六二二），改魯郡置兗州。貞觀十四年（六四〇），改置都督府。」宋五之問，即初唐詩人宋之問，見本書卷二

〈在江南贈宋五之問〉題解。

淮夷泗水地，梁甫汶陽東❶。別路青驪遠，離樽淥蟻空❷。柳寒凋密翠，棠晚落疏紅❸。別後相思曲，悽斷入琴風❹。

【注　釋】❶淮夷泗水地二句　謂餞別的地點。淮夷，淮河之夷民。《書・禹貢》：「泗濱浮磬，淮夷蠙珠暨魚。」孔穎達疏：「鄭玄以為淮水之上，夷民獻此珠與魚也。」此借指淮河流域。泗水，《元和郡縣志》卷十：「河南道兗州。泗水縣，漢卞縣之地，即春秋之虛朾地。隋分汶陽縣於此置泗水縣，屬兗州。」又，「泗水源出縣東陪尾山，其源有四，四泉俱導，因以為名。」梁甫，山名，《元和郡縣志》卷十：「河南道兗州。泗水縣梁父山，在縣北八十里，西接徂徠山。」汶陽，《元和郡縣志》卷十：「河南道兗州。龔丘縣，故汶陽城，在縣東北五十四里，其城側土田沃壤。」❷別路青驪遠二句　謂餞別的場景。青驪，馬名，一種青黑色的馬。淥蟻，酒上浮有綠色泡沫。此指代酒。❸柳寒凋密翠二句　謂餞別時的春景。密翠，稠密的翠綠。棠晚，指晚春的海棠，為春季開花的落葉喬木。疏紅，稀疏的紅花。❹別後相思曲二句　謂別後的思念。悽斷，悽絕。

【語　譯】餞別在淮夷泗水之地，梁父汶陽之東。騎上青驪馬，別路多遙遠；斟滿淥蟻酒，離尊杯杯空。寒柳受抑制未成密翠，晚棠花謝落留有疏紅。別後相思曲，悽絕入琴風。

【賞　析】本篇為五言律詩，是送別之作。首聯起筆點明兗州為餞別地點。二聯承筆寫別路，寫離尊，點明餞別的場景，而「遠」與「空」兩個形容詞，生發出離情別恨的感情分量。三聯轉筆，先寫寒柳，後寫晚棠，概括出春天的典型景物，交代了餞別的季節。四聯收筆結到對朋友的思念上面。「別後相思曲，悽斷入琴風」，以琴曲來寄託相思之情，顯得無可奈何。絃絃掩抑，聲聲思念，哀傷悽絕，韻味悠長。

春晚從李長史遊開道林故山

【題解】李長史，不詳。長史，官名。唐代州、郡設長史，責任甚重。大都督府之長史，從三品，往往即充節度使。

幽尋極幽壑，春望陟春臺❶。雲光棲斷樹，霞影入仙杯❷。古藤依格上，野徑約山隈❸。

落蕊翻風去，流鶯滿樹來❹。興闌荀御動，歸路起浮埃❺。

【注釋】❶幽尋極幽壑二句　謂尋幽探勝。幽尋，即尋幽。極，達到最大限度。幽壑，深幽的山壑。春望，即探春。陟，登。春臺，指美好的遊賞勝地。語本《老子》：「眾人熙熙，如享太牢，如登春臺。」❷雲光棲斷樹二句　寫雲光霞影。雲光，指雲霞的光彩。棲，居留。霞影，雲霞的光澤。霞，原作「靈」。仙杯，王充《論衡・道虛篇》：「盧敖學道求仙，離眾遠去，是與河東蒲坂項曼都無以異也。曼都好道學仙，委家亡去，三年而反。曰：去時有仙人數人，將我上天，離月數里而止。居月之旁，其寒淒愴，口飢欲食，輒飲我流霞一杯，數月不飢。」❸古藤依格上二句　寫古藤野徑。依格，依附支架。語本陰鏗〈和登百花亭懷荊楚詩〉：「藤長還依格，荷生不礙橋。」野徑，僻遠的山徑。約，約束。山隈，山彎曲之處。❹落蕊翻風去二句　寫落蕊流鶯。落蕊，落花。流鶯，指叫聲流囀的黃鶯。❺興闌荀御動二句　謂興闌而歸。興闌，興盡。荀御，《後漢書・黨錮列傳》：「李膺性簡亢，無所交接。荀爽嘗就謁膺，因為其御。既還，喜曰：『今日乃得御李君矣。』其見慕如此。」此喻李長史的車馬。浮埃，塵埃。

【語譯】尋幽直達幽深的山壑，探春登上幽美的春臺。雲霞流光，停留於斷樹之間；雲霞溢彩，如同仙杯中的醇醅。古藤蔓延，依附於攀援的支架；山徑屈曲，緊繞著彎轉的山隈。落花繽紛隨風飄去，黃鶯流囀滿樹飛來。興盡駕車歸去，一路蕩起塵埃。

【賞　析】晚春時節，作者從李長史遊開道林故山，尋幽探春，盡情地享用大自然的賜予，真是花柳無私、江山無價。作者觸景生情，把活生生的大自然描繪出來，生動具體，多姿多彩。詩中有三幅畫面：第一幅是天空的景物，第二幅、第三幅是山中景物，由高而下，很有空間感和層次感。至於寫天空雲霞的流光溢彩，是色彩美；寫山間古藤的蔓長，野徑的屈曲，是線條美；寫山上落花的繽紛，黃鶯的流囀，則是動態美了。這樣就坐實了首聯的「尋」、「望」兩字，使三幅畫面有聲有色，有動有靜，富於自然的情趣韻味了。

遊靈公觀

【題　解】寫遊靈公觀之感受。靈公觀，道觀名。

靈峰標勝境，神府枕通川❶。玉殿斜臨漢，金堂迥架煙❷。斷風疏晚竹，流水切寒絃❸。

別有青門外，空懷玄圃仙❹。

【注　釋】❶靈峰標勝境二句　謂靈公觀的地理環境。靈峰，仙山。標，標示。勝境，名勝之地。神府，神仙洞府。枕，橫，引申為「臥」。通川，流通的川水。❷玉殿斜臨漢二句　謂靈公觀的建築。玉殿，即玉堂，神仙所居處。《十洲記》：「崑崙有流金之闕，碧玉之堂。」此指道觀的殿堂。斜，傾出。臨漢，謂靠近霄漢。金堂，黃金之宮闕，天帝所居。《史記・封禪書》：「自威宣，燕昭使人入海，求蓬萊、方丈、瀛洲，此三神山者，其傳在渤海中，黃金為金闕。」亦指道觀的殿堂。迥，遠。架煙，淩駕雲煙。架，同「駕」。淩駕，超越。❸斷風疏晚竹二句　謂靈公觀的景色。斷風，陣風。疏，分。切，相切。❹別有青門外二句　謂空懷隱居之心。青門，謂東陵瓜，見本書卷二〈夏日遊德州贈高四〉注。玄圃，《水經注・河水》：「崑崙之山三級：下曰樊桐，一名板桐；二曰玄圃，一名閬風；上曰層城，一名天庭；是為太帝仙居。」

【語　譯】仙山標示著名勝的境地，神府橫臥在流通的河川。玉殿傾出臨近霄漢，金堂高遠凌駕雲煙。陣陣晚風疏動翠竹，潺潺流水牽動琴絃。我雖有東陵種瓜的心思，卻難結崑崙玄圃的仙緣。

【賞　析】本篇為五言律詩，以靈公觀為題材，在描繪景物方面，較有特色。首聯起筆之「標勝境」、「枕通川」，寫出靈公觀的地理環境，靈峰神府，仙家所居，依山枕流，風景幽美。頷聯承筆寫靈公觀的構建。「玉殿」、「金堂」是美稱，而「斜臨漢」、「遠架煙」，從仰望中落墨。殿宇高峻處傾出霄漢，深遠處凌駕雲煙，呈現出運動感，誇張而不失真。頸聯轉筆，轉到靈公觀的景物上來。「斷風」、「晚竹」、「流水」、「寒絃」，屬四種景物，用「疏」、「切」兩個動詞，即發生了內在聯繫。這是一種以聲寫靜、動中見靜的寫法，通過風聲、水聲，表現靜境與靜意。收筆「別有青門外，空懷玄圃仙」，是抒發感慨，表達欲退隱又不可能的無奈。

夏日遊山家同夏少府

【題　解】寫同夏少府遊山家。夏少府，不詳。少府，即縣尉。

返照下層岑，物外狎招尋❶。蘭徑薰幽佩，槐庭落暗金。谷靜風聲徹，山空月色深❷。一遺樊籠累，唯餘松桂心❸。

【注　釋】❶返照下層岑二句　謂尋覓幽勝。返照，夕照。層岑，重疊的山巒。岑，小而高的山。物外，世俗、人事之外。狎，就近。招尋，招喚，指招朋尋勝。❷蘭徑薰幽佩四句　謂山間風物。蘭徑，長有蘭草的山徑。佩，身上佩帶的飾物。槐庭，長有槐樹的庭園。暗金，對槐花的美稱，因槐花呈黃白色，可做黃色染料，故名。徹，通。深，指顏色濃。❸一遺樊籠

累二句　謂退隱山林。遣，排遣。樊籠累，此喻受官場俗務的拘束。松桂心，以松樹桂樹堅貞高潔喻退隱之情致。

【語　譯】夕陽已經下山了，我呼朋尋勝有超然物外的胸襟。芳香溢蘭徑，熏染佩飾，槐庭落黃花，撒下碎金。山谷幽靜使得風聲更響，山間空寂顯出月色更深。一旦走出樊籠，排遣官場的拘累，就會情繫松桂，產生退隱之心。

【賞　析】本篇為五言律詩，寫作者同夏少府遊山的情景。首聯點明遊山的時間，緊緊扣住夏天夕陽西下的傍晚時分來描繪。二聯著筆寫景。「蘭徑薰幽佩，槐庭落暗金」，寫香草的芬芳，寫晚霞的光彩，而一「幽」一「暗」，正是此時此際景物的特點。三聯寫出景物的內在聯繫。「谷靜風聲徹」，表現出「靜」與「徹」的聯繫，即靜與動的聯繫，山谷愈靜，山風愈響；「山空月色深」，表現出「空」與「深」的聯繫，即虛與實的聯繫，山谷愈空寂，月色愈深幽。「蘭徑」、「槐庭」、「靜谷」、「空山」，以及「幽佩」、「暗金」、「風聲」、「月色」，構起了一幅統一的畫面，給人以審美感受。尾聯表示要擺脫官場拘束，超然世俗人事之外，隱居山林，求得自我與自然的和諧，正是作者不滿現實的結果。

和王記室從趙王春日遊陁山寺

【題　解】和，和詩。王記室，不詳。記室，《舊唐書・職官志》：「王府官屬記室、參軍事二人，從六品上。記室，掌表、啟、書、疏。」趙王，《舊唐書・太宗諸子傳》：「趙王福，太宗第十三子也。貞觀十三年，受封，出後隱太子建成。十八年，授秦州都督，累授梁州都督。咸亨元年薨。」

鳥旟陪訪道，鷲嶺洽棲真❶。四禪明靜業，三空廣勝因❷。祥河疏疊澗，慧日皎重輪。葉暗龍宮密，花明鹿苑春❸。雕談筌奧旨，妙辨漱玄津❹。雅曲終難和，徒自奏巴人❺。

【注　釋】❶烏旟陪訪道二句　謂從趙王遊寺。烏旟，繪有烏隼徽識的旗子。《周禮．夏官．大司馬》：「百官載旟。」鄭康成注：「百官，卿大夫也。載旟者，以其屬衛王也。」此指代官吏和衛隊。陪，陪同。訪道，即趙王遊陀山寺。鷲嶺，即靈鷲山。在古印度摩揭陀國王舍城東北，山中多鷲，或以山頂似鷲，故名。相傳釋迦牟尼曾在此說法，因稱佛地。此喻陀山寺。洽，親近。一作「狎」。棲真，謂真人所棲。陶弘景〈真誥〉：「宗道者貴無邪，棲真者安恬愉。」❷四禪明靜業二句　謂陀山寺修鍊的善業。四禪，佛家稱貫禪、練禪、薰禪、修禪之四種禪功。靜業，即淨業，佛家稱清淨之善業。《觀無量壽經》云：「凡夫欲修淨業者，得生西方極樂國土。」三空，佛家稱言空、無相、無願之三解脫，因三者共明空理，故曰三空。勝因，佛家稱殊勝之善因。《佛說無常經》曰：「勝因生善道，惡業墮泥犁。」❸祥河疏疊澗四句　謂陀山寺之景色。祥河，吉祥的河水。疊澗，重疊的山澗。惠日，即慧日。佛家稱佛智如太陽能照世間之盲冥。《無量壽經》卷下：「慧日照世間，消除生死雲。」《同普門品》曰：「慧日破諸闇，能伏災風火。」重輪，太陽外圈之光環。龍宮，喻河水。鹿苑，即鹿野苑，又稱施鹿園。佛成道後始來此說法，在中天竺波羅奈國。❹雕談筌奧旨二句　謂談禪說法。雕談，《史記．孟子荀卿列傳》載，戰國時代，齊人騶衍之術迂大而閎辯，騶奭採騶衍之術以紀文，「故齊人頌曰：『談天衍，雕龍奭。』」裴駰《集解》引劉向《別錄》：「騶奭修衍之文，飾若雕鏤龍文，故曰『雕龍』。」後以雕談比喻善於文辭。此指佛家學說。筌，猶「詮」。詮釋。奧旨，精奧的宗旨。妙辨，妙論。辨，同「辯」。漱，洗滌。玄津，玄妙的迷津。佛家謂「迷妄」的心境為迷津，《大唐西域記．序》：「廓群疑於性海，啟妙覺於迷津。」❺雅曲終難和二句　謂賦詩唱和。雅曲，猶「曲高和寡」。楚宋玉〈對楚王問〉：「客有歌於郢中者，其始曰〈下里〉、〈巴人〉，國中屬和者數千人；其為〈陽阿〉、〈薤露〉，國中屬而和者數百人；其為〈陽春〉、〈白雪〉，國中屬而和者不過數十人；引商刻羽，雜以流徵，國中屬而和者不過數人而已。是其曲彌高，其和彌寡。」此以雅曲即〈陽春〉、〈白雪〉稱讚他人詩作，以巴人即〈下里〉、〈巴人〉謙稱己詩。

【語　譯】烏旟前導陪同遊寺，鷲嶺佛地親近真人。修鍊「四禪」的善業，廣布「三空」的善因。祥河悠悠疏開疊澗，惠日皎皎再現重輪。茂盛的綠葉，嚴實地蓋住龍宮；明媚的山花，帶來了鹿苑陽春。學說詮釋精奧的佛旨，妙言洗滌迷妄的心境。陽春白雪終難奉和，空自奏響下里巴人。

【賞　析】本篇為五言排律，共六聯十二句，是奉和王記室從趙王春日遊陁山寺的一首詩，主要是寫陁山寺。首聯點題後，即以二聯的「四禪明靜業，三空廣勝因」，寫出佛家的禪功善業，實際上也是陁山寺功德圓滿的標誌。三聯、四聯，則以「祥河」、「疊澗」、「惠日」、「重輪」、「龍宮」、「鹿苑」等典型意象，概括出陁山寺的自然環境，象徵著佛光普照、鹿苑常春的一方淨土。五聯寫佛家經義的妙用，在於闡發佛旨，指引迷津，又為陁山寺的功德補墊重要的一筆。六聯以賦詩唱和結束。

本篇談禪說理，將佛典、佛家經義與寫景抒情密切結合起來，使詩帶上禪的濃烈色彩。

靈隱寺

【題　解】描寫靈隱寺及出世思想。靈隱寺，佛寺名，在浙江省杭州市西湖西北靈隱山麓，建於東晉咸和元年（三二六）。此為第四時期的作品。

鷲嶺鬱岧嶢，龍宮鎖寂寥❶。樓觀滄海日，門對浙江潮❷。桂子月中落，天香雲外飄❸。捫蘿登塔遠，刳木取泉遙❹。霜薄花更發，冰輕葉未凋❺。夙齡尚遐異，搜對滌煩囂。待入天台路，看予渡石橋❻。

【注　釋】❶鷲嶺鬱岧嶢二句　謂靈隱寺的地位。鷲嶺，指靈隱寺前的飛來峰，又稱靈鷲峰。《淳祐臨安志》「武林山飛來峰」條引晏殊《輿地志》：「晉咸和元年（三二六），西天僧慧理歎曰：『此是中天竺國靈鷲之小嶺，不知何年飛來。佛在世日，多為仙靈之所隱，今此亦復爾耶？』因挂錫，造靈隱寺，號飛來峰。」鬱，積。岧嶢，聯綿詞，形容山峰高峻。龍宮，此喻靈隱寺佛殿。寂寥，寂靜空曠。❷樓觀滄海日二句　謂靈隱寺的壯觀形勢。滄海日，指東海日出。對，面對。一作「聽」。浙江潮，指錢塘江的大潮。《錢唐記》載：「防海大塘，在縣東一里許，水流於兩山之間。江川急濬，兼濤水晝夜再來。來應時刻，常以月晦及望尤大，至二月八日最高，峨峨二丈有餘。」❸桂子月中落二句　謂靈隱寺的神話傳說。桂子，《咸淳臨安志》：「靈隱有月桂峰，相傳月中桂子，嘗墮此峰，生成大樹，其花白，其色丹。」天香，指來自天界的清香。❹捫蘿登塔遠二句　謂環境僻遠。蘿，草名，女蘿。塔，顧祖禹《讀史方輿紀要》：「有靈隱寺，山之西北，一峰直上，曰北高峰，為靈隱最高處，頂，舊有七級浮圖。」刳木，將木剖開，中間挖空，製成引接山泉的用具。❺霜薄花更發二句　謂景物奇異。花更發，謂花朵開放得更加鮮艷。未，原作「互」。❻夙齡尚遐異四句　謂歸隱靈山勝地。夙齡，早年。遐異，指地處僻遠的奇異景物。搜對，尋求遊賞的對象。滌，滌除。煩囂，指塵囂。天台，山名，為佛教天台宗之發祥地。顧祖禹《讀史方輿紀要》：「浙江台州府天台縣，天台山，在縣北三里，一名桐柏山，亦名大小台山，以石橋大小得名。」石橋，即天台山上面的石梁。《山經》：「天台超然秀出，入山者路由福溪，水險而清，前有石梁，下臨絕壑，逾梁而上，攀藤梯壁，始得平路。其詭異奇秀，非記載所能盡也。」

【語　譯】飛來峰高高地聳立大地，靈隱寺緊閉著空曠寂寥。登上寺樓，可遠眺東海的日出；站在寺門，可面對錢塘的大潮。月中桂子落在月桂峰前，天界清香來自天外雲霄。牽蘿登塔地僻遠，刳木引泉路線遙。寒霜薄花開更盛，寒冰輕樹葉未凋。早年崇尚遠方的奇山異水，到處尋求美景來洗滌心頭的塵囂。等到進入天台山聖地，就看我涉險渡石橋。

【賞　析】本篇為五言排律，共七聯十四句，以浙江杭州的靈隱寺為具體描寫對象。首聯以「鷲嶺」、「龍宮」托出靈隱寺，「岧嶢」見其雄峻，「寂寥」見其靜穆。二聯的「樓觀滄海日，門對浙江潮」，出之於寺的山水形勝，籠罩全局，為本篇的「詩眼」所在。上句寫登高望遠，東海的日出景象，盡入眼底，視點高，視野開闊。下句寫胸懷開闊，把錢塘江的潮起潮落，都納入胸中。氣勢磅礴，風格豪放，把讀者帶進一個雄奇壯闊的境界，去領略那溢彩流光、怒潮澎湃的奇觀。三聯以月中桂子、雲外天香的優美的神話，為靈隱寺添上神奇的一筆。四聯以捫蘿登塔、刳木取泉寫出靈隱寺的幽靜環境。五聯寫靈隱寺在「霜薄」、「冰輕」的季節，仍然「花更發」、「葉未凋」，生機勃勃，生意盎然，這正是江南深秋物候的特點，觀察細緻，描摹入微。最後的五聯、六聯，抒發作者的出世思想。「夙齡尚遐異，搜對滌煩囂」，是說早年尋求奇山異水；「待入天台路，看予渡石橋」，是說現在擬歸隱靈山勝地，這既是作者對自然美的追求，也是對自己人格美的追求。

但是，這首詩又收入《宋之問集》，因而產生了著作的歸屬問題。唐封演《封氏見聞記》說是宋之問所作，而晚唐孟棨的《本事詩·徵異第六》卻作了如下記載：

「宋考功（即宋之問，曾任考工員外郎）以事屢貶黜。後放還，至江南，游靈隱寺。夜月極明，長廊吟行，且為詩曰：『鷲嶺鬱岧嶢，龍宮鎖寂寥。』第二聯搜奇覃思，終不如意。有老僧，點長明燈，坐大禪牀。問曰：『少年夜久不寐，而吟諷甚苦，何耶？』之問答曰：『弟子業詩，偶欲題此寺，而興思不屬。』僧曰：『試吟上聯。』即吟與之，再三吟諷。因曰：『何不云：樓觀滄海日，門聽浙江潮？』之問愕然，訝其遒麗。又續終篇曰：『桂子月中落，天香雲外飄。捫蘿登塔遠，刳木取泉遙。霜薄花更發，冰輕葉未凋。夙齡尚遐異，搜對滌煩囂。待入天台路，看予渡石橋。』僧所贈句，乃為一篇之警策。遲明，更訪之，則不復見矣。寺僧有知者曰：『此駱賓王也。』」

這種駱、宋續詩之說，流傳很廣。晁公武之《郡齋讀書志》、計有功的《唐詩紀事》、辛文房之《唐才子傳》等都採用此說。當代學者亦有宋作或駱作兩說。但是，當以駱作為是。一則，《本事詩》所載屬附會或傳聞，不足為據。二則，作者與宋之問蹤跡甚密，在江南有投贈之作，在兗州有餞別之章，不可能見面不相識。

冬日野望

【題解】寫冬日野望的情景。「冬日」點明時間，「野望」點明空間。就在時空的交叉點上托出作者的遊子形象。

故人無與晤，安步陟山椒❶。夜靜連雲卷，川明斷霧消。靈巖聞曉籟，洞浦漲秋潮❷。三江歸望斷，千里故鄉遙❸。勞歌徒自奏，客魂為誰招❹？

【注釋】❶故人無與晤二句　謂訪友不遇。晤，會晤；晤談。安步，慢步。山椒，山巔。❷夜靜連雲卷四句　寫野望景物。夜，原作「野」。連雲，連綿的雲塊。川，平野。斷霧，時斷時續的霧氣。靈巖，指山巖。曉籟，早上從孔穴中發出的自然音響。洞浦，泛指河濱。❸三江歸望斷二句　謂懷念故鄉。三江，有多種說法，此以江浙之吳松江、錢塘江、浦陽江指代作者之故鄉。❹勞歌徒自奏二句　謂流落異地。勞歌，離歌，見本書卷四〈送吳七遊蜀〉注。客魂，遊子之魂。

【語譯】我前去訪友適不遇，於是慢步登上了山巔。我眺望曠野，野靜時連雲飛卷，川明時霧氣全消。山巖上可聽到風吹萬物的音響，河濱前可看到時起時落的秋潮。望盡三江尋歸路，故鄉迢迢千里遙。雖有離歌空自唱，遊子之魂誰相招？

【賞析】本篇為五言排律，共五聯十句。作者通過一個「望」字來寫景物，發揮了豐富的想像，其中有實寫，也有虛寫，產生出相互對比、映襯的效果。「夜靜」與「川明」，構成了明與暗的對比，「連雲」與「斷霧」，構成了連與斷的映照。「曉籟」寫風，「秋潮」寫水，有聲有色，也是對比映照。接著，由景生情。「三江歸望斷，千里故鄉遙」，望斷故鄉，千里迢迢，欲歸不得，寫出了作者的羈旅情懷，思鄉情結。「勞歌徒自奏，客魂為誰招」，把這一情結進一步深化了，流落異鄉，身無所托，無可奈何，甚至預感到將來不知誰人為自己招魂，這簡直是找不到出路的徬徨苦悶了。

夏日遊目聊作

【題解】寫夏日遊目眺望時的超脫。遊目，隨意觀望。

暫屏囂塵累，言尋物外情❶。致逸心愈默，神幽體自輕❷。浦夏荷香滿，田秋麥氣清❸。詎假滄浪上，將濯楚臣纓❹。

【注　釋】❶暫屏囂塵累二句　謂尋覓物外之情。屏，亦作「摒」。除去。囂塵累，謂世俗瑣事的牽累。言，語助詞。物外情，超脫世俗的心情。❷致逸心愈默二句　謂進入心默神幽的境界。致逸，獲得安逸。愈，原作「逾」。默，靜默。神幽，精神幽靜。體輕，身體輕鬆。❸浦夏荷香滿二句　謂所望景物。浦夏，即夏浦。夏天的水濱。田秋，即秋天。秋天的田野。❹詎假滄浪上二句　謂高潔自守。詎，如果。滄浪，水名，見本書卷四〈酬思玄上人林泉四首〉注。楚臣纓，楚人的冠纓，作者自稱。

【語　譯】我暫時屏除塵世的拘累，來尋超脫世俗的心情。獲得安逸愈能靜默，精神深靜自能體輕。夏天的水濱，有荷香四溢；秋天的田野，有麥氣清盈。如果能借得滄浪之水，我將堅守節操，洗滌我的帽纓。

【賞　析】本篇為五言律詩。首聯「暫屏囂塵累，言尋物外情」，提綱挈領，表達出作者力圖屏除塵囂，擺脫拘累，去尋求精神的解脫。這就是作者對人生的思考，對超脫世俗的人生境界的探索與追求。二聯就和盤托出這種境界：「致逸心愈默，神幽體自輕」。這裡也有辯證觀點，身體安逸，使內心愈是靜默；心神幽靜，又使身體更加輕鬆自如。這種身心和諧的境界，大概就是佛家所謂內省的體驗。三聯緊扣「遊目」的題旨，由「浦夏荷香滿」，想像到「田秋麥氣清」。這是用「通感」的手法，把視覺與嗅覺直接溝通了，豐富了景物的表現層次。這雖是寫景，實際是寫出了人與自然的和諧。尾聯的「詎假滄浪上，將濯楚臣纓」，是用《孟子》中的「滄浪之水清兮，可以濯我纓」。因滄浪水在楚，故作者自稱是「楚臣纓」，表現出一種高潔的節操。

同崔駙馬曉初登樓思京

【題解】崔駙馬，事跡不詳。駙馬，漢武帝時置駙（副）馬都尉，謂掌副車之馬，為近侍官。魏晉以後，皇帝女婿照例加此稱號，簡稱駙馬，非實官。《新唐書．百官志》：「駙馬都尉，無定員，與奉車都尉，皆從五品下。」曉初，早晨。

麗譙通四望，繁憂起萬端❶。綺疏低曉魄，鏤檻肅初寒❷。白雲鄉思遠，黃圖歸路難。唯餘西向笑，暫似當長安❸。

【注釋】❶麗譙通四望二句　謂登樓生憂。麗譙，雄麗的高樓。四望，四處遠望。萬端，萬種頭緒。❷綺疏低曉魄二句　謂秋晨景色。綺疏，刻有花紋的天窗。《文選》王文考〈魯靈光殿賦〉：「爾乃懸棟結阿，天窗綺疏。」張載注：「天窗，高窗也。綺，文也。疏，刻鏤也。」低，低回，亦作「低徊」、「祗回」。聯綿詞，流連，有依依不捨之意。曉魄，早晨的月亮。魄，月魄。鏤檻，鏤有花紋的欄杆。肅，引進。❸白雲鄉思遠四句　謂思念京都。白雲，見本書卷三〈晚泊江鎮〉注。黃圖，《隋書．經籍志》：「〈黃圖〉一卷，記三輔宮觀、陵廟、辟雍、郊時等事。」此以黃圖喻帝京。西向笑，桓譚《新論．琴道》：「人聞長安樂，則出門向西而笑；知肉味美，則對屠門而大嚼。」此喻思念京都。似，同「以」。古「以」、「似」通用。

【語譯】登上高樓四處遠望，許多鄉愁湧起萬端。刻有花紋的天窗流連曉月，鏤有花紋的欄杆引進初寒。見白雲悠悠鄉思遠，知京都渺渺歸路難。唯餘西向笑，暫以當長安。

【賞析】本篇為五言律詩。它以「思」字展開，撫時感事，對景抒懷，自有真意流露其間。首聯的「繁憂」，以憂愁之多、之深點「思」字的感情重量。頷聯寫初秋的晨景，以「低曉魄」、「肅初寒」，虛籠「思」字。頸聯「白雲鄉思遠，黃圖歸路難」二句，是說悠悠的白雲牽引著鄉思愈來愈遠，渺渺的京都伸展著歸路愈來愈難。這就轉到「思」字上來，寫得極酣極足。尾聯照應詩題「思京」二字，結束全篇。

思鄉念親之作，要一氣貫注，不蔓不枝；而且重在步驟，不宜錯雜，重在真情，不宜直率。本篇做得較好。

初秋登王司馬樓宴

【題　解】詩題一作〈初秋登王司馬樓宴賦得同字〉。前有序，見本書卷八〈初秋登王司馬樓宴賦得同字并序〉。王司馬，事跡不詳。司馬，官名。《舊唐書・職官志》：「魏晉已下，州府有治中，隋文帝改為司馬，煬帝改為贊理，又為丞，武德改治中，永徽避高宗名改司馬，開元初改少尹。」

展驥端居暇，登龍嘉宴同❶。締賞三清滿，承歡六義通❷。野晦寒陰積，潭虛夕照空❸。

顧慚非夢鳥，濫此側雕蟲❹。

【注　釋】❶展驥端居暇二句　謂參加宴會。展驥，即展驥足。《三國志・蜀書・龐統傳》：「龐士元非百里才也，使處治中別駕之任，始當展其驥足耳。」此喻做官施展大才。驥，良馬。端居，謂安居、閒居。登龍，指登龍門。《後漢書・黨錮列傳》：「李膺復拜司隸校尉，獨持風裁，以聲名自高。士有被其容接者，名為登龍門。」又，《世說新語・德行》：「李元禮風格秀整，高自標持，欲以天下名教是非為己任。後進之士有升其堂者，皆以為登龍門。」此喻參加王司馬之宴會。嘉宴，猶嘉會。指美好歡樂的宴會。❷締賞三清滿二句　謂飲酒賦詩。締賞，結交。三清，酒名。徐幹〈齊都賦〉：「三清既醇，五齊惟醹。」六義，子夏《詩序》：「故詩有六義焉。一曰風，二曰賦，三曰比，四曰興，五曰雅，六曰頌。」❸野晦寒陰

積二句　謂歡飲至夜。野晦，四野昏暗，指傍晚。寒陰，指寒氣。❹顧慚非夢鳥二句　謂賦詩祝宴。顧，但。慚，慚愧。夢鳥，典出《晉書・文苑傳》：「羅含，字君章，嘗晝臥，夢一鳥文彩異常，飛入口中，自此後藻思日新。」此喻文思敏捷。濫，指陳詞濫調。此為作者謙稱自己的詩歌。側，置。雕蟲，即雕蟲篆刻。比喻童子所習的小技、小道。西漢時，學童必習秦書八體，其中蟲書、刻符兩體，纖巧難工，當時有童子雕蟲篆刻，壯夫不為的說法，見《法言・吾子》。

【語譯】司馬居官暫得閒暇，我登龍門嘉宴相從。相互結交酣飲三清酒，承蒙歡宴賦詩六義通。野昏寒氣積聚，潭虛夕照空濛。我慚愧沒有才思賦佳作，只好奉上拙劣的雕蟲。

【賞析】本篇為五言律詩，屬應酬之作。首聯起筆點題，敘及參加王司馬樓宴。頷聯以自己與王司馬的結交承接，並寫宴會的賞心樂事，即飲酒賦詩。頸聯寫寒氣凝聚，夕照空濛的初秋景色，正是序中所謂「于時葭散秋灰，檀移夏火。鴻飛漸陸，流斷吹以來寒；鶴鳴在陰，上中天而警露。」收筆「顧慚非夢鳥，濫此側雕蟲」，表示自己的謙遜，也很得體。

初於六宅宴

【題解】寫參加竇六郎宅宴的情景。詩題有缺，一作〈初秋於竇六郎宅宴得風字〉。前有序，見本書卷八〈初秋於竇六郎宅宴序〉。竇六郎，不詳，加郎為尊稱。

千里風雲契，一朝心賞同❶。意盡深交洽，神靈俗累空❷。草帶銷寒翠，花枝發夜紅❸。
唯將淡若水，長揖古人風❹。

【注釋】❶千里風雲契二句　謂相聚歡宴。風雲契，指朋友相聚。心賞，即賞心。謂心情歡暢。❷意盡深交洽二句　謂交情深摯。意盡，即盡意。洽，原作「冷」。神靈，指心靈、性靈。俗累，世俗的牽累。《莊子・天下》：「不累於俗，不飾於物。」❸草帶銷寒翠二句　謂初秋景象。草帶，草如長帶。銷寒翠，謂寒秋到來翠色褪盡。❹唯將淡若水二句　謂君子淡交。淡若水，《莊子・山木》：「且君子之交淡若水，小人之交甘若醴。」此謂君子之交無世俗榮華富貴之氣，如水之恬淡純淨。淡，原作「淚」。揖，作揖，拱手為禮。古人風，古人的德風。

【語　譯】千里迢迢能聚合，一朝宴飲歡悅同。盡意深交情志融洽，性靈相通俗累一空。秋寒時草帶褪去翠綠，夜晚時花枝著意發紅。唯有嚮往如水之恬淡，長學古人君子淡交的德風。

【賞　析】本篇為五言律詩，寫的是竇六郎宅上的一次家宴。「千里風雲契，一朝心賞同」，千里契合，一朝宴享，不顧千里勞頓，不計山水阻隔，強調出友誼的重要性。「意盡深交洽，神靈俗累空」，為詩的重點內容所在。他們感情深摯，性靈相通，完全陶醉在其情繾綣、其樂融融之中，把世俗的一切塵囂與拘累，一掃而空，這大概就是「有朋自遠方來，不亦說（悅）乎」（《論語・學而》）。「空」字的感情色彩濃烈，有了這個「空」字，就生發出超塵脫俗、純潔高雅的精神境界來了。但作者意猶未盡，結句的「唯將淡若水，長揖古人風」，再次把這種境界，提到君子淡交的道德高度了。

春夜韋明府宅宴

【題　解】詩題一作〈春夜韋明府宅宴得春字〉。韋明府，不詳。據本書卷八〈上瑕丘韋明府啟〉，似為瑕丘縣令。

酌桂陶芳夜，披薜嘯幽人❶。雅琴馴魯雉，清歌落范塵❷。宿雲低回蓋，殘月上虛輪❸。

幸此承恩洽，聊當故鄉春❹。

【注　釋】❶酌桂陶芳夜二句　謂赴宅宴。酌桂，酌飲桂酒。《漢書・禮樂志》：「尊桂酒。」顏師古注引應劭曰：「桂酒，切桂置酒中也。」陶，陶醉。芳夜，指春夜。披薜，佩戴香草，見本書卷三〈晚憩田家〉注。嘯，嘯歌，謂吟詠、歌唱。幽人，幽居山谷之人，指隱士，作者自稱。❷雅琴馴魯雉二句　謂韋明府弦歌教化的德行和政績。雅琴，即弦歌。《論語・陽貨》：「子之武城，聞弦歌之聲。」這是說孔子到子游當縣長的武城去，聽到彈琴瑟唱詩歌的聲音。馴魯雉，指教化、德化。典出《後漢書・卓魯魏劉列傳》：「魯恭，字仲康，拜中牟令，專以德化為理。建初七年，郡國螟傷稼，犬牙緣界，不入中牟。河南尹袁安聞之，疑其不實，使仁恕掾肥親往廉之。恭隨行阡陌，俱坐桑下。有雉過止其傍，傍有童兒，親曰兒何不捕之，兒言雉方將雛（雉鳥正哺育小鳥）。親瞿然而起，與恭訣曰：『所以來者，欲察君之政迹耳。今蟲不犯境，此一異也；化及鳥獸，此二異也；豎子有仁心，此三異也。久留徒擾賢者耳！』還府，具以狀白安。」清歌，謂清正廉潔。范塵，典出《後漢書・獨行列傳》：「范冉，字史雲。桓帝時，以冉為萊蕪長，遭母憂，不到官，因遁身逃命於梁、沛之間，所止單陋，有時絕粒，窮居自若，言貌無改。閭里歌之曰：『甑（飯甑）中生塵范史雲，釜中生魚范萊蕪。』」此喻高風亮節。❸宿雲低回蓋二句　謂春夜景色。宿雲，夜晚的雲層。低回蓋，謂低回如同車蓋。虛輪，指殘月。因殘月有缺，光輪不圓滿，故名。褚亮〈奉和望月應魏王教〉：「虛輪入夜弦。」❹幸此承恩洽二句　謂感激主人。春，原作「人」。

【語　譯】酌飲桂酒陶醉在美好的春夜，是我這個披蘿帶薜的幽居人。弦歌教化化及鳥獸，清正廉潔如范甑落塵。夜晚浮雲低回如車蓋，殘月高掛光輪不圓勻。我有幸承受明府的恩洽，就像在故鄉那樣溫暖如春。

【賞　析】本篇為五言律詩。首聯即點題，寫參加韋明府的春夜宅宴，在融洽和諧的氣氛中欣然陶醉。頷聯歌頌韋明府弦歌教化的德政，表現出東道主的高尚情操。雖在承轉，但能振作氣勢，回旋節奏。頸聯寫春夜景色，以「宿雲」、「殘月」為映襯。尾聯以「幸此承恩洽，聊當故鄉春」收束，感激之情，溢於言表。作者因為作客他鄉，孤獨無依，故面對東道主的盛情厚意，如沐春風，產生客居如家、溫暖如春的感覺。

應酬詩或寫節候之景或言賓主之禮，或託思慕之情，或寄款洽之意，但要情真意切，酣暢自然。本篇大體上具有這方面的特點。

冬日宴

【題　解】本篇描寫朋友之間的一次冬日宴的場面。

二三物外友，一百杖頭錢❶。賞洽袁公地，情披樂令天❷。促席鸞觴滿，當爐獸炭然❸。何須攀桂樹，逢此自留連❹。

【注　釋】❶二三物外友二句　謂冬日之聚飲。物外友，指超凡脫俗、不慕功名的朋友。杖頭錢，指買酒錢。《晉書・阮修傳》：「修字宣子，性簡任（簡慢放任），不修人事。常步行，以百錢挂杖頭，至酒店，便獨酣暢。」❷賞洽袁公地二句　謂聚飲之格調。賞洽，賞心融洽。袁公，典出《南史・袁粲傳》：「袁粲，字景倩，加中書令，又領丹陽尹。郡南一家，頗有竹石，粲率爾步往，亦不通主人，直造竹所，嘯詠自得。主人出，語笑款然，俄而車騎羽儀併至門，方知是袁尹。又嘗步屧白楊郊野間，道遇一士大夫，便呼與酣飲。明日，此人謂被知顧，到門求進，粲曰：『昨飲酒無偶，聊相要耳。』竟不與相見。」披，謂撥開雲霧。樂令，典出《晉書・樂廣傳》：「樂廣，字彥輔，性沖約，有遠識。尚書令衛瓘，見廣而奇之，命諸子造焉，曰：『此人之水鏡，見之瑩然，若披雲霧而睹青天也。』出補元城令，累遷侍中、河南尹，代王戎為尚書令。贊曰：『樂令披雲，高天澄澈。』」❸促席鸞觴滿二句　謂聚飲之情趣。促席，古人席地而坐，移席使近稱促席。促，近。席，原作「脉」。鸞觴，鏤有鸞鳳圖案的酒杯。嵇康〈雜詩〉：「鸞觴酌醴，神鼎烹魚。」當爐，本指酒肆賣酒，此指以爐火溫酒。獸炭，炭名。《晉書・外戚傳》：「羊琇，字稚舒，性豪侈，費用無復齊限，而屑炭和作獸形以溫酒。洛下豪貴，咸競效之。」然，同「燃」。❹何須攀桂樹二句　謂不羨功名。攀桂樹，猶蟾宮折桂，比喻科舉登第。

【語　譯】邀約二三個超脫世俗的朋友，買酒聚會不過一百杖頭錢。如袁粲放縱不拘重個性，如樂廣撥開雲霧睹青天。促席暢談鸞觴滿，當爐熱酒獸炭燃。不用求功名蟾宮折桂，只此賞心樂事自留連。

【賞　析】本篇為五言律詩，首聯的「二三物外友，一百杖頭錢」，即用對仗，提挈全詩。「物外」，指超出世俗、人事之外，不羨功名，不戀富貴，把朋友共同的志趣、襟懷都表達出來，顯得那樣沖淡、閒適和高雅，從而使冬日宴具有超塵脫俗的品位和格調。第二聯的「賞洽袁公地，情披樂令天」，用典使事，就寫到這種高格調。袁粲的典故，重在說明他放縱不拘、蔑視禮俗的個性；樂廣的典故，重在說明他清如水鏡、為人楷模的德行。這兩個方面都著眼於高尚的道德情操，為「物外友」作了具體的注腳，給人以崇高感。第三聯寫出冬日宴的情趣。「促席」，表示關係親密，「當爐」，表示氣氛融洽，而「鸞觴滿」、「獸炭然」，就表現出樂在其中來了。末聯「何須攀桂樹，逢此自留連」，與首聯相呼應，認為這樣的冬日宴，賞心樂事，足以使人留連忘返，又何必再去蟾宮折桂呢？

鏤雞子

【題　解】寫鏤雞子藝人的技藝。鏤雞子，宗懍《荊楚歲時記》寒食門雞鏤雞子注：「古之豪家，食稱畫卵。今代猶染藍茜雜色，仍加雕鏤，遞相餉遺，或置盤俎。」

幸遇清明節，欣逢舊練人❶。刻花爭臉態，寫月競眉新。暈罷空餘月，詩成併道春❷。誰知懷玉者，含響未吟晨❸。

【注　釋】❶幸遇清明節二句　謂欣逢藝人。清明節，我國民間傳統節日，為農曆二十四節氣之一，時間在每年陽曆的四月五日前後，民間習俗於這一天掃墓。舊練人，即以鏤雞子為職業的舊藝人。❷刻花爭臉態四句　寫藝人的技藝。刻花，指鏤刻婦女頭像。寫月，指寫月圖黃，又稱「約黃」或「額黃」。古代婦女圖黃於額，作月、星、花狀的面靨。唐段成式《酉陽雜俎》前集八：「近代妝，尚靨如射月形，曰黃星靨。靨鈿之名，蓋自吳孫和鄧夫人也。和寵夫人，嘗醉舞如意，誤傷鄧頰，醫言得白獺髓雜玉與琥珀屑，當滅痕。及痕不滅，左頰有如意赤點，視之更益甚妍也。諸婢欲要寵者，皆以丹青點頰而進幸焉。」梁簡文帝〈美女篇〉：「約黃能效月，裁金巧作星。」暈罷，指畫畢。暈，墨暈，使墨浸潤、擴散。空餘月，謂畫成月亮。詩成，謂畫成。併道春，都稱道富於春意。併，副詞。都；皆。❸誰知懷玉者二句　謂藝人的才華。懷玉，即被褐懷玉。謂外穿粗布，內抱美才。語本《老子》七十章：「知我者希，則我者貴，是以聖人被褐懷玉。」含響未吟，比喻不露才揚己。

【語譯】有幸正值清明佳節，欣喜碰上鏤雞子的藝人。鏤刻仕女像，臉部神態真；圖上黃星靨，畫出柳眉新。暈罷圓月當空，詩成遍地陽春。誰知內抱美才的藝人，竟然不露聲色性真純。

【賞析】本篇為五言律詩，著筆於鏤雞子的民間藝人。首聯起筆破題，「幸遇」、「欣逢」，表達對藝人的尊重，極富於感情色彩。頷聯、頸聯的承轉，寫藝人雕刻描畫的藝術技巧：仕女如花的臉態，如柳的新眉，加上圓月當空、遍地春色的背景的映襯，使整個畫面情景交融，色彩鮮明。尾聯「誰知懷玉者，含響未吟晨」，是頗有感觸的話。作者由雞子聯想到報曉司晨的雄雞，說藝人被褐懷玉、含響未吟，其實是說自己懷才不遇。

詠雲酒

【題解】本篇出自《駱賓王文集》卷四〈雜詩〉。雲酒，指雲與酒。《史記・五帝本紀》：「黃帝代神農氏，而邑於涿鹿之阿，官名皆以雲命，為雲師。」裴駰集解：「應劭曰：『黃帝受命，有雲瑞，故以雲紀事也。』」

朔空曾紀曆，帶地舊疏泉❶。色泛臨碭瑞，香流赴蜀仙❷。款交欣散玉，洽友悅沉錢。無復中山賞，空吟吳會篇❸。

【注　釋】❶朔空曾紀曆二句　謂紀曆疏泉。朔空，黃帝都涿鹿，係朔方，故稱朔空。紀曆，紀時、紀事的曆法，黃帝曾以雲紀事。帶地，《後漢書・桓譚馮衍列傳》：「日月經天，江河帶地。」此指大地。疏泉，指酒泉，俗傳城下有金泉，泉味如酒，故名。其地在今甘肅省酒泉縣。❷色泛臨碭瑞二句　謂雲氣與酒氣。色泛，雲氣浮泛。碭瑞，碭山的祥瑞。《史記・高祖本紀》：「高祖隱於芒、碭山澤間，呂后與人俱求，常得之。高祖怪問之，呂氏曰：『季所居上常有雲氣，故從往，常得季。』」香流，酒香流溢。葛洪《神仙傳》載：欒巴，蜀郡成都人，少而好道，後徵為尚書郎。正旦（正月初一）有朝賀大會，巴後到，有酒容，朝廷賜百官酒，又不飲，把酒噴向西南方。有司奏巴不敬，詔問巴，巴曰：「臣適見成都市上火，臣故漱酒救之，非敢不敬。」於是發驛書問成都，奏言正旦食後失火，一會兒有大雨三陣，從東北來，火乃止。雨著人皆作酒氣。蜀仙，蜀中神仙，此指欒巴。❸款交欣散玉四句　謂交情深摯。款交，至交，摯友。散玉，即陸機〈浮雲賦〉所謂「金柯分，玉葉散」。此喻友情。洽友，感情融洽的朋友。沉錢，崔豹《古今注・草木第六》：漢鄭弘行宦京洛，未至，宿一埭，埭名沉釀，逢故舊友人，四顧荒郊，村落絕遠，無處酤酒，乃以錢投入水中，依口而飲，飲盡酣暢，皆得大醉，因更為沉釀川。明旦，乃分首而去。中山賞，張華《博物志・雜說下》載：「昔劉玄石於中山酒家酤酒，酒家與千日酒，忘言其節度。歸至家，當醉，而家人不知，以為死也，權葬之。酒家計千日滿，乃憶玄石前來酤酒，醉當醒耳，往視之。云玄石亡來三年，已葬，於是開棺，醉始醒。俗云：玄石飲酒，一醉千日。」吳會篇，指曹丕詠浮雲的〈雜詩〉，見本書卷三〈白雲抱幽石〉注。

【語　譯】朔方有以雲紀時紀事的曆法，大地有泉味芬芳如酒的酒泉。雲氣浮泛靠近碭山祥瑞，酒香流溢奔赴蜀中神仙。至交同欣玉葉散，好友共悅沉釀錢。但是再無中山的千日醉，可惜空吟曹丕的吳會篇。

【賞　析】本篇為五言律詩，分別詠歎雲和酒兩物，是詠物詩的寫法。前者重「色泛」，即色彩浮泛；後者重「香流」，即酒香流溢。這樣從動態、動勢著筆，就把雲與酒寫活了。但寫雲與酒，又重在寫人。「款交」、「洽友」，強調的是雲、酒與人的思想感情活動的聯繫，而「欣」和「悅」就出之於感情色彩了。特別是結尾的「千日酒」的優美傳說。干寶《搜神記》也寫到這個傳說。開篇以「千日」點題，「能造千日酒，飲之千日醉」，為一層；劉玄石飲一杯，醉死，家人葬之，三年始醒，為二層；鑿冢破棺時，墓中衝出的酒氣，把眾人薰醉，一直醉臥三個月，為三層。這寫酒的醇美，不是寫酒色、酒香，而是著眼於酒力，把酒和人都美化了。雖是誇張，卻又合情合理，令人信服。

詠美人在天津橋

【題解】詩題一作〈天津橋上美人〉。天津橋，在洛陽城北。《元和郡縣志》：「河南道河南府河南縣。天津橋，在縣北四里。隋煬帝大業元年（六〇五），初造此橋，以架洛水，用大纜維舟，皆以鐵鎖鉤連之。南北夾路，對起四樓，其樓為日月表勝之象。……貞觀十四年（六四〇），更令石工累方石為腳。《爾雅》：『斗、牛之間，為天漢之津』，故名。」

美女出東鄰，容與在天津❶。動衣香滿路，移步襪生塵。水下看妝影，眉頭畫月新❷。寄言曹子建，箇是洛川神❸。

【注釋】❶美女出東鄰二句　謂美女的風采。東鄰，猶東家。宋玉〈登徒子好色賦〉：「天下之佳人，莫若楚國；楚國之麗者，莫若臣里；臣里之美者，莫若臣東家之子。」此喻美女。容與，聯綿詞，閒暇自得的樣子。容，原作「客」。❷動衣香滿路四句　謂美女的倩影。動衣，猶振衣。衣服飄動。襪生塵，《文選》曹植〈洛神賦〉：「凌波微步，羅襪生塵。」李善注：「凌波而襪生塵，言神人異也。」妝影，盛妝的倩影。畫月，即圖黃寫月的面靨。見本書卷四〈鏤雞子〉注。❸寄言曹子建二句　謂美如洛川神女。曹子建，即建安詩人曹植，字子建。箇是，此是。洛川神，即曹植在〈神女賦〉中所寫的洛川神女。

【語譯】美人裊裊出東鄰，悠閒自得上天津。擺動春衣芳香滿路，輕移蓮步羅襪生塵。水中倒映盛妝的倩影，額頭畫上彎月的新輝。寄言建安詩人曹子建，這美女就是他當年碰見的洛川女神。

【賞　析】梁、陳時期，在宮廷貴族中流行一種宮體詩，以描寫女性的體態與生活為主要內容，風格輕艷柔靡。如梁簡文帝蕭綱就寫過〈美女篇〉：「佳麗盡關情，風流最有名。約黃能效月，裁金巧作星。粉光勝玉靚，衫薄擬蟬輕。密態隨羞臉，嬌歌逐輭聲。朱顏半已醉，微笑隱香屏。」這是把宮廷美女寫成病態美了。

駱賓王這首五言律詩，顯然力圖擺脫寫美女病態美的影響，對宮體詩作某些改革。他不去寫美女的體態，而著筆於美女的動態和情態。首聯由一「出」字提挈，中間兩聯即通過「動衣」、「移步」、「看妝影」、「畫月新」等動作，表現出美女活潑天真的情態，這就是青春美了。結句的「寄言曹子建，箇是洛川神」，用空靈之筆墨，浪漫主義之方法，寫出美女的神采飄逸、神韻優雅，使之更進一步地美化了。

夕次舊吳

【題　解】次，停留。舊吳，即蘇州。《元和郡縣志》卷二十五江南道蘇州：「周時為吳國，太伯初置城，在今吳縣西北五十里，至闔閭遷都於此。……秦置會稽郡二十六縣於吳，漢亦為會稽郡。後漢順帝永建四年（一二九），陽羨令周喜、山陰令殷重上書求分為二郡，遂割浙江以東為會稽，浙江以西為吳郡。孫氏創業，亦肇跡於此。歷晉至陳，與吳興、丹陽號為三吳。隋開皇九年（五八九），平陳，改為蘇州，因姑蘇山為名。」

維舟背楚服，振策下吳畿❶。盛德弘三讓，雄圖抗九圍。黃池通霸業，赤壁暢戎威❷。文物俄遷謝，英靈有盛衰。行歎鴟夷沒，遽惜湛盧飛。地古煙塵暗，年深館宇稀。山川四望是，人事一朝非❸。懸劍空留信，亡珠尚識機。鄭風遙可託，闕月耿難依。西北雲逾滯，東南氣轉徽。徙懷伯通隱，多謝買臣歸。唯有荒臺路，薄暮濕征衣❹。

【注釋】❶維舟背楚服二句　謂由楚入吳。維舟，繫舟，即停船舊吳。背，離開。原作「皆」。楚服，楚地。振策，揚鞭，指乘馬。策，馬鞭。吳畿，指蘇州。❷盛德弘三讓四句　謂蘇州的歷史功業。三讓，為吳太伯三讓天下事。《史記・吳太伯世家》張守節《正義》：「江熙曰：『太伯少弟季歷，生文王昌，有聖德。太伯知其必有天下，故欲傳國於季歷。以太王病，托採藥於吳越不反。太王薨而季歷立，一讓也。季歷薨而文王立，二讓也。文王薨而武王立，三讓也。』」此喻盛德。雄圖，指吳國稱霸諸侯。抗，抗衡。原作「抌」。九圍，指九州。《詩經・商頌・長發》：「帝命式於九圍。」孔穎達疏：「蓋以九分天下，各為九處規圓然，故謂之九圍也。」此喻天下諸侯。黃池，春秋地名，在今河南省封丘縣西南。吳王夫差曾於此會盟。《春秋・哀公十三年》：「公會晉侯及吳子於黃池。」赤壁，地名，在今湖北省蒲圻縣赤壁山。壁，原作「璧」。暢戎威，指東漢建安十三年（二〇八）赤壁大戰，孫權與劉備聯軍敗曹操於赤壁。陳壽《三國志・吳志・周瑜傳》：「劉備遣諸葛亮詣權，權遂遣瑜及程普等，與備并力逆曹公，遇於赤壁。瑜部將黃蓋，乃取蒙衝鬥艦數十艘，實以薪草，膏油灌其中，裹以帷幕，上建牙旗。先書報曹公，欺以欲降；又豫備走舸，各繫大船後，因引次俱前。曹公軍吏士皆延頸觀望，指言蓋降。蓋放諸船同時發火，時風威猛，悉延燒岸上營落。頃之，烟炎漲天，人馬燒溺死者甚眾，軍遂敗退，還保南郡。」❸文物俄遷謝八句　謂蘇州衰敗的現狀。文物，指歷史文化遺物。俄，不久。遷謝，變遷凋謝。英靈，指英雄人物。鴟夷，革囊。《史記・伍子胥列傳》：伍子胥因為進忠言，被吳王夫差賜死。死前，伍子胥告舍人曰：「必樹吾墓上以梓，合可以為器，而抉吾眼，縣吳東門之上，以觀越寇之入滅吳也。」乃自剄死。吳王聞之，大怒，乃取子胥尸，盛於鴟夷革，浮之江中。吳人憐之，為立祠於江上，因命曰胥山。遽，遂；就。惜，憐惜。原作「情」。湛盧，寶劍名，見本書卷一〈螢火賦〉注。煙塵，此指人煙稠密、繁華之地。館宇，指歌樓酒館。宇，屋宇。❹懸劍空留信十句　抒發對國事、身世的感慨。懸劍，典出《史記・吳世家》：「季札之初使，北過徐君。徐君好季札劍，口弗敢言。季札心知之，為使上國，未獻。還至徐，徐君已死，於是乃解其寶劍，繫之徐君冢樹而去。從者曰：『徐君已死，尚誰予乎？』季子曰：『不然，始吾心已許之，豈以死倍（背）吾心哉！』」亡珠，典出《韓非子・說林上》：「子胥出走，邊候得之，子胥曰：『上索我者，以我有美珠也，今我已亡之矣，我且曰子取吞之。』候因釋之。」鄭風，《水經注・漸江水》：邪溪之東，又有寒溪，溪之北，有鄭公泉，泉方數丈，冬溫夏涼。漢太尉鄭弘宿居潭側，因以名泉。鄭弘少而苦節自居，恆躬采伐，用貿糧膳。每出入溪津，常感神風送之，雖憑舟自運，無杖楫之勞，村人藉其風勢，常依隨往還。闞月，為三國吳侍中闞澤夢月升官事。見本書卷二〈在江南贈宋五之問〉注。闞，原作「關」。耿，明亮。原作「聊」。西北雲，即曹丕〈雜詩〉「西北有浮雲，亭亭如車蓋」之意。此喻漂泊的身世。東南氣，指王者氣。《三國志・吳書・趙達傳》：「趙達，河南人也。少從漢侍中單甫受學，用思精密，謂東南有王者氣，可以避難，故脫身渡江。」此喻國勢衰微。伯通隱，《後漢書・逸民列傳》：「梁鴻，字伯鸞，扶風平陵人也。因東出關，過京師，作五噫之歌。肅宗聞而非之，求鴻不得，乃易姓運期名燿字侯光，與妻子居齊魯之間。有頃，又去適吳，依大家皋伯通，居廡下，為人賃舂。每歸，妻為具食，不敢於鴻前仰視，舉案齊眉。伯通而異之，曰：『彼傭能使其妻敬之如此，非凡人也。』乃方舍之於家。」買臣歸，《漢書・朱買臣傳》載：朱買臣，字翁子，漢會稽人，曾任會稽太守，官主爵都尉，後為丞相長史。買臣微時，家甚貧，賣薪自給，妻羞之，背之去。後拜守越之命，乘傳（驛站之車馬）入吳，衣錦榮歸。會稽聞太守且至，發民除縣令並送迎，車百餘乘，悉召見故人與飲食諸嘗有恩者。荒臺，即姑蘇臺。濕征衣，為漢代伍被事，見本書卷三〈宿山莊〉注。

【語譯】我乘船離開了楚地，策馬來到了吳畿。弘揚盛德三讓天下，雄圖大略抗衡九圍。黃池會盟通向霸業，赤壁火攻大振軍威。但是，當今歷史文物已遷謝，英雄人物有盛衰。可歎子胥忠烈，革囊裏尸沉江水；可惜夫差無道，背吳向楚湛盧飛。地方古老繁華歇，年代久遠樓館稀。四望江山依舊在，可悲人事一朝非。懸劍墓前空留信義，亡珠脫身尚能識機。鄭風雖遙可憑藉，闞月雖亮難相依。西北浮雲常留滯，東南王氣已衰微。既不能像梁鴻隱身遁世，又不能像朱買臣衣錦榮歸。正當傍晚時分，唯有姑蘇臺上的露水，浸濕了我這遊子的征衣。

【賞析】本篇為五言排律，共十二聯二十四句，以舊吳即蘇州作為描寫對象。全詩四個層次分為兩大部分。第一部分，由蘇州的歷史功業寫起，其中有三讓天下的美德，有抗衡九州的雄圖，有黃池會盟的霸業，有火燒赤壁的戰功，真是縱橫捭闔，聲威赫赫。但是，這一切已是時過境遷了。歷史文物的遷謝，英雄人物的盛衰，標誌著今非昔比。鴟夷沉沒，湛盧飛去，繁華消歇，樓館衰敗，江山依舊，人事全非，給人以空寂荒涼的感覺。這種今與昔的對比，使歷史與現實直接聯繫起來，表達出作者撫今追昔、弔古傷今的無限感慨。

第二部分轉入寫理想與現實的對立。「懸劍空留信」，說的是仕途功名的空虛，「亡珠尚識機」，說的是脫身隱遁的知機。「鄭風」，比喻隱遁可以托身，「闕月」，比喻富貴無所憑依。「徒懷伯通隱」，指未能像梁鴻那樣隱居；「多謝買臣歸」，指未能如朱買臣那樣衣錦榮歸。這種兩難的境地，使作者陷入對命運無可奈何的悲歎之中。「唯有荒臺路，薄暮濕征衣」，薄暮荒臺，淚濕征衣，顯得十分衰颯、悲涼。

本篇藝術上的重要特點，即引用了大量與舊吳有關的典故，其中有歷史故事，也有神話傳說，楔入歷史與現實的對比、理想與現實的對立的內蘊之中，大大拓展了詩的表現領域。

過故宋

【題解】寫路過舊宋時的感慨。故宋，春秋時的宋國。《漢書・地理志》：「梁國睢陽，故宋國，微子所封。」睢陽，在今河南省商丘縣南，春秋時的宋國國都。

舊國千年盡，荒城四望通❶。雲浮非隱帝，日舉類遊童。綺琴朝化洽，祥石夜論空。馬
去遙奔鄭，蛇分近帶豐。池文斂束水，竹影漏寒叢。園兔承行月，川烏避斷風。故宋誠難定，
從梁事未工❷。唯當過周客，獨愧吳臺空❸。

【注釋】❶舊國千年盡二句　謂經故宋。舊國，即故宋。荒城，宋國的國都睢陽城，在今河南省商丘縣南。四望通，四通八達的意思。❷雲浮非隱帝十二句　謂故宋的歷史事跡與傳說。雲浮，雲氣浮動，為漢高祖隱於芒、碭山事，見本書卷四〈詠雲酒〉注。日舉，太陽升起。《莊子・徐无鬼》載，黃帝要到具茨山去拜見大隗，路上碰到一個牧馬的童子，就問他應該怎樣

去治理天下。童子回答說：「我小的時候，自己在世間遊玩，恰巧我患有頭目暈眩的病症，有位長者教我坐上太陽的車子到襄城的原野上去遊玩。現在我的病好多了，我又要到世外去遊玩。治理天下，也就像這樣隨便過日子罷了，我又還能幹什麼呢？」黃帝再次請教，童子說：「治理天下，和牧馬又有什麼不同呢！不過是除去那些害馬的東西罷了！」黃帝稽首施禮，稱讚童子是「天師」。綺琴，即綠綺琴。徐堅《初學記・樂部》：「綠綺，司馬相如琴。」化洽，教化融洽，用宓子賤鳴琴而治事。《呂氏春秋・察賢》：「宓子賤治單父（縣名，唐隸於河南道宋州），彈鳴琴，身不下堂而單父治。」祥石，指隕石。《左傳・僖公十六年》載，春，有隕石落於宋。周內史叔興聘於宋，宋襄公曾與他議論過有關隕石「是何祥也，吉凶焉在」的問題。論，原作「淪」。馬去，用宋國華元事。《左傳・宣公二年》載，鄭公子歸生受命伐宋，宋國的統帥華元、樂呂率兵抵禦，宋兵大敗，華元被俘。這次戰役開始時，華元宰羊犒勞士兵。他的車夫羊斟沒有吃到，準備報復。當雙方交戰時，羊斟故意將華元乘的戰車趕進鄭軍，因此宋軍大敗。停戰後，華元逃回宋城，守城的大夫叔牂問他：「是您的馬出了毛病，使您落入敵人手中的吧？」華元回答：「不是馬，是由於人的緣故啊！趁兩國講和，我就跑回來了。」蛇分，用漢高祖斬白蛇事。《史記・高祖本紀》載，高祖喝酒，夜經豐西澤中，前行者還報說：「前有大蛇當路，希望返回去。」高祖說：「壯士行，何畏！」便上前，拔劍斬蛇為兩截。後來有人來到斬蛇的地方，見到一老嫗夜哭，哭有人殺了她的兒子，說：「吾子，白帝子也，化為蛇，當道，今為赤帝子斬之，故哭。」池文，池水的波紋。《太平寰宇記》：「河南道宋州宋城縣。清泠池，在縣東北二里，梁孝王故宮，有釣臺，謂之清泠臺，今號清泠池。」東水，東帶之水。竹影，指修竹園的月影。園，在宋城縣東南十里。寒叢，寒秋的竹叢。園兔，即梁孝王之兔園。在今河南省商丘縣東。晉葛洪《西京雜記》卷二：「梁孝王好營宮室苑囿之樂，作曜華之宮，築兔園。園中有百靈山，山有膚寸石、落猿巖、棲龍岫。又有雁池，池間有鶴洲鳧渚。」斷風，陣風。故宋，謂墨子勸阻楚王與公輸盤攻打宋國事，見《墨子・公輸》。從梁，《史記・梁孝王世家》載，漢景帝廢栗太子，竇太后欲立梁孝王為後嗣，大臣袁盎等不贊成，景帝立膠東王為太子。梁孝王暗派人刺殺袁盎及議臣等。後事敗，參與謀劃的均自殺。❸唯當過周客二句　謂作者對國事的憂患。過周客，《詩序》：「〈黍離〉，閔宗周也。周大夫行役至于宗周，過故宗廟宮室，盡為禾黍。閔周室之顛覆，徬徨不忍去而作是詩。」吳臺，即姑蘇臺。見本書卷三〈宿山莊〉注。空，原作「東」。

【語譯】故宋千年盡，睢陽四望通。高祖隱居有雲氣浮動，黃帝問道有「天師」遊童。宓子賤鳴琴教化，隕石落夜論從容。戰馬奔鄭，華元失敗，高祖斬蛇，豐西澤中。清泠池波紋收斂東水，修竹園月光漏進寒叢。

兔園沐浴月色，川烏迴避陣風。故宋誠難定，從梁事未工。唯有我這個過周客，獨愧吳臺已成空。

【賞析】此首五言排律，可能是作者晚期的作品。詩中用了一系列有關故宋的典故和傳說，其用意在於證明黍離之悲、家國之痛的歷史依據。作者借古喻今，主要抒發對國事的憂患意識。由於用典過濫，反而損害了全詩的意境。

陳熙晉箋注認為，據詩的結尾四句，「與〈夕次舊吳〉詩意略同，殆亡命後作也。」這不一定準確，聊備一說。

夏日憶張二

【題解】本篇原缺，只有詩題。現據上海古籍出版社印行《四庫唐人文集叢刊》之《駱丞集》校補。詩題一作〈夏日夜憶張二〉。張二，不詳。

伏枕憂思深，擁膝獨長吟❶。烹鯉無尺素，筌魚勞寸心。疏麻空有折，芳桂湛無斟❷。廣
庭含夕氣，閒宇淡虛陰。織蟲垂夜砌，驚鳥棲暝林❸。歡娛百年促，羈病一生侵。詎堪孤月
夜，流水入鳴琴❹。

【注釋】❶伏枕憂思深二句　謂憶友憂思之深。擁膝，抱膝。長吟，猶長歎。❷烹鯉無尺素四句　謂憂思之原因。尺素，書信。筌魚，指用筌捕魚，比喻求仕。疏麻，即神麻，本指饋贈物，此代寄友的書信。芳桂，芳香的桂酒。湛，澄清。無斟，不斟酒，指不喝酒。❸廣庭含夕氣四句　寫夏夜之環境氣氛。廣庭，大院。夕氣，夜晚的清風。閒宇，幽靜的屋宇。虛陰，此指月亮。織蟲，織網的蜘蛛。一說為紡織娘，鳴聲「軋織」。垂，掛下。砌，臺階。棲，止息。暝林，昏暗的樹林。❹歡娛

百年促四句　謂人生短促、知音難見之感慨。羈病，羈旅之愁。侵，侵擾。詎堪，豈堪；哪堪。

【語　譯】伏枕難眠憶故友，抱膝長歎憂思深。沒有書札怎知信，仕進艱辛費苦心。我無法寄信通音問，即使有桂酒也難斟。晚風輕輕拂過大院，夜月淡淡透過閒宇。蛛網垂掛在夜色中的臺階，驚鳥棲息在昏暗中的樹林。歡娛深知年壽短促，羈愁困擾一生難禁。哪堪對此孤零零的夜月，又加上流水潺潺入鳴琴。

【賞　析】本篇為五言排律，共七聯十四句。它從「憶」字生發開來，並以「憂思深」三字為主線來貫穿。首聯「伏枕憂思深，擁膝獨長吟」，通過「伏枕」的輾轉難眠、「擁膝」的百無聊賴兩個細節，緊扣題旨，表現作者對張二的思之深、念之切。接著就揭示出憂思的具體原因，在於同氣相求、同病相憐。「烹鯉無尺素」，指音信斷絕，「筌魚勞寸心」，是指仕途辛勞。這是從張二的角度說的，點出張二的處境可能是仕途坎坷、生活困頓，這與作者的處境相似，更易引發同情心。於是「疏麻空有折，芳桂湛無斟」，就寫出作者此時此際的憂思來了。經過「夕氣」、「虛陰」的鋪墊，「織蟲」、「驚鳥」的襯托，使憂思帶上灰暗的色調與孤淒的情調了。最後，「歡娛百年促，羈病一生侵」，把憂思提到生命意識的層次上去思考，具有哲理意味。「詎堪孤月夜，流水入鳴琴」，寫孤月，寫流水，是實景，也是實寫。但這裡又暗用伯牙、子期高山流水的典故，以喻作者與張二為知己之交，則是虛寫，虛實結合，別有韻味。

和李明府

【題　解】本篇原缺，僅存詩題。茲據上海古籍出版社印行《四庫唐人文集叢刊》之《駱丞集》校補。詩中讚揚李明府之德才，同情其懷才不遇。和，唱和。李明府，不詳。明府，即縣令。

傳聞葉縣履，飛向洛陽城❶。馳道臨層掖，津門對小平❷。霞殘疑製錦，雲度似飄纓❸。藻掞潘江徹，塵虛范甑清❹。詎憐衝斗氣，猶向匣中鳴❺。

【注　釋】❶傳聞葉縣履二句　謂李明府到洛陽。葉縣履，典出應劭《風俗通．正失篇》：「俗說孝明帝時，尚書郎河東王喬遷為葉令，喬有神術，每月朔，常詣臺朝。帝怪其數而無車騎，密令太史候望，言其臨至時，常有雙鳧從南飛來。因伏伺，見鳧，舉羅（羅網），但得一雙舄耳。使尚方識視，四年中所賜尚書官屬履也。」❷馳道臨層掖二句　謂洛陽形勢。馳道，正道。《禮記．曲禮下》：「馳道不除。」疏：「馳道，正道，如今御路也。是君馳走車馬之處，故曰馳道也。」掖，掖門，正門之旁門。洛陽有南掖門、北掖門、東掖門、西掖門。津門，東漢都城洛陽有十二門，南面西頭門稱津門，又稱津陽門。小平，關名，即小平津，在今河南省鞏縣西北。❸霞殘疑製錦二句　謂季候景色。製錦，製作美的綢緞。度，過，越過。纓，冠帶。❹藻掞潘江徹二句　謂李明府的道德文章。藻掞，抒發詞藻，指寫文章。潘江，指西晉文學家潘岳，字安仁，滎陽中牟人。曾任河陽令、著作郎、給事黃門侍郎等職。長於詩賦，詞藻華麗，與陸機齊名。鍾嶸《詩品》卷上：「晉黃門郎潘岳，其源出於仲宣（王粲），猶淺於陸機。余常言陸才如海，潘才如江。」徹，清澈。范甑，指范冉甑中生塵事。見本書卷四〈春夜韋明府宅宴〉注。此喻德行高潔。❺詎憐衝斗氣二句　謂李明府懷才不遇。衝斗氣，謂豐城劍氣上衝斗牛。見本書卷二〈夏日遊德州贈高四〉注。此喻人才。匣中鳴，喻才能不得施展。匣，劍匣。

【語　譯】傳說有雙葉縣履，從南飛到洛陽城。洛陽的馳道靠近層層掖門，南面的津陽正對著小平津。西邊的落霞如美麗的織錦，過往的飛雲如飄舞的冠纓。文才如藻掞潘江澈，德行如塵空范甑清。可歎豐城劍氣衝牛、斗，不被重用匣中鳴。

【賞　析】本篇為五言排律，共五聯十句，是一首和詩。李明府為作者的朋友，此次因事到洛陽，有詩為贈，作者即以此詩唱和。和詩要求對贈詩具有針對性，或切其題，或步其韻，或發其旨，重在意氣相孚，情思真切。

本篇歌頌李明府的才德。「藻挾潘江徹，塵虛范甑清」，一喻才華煥發，一喻德行廉潔。同時也感慨他的懷才不遇。晉王嘉《拾遺記》卷一「顓頊」條載：「帝顓頊高陽氏，黃帝孫，昌意之子。……有曳影之劍，騰空而舒，若四方有兵，此劍則飛起指其方，則剋伐；未用之時，常於匣裡，作龍虎之吟。」結句之「詎憐衡斗氣，猶向匣中鳴」，即暗用其意。其實，作者感慨李明府，也在感慨自己，他自己也是一個懷才不遇者，因此，寫來感情真摯自然。作者還以洛陽的雄壯形勢和壯麗景色來襯托，大大減弱了這種感慨的哀傷氣氛。

卷五 雜詩

傷祝阿王明府并序

【題解】傷，哀悼。祝阿，縣名。《元和郡縣志》卷十：「河南道齊州禹城縣。本漢祝阿縣，春秋時齊邑，漢以為縣，屬平原郡。隋開皇十六年，改屬齊州。天寶元年，改名禹城縣，以縣西南三十里有禹息故城，因而為名。」王明府，祝阿姓王的縣令。

夫心之悲矣，非關春秋之氣；聲之哀也，豈移金石之音。何則？事感則萬緒興端，情應則百憂交軫❶。是以宣尼舊館，流襟動激楚之悲；孟嘗高臺，承睫下聞琴之淚❷。

【章旨】寫悲情產生之原因。

【注釋】❶夫心之悲矣七句　謂悲情產生於事感情應。關，原作「開」。氣，節氣。金石，指鐘、磬一類樂器。金，鐘。石，磬。金石也喻堅貞不渝的友情。事感，內心受事物的感動。興端，從心頭湧出。情應，情感發生共鳴。交軫，痛悼交集於心。軫，軫懷；軫悼；悲痛悼念。原作「轔」。❷是以宣尼舊館四句　謂悲情的事例。宣尼，稱孔子。《漢書・平帝紀》：

「元始元年(一),追謚孔子曰『褒成宣尼公。』」舊館,用孔子哀悼舊館門人之喪事。《禮記・檀弓上》:「孔子之衛,遇舊館人之喪,入而哭之,哀。出,使子貢說驂而賻之。子貢曰:『於門人之喪,未有所說驂,說驂於舊館,無乃已重乎?』夫子曰:『予鄉者入而哭之,遇於一哀而出涕,予惡乎涕之無從也。小子行之。』」流襟,淚流衣襟。激楚,音調高亢淒清。孟嘗,指孟嘗君,即田文,戰國時齊國貴族。襲其父田嬰的封邑薛(今山東省滕縣南),稱薛公,號孟嘗君。齊湣王時為相國,門下有食客數千。曾入秦為相,後奔魏,任魏相,主張聯秦伐齊。高臺,《三國志・蜀書・郤正傳》注:「桓譚《新論》曰:雍門周以琴見。孟嘗君曰:『先生鼓琴,亦能令文悲乎?』……雍門周曰:『然臣竊為足下有所常悲。夫角帝而困秦者,君也;連五國而伐楚者,又君也。天下未嘗無事,不從(合縱)即衡(連橫),從成則楚王,衡成則秦帝。夫以秦楚之強,而報弱薛,猶磨蕭斧而伐朝菌也,有識之士,莫不為足下寒心。天道不常盛,寒暑更進退,千秋萬歲之後,宗廟必不血食。高臺既已傾,曲池又已平,墳墓生荊棘,狐狸穴其中,遊兒牧豎,躑躅其足,而歌其上曰:孟嘗君之尊貴,亦猶若是乎?』於是孟嘗君喟然太息,涕淚承睫而未下。雍門周引琴而鼓之,徐動宮徵,叩角羽,終而成曲。孟嘗君遂歔欷而就之曰:『先生鼓琴,令文立若亡國之人也。』」

【語譯】心悲,不關春秋節氣;聲哀,豈移金石之音。這是什麼道理呢?受外物感動,萬緒從心頭湧出;有情感共鳴,百憂痛集於胸臆。因此,孔子悼舊館門人,淚濕衣襟而哭聲淒清;孟嘗感高臺傾頹,聞琴歎息而承睫涕淚。

祝阿王明府,毓德丹穴,襲吉黃裳。靈基峙金闕之峰,層源瀨玉輪之坂❶。既而鴻飛漸陸,將騁平輿之龍;鶴鳴在陰,爰絆朝歌之驥。乃當名縣閾月,德貫陳星❷;豈徒遽切夢瓊,奄沉連石。嗟虖!輪鎖桂魄,驪珠毀貝闕之前;斗散紫氛,龍劍沒延平之水❸。

【章旨】讚揚王明府的才德並悼亡。

【注　釋】❶祝阿王明府五句　謂王明府的道德文章。毓德，養育道德。丹穴，《山海經・南山經》載：「丹穴之山，有鳥名鳳凰，首文曰德，翼文曰義，背文曰禮，膺文曰仁，腹文曰信。該鳥見則天下安寧。此借丹穴喻祝阿為仁義之鄉。黃裳，《易・坤卦》：「六五，黃裳，元吉。」《正義》：「黃是中之色，裳是下之飾，坤是臣道，五居『君位』，是臣之極貴者也；能以中和通於物理，居於臣職，故云『黃裳，元吉』。元，大也，以其德能如此，故得大吉也。」此喻王明府得中和之道而守臣職。靈基，謂天賦的靈性根基。此指德才兼備。金闕之峰，謂才德登峰造極。金闕，指代帝都。層源，源頭。瀨，急流。玉輪之坂，謂才德源遠流長。玉輪，即岷山之西玉輪坂，見本書卷二〈在江南贈宋五之問〉注。❷既而鴻飛漸陸六句　謂王明府的仕途聲望。既而，不久之後。鴻飛漸陸，見本書卷三〈晚泊江鎮〉注。此喻仕進。平輿之龍，《後漢書・郭符許列傳》載：「許劭，字子將，汝南平輿（在河南東南）人。少峻名節，好人倫，多所賞識。兄虔，亦知名，汝南人稱平輿淵有二龍焉。」輿，原作「與」。鶴鳴在陰，謂鶴鳴之士。見本書卷四〈送王明府上京參選〉注。此以鶴喻君子。爰，語助詞。朝歌之驥，語出《文選》三國吳質〈答東阿王書〉。三國魏郡有朝歌縣，吳質出為朝歌長，他認為不能施展才能：「今處此而求大功，猶絆良驥之足，而責以千里之任。」此喻王明府大材小用。縣，同「懸」。闞月，為三國吳侍中闞澤夢月升官事。見本書卷二〈在江南贈宋五之問〉注。此喻王明府仕途通達。陳星，指歲星。即象徵祥瑞的德星。見本書卷二〈在江南贈宋五之問〉注。此喻王明府德星呈瑞。❸豈徒遽切夢瓊七句　謂哀悼王明府逝世。徒，空；白白地。遽，急；驟然。夢瓊，死亡的代稱。《左傳・成公十七年》載，聲伯夢見涉洹水，有人送他瓊瑰而食之，盈其懷，後即死去。杜預注：「瓊玉，瑰珠也，食珠玉含象。」奄沉，謂忽然日落。奄，忽；遽。原作「掩」。連石，傳說西北山名。《淮南子・天文》：「日至於連石，是謂下春。」輪銷桂魄，指月缺。相傳月中有桂樹，故以桂魄、桂宮作月的別稱。驪珠，指藏在海中黑龍頷下的千金之珠。見本書卷二〈夏日遊德州贈高四〉注。貝闕，謂水府龍宮。見本書卷三〈晚泊河曲〉注。斗散紫氛，用豐城劍氣事。見本書卷二〈夏日遊德州贈高四〉注。延平之水，顧祖禹《方輿紀要》：「福建延平府南平縣附郭。後漢建安初，始置南平縣。……晉太康初，改為延平縣。劍溪在城東南，即建江也，自建寧府南流至此，亦曰劍津，亦曰劍潭。相傳晉雷煥之子，佩劍渡延平津，劍忽躍入水，化為龍而名，亦曰龍津。」

【語　譯】祝阿王明府，培育道德於仁義之鄉，恪守臣職而中和吉祥。他有天賦的靈性，才德在京城中登峰造極；他有家學淵源，才德在家族中源遠流長。不久即進入仕途，將馳騁平輿之龍；豈料鶴鳴之士，猶絆良驥之足。本當仕途通達，歲星照臨，怎知突然喪亡，日落連石。唉！滿月有缺，驪珠毀於龍宮之前；紫氣消散，龍劍沉於延平之水。

某昔承嘉惠，曲荷恩光；留連嘯歌，從容風月，撫心陳迹，泣血漣如❶。然而始終者，萬物之大歸，生死者，百年之常分。雖則知理之可有，而未曉情之可無。聊綴悲歌，敢貽同好❷。諸君或締交三益，列宰一司；或叶契筌蹄，投心膠漆。如比肩於千里，遽傷魂於九原。既切芝焚，彌深蕙歎；盍言四始，同賦七哀。庶蘭室流薰，襲遺芳而化德；故蓬心申拙，效庸音於起予。觸目多懷，周流增慟❸。

【章旨】謂追憶王明府之恩德及賦詩誌哀。

【注釋】❶某昔承嘉惠六句　謂王明府昔日之恩寵及交往。某，我。自稱代詞。嘉惠，美好的恩惠。曲，委曲周到。恩光，恩澤榮寵。留連，謂留連風景。從容，謂盤桓。陳迹，歷史古跡。泣血，因親喪而悲痛至極。漣如，垂淚的樣子。❷然而始終者八句　謂賦詩悼亡。而，原作「者」。始終，猶生死。大歸，最後的歸宿。晉陸機〈弔魏武帝文序〉：「客曰：『夫始終者，萬物之大歸；生死者，性命之區域。是以臨喪殯而後悲，睹陳根而絕哭。』」後因稱死亡為「大歸」。常分，人的普遍的本分。《顏氏家訓．終制篇》：「死者，人之常分，不可免也。」理之可有，指道理上完全可以承認生死之事。情之可無，指感情上不能接受生死之事。綴，綴文；聯綴詞句成詩。同好，愛好志趣相同的人。❸諸君或締交三益十六句　謂賦詩誌哀之宗旨。三益，《論語．季氏》：「益者三友，損者三友。友直、友諒、友多聞，益矣；友便辟、友善柔、友便佞，損矣。」一司，指同在縣職。一作「一同」。叶契筌蹄，指友情真摯，為忘言之交。見本書卷二〈夏日遊德州贈高四〉注。投心，心意相投。膠漆，如膠似漆，比喻交情極深，親密無間。〈古詩〉：「以膠投漆中，誰能別離此？」比肩，並肩；形容親密無間。傷魂，悲痛傷神。九原，原指春秋時晉國卿大夫的墓地，後泛稱墓地。芝焚，晉陸機〈歎逝賦〉：「信松茂而柏悅，嗟芝焚而蕙歎。」此以芝焚喻朋友之死，以蕙歎喻自己之痛悼。盍，何。四始，指《詩經》的風、小雅、大雅和頌。《毛詩序》：「是以一國之事，繫一人之本，謂之風；言天下之事，形四方之風，謂之雅。雅者，正也，言王政之所由廢興也。政有大小，故有小雅焉，有大雅焉。頌者，美盛德之形容，以其成功告於神明者也。是謂四始，詩之至也。」七哀，魏晉樂府詩題之一。魏之王粲、曹植，晉之張載均作有〈七哀詩〉。《文選》曹植〈七哀詩〉唐呂向注：「七哀，謂痛而哀，義而哀，感而哀，怨而哀，耳目聞見而哀，口歎而哀，鼻酸而哀也。」蘭室流薰，蘭花芳香流溢薰染的居室。此喻美德。蓬心申拙，表達自己的內心。庸音，平庸的詩歌。起予，啟發我的意思。《論語．八佾》：「子曰：『起予者商也，始可以言詩矣。』」周流增慟，謂四周顧盼更增加哀痛。慟，大哭；哀痛之至。原作「周增流動」。

【語譯】我過去承蒙王明府的恩惠，同時又委曲周到地給我榮寵；留連嘯歌，盤桓風月，欣賞古跡，一念及這些交情，便流淚不止，欲哭無聲。然而，始與終是萬物最後的歸宿；生與死是人生普遍的本分。理智上雖知生死不免的道理，可是感情上不能接受生死的事實。暫且寫此詩歌，送給我的好友。諸君或是益友，同在司職；或是摯友，如膠似漆。雖隔千里親密無間，身喪九原心情悲痛。憑弔亡友，芝焚蕙歎，何不寄悲詩歌，同賦七哀，以便讓蘭室流薰，繼承美德，發揚教化。因此寫下這首平庸的詩，來表達自己的心意。此時觸目盡是傷心，顧盼更增哀痛。

洛川真氣上，重泉惠政融。含章光後列，經武嗣前雄。與善良難驗，生涯怨易窮。翔凫猶在履，狎雉尚馴童❶。錢滿荒階綠，塵浮虛帳紅。夏餘將宿草，秋近未驚蓬。煙晦泉門夕，日遠夜臺空。誰堪孤隴外，獨聽白楊風❷。

【章旨】寫王明府的道行政績及喪後的悲涼。

【注　釋】❶洛川真氣上八句　謂王明府的道行與政績。洛川真氣，典出劉向《列仙傳》：「王喬者，周靈王太子晉也，好吹笙，作鳳凰鳴。游伊洛（伊河、洛水）之間，道士浮丘公接以上嵩高山。三十餘年後，求之於山上，見桓良曰：『告我家，七月七日待我於緱氏山巔。』至時果乘白鶴，駐山頭，望之不得到，舉手謝時人，數日而去。」此喻道行之高。重泉惠政，用東漢王阜事。《東觀漢記》卷十八〈列傳〉十三載，王阜，字世公，蜀郡人。補重泉令，政治肅清，舉縣畏憚，吏民向化，有鸞鳥集於學宮，縣為張雅樂擊磬，鳥舉足垂翼，應聲而舞，翾翔復上縣庭屋，十餘日乃去。此喻德政教化。含章，包含內在美質。《易・坤》：「含章可貞。」王弼注：「含美而可正者也。」光，光大。後列，猶後代。經武，猶踵武。循著前人的腳跡走。喻繼承前人的事業。經，一作「繼」。武，足跡。與善，援助善人。原作「契與」。《史記・伯夷列傳》：「或曰：『天道無親，常與善人。』若伯夷、叔齊，可謂善人者非邪？積仁潔行如此餓死！且七十子之徒，仲尼獨薦顏淵為好學。然回也屢空，糟糠不厭，而卒早夭。天之報施善人，其何如哉？」此喻善無善報。生涯，人生的極限。涯，邊際；極限。《莊子・養生主》：「吾生也有涯，而知也無涯。」窮，盡。翔鳧，用王喬遷葉縣履事。見本書卷四〈和李明府〉注。此喻道行。狎雉，用東漢魯恭化雉事，見本書卷四〈春夜韋明府宅宴〉注。此喻德政。❷錢滿荒階綠八句　謂王明府死後的悲涼。錢，指綠錢。即青苔。沈約〈冬節後至丞相第詣世子車中作〉：「賓階綠錢滿，客位紫苔生。」李善注：「崔豹《古今注》曰：『空空無人行，則生苔蘚，或青或紫，一名綠錢。』」帳，指絳帳。大紅色帳帷。《後漢書・馬融列傳》載，馬融常坐高堂，施絳紗帳，授生徒。後以「絳帳」稱師長或講席。宿草，隔年的草。《禮記・檀弓上》：「曾子曰：『朋友之墓，有宿草而不哭焉。』」孔穎達疏：「宿草，陳根也，草經一年則根陳也。朋友相為哭一期，草根陳乃不哭也。」蓬，蓬蒿。劉向《說苑》卷十〈敬慎〉謂秋天的蓬蒿，根本已壞枝葉卻很美，秋風一起，就連根拔了。泉門，指泉臺之門。即泉下。夜臺，墓穴。《文選》晉陸機〈挽歌〉：「送子長夜臺。」李周翰注：「墳墓一閉，無復見明，故云長夜臺。」孤隴，孤淒的丘隴。指墳墓。白楊風，〈古詩十九首〉：「白楊多悲風，蕭蕭愁殺人。」

【語　譯】王明府如王喬洛川得道存真，如王阜重泉惠政和融。他內在的美質光大子孫後代，他走過的道路遵循前雄遺蹤。上天報施善人，的確難於應驗；人生總有極限，終怨易盡易窮。道行如葉縣飛鳧猶是履，惠政如魯恭化雉又馴童。庭院苔滿荒階成慘綠，室內塵浮空帳助愁紅。夏天墳頭上長滿宿草，秋天墓地裡蓬蒿成叢。誰能忍受墳墓外，獨聽悲咽白楊風。

【賞　析】本篇為哀悼祝阿王明府之作，是一首輓詩。詩前有序，序為駢文，首先論述悲情產生的原因，在於「事感則萬緒興端，情應則百憂交軫」，是有感而發，不是無病呻吟，這是發揚了先秦儒家詩論的傳統，即「詩言志，歌永言，聲依永，律和聲」（《書．堯典》）以及「詩者志之所之也」、「情動於中而形於言」（《毛詩序》），等等。其次，稱讚王明府的道德文章，悲歎其英年早逝。再次，追敘王明府的恩寵及交往，以及賦詩表示哀悼。

輓詩用於表哀悼之情，存思慕之意，對男女長幼尊卑的身分，必須斟酌盡善。本篇哀輓的王明府，是作者的師友，因此追憶其恩寵，頌揚其惠政，甚為得體。詩的前八句，寫王明府的道行和德政，詩的後八句寫王明府身後的情況，是首五言排律，構成了生前身後的強烈對比。

本篇後一部分，善於選擇典型，渲染氣氛，抒發悲情。苔滿荒階，塵浮空帳，有多少慘綠愁紅；墳上萋萋荒草，墓地長滿蓬蒿，似乎也在牽愁助恨；至於荒煙落日，白楊蕭蕭，更令人悲難自已。這樣由庭院、室內到墓地，由夏天到秋天，在時空交叉點上，形成一種荒蕪、冷落、蕭瑟、悲涼的環境氣氛，使輓詩具有感染力量。

詠懷古意上裴侍郎

【題　解】本篇寫作者懷才不遇的不平與立功塞域的壯志。古意，擬古。裴侍郎，即裴行儉。張說〈贈太尉裴公神道碑〉：「公諱行儉，字守約，河東聞喜人也。明慶中，出為西州長史，又拜安西大都護，西域從政。七八年間，窮荒舉落，重譯向化。乾封歲，徵為同文少卿，尋除司列少常伯，官復舊號，為吏部侍郎，加銀青光祿大夫。上元中，為洮州道左軍總管。儀鳳二年，兼安撫大使，遷禮部尚書，加上柱國。調露中，為定襄道大總管，乃封公聞喜縣開國公。」

三十二餘罷，鬢是潘安仁❶。四十九仍入，年非朱買臣❷。縱橫愁繫越，坎壈倦遊秦。出籠窮短翮，委轍涸枯鱗。磨鉛不沾用，彈鋏欲誰申❸。天子未驅策，歲月幾沉淪。輕生長慷慨，效死獨殷勤。徒歌易水客，空老渭川人❹。一得視邊塞，萬里可苦辛。劍匣胡霜影，弓開漢月輪。金方動秋色，鐵騎拍風塵。為國堅誠款，捐軀忘賤貧。勒功思比憲，決略暗欺陳。若不犯霜雪，虛擲玉京春❺。

【注釋】❶三十二餘罷二句　謂自己三十二歲左右被罷官。罷，罷官。似指罷去東臺詳正學士之職。潘安仁，即西晉潘岳。據《晉書》本傳，潘岳「早辟司空太尉府，舉秀才，才名冠世，為眾所疾，遂棲遲十年。出為河陽令，轉懷令。未幾，選為長安令，徵補博士，未召，以母疾，輒去官免。」由於他仕途不得志，在〈秋興賦序〉中有「晉十有二年，余春秋三十二，始見二毛」等句。二毛，謂頭髮花白，故云「鬢是潘安仁」。❷四十九仍入二句　謂自己四十九歲再仕。仍入，仍然入朝為官。因距漢代五十歲富貴的朱買臣尚差一歲，故云「年非朱買臣」。❸縱橫愁繫越六句　謂懷才不遇。縱橫，謂四處為仕途奔走。繫越心繫越國。《史記・張儀列傳》載，越人莊舄仕楚執圭，「楚王曰：『舄故越之鄙細人也，今仕楚執圭，貴富矣，亦思越不？』……使人往聽之，猶尚越聲也。」此喻不忘朝廷。坎壈，聯綿詞。亦作「坎廩」。窮困；不得志。《楚辭・九辯》：「坎廩兮，貧士失職而志不平。」遊秦，即戰國時蘇秦入秦遊說事，見本書卷二〈夏日遊德州贈高四〉注。短翮，短短的鳥翼。翮，羽莖。枯鱗，即涸轍之魚，見本書卷三〈春霽早行〉注。磨鉛，古代用鉛粉筆作書寫工具，筆鈍則加以磨礪。此喻學識。沾，充足；充溢。彈鋏，彈劍把。《戰國策・齊策四》載，齊人馮諼，寄食於孟嘗君門下。「居有頃，倚柱彈其劍，歌曰：『長鋏，歸來乎！食無魚。』左右以告。孟嘗君曰：『食之，比門下之客。』居有頃，復彈其鋏，歌曰：『長鋏，歸來乎！出無車。』左右皆笑之，以告。孟嘗君曰：『為之駕，比門下之車客。』……後有頃，復彈其劍鋏，歌曰：『長鋏，歸來乎！無以為家。』左右皆惡之，以為貪而不知足。孟嘗君問：『馮公有親乎？』對曰：『有老母。』孟嘗君使人給其食用，無使乏。於是馮諼不復歌。」後來他幫助孟嘗君贏得了民心，在權力交接中鞏固了地位。❹天子未驅策六句　謂報效無門。驅策，連文同義。鞭馬前進。有驅使、役使的意思。沉淪，猶沉沒、淪落。輕生，輕視生命。即不貪生怕死。長，常。慷慨，聯綿詞。意氣激昂。效死，指為正義事業而死。殷勤，聯綿詞。情意懇切深厚。易水客，指悲歌易水的荊軻，見本書卷二〈夏日遊德州贈高四〉注。渭川人，指漁釣渭水的呂尚。《史記・齊太公世家》載，呂尚窮困，又年老，以漁釣求周西伯。西伯將要出獵，卜得獲霸王之輔，果然遇呂尚於渭水南邊，與語大悅，就說吾先君太公望子久矣，故號「太公望」，載與俱歸，立為師。❺一得視邊塞十二句　謂擬從軍邊塞，為國立功。月輪，指圓月。金方，一作「金刀」。鐵騎，鐵甲馬。拍，拍打。原作「相」。誠款，連文同義。真誠懇切。捐軀，謂為國犧牲。忘，原作「志」。勒功，指勒石銘功。《後漢書・竇融列傳》載，竇憲拜車騎將軍，以執金吾耿秉為副，大破北單于。憲、秉遂登上燕然山，刻石勒功，紀漢威德，令班固作銘。決略，即決策。陳，指漢代的陳平。《漢書・張陳王周傳》載，高帝（劉邦）被匈奴圍於平城，七日不得食。高帝用陳平奇計脫圍。犯霜雪，冒犯霜雪。因邊地苦寒多霜雪，故名。

【語　譯】三十二歲多罷去官職，如同坎坷一生愁白鬢髮的潘安仁。四十九歲時仍入朝為官，年齡又不同五十歲富貴的朱買臣。仕途奔走心繫朝廷，生活困頓壯志難伸。像是出籠的鳥兒無力展翅，像是委轍的魚兒成為枯鱗。有了學識，不能充分發揮作用；彈鋏申訴，又有誰人前來問津。朝廷不能任用，歲月幾多浮沉。不貪生常常激昂慷慨，不怕死唯獨忠心殷勤。徒歌易水入秦客，空老渭川垂釣人。一旦從軍邊塞，萬里不辭苦辛。劍匣生寒，凝結胡地的霜影；弓弦拉滿，映照漢家的月輪。金刀飛舞閃動秋色，鐵騎馳騁拍打煙塵。為國效力堅守忠貞心志，為國捐軀忘卻個人賤貧。勒石銘功與竇憲比肩，運籌帷幄也勝過陳平。若不赴邊塞衝霜冒雪來擊敵，就會白白地辜負長安滿城春。

【賞　析】本篇是作者的代表作之一，在結構上大體可分為兩大部分。由「三十二餘罷」至「空老渭川人」為第一部分，寫出作者生活道路的坎坷不平，和懷才不遇的憤懣不平。其中「愁鬢越」、「倦遊秦」、「窮短翮」、「涸枯鱗」、「未驅策」、「幾沉淪」、「徒歌」、「空老」等詞語，有極為強烈的感情色彩，充分表現了作者個人與環境、理想與現實的矛盾。由「一得視邊塞」至「虛擲玉京春」結束，為第二部分。「胡霜」、「漢月」、「金刀」、「鐵騎」，以朔漢苦寒的景色，以金戈鐵馬的氣氛，襯托出作者報效國家、立功疆域的雄心壯志。這兩個部分，由低回婉轉到慷慨激昂，在情調上是一個突轉，大大沖淡了感傷的色彩。

詠懷

【題解】詠懷，是自抒懷抱，主要抒發對坎坷一生的感慨。

少年識事淺，不知交道難。一言芬若桂，四海臭如蘭❶。寶劍思存楚，金鎚許報韓❷。虛心徒有託，循迹諒無端❸。太息關山險，吁嗟歲月闌❹。忘機殊會俗，守拙異懷安❺。阮籍空長嘯，劉琨獨未歡❻。十步庭芳歛，三秋隴月團。槐疏非盡意，松晚夜凌寒❼。悲調絃中急，窮愁醉裡寬。莫將流水引，空向俗人彈❽。

【注釋】❶少年識事淺四句　謂自己少不識事，未能擇交。識事淺，淺於識事。交道，交友之道。臭如蘭，如蘭花芳香。《易經・繫辭上》：「同心之言，其臭如蘭。」臭，香氣。❷寶劍思存楚二句　謂自己志在報國。存楚，典出《史記・伍子胥列傳》。申包胥，楚國貴族，與伍子胥為知交。子胥逃亡，謂包胥曰：「我必覆楚。」包胥曰：「我必存之。」楚昭王十年（前五〇六），吳用子胥計攻破楚國，包胥到秦求救，在秦庭哭了七日七夜，終於使秦發兵救楚。金鎚，因鐵為黑金，故名。鎚，一作「椎」。報韓，典出《史記・留侯世家》：張良，字子房，相傳為城父（今河南寶豐東）人。其祖與父相繼為韓昭王、宣惠王等五世之相。秦滅韓後，他悉以家財求刺客刺秦王，圖謀為韓報仇，恢復楚國。後得力士，為鐵鎚，重一百二十斤。秦始王東遊，張良與力士狙擊秦始皇於博浪沙（今河南原陽東南）中，誤中其副車，未成。張良隨黃石公學習兵法，在楚漢戰爭期間，為劉邦重要謀士。漢朝建立，封留侯。❸虛心徒有託二句　謂自己報國無門。虛心，空有報國之志。循迹，循習；因循沿襲。諒，諒必；料想。無端，沒有盡頭。❹太息關山險二句　謂關山險阻，青春易逝。太息，深深地歎息。關山，喻人生道路。吁嗟，嗟歎。吁，原作「于」。闌，盡。❺忘機殊會俗二句　謂與世無爭。忘機，忘卻功利機巧之心。會俗，合於世俗。守拙，困守田園，安貧樂道。晉陶潛〈歸園田居〉：「開荒南畝際，守拙歸園田。」懷安，苟且偷安。❻阮籍空長嘯二句　謂身處窮途不忘報國。阮籍，即三國魏文學家、思想家，「竹林七賢」之一。他善長嘯，因不滿現實，常酗酒醉眠，遠禍全身。其窮途慟哭事，見本書卷二〈早發諸暨〉注。劉琨，字越石，中山魏昌（今河北無極東北）人，西晉將領。他少與祖逖為友。愍帝時任大將軍，都督并州諸軍事。他忠於晉室，長期堅守并州。後與鮮卑貴族段匹磾相結，不忘恢復中原。被段匹磾所殺。死前有答別駕盧諶書，謂「國破家亡，親友凋殘。塊然獨處，則悒憤雲集；負杖行吟，則百憂俱至。時復相與，舉觴對膝，破涕為笑，排終身之積慘，求數刻之暫歡。」見《晉書》。❼十步庭芳斂四句　謂深秋景物。十步，劉向《說苑．談叢》：「十步之澤，必有香草；十室之邑，必有忠士。」庭芳斂，指庭花凋落。三秋，深秋。秋，原作「月」。隴，同「壟」。田埂。槐疏，指槐樹枝葉稀疏。盡意，生意未盡。見本書卷二〈在獄詠蟬〉注。松晚，指晚松枝幹挺拔。夜，一作「故」。❽悲調絃中急四句　謂藉酒消愁。寬，寬解。流水引，指「高山流水」之樂曲。

【語　譯】少年時候單純見識淺，不懂交友之道有多難。只要聽到別人說好話，就以為四海之內臭如蘭。我像包胥愛國思保楚，像張良鎚秦許報韓。但是愛國之志空無所託，被逼得因循沿襲遺恨無端。深歎關山迢遞路途險，吁嗟歲月無情容易闌。忘卻機巧，與世無爭，決不隨俗沉浮；藏愚守拙，安貧樂道，決不苟且偷安。阮籍窮途慟哭空長嘯，劉琨壯志未酬獨未歡。十步庭花凋落，深秋隴月團圓。老槐枝葉稀疏生意未盡，老松枝幹挺拔入夜淩寒。急絃自出悲調，窮愁醉中自寬。莫將高山流水知音調，空向俗人錯雜彈。

【賞　析】本篇的創作時間，據明人胡應麟在〈補唐書駱侍御傳〉中作出如下推斷：「久之，謫臨海丞。高宗崩，后廢盧陵，改唐物。賓王恥食周粟，即日棄官歸，賦『寶劍思存楚，金鎚許報韓』之句。」這大致是不錯的。

本篇從少年、壯年寫到晚年，作者把自己的風雨人生完全濃縮到這首五言排律之中，縱橫捭闔，大起大落，時間跨度長，生活容量大。

本篇共十一聯二十二句，共有四個層次。首聯、二聯寫少年時期，對擾擾塵寰、滔滔人世茫昧無知，顯得幼稚單純。此為第一個層次。中間的三聯至七聯，寫壯年時期。立志報國，豪情滿懷，欲效申包胥思存楚，要學張子房許報韓。但事與願違，遂致虛心無託，遺恨無端，使他認識到世道崎嶇，前程險惡，歲月無情，青春易老。於是寧願與世無爭，自甘淡泊，卻不願隨俗沉浮，寧願藏愚守拙，安貧樂道，卻不願苟且偷安。雖像阮籍那樣身處窮途，卻能如劉琨那樣不忘報國。這一切分清了報國與苟安、高潔與卑俗的界限，大大提高了作者的思想境界。這是第二個層次。由八聯至九聯，是第三個層次，明寫景，實寫人。「槐疏非盡意，松晚夜凌寒」，作者藉老槐之生意，晚松之勁節，表達自己老當益壯、窮當益堅之晚節，又為思想境界補墊一筆。十聯至十一聯結束，為第四個層次。「絃中急」，是長歌當哭，「醉裡寬」，是藉酒消愁，「莫將流水引，空向俗人彈」，是說高山流水，知音難求。作者憤懣之情，噴薄而出，令人感動。

邊夜有懷

【題　解】邊夜，謂邊塞的夜晚。此為邊塞詩之一。

漢地行逾遠，燕山去不窮❶。城荒猶築怨，碣毀尚銘功。古戍煙塵滿，邊庭人事空。夜關明隴月，秋塞急胡風❷。倚伏良難定，榮枯豈易通。旅魂勞泛梗，離恨斷征蓬。蘇武封猶薄，崔駰宦不工。惟餘北叟意，欲寄南飛鴻❸。

【注　釋】❶漢地行逾遠二句　謂赴邊塞行程。燕山，山名。在河北平原北側，由潮白河河谷直到山海關，為南北交通孔道。

❷城荒猶築怨六句　謂邊塞景象。城，長城。原作「空」。築怨，猶構怨。即造成怨恨。戰國時齊、楚、魏、燕、趙、秦和中山等國相繼興築長城。秦始皇統一六國後，派蒙恬將秦、趙、燕三國的北邊長城予以修繕以強秦，使民疲勞而生怨。漢班彪

〈北征賦〉：「越安定以容與兮，遵長城之漫漫。劇蒙公之疲民兮，為彊秦乎築怨。」碣，碑石。原作「碭」。銘功，為東漢車騎將軍竇憲大破匈奴登燕然山勒石銘功事，見本書卷六〈詠懷古意上裴侍郎〉注。煙塵，猶風塵。喻戍卒行旅的辛勞。人事，猶人煙。指住戶，因有炊煙的地方就有住戶。關，原作「開」。隴月，隴地的月亮。秋塞，秋天的邊塞。秋，原作「愁」。

❸倚伏良難定八句　謂身世坎坷、懷才不遇。倚伏，語本《老子》：「禍兮福之所倚，福兮禍之所伏。」倚，依託。伏，隱藏。此謂禍是福依託之所，福又是禍隱藏之所，禍福可以相互轉化。良，很；甚。封猶薄，為西漢蘇武事。《漢書・李廣蘇建傳》載，蘇武，字子卿，漢武帝時曾以中郎將出使匈奴，被留。匈奴迫降，不屈不撓，被徙往北海無人處，使牧公羊。蘇武持漢節牧羊十九年，始終堅貞不屈，使於四方，不辱君命。回漢時鬚髮盡白，封典屬國（掌管少數民族事務的官）。後兒子因事坐罪死，自己被免官。漢宣帝甘露三年（前五一），圖畫功臣於麒麟閣，蘇武不在其列。宦不工，為東漢崔駰事。《後漢書・崔駰列傳》載：「崔駰，字亭伯，涿郡平安人也。善屬文，少游太學，與班固、傅毅同時齊名。元和中，肅宗始修古禮，巡狩方岳，駰上〈四巡頌〉，以稱漢德。帝頌好文章，自見駰頌後，帝嗟歎之，謂侍中竇憲曰：『卿寧知崔駰乎？』對曰：『班固數為臣說之，然未見也。』帝曰：『公愛班固而忽崔駰，此葉公之好龍也，試請見之。』駰由此候憲。憲屣履迎門。憲擅權驕恣，駰數諫之。駰為主簿，前後奏記數十，指切短長，憲不能容，出為長岑長。駰自以遠去不得意，遂不之官而歸。」宦，原作「官」。北叟，指塞翁。《淮南子・人間》：「近塞上之人，有善術者，馬無故亡而入胡，人皆吊之。其父曰：『此何遽不為福乎？』居數月，其馬將胡駿馬而歸。人皆賀之，其父曰：『此何遽不能為禍乎？』家富馬良，其子好騎，墮馬而折其髀，人皆吊之，其父曰：『此何遽不如福乎？』居一年，胡人大入塞，丁壯者引弦而戰，近塞之人，死者十九。此獨以跛之故，父子相保。」此謂不計禍福。南飛鴻，指代南方的親友。

【語　譯】漢地愈走愈遙遠，燕山迢迢去不窮。長城雖荒蕪仍在構怨，碑石雖敗壞還在記功。古戍風塵滿，邊庭人煙空。夜晚的邊關，隴月高照；秋天的塞上，急刮胡風。禍福很難料定，榮枯豈易會通。旅人辛勞如浮梗，離恨綿綿似飛蓬。蘇武封官官祿薄，崔駰不宦難相容。塞翁失馬順其自然，欲將此意寄語南方的飛鴻。

【賞　析】本篇為五言排律，共八聯十六句，作於秋天。首聯把「漢地」與「燕山」聯繫起來，交代了赴邊塞的行蹤。此為第一層。以「城荒」、「碣毀」的荒涼景象，以「煙塵滿」、「人事空」的冷落氛圍，以「明隴月」、

「急胡風」的秋夜風月，構成了邊塞的典型環境。此為第二層。到了第三層，作者抒發自己的感慨，使感情達到了高潮。這裡有對「倚伏良難定，榮枯豈易通」的命運乖蹇的喟歎，有對「旅魂勞泛梗，離恨斷征蓬」的身世飄零的沉思，有對「蘇武封猶薄，崔駰宦不工」的仕途坎坷的憤懣，等等。這三個方面雖集中說明個人的不幸遭際，但在初唐卻具有一定的代表性，從中可看到失意士大夫的共同命運。

久戍邊城有懷京邑

【題　解】邊城，指邊塞。京邑，京都。此為邊塞詩之一。

擾擾風塵地，遑遑名利途。盈虛一易舛，心迹兩難俱❶。弱齡小山志，寧期大丈夫。九微光賁玉，千仞忽彈珠。棘寺游三禮，蓬山簉八儒。懷鉛慚後進，投筆願前驅❷。

【章　旨】寫對人生經歷的回顧。

【注　釋】❶擾擾風塵地四句　謂足履風塵地和名利途。擾擾，紛亂的樣子。風塵地，指塵世競逐紛擾之地。遑遑，同「惶惶」。驚恐匆忙、不安定的樣子。名利途，追名逐利的場地。此喻仕途。盈虛，即盈縮。指伸長與縮短、圓缺、增減等。比喻禍福成敗、生死壽命。《宋書・顧覬之傳》：「夫生之資氣，清濁異原；命之稟數，盈虛乖致。是以心貌詭貿，性運舛殊。」此謂命運的好壞。舛，不順；不幸。心迹，指內心與行事。兩難俱，謂心與迹不相一致。❷弱齡小山志八句　回顧人生經歷。弱齡，幼小時候。小山志，即淮南小山志在寫詩文。見本書卷三〈早發淮口望盱眙〉注。期，期望。九微，燈名。張華《博物志・史補》：「七月七日夜漏七刻，王母乘紫雲車而至，於殿西南面東向，時設九微燈，帝東面西向。」賁玉，形容燈光如美玉。賁，華美；光彩。原作「貴」。彈珠，即《莊子・讓王》所謂「以隨侯之珠，彈千仞之雀」，見本書卷二〈在江南贈宋五之問〉注。作者此謂求仕以重取輕，得不償失。棘寺，指太常寺。古曰「秩宗」，秦曰「奉常」，漢改「太常」，梁加上「寺」字，掌邦國禮樂郊廟社稷之事。《舊唐書．職官志》：「太常寺有奉禮二人。」奉禮，指奉禮郎。作者曾任太常寺奉禮郎之職。三禮，《書．舜典》：「帝曰：『咨四岳，有能典朕三禮。』」孔安國傳：「三禮，天、地、人之禮。」蓬山，漢宮室名，為皇家藏書處。此指代作者曾任東臺詳正學士。簉，薈萃。八儒，《韓非子．顯學》：「自孔子之死也，有子張之儒，有子思之儒，有顏氏之儒，有孟氏之儒，有漆雕氏之儒，有仲良氏之儒，有孫氏之儒，有樂正氏之儒。」懷鉛，即懷鉛提槧。謂攜帶鉛槧以備隨時紀錄。鉛，鉛粉筆。槧，木板。古代的書寫工具。投筆，即班超投筆從戎事。願，原作「顧」。前驅，前導；先鋒。

【語　譯】我置身於塵世紛擾競逐之地，我惶惶不安於仕進名利之途。我的氣數命運竟是如此不幸，我內心與行事原來兩不相侔。幼年時有志於吟詩作賦，希望長大時能成堂堂大丈夫。小小九微燈，能大放光華照宮掖；為取鳥雀，怎把寶貴的隋侯珠隨意投。任奉禮郎職掌三禮，入弘文館薈萃賢儒。我曾經懷鉛提槧有愧後進，我而今投筆從戎願為前驅。

北走非通趙，西之似化胡。錦車朝促候，刁斗夜傳呼。戰士青絲絡，將軍黃石符。連星入寶劍，半月上雕弧。拜井開疏勒，鳴桴動密須。戎機習短蔗，祆祲靜長榆❶。季月炎初盡，邊亭草早枯。層陰籠古木，窮色變寒蕪。海鶴聲嘹唳，城烏尾畢逋。葭繁秋引急，桂滿夕輪孤❷。

【章　旨】寫久戍邊塞的戎馬生涯與邊塞景色。

【注　釋】❶北走非通趙十二句　謂從軍邊塞。北走，即用慎夫人邯鄲道事，見本書卷二〈在江南贈宋五之問〉注。此謂向北方邊塞出發。非通趙，謂非通向故鄉。非，原作「引」。趙，即邯鄲。慎夫人為邯鄲人，邯鄲，原為衛地，戰國時為趙國都城。此代指故鄉。西之，西行出塞。劉向《列仙傳》：「關令尹喜者，周大夫後，與老子俱之流沙之西。化胡，服苣勝實，莫知其所終。」化胡，被胡人風俗所同化。錦車，對戰車的美稱。促候，即斥候。指偵察兵。刁斗，古代行軍用具，晝炊飯食，夜擊報警。青絲絡，指馬的裝飾。《古樂府・陌上桑》：「青絲繫馬尾，黃金絡馬頭。」黃石符，即黃石公授給張良的《太公兵法》。見本書卷三〈賦得白雲抱幽石〉注。連星，指七星劍。半月，謂弓開如半月。雕弧，即畫弓。拜井，即東漢耿恭於疏勒城中拜井禱水事，見卷一〈靈泉頌〉注。鳴桴，擊鼓。桴，鼓槌。指代鼓。密須，古國名。《左傳・定公四年》：「分唐叔以大路、密須之鼓。」戎機，指戰事、軍機。短蔗，《三國志・魏書・文帝紀》：「博聞強記，才藝兼該。」裴松之注引〈典論自敘〉：「嘗與平虜將軍劉勳、奮威將軍鄧展等共飲，宿聞展善有手臂，曉五兵，又稱其能空手入白刃。余與論劍良久，謂言將軍法非也，余顧常好之，又得善術。因求與余對。時酒酣耳熱，方食芊蔗，便以為杖，下殿數交，三中其臂，左右大笑。」此喻軍事本領。祅祲，妖氛。比喻敵騎進犯。祅，同「妖」。祲，原作「祲」。靜，靜止。一作「淨」。長榆，指種植榆林的榆塞。見本書卷一〈蕩子從軍賦〉注。❷季月炎初盡八句　寫邊塞風物。季月，當指秋季。炎，炎熱。層陰，重疊的陰雲。窮色，謂邊窮的景色。寒蕪，寒冷荒蕪。嘹唳，嘹亮淒切。嘹，原作「潦」。畢逋，烏鴉尾巴搖擺的樣子。《後漢書・五行一》：「桓帝之初，京都童謠曰：『城上烏，尾畢逋，公為吏，子為徒』」葭，蘆葦。繁，盛。秋引，秋風。急，原作「色」。桂滿，月滿。即圓月。因傳說月中有桂，故名。

【語　譯】北走邊塞不是回故鄉，西行大漠原來似化胡。白天派斥候偵察巡視，晚上擊刁斗報警傳呼。戰士騎上戰馬威風凜凜，將軍指揮戰陣帷幄運籌。星星閃亮入劍端，半月光芒上雕弧。拜井禱水保護疏勒，鳴鼓進軍震動密須。只要在戰爭中學好軍事本領，就可以使榆塞安靜妖氛休。秋季到炎熱剛剛退盡，邊塞的草木早早萎枯。層層的陰雲籠罩古木，邊窮的景色變得寒冷荒蕪。聲聲嘹唳有海鶴，尾巴搖搖是城烏。茂密的蘆葦在秋風中搖曳，圓圓的秋月難免顯出夕輪孤。

行役風霜久，鄉園夢想徒。灞池遙夏國，秦海望陽紆❶。沙塞三千里，京城十二衢。楊溝連鳳闕，槐路擬鴻都。壁殿規宸象，金隄法斗樞。雲浮西北蓋，日照東南隅。寶帳垂連理，銀牀轉鹿盧。廣筵留上客，豐饌引中廚。漏緩金徒箭，嬌繁玉女壺。秋濤飛喻馬，春水泛仙艫❷。意氣風雲合，言忘道術趨。共矜名已泰，詎肯沫相濡❸。

【章旨】寫懷念京邑。

【注釋】❶行役風霜久四句　謂由邊塞引發鄉思。夢想徒，謂夢想成空。徒，空。原作「孤」。灞池，即灞陵。潘岳〈關中記〉：「灞陵，文帝陵也，上有池，有四出道以寫水。」夏國，即大夏國。《史記・大宛列傳》：「大夏，在大宛西南二千餘里，嬀水南，其俗土著，有城屋，與大宛同俗。」其國在今阿富汗北部一帶。此指代西北邊境。秦海，即大秦。我國史書對羅馬帝國之稱。《後漢書・西域傳》注：「大秦國在西海西，故曰秦海也。」陽紆，古九藪之一。❷沙塞三千里十六句　謂京都的繁華氣象。沙塞，沙漠。十二衢，長安街衢。張衡〈西京賦〉：「徒觀其城郭之制，則旁開三門，參塗夷庭，方軌十二，街衢相經。」薛琮注：「一面三門，門三道，故云參塗。塗容四軌，故方十二軌。軌，車轍也。」楊溝，即御溝。原作「揚溝」。鳳闕，漢宮闕名。〈三輔黃圖〉：「建章宮，左鳳闕，高二十五丈。」此指代長安的宮闕。槐路，即槐市。長安市場名。《藝文類聚》：「《黃圖》曰：『去城七里，東為常滿倉，倉之北為槐市。列槐樹數百行為隧，無牆屋，諸生朔望會此市，各持其郡所出貨物及經傳、書記、笙磬、樂器相與買賣，雍雍揖讓，論義槐下。』」鴻都，東漢宮門名。《後漢書・孝靈帝紀》：「光和元年二月，……始置鴻都門學生。」注：「鴻都，門名也，於內置學。時其中諸生，皆敕州郡三公舉召，能為尺牘辭賦及工書鳥篆者，相課試至千人焉。」壁殿，即玉堂。漢宮室名。《三輔黃圖・漢宮》：「《漢書》曰：『建章宮南有玉堂，壁門三層，臺高三十丈。玉堂內殿十二門階，階皆玉為之，鑄銅鳳，高五尺，飾黃金，棲屋上，下有轉樞，向風若翔。椽首薄以璧玉，因曰璧門。』」規，規範。宸象，帝王的氣象。宸，北辰所居。引申為帝王、王位、宮殿的代稱。金隄，堅固的堤牆。張衡〈西京賦〉：「周以金堤，樹以柳杞。」法，法式。斗樞，北斗星。《三輔黃圖》：「漢長安故城，周回六十五里，城南為南斗形，北為北斗形，至今人呼漢京城為斗城是也。」蓋，一作「界」。日，原作「月」。寶帳，華麗的帳幔。《西京雜記》：「武帝為七寶牀，雜寶案，廁寶屏風，列寶帳，設於桂宮，時人謂為四寶宮。」連理，不同根的草木，其枝幹連生在一起，舊時以為吉祥之兆。班固《白虎通・封禪》：「德至草木，朱草生，木連枝。」此謂帳幔上繡有連理的圖案。銀牀，銀飾之井欄。廣筵，指盛筵。上客，上賓。客，原缺。中廚，廚房。金徒箭，渾天儀上銅鑄之胥徒抱箭像。《文選》梁陸倕〈新刻漏銘〉：「銅史司刻，金徒抱箭。」李善注：「張衡漏水轉渾天儀制曰：『蓋上又鑄金銅仙人，居左壺，為胥徒，居右壺，皆以左手抱箭，右手指刻，以別天時早晚。』」玉女壺，古人的一種投壺遊戲。《神異經・東荒經》：「東荒山中有大石室，東王公居焉，恒與一玉女投壺。」徐陵〈玉臺新詠序〉：「雖復投壺玉女，為歡盡於百嬌。」女，原作「如」。秋濤，秋潮。飛喻馬，枚乘〈七發〉：「沌沌渾渾，狀如奔馬。」仙艫，仙舟。❸意氣風雲合四句　謂京都的友朋。風雲合，謂風雲際會。此指志同道合。言忘，即得意忘言。喻友情深摯。道術，指道德學術。趨，趨向；旨趣。泰，《易・泰卦》：「〈彖〉曰：『泰，小往大來，吉，亨。』則是天地交而萬物通，上下交而其志同也。」沫相濡，即相濡以沫。《莊子・大宗師》：「泉涸，魚相與處於陸，相呴以濕，相濡以沫，不如相忘於江湖。」此喻患難相助。

【語　譯】經歷風霜從軍久，夢想家園已成空。灞陵通向遙遠的夏國，秦海遙望九藪的陽紆。邊塞有沙漠三千里，長安有大道十二衢。御溝連著宮闕，槐路摹擬鴻都。玉堂以帝王氣象為典範，金堤以北斗星宿作楷模。雲蓋浮在西北方，太陽照著東南隅。寶帳上繡連理，銀牀轉動鹿盧。盛筵款待上賓，豐饌來自中廚。時刻緩金徒抱箭，嬌媚多玉女投壺。秋潮來時狀若奔馬，春水滿時浮泛仙舟。意氣相投風雲合，得意忘言道術趨。只會通達時誇名望，怎肯患難時沫相濡。

有志慚彫朽，無庸類散樗❶。關山漸超忽，形倦歎艱虞。結網空知羨，圖榮豈自誣？忘情同塞馬，比德類宛駒❷。

【章　旨】寫壯志難酬。

【注　釋】❶有志慚彫朽四句　謂人生旅途的艱難。彫朽，《論語・公冶長》：「朽木，不可彫也。」無庸，即無用。散樗，鬆散的樗木。此喻無用之材。斸，原作「開」。漸，原作「斬」。超忽，曠遠的樣子。形倦，身心疲倦。艱虞，艱難。❷結網空知羨四句　謂求仕無望。結網，織網。《淮南子．說林》：「臨河而羨魚，不如歸家織網。」此喻事與願違。圖榮，謀取榮身之名。指求仕。誣，欺騙。忘情，不動情。《世說新語．傷逝》：「聖人忘情，最下不及情。情之所鍾，正在我輩。」塞馬，即「塞翁失馬」事，見本書卷五〈邊夜有懷〉注。此喻不計禍福，隨遇而安。宛騎，大宛國之駿馬。《史記．大宛列傳》：「大宛，在匈奴西南，在漢正西，去漢可萬里，多善馬，馬汗血，其先天馬子也。」此謂流汗血為朝廷馳驅。宛，原作「駹」。

【語　譯】雖有志卻慚愧是不可彫的朽木，本無能類似那鬆散的樗株。萬里關山逐漸曠遠，身心疲倦可歎艱虞。結網無望，空有羨魚之心；圖謀榮身，難道是自我相誣？忘卻名利，有同塞翁失馬不計禍福；比況德行，類似宛駒汗血辛勤馳驅。

隴阪肝腸絕，陽關亭隴迂。迷魂驚落雁，離恨斷飛凫❶。春去容華盡，年來歲月蕪。邊愁傷郢調，鄉思繞吳歈。河氣通中國，山途限外區。相思若可寄，冰泮有銜蘆❷。

【章　旨】寫對京邑的離愁別恨。

【注　釋】❶隴阪肝腸絕四句　謂關山遠隔。隴阪，《元和郡縣志》卷三十九：「隴右道秦州清水縣小隴山，一名隴坻，又名分水嶺。……隴阪九迴，不知高幾里。每山東人西役到此，瞻望莫不悲思。隴山有水，東西分流，因號驛為分水驛。行人歌曰：『隴頭流水，鳴聲幽咽。遙見秦川，肝腸斷絕。』」陽關，古關名。西漢置，故址在今甘肅省敦煌縣西南，因在玉關之南故名，與玉門關同為當時對西域交通的門戶。關，原作「開」。迂，曲折。迷魂，迷亂之魂。指離愁。❷春去容華盡八句　謂相思之苦。容華，青春容貌。郢調，指楚歌。郢，春秋戰國時楚國的都城，在今湖北江陵西北，遺址稱紀南城。此指代楚地。吳歈，吳歌。歈，歌。河氣，《漢書．西域傳上》：「西域以孝武時始通，南北有大山，中央有河，東西六千餘里，南北千餘里。又蒲昌海，去玉門、陽關三百餘里，廣袤三百里，其水亭居，冬夏不增減，皆以為潛行地下，南出於積石，為中國河云。」中國，此指京師。因帝王所都為中，故名。《詩經．大雅．民勞》：「惠此中國，以綏四方。」《毛傳》：「中國，京師也。」外區，指塞外區域。《後漢書．西域傳論》：「遏以西胡，天之外區。」冰泮，冰雪融解。冰，原作「沐」。泮，融解。銜蘆，謂雁飛行時嘴銜蘆葦以自衛。《淮南子．修務》：「夫雁順風，以愛氣力，銜蘆而翔，以備矰弋。」高誘注：「未秀曰蘆，已秀曰葦。矰，矢。弋，繳（繫在箭上的生絲繩）。銜蘆，所以令繳不得截其翼也。」此喻雁足傳書。

【語 譯】隴阪險阻肝腸斷，陽關迂曲亭隴殊。憂思重重能驚落鴻雁，離恨悠悠可斷飛野鳧。春去春來容貌改，年來年去歲月流。邊愁綿綿傷凝郢調，鄉思縷縷繚繞吳歈。河氣通向京都腹地，山路阻隔塞外地區。思念鄉關之情啊，只有等冰化雪消時託付鴻雁傳書。

【賞 析】本篇為邊塞詩的代表作之一，其詩題是一個因果鏈，因為久戍邊城，才導致懷念京邑，從而構成了邊城與京都的強烈的反差與對比。一邊是邊城的寒冷荒涼景象：邊草早早枯萎，陰雲層層籠蓋，海鶴嘹唳，城烏畢逋，秋風蕭瑟蘆葦凋，一輪孤月照孤城，等等。一邊是京都長安的繁華氣象：開闊的街衢，流動的御溝，巍峨的鳳闕，熱鬧的槐市，堂皇的鴻都，華麗的璧殿，輝煌的金堤等，真是天上神仙府，人間帝王家。一邊是邊城艱苦的戎馬生活。這裡出現了戰爭的主體，即「戰士」和「將軍」；這裡出現了「戰車」、「刁斗」，是寫偵察敵情；「青絲絡」、「黃石符」，是寫行軍布陣；「寶劍」、「彤弧」、「拜井」、「鳴桴」，則是落筆於緊張的戰鬥場面了。但是，在京都的另一邊呢？「寶帳」、「銀牀」、「廣筵」、「豐饌」、「秋濤」、「春水」，卻是官僚貴族宴飲冶遊的奢侈享受。經此一對比，就充分地表達出全詩的主旨。

作者「投筆願前驅」，本想效力邊塞，建功立業，但「久戍」的結果，是事與願違，懷才不遇。「慚雕朽」、「類散樗」、「結網空知羨，圖榮豈自誣」，流露出憤懣不平之氣。因此，對京都的懷念也就愈深，離情別恨也就愈重。這愁恨甚至產生了「驚落雁」、「斷鳧飛」的力量。在難於排遣、無可奈何的情況下，作者只好把邊愁鄉思寄託於家鄉的「郢調」、「吳歈」和鴻雁傳書了。

本篇為五言排律，在結構上有五個層次。一是追溯自我的人生經歷；二是寫戍邊生活；三是寫懷念京邑；四是寫壯志難酬；五是對京邑的離情別恨。本篇對仗工整，用典貼切，平仄、協韻和諧。由於個人感傷色彩較濃，故基調沉鬱，已沒有早期邊塞詩那種明朗的情調、豪放的氣勢了。

行軍軍中行路難

【題解】本篇原缺，詩題亦缺。茲據上海古籍出版社印行《四庫唐人文集叢刊》之《駱丞集》校補。詩題一作〈從軍中行路難〉。行路難，見本書卷三〈早發諸暨〉注。本篇背景為咸亨年間姚州戰事。《新唐書・高宗紀》：「(咸亨)三年(六七二)正月辛丑，姚州蠻寇邊，太子右衛副率梁積壽為姚州道行軍總管以伐之。」《舊唐書・高宗紀》亦載：「(咸亨)三年春正月辛丑，發梁益等一十八州兵，募五千三百人，遣右衛副率梁積壽往姚州擊叛蠻。」作者此時由蜀中往雲南姚州，參加征叛蠻的戰事。此為第三期之作。

君不見封狐雄虺自成群，憑深負固結妖氛。玉璽分兵徵惡少，金壇授律動將軍❶。將軍擁旄宣廟略，戰士橫戈靜夷落。長驅一息背銅梁，直指三巴逾劍閣❷。閣道岧嶢起戍樓，劍門遙裔俯靈丘。邛關九折無平路，江水雙源有急流。征役無期返，他鄉歲月晚。杳杳丘陵出，蒼蒼林薄遠。途危紫蓋峰，路澀青泥坂❸。去去指哀牢，行行入不毛。絕壁千重險，連山四望高。中外分區宇，夷夏殊風土。交趾枕南荒，昆彌臨北戶。川源饒毒霧，谿谷多淫雨。行潦四時流，崩槎千歲古。漂梗飛蓬不暫安，捫藤引葛度危巒。昔時聞道從軍樂，今日方知行路難❹。

【章　旨】寫從軍之行路難。

【注　釋】❶君不見封狐雄虺自成群四句　謂從軍邊塞之原因。封狐雄虺，《楚辭·招魂》：「蝮蛇蓁蓁，封狐千里些。雄虺九首，往來儵忽，吞人以益其心些。」封狐，大狐。雄虺，大蛇。此喻姚州之叛亂。憑深，憑藉山林之深險。負固，依恃深溝高壘之堅固。玉璽，猶璽書。古代以印信封記的文書，秦以後專指皇帝的詔書。璽，印。秦以後獨以天子之玉印稱璽。《新唐書·車服志》：「天子有傳國璽及八璽，皆玉為之。」分兵，分別調遣軍隊。徵，徵召。惡少，此為褒義，特指勇猛之青少年。金壇，指拜將壇。見本書卷三〈和孫長史秋日臥病〉注。授律，授命；天子所授的詔命。動將軍，謂將軍率兵出征。❷將軍擁旄宣廟略四句　謂長驅邊塞姚州。擁旄，古代軍隊統帥建節持帥旗，稱為杖節擁旄。班固〈涿邪山祝文〉：「杖節擁旄，鉦人伐鼓。」廟略，猶廟算、廟策。指天子或朝廷有關國家大事的策略。此喻這次平叛的戰略部署。廟，廟堂；大廟的明堂，古代帝王祭祀、議事之地。此指代朝廷。橫戈，持戈；操戈。夷落，夷居。《文選》左思〈魏都賦〉：「蠻陬夷落，譯導而通。」李善注：「《廣雅》曰：『落，居也。』」背銅梁，謂把銅梁拋在背後。銅梁，山名。有石梁橫亙，其色如銅，故名銅梁山。在今四川省合川縣南。三巴，指巴郡、巴東和巴西。此喻蜀地，古代巴蜀並稱。劍閣，棧道名。在大、小劍山之間，歷來為交通要道和軍事重地。在今四川省劍閣縣境內。❸閣道岧嶢起戍樓十句　謂蜀道的艱險。閣道，即劍閣道。岧嶢，山高峻的樣子。戍樓，見本書卷三〈晚泊蒲類〉注。劍門，山名。有劍門七十二峰，峭壁中斷，兩崖相嵌，形似劍門，主峰即大劍山，在四川省北部。遙裔，遙遠。俯，俯瞰。靈丘，指劍門山四周較低之山峰。邛關，即邛崍山。在今四川省滎經縣西南。九折，即九折坂。在邛崍山上。見本書卷三〈晚憩田家〉注。江水雙源，指兩江。在四川成都附近。《水經注·江水》：「江水又東逕成都縣，縣以漢武帝元鼎二年（前一一五）立。縣有兩江，雙流郡下，故揚子雲〈蜀都賦〉曰『兩江珥其前』者也。《風俗通》曰：『秦昭王使李冰為蜀守，開成都兩江，溉田萬頃。』」歲月晚，意謂歲月久。杳杳，幽暗深遠。林薄，草木叢生之地。《楚辭·九章·涉江》：「露申辛夷，死林薄兮。」王逸注：「叢木曰林，草木交錯曰薄。」紫蓋峰，山名。為衡山七十二峰之一，在湖南省衡山縣西南。《水經注·湘水》：「湘水又北逕衡山縣東。山在西南，有三峰，一名紫蓋。」青泥坂，即青泥嶺。在今陝西省略陽縣西北，為古代入蜀之要道，懸崖萬仞，上多雲雨，行者屢逢泥淖，故名。❹去去指哀牢十六句　謂姚州的荒涼僻遠。哀牢，古代西南地區少數民族。《舊唐書·張柬之傳》：「臣竊案姚州者，古哀牢之舊國，絕域荒外，山高水深。」東漢永平二年（五九）置哀牢縣，屬永昌郡。舊地在今雲南保山怒江以西。不毛，即不毛之地。

謂土地貧瘠，不長五穀。中外，指漢族與少數民族。區宇，指疆域。夷夏，猶夷漢。夷，為漢族對少數民族的貶稱。夏，指華夏。漢族自稱。交趾，古越地漢武帝置交州，唐為安南都護府。指五嶺以南一帶地方。昆彌，漢時烏孫王的名號。《新唐書・南蠻傳下》：「昆明蠻，一曰昆彌，以西洱河為境，即葉榆河也。」臨北戶，靠近姚州的北境。饒，多。毒霧，指瘴氣。淫雨，久雨。行潦，道路之積水。崩槎，此指枯死的樹木。漂梗，漂浮的萍梗。作者自喻。飛蓬，飛轉的蓬草。作者自喻。從軍樂，即〈從軍行〉。見本書卷一〈蕩子從軍行〉注。

【語　譯】君不見狡狐毒蛇自然成群，憑險恃固結成妖氛。詔書分兵徵召勇士，金壇授命調動將軍。將軍舉旗宣布朝廷戰略，戰士橫戈立誓平靜夷落。長驅直入片刻間翻越銅梁，直指三巴很快就超越劍閣。高高的閣道豎起了戍樓，遙遠的劍門俯瞰著靈丘。九折的邛崍關無平路，雙源的兩江水有急流。征役遙遙無期返，他鄉歲月真久遠。深幽丘陵出，蒼翠草木遠。旅程險阻紫蓋峰，道路艱澀青泥坂。行軍不停指向哀牢，不停行軍深入不毛。絕壁有千重險，連山是四望高。漢族與夷族在此劃分區域，漢家與夷地自是不同風土。交趾緊靠南荒，昆彌靠近北戶。川源多瘴氣，谿谷多淫雨。行潦四時流，朽木千年古。我如漂梗飛蓬心不安，攀援藤葛度危巒。過去只聽說有從軍樂，今日才知道有行路難。

滄江綠水東流駛，炎洲丹徼南中地。南中南斗映星河，秦川秦塞阻烟波。三春邊地風光少，五月瀘中瘴癘多❶。朝驅疲斥候，夕息倦樵歌。向月彎繁弱，連星轉太阿。重義輕生懷一顧，東征西伐凡幾度。夜夜朝朝斑鬢新，年年歲歲戎衣故❷。

【章　旨】描寫邊塞環境與戰鬥生活。

【注　釋】❶滄江綠水東流駛六句　謂邊塞環境。滄江，即瀾滄江。古稱蘭倉水，源出青海之唐古拉山，東南流貫雲南西部，流入越南為湄公河。炎洲，傳說中的南海州名。東方朔《十洲記》：「炎洲，……在南海中，地方二千里，去北岸九萬里。」丹徼，南方邊境。晉崔豹《古今注》卷上：「丹徼，南方徼色赤，故稱丹徼。為南方之極也。」徼，邊徼；邊地。南中，指今四川、貴州、雲南一帶。南斗，即南斗星。《爾雅・釋天》：「箕斗之間，漢津也。」邢昺疏：「斗至南方即見，故曰南斗。」秦川，古地區名。泛指今陝西、甘肅的秦嶺以北平原地帶，因春秋戰國時地屬秦國而得名。秦塞，秦地關塞。瀘中，指瀘水。即今雅礱江下游與金沙江會合後下流的一段。瘴癘，瘴氣。癘，疫病。❷朝驅疲斥候八句　謂戰鬥生活。朝驅，白天行軍。斥候，即偵察哨兵。夕息，晚上宿營。樵歌，樵夫之歌。向月，謂彎弓如圓月。繁弱，大弓名。太阿，寶劍名。重義輕生，謂把節義看得比生命重要。虞世基〈講武賦〉：「咸重義而輕生。」一顧，《戰國策・燕策二》載，有賣駿馬者，三旦立市，人莫之知。後經伯樂還而視之，去而顧之，馬價十倍。後比喻受人賞識和薦拔。斑鬢新，謂鬢髮不斷地變白。

【語　譯】蘭倉的綠水向東流，南海的邊境南中地。南中南斗映照銀河，秦川秦塞阻隔煙波。三春的邊塞少風光，五月的瀘水瘴癘多。白天急行軍使斥候疲累，夜晚宿營也懶聽那牧唱樵歌。拉大弓彎向圓月，舞太阿轉動星河。重義輕生望薦拔，東征西伐凡幾度。朝朝夜夜白髮常新，年年歲歲征衣如故。

故人霸城隅，遊子滇池水。天涯望轉遙，地際行無已。徒覺炎涼節，忽復離寒暑。物華非不知，關山千萬里。棄置勿重陳，重陳多苦辛。且悅清笳〈梅柳曲〉，詎憶芳園桃李人❶？絳節朱旗分白羽，丹心白刃酬明主。但令一被君王知，誰憚三邊征戰苦❷。行路難，行路難，歧路幾千端。無復歸雲憑短翰，空餘望日想長安❸。

【章　旨】寫征人的愁思。

【注　釋】❶故人霸城隅十二句　謂離愁別恨。霸城，古縣名。漢文帝九年（前一七一）築陵，改芷陽縣為霸陵縣，三國魏改名霸城，在今陝西省西安市東。此指代京都長安。遊子，指征人。滇池，又稱昆明池、昆明湖。滇南澤，因有澤水，周迴二百里，所出深廣，下流淺狹如倒流，故名，在雲南省昆明市西南。此指代邊塞。天涯，天邊。地際，地角。無已，不止。離，同「罹」。遭遇。物華，美好的自然景物。知，感知。感應。棄置，謂被拋棄。重陳，重述。晉劉琨〈扶風歌〉：「棄置勿重陳，重陳令心傷。」清笳，聲音淒清的胡笳。〈梅柳曲〉，即〈楊柳曲〉，又稱〈折楊柳〉。漢橫吹曲辭。芳園，花園。桃李人，比喻親朋故舊。❷絳節朱旗分白羽四句　謂丹心酬明主。絳節，以旄牛尾結絡成紅色的節杖。絳，大紅色。白羽，即白羽扇。知，知遇。三邊，漢代稱幽州、并州、涼州為三邊。後指代邊塞。❸行路難五句　謂懷念長安感慨行路難。歸雲，《莊子・天地》：「乘彼白雲，至於帝鄉。」此喻返回京都長安。短翰，短羽。謝脁〈和劉中書詩〉：「圖南矯風翮，會非息短翰。」望日，即「就日望雲」的意思。見本書卷二〈夏日遊德州贈高四〉注。

【語　譯】朝朝夜夜白髮常新，年年歲歲征衣如故。友朋遠隔京都霸城邊，征人卻在邊塞滇池水。天涯愈望愈遙遠，地際愈走愈不止。不易覺察炎涼變化的節候，忽然間又經歷了冬寒夏熱的天氣。不是對自然節候無所感應，是因為關山重重相隔千萬里。既知行路難就不反覆陳言，這是因為反覆陳言更增痛苦酸辛。且悅胡笳淒切〈楊柳曲〉，難道在懷念芳園桃李人？絳節朱旗白羽扇，丹心白刃報明主。假使一旦得到君王的知遇之恩，誰還憚煩邊塞征戰的勞苦。行路難啊行路難，歧路徬徨幾千端。短羽無力飛返帝鄉，空空悵望太陽思念長安。

【賞　析】本篇為邊塞詩的代表作之一。它與卷第三〈軍中行路難同辛常伯作〉一樣，同是借用樂府雜曲歌辭，同是以「行路難」為主線貫穿全篇，同是表現了「絳節朱旗分白羽，丹心白刃酬明主」的昂揚精神。它有如下的幾點，是值得提出的：

第一，本篇寫「行路難」，其實就是寫蜀道難。由「銅梁」、「三巴」，經「劍閣」、「劍門」，歷「邛關」、「九折」、「雙源」，到「紫蓋峰」、「青泥坂」，山道崎嶇，急湍奔湧，危途重重，澀路迢迢。如此順序展開，照實寫來，給人以親臨其境的實感。

第二，作者的邊塞詩，多寫西北邊塞的特點，如「邊沙遠雜風塵氣，塞草長垂霜露文」、「征旆凌沙漠，戎衣犯霜霰。」（〈蕩子從軍賦〉）如「交河浮絕塞，弱水浸流沙。」（〈晚渡天山有懷京邑〉）「夜關明隴月，秋塞急胡風。」〈邊夜有懷〉「戍古秋塵合，沙寒宿霧繁。」〈早秋出塞寄東臺詳正學士〉「層陰籠古木，窮色變寒蕪。」〈久戍邊城有懷京邑〉等等。但是，本篇卻以寫西南邊塞取勝。「去去指哀牢，行行入不毛。絕壁千重險，連山四望高。……川源饒毒霧，谿谷多淫雨。行潦四時流，崩槎千歲古。」這絕壁、連山、毒霧、淫雨、行潦、崩槎等，不同於西北的胡風霜雪、弱水流沙了。

本篇為長篇七言歌行，共六十九句十四韻，五、七言錯雜，中間換韻，情志昂揚，氣勢雄健。

幽縶書情通簡知己

【題解】本篇抒寫含冤入獄的悲憤。詩題一作〈獄中書情通簡知己〉。幽縶，幽禁。縶，拘囚。通簡，猶致書簡。本篇有錯簡。各本「岐路」句下接「青陸」二句，而「入阱」二句在「疏網」句下。今據《初學記》作了校正。陳熙晉《駱臨海集箋注》稱「此詩蓋作於為侍御史下獄時云」。

昔歲逢楊意，觀光貴楚材。穴疑丹鳳起，場似白駒來❶。一命淪驕餌，三緘慎禍胎。不言勞倚伏，忽此遘邅回❷。驄馬刑章峻，蒼鷹獄吏猜。爭絲非易辯，疑璧果難裁。揆拙慚周道，端憂滯夏臺。生涯一滅裂，岐路幾徘徊❸。入阱先搖尾，迷津正曝腮。圓扉長寂寂，疏網尚恢恢。青陸芳春動，黃沙旅思催。覆盆徒望日，蟄戶未驚雷。霜歇蘭猶敗，風多木屢摧。地幽蠶室閉，門靜雀羅開❹。自憫秦冤痛，誰怜楚奏哀。漢陽窮鳥客，梁甫臥龍才。有氣還銜斗，無時會鑿坏。莫言韓長孺，長作不然灰❺。

【注釋】❶昔歲逢楊意四句　謂自己擢升為侍御史。楊意，即楊得意。《史記．司馬相如列傳》：「蜀人楊得意為狗監，侍上。上讀〈子虛賦〉而善之，曰：『朕獨不得與此人同時哉！』得意曰：『臣邑人司馬相如，自言為此賦。』上驚，乃召問相如。」此喻引薦。原作「陽曆」。觀光，《易．觀卦》：「觀國之光，利用賓於王。」這是說觀仰王朝的光輝盛治，利於成為君王的座上賓。此喻入朝為官。貴楚材，征用楚材。《左傳．襄公二十六年》：「如杞、梓、皮革，自楚往也。雖楚有材，晉實用之。」此以楚材晉用喻引進人材。貴，原作「賁」。丹鳳，指丹穴山上的鳳凰，見本書卷五〈傷祝阿王明府〉注。此喻擢升。陳熙晉《駱臨海集箋注》謂：「侍御，清要之官，風采照耀，故曰鳳起。」白駒，白馬駒。《詩經．小雅．白駒》：「皎皎白駒，食我場苗。」這是一首留賓惜別的詩。此喻擢升。陳熙晉《駱臨海集箋注》稱：「蓋臨海除母服後，疏散林泉，有薦之者，由簿京兆尋登御府，故以白駒為比。」❷一命淪驕餌四句　謂在侍御史任上遭罪入獄。淪，沉淪。驕餌，驕君的釣餌。指功名利祿。三緘，說話謹慎。《家語．觀周篇》：「孔子觀周，遂入太祖后稷之廟，有金人焉，參緘其口，而銘其背，曰『古之慎言人也。』」禍胎，禍的基始。《漢書．枚乘傳》：「福生有基，禍生有胎。」勞，憂愁。倚伏，謂禍福的依存、轉化，見本書卷五〈邊夜有懷〉注。邅，邅遇。邅回，聯綿詞。亦作「儃佪」。難行的意思。引申為困難的處境。❸驄馬刑章峻八句　謂含冤負屈。驄馬，青白色的馬。今名菊花青。典出《後漢書．桓榮丁鴻列傳》：東漢時御史桓典，不畏權勢，常乘驄馬，京師畏憚，為之語曰：「行行且止，避驄馬御史。」此指代御史臺。刑章，刑法。峻，嚴厲。蒼鷹，《史記．酷吏列傳》：「郅都遷為中尉，列侯宗室見都，側目而視，號曰蒼鷹。」猜，猜忌。爭緤，《太平御覽》刑法部《風俗通》曰：臨淮有一人，持一疋縑到市上去賣，遇雨，就用縑蓋在頭上避雨，後面有一人要求庇蔭避雨。天晴，將別，後人竟說縑是屬於他的，於是兩人爭辯不已。此喻被誣事比較複雜難辯。爭，一作「絕」。辯，一作「辨」。疑璧，《史記．張儀列傳》：「張儀已學而遊說諸侯。嘗從楚相飲，已而楚相亡璧，門下意張儀，曰：『儀貧無行，必此盜相君之璧。』共執張儀，掠笞數百，不服，醳之。」此喻冤屈。揆，猜度。拙，謙稱自己。周道，指周文王。文王曾被殷紂囚禁於羑里。見《史記．周本紀》。道，原缺。夏臺，獄名。商湯曾被夏桀囚於夏臺。見《史記．夏本紀》。滅裂，草率從事。歧路，岔路。此喻仕途。❹入阱先搖尾十二句　謂入獄的痛苦生活。搖尾，司馬遷〈報任少卿書〉：「猛虎在深山，百獸震恐。及在檻阱之中，搖尾而求食，積威約之漸也。」此喻身陷囹圄。迷津，《文選》謝朓〈觀朝雨詩〉：「乘流畏曝鰓。」李善注：「《三秦記》曰：『河津，一名龍門，兩傍有山，水陸不通，龜魚莫能上。江海大魚，薄集龍門下，上則為龍，不得上，曝鰓水次也。』」此喻擢升侍御史而被誣。圓扉，牢獄。獄戶以圓木為扉，故名。疏網，法網。《老子》：「天網恢恢，疏而不失。」恢恢，寬廣的樣子。青陸，即青道。《文選》顏延之〈三月三日曲水詩序〉：「日躔胃維，月軌青陸。」呂向注：「青陸，東道也，言立春、春分月從東道也，言月行於此也。」此指春天。芳春動，謂春花開放。黃沙，監獄名。《晉書‧武帝紀》：「太康五年（二八四）六月，初置黃沙獄。」覆盆，翻蓋的盆子，陽光照不進去。此喻暗無天日。蟄戶，《禮記‧月令》：「仲春之月，雷乃發聲，始電，蟄蟲咸動，啟戶始出。」孔穎達疏：「戶謂穴也，謂發所蟄之穴。」蠶室，宮刑獄名。此指代牢獄。雀羅，即門可羅雀的意思，見本書卷二〈夏日遊德州贈高四〉注。❺自憫秦冤痛八句　謂自信冤情昭雪。秦冤，指秦獄之冤，見本書卷一〈螢火賦〉注。楚奏，楚地的樂曲，見本書卷二〈在江南贈宋五之問〉注。窮鳥客，《後漢書‧文苑列傳》：「趙壹，字元叔，漢陽西縣人也。體貌魁梧，身長九尺，美鬚豪眉，望之甚偉。而恃才倨傲，為鄉黨所擯。後屢抵罪，幾至死，友人救得免，壹迺貽書謝恩曰：『余畏禁不敢班班顯言，竊為〈窮鳥賦〉一篇。』」梁甫，即〈梁父吟〉。《三國志‧蜀志‧諸葛亮傳》：「亮，字孔明，琅琊陽郡人也。……躬耕隴畝，好為〈梁父吟〉。」衝斗，用豐城劍氣衝斗牛事，見本書卷一〈螢火賦〉注。衝，原作「衢」。無時，謂沒有時運。鑿坏，即鑿培。謂鑿穿屋後牆。《淮南子‧齊俗》：「顏闔，魯君欲相之而不肯，使人以幣先焉，鑿培而遁之。」韓長孺，即漢代韓安國，見本書卷一〈螢火賦〉注。長孺，原缺。

【語　譯】昔年推薦有楊意，入朝為官用楚材。擢升官職如鳳凰飛起，身入御府如白駒奔來。一生蹉跎淪釣餌，三緘其口慎禍胎。不是憂慮禍福倚伏，是忽然遭遇如此禍災。御史刑法嚴峻，酷吏獄卒忌猜。被誣不易爭辯，冤屈果難定裁。我有愧文王囚於羑里，我憂思商湯禁於夏臺。平生草率從事，歧路幾度徘徊。入檻阱如虎搖尾，困河津如魚曝腮。獄門關鎖長寂寂，法網廣布尚恢恢。獄外是春天來到春花開，獄內是無辜拘囚旅思催。如覆盆空望陽光給予照射，如蟄蟲就待啟動專聽驚雷。霜歇蘭草已朽，風烈林木屢摧。地遠牢獄閉，門靜雀羅開。自憫秦獄的冤痛，誰憐楚囚的悲哀。雖是漢陽窮鳥客，自信梁甫臥龍才。正氣長存還衝牛斗，堅守清高就會鑿坏。如同韓長孺被囚，死灰照樣能復燃。

【賞　析】本篇為五言排律，共十八聯三十六句，主要抒寫作者被誣下獄的悲憤。郗雲卿〈駱賓王文集序〉說駱賓王「仕至侍御史，後以天后即位，頻貢章疏諷諫，因斯得罪，貶授臨海丞。」《舊唐書》本傳稱：「高宗末，為長安主簿，坐贓，左遷臨海丞。」《新唐書》本傳稱：「武后時，數上疏言事，下除臨海丞。」這些材料並未提及下獄事，但被誣下獄可能與直言諷諫有關。

作者身陷囹圄，但充滿信心。他盼望覆盆能照太陽暉，蟄蟲能聽春雷響；他自信正氣能衝牛斗，死灰也能復燃。值得注意的是，他心儀自比於管仲、樂毅的諸葛亮，並以「臥龍」自許。這正如陳熙晉《駱臨海集箋注》所說：「臨海於幽縶中，以臥龍自命，何等懷抱！」

本篇在藝術上，以集中選擇與獄訟有關的詞語和典故為特點，如「驄馬」、「刑章」、「蒼鷹」、「獄吏」；如「圜扉」、「疏網」、「入阱」、「迷津」；如「黃沙」、「覆盆」、「蠶室」、「秦冤」、「楚奏」、「窮鳥客」、「不然灰」，等等。這不僅描寫了牢獄暗無天日的典型環境，也深沉地表達出作者含冤負屈的憤慨。本篇也很講究對仗。明人胡應麟曾評此詩云：「賓王〈幽縶書情〉十八韻，精工儷密，極用事之妙，老杜多出此。如『地幽蠶室閉，門靜雀羅開』；『自憫秦冤痛，誰憐楚奏哀』；『絕縑非易辨，疑璧果難裁』；『覆盆徒望日，蟄戶未驚雷』之類，皆前所未有。」

寒夜獨坐遊子多懷簡知己

【題解】本篇主要抒寫遊子的羈旅情懷，以及對生活貧困、懷才不遇的感歎。

故鄉眇千里，離憂積萬端❶。鶉服長悲碎，蝸廬未卜安❷。富鉤徒有想，貧鋏為誰彈❸。

柳秋風葉脆，荷曉露文團。晚金薰岸菊，餘佩下幽蘭❹。伐木傷心易，維桑歸去難❺。獨有孤明月，時照客庭寒❻。

【注　釋】❶故鄉眇千里二句　謂思鄉之情。故鄉，指義烏。眇，同「渺」。遼遠；高遠。萬端，謂憂愁千頭萬緒。❷鶉服長悲碎二句　謂生活艱難。鶉服，鶉鳥尾禿，像古時敝衣短結，用以形容破舊的衣服。蝸廬，猶蝸舍。狹小如蝸殼的房子。後用以自稱簡陋的住處。未卜安，謂未能預測吉凶。卜，估計；猜測。安，平安。❸富鉤徒有想二句　謂懷才不遇。富鉤，為張氏傳鉤事。晉干寶《搜神記》卷九：「京兆長安有張氏，獨處一室，有鳩自外入，止於床。張氏祝曰：『鳩來，為我禍也，飛上承塵（天花板）；為我福也，即入我懷。』鳩飛入懷。以手探之，則不知鳩之所在，而得一金鉤，遂寶之。自是子孫漸富，資財萬倍。」貧鋏，即齊人馮諼彈鋏事。見本書卷五〈詠懷古意上裴侍郎〉注。❹柳秋風葉脆四句　寫柳荷菊蘭的秋景。荷曉，早晨的荷花。曉，原作「晚」。露文團，指圓圓的露珠。晚金，傍晚黃如金的菊花。佩，指佩飾。此謂採幽蘭為佩飾。❺伐木傷心易二句　謂思鄉懷舊。伐木，《詩經·小雅·伐木序》：「伐木燕朋友故舊也。」後即以伐木指代故舊。維桑，指故鄉。桑，原作「乘」。❻獨有孤明月二句　謂孤苦寒寂。

【語　譯】義烏距齊魯千里遙遠，遊子的離愁積聚萬端。長悲鳩衣破碎，難測陋室平安。空想一朝能致富，貧鋏又能為誰彈。秋柳風葉脆弱，晨荷露珠團團。晚菊薰岸色如金，高潔佩飾出幽蘭。念友傷心易，家鄉歸去難。獨有一輪孤月，時照客庭寒。

【賞　析】本篇為五言排律，共七聯十四句，其中第二聯、第三聯為全篇提綱挈領。「鶉服長悲碎，蝸廬未卜安」，是從衣食住行方面點明生活貧困；「富鉤徒有想，貧鋏為誰彈」，是從空想富貴、向誰彈鋏方面點明懷才不遇。這兩個方面，又相互影響。懷才不遇造成了生活貧困，但生活貧困，又更加陷入懷才不遇的境地。世事擾擾，人海茫茫，壯志難酬，故鄉難歸，從中可看到遊子的鄉愁旅思，是與他的不幸的身世、命運密切結合著的。作者還通過秋柳、曉荷、晚菊、幽蘭等景物，或表現高潔的品性，或寄託堅貞的情操，從而使思鄉情結帶有獨特個性的烙印。

本篇結句「獨有孤明月，時照客庭寒」，與前面的二聯、三聯相呼應，歸結到「孤」字和「寒」字上來。這正是作者此時此際的主觀感受，即身世的孤獨和處境的淒寒，言有盡而意無窮。

憲臺出縶寒夜有懷

【題　解】憲臺，即御史臺，御史的官署。漢謂之御史府，亦謂之御史大夫寺。後漢以來，謂之御史臺，亦謂之蘭臺寺。隋及大唐曰御史臺，龍朔二年（六六二），改為憲臺，咸亨元年（六七〇）復舊名御史臺。這裡沿用舊稱。出縶，謂由御史臺出拘，即被捕入獄。此為作者在獄中所作。

獨坐懷明發，長謠苦未安❶。自應迷北叟，誰肯問南冠❷？生死交情異，殷憂歲序闌❸。
空餘朝夕鳥，相伴夜啼寒❹。

【注　釋】❶獨坐懷明發二句　謂獄中獨坐長謠。懷明發，盼望天亮。明發，黎明。《詩經・小雅・小宛》：「明發不寐，有懷二人。」長謠，長歌。原缺。❷自應迷北叟二句　謂自我寬解。迷，沉迷。北叟，即「塞翁失馬」的塞翁。見本書卷五〈邊夜有懷〉注。南冠，謂南冠而縶的人。即囚犯。見本書卷二〈在獄詠蟬〉注。❸生死交情異二句　謂炎涼世態。殷憂，深憂。殷，懇切；深厚。歲序闌，一年將盡的時候。闌，盡。❹空餘朝夕鳥二句　謂孤苦之感。朝夕鳥，即朝夕烏。《漢書・朱博傳》：「是時御史府吏舍百餘區，井水皆竭。又其府中列柏樹，常有野烏數千棲宿其上，晨去暮來，號曰朝夕烏。」

【語　譯】寒夜獨坐盼著天亮，獄中長歌愁苦不安。我的冤屈只有從北叟的禍福預言中得到解答和寬解，又有誰肯出面來過問我的困苦和艱難？一死一生交情見，深憂綿綿歲將闌。只剩朝去夕來的烏鴉，與我相伴夜啼寒。

【賞　析】作者在獄中所作的一組詩中，除本篇外，尚有〈獄中書情通簡知己〉、〈在獄詠蟬〉，但在寫法上卻各有特點。〈在獄詠蟬〉純用喻體。「露重飛難進，風多響易沉」，以蟬所處的惡劣環境比喻自己含冤入獄；「無人信高潔，誰為表予心」，以蟬的高潔比喻自己的情操。這種物我交融的比喻，是實現詩的形象化的手段之一。〈獄中書情通簡知己〉，則在用典使事上來深化詩的主旨，拓展詩的容量。而本篇五言律詩，主要是運用白描。首聯點題，寒夜獨坐，在獄長歌，悲憤不已。二聯用典，認為自己的冤屈，只有從「塞翁失馬，安知非福」中尋找答案，以此寬解自己，也是夠可悲了。三聯點出世態炎涼，人情冷暖。四聯寫以「朝夕烏」為伴，度過長夜，照應首聯之「獨坐懷明發」，使悲情又深進一層。

作者特別注重選取表情狀、表形態的形容詞，如「獨」、「苦」、「異」、「闌」、「空」、「寒」等，來加強孤苦悲痛的感情色彩，使作品更具有感染力。

月夜有懷簡諸同病

【題解】詩題一作〈月夜有懷簡諸同寮〉。月明之夜，最容易觸動天涯遊子的鄉愁旅思，古代詩人也往往以此作為詠歎的永恆題材。

閒庭落景盡，疏簾夜月通❶。山靈響似應，水淨望如空❷。棲枝猶繞鵲，遵渚未來鴻❸。
可歎高樓婦，悲想杳難終❹。

【注釋】❶閒庭落景盡二句　謂月夜降臨。落景，落霞。疏簾，稀疏不密的竹簾。❷山靈響似應二句　謂月夜的景色。山靈，謂山巒的靈氣。響似應，山鳴谷應。水淨，明淨的溪水。❸棲枝猶繞鵲二句　謂身世飄零。棲枝，即用曹操〈短歌行〉烏鵲南飛，何枝可依之句，見本書卷三〈望鄉夕泛〉注。此喻客居他鄉。遵渚，《詩經・豳風・九罭》：「鴻飛遵渚，公歸無所。」這是說雁兒飛來沿洲渚，公爺回途無住處。此喻流離失所。❹可歎高樓婦二句　謂思念同僚。高樓婦，指思婦。曹植

〈七哀詩〉：「明月照高樓，流光正徘徊。上有愁思婦，悲歎有餘哀。借問歎者誰，言是客子妻。」

【語　譯】閒庭晚霞落盡，疏簾夜月溶溶。山鳴谷應，是因為山有靈氣；水色潔淨，遠望去一片空濛。繞樹的烏鵲無枝可依，遵渚的來鴻何託行蹤。可歎高樓思婦，悲思深遠無終。

【賞　析】本篇以「月夜有懷」為題，抒寫懷抱。這是一首五言律詩。首聯由「落景」到「夜月」，極有層次地寫出時間的推移與空間景物的變化。二聯承於明月照耀下的山山水水，視野開闊。山谷回響，是動中寫靜，水色空明，是光中見色，寫來空曠寧靜，靈動自然。三聯「棲枝猶繞鵲，遵渚未來鴻」，是由景物轉到自我，即客居異地、無枝可依的處境上面來，並生發出一種苦悶徬徨的情緒。四聯收結於「可歎高樓婦，悲想杳難終」，以思婦的思念遊子，比喻自己思鄉念友的情結，情真意切。

英雄失路，託足無門，這是初唐士大夫的不幸命運，從而也使詩歌染上感傷主義的色彩。

敘寄員半千

【題　解】本篇歌頌員半千的人格。員半千，《舊唐書・文苑傳》：「員半千，本名餘慶，晉州臨汾人。少與齊州人何彥先同師事學士王義方。義方嘉重之，嘗謂之曰：『五百年一賢，足下當之矣。』因改名半千。上元初，應入科舉，授武陟尉。屬頻歲旱饑，勸縣令殷子良開倉以賑貧餒，子良不從。會子良赴州，半千便發倉粟。懷州刺史郭齊宗大驚，因而按之。時黃門侍郎薛元超為河北道存撫使，謂齊宗曰：『公百姓不能救之，而使惠歸一尉，豈不愧也。』遽令釋之。尋又應岳牧舉。及對策，擢為上第。垂拱中，累補左衛冑曹。嗣聖元年，為左衛長史，弘文館直學士。長安中，五遷正諫大夫。中宗時，為濠州刺史。睿宗即位，徵拜太子右諭德，累封平原郡公。開元二年（七一四）卒。」

薄宦三河道，自負十餘年。不應驚若厲，只為直如弦。坐歷山川險，吁嗟陵谷遷。長吟空抱膝，短翮詎沖天❶？魂歸滄海上，望斷白雲前。釣名勞拾紫，隱迹自談玄。不學多能聖，徒思鴻寶仙。斯志良難已，此道豈徒然❷！嗟為刀筆吏，恥從繩墨牽。歧路情難狎，人倫地本偏。長揖謝時事，獨往訪林泉。寄言二三子，生死不來旋❸！

【注釋】❶薄宦三河道八句　謂員半千懷才不遇，沉鬱下僚。薄宦，謂小官。員半千曾調武陟尉，後歷華原、武功尉，故稱薄宦。三河道，《史記・貨殖列傳》：「昔唐人都河東，殷人都河內，周人都河南。夫三河，在天下之中，若鼎足，王者所更居也。」此謂武陟、華原、武功均在三河境內。自負，自恃。員半千曾上書高宗，自恃才高，其〈表〉云：「七步成章，一字無改，臣不愧子建；飛書走檄，援筆立成，臣不愧枚皋。請陛下召天下才子三五千人，與臣同試詩策判箋表論，勒字數定，一人在臣先者，陛下斬臣頭，粉臣骨，懸於都市，以謝天下才子。」驚若厲，憂患謹慎。《易・乾卦》：「九三。君子終日乾乾，夕惕若厲，無咎。」孔穎達疏：「若，如也。厲，危也，言尋常憂懼，恒如傾危，乃得無咎。」此謂員半千因憂患傾危發倉粟濟貧事。直如弦，《後漢書・五行一》：「順帝之末，帝都童謠曰：『直如弦，死道邊；曲如鉤，反封侯。』」此以直如弓弦喻員半千之正直品質。山川險，比喻世道的艱難險阻。陵谷遷，《詩經・小雅・十月之交》：「高岸為谷，深谷為陵。」意謂高崖變為深谷，深谷變為丘陵，此喻高下易位，貴賤無常的變化。長吟，猶長嘯。《三國志・蜀書・諸葛亮傳》裴松之注引《魏略》曰：「亮在荊州，……每晨夜從容，常抱膝長嘯。」此謂員半千空有諸葛亮之才學而不得重用。短翮，即短羽，謂不能展翅高飛。❷魂歸滄海上八句　謂以寄身於白雲滄海規勸員半千。魂歸，謂精神的歸宿。滄海，大海。喻隱居。白雲，謂與白雲為伴。喻歸隱。釣名，即沽名釣譽。用手段獵取功名。拾紫，見本書卷二〈夏日遊德州贈高四〉注。此喻求仕談玄，談論玄理。多能聖，《論語・子罕》：「太宰問於子貢曰：『夫子聖者與？何其多能也！』子貢曰：『固天縱之將聖，又多能也。』」這是尊稱孔子，認為孔子本來是上天讓他成為多才的大聖人。鴻寶仙，用漢代劉向事。《漢書・楚元王傳》：「向，字子政，本名更生。上復興神仙方術之事，而淮南有〈枕中鴻寶苑秘書〉，書言神仙使鬼物為金之術，及鄒衍重道延命方，世人莫見。而更生父德，武帝時，治淮南獄得其書。更生幼而誦讀，以為奇，獻之。」此喻求仙學道。寶，原作「室」。

斯志，指求仕之志。此道，指退隱之道。❸嗟為刀筆吏八句謝時事訪林泉。刀筆吏，古代在竹簡上記事，用刀子刮去錯字，因此把從事有關公文案卷工作的小吏稱為刀筆吏。繩墨，木匠打直線的工具。此喻規矩或法度。歧路，比喻仕途。情難狎，感情難於習慣。陳熙晉《駱臨海集箋注》：「言情紛歧路，雖偶狎而必離。」難，原作「雖」。狎，習慣。人倫，人境；社會上的各類人。倫，類。地本偏，陳熙晉《駱臨海集箋注》：「地脊人倫，本因偏而自得也。」揖，拱手為禮。謝時事，告別世事。二三子，諸位。此指員半千等朋友。不來旋，不再返回仕途。旋，返；還。

【語 譯】三河道上為小官，自命不凡十餘年。不應憂患傾危事，只為性格直如弦。世道崎嶇多艱險，世事無常多變遷。長嘯抱膝難酬壯志，短羽無力難沖青天。魂兮歸來滄海上，兩眼望盡白雲邊。沽名釣譽為仕進，抽身退隱自談玄。不學孔聖人奔走無成，空想鴻寶苑學道成仙。求仕的壯志難於實現，求仙的道心能夠成全。可歎我小小刀筆吏，恥被繩墨來拘牽。人在歧路難相習，地在人境心自偏。施禮告別紛紛世事，獨往訪問隱居林泉。我要寄言諸位朋友，從此不再返回仕途上來。

【賞 析】本篇為五言排律，共十六聯二十四句。它有三大層次。開篇「薄宦三河道」以下八句，對員半千懷才不遇、仕途坎坷表示無限的同情和惋惜，為第一大層次。中間「魂歸滄海上」以下八句，勸勉員半千寄身於白雲滄海，退隱江湖談玄論道。此為第二大層次。後面「嗟為刀筆吏」以下八句，抒發作者自己仕途困頓的感慨。「長揖謝時事，獨往訪林泉。寄言二三子，生死不來旋」，一種與時事告別、與仕途決裂的憤懣之情，溢於言表。此為第三大層次。

本篇表現出好友員半千的剛正不阿的人格力量。他「自負十餘年」，是因為他有才能，有抱負，又不願同流合污，堅持獨立自尊的人格。他「不應驚若厲，只為直如弦」，在旱饑之年，擅自發倉粟以賑貧餒，表現了為民請命的民本思想和正義行為。於是「長吟空抱膝，短翮詎沖天」的遭際，就有其必然性了。這在客觀上暴露出封建社會的不合理。

本篇在寫作上有個特點，即作者把自己的不幸遭際，與員半千的不幸遭際結合起來，體現出共同的悲劇命運。全詩貫穿著「窮則獨善其身，達則兼濟天下」的儒家思想，放情詠歎，長歌當哭，感傷主義的氣氛很強。

憶蜀地佳人

【題　解】此為初唐宮廷詩影響下的作品，寫對蜀地佳人的憶念。

東西吳蜀關山遠，魚來雁去兩難聞❶。莫怪常有千行淚，只為陽臺一片雲❷。

【注　釋】❶東西吳蜀關山遠二句　謂東西相隔書信難通。東西吳蜀，謂東吳西蜀。魚來雁去，指書信往還。❷莫怪常有千行淚二句　謂思念伴著淚水。常，一作「嘗」。陽臺，楚懷遊高唐，夢與巫山神女相會。神女辭別時說：「妾在巫山之陽，高丘之岨，旦為朝雲，暮為行雨，朝朝暮暮，陽臺之下。」見宋玉〈高唐賦序〉。一片雲，指代佳人。

【語　譯】東吳西蜀關山遙遠，書信往還兩地難聞。東吳千行淚滴勿為怪，只為相思蜀地一片雲。

【賞　析】本篇為七言古絕。作者的詩集中有五言絕句，有五言律詩，有五言排律，有七言古風等等，而這首七言古絕，卻是僅有的一首，可看作是作者對七絕創作的嘗試。

題詠佳人、美人，是唐初宮廷詩的重要題材，本篇即受到宮廷詩的催化。這可能是作者的遊戲筆墨，當然也不否認作者有浪漫事跡的可能性。這裡寫的是一種相思情結。第一句寫東吳西蜀，山遙水遠，兩地隔絕。第二句寫書信難通，信息無聞。這一「起」一「承」，就揭示出相思的原因。而直抒相思之情，則在第三、四句的「轉」、「合」之中了。「千行淚」與「一片雲」，有著內在的聯繫，表現出眼淚的重量、感情的分量，寫來纏綿悱惻。

送郭少府探得憂字

【題　解】此為送別詩，以「憂」字點離愁。郭少府，不詳。

開筵杭德水，輟棹艤仙舟❶。貝闕桃花浪，龍門竹箭流❷。當歌悽別曲，對酒泣離憂❸。還望青門外，空見白雲浮❹。

【注　釋】❶開筵杭德水二句　謂送別郭少府。杭，同「航」。渡。原作「抗」。《詩經・衛風・河廣》：「誰謂河廣，一葦杭之。」德水，黃河的別稱。《史記・封禪書》：「昔秦文公出獵，獲黑龍，此其水德之瑞，於是秦更命河曰德水。」艤，使船靠岸。仙舟，船的美稱。❷貝闕桃花浪二句　謂黃河形勢。貝闕，猶水府龍宮，見本書卷三〈晚泊河曲〉注。桃花浪，指桃花汛。《漢書・溝洫志》：「來春桃華水盛。」注：「師古曰：『月令，仲春之月，始雨水，桃始華。蓋桃方華時，既有雨水，川谷冰泮，眾流猥集，故謂之桃華水耳。』」龍門竹箭，見本書卷三〈晚泊河曲〉注。❸當歌悽別曲二句　謂離愁別恨。❹還望青門外二句　謂思親之情。青門，長安東南門。此指代帝都。白雲浮，比喻思親，見本書卷三〈晚泊江鎮〉注。

【語　譯】宴別將渡黃河水，停槳靠岸泊行舟。黃河湧起桃花浪，龍門竹箭急湍流。當歌別怨曲，對酒泣離愁。回首遙望長安城，思親空見白雲浮。

【賞　析】本篇內容是寫在黃河渡口送郭少府乘船渡河離去的，必然要寫到黃河。作者有幾篇作品是寫黃河的，但角度卻有所不同。本書卷三之〈晚泊河曲〉：「金隄連曲岸，貝闕影浮橋。水淨千年近，星飛五老遙」，是從神話傳說的角度，去寫黃河的壯美。本書卷三的〈晚渡黃河〉，卻從傍晚實景的角度，展開黃河的險峻形勢：「通波連馬頰，迸水急龍門。照日榮光渾，驚風瑞浪翻。」而本篇「貝闕桃花浪，龍門竹箭流」，寫的是春天桃花水漲的黃河。浪滾滾波翻，急流如箭，輕舟飛渡，頃刻離去，這似乎為離愁別恨多增加一層分量。結句「還望青門外，空見白雲浮」，回首京城，思念親友，點出作者的遊子身分來了。

本篇為五言律詩，講究對仗工整，具有整飭美。如「德水」對「仙舟」，「貝闕」對「龍門」，「桃花」對「竹箭」，「別曲」對「離憂」等。

餞駱四得鐘字

【題　解】詩題一作〈餞駱四二首〉。陳熙晉《駱臨海集箋注》認為「甲第驅車入」以下八句，別為一首，詩題已失，舊誤連於餞駱四詩，茲加以離析。此二首詩又見於《李嶠集》。駱四，不詳。鐘，原作「鍾」，下同。

平生何以樂，斗酒夜相逢❶。曲中驚別緒，醉裡失愁容❷。星月懸秋漢，風香入曙鐘❸。
明日臨溝水，青山幾萬重❹！

【注　釋】❶平生何以樂二句　謂餞別之樂。斗酒，用斗飲酒。斗，古代酒器。〈古詩十九首〉：「斗酒相娛樂，聊厚不為薄。」❷曲中驚別緒二句　謂醉中忘愁。別緒，即別恨。愁容，指離愁之臉容。❸星月懸秋漢二句　謂餞別的季候。秋漢，秋天的河漢。漢，一曰天河，一曰雲漢。風香，風飄花香。曙鐘，晨鐘。❹明日臨溝水二句　謂出發上路。日，原作「月」。溝水，城邊的河水。〈古白頭吟〉：「今日斗酒會，明旦溝水頭。」

【語　譯】平生為何這麼快樂，原來是斗酒餞別夜相逢。雖然樂曲驚動了離愁別恨，但在斗酒酣醉中消失了愁容。星星伴月高懸在秋天的河漢，香飄晨鐘是因為多情的秋風。友人明日臨溝水，青山迢迢幾萬重。

【賞　析】本篇為五言律詩，是餞別駱四而作。駱四，很有可能是作者的同鄉或同一宗族的兄弟，友誼深厚，感情真摯。從「夜相逢」的情況看，可能又是一種闊別，於是促膝聚談，把臂夜話，心情特別開朗。「平生何以樂」，平生意氣，樂何如之，「樂」字一意貫穿，一氣流注，形成全詩歡快爽朗的基調，一掃離愁別恨的暗淡氣氛。「曲中驚別緒，醉裡失愁容」，就寫到這方面的意蘊。樂曲觸發的淡淡別緒，終究抵不住酣飲的濃濃酒意，使愁容一剎那間消失殆盡。「星月懸秋漢，風香入曙鐘」，時間是從秋夜到秋晨，空間是從天上到地下，星月朗朗，銀河耿耿，花香陣陣，晨鐘鳴響，寫來有動有靜，有聲有色。這種自然美景，正好為餞別作出了襯托。結句對離別輕帶一筆，青山重重，思念悠悠，言有盡而意無窮。

失題

【題解】寫效法古人秉燭夜遊、賞心樂事。原缺詩題。

甲第驅車入，良宵秉燭遊❶。人追竹林會，酒獻菊花秋❷。霜吹飄無已，星河漫不流❸。
重嗟歡賞地，翻召別離憂❹。

【注釋】❶甲第驅車入二句　謂秉燭夜遊。甲第，指貴族的豪華宅第。張衡〈西京賦〉：「北闕甲第，當道直啟。」薛琮注：「第，館也；甲，言第一也。」第，原作「矛」。車，原缺。秉燭，手持火燭。〈古詩〉：「晝短苦夜長，何不秉燭遊。」
❷人追竹林會二句　謂縱情酣飲。追，追隨。竹林會，指魏末竹林七賢常宴集之事，見〈酬思玄上人林泉四首〉注。菊花秋，秋天釀造的菊花酒。《西京雜記》卷三：「菊華舒時，併採莖葉，雜黍米釀之，至來年九月九日始熟，就飲焉，故謂之菊華酒。」
❸霜吹飄無已二句　謂秋夜之景。霜吹，即霜風。無已，不止。星河，銀河。漫，瀰漫。❹重嗟歡賞地二句　謂產生離愁。召，招致。

【語譯】驅車進入貴族的甲第，乘良宵秉燭夜遊與正遒。追隨竹林七賢的雅集嘉會，獻上菊花美酒醉意稠。霜風吹拂不止息，星河瀰漫水不流。可歎這歡會聚飲的地方，反而招致多少別恨離愁。

【賞析】呼朋尋勝，秉燭夜遊，是士大夫擺脫塵俗束縛的一種雅興。本篇以五言律詩的形式，去寫出這種雅興和情趣。「人追竹林會，酒獻菊花秋」，是全詩的關鍵筆墨。「竹林會」，意在師法魏晉之「竹林七賢」。他們的竹林之遊，宴集之賞，酣飲之醉，是對抗封建名教、追求個性解脫的表現，所謂「越名教而任自然」，一直成為文壇的雅事、士林的佳話。「菊花秋」，不僅點明菊花盛開的秋季，而且寫出飲菊花酒賞花的樂事。作者正是在這裡表達出精神上的追求，即恣情山水，嘯傲煙霞，縱情酣飲，自由自在，達到人與自然終極和諧的境界，多麼心曠神怡，多麼富於浪漫氣息。

送宋五之問得涼字

【題解】寫送別宋之問返鄉。宋五之問，即初唐詩人宋之問，見本書卷二〈在江南贈宋五之問〉題解。

願言遊泗水，支離去二漳❶。道術君所篤，筌蹄余自忘❷。雪威侵竹冷，秋爽帶池涼❸。

欲驗離襟切，歧路在他鄉❹。

【注釋】❶願言遊泗水二句　謂送別宋之問。願言，每言。泗水，見本書卷四〈在兗州餞宋五之問〉注。支離，聯綿詞。分散。二漳，即山西省東部的清漳、濁漳二水。見本書卷二〈夏日遊德州贈高四〉注。此謂宋之問為山西汾州人，故以二漳指代他的家鄉。❷道術君所篤二句　謂對仕途的兩種態度。道術，治道的方法。此指進身仕途。篤，專一；忠誠。筌蹄，即《莊子・外物》所說得魚忘筌、得兔忘蹄的意思。見本書卷二〈夏日遊德州贈高四〉注。此謂無意於仕進。❸雪威侵竹冷二

句　謂深秋景色。涼，原缺。❹欲驗離襟切二句　謂對仕途的感慨。驗，檢驗；證實。一作「諗」。離襟，指離懷、離情。歧路，岔路。即歧路亡羊之意，見本書卷二〈夏日遊德州贈高四〉注。此喻歧途徬徨。

【語　譯】我們每每相約去遊泗水，君卻分散要回家鄉。君熱衷於進身仕途，我卻淡忘了名利之場。雪威侵襲翠竹而生冷，秋爽映帶池水而生涼。要想檢驗離情的真切，就看我歧路徬徨在他鄉。

【賞　析】本篇為五言律詩，為送別朋友宋之問返鄉之作。首聯破題。二聯「道術君所篤，筌蹄余自忘」，為全詩的主體，籠罩全局。這兩句寫出作者與宋之問在對待仕途方面的一個對比和反差。宋之問青雲有路，春風得意，熱衷於功名富貴；而自己卻仕途蹭蹬、懷才不遇，對名利場已感到淡漠。一「篤」一「忘」，態度自是不同，感情迥然有別。三聯的「雪威侵竹冷，秋爽帶池涼」，寫秋冬之交的景物，但也映帶出作者的悲涼冷寂的情緒。四聯結到「欲驗離襟切，歧路在他鄉」上面，一方面表示對朋友眷戀之情；另方面也表現自己作客他鄉、歧路徬徨的傷感。

冬日過故人任處士書齋

【題　解】抒寫重訪舊友書齋。過，訪。任處士，不詳。處士，隱居不仕之人。

神交尚投漆，虛室罷遊蘭❶。網積窗文亂，苔深履迹殘。雪明書帳冷，水靜墨池寒。獨此琴臺上，流水為誰彈❷？

【注　釋】❶神交尚投漆二句　謂回憶與任處士的深交。神交，指情投意合、相知很深的朋友。投漆，謂友誼如膠如漆。虛室，空室，指任處士已離開居室他去。遊蘭，《大戴禮·曾子·疾病篇》：「與君子遊，苾乎如入芝蘭之室。」此以芝和蘭兩種香草，比喻德行的高尚，或友情、環境的美好。❷網積窗文亂六句　謂書房的荒涼落寞。窗文亂，指窗戶上積滿塵網的亂紋。苔深，苔蘚深厚。履迹殘，謂殘留有行人的足跡。雪明，《南史・范雲傳》：「孫伯翳，太原人。父康，起部郎，貧，常映雪讀書。清介，交遊不雜。」墨池寒，用東漢書法家張芝事。《晉書・王羲之傳》：「羲之曾與人書云：『張芝臨池學書，池水盡黑。』」流水，指伯牙、鍾子期高山流水的故事。

【語　譯】情投意合彼此如膠似漆，斯人離去虛室已罷芝蘭。窗戶上網封花紋亂，道路上苔深履迹殘。無人映雪夜讀使書帳冷清，無人臨池學書使墨池生寒。獨此寂寂琴臺夜，高山流水為誰彈？

【賞　析】本篇為五言律詩，主旨在於懷念舊友。作者與任處士感情深摯，交遊甚多。任處士已離開他去，但作者仍念念不忘。書齋是任處士以文會友、坐而論道之所在，給作者留下許多美好的回憶和深刻的印象，故懷念書齋，即懷念其主人。當作者於冬日重訪任處士書齋時，不免撫今追昔，睹物思人，感慨多端。首聯以「虛室」為主線貫穿全詩，接著即著筆寫「虛室」。二聯「網積窗文亂，苔深履迹殘」，以「積」、「亂」、「深」、「殘」四筆寫出書齋的荒涼，而荒涼的原因是書齋主人的離去。三聯「雪明書帳冷，水靜墨池寒」，就具體作出交代。通過作者一「冷」一「寒」的獨特感受，點明書齋無人的落寞。四聯「獨此琴臺上，流水為誰彈」，既為真摯友誼補上一筆，又為人去室空生發出無限悵惘。

塵灰

【題　解】詠歎塵灰為雅品、神物。詩題一作〈詠塵灰〉。

洛川流雅韻，秦道擅苛威❶。聽歌梁上動，應律管中飛❷。光飄神女襪，影落羽人衣❸。

願言心未翳，終冀效輕微❹。

【注　釋】❶洛川流雅韻二句　謂塵灰能入詩立法。洛川，洛水。此指曹子建〈洛神賦〉中的女神，見本書卷四〈詠美人在天津橋〉注。雅韻，高雅的詩歌。秦道，戰國時商鞅在秦變法，有棄灰於道者，則受刑罰。見《史記・李斯列傳》。苛威，指立法苛刻而威嚴。❷聽歌梁上動二句　謂塵灰能聽歌應律。梁上動，梁塵飛動。《文選》陸機〈擬東城一何高詩〉：「一唱萬夫呼，再歎梁塵飛。」李善注：「《七略》曰：『漢興，魯人虞公善雅歌，發聲盡動梁上塵。』」應律，應和十二樂律，為古代候驗節氣變化的方法，即把蘆葦莖中的薄膜製成灰，放在十二樂律的玉管內，置玉管於木案上，每月當節氣，則中律的樂管內灰即飛出。見《後漢書・律曆志》。❸光飄神女襪二句　謂塵灰與神女、仙人相伴。神女襪，即〈洛神賦〉所謂「羅襪生塵」。羽人，指仙人。中國古代成仙為羽化，取變化飛昇之意。❹願言心未翳二句　謂能效微薄之力。翳，遮蔽。

【語　譯】洛川的詩賦，流溢高雅的神韻；秦時的苛法，獨顯立法的嚴威。能聽歌曲梁塵舞動，能應樂律管灰出飛。與神女為伍光飄羅襪，與飛仙相伴影落羽衣。只要真心未遮蔽，始終希冀效輕微。

【賞　析】本篇為五言律詩。它以塵灰作為詠歎題材，這是很特別的。塵灰是世上最卑賤輕微之物，為人們所不齒，有什麼值得詠歎的呢？但是作者一反其意，運用浪漫主義的想像，大做翻案文章。在作者看來，曹植〈洛神賦〉寫了「凌波微步，羅襪生塵」，使塵灰進入了詩賦的殿堂，成為雅品；而商鞅行刑棄塵灰於道者，又使塵灰成為法治苛嚴、輕罪重罰的砝碼。塵灰能聞歌起舞，能應律而飛，也就有了靈魂和生命；塵灰還能與神女羽仙相伴而行，成為超凡脫俗的神物。經作者如此一描繪，一渲染，也就卑賤中見高雅，渺小中出神奇，塵灰就煥發出光彩，表現出功能，體現出價值。作者仕途坎坷，詠歎塵灰，是對社會現實不平的一種反撥，字裡行間流溢著憤懣不平之氣。不過，作者的真心未蔽，表示要為社會效綿薄之力，給詩的結尾帶上思想亮色。

秋晨同淄州毛司馬秋九詠

【題解】淄州，《舊唐書・地理志》：「河南道淄州，上，隋郡之淄川縣，武德元年，置淄州。」毛司馬，不詳。司馬，官名，見本書卷四〈初秋登王司馬樓賦得同字〉題解。秋九詠，指詠秋天的九種景物，分別是秋風、秋雲、秋蟬、秋露、秋月、秋水、秋螢、秋菊、秋雁等，為詠物的組詩。

(一)秋　風

紫陌炎氣歇，青蘋晚吹浮❶。亂竹搖疏影，縈池織細流。飄香曳舞袖，帶粉泛妝樓❷。不分君恩絕，紈扇曲中秋❸。

【章　旨】寫秋風搖、織、曳、泛的情態。

【注　釋】❶紫陌炎氣歇二句　謂暑盡秋來。紫陌，京郊之路。炎氣，暑氣。青蘋，水蘋。宋玉〈風賦〉：「夫風生於地，起於青蘋之末。」❷亂竹搖疏影四句　寫秋風吹拂的狀態。縈，縈繞；回旋。織，編織。細流，指漣漪。細小的波紋。曳，牽引；拖。粉，婦女的脂粉。原缺。❸不分君恩絕二句　寫紈扇秋悲。不分，不料。君恩，帝王的恩寵。紈扇，細絹製成的團扇。曲中秋，指班婕妤〈怨歌行〉：「新裂齊紈素，皎潔如霜雪。裁為合歡扇，團團似明月。出入君懷袖，動搖微風發。常恐秋節至，涼風敓（奪）炎熱。棄捐篋笥中，恩情中道絕。」

【語　譯】京郊路上暑氣剛消歇，秋風晚吹青蘋水上浮。吹亂翠竹，輕搖疏影翩翩；縈繞小池，編織波紋悠悠。牽動舞袖飄香氣，揚起妝樓香粉稠。不料君王恩寵絕，紈扇含怨曲中秋。

㈡秋　雲

南陸銅渾改，西郊玉葉輕❶。泛斗瑤光動，臨陽瑞色明。蓋陰連鳳闕，陣影翼龍城❷。誰知時不遇，空傷流滯情。

【章　旨】寫秋雲泛斗、臨陽的景色。

【注　釋】❶南陸銅渾改二句　謂夏盡秋來。南陸，指夏天，見本書卷二〈在獄詠蟬〉注。銅渾改，謂天象運轉、季候變化。銅渾，又稱「渾象」、「渾天儀」。為東漢張衡所造表示天象運轉的儀器。玉葉輕，指秋天樹葉凋落。葉，原作「蕊」。❷泛斗瑤光動四句　寫秋雲狀態。泛斗，指秋雲浮動於北斗星旁。斗，原缺。瑤光，星名。北斗杓第七星。此指代北斗星。瑤，原作「搖」。臨陽，指秋雲靠近太陽。陽，原缺。瑞色明，謂瑞雲之色彩臨日而愈明。蓋陰，如車蓋般的浮雲。鳳闕，漢宮闕名。見本書卷五〈久戍邊城有懷京邑〉注。陣影，指陣雲。翼，覆蔽。龍城，一稱龍庭，為匈奴祭天處。見本書卷三〈晚泊蒲類〉注。

【語　譯】炎熱的夏天已過去，秋天的西郊落葉輕。北斗的四周秋雲浮動，臨日的瑞雲色彩更明。浮雲高高地連接著鳳闕，陣雲重重地覆蓋著龍城。誰知道懷才不遇，空有流滯他鄉之情。

㈢秋　蟬

九秋行已暮，一枝聊暫安❶。隱榆非諫楚，噪柳異悲潘。分形妝薄鬢，鏤影飾危冠❷。自憐疏影斷，荒林夕吹寒❸。

【章　旨】寫秋蟬高潔的品性。

【注　釋】❶九秋行已暮二句　謂秋蟬抱枝棲身。九秋，秋天。暫安，暫時棲身。❷隱榆非諫楚四句　謂秋蟬的品性和風采。隱榆，典出《韓詩外傳》：「楚莊王將興師伐晉，告士大夫曰：敢諫者死無赦。……公孫敖遂進諫曰：『臣園中有榆，其上有蟬，蟬方奮翼悲鳴，欲飲清露，而不知螳螂之在後曲其頸，欲攫而食之也。螳螂方欲食蟬，而不知黃雀在後舉其頸，欲啄而食之也。……此皆言前之利，而不顧後害者也。』」悲潘，西晉潘岳〈秋興賦〉有「斑鬢髟以承弁兮，素髮颯以垂領」之句，為頭白而悲傷。分形，裝扮外形。分，給與。薄鬢，蟬鬢。崔豹《古今注·雜注第七》：魏文帝宮人莫瓊樹，乃製蟬鬢，縹眇如蟬翼，故曰蟬鬢。鏤影，修飾身影。危冠，高冠。指蟬冠。❸自憐疏影斷二句　謂環境壓抑。疏影，指蟬鳴。荒林，原作「寒林」。

【語　譯】深秋季節又將日暮，抱枝棲身為求暫安。蟬隱榆樹為飲清露，蟬鳴柳林不是悲彈。扮形顯出薄薄的蟬翼，修身戴上高高的蟬冠。自憐稀疏的蟬鳴不得不中斷，是因為荒林秋風夕吹寒。

(四)秋　露

玉關涼氣早，金塘秋色歸❶。泛掌光逾靜，添花滴尚微。變霜凝曉液，承月委圓輝❷。別有吳臺上，應濕楚臣衣❸。

【章　旨】寫秋露變霜承月的狀態。

【注　釋】❶玉關涼氣早二句　謂秋天降臨。玉關，即甘肅之玉門關。金塘，《文選》劉楨〈公讌詩〉：「芙蓉散其華，菡萏溢金塘。」李善注：「金塘，猶金堤也。」色，原作「氣」。❷泛掌光逾靜四句　謂秋露的高潔明淨。泛掌，指漢武帝作承露盤，上有仙人掌承晨露，認為取飲之可延年益壽。逾，同「愈」。更加。靜，同「淨」。明淨。變霜，宋子侯〈董嬌嬈詩〉：「高秋八九月，白露變為霜。」虞世南《北堂書抄·天部》：「蔡邕《月令章句》云：『露者，陰液也，釋為露，結為霜。』」

凝，凝結。原作「疑」。曉液，指晨露。委，託付。❸別有吳臺上二句　謂興亡之感。吳臺，用伍被諫淮南王事。見本書卷三〈宿山莊〉注。

【語　譯】玉門關上涼氣早降，金塘堤邊秋色來歸。浮掌光愈明淨，添花滴尚輕微。晨露凝結成霜，承月依託光輝。另有吳臺上，露濕楚臣衣。

(五)秋　月

雲披玉繩淨，月滿鏡輪圓❶。裛露珠暉冷，凌霜桂影寒。漏彩含疏薄，浮光漾急瀾❷。西園徒自賞，南飛終未安❸。

【章　旨】寫秋月的皎潔清朗的美景。

【注　釋】❶雲披玉繩淨二句　謂星明月圓。披，散。玉繩星名。《文選》張衡〈西京賦〉：「上飛闥而仰眺，正睹瑤光與玉繩。」李善注：「《春秋元命苞》曰：『玉衡北兩星為玉繩。』」此指代星光。鏡輪，指圓月。❷裛露珠暉冷四句　謂秋月的狀態。裛，也作「浥」。濕潤。珠，露珠。桂影，指月亮。傳說月中有桂樹，故以桂樹指代月亮。漏彩，指月光流瀉。含，原作「今」。疏薄，疏林。薄，指林薄。浮光，浮動在水上的月光。漾，蕩漾。急瀾，急流。❸西園徒自賞二句　謂無可棲身。西園，園名。曹丕〈芙蓉池作〉：「乘輦夜行遊，逍遙涉西園。」曹植〈公讌詩〉：「清夜遊西園，飛蓋相追隨。明月澄清景，列宿正參差。」南飛，指南飛鵲，見本書卷三〈望鄉夕泛〉注。

【語　譯】雲開星光明淨，月滿鏡輪渾圓。潤露珠光清冷，凌霜桂影生寒。光彩流瀉疏林，浮光蕩漾急瀾。西園逍遙空自賞，南飛烏鵲終未安。

(六)秋　水

貝闕寒流徹，玉輪秋浪清❶。圖雲錦色淨，寫月練花明❷。泛曲鵾絃動，隨軒鳳輅驚❸。

唯當御溝上，悽斷送歸情❹。

【章　旨】寫秋水的清澈明淨以及氣韻氣勢。

【注　釋】❶貝闕寒流徹二句　謂寒流秋浪。貝闕，指水府龍宮，見本書卷三〈晚泊河曲〉注。寒流，謂寒秋的江流。徹，通達；深透。玉輪，即岷山西之玉輪阪，見本書卷二〈在江南贈宋五之問〉注。❷圖雲錦色淨二句　謂秋水的清澈明淨。圖雲，畫雲。錦色，指雲彩。寫月，描月。練花，水花。❸泛曲鵾絃動二句　謂秋水的氣韻與氣勢。泛曲，即伯牙之志在流水之曲，見本書卷二〈夏日遊德州贈高四〉注。鵾絃，用鵾雞（又稱「昆雞」、「鶤雞」）筋做的琵琶弦。軒，古代供大夫以上乘坐的車子。鳳輅，吳均《續齊諧記》：「漢宣帝以皁蓋車一乘，賜大將軍霍光，悉以金鉸飾之。每夜，車轄上有金鳳凰飛去，莫知所之，至曉乃還，如此非一。守車人亦嘗見之。後南郡黃君仲於北山羅鳥，得一小鳳子，入手即化成紫金，毛羽冠翅，宛然具足，可長尺餘。……後數日，君仲詣闕，上鳳凰子，云今月十二夜，北山羅鳥所得。帝聞而疑之，置承露盤上，俄而飛去。帝使尋之，直入光家，止車轄上，乃始信然。帝取其車，每遊行則乘御之。至帝崩，鳳凰飛去，不知所在。」❹唯當御溝上二句　謂御溝流怨。歸情，宮女思歸之情。

【語　譯】寒秋的江流寒徹水府，玉輪的秋浪分外澄清。秋水映出雲形月影，使雲彩更為鮮亮，使水花更為晶瑩。琵琶弦動流水曲，鳳凰驚去御車輕。唯有御溝的溶溶流水，送出宮女悽怨的思歸之情。

(七)秋 螢

玉虬分靜夜，金螢照晚涼❶。含輝疑泛月，帶火怯凌霜。散彩縈虛牖，飄花繞洞房❷。下帷如不倦，當解惜餘光❸。

【章 旨】寫秋螢照晚，含輝帶火的情景。

【注 釋】❶玉虬分靜夜二句 謂秋螢夜出。玉虬，《初學記・器用部》：「張衡漏水轉渾天儀制曰：以銅為器，再疊差置，實以清水，下各開孔，以玉虬吐漏水入兩壺，右為夜，左為晝。」金螢，秋螢的美稱。潘岳〈螢火賦〉：「飄飄熲熲，若流金之在沙。」楊縉〈照帙秋螢詩〉：「飛影黃金散，依帷縹帙開。」❷含輝疑泛月四句 謂秋螢活動的情態。疑，疑似。原缺。泛，浮泛。原缺。怯，畏縮。散彩，螢火如散開的光彩。虛牖，空窗。飄花，螢火如飄動的花朵。洞房，深邃的內室。洞，深。❸下帷如不倦二句 謂苦讀的事例。下帷，典出《漢書・董仲舒傳》：「下帷講誦，弟子傳以久次相授業，或莫見其面。蓋三年不窺園，其精如此。」餘光，典出《晉書・車胤傳》：「字武子，恭勤不倦，博覽多通。家貧，不常得油。夏月，則練囊盛數十螢火以照書，以夜繼日焉。」

【語 譯】玉虬分開了晝與夜，秋螢照晚迎秋涼。秋螢含輝，彷彿是月光浮動；秋螢帶火，卻不願靠近寒霜。散開的光彩縈繞著窗戶，飄動的花朵進入了內房。如果像董仲舒下帷講學，孜孜不倦；那麼應當理解車武子，囊螢苦讀惜餘光。

(八)秋菊

擢秀三秋晚，開芳十步中❶。分黃俱笑日，含翠共搖風❷。碎影涵流動，浮香隔岸通❸。
金翹徒可泛，玉斝竟誰同❹？

【章旨】寫秋菊盛開的美感。

【注釋】❶擢秀三秋晚二句　謂秋菊盛開。擢秀，草木發榮滋長。十步，指十步香草，見本書卷五〈詠懷〉注。❷分黃俱笑日二句　謂黃花綠葉之美。分黃，指黃花。含翠，指綠葉。❸碎影涵流動二句　謂花影浮香。碎影，菊花。涵，涵澹；水波搖蕩。原作「含」。浮香，飄浮的香氣。❹金翹徒可泛二句　謂飲酒賞菊。金翹，即菊花。蘇彥〈秋夜長賦〉：「貞松隆冬以擢秀，金菊吐翹以凌霜。」陸機〈白雲賦〉：「紅蕊發而菡萏，金翹援而合葩。」泛，指泛酒。將菊花浮放於酒，飲酒賞菊。陶潛〈飲酒詩〉：「秋菊有佳色，浥露掇其英。泛此忘憂物，遠我遺世情。」玉斝，古代酒器。

【語譯】發榮滋長於三秋之際，四處盛開於十步之中。秋菊的黃花，笑迎麗日；秋菊的綠葉，搖曳秋風。水波搖蕩，倩影翩翩；遠飄對岸，暗香融融。空有菊花來泛酒，能有誰同飲此杯仰菊容？

(九)秋雁

聯翩辭海曲，遙曳指江干❶。陣去金河冷，書歸玉塞寒❷。帶月凌空易，迷煙逗浦難❸。
何當同顧影，刷羽泛清瀾❹。

【章　旨】寫秋雁辭北南歸、候時而飛的情態。

【注　釋】❶聯翩辭海曲二句　謂秋雁南飛。聯翩，即連翩。形容雁陣飛時連續不斷。雁為候鳥，每年春分後飛往北方，秋分後飛回南方。蕭子範〈夜聽雁詩〉：「聯翩辭朔氣，嘹唳獨南歸。」海曲，海隅。遙曳，遠飛。指，指向。江干，江邊。❷陣去金河冷二句　謂雁群離開朔北。陣，雁陣。金河，河名。現名大黑河，在內蒙古自治區境內。古為北方交通要道，也常在這一帶用兵。上官儀〈王昭君〉：「金河路幾千。」書，指雁書。玉塞，指玉門關一帶。玉，原作「王」。❸帶月淩空易二句　謂雁陣南飛。迷煙，指被煙霧所迷亂。逗浦，逗留水濱。浦，水濱。❹何當同顧影二句　謂自守節操。顧影，謂顧影自憐。刷羽，洗刷毛羽。

【語　譯】連翩告別海隅，遠飛直向江邊。雁陣離去時，金河冷透；雁書歸來時，玉塞生寒。戴月披星淩空易，迷煙逗浦找宿難。怎樣才能顧影自憐，守住節操泛清瀾。

【賞　析】本篇因為是組詩，包含了九首短詩。它們各自歌詠秋天的景物，而且都採取五言律詩的形式。第一首詠秋風搖、織、曳、泛的情況；第二首詠秋雲泛斗、臨陽的景色；第三首詠秋蟬非諫楚、異悲潘的高潔品性；第四首詠秋露變霜、承月的狀態；第五首寫秋月皎潔清朗的美景；第六首寫秋水清澈明淨的景況；第七首詠秋螢照晚、含輝帶火的情景；第八首詠秋菊盛開的美感；第九首詠秋雁辭北南歸、候時而飛的情態。它們既可以獨立成篇，又可以在組成統一的整體中相互發明和補充。

這組詠物詩，在寫作上有如下的特色：第一，善於選擇典型，牢籠物態。秋天大自然的景物很多，但擇取了風、雲、雨、露、水和蟬、螢、菊、雁，就具有代表性。由於這些景物來自不同的角度，也就構成了秋天豐富的層面、序列和內涵，其中有天文，有植物，有動物。作者對景物，往往注重動景、活景，如風的吹動，水的流動，雲的浮動，露的變動，螢和雁的飛動等等，使景物活動起來。如通過搖疏影、織細流、曳舞袖、泛妝樓等四筆，就活畫出秋風的瀟脫、超逸，把它具體化、形象化了。又如「泛曲鵾絃動」摹寫出水的流動的氣韻，「隨軒鳳轄驚」摹寫出水的奔逸的氣魄，也很有特點。第二，善於使物品與人品、物性與人性相結合把景物擬人化。這是作者詠物詩的鮮明特點，也是它的一種價值取向。「隱榆非諫楚，噪柳異悲潘。分形妝薄鬢，鏤影飾危冠」，寫出秋蟬抱獨枝，飲清露，不為名，不悲歎，修身養性，與世無爭，表現了清高的內在品質，使之人格化了。「擢秀三秋晚，開芳十步中」，就顯出秋菊冒嚴寒而盛開的風神意態。又如寫秋月的皎潔清朗，寫秋水的清澈明淨，也被賦予人的磊落坦蕩的胸懷。第三，善於融情入景，借景抒情，創造出情景交融的境界。如鬥霜傲寒的菊花，性格堅貞。自從陶潛平章之後，千古高風，傳為佳話。〈秋菊〉的結句「金翹徒可泛，玉斝竟誰同」，就是深有寓意的。金翹泛酒，本是賞心樂事，但酒無知己同飲，景無故人共賞，何等孤獨冷落！這不正是作者知己難求、懷才不遇的感慨嗎？〈秋月〉的「西園徒自賞，南飛終未安」，借曹操〈短歌行〉的「繞樹三匝，無枝可棲」的詩意，表達作者天涯飄泊、無所託身的憤懣。

詠照

【題　解】詠歎銅鏡的特點。照，指銅鏡。

寫月無芳桂，照日有花菱❶。不持光謝水，翻將影學冰❷。

【注　釋】❶寫月無芳桂二句　謂銅鏡寫月照日。寫，摹擬。芳桂，謂傳說月宮有桂樹。庾信〈鏡詩〉：「月生無有桂，花開不逐春。」日，原作「月」。花菱，銅鏡映日則發光影如菱花，故又稱菱花鏡。庾信〈鏡賦〉：「臨水則池中月出，照日則壁上菱生。」❷不持光謝水二句　謂鏡光與鏡影。光，鏡光。謝，不如。影，鏡影。學冰，模仿寒冰。梁簡文帝〈鏡詩〉：「如冰不見水，似扇長含輝。」

【語　譯】摹月無芳桂之影，照日顯菱花之形。不把鏡光去比水，反將鏡影擬寒冰。

【賞　析】本篇為五言古絕，以銅鏡為題材。它完全運用大自然的天象作為喻體，使銅鏡這一本體美化了。由於銅鏡為圓形，又光可鑑人，故比喻為月亮之靜美，日光之壯美。又由於鏡凝寒光，又可比喻為寒冰之冷美。這冷美是全詩的點睛之筆，傳達出銅鏡冰清玉潔的內在品質，也許這是作者有所隱喻和寄託吧。

詠塵

【題　解】詠歎塵灰尋覓知音。此詩與本書卷五〈塵灰〉可相互發明。

凌波起羅襪，含風染素衣❶。別有知音調，聞歌應自飛❷。

【注　釋】❶凌波起羅襪二句　謂塵的凌波含風。凌波，用洛神事，見本書卷四〈詠美人在天津橋〉注。染，沾染。素衣，白衣。❷別有知音調二句　謂聞歌起舞。聞歌，用虞公歌動梁上塵事，見本書卷五〈詠塵灰〉注。

【語　譯】神女凌駕波浪，羅襪步步生塵；塵埃隨風飄起，沾染翩翩素衣。塵埃天涯覓知音，聞歌飛舞自依歸。

【賞　析】本篇為五言古絕，是對本書卷五〈詠塵灰〉的一個補充和鋪墊。同〈詠塵灰〉一樣，作者也很注重用典使事。短短四句，卻用了塵灰的三個典故。「凌波起羅襪」，是用曹植〈洛神賦〉的「凌波微步，羅襪生塵」的神女之典。「含風染素衣」，是暗用陸機〈為顧彥先贈婦詩〉的「京洛多風塵，素衣化為緇」之詩意。「別有知音調，聞歌應自飛」，是用魯人虞公唱歌動梁上塵之事。這並沒有什麼新意，不過，從聞歌起舞中生發出知音之曲，倒是別開生面，正反映出作者在茫茫人海中尋覓知音的要求與願望。

詠水

【題解】歌頌水的美感與美德。

列名通地紀，疏派合天津❶。波隨月色淨，態逐桃花春❷。照霞如隱石，映柳若沉鱗❸。終當挹上善，屬意淡交人❹。

【注釋】❶列名通地紀二句　謂眾流歸海。地紀，此指四海。左思〈蜀都賦〉：「地以四海為紀。」疏派，疏通支流。派，支流。天津，本星官名。《晉書・天文志上》：「天津九星，橫河中，一曰天漢，一曰天江，主四瀆津梁，所以度神通四方也。」此指代銀河。❷波隨月色淨二句　謂水的形象。淨，明淨。桃花春，即桃花水。春天二、三月間，桃花盛開時，川流匯集，波瀾高漲，稱桃花水，又稱「桃汛」、「桃花汛」。❸照霞如隱石二句　謂水映照之影像。隱石，《水經注・漸江水》：「山水東南流，名為紫溪，中道夾水，有紫色磐石，石長百餘丈，望之如朝霞，又名此水為赤瀨，蓋以倒影在水故也。」沉鱗，沉魚。❹終當挹上善二句　謂水利萬物而不爭的品性。挹，發抒。上善，最為完善。《老子》：「上善若水，水善利萬物而不爭。」屬意，措意；留意。淡交人，謂君子之交。《莊子・山木》：「且君子之交淡若水，小人之交甘若醴。」

【語譯】名列泉水通四海，眾流歸海到天津。明月照水更明淨，水逐桃花滿江春。紅霞照磐石光生紫彩，翠柳映江中葉似沉鱗。至善至美利物而不爭，君子交友如淡水清瑩。

【賞析】本篇為五言律詩，對水的意象作了描繪。四聯八句，共有四個層次。首聯的「列名通地紀，疏派合天津」，寫出水流通四海，眾流歸大海的情景，表現出水的動勢，給人以水的動感，這是第一個層次。二聯的「波隨月色淨」，寫水波在月色映照下的明淨，「態逐桃花春」，寫水流迎著盛開的桃花，帶來春潮滿春江的情態，給人以水的美感，這是第二個層次。三聯的「照霞如隱石，映柳若沉鱗」，寫出水的倒映的景象，紅霞與翠柳爭色，隱石與沉鱗鬥奇，清晰鮮明，給人以水的質感，是第三個層次了。至於結尾的第四個層次，把前面的動感、美感、質感都集中到水的「善利萬物而不爭」的品德上來，成為至善至美之物，大有君子之風了。

挑燈杖

稟質非貪熱，焦心豈憚熬❶。終知不自潤，何處用脂膏❷？

【題解】詠歎挑燈杖的高潔清廉。挑燈杖，用以點燈或撥亮燈火之物。

【注釋】❶稟質非貪熱二句　謂挑燈杖的高潔品性。稟質，指天生的稟賦。貪熱，比喻趨炎附勢。焦心，受煎烤之身心。憚熬，畏懼煎熬。❷終知不自潤二句　謂挑燈杖的清廉節操。不自潤，不求滋益自己。典出《後漢書・郭杜孔張廉王蘇羊賈陸列傳》：「竇融請奮署議曹掾，守姑臧長。而姑臧稱為富邑，每居縣者，不盈數月，輒至豐積。奮在職四年，財產無所增。時天下未定，士多不修節操，而奮力行清潔，為眾人所笑。或以為身處脂膏，不能以自潤，徒益苦辛耳。」此喻清廉自守。脂膏，本指生物體中的油脂。此喻富裕之地。

【語譯】天生的稟賦絕不趨炎附勢，烤焦的身心豈能害怕煎熬。終知不求滋潤肥自己，又何處去使用這些富裕的脂膏？

【賞析】本篇為五言古絕。挑燈杖是渺小的不起眼的東西，作者讓它入詩，並予以詠歎，當然是有所寄託的。作者從儒家的倫理道德出發，賦予挑燈杖以一種精神境界。說它本性不趨炎附勢，但需要它獻身時絕不害怕熬煎，這是精神境界中的高潔的一面；說它身處脂膏，卻能做到不損公肥私，這是精神境界中的清廉的一面。

這兩個方面，形成一種道德的典範，給人以崇高感，於是小小的挑燈杖被放大了，被美化了。

詠雪

【題解】詠歎雪的特點。詩題原缺。

龍雲玉葉上，鶴雪瑞花新❶。影亂銅烏吹，光銷玉馬津❷。含輝明素篆，隱迹表祥輪❸。幽蘭不可儷，徒自繞陽春❹。

【注釋】❶龍雲玉葉上二句　謂天降瑞雪。龍雲，喻雲。《晉書・天文志》：「越雲如龍，蜀雲如囷。」玉葉，此喻雲。江總〈賦得置酒殿上詩〉：「霜雲動玉葉，湅水疏金箭。」鶴雪，喻白雪。劉敬叔《異苑》：「晉太康二年冬，大寒，南州人見二白鶴言於橋下曰：『今寒不減堯崩年也。』」瑞花，即瑞雪。❷影亂銅烏吹二句　謂瑞雪影亂光銷。影亂，指雪影紛飛。銅烏，測風儀。《三輔黃圖》卷五：「長安宮南有靈臺，高十五仞，上有渾儀，張衡所制，又有銅烏，遇風而動。」此以銅烏喻風。光銷，指雪光銷散。玉馬津，水名，又名白馬水。《元和郡縣志》卷八：「河南道滑州白馬縣。白馬山，在縣東北三十四里。《開山圖》曰：『有白馬群行山上，悲鳴則河決，馳走則山崩，津與縣蓋取此山為名。』」此指代江河。❸含輝明素篆二句　謂瑞雪含輝隱迹。含輝，指雪光。素篆，寫在白帛上的篆書。此暗用孫康映雪讀書事。表，罩上外衣。此用作籠罩、遮蓋的意思。祥輪，指太陽。❹幽蘭不可儷二句　謂白雪之孤高。幽蘭，古琴曲名。《古文苑》宋玉〈諷賦〉：「乃更於蘭房之室，止臣其中，中有鳴琴焉，臣援而鼓之，為〈幽蘭白雪〉之曲。」儷，偶。陽春，指〈陽春白雪〉之曲。

【語譯】從密密的雲層上飄落下來，白雪就呈現瑞花朵朵新。寒風吹得雪影紛飛，雪光銷散在玉馬之津。白雪含輝使素書更加明亮，白雪籠罩使太陽隱去光輝。既不能與樂曲幽蘭為伴，也徒然繚繞白雪陽春。

【賞　析】本篇詠雪，寫出了雪花、雪影、雪光的形態，特別是處處從白雪落筆。結句「幽蘭不可儷，徒自繞陽春」，以「幽蘭白雪」、「陽春白雪」來比擬，一語雙關，一筆兩用，很有特點。至於作者賦予白雪以孤高傲世的感情色彩，則是他個人性格的寫照了。

詠雁

【題　解】一題作〈同張二詠雁〉，為唱和之作。張二，不詳。因文集有錯簡，「龍雲玉葉上」以下八句，別為一首，題曰〈詠雪〉，誤連〈詠雁〉之後。茲據上海古籍出版社印行《四庫唐人文集叢刊》之《駱丞集》本，與《駱臨海集箋注》本加以離析。

唼藻蒼江遠，銜蘆紫塞長❶。霧深迷曉景，風急斷秋行❷。陣照通宵月，書封幾夜霜❸。
無復能鳴分，空知愧稻粱❹。

【注　釋】❶唼藻蒼江遠二句　謂北雁南歸。唼藻，覓食水藻。沈約〈詠湖中雁詩〉：「唼流牽弱藻，斂羽帶餘霜。」唼，唼喋；水鳥或魚類吞食的樣子。蒼江，泛指南方的江河。江，原作「梧」。銜蘆，謂鴻雁飛時口銜蘆葦以防箭矢。見本書卷五〈久戍邊城有懷京邑〉注。紫塞，泛指北方，見本書卷三〈和孫長史秋日臥病〉注。❷霧深迷曉景二句　謂雁陣曉飛。迷，迷亂。曉景，早晨的景色。曉，原作「晚」。秋行，指秋天雁成「一」字形或「人」字形飛行的行陣。❸陣照通宵月二句　謂雁陣夜飛。書封，指雁書。❹無復能鳴分二句　謂愧對稻粱。鳴分，鳴叫的職分、本分。《莊子．山木》：「莊子出於山，舍於故人之家。故人喜，命豎子殺雁而烹之。豎子請曰：『其一能鳴，其一不能鳴，請奚殺？』主人曰：『殺不能鳴者。』」愧稻粱，謂愧對餵養的稻粱。粱，原作「梁」。

【語　譯】鴻雁為了南歸江河去食宿，牠銜蘆自衛離開了北方。霧大時易在曉景中迷亂，風急時易吹斷高飛的雁行。憑藉月色，通宵達旦勞苦飛，傳遞雁書，不知熬過幾夜的寒霜。如果不能鳴叫盡職分，那就愧對餵養的稻粱。

【賞　析】本篇為五言律詩，為詠物的唱和之作。它通過「蒼江遠」、「紫塞長」、「霧深」、「風急」、「迷曉景」、「斷秋行」、「通宵月」、「幾夜霜」等詞句，表現出北雁南飛的種種艱辛和困苦，如路程之長遠，風霜之欺凌，通宵達旦的熬煎，等等。這也許就是作者風雨人生的寫照。他生活坎坷，天涯飄泊，有著極為辛酸的生活感受，使詠物詩的客觀意象也抹上主觀的色彩，打上自我的烙印，不過比那種直抒懷抱更委婉含蓄罷了。詩的「無復能鳴分，空知愧稻粱」的結句，是借雁的謙恭的品德，表達自己懷才不遇、報國無門的憤懣。

棹歌行

【題　解】寫歌女遊湖及對愛情的憧憬。〈棹歌行〉，樂府曲名。宋鄭樵〈通志・樂略〉：「相和歌三十曲。〈棹歌行〉，晉樂奏。魏明帝將用舟師平吳，故作是歌，以明王化所及。後之作者，多言方舟鼓棹之興耳。」棹，搖船之槳，指代船。原作「掉」。

寫月圖黃罷，凌波拾翠通❶。鏡花搖芰日，衣麝入荷風。葉落舟難蕩，蓮疏浦易空❷。鳳媒羞自託，鴛翼恨難窮❸。秋帳燈光翠，倡樓粉色紅❹。相思無別曲，并在棹歌中❺。

【注　釋】❶寫月圖黃罷二句　謂女子梳妝出遊。寫月圖黃，女子的面靨，見本書卷四〈鏤雞子〉注。凌波，此指遊湖。拾翠，曹植〈洛神賦〉：「或采明珠，或拾翠羽。」此指採蓮。❷鏡花搖芰日四句　謂女子划船遊湖。鏡花，謂水平如鏡時映在水中的花容。芰，菱角。衣麝，指用麝香熏染的香衣。落，一作「露」，又作「密」。❸鳳媒羞自託二句　謂女子的愛情理想。鳳媒，用司馬相如與卓文君的愛情故事。《史記・司馬相如列傳》：「相如與臨邛令王吉相善。是時卓王孫有女文君新寡，好音，故相如繆與令相重，而以琴心挑之。相如之臨邛，從車騎，雍容閒雅甚都，及飲卓氏，弄琴，文君竊從戶窺之，心悅而好之，恐不得當也。既罷，相如乃使人重賜文君侍者通殷勤，文君夜亡奔相如，相如乃與馳歸。」司馬貞索隱：「張揖云：挑，嬈也。其詩曰：『鳳兮鳳兮歸故鄉，遨遊四海求其凰。有一艷女在此堂，室邇人遐毒我腸，何由交接為鴛鴦。』又曰：『鳳兮鳳兮從凰棲，得托子尾永為妃。交情通體必和諧，中夜相從別有誰？』」此謂婚姻自媒。鴛翼，鴛鴦比翼。干寶《搜神記》：宋康王舍人韓憑，娶妻何氏美，康王奪之。妻密遺憑書，謬其辭曰：「其雨淫淫，河大水深，日出當心。」俄而憑乃自殺。妻遂自投臺，遺書於帶，曰：「王利其生，妾利其死。願以屍骨，賜憑合葬。」王怒，使里人埋之，冢相望也。宿昔之間，便有文梓木生於兩冢之端，根交於下，枝錯於上。又有鴛鴦雌雄各一，恒棲樹上，晨夕不去，交頸悲鳴，音聲感人。宋人哀之，遂號其木曰相思樹，南人謂此鳥即韓憑夫婦之精魂。❹秋帳燈光翠二句　謂女子的歌女身分。倡樓，歌樓。倡，指歌舞藝人。粉色，猶粉臉。指歌女之妝飾。❺相思無別曲二句　謂棹歌寄託相思。

【語　譯】寫月圖黃梳妝罷，遊湖採蓮嬉戲中。水中的花容伴著菱角，在陽光下搖曳；麝熏的衣香，隨風融進荷花香氣濃。荷葉落時輕舟難盪，蓮子疏時湖濱易空。鳳詩琴心羞於自託，鴛鴦比翼遺恨無窮。秋帳下燈光流翠，歌樓中粉臉映紅。相思之情無別曲，全部傾注棹歌中。

【賞　析】本篇為五言排律，共六聯十二句，寫出一個有理想、有追求的歌女形象。歌女社會地位低，備受欺凌，常常渴望著獲得個性的解脫，遊湖採蓮即是表現形式之一。作者特意為她創造出「鏡花搖芰日，衣麝入荷風」的活動空間，讓她在大自然的懷抱中，去感受那種天地空闊、無拘無束、自由自在的生活氛圍，並由此激發出她對理想愛情婚姻的憧憬與追求。「鳳媒羞自託，鴛翼恨難窮」，為全詩之重要筆墨。它通過兩個典故，託出了歌女的思想境界，即要像司馬相如與卓文君那樣做到婚姻自主，又要像韓憑夫婦那樣對愛情堅貞不屈。「相思無別曲，并在棹歌中」的結尾，以綿綿相思，悠悠棹歌，引人遐想，耐人尋味。

王昭君

【題　解】寫昭君出塞的悲怨。王昭君，西漢南郡秭歸（今屬湖北）人。名嬙（一作「檣」、「牆」），字昭君，晉時避司馬昭諱，改稱明君。元帝時被選入宮，竟寧元年（前三三），匈奴呼韓邪單于入朝求和親，元帝許昭君以和親。入匈奴後，被稱為寧胡閼氏，生有兒女。卒，葬於匈奴。現呼和浩特市南郊，有王昭君青冢。見《漢書·元帝紀》、《漢書·匈奴傳下》、《後漢書·南匈奴列傳》。

斂容辭豹尾，緘怨度龍鱗。金鈿明漢月，玉筯染胡塵❶。妝鏡菱花暗，愁眉柳葉顰❷。唯有清笳曲，時同〈芳樹〉春❸。

【注　釋】❶斂容辭豹尾四句　謂昭君出塞。斂容，猶正容。指面容莊重肅敬。豹尾，用豹尾裝飾的車子。帝王屬車之一。晉崔豹《古今注·輿服》：「豹尾車，周制也。所以象君子豹變，尾言謙也，古軍正建之，今唯乘輿得建之。」《宋史·輿服志一》：「豹尾車，古者軍正建豹尾。漢制，後車一乘垂豹尾，豹尾以前即同禁中。」緘怨，猶含怨。龍鱗，即龍城，或龍庭，為匈奴祭天處。見本書卷三〈晚泊蒲類〉注。此指代匈奴。金鈿，古代一種嵌金花的首飾。玉筯，指美女的眼淚。梁簡文帝〈楚妃歎〉：「金鐕鬢下垂，玉筯衣前滴。」❷妝鏡菱花暗二句　謂王昭君的悲苦。妝，原作「古」。菱花，即菱花鏡。古代以銅為鏡，映日則發光影如菱花，故名。《埤雅·釋草》：「舊說，鏡謂之蔆華，以其面平，光影所成如此。」柳葉，指柳葉眉。顰，皺眉頭。形容悲苦之狀。❸唯有清笳曲二句　謂悲曲相伴。清笳，或說即〈昭君怨〉。胡笳曲名。同，原作「聞」。芳樹，樂府曲名，〈漢鐃歌〉十八曲之一。

【語　譯】面容嚴肅辭別豹車，內心含怨度過龍庭。金鈿閃閃明漢月，眼淚漣漣染胡塵。妝鏡生塵已使菱花暗，愁眉不展如同柳葉顰。唯有悲怨的胡笳聲，聊當邊塞的〈芳樹〉之春時時吹奏著。

【賞　析】晉葛洪《西京雜記》卷二：「元帝後宮既多，不得常見，乃使畫工圖形，案圖召幸之。諸宮人皆賂畫工，多者十萬，少者亦不減五萬，獨王嬙不肯，遂不得見。後匈奴入朝求美人為閼氏，於是上案圖以昭君行。及去，召見，貌為後宮第一，善應對，舉止嫻雅，帝悔之，而名籍已定，帝重信於外國，故不復更人，乃窮案其事，畫工皆棄市。」這裡寫出王昭君的獨立的人格，她不願以金錢做交易，去巴結奉承畫師，但更深層的意蘊，還是表現她不願用不正當的手段對皇上獻媚邀寵。這純真的性格，這磊落的胸襟，這高潔的情操，確實高出於眾宮人。這也許就是昭君故事流傳久遠的原因。

但是，由於昭君故事具有社會歷史內容的複雜性，以及作家思想的複雜性，使得東漢以來的文藝作品，在運用昭君出塞題材方面，呈現出複雜的情況。一個王昭君，卻擁有不同歷史時期的千姿百態的藝術形象，形成了「說不盡的王昭君」。也許是作家富於同情心與想像力，他們往往把昭君出塞同胡天、朔漠、風沙、霜雪聯繫起來，寫成一個悲劇。本篇為五言律詩，也是作為悲劇來處理的。作者由於具有關注婦女命運的民主思想，因而對昭君出塞表示深切的同情。詩中以「辭豹尾」、「度龍鱗」、「明漢月」、「染胡塵」點明出塞和親，卻以「斂容」、「緘怨」、「金鈿」、「玉筯」、「菱花暗」、「柳葉顰」等筆墨，去塑造哀惋悲怨的昭君形象，顯然寄託了作者悲劇性的身世和感慨。

玩初月

【題　解】通過新月闡明哲理。玩，欣賞，品鑒。初月，新月，初出的月亮。

忌滿光恆缺，乘昏影暫流❶。自能明似鏡，何用曲如鉤❷？

【注釋】❶忌滿光恆缺二句　謂新月如鉤。忌滿，顧忌盈滿。梁簡文帝〈蒙華林園戒詩〉：「居高常慮缺，持滿每憂盈。」缺，缺月。即一彎新月。庾信〈擬詠懷詩〉：「殘月如新月，新秋似舊秋。」昏，夜晚。❷自能明似鏡二句　謂月明似鏡，光明磊落。鉤，雙關，指彎月，也指人心的機詐。

【語譯】因為戒忌自滿，使光常缺，乘著夜色的昏暗，又使光流瀉四周。既然光明似鏡，怎能用得上彎曲如鉤？

【賞析】月的或圓或缺，是一種自然現象。「忌滿」、「乘昏」，卻被賦予人的主觀感情。本篇借欣賞初月抒發感情，與其說它是詠物詩，不如說它是哲理詩更為確切。一、二兩句揭示新月圓缺的對立現象；三、四兩句向新月提出反詰。其中包含了這樣的哲理：為人應該戒驕戒滿，心如明鏡，光明磊落，切不可屈曲機詐。這充分表現了作者坦坦蕩蕩的胸懷，以及獨立自尊、剛正不阿的性格。

本篇為五言古絕，一意貫穿，跌宕有致，含蓄雋永，耐人尋味。

詠鵝

【題解】寫白鵝戲水、悠然自得的神態。詩題下注云：「雜言，時年七歲。」此為第一時期的作品。

鵝、鵝，曲項❶向天歌。白毛浮綠水，紅掌撥清波❷。

【注釋】❶曲項　旋轉長頸。❷清波　清澄明澈的水。清，原作「青」。

【語譯】鵝呀鵝，伸曲著脖子仰天高歌。潔白的羽毛漂浮在碧綠的水上，紅紅的腳掌撥動著清澈的水波。

【賞析】本篇為古體詩，句式為二、五、五、五。《舊唐書》、《新唐書》本傳稱作者「少善屬文」、「七歲能賦詩」，即是指此詩。明人胡應麟〈補唐書駱侍御傳〉云：「賓王生七歲，能詩。嘗嬉戲池上客指群鵝令賦焉。應聲曰：『白毛浮綠水，紅掌撥清波。』客歎詫，呼神童。」

其實，確切地說本篇是首兒歌。作者小時候，就有很強的觀察力，善於抓住事物的典型特點。它通過「曲項向天歌」以及浮水、撥水的幾個動作細節，就表現出鵝的動態與神態。作者還從天真的童心出發，注意到運用「白」、「綠」、「紅」、「清」的色彩詞，寫出色彩美來。可以想像到，在藍天白雲下，「白毛」與「綠水」比美，「紅掌」與「清波」爭勝，構成了形象生動、色彩鮮明的畫面，使人浮想聯翩。

本篇清新自然，富於童趣和生活氣息。

從軍行

【題解】本篇原缺，亦不見於上海古籍出版社印行《四庫唐人文集叢刊》之《駱丞集》。茲據陳熙晉《駱臨海集箋注》本補入。〈從軍行〉，見本書卷一〈蕩子從軍賦〉注。

平生一顧重，意氣溢三軍❶。野日分戈影，天星合劍文。弓弦抱漢月，馬足踐胡塵❷。不求生入塞，惟當死報君❸。

【注釋】❶平生一顧重二句　謂從軍的意氣。顧重，猶推許、尊重。謝脁〈和王主簿怨情詩〉：「生平一顧重，宿昔千金賤。」意氣，指意志與氣概。三軍，春秋時，大國多設三軍，如晉設中軍、上軍、下軍；楚設中軍、左軍、右軍。此用為軍隊的統稱。❷野日分戈影四句　謂沙場的戰鬥場面。野日，日照原野。分，辨別。抱漢月，謂弓開如滿月。踐胡塵，踐踏胡地的煙塵。❸不求生入塞二句　謂誓死報效朝廷。

【語　譯】平生推重從軍事，意氣磅礴滿三軍。陽光照原野，金戈閃亮；星光滿夜空，閃耀劍紋。弓弦開時如抱漢月，馬蹄踐起滾滾胡塵。不求活著還邊塞，只當以死報明君。

【賞　析】本篇用樂府舊題，塑造出一個從軍邊塞的志士形象。開篇「平生一顧重，意氣溢三軍」，一種橫溢三軍的「意氣」，噴薄而出，為全詩定下基調。中間濃墨重彩，寫「戈影」、「劍文」、「弓弦」、「馬足」，又以「野日」、「天星」、「漢月」、「胡塵」加以鋪墊、渲染，構成了激烈的戰鬥場面，使橫戈躍馬、日夜奮戰的志士形象顯得更加高大。結句「不求生入塞，惟當死報君」，坐實了「意氣」一詞，表現出志士英勇殺敵、誓死報效朝廷的精神境界。唐吳兢《樂府古題要解》下：「從軍行，皆述軍旅苦辛之辭也。」但本篇卻寫出軍旅的英雄主義、樂觀主義精神，是一大特色。忠肝義膽，激昂慷慨，風格豪放，氣足神完。

送劉少府遊越州

【題　解】本篇原缺，標題亦缺，但見於《全唐詩》。茲據《全唐詩》卷七十六補入。劉少府，不詳。少府，見本書卷四〈夏日游山家同夏少府〉注。越州，州治在今浙江省紹興市。

一丘余枕石，三越爾懷鉛。離亭分鶴蓋，別岸指龍川❶。露下蟬聲斷，寒來雁影連❷。如
何溝水上，悽斷聽離絃❸。

【注　釋】❶一丘余枕石四句　謂送別。一丘，山丘。此指隱居地。《漢書·自敘》：「漁釣於一壑，則萬物不奸（干犯，

擾亂〉其志，棲遲（遊息）於一丘，則天下不易其樂。」枕石，即枕石漱流。謂枕山石，漱澗流。多喻隱居山林。三國曹操〈秋胡行〉之二：「遨游八極，枕石漱流飲泉。」三越，指吳越、南越、閩越。此指代越州。懷鉛，即懷鉛提槧。見本書卷五〈久戍邊城有懷京邑〉注。此指求學。《西京雜記》卷三載：西漢揚雄好事，常懷揣鉛粉筆和木板，訪問進京呈報戶口、賦稅等簿籍的官吏，調查異域四方的各種方言，以此增補他所著《方言》一書。鶴蓋，形如飛鶴的車蓋。漢劉楨〈魯都賦〉：「蓋如飛鶴，馬如游魚。」《文選》劉峻〈廣絕交論〉：「雞人始唱，鶴蓋成陰。」龍川，即涌川。《文選》左思〈吳都賦〉：「或涌川而開瀆。」劉逵注：「錢塘縣武林水所出龍川，故曰涌川。」陳熙晉《駱臨海集箋注》：「案，吳越以錢塘江為界，故曰別岸指龍川也。」❷露下蟬聲斷二句　謂秋天季節。❸如何溝水上二句　謂送別地點。溝水，指護城河。離絃，指離歌。

【語　譯】我枕石漱流隱居於山丘，君懷鉛提槧遊學往越州。離亭中分開了君的車蓋，別岸邊行程直指龍川陬。白露下蟬聲已斷，風寒中雁影迎秋。如何溝水也知離別苦，伴著離歌淒咽流。

【賞　析】這首送別詩，是送別朋友劉少府遊學越州，可能是早期作品。

此詩為五言律詩。首聯點明遊學是離別的原因；頷聯點明離別的行程；頸聯點明離別的季節；尾聯點明離別的地點。

詩貴在意境。此詩寫離情別緒，是在結穴處出意境。「如何溝水上，悽斷聽離絃」，使「溝水」與「離絃」發生內在的聯繫，賦予溝水以思想感情，似乎它亦知人間離別之苦，伴著離歌，嗚咽長流。於是水悠悠，歌悠悠，情悠悠，給人以悠悠不盡之感。

陪潤州薛司空丹徒桂明府遊招隱寺

【題　解】本篇原缺，詩題亦缺，但見於《全唐詩》。茲據《全唐詩》卷七十八補入。潤州，見本書卷四〈秋夜送閻五還潤州〉題解。薛司空，不詳。司空，官名，三公之一。招隱寺，在江蘇省丹徒縣招隱山上。

共尋招隱寺，初識戴顒家❶。還依舊泉壑，應改昔雲霞❷。綠竹寒天筍，紅蕉臘月花❸。金繩儻留客，為繫日光斜❹。

【注釋】❶共尋招隱寺二句　謂初遊招隱寺。戴顒，《宋書・隱逸傳》：「戴顒，字仲若，譙郡銍人也。父逵，兄勃，並隱遁，有高名。衡陽王義季鎮京口，長史張劭與顒姻通，迎來止黃鵠山，山北有竹林精舍，林澗甚美，顒憩於此澗，義季亟從之遊。太祖每欲見之，嘗謂黃門侍郎張敷曰：『吾東巡之日，當讌戴公也。』」❷還依舊泉壑二句　謂招隱寺的面貌。泉壑，山泉林壑。雲霞，比喻遠離塵世之地。《南齊書・高逸傳》：「顧歡上表曰：『臣志盡幽深，無與榮勢。自足雲霞，不須祿養。』」❸綠竹寒天筍二句　謂招隱寺的景色。寒天筍，即冬筍。《文選》左思〈吳都賦〉：「苞筍抽節。」劉逵注：「苞筍，冬筍也，其味美於春夏時筍也。」紅蕉，即紅色美人蕉。春夏開花，至歲寒猶芳。❹金繩儻留客二句　謂流連忘返。沈炯〈幽庭賦〉：「那得長繩繫落日，年年月月但如春。」

【語　譯】我們共尋招隱名勝地，初次認識名士戴顒家。招隱寺還是依傍著舊日的山泉林壑，但滄桑變幻似乎不再像昔時的雲霞。綠竹叢中長出寒天的嫩筍，紅蕉隊裡開出臘月的鮮花。如果金繩能留客，為我繫住夕陽斜。

【賞　析】本篇為記遊詩，是遊招隱寺而作，在寫法上別具匠心。由於戴顒曾隱居在招隱寺，流風遺韻，綿綿不絕，因此作者既寫寺，更寫人。招隱寺是名勝，戴顒是名士，當自然景觀與人文景觀結合在一起的時候，名勝為名士刷色，名士為名勝增勝，真是地利人和，相得益彰。值得一提的是，作者對名勝、名士的嚮往，也是自己對隱居生活的嚮往，這正是他長期懷才不遇的鬱悶心情的折射。

本篇寫景，很有特色。「綠竹寒天筍，紅蕉臘月花」，是典型景物。「綠竹」、「紅蕉」，具有色彩美，「綠」為冷色，「紅」為暖色，冷暖映照，對比鮮明。嫩筍破寒而出，鮮花冒寒開放，生意勃勃，春意盎然，這不是在寫冬天裡的春天了嗎？

本篇為五言律詩，在整飭的對仗中又有變化。首聯即對仗，以名勝、名士籠罩全局。頷聯「舊泉壑」冠以「還依」，「昔雲霞」冠以「應改」，包含了古今時空上的對比，顯得句式靈動。尾聯「金繩倘留客，為繫日光斜」，是流水對，傳達出樂而忘返的心情。

稱心寺

【題　解】記稱心寺之遊。本篇原缺，標題亦缺。見於《宋之問集》，但《全唐詩》收入駱集，待考。茲據《全唐詩》卷七十八補入。稱心寺，佛寺名。

征帆恣遠尋，逶迤過稱心❶。凝滯蘅芷岸，沿洄樝柚林❷。穿潊不厭曲，艤潭惟愛深❸。為樂凡幾許？聽取舟中琴❹。

【注　釋】❶征帆恣遠尋二句　謂乘船過稱心寺。恣，恣心。謂隨心、任情。遠尋，遠遊尋勝。逶迤，亦作「逶虵」、「逶蛇」、「逶虵」，聯綿詞。曲折行進的意思。❷凝滯蘅芷岸二句　謂稱心寺河流之景色。凝滯，停滯不前。此形容船隨水波起伏動蕩的樣子。《楚辭・九章・涉江》：「船容與而不進兮，淹回水而凝滯。」蘅芷，杜蘅與芳芷。香草名。沿洄，亦作「沿洄」。指順流而下或逆流而上。樝柚，果木名。❸穿潊不厭曲二句　謂遊興。潊，浦；水邊。艤，停船靠岸。❹為樂凡幾許二句　謂在舟中彈琴為樂。

【語　譯】我乘船隨意遠遊尋勝，曲曲折折地經過稱心寺。船兒隨水波動盪於長滿香草的河岸，船兒或順流或逆流，上下於樝柚叢林。穿過潊浦不厭曲折前進，靠舟潭水心愛潭的深沉。試問那遊興總計有多少分量，且聽那舟中洋溢著悅耳稱心的琴音。

【賞　析】本篇為五言律詩。題為「稱心寺」，語意雙關，雖是寫「稱心」之景，實際也寫出作者「稱心」的感情。尾聯的「為樂凡幾許？聽取舟中琴」，就把這種感情表達出來了。從感情基調看，此詩可能是作者早期之作。

本篇不用典，不雕飾，純用白描，作者已注意到寫自然景物當以平淡自然之筆出之。

本篇的特色是從記遊寫景中表現哲理性。如第三聯「穿溆不厭曲，艤潭惟愛深」，就寓有深意。「不厭曲」，是以否定判斷表示不厭道路的艱難曲折；「惟愛深」，是以肯定判斷表示心愛潭水的積澱深沉，這正是一種生活哲理。如果沒有豐富的人生閱歷和生活體驗，是不會寫出這樣的哲理來的。

餞鄭安陽入蜀

【題　解】餞別鄭安陽入蜀赴任。本篇原缺，詩題亦缺。茲據上海古籍出版社印行《四庫唐人文集叢刊》之《駱丞集》、《全唐詩》卷七十九補入。鄭安陽，事跡不詳。

彭山折坂外，井絡少城隈。地是三巴俗，人非百里才❶？長途君悵望，歧路我徘徊。心賞風烟隔，容華歲月催❷。遙遙分鳳野，去去轉龍媒。遺錦非前邑，鳴琴即舊臺❸。劍門千仞起，石路五丁開。海客乘槎渡，仙童馭竹回❹。形將離鶴遠，思逐斷猿哀。惟有雙鳧舄，飛去復飛來❺。

【注　釋】❶彭山折坂外四句　謂鄭安陽入蜀。彭山，山名。在四川省眉州彭山縣東。據常璩《華陽國志·蜀志》載，李冰為蜀守，稱汶山為天彭門。乃至湔及縣，見兩山對如闕，因號天彭闕。折坂，即四川省滎經縣邛崍山之九折坂。《文選》左思〈蜀都賦〉：「出彭門之闕，馳九折之坂。」井絡，即井宿。其分野在秦。指代蜀地。少城，城名。在四川省成都府西城。少，小。對成都大城而言。《文選》左思〈蜀都賦〉：「亞於少城，接於其西。」劉逵注：「少城，小城也，在大城西，市在其中也。」限，角落。三巴，指蜀地的巴郡、巴東、巴西。《華陽國志・巴志》：「其民質直好義，土風敦厚，有先民之風。而其失在於重遲魯鈍，無造次辨麗之氣。」百里才，謂治理一邑的才能。見本書卷四〈初秋登王司馬樓宴賦得同字〉注。❷長途君悵望四句　謂離情別恨。長途，指旅途。悵望，惆悵地遠望。心賞，謂心愛。鮑照〈白頭吟〉：「心賞猶難恃，貌恭豈易憑。」風烟，指風塵、塵世。容華，容貌。❸遙遙分鳳野四句　謂鄭安陽入蜀的瑞兆與德政。鳳野，指鳳鳴於野。此喻入蜀之吉兆。龍媒，《漢書・禮樂志》：「天馬徠，龍之媒。」顏師古注：「應劭曰：『言天馬者，乃神龍之類。今天馬已來，此龍必至之效也。』」此以天馬喻入蜀之吉兆。遺錦，《華陽國志・漢中士女志》：「閻憲，字孟度，成固人也。名知人，為綿竹令，以禮讓為化，民莫敢犯。男子杜成夜行，得遺物一囊，中布錦二十五匹，求其主還之，曰：『縣有明君，何敢負其化？』遷蜀郡，民泣涕送之，以千數。」此以禮讓喻教化。鳴琴，即宓子賤鳴琴而治事，見本書卷四〈過故宋〉注。此以鳴琴喻德政。舊臺，蜀地有司馬相如琴臺。❹劍門千仞起四句　謂鄭安陽入蜀的行程。劍門，山名，見本書卷五〈行軍軍中行路難〉注。五丁，即傳說蜀有能移山、舉萬鈞的五丁力士。《水經注・沔水》：「秦惠王欲伐蜀而不知道（道路），作五石牛，以金置尾下，言能屎金。蜀王負力，令五丁引之成道。」海客，用八月浮槎的故事，見本書卷二〈夏日遊德州贈高四〉注。仙童，《後漢書・郭杜孔張廉王蘇羊賈陸列傳》：「郭伋，字細侯，建武十一年（三五），省朔方刺史屬并州，乃調伋為并州牧。伋前在并州，素結恩德，始至，行部到西河美稷，有童兒數百，各騎竹馬，於道次迎拜。伋問：『兒曹何自遠來？』對曰：『聞使君到，喜，故來奉迎。』伋辭謝之。及事訖，諸兒復送至郭外。」❺形將離鶴遠四句　謂懷念朋友，盼望重聚。離鶴，離散失落之鶴。沈約〈夕行聞夜鶴篇〉：「憫海上之驚鳧，傷雲間之離鶴。」此以鶴喻君子。斷猿哀，劉義慶《世說新語・黜免》：「桓公入蜀，至三峽中，部伍中有得猿子者。其母緣岸哀號，行百餘里不去，遂跳上船，至便即絕。破視其腹中，腸皆寸寸斷。公聞之，怒，令黜其人。」北周庾信〈傷心賦〉：「鶴聲孤絕，猿吟腸斷。」雙鳧舄，用王喬化舄為鳧事，見本書卷四〈和李明府〉注。

【語　譯】君往彭山九折坂之外，接近井宿分野的少城之隈。縣邑雖然還是先民敦厚的風俗，但君之大才又豈止是治理一邑之才？君在旅途空空悵望，我在歧路徬徨徘徊。心有所愛風塵相隔，容顏不駐歲月相催。君在遙遠的地方啊，如鳳凰鳴於野，君從此別去啊，如龍馬行空回。拾遺錦還主的不再是從前的綿竹縣，彈鳴琴教化的還是司馬相如的舊臺。入蜀行程有劍門壁立千仞起，有石路崎嶇五丁開。如海客乘竹筏而渡，如仙童駕竹馬而回。君身形如離群鶴遠去，我思念逐斷腸猿聲哀。我盼望重聚，希望君如王喬化舄為鳧，匆匆飛去復飛來。

【賞　析】作者的朋友鄭安陽入蜀赴縣令之任，故有送別詩之作。

送別詩重在表達出朋友間的真摯友誼。此詩寫離情別緒，搖曳多姿。「長途君悵望，歧路我徘徊」離情切切，別意綿綿，但作者意猶未盡，又以「心賞風烟隔，容華歲月催」補墊一筆，再以「形將離鶴遠，思逐斷猿哀」加倍形容。風煙相隔，歲月催人，身隨孤鶴，思逐斷猿，這中間蘊含了多少世事滄桑、人生況味！結穴處又寫出希望再度聚首，言有盡意無窮。

此詩還對鄭安陽的才德作了一番讚頌。「地是三巴俗，人非百里才」作者認為小小的縣令不足以伸展鄭之大志大才。「遙遙分鳳野，去去轉龍媒」雖說鄭入蜀的吉兆，但實際上還是暗喻鄭的才德和風儀。「遺錦非前邑，鳴琴即舊臺」就是對鄭的禮治和德化業績的企望與祝福了。這樣層層寫來，大大加重了離別的感情色彩。

卷六 表啟

為齊州父老請陪封禪表

【題解】齊州，《舊唐書·地理志》：「河南道齊州上，漢濟南郡，隋為齊郡，武德元年（六一八），改為齊州，領歷城、山茌、祝阿、源陽、臨邑五縣，二年（六一九），置總管府，管齊、鄒、東泰、潭、淄、濟六州。」封禪，古代帝王祭天地的大典。在泰山上築土為壇，報天之功，稱「封」；在泰山下的梁父山上闢場祭地，報地之德，稱「禪」。《舊唐書·高宗紀》：「麟德二年（六六五）十月，將封泰山，發自東都。十二月丙午，御齊州大廳。……三年（六六六）春正月戊辰朔，車駕至泰山頓。是日親祀昊天上帝於封祀壇。己巳，帝升山，行封禪之禮。」表，古代奏章的一種。本篇為高宗到泰山封禪，路過齊州，作者應齊州父老之請寫成此文。

臣聞元天列象，紫宮通北極之尊；大帝凝圖，玄猷暢東巡之禮❶。是知道隆光宅，既輯玉於雲臺；業紹禋宗，必塗金於日觀❷。

【章　旨】寫帝王封禪之義。

【注　釋】❶臣聞元天列象四句　謂帝王之尊。元天，圓形的天空。元，同「圓」。列象，上天展示的表象。《易・繫辭上傳》：「在天成象，在地成形。」韓康伯注：「象，況日月星辰；形，況山川草木也。」紫宮，即紫微宮，又稱紫微垣，星官名。《晉書・天文志上》：「紫宮垣十五星……一曰紫微，大帝之座也，天子之常居也，主命主度也。」北極，指北極星，又稱北辰。大帝，天帝。凝圖，收聚天下圖籍。《駱丞集》顏文選注：「凝，聚也，聚天下之圖籍而君之也。」此喻統轄天下。玄猷，元猷，此指先聖之大道。《魏書・尉元傳》：「大道凝虛，至德沖挹，故尹王法玄猷以御世，聖人崇謙光而降美。」東巡，《書・舜典》：「歲二月，(舜) 東巡守，至於岱宗，柴。」孔安國傳：「泰山為四岳所宗，燔柴祭天告至。」❷是知道隆光宅四句　謂封禪之義。道隆，治理興盛。光宅，《書・堯典・序》：「昔在帝堯，聰明文思，光宅天下。」光，廣，原缺。宅，安，猶言普遍安定。輯玉，謂合聚玉帛以祭祀。《周禮・春官・肆師》：「立大祭用玉帛牲牷。」雲臺，漢代臺名，東漢顯宗因追感前世功臣，曾圖畫二十八將於南宮雲臺。見《後漢書・朱景王杜馬劉傅堅馬列傳》。此指代泰山上祭天的高臺。業紹，皇業繼承。禋宗，《書・舜典》：「禋於六宗。」禋，禋祀，先燒柴升煙，再加牲及玉帛於柴上焚燒。六宗，說法不一，大體指天地神祇。塗金，即封金刊玉。古時帝王封禪，在玉版上刻字塗金，用金繩繫聯，並以金泥加封。日觀，即泰山日觀峰。此指代泰山。

【語　譯】臣聞圓天展示表象，紫微宮垣通向中天北極之尊位；天帝統轄天下，效法先聖東巡岱宗之禮儀。因此得悉治理要能安定，就會聚玉帛祭於雲臺之上；皇業紹繼禋祀，必然用金泥加封於日觀之峰。

伏惟陛下乘乾握紀，纂三統之重光；御辯登樞，應千齡之累聖❶。故得河浮五老，啟赤文於帝期；海薦四神，奉丹書於王會。瑞開三脊，祥洽五雲❷。既而緝總章之舊文，捃辟雍之故事。非煙翼軑，移玉輦於梁陰；若月乘輪，祕錦繩於岱巘❸。

【章　旨】歌頌高宗登基及封禪之大典。

【注　釋】❶伏惟陛下乘乾握紀四句　謂唐高宗登基。伏惟，臣對君的表敬之辭。原缺。陛下，對君主的尊稱。蔡邕《獨斷》卷上：「謂之陛下者，群臣與天子言，不敢指斥天子，故呼在陛下者而告之，因卑達尊之意也。」陛，帝王宮殿臺階。乘乾，登極為帝。握紀，掌握綱紀。即治理天下之意。《詩經・大雅・棫樸》：「勉勉我王，綱紀四方。」鄭玄《箋》：「張之為綱，理之為紀。」纂，同「纘」。繼承。三統，指夏、商、周三代的正朔，夏正建寅為人統；商正建丑為地統；周正建子為天統，亦謂「三正」。此以「三統」指唐高宗繼承高祖、太宗之皇統。御辯，駕馭世變。辯，同「變」。《莊子・逍遙遊》：「夫乘天地之正，御六氣之辯。」郭象注：「御六氣之辯者，即是遊變化之塗也。」此謂駕馭天下。登樞，登上帝位。樞，天樞，北斗第一星，此喻帝位。千齡，千歲。累聖，累代聖明之洪基。聖，原作「洽」。❷故得河浮五老六句　謂高宗登基之祥瑞。五老，原作「五更」。赤文，指《洛書》。《宋書・符瑞志》：「帝堯乃潔齋，修壇場於河雒，擇良日，率舜等升首山，遵河渚，有五老遊焉，蓋五星之精也，相謂曰：河圖將來，告帝以期，知我者重瞳黃姚。五老因飛為流星，上入昴。二月辛丑，昧明，……乃有龍馬銜甲，赤文綠色，臨壇而止，吐甲圖而去。」四神，《初學記・天部下》載，武王伐紂，都洛邑，天大陰寒，雨雪十餘日。甲子朝，五車騎止於王門之外，欲謁武王。……師尚父曰：「南海神名祝融，北海神名玄冥，東海神名勾芒，西海神名蓐收，河伯名馮修。」使謁者各以名召之，諸神皆驚而見。武王曰：「何以教之？」神曰：「天伐殷立周，謹來受命，各奉其使。」丹書，《宋書・符瑞志》：「赤雀，周文王時銜丹書來至。」王會，《逸周書・序》：「周室既寧，八方會同，各以其職來獻，欲垂法厥後，作王會。」三脊，《管子・輕重第八十三》：「江淮之間，有一茅而三脊，毋至其本，名曰菁茅，請使天子之吏環封而守之。夫天子則封於太山，禪於梁父，號令天下諸侯曰：『諸從天子封於太山禪於梁父者，必抱菁茅一束以為禪藉。不如令者，不得從。』」脊，原作「眷」。五雲，瑞雲，吉祥的徵兆。❸既而緝總章之舊文六句　謂高宗封禪泰山。總章，明堂之別名。《尸子・君治》：「夫黃帝曰合宮，有虞曰總章，殷人曰陽館，周人曰明堂，皆所以名休其善也。」此以明堂指代朝廷。緝，原作「德」。舊文，舊的文教，指封禪。捃，拾取。原作「招」。辟雍，本為西周天子所設太學，圓池如璧形。東漢以後，辟雍多為行鄉飲、大射或祭祀之禮的地方。漢班固《白虎通・辟雍》：「天子立辟雍何？所以行禮樂宣德化也。辟者，璧也。像璧圓，又可以法天，於雍水側，像教化流行也。」辟，原作「時」。故事，成例，舊的典章制度，指封禪。非煙，《史記・天官書》：「若煙非煙，若雲非雲，郁郁紛紛，蕭索輪囷，是謂卿雲。卿雲，喜氣也。」後以「卿雲」

指慶雲，五色祥雲。翼，覆蔽；遮護。軑，車轂端圓管狀的冒蓋。此指代車駕。玉輦，天子所乘之車，以玉為飾。梁陰，梁甫山，泰山旁山名。陰，山北曰陰。若月乘輪，謂月圓如輪。錦繩，即封金刊玉。《白虎通・封禪》：「封者金泥銀繩，或曰石泥金繩，封之以印璽。」岱巘，即泰山。

【語　譯】伏惟陛下登極為帝，掌握紀綱，繼承三統重光之統緒；駕馭天下，登上天樞，適應千年累聖之基業。故得到五老飛星，陳述《洛書》告帝於期限；四神踏雪，奉呈丹書於王者勝會。瑞氣開三脊，祥瑞呈五雲。不久即封禪泰山，繼承朝廷之舊典，拾取辟雍之成例。祥雲護駕，移動玉輦於梁甫；圓月如輪，秘藏錦繩於泰山。

臣等職均芻狗，陰謝桑榆。幸屬堯鏡多輝，照餘光於連石；軒圖廣耀，追盛禮於撿金❶。然而鄒魯舊邦，臨淄遺俗。俱穆二周之化，咸稱一變之風。境接青疇，俯瞰獲麟之野；山開翠屺，斜連辨馬之峰。豈可使稷下遺氓，頓隔陪封之禮；淹中故老，獨奉告成之儀。是用就日披丹，仰璧輪而三舍；望雲抒素，叫天閽於九重。倘允微誠，許陪大禮，則夢瓊餘息，仰仙闕以騰歡；就木殘魂遊，岱宗而載躍❷。

【章　旨】寫請求陪封禪之大禮。

【注　釋】❶臣等職均芻狗六句　謂齊州父老的平民身分。芻狗，束草為狗，為巫祝祭祀用物，用後即拋棄。語本《老子》：「天地不仁，以萬物為芻狗；聖人不仁，以百姓為芻狗。」後以「芻狗」喻輕賤無用之物。此用為謙詞，指平民百姓。桑榆，指日落時餘光所在之處，謂晚暮，此喻老年晚景。堯鏡，相傳帝堯之臣子尹壽，曾作鏡。見《稗史類編・玄中記》。此喻高宗盛德和太平盛世。連石，傳說中山名，即日落處。見本書卷五〈傷祝阿王明府〉注。軒圖，指《河圖》、《洛書》。《初學記・

地部》：「〈河圖〉曰：黃帝云：『余夢見兩龍，挺白圖，即帝以授余於河之都。』天老曰：『天其授帝圖乎？試齋以往視之。』黃帝乃齋河洛之間，求象見者。至於翠嬀泉，大鱸魚折溜而至，乃問天老，『子見中河折溜者乎？』『見之。』與天老跪而受之。魚汎白圖，蘭葉朱文，以授黃帝。舒視之，名曰綠圖。」追，追隨。盛禮，指封禪大典。摐金，司馬相如〈子虛賦〉：「摐金鼓，吹鳴籟。」摐，擊。

❷然而鄒魯舊邦二十二句　謂請陪封禪。鄒魯，指鄒國和魯國，古國名。鄒，本作「邾」。曹姓，都於邾（今山東曲阜東南陬村）。魯，為周分封的諸侯國之一，姬姓，在今山東西南部，建都曲阜。此以「鄒魯」指代兗州。臨淄，指古代的齊國。齊為周分封的諸侯國之一，姜姓，在今山東北部，都營丘，後稱臨淄（今山東省淄博市東北）。此以「臨淄」指代齊州。穆，同「睦」。使和睦。二周，指西周、東周。一變，《論語．雍也》：「子曰：『齊一變，至於魯；魯一變，至於道。』」這是說齊國的政教一有變革，便達到魯國的水準；魯國的政教一有變革，便達到完美的大道了。青疇，指青州，隋北海郡，武德四年（六二一），置青州總管府，管青、濰、登、牟、莒、密、萊、乘八州。獲麟之野，《左傳．哀公十四年》：「春，西狩於大野。叔孫氏之車子鉏商獲麟，以為不祥，仲尼觀之，曰：『麟也。』然後取之。」杜預《注》：「大野，在高平鉅野縣東北大澤是也。」孔穎達《疏》：「其澤在曲阜之西。」翠屺，翠山。屺，山無草木。辨馬，指吳之閶門有練光如繫馬狀，見本書卷三〈久客臨海有懷〉注。辨，原作「辯」。稷下，即齊國都城臨淄稷門（西邊南首門）附近地區，為戰國時各學派薈萃的中心，文學游說之士數千人，有淳于髡、騶衍、田駢、接子、慎到、宋鈃、尹文、田巴、魯仲連、荀況等著名人物。下，原作「山」。遺氓，遺民。氓，《戰國策．秦策一》：「不憂民氓。」高誘《注》：「野民曰氓。」淹中，春秋魯國里名，古文《禮經》所出之處，在今山東曲阜。《漢書．藝文志》：「《禮古經》者，出於魯淹中。」顏師古注引蘇林曰：「里名也。」故老，猶父老，指年老而有聲望的人，多指舊臣。《詩經．小雅．正月》：「召彼故老。」朱熹《集傳》：「故老，舊臣也。」告成之儀，告以完成封禪之禮儀。就日，指代天子。見本書卷二〈夏日遊德州贈高四〉注。披丹，披布丹心。璧輪，對太陽的美稱。此指代天子。三舍，古代計里程之單位。《國語．晉語四》：「若以君之靈，得復晉國，晉、楚治兵，會於中原，其避君三舍。」韋昭注：「古代師行三十里而舍，三舍為九十里。」後泛指距離遠。望雲，指代天子。見本書卷二〈夏日遊德州贈高四〉注。抒素，抒發情素。素，同「愫」，本心；真情。天閽，天帝之宮門，此指代帝闕、朝廷。夢瓊，死亡的代稱，見本書卷五〈傷祝阿王明府〉注。餘息，殘喘。仙闕，神仙之宮闕，指代朝廷。就木，謂將死入木。

【語　譯】臣等本是平民百姓，又到了老年晚景，幸好皇恩多輝，使我們晚年得到溫暖的餘光；皇德廣耀，使我們能夠追隨封禪的大典。然而我們鄒魯舊邦，臨淄遺俗，都受過西周、東周的王道教化，都經過齊魯大地的政教變革。境接青州，可以俯視獲麟之野；山開翠色，可以斜連辨馬之峰。豈能使齊之遺民，不能參預陪封之禮；魯中父老，只能告知完成封禪之儀。因此，就日而獻丹心，仰望著高高照耀的麗日；望雲而抒真情，呼告那門戶重重的天宮。如蒙允許我們微賤的誠意，恩准我們陪封之大禮，那麼我們這些僅存殘喘、行將就木之老人，就會仰望朝廷而歡呼，神遊泰山而雀躍。

【賞　析】泰山封禪，報天之功，報地之德，是朝廷的大典，是太平盛世的象徵。它的影響和作用，在於弘揚天子的聖明，朝廷的教化。《新唐書・高宗紀》：「乾封元年（六六六）正月戊辰，封於泰山。庚午，禪於社首，以皇后為亞獻。壬申，大赦，改元。賜文武官階、勳、爵。民年八十以上版授下州刺史、司馬、縣令、婦人郡、縣君；七十以上至八十，賜古爵一級。民酺七日，女子百戶牛酒。免所過今年租賦，給復齊州一年半，兗州二年。」這就是高宗封禪的前前後後。

本篇由於是為齊州父老請陪封禪，因此歌頌高宗的德治教化，被置於首要地位。「秉乾握紀，纂三統之重光；御辯登樞，應千齡之累聖。」其中「三統」謂皇統，指高宗繼承光大高祖、太宗之統緒；「千齡」，謂朝廷江山永固，長治久安。其次，弘揚齊魯文化之根基、淵源。「鄒魯舊邦，臨淄遺俗。」雖說地域，意在文化。儒家聖人孔子生於魯國，孟子生於鄒國，說明齊魯是文明之都，禮義之邦，是孔、孟的家鄉，是儒家文化的搖籃。「稷下遺氓，……淹中故老」又把稷下學派提出來了。齊宣王繼承祖、父的遺志，在稷下擴置學宮，招攬四方游說之士講學，形成了百家之學薈萃的中心，開展百家爭鳴的局面。而駱賓王曾在齊魯生活過好長時間，這對於理解他成長的文化環境氛圍，把握他以儒家思想為主導的思想基礎，有重要作用。

和道士閨情詩啟

【題　解】和，奉和。道士，一作「學士」。陳熙晉《駱臨海集箋注》謂：「近本因啟首學士二字，遂改題作學士，誤矣。」又引秦恩復曰：「按以第二卷代贈詩（按即〈代女道士王靈妃贈道士李榮〉）證之，似即道士李榮也。」啟，書信。

賓王啟：學士袁慶奉宣教旨，垂示〈閨情詩〉并〈序〉❶。跪發〈珠韜〉，伏膺〈玉札〉。類西秦之鏡。照徹心靈；同指南之車，導發迷誤❷。

【章　旨】寫拜讀〈閨情詩〉并〈序〉。

【注　釋】❶賓王啟三句　謂道士垂示〈閨情詩〉并〈序〉。賓王啟，一作「某啟」。學士，官名，唐代弘文館、崇文館、翰林院有學士之職，掌文學撰述。《新唐書・百官志》：「五品以上曰學士，六品以上曰直學士。」袁慶，一本作「袁慶隆」。事跡不詳。❷跪發珠韜六句　謂敬佩〈閨情詩〉對自己的教益。跪發，猶拜讀。珠韜，經名，指道經《珠韜玉經金篇內經》。伏膺，衷心敬服。伏，同「服」。玉札，經名，指道經《紫書金根經》，見《太平御覽・道部》所引。此以道經指代道士〈閨情詩〉。西秦之鏡，葛洪《西京雜記》卷三：「高祖初入咸陽宮，……有方鏡，廣四尺，高五尺九寸，表裡有明。人直來照之，影則倒見。以手捫心而來，則見腸胃五臟，歷然無硋。」此喻〈閨情詩〉。指南之車，崔豹《古今注》卷上〈輿服〉：「大駕指南車，起黃帝與蚩尤戰於涿鹿之野。蚩尤作大霧，兵士皆迷，於是作指南車以示四方，遂擒蚩尤而即帝位。」此喻〈閨情詩〉。

【語　譯】賓王啟：學士袁慶奉宣教導的意旨，將您惠寄的〈閨情詩〉并〈序〉見示。拜讀之下，衷心佩服。

〈閨情詩〉有如秦宮的寶鏡照徹我的內心；有如指南車的指引，使我不致誤入歧途。

竊惟詩之興作，兆基遂古。唐歌虞詠，始載典謨；商頌周雅，方陳金石❶。其後言志緣情，二京斯甚；含毫瀝思，魏晉彌繁。布在縑簡，差可商略❷。李都尉鴛鴦之辭，纏綿巧妙；班婕妤霜雪之句，發越清回。平子桂林，理在文外。伯喈翠鳥，意盡行間❸。河朔詞人，王劉為稱首；洛陽才子，潘左為先覺。若乃子建之牢籠群彥，士衡之籍甚當時，並文苑之羽儀，詩人之龜鑑❹。爰逮江左，謳謠不輟。非有神骨仙才，專事玄風道意。顏謝特挺，戕罰興麗。自茲以降，聲律稍精。其間沿改，莫能正本❺。

【章旨】闡述詩歌的優良傳統，以及漢魏六朝詩歌的發展軌跡及其成就。

【注釋】❶竊惟詩之興作六句　謂詩歌源遠流長。竊，謙指自己。原作「切」。兆基，連文同義，開始的意思。遂古，遠古。遂，同「邃」。唐歌虞詠，謂唐堯虞舜之歌詠。劉勰《文心雕龍・明詩》：「至堯有大唐之歌，舜造南風之詩。」典謨，《尚書》有〈堯典〉、〈舜典〉、〈大禹謨〉、〈皋陶謨〉等。此指代古代典籍。陳金石，陳列金石，意謂奏樂。班固〈東都賦〉：「陳金石，布絲竹。」金，鐘。石，磬。此泛稱音樂。❷其後言志緣情六句　謂漢魏言志緣情的優良傳統。言志，《尚書・虞書・舜典》：「詩言志，歌永言，聲依永，律和聲。」鄭玄《詩大序》：「詩者，志之所之也，在心為志，發言為詩。」緣情，《文選》陸機〈文賦〉：「詩緣情而綺靡，賦體物而瀏亮。」李善《注》：「詩以言志，故曰緣情。」二京，謂西漢京都長安和東漢京都洛陽。此指代兩漢。含毫瀝思，謂運筆構思。陸機〈文賦〉：「或含毫而邈然。」薛元超〈奉和同太子監守違戀詩〉：「瀝思叶神飆。」縑簡，指書寫用的細絹和刻寫用的木簡，此指代書冊。差可商略，尚可商量討論的意思。❸李都尉鴛鴦之辭八句　謂兩漢詩歌的發展及成就。李都尉，指李陵，漢武帝時拜為騎都尉，故稱。鴛鴦之辭，《初學記・人部》：

「李陵〈贈蘇武詩〉曰：『昔為鴛與鴦，今為參與辰。』」按《文選》卷二九〈雜詩上〉作蘇武（字子卿）詩。纏綿巧妙，指感情纏綿，構思巧妙。班婕妤，西漢左曹越騎班況之女，漢孝成皇帝之婕妤。婕妤，一作「倢伃」。漢女官名，是皇帝妃嬪的稱號。她因趙飛燕姊妹有寵，驕妒，便退處東宮，作賦自傷。見《漢書》本傳。霜雪之句，班婕妤〈怨歌行〉有「新製齊紈扇，皎潔如霜雪」之句。清回，淒麗婉轉。平子，指張衡，字平子。桂林，張衡〈四愁詩〉有「我所思兮在桂林，欲往從之湘水深」之句。理在文外，謂憂時傷世之思想在字面之外，即詩的含蓄。伯喈，指蔡邕，字伯喈。翠鳥，蔡邕之〈翠鳥詩〉：「庭前有石榴，綠葉含丹榮。翠鳥時來集，振翼修容形。迴顧生碧色，動搖揚縹青。」❹河朔詞人八句　謂魏晉詩的發展及成就。河朔，黃河以北地區。河，黃河。朔，北方。王劉，指建安詩人王粲、劉楨。洛陽，指洛陽地區。潘左，指西晉詩人潘岳、左思。子建，指曹植，字子建。牢籠，包羅。群彥，群英。彥，對士人的美稱。士衡，指西晉詩人陸機，字士衡。籍甚，甚盛。謝朓〈酬德賦〉：「及士衡之籍甚，托壯武之高義。」羽儀，《易・漸》：「上九，鴻漸於陸，其羽可用為儀。吉。」孔穎達《疏》：「其羽可用為物之儀表，可貴可法也。」此以羽儀比喻榜樣。龜鑑，亦作「龜鏡」。指龜卜和鏡子。此喻借鑑或準則。❺爰逮江左十句　謂對玄言詩的批評。爰，乃，於是。逮，及；到。江左，古地區名。古人在地理以東為左，以西為右，故江東又名江左。東晉及南朝宋、齊、梁、陳的根據地均在江東，故曰江左。此指東晉。謳謠，歌謠，即樂府民歌。神骨仙才，謂沒有神仙的風骨和才氣。玄風道意，指東晉孫綽、許詢為代表的玄言詩。鍾嶸《詩品・序》：「永嘉時貴黃老，稍尚虛談，於時篇什，理過其辭，淡乎寡味。」顏謝，指南朝宋文學家顏延之、謝靈運，兩人齊名，時稱「顏謝」。特挺，特別挺拔突出。戕罰，誅伐。此指謝靈運改革和扭轉玄言詩風。興麗，謂謝靈運開創有典雅清麗風格的山水詩。聲律稍精，指南朝齊永明年間由謝朓、沈約等人所創造的一種講求對偶、聲律的詩體，被稱為新體詩，又稱永明體。《南史・陸厥傳》：「永明時，盛為文章，吳興沈約、陳郡謝朓、瑯琊王融以氣類相推轂，汝南周顒善識聲韵，約等文皆用宮商，將平、上、去、入四聲，以此制韻不可增減，世呼為永明體。」其間，指六朝期間。正本，返於雅頌正聲。《隋書・文學傳序》：「梁自大同之後，雅道淪缺，漸乖典則，爭馳新巧。簡文、湘東，啟其淫放；徐陵、庾信，分道揚鑣。蓋齊梁以還，詩體雖時有沿改，要皆馳騁末流，莫能返正本始。」

【語　譯】我認為詩歌創作，源遠流長。唐歌虞詠，載入典籍；商頌周雅，陳奏樂歌。此後言志緣情，兩漢最盛；運筆構思，魏晉為繁。流傳於書冊之中，尚可商量斟酌。李都尉鴛鴦之辭，感情纏綿，構思巧妙；班婕好霜雪之句，發音清越，淒麗婉轉。張平子之〈四愁詩〉，憂時傷世，出於言外。蔡伯喈之〈翠鳥詩〉，字裡行間，詩意直露。黃河以北的詞人，王粲、劉楨為榜首；洛陽地區的才子，潘岳、左思為先知。至於曹子建之包羅群英，陸士衡之名噪當時，都是文苑的表率，詩人的借鑑。及至東晉，歌謠不絕。沒有神仙的風骨和才氣，卻專門去寫玄言詩。顏延之、謝靈運，特別挺拔突出，改革玄言詩，開創清麗典雅的山水詩。從此以下，有齊梁新體詩出現，聲律漸精。六朝期間，或相沿或改革，卻不能返回雅頌正聲。

天縱明睿，卓爾不群。聽斯聲鄙師涓之作，聞古樂笑文侯之睡❶。以封魯之才，追自衛之迹。弘茲雅奏，抑彼淫哇。澄五際之源，救四始之弊❷。固可以用之邦國，厚此人倫❸。俯屈高調，聊同下里。思入態巧，文隨手變，侯調慚其曼聲。延年愧其新曲❹。走以不敏，謬蒙提及。謹申奉和，輕以上呈。未近詠歌，伏深悚恧。謹啟❺。

【章　旨】讚揚〈閨情詩〉的價值，強調詩歌創作要有裨政教。

【注　釋】❶天縱明睿四句　讚揚〈閨情詩〉作者對齊、梁新體詩的譏評。天縱明睿，上天賦予的聰明才智。縱，賦予。睿，智慧。一作「眷」。卓爾不群，超出眾人。斯聲，指齊梁新體詩。鄙，鄙視。師涓，《史記・樂書》載，春秋時衛靈公到晉國去，在途中聽到鼓琴聲，命樂師師涓援琴譜之。到了晉國，見到晉平公。衛靈公命師涓演奏新聲給晉平公聽，被晉國的師曠制止，說是「此亡國之聲也，不可聽。」此批評新聲為亡國之音。文侯之睡，《禮記・樂記》載，戰國時魏文侯問子夏曰：「吾端冕而聽古樂則唯恐臥，聽鄭衛之音則不知倦。」❷以封魯之才六句　謂〈閨情詩〉的教化作用。封魯之才，指周公旦，《論語・泰伯》有「子曰：『如有周公之才之美』」之句。《史記・魯周公世家》：「封周公旦於少昊之虛曲阜，是為魯公。」自衛之跡，指孔子修訂樂詩的行蹤。《論語・子罕》：「子曰：『吾自衛反魯，然後樂正，〈雅〉、〈頌〉各得其所。』」此謂把音樂的篇章整理出來，使〈雅〉歸〈雅〉，〈頌〉歸〈頌〉，安置適當。宏茲雅奏，發揚雅頌傳統。抑，抑制。淫哇，沉溺靡曼之音樂。《法言・吾子》：「中正則雅，多哇則鄭。」李軌《注》：「多哇者，淫聲繁越也。」此指代齊梁新體詩。五際，《詩經》學名詞。漢初，《詩》有齊、魯、韓三家，《齊詩》學者翼奉說詩，附會陰陽五行之說，以推論政治變化，認為每當卯、酉、午、戌、亥是陰陽終始際會的年頭時，政治上必有重大變動。《漢書・翼奉傳》：「《易》有陰陽，《詩》有五際。」此為今文詩學的一種說解。四始，《詩大序》：「是以一國之事，繫一人之本，謂之風；言天下之事，形四方之風，謂之雅。雅者，正也，言王政之所由廢興也。政有小大，故有小雅焉，有大雅焉。頌者，美盛德之形容，以其成功告以神明者也。是謂四始，詩之至也。」孔穎達《疏》引鄭玄〈答張逸〉云：「四始，風也，小雅也，大雅也，頌也。此四者人君行之則為興，廢之則為衰。」❸固可以用之邦國二句　謂〈閨情詩〉的教化價值。《詩大序》：「〈關雎〉，后妃之德也，風之始也，所以風天下而正夫婦也。故用之鄉人焉，用之邦國焉。風，風也，教也。風以動之，教以化之。……故正得失，動天地，感鬼神，莫近於詩。先王以是經夫婦，成孝敬，厚人倫，美教化，移風俗。」❹俯屈高調六句　謂〈閨情詩〉的創作成就。俯屈高調，使高雅曲調受到枉屈。下里，即下里巴人，古代民間通俗歌謠。思入態巧，指構思到達美妙的境界。態，形態，此指境界。文隨手變，指文筆流暢。侯調，指古時樂師侯同所作歌曲。《淮南子・氾論》：「及至韓娥、秦青、薛談之謳，侯同曼聲之歌，憤於志，積於內，盈而發音，則莫不比于律，而和於人心。」延年，即漢武帝時樂師李延年。見《漢書・李延年傳》。❺走以不敏七句　謂書信結束。走，意謂走使的僕人，自謙詞。不敏，不才，自謙詞。未近詠歌，未能達到詩歌創作的要求。悚恧，惶恐慚愧。

【語譯】上天賦予〈閨情詩〉作者聰明才智，使他能夠超越眾人之上。他鄙視彈奏亡國之音的師涓，他譏笑聞古樂唯恐睡臥的魏文侯。他用周公之美才，追隨孔子修訂樂詩的足跡，發揚中正的雅樂，抑制淫哇的鄭聲。澄清「五際」的源頭，補救「四始」的弊端。的確像〈閨情詩〉那樣，可以治理邦國，敦厚人倫，產生政教的作用，發揮政教的價值。現在恕我如楚人不識高雅之曲調，聊當是下里巴人，實在是大大委屈作者寄詩的美意。作者在創作構思過程中進入到美妙的境界，文筆十分流暢，一揮而就，使得侯同自慚他的曼聲，延年自愧他的新曲。不才謬承提及，謹申詞奉和，輕率地冒昧上呈。這還算不上是詩歌創作，深深地感到惶恐慚愧。謹啟。

【賞 析】本篇書信體，是作者為奉和道士的〈閨情詩〉與〈序〉而作的。它所表述的是作者最集中、完整的有關詩歌創作的理論。

作者認為詩歌傳統肇始遠古，源遠流長，並且追根溯源，提出對漢魏六朝詩歌發展流變的看法。一方面，他列舉這一時期著名詩人的主要藝術成就，如兩漢的李都尉、班婕妤、張平子、蔡伯喈等，以及魏晉的王粲、劉楨、潘岳、左思、曹植、陸機等，稱讚他們為「文苑之羽儀」、「詩人之龜鑑」。這大體是符合客觀實際的。另一方面，作者批評東晉談玄論道的玄言詩，而對齊、梁新體詩，則肯定其「聲律稍精」，但又批評其「莫能正本」。

本文的主要精神，在於「弘茲雅奏，抑彼淫哇。澄五際之源，救四始之弊」。這就是作者所特別強調的，詩歌創作必須繼承和發揚雅頌的優良傳統，抑制靡曼之音。作者主張要像〈閨情詩〉那樣，能做到治理邦國，敦厚人倫，發揮政教作用，產生政教價值。這表現了儒家以文教治民經國的思想。

上吏部侍郎帝京篇啟

【題 解】吏部侍郎，唐武德五年（六二二）改選部曰吏部，省侍郎，貞觀二年（六二八）復置。杜佑《通典・職官門》：「侍郎二人，分掌選部流內六品以下官，是為銓衡之任。凡初仕進者，無不仰屬焉。」此指裴行儉，裴於永徽年間曾任吏部侍郎，見卷五〈詠懷古意上裴侍郎〉之題解。〈帝京篇〉，樂府曲辭名，以描寫唐代帝京長安為題材。本篇和詩，按陳熙晉《駱臨海集箋注》，作於上元三年（六七六），駱賓王由武功主簿調明堂主簿期間。通過向吏部侍郎投獻〈帝京篇〉的啟，闡發自己的文藝思想。

賓王啟：昨引注日，垂索鄙文，拜首驚魂，承恩累息。楚翬丹質，在荊南以多慚；遼豕白頭，望河東而載恧❶。某散材易朽，蟠木難容，雖少好讀書，無謝高鳳，而老不曉事，有類揚雄❷。徒以〈易象〉六爻，幽贊適乎政本；詩人五際，比興存乎〈國風〉。故體物成章，必寓情於小雅；登高能賦，豈圖榮於大夫。蓋欲樂道遺榮，從心所好；非敢希聲刻鵠，竊譽雕蟲❸。至若資醜行以自媒，衒庸音於苟進，固立身之岐路，行己之外篇矣❹。君侯蘊明略以佐時，虛靈臺以照物。觀梁父之曲識臥龍於孔明；聽康衢之歌，得飯牛於甯戚。是用異人翹首，俊乂歸誠。猥以疵賤之姿，繆辱清通之盼。雖仲由之瑟，終闕響於丘門，而宋玉之謠，儻均音於郢路。敢忘下里，輕冒上呈。庶道叶起予，陳卜商之四始；恐吾幾失子，效然明於一言。拜首增慚，憂心如醉。謹啟❺。

【注釋】❶賓王啟九句　謂上呈吏部侍郎〈帝京篇〉之緣由。引注日，指經吏部侍郎引薦參與銓選的日子。注，指注擬。唐時銓選官員，凡應試獲選者，先由尚書省注錄官籍，經考詢後再按其才能擬定官職。《新唐書・百官志》稱吏部「以三銓之法官天下之材，以身、言、書、判、德行、才用、勞效較其優劣而定其留放，為之注擬。」日，原作「目」。垂，猶言「俯」。用作敬詞。拜首，古代男子跪拜禮之一。既跪，兩手拱合，俯頭至手與心平，而不至地，故云，也稱「空首」。承恩，承蒙賞識的恩德。累息，因恐懼而呼吸急促。楚翬，《尹文子・大道上》載，楚國有人受騙，把山雉當鳳凰，以重金購之，擬獻給楚王，經宿而鳥死。楚王聽說，召厚賜之，超過買鳥之金十倍。後以「楚鳳」、「楚翬」稱贗品。此用作謙詞。翬，山雉。遼豕白頭，《後漢書・朱馮虞鄭周列傳》：「往時遼東有豕，生子白頭，異而獻之。行至河東，見群豕皆白，懷慚而返。」謂見識短淺，自以為是。此用作謙詞。恧，慚愧。❷某散材易朽六句　謂己之無用。散材，指散樗。《莊子・逍遙遊》：「惠子謂莊子曰：『吾有大樹，人謂之樗。其大本擁腫，而不中繩墨；其小枝卷曲，而不中規矩，立之塗，匠者不顧。今子之言，大而無用，眾所同去也。』」謂貌似有材，實際無用。此用作謙詞。蟠木，根幹盤屈的樹木。謝，不如。高鳳，《後漢書・逸民列傳》：「高鳳，字文通，南陽叶人也。少為書生，家以農畝為業，而專精誦讀，晝夜不息。妻嘗之田，曝麥於庭，令鳳護雞。時天暴雨，而鳳持竿誦經，不覺潦水流麥。妻還怪問，鳳方悟之。」此喻勤學。老不曉事，漢代學者、辭賦家揚雄，曾校書天祿閣，年老猶著述不倦。此以揚雄自喻。❸徒以易象六爻十二句　謂詩歌的優良傳統和功能。易象，《易・繫辭下傳》：「八卦成列，象在其中矣。」此謂八卦創成排列其位，萬物的象徵都在其中。六爻，《易》卦之畫曰爻，六十四卦中每卦六畫，故稱。《易・繫辭上傳》：「六爻之動，三極之道也。」此謂六爻互相推移產生無窮的變化，包涵著大千世界天、地、人三才的道理。幽贊，猶幽明，指萬物有形無形的變化。贊，原作「質」。政本，為政的根本。五際，見本書卷六〈和道士閨情詩啟〉注。〈國風〉，《詩經》中的風詩。寓情，原作「寫情」。小雅，謂典雅純正。《毛詩序》：「言天下之事，形四方之風，謂之雅。雅者，正也，言王政之所由廢興也。政有大小，故有小雅焉，有大雅焉。」登高能賦，《漢書・藝文志》：「登高能賦，可以為大夫。」樂道，樂於行道。遺榮，遺忘求榮。希聲，猶沽名，企望賺取名聲。刻鵠，《後漢書・馬援列傳》載，東漢有兩個名士，一是恪守禮法的龍伯高，一是重江湖義氣的杜季良。馬援很敬重他們，但希望子孫效法龍伯高的完美人格，而不去效法杜季良。「效伯高不得，猶為謹敕之士，所謂刻鵠不成尚類鶩者也。效季良不得，陷為天下輕薄子，所謂畫虎不成反類狗者也。」此喻摹擬他人的作品。鵠，原作「鶴」。雕蟲，揚雄《法言》：「或問：『吾子少而好賦？』曰：『然。童子雕蟲篆刻。』俄而曰：『壯夫不為也。』」此謂詩文為小技、小道。按「蟲」指古代漢字的一種字體。❹至若資醜行以自媒四句　謂不藉詩文求仕。資，憑藉。原作「質」。醜行，醜陋的行為。自媒，自作媒介。衒，炫耀、賣弄才能。曹植〈求自試表〉：「夫自衒自媒者，士女之醜行也。」庸音，平庸之作。立身，謂處世、做人。行己，謂修身行事。己，原作「已」。外篇，比喻非正道。❺君侯蘊明略以佐時二十三句　謂希望得到賞識。君侯，古代列侯之尊稱。此稱吏部侍郎。明略，高明的智謀。漢張衡〈歸田賦〉：「遊都邑以永久，無明略以佐時。」虛靈臺，猶言虛懷若谷。靈臺，即內心。見本書卷二〈夏日遊德州贈高四〉注。照物，明察萬物。梁父之曲，即〈梁父吟〉。《三國志・蜀書・諸葛亮傳》：「諸葛亮，字孔明，琅琊陽郡人也。……躬耕隴畝，好為〈梁父吟〉。」甯戚，《呂氏春秋・舉難》：「甯戚欲干齊桓公，窮困無以自進，於是為商旅，將任車以至齊，暮宿於郭門之外。桓公郊迎客，夜開門，……甯戚飯牛居車下，望桓公而悲，擊牛角疾歌。桓公聞之，撫其僕之手曰：『異哉！之歌者，非常人也！』命後車載之。」又，劉向《說苑・尊賢》載：「甯戚，故將車人也。叩轅行歌於康之衢，桓公任之以國。」異人，有特異才能之人。翹首，抬頭盼望。俊乂，賢德之士。乂，有才德。原作「又」。歸誠，心悅誠服。猥，猶言「辱」。謙詞。疵賤，平庸低下。姿，同「資」。資質。清通，高尚通達。清，原作「請」。仲由之瑟，《論語・先進》：「子曰：『由之瑟，奚為於丘之門。』」何晏《集解》：「馬融曰：『言子路鼓瑟，不合雅頌也。』」按，由，即仲由，字子路，孔子弟子。均，閟響，謂將琴瑟拒之門外。宋玉，楚國文學家，屈原弟子。政治上不得志。儻，失志。原作「讜」。均音，韻音，指詩歌。均，古「韻」字。郢路，泛指楚國，此喻文場詩壇。下里，即〈下里〉、〈巴人〉，謙稱己作。道，原作「導」。叶，原缺。起予，啟發，開導自己。《論語・八佾》：「子曰：『起予者商也！始可與言《詩》已矣。』」何晏注：「孔子言子夏能發明我意，可與共言《詩》已矣。」邢昺《疏》：「起，發也。」按，商，即卜商，字子夏，孔子弟子。四始，見本書卷六〈和道士閨情詩啟〉注。失，原缺。然明，即鬷明，又稱鬷蔑，齊人。《左傳・昭公二十八年》載：賈辛將要到他的縣，去見魏獻子。魏獻子說：「辛！你來。從前叔向到鄭國，鬷蔑貌醜，想見見叔向，便跟著收拾祭器的人前往，站在堂階下面，只說了一句話，話說得很好。」叔向正要飲酒，聽到了這句話，就肯定地說：「此人必定是鬷明！」因為叔向很了解鬷明之賢。叔向對他說：「您要是不說話，就會失掉我倆見面的機會了。」於是就舉薦他。孔子知道這件事，認為合乎道義，說是「近不失親，遠不失舉，可謂義矣！」

【語　譯】賓王啟：昨天為注錄官籍之日，俯索拙文，深懷敬仰而驚魂，承蒙賞識而累息。如楚雉充作鳳凰，以假混真，在荊南自當羞赧；如遼豕生子白頭，見識短淺，望遼東深為慚愧。我不過是大而無用的散樗，根幹盤屈不容於世的樹木。我雖然少好讀書，但專心致志不如高鳳；老不曉事，書生迂性有如揚雄。〈易象〉六爻，幽明變化的道理合乎為政的根本；詩人五際，政治變動的訊息就會在風詩中得到反映。固此表現事物寫成文章，必定寓情於純正典雅之大旨；登高能賦，豈能為了追求利祿於仕途。試圖樂於行道，遺忘求榮，從心所好；不敢以摹擬仿效而沽名，不敢以雕蟲小技而鈎譽。至於憑藉醜行來自薦，炫耀平庸來求仕，這本來就不是處世做人的準則，修身行事的正道。您以高明的智謀輔佐時世，又虛懷若谷，明察萬物。觀〈梁父〉之曲，能夠識別臥龍孔明於隱居之中；聽康衢之歌，能夠識別飯牛甯戚於牛車之下。因而使奇才抬頭仰望，賢俊心悅誠服。我以平庸低下之姿質，有辱您清高通達之希望。如仲由鼓瑟，被拒門外，因為不合時調；如宋玉歌謠，流播詩壇，表現悲傷失意。即使是俚俗的歌曲，也要冒失地呈獻給您，以便受到您的讚賞，讓我陳述詩之有關王道興衰之由始；又恐己意被誤解，所以寫了上述這些話。拜首又增慚愧，憂心如同醉酒。謹啟。

【賞　析】唐代尚書省，有尚書令一人，正二品，掌典領百官，其屬有六尚書，一曰吏部，二曰戶部，三曰禮部，四曰兵部，五曰刑部，六曰工部。《舊唐書・職官志二》稱吏部「掌天下官吏選授、勳封、考課、政令。其屬有四：一曰吏部，二曰司封，三曰司勳，四曰考功，總其職務，而行其制命。」可見吏部居「六部」之首，為主管朝廷吏治的職能部門，地位重要，與唐代文人學士的科考、求仕有極為密切的關係。

宋人趙彥衛《雲麓漫鈔》卷八云：「唐之舉人，先藉當世顯人姓名達之主司，然後以所業投獻，逾數日又投，謂之溫卷，如《幽怪錄》、《傳奇》等皆是也。」這說的是唐代士子仕進的途徑之一，即以「所業」（指作品）投獻，希圖獲得顯要官宦的賞識、提攜和引薦，以達到仕進的目的。作者生活於唐初，風氣所尚，亦未能免俗。本篇即是向吏部侍郎投獻〈帝京篇〉時所寫的「啟」。它的價值取向，在於作者通過〈帝京篇〉的創作所表述的某種文藝思想。它有幾個觀點：

第一，「詩人五際，比興存乎國風」。作者主張詩歌必須繼承、發揚《詩經》的比興傳統，做到體物抒情，符合雅正之大旨。

第二，「希聲刻鵠，竊譽雕蟲」，反對模擬仿效，沽名釣譽。

第三，認為「資醜行以自媒，衒庸音於苟進」，絕不是處世做人的準則，立身行事的正道，必須把做詩與做人、詩品與人品結合起來。作者為道王府屬員時，曾寫〈自敘狀〉云：「若乃脂韋其迹，乾沒其心，說己之長，言身之善，靦容冒進，貪祿要君，上以紊國家之大猷，下以瀆狷介之高節，此凶人以為恥，況吉士之為榮乎？」此即是樹立其人生之準則。

上述觀點，可看作是對〈和道士閨情詩啟〉的補充。

上司列太常伯啟

【題　解】司列太常伯，不詳。陳熙晉《駱臨海集箋注》於題下注云：「疑即劉祥道。臨海此啟，蓋上於麟德初也。時劉祥道以太常伯兼右相，故稱太常伯，亦稱右相云。」司列，即吏部，太常伯，即吏部尚書，見本書卷三〈軍中行路難同辛常伯作〉題解。一作「司刑」。

側聞魯澤祥麟，希委質於宣父；吳坂逸驥，實長鳴於孫陽。是則所貴在乎見知，所屈伸乎知己❶。故雕其樸，嶧山有半死之桐；賞其聲，柯亭無永枯之竹❷。

【章　旨】寫以知己為貴。

【注　釋】❶側聞魯澤祥麟六句　謂貴在見知。側聞，從旁聞知，表示曾有所聞的謙詞。魯澤祥麟，指魯澤獲麟事，見本書卷六〈為齊州父老請陪封禪表〉注。委質，委身；棄身。宣父，指孔子，見本書卷二〈浮查〉注。吳坂逸驥，《戰國策・楚策四》載：汗明求見春申君，說到千里馬的遭際。千里馬已經老了，還要拉著鹽車上太行山，膝蓋要斷裂，尾巴下垂，馬皮潰爛，汗水灑地，停在半山腰上不去了。恰好伯樂碰見，他便下車扶著馬哭泣，又解下苧麻衣蓋住馬身。馬於是抬頭嘶叫，那叫聲上衝雲天，就像是金石相擊的聲音。這是因為馬知道伯樂能瞭解自己。孫陽，即伯樂，姓孫名陽，相傳為古之善相馬者。見知，被理解。所屈，謂不被人理解的委屈。《晏子春秋・內篇雜上》：「士者，詘乎不知己，而申乎知己。」伸，同「申」。陳述；表白。❷故雕其樸四句　謂知己的作用。樸，未經加工的木材。原作「璞」。嶧山，山名，即鄒山，在山東省鄒縣東南。半死之桐，《書・禹貢》：「嶧陽孤桐。」孔安國傳：「嶧山之陽，特生桐，中琴瑟。」柯亭，又名「高遷亭」、「千秋亭」。在今浙江紹興西南柯橋鎮上。永枯之竹，干寶《搜神記》卷十三：「蔡邕嘗至柯亭，以竹為椽。邕仰眄之，曰：『良竹也。』」

取以為笛，發聲遼亮。一云邕告吳人曰：『吾昔嘗經會稽高遷亭，見屋東間第十六竹椽可為笛。』取用，果有異聲。」

【語　譯】曾聽說魯澤的祥麟，希望能夠委身於孔子；吳坂的千里馬，向著伯樂長鳴。這是因為所珍貴的是被人理解，所受的委屈能在知己面前得到申訴。於是嶧山有半死的桐木，可以加工成琴瑟；柯亭無永枯的竹椽，可以製作成笛子。

伏惟太常伯公，儀天聳構，橫九霄而拓基；浸地開源，控四紀而疏派❶。自赤文薦祉，曲阜分帝子之靈；紫氣浮仙，函谷誕真人之秀。本支百代，君子萬年❷。道叶神交，黃石授帝師之略；德由天縱，白星降王輔之精❸。

【章　旨】歌頌太常伯之職位、家世及成為王佐的地位。

【注　釋】❶伏惟太常伯公五句　謂太常伯的職位。太常，原作「明常」。儀天，與天相比配。聳構，高聳的屋宇。橫，橫貫。拓基，開拓地基。開源，開發源流。開，原作「門」。四紀，四海。《文選》左思〈蜀都賦〉：「蓋聞天以日月為綱，地以四海為紀。」李善注：「非日月無以觀天文，非四海無以著地理。故聖人仰觀俯察、窮神盡微者，必須綱紀也。」疏派，疏通支流。❷自赤文薦祉六句　謂太常伯的家世。赤文薦祉，沈約《宋書·符瑞志》：「魯哀公十四年，孔子夜夢，三槐之間，豐沛之邦，有赤煙氣起，乃呼顏淵、子夏往視之。驅車到楚西北范氏街，見芻兒摘麟，傷其左前足，薪而覆之。孔子曰：『兒來！汝姓為赤誦，名子喬，字受紀。天下已有主也，為赤劉，陳項為輔。五星入井從歲星。』兒發薪下麟示孔子，孔子趨而往，麟蒙其耳，吐三卷圖，廣三寸，長八寸，每卷二十四字，其言赤劉當起，曰：『周亡，赤氣起，大耀興，玄丘制命，帝卯金。』孔子作《春秋》，制《孝經》，既成，齋戒向北辰而拜，告備於天曰……天乃洪鬱起白霧摩地，赤虹自上下，化為黃玉，長三尺，上有刻文，孔子跪受而讀之，曰：『寶文出，劉季握。卯金刀，在軫北，字禾子，天下服。』」赤文，指麟圖。薦祉，獻福。祉，福。曲阜，指代孔子。帝子，指漢高祖劉邦，他為赤帝子。紫氣浮仙，班固《漢武帝內傳》：「孝武皇帝，景帝中子也。未生之時，景帝夢一赤彘，從雲中下，直入崇芳閣，景帝覺而坐閣下，果有赤龍如霧，來蔽戶牖。宮內嬪御，望閣上有丹霞蓊蔚而起，霞滅，見赤龍盤迴棟間。景帝召占者姚翁以問，翁曰：『吉祥也。此閣必生命世之人。』景帝使王夫人移居崇芳閣，乃改崇芳閣為猗蘭閣。旬餘，景帝夢神女捧日，以授王夫人。十四月而生武帝，景帝曰：『吾夢赤氣化為赤龍，占者以為吉，可名之吉。』至七歲，聖徹過人，景帝令改名徹。及即位，好神仙之道。」陳熙晉《駱臨海集箋注》：「云紫氣者，避上文『赤』字，且暗用老子事。真人為武帝，漢都長安，故云『函谷誕真人之秀』也。案《新唐書・宰相世系表》，劉祥道係廣平劉氏，出自漢景帝子趙敬肅王彭祖。」誕，原作「誘」。秀，才能優美出眾。本支，樹木的根幹、枝葉，此引申為嫡系子孫和旁支子孫。《詩經・大雅・文王》：「文王孫子，本支百世。」本，本宗。支，支子，原作「枝」。君子萬年，《詩經・大雅・既醉》：「君子萬年，介爾景福。」此謂祝福君子壽齡萬年，福祚綿延。❸道叶神交四句　謂太常伯為王佐。神交，忘形之交。此指張良遇黃石公得《太公兵法》事，見本書卷三〈白雲抱幽石〉注。帝師之略，即《太公兵法》。天縱，亦作「天從」，天所放任，意謂上天賦予。白星，《初學記・天部》記載，漢相蕭何，長七尺八寸，昴星精生。星，原作「雲」。降，原作「隆」。

【語　譯】太常伯公，身負吏部尚書重任，如高聳的屋宇與天比配，橫貫九天而開拓地基；如開發水源灌溉大地，控制四海而疏通支流。自從麟圖獻福，孔子夜夢顯出帝子應運當起的靈驗；紫氣浮仙，函谷誕生武帝這一命世之才。這正是劉漢的百代貴胄，萬年福祚。太常伯是帝王輔佐，如張良道契神交，得黃石公之《太公兵法》；如蕭何德由天賦，本是白昴星精的降生。

峰秀學山，列〈三墳〉而仰止；瀾清筆海，委九流以朝宗❶。登小魯之巖，辨練光於曳馬；臨大吳之國，識寶氣於連牛❷。垂秋實於談叢，絢春花於詞苑。辨河飛箭，激流翻白馬之津；文江散珠，圓波漱驪龍之穴❸。

【章　旨】歌頌太常伯的才學。

【注　釋】❶峰秀學山四句　謂太常伯的博學。三墳，《左傳・昭公十二年》：「左史倚相趨過，王曰：『是良史也，是能讀〈三墳〉、〈五典〉、〈八索〉、〈九丘〉。』」杜預注：「皆古書名。」仰止，《詩經・小雅・車舝》：「高山仰止，景行行止。」孔穎達疏：「於古人有高顯之德如山者，則慕而仰之。」仰，敬慕。止，助辭。筆海，見本書卷二〈夏日遊德高四〉注。九流，指九流百家，見本書卷二〈夏日遊德州贈高四〉注。朝宗，《書・禹貢》：「江漢朝宗於海。」孔安國傳：「二水經此州而入海，有似於朝百川，以海為宗。宗，尊也。」❷登小魯之巖四句　謂太常伯之智慧。小魯之巖，指泰山，即孟子所謂「孔子登東山而小魯，登泰山而小天下」（《孟子・盡心下》）之省語。練光，即練光曳馬之傳說。見卷第三〈久客臨海有懷〉注。大吳之國，《戰國策・趙策二》：「黑齒雕題，鯷冠秫縫，大吳之國也。」實氣，即豐城劍氣事。見本書卷一〈螢火賦〉注。❸垂秋實於談叢六句　謂太常伯之文彩。談叢，知識的淵藪。絢，絢爛。詞苑，猶言詞壇。辨河，《晉書・郭象傳》：「郭象好老莊，能清言。太尉王衍每云：聽象語如懸河瀉水，注而不竭。」此形容辯才如湍急的河水。辨，同「辯」。爭辯。激流，原作「激牛」。白馬之津，見本書卷五〈詠雪〉注。文江，鍾嶸《詩品・上》：「余常言陸（機）才如海，潘（岳）文如江。」驪龍，見本書卷二〈夏日遊德州贈高四〉注。

【語　譯】如同學山綿亙中的秀峰，擁有〈三墳〉典籍而令人仰慕；如同波瀾壯闊的筆海，依託九流百家而以海為尊。登上泰山之巔，能分清閶門練光搖亂馬；臨大吳之國，能識別豐城劍氣連斗、牛。談叢中秋實纍纍，詞壇內春花絢爛。辨才如大河飛箭，激流翻騰白馬津；文才如大江散珠，圓波洗滌驪龍穴。

是用德茂麟趾，削桐葉以分珪；道暖鶴池，映桃花而曳綬❶。既而揆留皇鑒，忠簡帝心。奉職春宮，爍離光於青殿；代工天府，明台耀於紫宸。綜理玄風，燮諧元氣。含暉禮樂，皎愛日以流光；毓彩文章，映德星而開照❷。

【章　旨】歌頌太常伯忠於職守的仁德。

【注　釋】❶是用德茂麟趾四句　謂太常伯德心仁厚。麟趾，《詩經・周南・麟之趾》：「麟之趾，振振公子。」此謂麟之趾仁厚，不踐生草，不踏生蟲。桐葉，即桐葉封弟之典故。《史記・晉世家》：「（周）成王與叔虞戲，削桐葉為珪以與叔虞，曰：『以此封若。』史佚因請擇日封叔虞，成王曰：『吾與之戲耳。』史佚曰：『天子無戲言。言則史書之，禮成之，樂歌之。』於是遂封叔虞於唐。」此喻吏部的職守。道，道義。鶴池，太子所居，以周太子晉有駕鶴事，故太子宮稱鶴禁，池曰鶴池。桃花，即桃花綬，漢代九卿二千石繫印的綬帶。陳熙晉《駱臨海集箋注》：「劉祥道曾檢校沛王府長史，故云。」桃，原作「排」。❷既而揆留皇鑒十二句　謂太常伯忠於職守。揆，政事。留，保存。皇鑒，皇帝的明察、賞識。忠，忠誠。簡，同「簡」。在，存留。《論語・堯曰》：「帝臣不蔽，簡在帝心。」帝心，指帝王的關注、留意。春宮，周代宮殿名。《竹書紀年》卷下：「（周穆王）九年築春宮。」沈約注：「王所居有鄭宮、春宮。」此指代王宮。離光，《易・離卦》：「〈彖〉曰：『離，麗也；日月麗乎天』。」此謂「離」是附麗，譬如太陽月亮附麗在天上。故離光指日月光明。青殿，帝王春季所居之宮殿。《晉書・張駿傳》：「殿之四面各起一殿，東曰宜陽青殿，以春三月居之，章服器物皆依方色。」代工天府，《書・皋陶謨》：「天工人其代之。」此謂吏部是代天理官。台，謂台省。漢代尚書台在宮禁之中，其時稱宮中為省中，故名台省。唐代中台為尚書省，門下省為東台，中書省為西台，總稱台省。紫宸，唐宮殿名，天子所居，在大明宮內。玄風，指天子清靜無為的教化。燮諧，和諧。燮，和理；調理。元氣，天地之精氣，古人認為元氣為天地之始、萬物之祖。暉，日光。禮樂，禮教與音樂。《禮記・樂記》：「樂也者，情之不可變者也；禮也者，理之不可易者也。」樂，原缺。一作「閣」。愛日，冬日。見本書卷二〈在江南贈宋五之問〉注。毓彩，孕育光彩。文章，指禮樂法度。德星，歲星。見本書卷二〈在江南贈宋五之問〉注。

【語　譯】因此您盛德仁慈寬厚，如成王桐葉分珪封叔虞；您道義溫暖鶴池，如九卿桃花映發搖綬帶。不久您的政績，即得到皇帝的賞識，您的忠誠，得到皇帝的關懷。奉職朝廷，使日月閃爍宮殿；代天理官，使台省照耀紫宸。綜理王道教化，調和天地元氣。禮樂含融，使冬日流光大地；文章煥彩，使歲星開照鈞天。

君乃識度宏遠，器宇疏通❶。明允篤誠，盛業隆於后土；惠和忠肅，玄功格於上天。則伊陟謝其緝熙，巫咸慚其保乂❷。舉才應器，與士無私。水鏡澄花，炫金波於靈府；冰壺徹鑒，朗玉燭於神機。則鄧攸莫際其瀾，盧毓罕窺其術❸。故使妍媸各安其分，輕重不失其權。五教克敷，百揆時敘。折衝千里，魯連談笑之功；師表一時，郭泰人倫之度❹。加以分庭讓士，虛席禮賢。片善經心，揖仲宣於蔡席；一言合道，接然明於鄭階❺。

【章旨】歌頌太常伯舉才授能，政績昭著。

【注釋】❶君乃識度宏遠二句　謂太常伯的遠見卓識。識度，識見、器度。器宇，胸襟、度量。❷明允篤誠六句　謂太常伯的盛業玄功。明允，明察。篤誠，誠篤；忠實。后土，古代稱大地為后土。后，原作「厚」。惠和，仁慈和順。忠肅，忠誠嚴肅。玄功，神功，此指影響深遠的功績。格，感通。《易・繫辭上傳》：「感而遂通天下之故。」伊陟，殷大臣伊尹之子，大戊時他率伊尹之職，使其君不隕祖業，享配上天。見《書・君奭》。謝，遜，不如。緝熙，積漸廣大。《詩經・周頌・敬之》：「學有緝熙於光明。」巫咸，傳說中的人物。一說為殷中宗之賢相。《書・君奭》：「巫咸乂王家。」《史記・殷本紀》：「巫咸治王家有成，作〈咸艾〉，作〈大戊〉。」乂，治理；安定。❸舉才應器八句　謂太常伯舉才授能。舉才，舉薦才能。應器，合乎才器。無私，沒有偏私。水鏡，明澈如水之映物，喻清明無私。澄花，明淨的冰花，喻品行高潔。炫，照耀。金波，月亮。《漢書・禮樂志》：「〈郊祀歌〉：『月穆穆以金波。』」顏師古注：「言月光穆穆，若金之波流也。」靈府，指心。冰壺，見本書卷四〈別李嶠得勝字〉注。玉燭，此指燭的美稱。神機，心神。鄧攸，《晉書・良吏傳》：「鄧攸，字伯道，平陽襄陵人也。拜侍中，轉吏部尚書，蔬食弊衣，周急賑乏。」際，接近。盧毓，《三國志・魏書・盧毓傳》載：「盧毓，字子家，涿郡涿人也。以學行見稱，為吏部尚書。帝納其言，詔作考課法。毓於人及選舉，先舉性行，而後言才。」術，策略；方法。❹故使妍媸各安其分八句　謂太常伯之政績。妍媸，美和醜。此指才能的高下。分，本分。權，稱量。五教，五常之教。《書・舜典》：「敬敷五教，在寬。」《左傳・文公十八年》：「舉八元，使布五教於四方，父義、母慈、兄友、弟共（恭）、子孝。」

克，能夠。敷，布。百揆，百官。時敘，柔順；順當。折衝，使敵人的戰車後撤，即制敵取勝。魯連，即魯仲連，戰國時齊人。他適遊趙，會秦軍圍趙都邯鄲，聞魏將欲令趙尊秦為帝，他挺身而出，義不帝秦，向趙魏大臣陳以利害，使之不敢復言帝秦事。秦將聞之，為卻軍五十里。見《史記・魯仲連鄒陽列傳》。郭泰，即郭太，字林宗，太原介休人。東漢名士，為太學生首領，不就官府徵召，品學為時所尚。黨錮之禍後，閉門教授，子弟以千數。見《後漢書・郭符許列傳》。❺加以分庭讓士六句　謂太常伯禮賢讓士。讓士，禮讓士人。虛席，空出席位等待，表示禮賢。古代以左為尊，故又稱「虛左」。揖仲宣，《三國志・魏書・王粲傳》：「王粲，字仲宣，山陽高平人也。曾祖父龔，祖父暢，皆為漢三公。父謙，為大將軍何進長史。……獻帝西遷，粲徙長安，左中郎將蔡邕見而奇之。時邕才學顯著，貴重朝廷。常車騎填巷，賓客盈坐。聞粲在門，倒屣迎之。粲至，年既幼弱，容狀短小，一坐盡驚。邕曰：『此王公孫也，有異才，吾不如也。吾家書籍文章，盡當與之。』」蔡席，指蔡邕。蔡，原作「祭」。然明，人名，即鬷明，見本書卷六〈上吏部侍郎帝京篇啟〉注。

【語譯】君識見遠大，胸襟開通。明察誠篤，大業興旺大地；仁慈和順，功績感通上天。君繼承父業，輔佐高宗，使殷臣伊陟遜謝他學有積漸；使殷臣巫咸慚愧他治理有方。君舉才授能，對士人一視同仁，並無偏私。水鏡冰花，如月光照徹士人的心靈；冰心明鑒，如紅燭閃耀士人的心神。同是吏部尚書，鄧攸觀海，不能接近君之涯際；盧毓考課，很難趕上君之謀略。官吏才器有高下，君能使他們各安本分；官吏才能有輕重，君能使他們不失稱量。五常能傳布四方，百官能和順從政。使秦軍退卻千里，魯連不失談笑之功勞；成為一時的師表，郭泰具有人倫之風度。加上您分庭讓士，虛席禮賢。留心片善，如同蔡邕迎接王粲於席間；一言合道，如同叔向識別然明於階下。

某蓬廬布衣，桑樞韋帶。自弱齡植操，本謝聲名；中年誓心，不期聞達。上則執鞭為士，王庭希干祿之榮；次則捧檄入官，私室庶代耕之祿❶。然而忠不聞於十室，學無專於一經。

退異善藏，進殊巧宦。摶羊角而高翥，浩若無津；附驥尾以上馳，邈焉難託。實欲投竿垂餌，晦幽迹於渭濱；抱甕灌園，絕心機於漢渚❷。

【章　旨】敘述自己的身世、情操與懷才不遇。

【注　釋】❶某蓬廬布衣十句　謂自己的身世和操守。桑樞，用桑條為戶樞。桑，原作「乘」。韋帶，以韋皮為帶。古代求仕服革帶，未仕服韋帶。植操，樹立志向操守。聞達，顯達。執鞭，持鞭駕車。此指為朝廷服役。士，原作「仕」。干祿，求祿位。捧檄，見本書卷二〈夏日遊德州贈高四〉注。私室，指私人之家。代耕之祿，《禮記・王制第五》載：王者之制祿爵，公、侯、伯、子、男凡五等；諸侯之上大夫卿、下大夫、上士、中士、下士，凡五等。「諸侯之下士，視上農夫，祿足以代其耕也。」❷然而忠不聞於十室十二句　謂懷才不遇。十室，指十戶之家。退，退隱。善藏，待機施展才能。此有待價而沽的意思。進，仕進。巧宦，謂鑽營諂媚之官吏。摶羊角，即用《莊子・逍遙遊》所謂鯤鵬「摶扶搖而上者九萬里」之意。羊角，旋風名。翥，飛舉。津，津涯，水邊。附驥尾，《史記・伯夷列傳》：「顏淵雖篤學，附驥尾而行益顯。」司馬貞索隱：「蒼蠅附驥尾而致千里，因喻顏回因孔子而名彰。」此謂依附他人而成名。邈，渺茫，模糊不清。投竿垂餌，即《史記・齊太公世家》所載呂尚漁釣渭水事。抱甕灌園，傳說孔子的學生子貢路過漢水南岸，看見一個老人一次次地抱甕澆菜，用力甚多而收效甚少，就建議用桔槔這種機械去汲水。老人不贊成，認為有了機械，就會產生機巧之事，進而產生機巧之心；有了機巧之心，「道」也就學不到了。見《莊子・天地》。此謂安於拙陋的純樸生活。心機，即機心。漢渚，即漢水。

【語　譯】我本是草野平民，住桑樞繫韋帶。自幼就樹立志尚和操守，不求聲名；到了中年，誓志不求顯達。上一等是持鞭駕車，為朝廷服役，得到祿位之榮；次等是捧檄入官，贍養家庭，得到代耕之祿。但是我忠心不聞於十戶，學識不專長一經。退隱不會待價而沽，仕進不會鑽營諂媚。想隨聚集的旋風高高飛起，但浩瀚沒有邊際；想仰仗驥尾向上奔馳，又渺茫難於託付。此時此際，真想學呂尚投竿垂釣，隱身居於渭水；學老丈抱甕灌園，斷絕機心於漢陰。

幸屬乾坤貞觀，烏兔光華。嵩山動萬歲之聲，德水應千年之色。雖無為光宅，欣預比屋之封；而有道賤貧，恥作歸田之賦❶。於是揭來甕牖，利見金門。指帝鄉以望雲，赴長安而就日。美芹之願，徒有獻於至尊；蟠木之姿，誰為容於左右❷？

【章　旨】希望能報效朝廷。

【注　釋】❶幸屬乾坤貞觀八句　謂生逢盛世。貞觀，《易．繫辭下傳》：「天地之道，貞觀者也。」此謂天地的道理，以正道示人。因為天地常垂象以示人，故稱貞觀。貞，正，常。原作「與」。觀，示。烏兔，指日月。左思〈吳都賦〉：「籠烏兔於日月。」嵩山，《漢書．武帝紀》載：「漢元封元年（前一一〇）春，武帝登嵩山從祀，吏卒皆聞三次高呼萬歲之聲。」後以臣下祝頌高呼萬歲，謂之「嵩呼」。德水，指黃河，見本書卷五〈送郭少府探得憂字〉注。無為，即儒家所謂「無為而治」，也就是聖人以德化民，不待其有所作為。光宅，安定，見本書卷六〈為齊州父老請陪封禪表〉注。比屋之封，指堯帝的教化，見本書卷二〈夏日遊德州贈高四〉注。歸田之賦，《文選》張衡〈歸田賦〉李善注：「歸田賦者，張衡仕不得志，欲歸於田，因作此賦。」❷於是揭來甕牖八句　謂欲報效朝廷。揭來，離開。揭，原作「獨」。甕牖，謂以敗甕口為窗，指陋室。金門，即金馬門，宦署之門，因門旁有銅馬，故云。帝鄉，指京都長安。望雲，見本書卷二〈夏日遊德州贈高四〉注。就日，見本書卷二〈夏日遊德州贈高四〉注。美芹，《列子．楊朱篇》載：宋國有個農夫，以為太陽曬背脊最能取暖，想把這辦法獻給國王，取得賞賜。同里的富人對他說，從前有人以芹菜為美味，向鄉紳稱道，曾引起人們的訕笑。嵇康〈與山巨源絕交書〉：「野人雖有快炙背而美芹子者，欲獻之至尊，雖有區區之意，亦已疏矣。」此以美芹喻贈人之微物。至尊，指君王。蟠木，原作「蟠本」。容，猶先容，見本書卷二〈浮查〉注。

【語　譯】我有幸生於太平盛世，天地以正道示人，讓日月大放光華。嵩山有嵩呼萬歲的祝頌，黃河有千年一清之水色。無為而治天下安定，欣逢比屋教化之封賞；政治清明輕視貧賤，以作歸田之賦為恥。於是我離開陋室，利見金門。指向帝京望之如雲，趕赴長安就之如日。區區之意，徒然獻給皇帝陛下；屈曲之木，又有誰能為他引薦？

明公唯幾成務，論道經邦。一顧之隆，駘足逾於仙鹿；片言之事，魚目軼於靈蛇❶。庶望顧兔離箕，動薰風於舜海；從龍潤礎，霈甘澤於堯雲。則鱠餘之魚，希振鱗於吳水；膳後之豕，翻化龜於魯津。拜伏階墀，增其木谷。謹啟❷。

【章　旨】希望得到太常伯的提攜。

【注　釋】❶明公唯幾成務六句　謂太常伯的重要地位。明公，尊稱太常伯。唯幾成務，《易・繫辭上傳》：「唯幾也，故能成天下之務。」意謂只有研究細微的徵象，才能成就天下的事務。幾，微小。論道經邦，研究治國之道，以便經營治理國家。《書・周官》：「立太師、太傅、太保，茲惟三公，論道經邦燮理陰陽。」一顧，即伯樂相馬事，見本書卷二〈在江南贈宋五之問〉「一顧」注。隆，深厚的情誼。駘足，指劣馬。仙鹿，《藝文類聚・獸部》：「《列仙傳》曰：蘇耽與眾兒俱戲獵，常騎鹿。鹿形如常鹿，遇險絕之處皆能超越。眾兒問曰：『何得此鹿，騎而異常鹿耶？』答曰：『龍耶！』」軼，超越。靈蛇，《搜神記》卷二十：「隋縣溠水側，有斷蛇丘。隋侯出行，見大蛇被傷中斷。疑其靈異，使人以藥封之，蛇乃能走，因號其處『斷蛇丘』。歲餘，蛇銜明珠以報之。珠盈徑寸，純白，而夜有光，明如月之照，可以燭室，故謂之『隋侯珠』，亦曰『靈蛇珠』，又曰『明月珠』。」❷庶望顧兔離箕十一句　謂望提攜。顧兔，亦作「顧菟」。古代神話傳說月中陰精積成兔形，故用作月亮的別稱。離箕，自然現象。《書・洪範》：「庶民惟星，星有好風，星有好雨。」孔安國《傳》：「箕星好風，畢星好雨。」又《文選》張協〈七命〉：「南箕之風，不能暢其化；離畢之雲，無以豐其澤。」李善《注》引《春秋緯》曰：「月失其行，離於箕者風，離於畢者雨。」此謂月亮附麗於箕星是起風的徵兆，附麗於畢星是降雨的徵兆。後即以「箕風畢雨」謂官吏施政能順應民情。離，原作「羅」。薰風，南風，此當指〈南風歌〉，相傳虞舜彈五弦琴唱此歌：「南風之薰兮，可以解吾民之慍兮；南風之時兮，可以阜吾民之財兮。」因以「南風」名篇。見《孔子家語・辯樂篇》。舜海，喻太平盛世。從龍，即《易・乾卦》所謂「雲從龍」的意思。潤礎，《淮南子・說林》：「山雲蒸，柱礎潤」。礎，柱子底下的石礅，引申為基底。

潤，潮濕。甘澤，甘雨。堯雲，喻太平盛世。鱠餘之魚，干寶《搜神記》卷十三：「江東名餘腹者，昔吳王闔閭江行，食膾有餘，因棄中流，悉化為魚。今魚中有名吳王膾餘者，長數寸，大如箸，猶有膾形。」膳後之豕，《太平御覽．獸部》：「符子曰：朔人獻燕昭王以大豕，曰：『養奚若？』使曰：『豕也。非大圊不居，非人便不珍，今年百二十矣，人謂豕仙。』王乃命豕宰養之。十五年，大如沙獖，足如不勝其體。王異之，令衡官橋而量之。折十橋，豕不量；又命水官舟而量，其重千鈞，其巨無用。燕相謂王曰：『奚不饗之？』王乃命宰夫膳之。夕，見夢於燕相曰：『造化勞我以豕形，食我以人穢，吾思其生久矣，仗君之靈，得化吾生，始得為魯津之伯。』後燕相遊乎魯津，有赤龜奉璧而獻。」木谷，《詩經．小雅．小宛》：「溫溫恭人，如集於木。惴惴小心，如臨於谷。」此謂謹慎小心，如集於大木而恐墜落，如臨於深谷而恐隕落。

【語　譯】明公處理天下繁雜的事務，研究治國的策略和方法。一顧之隆重，能使駘足勝過仙鹿的聲譽；片言之重量，能使魚目超過明珠的價值。幸望得到君的提攜，如月兔離箕，啟動南風吹舜海；如雲龍潤礎，降下甘雨霈堯天。那麼像我這樣的鱠餘之魚，能做到振鱗游動於吳水；膳後之豕，能做到化龜獻璧於魯津。拜伏階下，誠惶誠恐。謹啟。

【賞　析】駱賓王之文，以書信體的「啟」佔有較大的比重。這些啟都有一個共同的特點，即擬借助某官宦的引薦，謀求進身之路。這種上書當道、陳情言志、干謁求仕的做法，帶有明顯的功利性。但它貌似謙卑，實則自信自負，從中可看到初唐士大夫的用世之心、困窮之境和憤懣之情。

這些啟在結構上也有共同的模式，大體可分為三個部分。第一部分是全文的引子，以論述知遇的重要性引出下文。第二部分是全文的過渡，表達仰慕之意，歌頌某官宦的家世、職位、才德、政績等。第三部分是全文的主體，自敘生平發憤攻讀的經歷及懷才不遇的困境，希望得到引薦，以便躋身仕途，報效朝廷。

據陳熙晉《駱臨海集箋注》：「各啟多作於麟德（六六四至六六五）、乾封（六六六至六六八）間。」可供參考。

本啟是上呈吏部尚書的，開篇即論述知遇問題，接著對吏部尚書歌功頌德，然後轉到自己的困境，轉到報效朝廷的理想，再轉到希望引薦的目的。這樣層層轉折，步步推進，使文勢有曲折，有起伏，有照應。

上李少常啟

【題　解】文題原作〈上李少常伯啟〉。少常伯，即吏部侍郎，不詳。陳熙晉《駱臨海集箋注》：「此啟當是上敬玄也。」敬玄，為李敬玄，亳州譙人也。乾封初，歷遷西臺舍人，弘文館學士。總章二年（六六九），累轉西臺侍郎，兼太子右中護，同東西臺三品，兼檢校司列少常伯。上元二年（六七五），拜吏部尚書。《舊唐書》有傳。

賓王啟：竊惟陰陽作炭，化一氣以陶甄；天地為爐，混萬物為芻狗。然則璧輪均照，或流景於萊城；玉燭平分，獨翔寒於黍谷❶。是知汙隆迭襲，榮悴相循。得氣者繁滋，失時者零落❷。

【章　旨】論述遇仕與不遇。

【注　釋】❶賓王啟九句　謂造化為工。陶甄，《後漢書·郅惲傳》：「甄陶品類」。李賢注：「甄者，陶人旋轉之輪也。言天地造化品物，如陶匠之成眾品者也。」天地為爐，《莊子·大宗師》：「今一以天地為大鑪，造化為大冶，惡乎往而不可哉！」芻狗，見本書卷六〈為齊州父老請陪封禪表〉注。璧輪，見本書卷六〈為齊州父老請陪封禪表〉注。景，日光。萊城，《漢書·地理志》：「東萊郡不夜，有成山日祠。莽曰夙夜。」顏師古注：「《齊地記》云：古有日夜出，見於東萊。」《元和郡縣志》：「河南道登州文登縣，不夜故城，在縣東北八十五里，屬東萊郡。春秋時萊子所置。初築此城，有日夜出，故名之。」玉燭，見卷三〈宿山莊〉注。黍谷，《文選》阮籍〈詣蔣公奏記〉：「鄒子居黍谷之陰」。李善《注》：「劉向《別錄》曰：鄒衍在蕪，有谷寒，不生五穀，鄒子吹律而溫，生黍。」❷是知汙隆迭襲四句　謂遇仕與不遇。知，原缺。汙隆，升降，指世道的盛衰。迭襲，重迭；重複。榮悴，茂盛和憔悴。循，循環，周而復始之意。零落，聯綿詞，凋謝；脫落。

【語　譯】賓王啟：我私下認為造物主如陶工，把陰陽二氣作為炭火，融於一氣，燒土成器；造物主又如鐵匠，把天地作為大爐，鍛造出天下萬物與平民百姓。那麼太陽普照，或是流光於不夜之萊城；四季平分，唯獨飛寒於黍谷之陰。由此可知遇仕者昌盛，不遇者凋殘，如萬物於天地之間，有盛有衰，有榮有悴，得到天地真氣的就繁榮滋長，失去機遇的就凋謝脫落。

伏以君侯疏乾激派，龍門開竹箭之波；鎮地橫基，鵠翅峙蓮花之嶺。曜重暉於若月，炳疊彩於非煙❶。至若瑞動赤符，著元勳於東漢；烽驚紫塞，宣武功於北征。奕葉龍光，蟬聯龜組❷。德由天縱，白星降王輔之精；道叶神交，黃石授帝師之略❸。

【章　旨】歌頌少常伯的職位、家世和成為王佐的地位。

【注　釋】❶伏以君侯疏乾激派六句　謂少常伯的職位。君侯，漢代對列侯的尊稱，此尊稱少常伯。疏，開通。乾，《易・說》：「乾，天也。」此指天下。激，激發。龍門，即黃河之禹門山，見本書卷三〈晚渡黃河〉注。鵠翅，不詳。蓮花之嶺，指西岳華山。若月，即若月乘輪，見本卷〈為齊州父老請陪封禪表〉注。炳，光明；顯著。非煙，即慶雲，見本書卷六〈為齊州父老請陪封禪表〉注。❷至若瑞動赤符六句　謂少常伯的家世。瑞，原作「端」。赤符，《後漢書・光武帝紀》：「莽末，……光武避吏新野，因賣穀於宛。宛人李通等以圖讖說光武云：『劉氏復起，李氏為輔。』建武元年（二五），於是諸將議上尊號。……光武先在長安時，同舍生彊華，自關中奉〈赤伏符〉，曰：『劉秀發兵捕不道，四夷雲集龍鬥野，四七之際火為主。』群臣因復奏曰：『符瑞之應，昭然著聞。宜答天神，以塞群望。』光武於是命有司設壇場於鄗南千秋亭。六月己未，即皇帝位。」符，原作「光」。元勳，首功；大功。北征，似為東漢竇憲破北單于刻石勒功事。見本書卷五〈詠懷古意上裴侍郎〉注。

奕葉，指累世。龍光，即寵光，謂由特加恩寵而得到的榮耀。龍，同「寵」。寵幸。光，原作「文」。蟬聯，連續相承。龜組，即龜綬。《漢書・輿服志》注：徐廣曰：「太子及諸王，金印，龜組纁朱綬。」❸德由天縱四句　謂少常伯為王佐。見本書卷六〈上司列太常伯啟〉注。

【語譯】君侯身負吏部侍郎之重任，開通天下，激發四海，如龍門放開竹箭之波濤；橫貫大地，開拓地基，如鵠羽峙立蓮花之山岳。如月輪光華照耀，如慶雲疊放異彩。至於少常伯的家世，祥瑞呈現赤符，有大功顯著於東漢；烽煙驚動紫塞，有武功傳播於北征。祖輩榮獲恩寵，世代繼承印綬。少常伯是帝王的輔佐，如蕭何德由天賦，本是白昴星精的降生；如張良道契神交，得黃石公之《太公兵法》。

故得三千運北，擊舜海以遊鱗；九萬圖南，望堯雲而矯翰。折衝千里，魯連談笑之功；師表一時，郭泰人倫之度❶。於是九重銜紱，照星影於宸維；四達埋輪，振霜威於權右❷。加以分庭讓士，虛坐禮賢。片善必甄，揖虞翻於東箭；一言可紀，許顧榮以南金❸。

【章旨】歌頌少常的政績和權威。

【注釋】❶故得三千運北八句　謂少常伯的政績。三千運北，即《莊子・逍遙遊》所謂「鵬之徙於南冥也，水擊三千里，摶扶搖而上者九萬里，去以六月息者也。」矯，同「撟」。舉起。翰，長而硬的鳥羽。魯連、郭泰，見本書卷六〈上司列太常伯啟〉注。❷於是九重銜綬四句　謂少常伯的權威。銜，奉，接受。紱，亦作「韍」。繫印的絲帶，此指代印綬。原作「綬」。宸維，北極星所居，此指代皇宮。埋輪，《後漢書・張王种陳列傳》載，東漢順帝漢安元年（一四二），選派使節八人巡視各地。七個使節均已乘車出發，唯獨張綱剛離洛陽城都亭，就停下車來，把車輪埋在地下，不再走了，說是「豺狼當道，安問狐狸？」即上書彈劾當時執掌朝柄的大將軍梁冀，使朝野為之震動。霜威，謂寒霜肅殺之威勢。權右，指有權力而位高者。❸加以分庭讓士六句　謂少常伯禮賢。甄，鑒別；選拔。虞翻，字仲翔，三國吳會稽餘姚人。他曾與少府孔融書，並示以所著《易注》。孔融答書曰：「聞延陵之理樂，睹吾子之治《易》，乃知東南之美者，非徒會稽之竹箭也。」見《三國志・吳書》本傳。又，《爾雅・釋地》：「東南之美者，有會稽之竹箭焉。」紀，法度；準則。顧榮，字彥先，吳國吳人也。當時南土之士，未盡才用，顧榮舉陸士光、殷慶元等，說是凡此諸人皆南金也。書奏，皆納之。見《晉書・顧榮傳》。又，《晉書・薛兼傳》：「(薛)兼清素有器宇，少與同郡紀瞻、廣陵閔鴻、吳郡顧榮、會稽賀循齊名，號為五儁。初入洛，司空張華見而奇之，曰：『皆南金也。』」南金，《詩經・魯頌・泮水》：「元龜象齒，大賂南金。」按，南金，指荊、揚二州所產之銅，古時所謂金多指銅。此以南金喻南方的優秀人物。

【語譯】因此，當大鵬從北海飛向南海之時，拍擊水面激浪三千里，使大魚能游弋於舜海；拍擊旋風直上九萬里，使大鵬展翅於堯天。使秦軍退卻千里，魯連不失談笑之功勞；成為一時的師表，郭泰具有人倫的風度。加上君能分庭讓士，虛席禮賢。片善必加選拔，使虞翻得到東箭的美名；一言可成準則，使顧榮實現南金之薦舉。

賓王蟠木朽株，散樗賤質。墻面難用，灰心易寒。退無毛、薛之交，進乏金、張之援。塊然獨居，十載於茲矣❶。然而日夜相代，笑溝壑之非遙；貧病交侵，思薜蘿而可託。欲乘幽控寂，連綺季於青山；樂道棲真，從魯連於滄海❷。

【章　旨】敘述自己的困境。

【注　釋】❶賓王蟠木朽株八句　謂進退兩難。散樗，猶散材，見本書卷六〈上吏部侍郎帝京篇啟〉注。樗，原作「雩」。墻面，面對牆壁，比喻不學無術或一無所知。《書・周官》：「不學牆面」。孔穎達疏：「人而不學，而面向牆，無所睹見。」灰心易寒，見本書卷三〈和孫長史秋日臥病〉注。寒，原作「然」。毛薛之交，戰國魏公子無忌，是魏昭王少子魏安釐王異母弟。安釐王即位，封公子為信陵君。公子留趙，聞趙有處士毛公藏於博徒，薛公藏於賣漿家，公子欲見兩人，兩人自匿，不肯見公子。公子聞所在，乃間步往從此兩人游，甚歡。見《史記・魏公子列傳》。金張之援，指西漢金日磾、張安世的擢拔。金，金日磾，字翁叔，本匈奴休屠王太子，甚得漢武帝信愛，拜車騎將軍。莽何羅謀反，日磾縛而誅之，以功封秺侯。武帝崩，與霍光同受遺詔輔政。卒謚「政」。《漢書》有傳。張，張安世，張湯之子，字子孺。武帝奇其才，擢尚書令，遷光祿大夫。昭帝即位，拜大將軍，封富平侯。宣帝時以定策功拜大司馬，卒謚「政」。《漢書》有傳。擢，引進；擢拔。塊然，孤獨的樣子。❷然而日夜相代八句　謂欲退隱林泉。相代，相互替代。溝壑，山溝，藉指野死之處或困厄之境。《孟子・滕文公下》：「志士不忘在溝壑」。趙岐注：「君子固窮，故常念死無棺槨沒溝壑而不恨也。」交侵，交互侵逼。侵，原作「浸」。薜蘿，即披薜帶蘿的意思，見本書卷三〈晚憩田家〉注。託，托身。乘幽控寂，謂追逐支配幽寂，指隱居。綺季，人名，即綺里季，為漢代隱居於商山的「四皓」之一，見本書卷三〈秋日山行簡梁大官〉注。此指代隱士。樂道，喜歡修仙學道。棲真，猶棲隱。棲，原作「悽」。魯連，即戰國齊人魯仲連。燕將攻下聊城，聊城人就在燕國散布流言蜚語。燕將害怕被殺，不敢回國，便固守聊城。齊將田單攻不下聊城，士卒多死。魯連就給燕將寫了一封勸降書。燕將見書後，哭泣多天，就自殺了。於是田單攻下聊城。齊王要給魯連封爵，魯連不受，逃隱於海上，說：「我與其富貴而屈身事人，寧願貧賤而能輕蔑流俗、放縱意志啊！」見《史記・魯仲連鄒陽列傳》。

【語　譯】我賓王不過是蟠木朽株，散材賤質。不學無術，面牆難用，心如寒灰，壯志銷磨。退隱吧，得不到像戰國時毛公、薛公那樣的知交；仕進吧，又得不到像西漢時金日磾、張安世那樣的擢拔。孤身獨處，已有十年於此了。然而日以繼夜，可笑野死山溝、死無棺槨的遭際，已為期不遠；貧病交迫，思量唯有披薜帶蘿、隱居山林的生活，可以托身。我要乘幽控寂，追隨綺里季隱遁於商山；樂道棲真，跟著魯仲連逃匿於滄海。

幸屬舜門廣闢，漢幣交馳。遂得佇嘯高丘，應箕文而動韻；聆吟大野，浮艮岫以流陰❶。將恐在藻纖鱗，終寡登龍之望；棲棲弱羽，徒仰摶鵬之高。所覬曲逮恩光，資餘潤於東里；襲承導引，託輕葛於南樛。撫己多慚，循躬增懼❷。謹啟。

【章　旨】希望少常伯的提攜。

【注　釋】❶幸屬舜門廣闢六句　謂生逢盛世。舜門，指舜帝開四方之門納賢。見本書卷二〈夏日遊德州贈高四〉注。漢幣，《史記・儒林列傳》載：蘭陵王臧，及代趙綰，請求天子，欲立明堂來朝見諸侯，因為不大明確明堂的制度，做不好這件事，便推薦他們的老師申公。於是天子就派使者以束帛加璧、安車駟馬去迎接申公。按幣即束帛，古代聘問、賞賜的禮物。把三丈六尺的帛兩端卷成一匹，五匹卷成一束，稱為束帛。佇嘯，久立長嘯。高丘，高山。箕文，即箕星，見本書卷六〈上司列太常伯啟〉注。動韻，指「箕星好風」之意。艮岫，連文同義，謂山巒。艮，山，《易・說》：「艮為山。」孔穎達正義：「取陰在下為止，陽在於上為高，故艮象山也。」岫，峰巒；山穴。原作「軸」。流陰，謂陰律或陰氣在山穴中流動。古代的「候氣」，即用音律占驗、辨別節氣的發展變化，故可用陰律指代陰氣。見《後漢書・律曆志上》。這裡既指陰律，也指陰氣。❷將恐在藻纖鱗十句　謂希望提攜。在藻纖鱗，在水藻下面的小魚。《詩經・小雅・魚藻》：「魚在在藻，有頒其首。」登龍，謂登龍門。《太平廣記》卷四六六引《三秦記》：「龍門之下，每歲季春有黃鯉魚，自海及諸川爭來赴之。一歲中，登龍門者不過七十二。初登龍門，即有雲雨隨之，天火自後燒其尾，乃化為龍矣。」此喻得到有力者的援引而增長聲譽。弱羽，謂小鳥。仰，仰慕。原作「抑」。摶鵬，見本書卷一〈螢火賦〉注。覬，希望。曲，局部。《禮記・中庸》：「其次致曲。」鄭玄注：「曲，猶小小之事也。」逮，及。恩光，天子的恩澤光曜。資，資助。東里，古地名，在今河南省新鄭縣城內。春秋鄭國大夫子產居於此，故世稱東里子產。導引，謂前導。輕葛，原作「夢葛」。《詩經・周南・樛木》：「南有樛木，葛藟纍之。」按，樛木，向下彎曲的樹木。纍，攀援。循躬，撫摩自己。

【語　譯】幸好我盛朝廣開納賢的舜門，並以漢幣迎賓駟馬交馳。於是長嘯高山，使箕星好風而發出聲韻；聆吟大野，使陰氣流動山穴而發出回音。我恐在藻小魚，終乏引薦的希望；棲棲小鳥，徒然仰慕高空的大鵬。我希望能局部得到天子的恩光，使東里得到餘潤；希望承襲先輩的前導，使輕葛託附於南樛。撫己深感慚愧，撫己倍增戒懼。謹啟。

【賞　析】本篇是上呈李少常伯的「啟」，仍然是干謁求仕的主題。

本篇作者寫有這麼一段話：

賓王蟠木朽株，散樗賤質。墻面難用，灰心易寒。退無毛、薛之交，進乏金、張之援。塊然獨居，十載於茲矣。然而日夜相代，笑溝壑之非遙；貧病交侵，思薜蘿而可託。

這是闡明自己孤苦無依、進退兩難的處境，極富於悲劇色彩。其中「塊然獨居，十載於茲矣」，值得注意。據陳熙晉《駱臨海集箋注》云：「案，王勃〈上李常伯啟〉曰：『謹憑斯義，輒呈〈宸遊東岳頌〉一首。』此啟疑亦上於麟德元年（六六四）封泰山時也。」這點明創作時間相當於唐高宗封禪泰山之時，當時作者正在齊州，有〈為齊州父老請陪封禪表〉為證。這「十年」即是閒居齊魯的十年。這可以幫助我們去理解作者齊魯生活時期的經歷。

上兗州刺史啟

【題　解】文題原缺「刺史」兩字。兗州，《舊唐書·地理志》：「兗州上都督府，隋魯郡。武德五年（六二三），平徐圓朗，置兗州，領任城、瑕丘、平陸、龔丘、曲阜、鄒、泗水七縣。」刺史，隋朝，州的長官為刺史，實際上相當於從前的太守。唐初，改郡為州，天寶間，一度改州為郡，不久又改郡為州。在稱州時，長官是刺史，在稱郡時，長官是太守。

側聞未遇孫陽，鹽車無絕輪之迹；時逢和氏，荊山有連城之珍❶。豈若聽清音於爨餘，則枯桐發響；收夜光於玄璧，則怪石騰輝。在物猶然，況於含識者矣❷？

【章　旨】敘述知遇的重要。

【注　釋】❶側聞未遇孫陽四句　謂貴在知遇。孫陽，即伯樂，見本書卷六〈上司列太常伯啟〉。絕輪，一作「絕塵」。和氏，即卞和，見本書卷二〈在江南贈宋五之問〉注。連城之珍，謂價值連城的珍寶，指和氏璧。❷豈若聽清音於爨餘六句　謂物性的作用。爨餘，即焦尾琴的典故。干寶《搜神記》卷十三：東漢靈帝時，陳留郡人蔡邕在吳郡，碰到有戶人家用桐木燒火煮飯，蔡邕聽到桐木發出爆烈聲，就知道那是一塊好木材，便請求把那塊桐木給他。他砍削製成琴，果然彈出美妙動聽的聲音。因為琴的尾部燒焦了，便取名「焦尾琴」。爨，燒火。夜光，指璧光照廡，見卷一〈螢火賦〉注。怪石，奇特的寶石。物，指物性。含識，佛家語，謂有意識、有感情的生物，即眾生。

【語　譯】我聽說千里馬未遇孫陽，鹽車永遠也不會斷絕輪跡；璞玉時逢卞和，荊山才出現價值連城的珍寶。難道不是聽到火餘的清音，怎麼會有美妙動聽的焦尾琴；不是拾到夜光之璧，怎麼會有奇石在夜晚發光。物性尚且如此，何況是有意識的芸芸眾生呢？

伏惟明使君鳳穴振儀，龍門標峻，瓊雕岳立，表秀干雲，霞煥霜霏，澄虛鑒物❶。既而代工天府，忠簡帝心。擁熊軾而撫百城，建隼旟而臨千里。坐棠敷惠，恩纏去思。剖竹垂仁，式歌來暮。清凝夜燭，化警晨烏。外勗九農，內弘五教。導之以禮樂，齊之以刑書。約法遵寬，設蒲鞭之恥；立言惟信，控竹馬之期。甘雨隨車，雲低輕重之蓋；珠還合浦，波含遠近之星❷。

【章　旨】歌頌刺史之家世、威儀和政績。

【注　釋】❶伏惟明使君鳳穴振儀六句　謂刺史的身世和威儀。鳳穴，即丹穴山，見本書卷五〈傷祝阿王明府〉注，此喻家世。穴，原作「宂」。振儀，顯揚威儀。龍門標峻，顯示出府第的高峻。龍門，為東漢李膺事。見本書卷四〈初秋登王司馬樓宴〉「登龍」注。此喻有聲望有地位的府第。標，顯示；表明。峻，高大。瓊雕，如玉之雕。瓊，赤玉。岳立，如山之峙。表，林表，即樹梢。秀，優美出眾。霞煥，如雲霞煥彩。霏，形容霜雪之盛。澄虛，清澄虛靜。❷既而代工天府二十二句　謂刺史的政績。代工天府，見本書卷六〈上司列太常伯啟〉注。忠簡帝心，見本書卷六〈上司列太常伯啟〉注。熊軾，伏熊形的車前橫木，因而指有熊軾的車，古代為顯宦所乘。此指代刺史的車駕。隼旟，即上畫鳥隼的旗，為州、郡長官的標志。坐棠，為召公在甘棠樹下聽訟決獄事。見本書卷二〈在獄詠蟬〉注。敷惠，施加恩惠。敷，布；施。恩纏，恩德縈繞。去思，謂地方士民對離職官吏的思念。《漢書・何武王嘉師丹傳》：「欲除吏，先為科例，以防請託，其所居亦無赫名，去後常見思。」剖竹，即剖符。古代授官封爵，以竹符為信，剖分為二，一給本人，一留朝廷，相當於後來的委任狀。式歌，《後漢書・廉范傳》載：廉范，字叔度，遷蜀郡太守。成都民物豐盛，邑居稠密，多火災。前守皆禁夜作，以防火災。范至，廢削先令，但嚴令貯水而已，民甚便之，歌之曰：「廉叔度，來何暮，不禁火，民安作，平生無襦今五袴。」式，古代的一種禮儀，即立乘車上俯身撫軾（車上用以扶手的橫木），表示敬意。此是恭敬的意思。夜燭，《太平御覽・火部》：「《會稽典錄》曰：『陳修，字奉遷，烏傷人也。為豫章太守，修性清潔，履約恭儉，十日一炊，不然官燭。』」化警晨烏，《漢書・循吏傳》：「黃霸，字次公，為潁川太守。吏出不敢舍郵亭，食於道傍，烏攫其肉。民有欲詣府口言事者，適見之。霸與語，道此。後日吏還謁霸，霸見，迎勞之曰：『甚苦！食於道旁，乃為烏所盜肉。』吏大驚，以霸具知其起居，所問毫釐不敢有所隱。」勗，勉勵。九農，泛指各種農事活動。《周禮・閭師》：「凡任民任農，以耕事貢九穀。」五教，即五常之教。見本書卷六〈上司列太常伯啟〉注。齊，使之齊一。刑書，即刑法。蒲鞭，《後漢書・卓魯魏劉列傳》：「劉寬，字文饒，遷南陽太守，典歷三郡，溫仁多恕，常以為齊之以刑，民免而無恥。吏人有過，但用蒲鞭罰之，示辱而已，終不加苦。」竹馬，用東漢郭伋事。見本書卷五〈餞鄭安陽入蜀〉注。甘雨隨車，《太平御覽・職官部》：「謝承《後漢書》曰：陳留百里嵩，字景山，為徐州刺史。境遭旱，嵩行部傳車所經，甘雨輒霪。東海金鄉、祝其兩縣僻在山間，嵩傳駟不往，兩縣不得雨。父老干請嵩曲路到兩縣，入界即雨。」蓋，車蓋，指代車子。珠還合浦，《後漢書・循吏列傳》載：孟嘗，字伯周，會稽上虞人，遷合浦太守。郡不產穀實，而海出珠寶。與交阯比境，常通商販，貿糴糧食。先時宰守，並多貪穢，詭人採求，不知紀極，珠遂漸徙於交阯郡界。於是行旅不至，人物無資。孟嘗到官，革易前弊，求民病利，曾未踰歲，去珠復還，百姓皆反其業，商貨流通，稱為神明。

【語　譯】明使君家世顯赫，如顯揚鳳穴之威儀，如顯示龍門之高峻，如玉雕岳峙，如林表直沖雲天，如雲霞煥彩，如寒霜霏霏。清澄虛靜，光可鑒物。君代天理官，忠誠得到君王的賞識。君之政績，擁有熊軾而安撫百城，建立隼旗而視察千里。聽訟決獄於甘棠樹下，恩德縈繞於地方士民。授官封爵，垂示仁義。如便民太守廉叔度，式歌來暮；如清廉太守陳奉遷，不燃官燭，如威嚴太守黃霸，晨烏化警。對外就勉勵農事，對內則弘揚五教。以禮樂誘導他們，以刑法整齊他們。如太守劉寬約法寬恕，以蒲鞭懲罰示辱；如太守郭伋立言守信，有兒童竹馬相迎。如刺史百里嵩，甘雨隨車，使雲低輕重之車駕；如太守孟伯周，珠還合浦，使波含遠近之星光。

至如臥理稱難，坐嘯匪易。披裳問疾，垂愛景以字人；褰帷廣聽，穆薰風而扇物。嚴霜秋降，叶隼擊而防小人；零露春濡，飾羔旌而禮君子❶。於是仁必有勇，義不忍欺。美譽鬱於三齊，芳猷騰於千古❷。

【章　旨】歌頌刺史的仁愛、威嚴及影響。

【注　釋】❶至如臥理稱難十句　謂刺史的仁愛。臥理，《史記・汲鄭列傳》載：汲黯，字長孺，濮陽人。漢武帝召拜黯為淮陽太守，黯伏謝不受印。武帝說：「君薄淮陽邪？吾今召君矣。顧淮陽吏民不相得，吾徒得君之重，臥而治之。」黯居郡如故治，淮陽政清。理，原作「裏」。坐嘯，亦作「坐歗」。閒坐吟嘯。東漢成瑨少修仁義，篤學，以清名見，任南陽太守，用岑晊（字公孝）為功曹，公事悉委岑辦理。民間為之謠曰：「南陽太守岑公孝，弘農成瑨但坐嘯。」見《後漢書・黨錮列傳序》。此喻從容處理政事。披裳問疾，不詳。據《駱丞集》顏文選注：「漢朱邑為郡守，僚吏有疾，披衣問之。」愛景，猶愛日，即冬日，比喻溫暖的恩惠。字，愛的意思。褰帷，東漢時刺史到任，迎接的車子照慣例要掛起赤帷裳。但冀州刺史賈琮到任就破例，他一登上車子就說：「刺史必須廣視聽，察美惡，怎麼能掛起帷裳來塞自己的耳目呢！」即吩咐把帷裳褰起來。見《後漢書・郭杜孔張廉王蘇羊賈陸列傳》。褰，揭起。原作「蹇」。穆，淳和。扇物，吹物。隼擊，如鷹隼迅猛搏擊。《漢書・蓋諸葛劉鄭孫毋將何傳》載：孫寶，字子嚴，潁川鄢陵人。徵為京兆尹，故吏侯文，以剛直不苟合，常稱疾不肯仕。寶以恩禮請侯文，文求受署為掾。數月，以立秋日署文東部督郵。入見，敕曰：「今日鷹隼始擊，當順天氣，取姦惡，以成嚴霜之誅，掾部渠有其人乎？」文曰：「無其人，不敢空受職。」寶曰：「誰也？」文曰：「霸陵杜穉季。」穉季者大俠，聞知之，遂不敢犯法。濡，沾濕；沾染。羔，羔羊，禮賢之贄。《禮記・曲禮下》：「凡摯，天子鬯，諸侯圭，卿羔，大夫雁。」旌，禮賢之儀。❷於是仁必有勇四句　謂刺史之影響。義不忍欺，《史記・滑稽列傳》：「《傳》曰：『子產治鄭，民不能欺；子賤治單父，民不忍欺；西門豹治鄴，民不敢欺。』」鬱，盛。三齊，秦亡，項羽以齊國故地分立齊、膠東、濟北三國，皆在今山東東部，後泛稱三齊。《史記・項羽本紀》：「（田榮）并王三齊。」芳猷，美的謀略。騰，傳；致。

【語　譯】至於臥而治之當稱困難，坐嘯理政亦屬不易。如太守朱邑披裳問疾，向僚屬垂示冬日的溫暖；如刺史賈琮撤去車帷，使和淳的薰風吹拂萬物。執法如秋降嚴霜，迅猛搏擊而防小人；待士如春沾零露，備羔旌贄儀而禮君子。於是仁必有勇，義不忍欺。美譽盛於三齊，大謀傳於千古。

若乃清規遠鏡，皎月色於靈臺；玄鑒虛凝，穆松風於智府❶。研機千篋，探賾九流。縟翠萼於詞林，綷鮮花於筆苑。文江翻浪，織玉瀲以韜霞；學海驚瀾，綴珠鱗於濯錦❷。

【章　旨】歌頌刺史之修養、才學。

【注　釋】❶若乃清規遠鏡四句　謂刺史之修養。清規，供人遵循的規範。遠鏡，供人審察的明鏡。靈臺，即內心。見本書卷二〈夏日遊德州贈高四〉注。玄鑒，猶玄覽。謂內心光明，照察事物。松風，劉義慶《世說新語・賞譽》：「世目李元禮謖謖如勁松下風。」智府，佚名，《文子・守清篇》：「神者，智之淵也；神清則智明。智者，心之府；智公則心平。」❷研幾千篋八句　謂刺史之學問。研幾，研究事物細微的徵象。篋，書箱。探賾，探求深奧之道理。九流，見本書卷二〈夏日遊德州贈高四〉注。縟，繁密的采飾。翠，鮮明的樣子。萼，指花萼。綷，五彩雜合。文江，見本書卷六〈上司列太常伯啟〉

注。玉瀲，猶玉水。韜，包容。濯錦，謂濯錦江，即錦江，又名流江、汶江，俗名府河，為岷江支流，相傳濯錦於江中，顏色則更鮮艷。此指洗濯過的絲織物。

【語譯】至若刺史言行規範，使皎潔明月朗照肺腑；內心虛靜，使淳和松風漾於智府。研求千篋細微的徵象，探討九流深奧的哲理。翠萼采飾於詞林之中，鮮花錯雜於筆苑之內。文江翻浪，如織成玉波而包容雲霞；學海興瀾，如絲織品上綴滿珠鱗。

加以懸榻待士，擁篲禮賢。汲引忘疲，獎題不倦❶。懷經味道之客，望範圍之駿奔；兼包流略之夫，窺義園以遐集。求小善於毫芥，顧正禮於二龍。振幽滯於沙泥，許明公於一驥❷。

【章旨】歌頌刺史待士禮賢。

【注釋】❶加以懸榻待士四句　謂刺史禮賢。懸榻，《後漢書・周黃徐姜申屠列傳》載，徐穉，字孺子，豫章南昌人。家貧，常自稼穡，有德望。當時陳蕃為豫章太守，不接待賓客，只特設一榻接待徐穉。徐穉來則把榻放下來，走了就把榻掛起來。擁篲，亦作「擁彗」。即擁帚，古人迎接貴賓，常擁帚以示敬意。《史記・孟子荀卿列傳》：「如燕，昭王擁彗先驅，請列弟子之座而受業。」司馬貞《索隱》：「謂為之掃地，以衣袂擁帚而卻行，恐塵埃之及長者，所以為敬也。」汲引，引薦；提拔。忘疲，忘記疲勞。忘，原作「志」。獎題，猶獎掖。推許提拔。❷懷經味道之客八句　謂刺史甚孚眾望。懷經，胸懷經書。經，原作「綴」。味道，體會所讀書籍之義理。範圍，本義為效法。《易・繫辭上》：「範圍天地之化而不過」。韓康伯注：「範圍者，擬範天地而周備其理也。」此有麾下的意思。流，九流。略，《七略》。《漢書・藝文志》：「哀帝復使（劉）向子侍中奉車都尉歆卒父業，歆於是總群書，而奏其《七略》，故有〈輯略〉、有〈六藝略〉、有〈諸子略〉、有〈詩賦略〉、有〈兵書略〉、有〈術數略〉、有〈方技略〉。」義園，謂仁義會萃之園囿。庾信〈徵調曲〉：「黎人耕植於義圃，君子翱翔於禮園。」正禮，《三國志・吳書・劉繇傳》：「劉繇，字正禮，東萊牟平人也。繇兄岱，字公山。平原陶丘洪薦繇，欲令舉茂才。刺史曰：『前年舉公山，奈何復舉正禮乎？』洪曰：『若明使君用公山於前，擢正禮於後，所謂御二龍於長途，騁騏驥於千里，不亦可乎！』」幽滯，似指涸轍之魚，見本書卷三〈春霽早行〉注。一驥，《三國志・魏志・管輅傳》裴松之注：「輅別傳曰：輅為華清河所召，為北黌文學。安平趙孔曜，與輅有管、鮑之分。於是遂至冀州見裴使君。使君言君顏色，何以消減於故邪？孔曜言體中無藥石之疾，然見清河郡內，有一騏驥，拘縶於後廄歷年，去王良、伯樂百八十里，不得騁天骨，起風塵，以此憔悴耳。使君言騏驥今何在也？孔曜言平原管輅字公明，年三十六，雅性寬大，與世無忌。游步道術，開神無窮。裴使君即檄召輅為文學從事。……再相見，便轉為鉅鹿從事；三見，轉治中；四見，轉為別駕；至十月，舉為茂才。」

【語　譯】加上刺史能懸榻待士，擁篲禮賢。為引薦而忘疲，為獎掖而不倦。那些懷抱經書體會義理之士，望著麾下而疾速奔赴；那些兼備九流包容《七略》之人，望著義園而遠遠聚集。君追求毫芥這樣的小善，提拔二龍這樣的英才。涸轍之魚得到君的援助，縶廄之驥得到君之重用。

賓王淹中故俗，體朴厚之弘規；稷下遺甿，陶禮義之餘化。頗遊簡素，少閱縑緗。每蟋蟀淒吟，映素雪於書帳；莎雞振羽，截碧蒲於翰池❶。既而學異懷蛟，才非夢鳥。價不齊於南漢，芳不重於東山❷。

【章　旨】敘述自己的身世和處境。

【注　釋】❶賓王淹中故俗十句　謂自己的身世。淹中，春秋魯國里名。見本書卷六〈為齊州父老請陪封禪表〉注。朴厚，敦厚。稷下，即稷門，見本書卷六〈為齊州父老請陪封禪表〉注。甿，指古代之田民，原作「毗」。簡素，古代用來書寫的竹簡和絹帛。此指代書籍。少，原作「以」。縑，縑素，用作書寫的白色細絹。緗，緗帙，用作書衣的黃色細絹。此指代書卷。素雪，為孫康映雪讀書事。見本書卷五〈冬日過故人任處士書齋〉注。莎雞，蟲名，即紡織娘，又名「絡緯」、「絡絲娘」。《詩經・豳風・七月》：「六月莎雞振羽。」碧蒲，一種可製蓆的水生植物。漢代路溫舒，字長君，鉅鹿東里人。父為里監門，使溫舒牧羊，溫舒取澤中蒲，截以為牒，編用寫書。見《漢書・賈鄒枚路傳》。翰池，猶文苑墨池。❷既而學異懷蛟四句　謂自己才疏學淺。懷蛟，《西京雜記》卷二：「董仲舒夢蛟龍入懷，乃作《春秋繁露》詞。」夢鳥，為晉代羅含夢鳥事，見本書卷四〈初秋登司馬樓宴〉注。又，《西京雜記》卷二：「（揚）雄著《太玄經》，夢吐鳳凰，集《玄》之上，頃之而滅。」價，身價。南漢，曹植〈與楊德祖書〉：「昔仲宣獨步於漢南，孔璋鷹揚於河朔。」按仲宣即王粲，因在荊州，故曰漢南。孔璋在冀州，故曰河朔。東山，《晉書．謝安傳》：「謝安，字安石，少有重名。中丞高崧戲之曰：『卿屢違朝旨，高臥東山。諸人每相與言：安石不肯出，將如蒼生何？蒼生亦將如卿何？』」按東山在浙江紹興府上虞縣西南。

【語　譯】賓王生活在齊魯故俗，能夠親近敦厚之規範；是稷下田民，受到禮義的薰陶教化。我偶爾涉獵典籍，稍為閱讀書卷。每當蟋蟀淒吟的夜晚，我在書帳映雪苦讀；每當莎雞振羽的季節，我在墨池截蒲寫書。但是我學不如懷蛟的董仲舒，才不及夢鳥的羅含。身價不等於南漢的王粲，芳名不重於東山的謝安。

幸屬日月光華，雲霞紛郁。方結羨魚之網，將謠扣角之詞。奮短翮於搶榆，希高標之餘拂。濯纖鱗於涓滴，望鴻浪之微霑❶。所冀顧盼曲流，剪拂增價。則鉛刀起一割之用，跛鱉致千里之行。是知竊泯吹於齊竽，濫飛聲於郢路。抱山雞而自恧，顧遼豕以多慚。輕觸威顏，不遑流汗❷。謹啟。

【章　旨】希望得到提攜。

【注　釋】❶幸屬日月光華八句　謂幸逢盛世。羨魚，見本書卷三〈過張平子墓〉注。此喻網羅人才。扣角，為甯戚扣牛角而歌事。見本書卷六〈上吏部侍郎帝京篇啟〉注。此喻重用人才。搶榆，見本書卷一〈螢火賦〉注。高標，高聳的樹梢。❷所冀顧盼曲流十句　謂望能賞識提拔。曲流，河流的迂曲處，比喻困境。剪拂，洗滌拂拭，比喻推崇、稱許。《文選》劉峻〈廣絕交論〉：「至於顧盼增其倍價，剪拂使其長鳴。」鉛刀一割，謂鉛質的刀雖鈍，但總可以割一次，比喻鈍駑無能，但尚可一用。《後漢書．班梁列傳》：「況臣奉大漢之威，而無鉛刀一割之用乎？」跛鱉，《荀子．修身》：「夫驥一日而千里，駑馬十駕，則亦及之矣。……故學曰：『遲彼止而待我，我行而就之，則亦或遲或速，或先或後，胡為乎其不可以同至也。故蹞步（半步）而不休，跛鱉千里；累土而不輟，丘山崇（終究）成。厭（堵塞）其源，開其瀆（溝渠），江河可竭。一進一退，一左一右，六驥不致，彼人之才性之相縣，豈若跛鱉之與六驥足哉？然而跛鱉致之，六驥不致，是無它故焉，或為之，或不為之耳。』」齊竽，《韓非子．內儲說上》：「齊宣王使人吹竽，必三百人。南郭處士請為王吹竽，宣王說（悅）之。廩食以數百人。宣王死，湣王好一一聽之，處士逃。」郢路，猶郢曲、郢唱，見本書卷二〈在江南贈宋五之問〉注。抱，原作「拘」。山雞，原作「雞山」，倒文。見本書卷六〈上吏部侍郎帝京篇啟〉注。遼豕，見本書卷〈上吏部侍郎帝京篇啟〉注。

【語譯】幸而我生逢盛世，日月大放光華，雲霞紛紜繁盛。網羅人才，正結羨魚之網；進身有路，方歌扣角之詞。如小鳥能奮短翮衝過榆樹，更希望有掠過高聳樹梢之幸運；如小魚能洗濯於涓滴之水，更希望有分露鴻浪之恩澤。我還希望您能顧盼我的困境，得到您的提拔，增加我的身價。那麼像我這樣鉛質的鈍刀也能一用，像我這樣的跛鱉也能達到千里之行。因此知道濫竽可以混吹充數，郢曲可以飛聲郢路。我懷抱山雞，冒贋品之嫌，不免慚愧，我看遼豕白頭，少見多怪，也很內疚。如果我這封信輕犯您的威顏，我就誠惶誠恐，汗不敢出了。謹啟。

【賞析】本篇是上呈兗州刺史的啟。兗州屬齊魯，因此是閒居齊魯時期的作品。

本篇在歌頌兗州刺史的政績時，濃筆重彩，用了一系列的有關良刺史的典故：

> 擁熊軾而撫百城，建隼旟而臨千里。坐棠敷惠，恩纏去思。剖竹垂仁，式歌來暮。清凝夜燭，化警晨烏。外勗九農，內弘五教。導之於禮樂，齊之於刑書。約法遵寬，設蒲鞭之恥；立言惟信，控竹馬之期。甘雨隨車，雲低輕重之蓋；珠還合浦，波含遠近之星。

這裡面有召公坐棠決獄，有廉范式歌來暮，有陳修不燃夜燭，有黃霸晨烏夜警，有劉寬之蒲鞭，有郭伋之竹馬，有百里嵩甘雨隨車，有孟伯周珠還合浦，等等。這些良刺史之善德仁政，正好是對兗州刺史政績的鋪墊和正襯，這是寫作方法上的一大特點。

上兗州崔長史啟

【題解】崔長史，不詳。長史，官名。見本書卷四〈春晚從李長史遊開道林故山〉題解。

側聞豐城戢耀，駭電之輝俄剖；沙丘蹠迹，躡雲之轡載馳。然則激湍侵星，佩潛蛟於壯武；騰鑣歷塊，騁蹀駿於咸陽❶。且煦轍波鱗，側羨鰲潭之躍；觸籠雲翼，局望鵬魚之迅。是以齊郊夕唱，牛歌掞白水之詞；漢境朝趨，車侯驚拂塵之思❷。

【章旨】敘述知遇的作用。

【注釋】❶側聞豐城戢耀八句　謂知遇的作用。豐城，指豐城劍氣事。見本書卷一〈螢火賦〉注。豐，原作「酆」。戢耀，收斂光芒，指劍被埋藏於地下。剖，破開。沙丘蹠迹，《列子．說符》：「秦穆公謂伯樂曰：『子之年長矣，子姓有可使求馬者乎？』伯樂對曰：『臣有所與共擔纆薪菜者，有九方皋。此其於馬，非臣之下也。請見之。』穆公見之，使行求馬，三月而反。報曰：『已得之矣，在沙丘。』穆公曰：『何馬也？』對曰：『牝而黃。』使人往取之，牡而驪。穆公不說（悅），召伯樂而謂之曰：『敗矣！子所使求馬者，色物牝牡尚弗能知，又何馬之能知也！』伯樂喟然太息曰：『一至於此乎？是乃其所以千萬臣而無數者也。若皋之所觀，天機也。得其精而忘其粗，在其內而忘其外，見其所見，不見其所不見；視其所視，而遺其所不視。若皋之相馬，乃有貴乎馬者也。』馬至，果天下之馬也。」蹠，指馬腳與蹄相連的屈曲處。此指代馬蹄。躡雲，良馬名。轡，馬韁繩，此指代馬。載，則；就。馳，趕馬疾行。激湍，急流，此形容劍氣。湍，原作「瑞」。侵星，謂劍氣上侵牛、斗。潛蛟，指寶劍化為龍。《太平御覽．兵部．劍中》：「《雷煥別傳》曰：煥字孔章，鄱陽人。張華夜見異氣起斗、牛。華問煥：『見之乎？』煥曰：『此謂寶劍氣。』……乃以煥為豐城令。煥至縣移獄掘入三十餘尺，得青石函一枚，中有雙劍。乃送一劍並少黃土與華，自留一劍。華得劍並土曰：『此干將也，莫耶已復不至。然天生神物，終當合耳。』……及華誅，劍亡玉匣，莫知所在。後煥亡，煥子爽帶劍經延平津，劍無故墮水。令人沒水逐覓，見二龍長數丈盤交，須臾光采微發，曜日映川。」壯武，《元和郡縣志》卷十一：「河南道萊州即墨縣，壯武故城，在縣西六十里。晉封張華為壯武侯。」騰鑣歷塊，《文選》王褒〈聖主得賢臣頌〉：至於駕馭名叫嚙膝的良馬，又用名叫乘旦的良馬陪駕，由王良執馬轡，由韓哀駕御，縱橫馳騁，快得就像光影一閃即逝。牠超越都城，如同越過一塊泥土，可以追上閃電，可以趕上疾風，周游流轉於八方，奔馳萬里才歇息。為何車馬的行程那樣遼遠呢？那是善馭的人和良馬很好配合的緣故。鑣，馬銜，指代馬。塊，土塊。蹀，蹈。咸陽，古都邑名。在今陝西省咸陽市東北。因位於九嵕山之南，渭水之北，山、水俱陽，故名。秦孝公徙都於此。❷且煦轍波鱗八句　謂希望得到知遇之恩。煦轍波鱗，即涸轍之魚，見卷三〈春霽早行〉注。鰲，海中大龜，一說為大鱉。觸，原作「觴」。扃，關鎖。原作「局」。齊郊夕唱，即甯戚擊牛角而歌事。見本卷〈上吏部侍郎帝京篇啟〉注。掞，發舒。白水之詞，劉向《列女傳・辯通傳》載：齊管妾婧，是齊相管仲的妾。齊桓公聽到甯戚唱歌，感到很不平常，就派管仲去迎請他。甯戚只說了一句話：「浩浩啊，白水！」管仲弄不明白。妾婧說：「您怎麼不明白呢！古代有〈白水詩〉說：『浩浩的白水，黑黑的游魚。君王將要召見我，我將到此來定居。現在國家未安定，跟隨我去又何如？』這就是說甯戚想要在齊國做官。」管仲便向齊桓公稟報，桓公召見甯戚，並任用他為輔佐大臣。漢境，指漢宮。車侯，《漢書・公孫劉田王楊蔡陳鄭傳》載：車千秋，本姓田氏。千秋長八尺，體貌甚麗，武帝見而悅之，立拜千秋為大鴻臚。數月，遂代劉屈氂為丞相，封富民侯。……初，千秋年老，上優之，朝見，得乘小車出入宮殿中，故因號「車丞相」。

【語　譯】我聽說豐城有埋劍，一出土那駭電之劍光頃刻破開；沙丘有蹄跡，一駕馭那躡雲之良馬就迅速奔跑。劍氣犯斗、牛，就有佩劍化龍於壯武；騰鑣越土塊，就有駿馬馳騁於咸陽。再說涸轍之魚，羨慕如海中大鰲一樣騰躍；籠中之鳥，希望如高空大鵬一樣迅飛。因此齊郊夕唱，有甯戚牛歌白水之詞；漢宮朝見，有車侯乘車受寵若驚。

伏惟公騰瀾浴景，濬靈派以含珠；擢幹捎雲，翊孤巖而聳桂。崇基疊秀，匡霸道於周盟；

茂緒聯輝，贊文場於漢戚❶。偉龍章之秀質，騰孔雀之俊年。叶鳳彩於英姿，辨蟾精於弱歲。靈臺宏遠，騁霄練於霜潭；冊府幽深，絢朝虹於璧渚。心波湛漢，泳曜魄於黃陂；情嶽千天，韞風雲於嵇巘❷。龍津共濟，競欣登御之車；燕室欽賢，必擁澄清之轡。鬱文絛而擢彩，藻逸藩花；曄詞峰而衒價，光浮衛玉❸。

【章旨】歌頌崔長史的家世、風儀和才學。

【注釋】❶伏惟公騰瀾浴景八句　謂崔長史的家世。浴景，猶沐浴。靈派，猶大海。含珠，指驪龍頷下之珠。擢，聳起。捎雲，拂掠雲霄。翊，輔助。孤，原缺。崇基，高山。匡霸道，《駱丞集》顏文選注：「云匡霸道，指崔子相齊言之。」陳熙晉《駱臨海集箋注》：「鄭樵《通志・氏族略》：崔氏，姜姓，出齊丁公嫡子季子，讓國於叔乙，食采於崔，遂為崔氏。杜預云：濟南東朝陽縣西北有崔氏城是也。季子生穆伯，穆伯生沃，沃生野。八世孫夭，僖二十八年，晉侯、宋公、齊國歸父、崔夭，次於城濮。」周盟，《駱丞集》顏文選注：「盟始於周，故曰周盟。」茂緒，盛業。贊文場，指東漢時肅宗贊崔駰事，見本書卷五〈邊夜有懷〉注。漢戚，《駱丞集》顏文選注：「外戚盛於漢，故云漢戚，指崔駰為漢外戚也。」❷偉龍章之秀質十二句　謂崔長史之風儀。龍章，《晉書・嵇康傳》：「康身長七尺八寸，美詞氣，有風儀，而土木形骸，不自藻飾，人以為龍章鳳姿，天質自然。」孔雀，梁元帝《金樓子・捷對篇》：「楊子州年十歲，甚聰慧。孔永詣其父，父不在，乃呼兒出為設果，有楊梅。永指示兒曰：『此真君家果。』兒答曰：『未聞孔雀是夫子家禽。』」辨蟾精，《後漢書・左周黃列傳》：「琬早而辯慧。祖父瓊，初為魏郡太守。建和元年正月，日食，京師不見，而瓊以狀聞。太后詔命所食多少，瓊思其對而未知所況。琬年七歲，在旁曰：『何不言日食之餘，如月之初。』瓊大驚，即以其言應詔。」蟾精，指月亮，傳說月中有蟾蜍，故云。弱歲，年幼。一作「昔日」。原作「目」。靈臺，指內心，見本書卷二〈夏日遊德州贈高四〉注。霄練，寶劍名，見《列子・湯問》。霜潭，寒潭。潭，一作「鐔」。冊府，本指藏書之府，此指大都督府。絢，絢爛。朝虹，猶朝霞。璧渚，玉渚。湛漢，澄清雲漢。曜魄，指日月。原作「魄離」。《後漢書・周黃徐姜申屠列傳》：「黃憲，字叔度，汝南慎陽人也。郭林宗少遊汝南，先過袁閎（字奉高），不宿而退。進往從憲，累日方還。或以問林宗，林宗曰：『奉高之器，譬諸汍濫（泉水），雖清而易挹。叔度汪汪若千頃之陂（池沼），澄之不清，淆之不濁，不可量也。』」黃陂，黃河之陂。情嶽，情誼如山嶽。韞，韞藏；包含。嵇巘，指晉朝之嵇康。《世說新語·容止》載：嵇康「其醉也，傀俄若玉山之將頹。」嵇，原作「稽」。❸龍津共濟八句　謂崔長史之才學。龍津，此指登龍門。見本書卷四〈初秋登司馬樓宴〉注。競，原作「竟」。登御之車，即東漢荀爽為李膺御車事，見本書卷四〈春晚從李長史遊開道林故山〉注。蕪室，指庭院荒蕪。澄清之轡，《後漢書·黨錮列傳》：「范滂，字孟博。……時冀州飢荒，盜賊群起，迺以滂為清詔使案察之。滂登車攬轡，慨然有澄清天下之志。」文條，《文選》晉陸機〈文賦〉：「理扶質以立幹，文垂條而結繁。」此謂文章以理為本根，才能枝繁葉茂。擢，聳出。藩花，謂晉潘岳之文才。《晉書·潘岳傳》：「岳美姿儀，辭藻絕麗，尤善為哀誄之文。」曄，光明燦爛的樣子。衒，炫耀。衛玉，《晉書·衛玠傳》：「衛玠，字叔寶，年五歲，風神秀異。……總角乘羊車入市，見者皆以為玉人，觀之者傾都。驃騎將軍王濟，玠之舅也，雋爽有風姿，每見玠，輒曰：『珠玉在側，覺我形穢。』又，嘗語人曰：『與玠同遊，冏若明珠之在側，朗然照人。』」

【語譯】公家世顯赫，如沐浴大海波瀾中的驪龍頷下的珍珠；如拂掠雲空的高高聳立的桂樹。高山疊秀，崔氏相齊幫助霸道；盛業聯輝，崔駰外戚獨擅文場。如龍章鳳姿，是天質自然，如孔雀騰躍，俊年有辯才。協鳳彩於英姿，辨月食於幼年。內心闊遠，如寶劍飛馳於寒潭；冊府幽深，如朝霞燦爛於玉渚。心波澄清雲漢，使日月光華照耀於黃陂；情嶽直上雲天，韞藏風雲之氣於玉山。龍門共登，慕名競相駕登御之車；蕪室欽賢，慷慨有澄清天下之志。文條聳出花彩，詞藻麗如潘岳；詞鋒炫耀玉價，光華燦如衛玠。

然則昆溪既琢，必見山川之精；樹羽已懸，行嗣雲、韶之響。是以佐龜陰而演化，務肅百城；輔麟壤以宣風，恩覃千里。徽猷克著，逾盛德於休徽；聲績聿宣，軼英規於恭祖。佩呂刀而邵美，已贊褰帷之遊；屈龐驥而未伸，將騁仁風之駕❶。加以側階引彥，鑒畿子之微言，倒屣延賓，辨王生之雅量。故使圓流之下，探照乘於長波；高岫之巔，剖連城於幽石❷。

【章　旨】歌頌崔長史之政績和禮賢。

【注　釋】❶然則昆溪既琢十六句　謂崔長史之政績。昆溪，昆岡之溪水，昆岡為古代傳說中的產玉之山。精，精氣樹羽，《詩經・周頌・有瞽》：「崇牙樹羽。」按崇牙為懸掛編鐘編磬樂器木架上端所刻的鋸齒，亦代指鐘磬架。樹羽，插置五彩羽毛為飾。雲韶，指黃帝的〈雲門〉樂和虞舜的〈大韶〉樂的並稱，此謂美妙的音樂。龜陰。又作「龜陰」。古邑名，因位於山東龜山北面，故名。故址在今山東新泰西南。此指代兗州。演化，猶進化。麟壤，即獲麟之野，見本書卷六〈為齊州父老請陪封禪表〉注。此指代兗州。宣風，宣揚風俗教化。覃，延及。徽猷，美好的謀劃。休徵，《晉書・王祥傳》：「王祥，字休徵，琅邪臨沂人。性至孝。……徐州刺史呂虔檄為別駕，州界清靜，政化大行。時人歌之曰：『海沂之康，實賴王祥。邦國不空，別駕之功。』舉秀才，除溫令，累遷大司農。高貴鄉公即位，與定策功，封關內侯。從討毌丘儉，封萬歲亭侯，拜司空，轉太尉，加侍中，五等建，封睢陵侯。武帝踐阼，拜太保，進爵為公。」聿，語助詞，無義。軼，超越。恭祖，《後漢書・劉虞公孫瓚陶謙列傳》：「陶謙，字恭祖，丹陽人也。少為諸生，仕州郡。會徐州黃巾起，以謙為徐州刺史，擊黃巾，大破走之，境內晏然。時董卓雖誅，而李傕、郭汜作亂關中，是時四方斷絕，謙每遣使間行。奉貢西京，詔為徐州牧，加安東將軍，封溧陽侯。」呂刀，《晉書・王覽傳》：「王覽，字玄通，……覽孝友恭恪，名亞於（王）祥。……初，呂虔有佩刀，工相之，以為必登三公，可服此刀。虔謂（王）祥曰：『苟非其人，刀或為害。卿有公輔之量，故以相與。』（王）祥固辭，彊之乃受。（王）祥臨薨，以刀授覽曰：『汝後必興，足稱此刀。』覽後奕世多賢才，興於江左矣。」邵，疑為「卲」字之誤。卲，同「劭」。美好。《文選》潘岳〈河陽縣作〉之一：「誰謂邑宰輕，令名患不劭。」李善注：「〈小雅〉曰：『劭，美也。』」褰帷，為東漢賈琮事，見本書卷六〈上兗州刺史啟〉注。龐驥，為三國蜀龐統事，見本書卷四〈初秋登司馬樓宴〉注。此指代高才。龐，原作「寵」。仁風，《晉書・袁宏傳》載：謝安為揚州刺史，袁宏自吏部郎出為東陽郡守，於是在冶亭這個地方設宴送行。謝安想用突然襲擊的辦法，去試一試袁宏的機智，回過頭就左右之人那裡拿過一把扇子遞給袁宏，說：「暫且以此物贈行。」袁宏馬上應聲回答說：「即當奉揚仁風，來撫慰百姓。」因扇子用以扇風，故當時的人讚歎袁宏貿然應對之間能切中要領。❷加以側階引彥八句　謂崔長史禮賢。側階，下階。鬷子，即鬷明，見本書卷六〈上吏部侍郎帝京篇啟〉注。

璥，原作「宗」。倒屣，謂因迎客心急把鞋子穿倒了，為蔡邕迎王粲事，見本書卷六〈上司列太常伯啟〉注。王生，指王粲。圓流，指圓潤流轉之珍珠。照乘，《史記・田敬仲完世家》：「（齊威王）二十四年，與魏王會田（打獵）於郊。魏王問曰：『王亦有寶乎？』威王曰：『無有。』梁王曰：『若寡人國小也，尚有徑寸之珠照車前後各十二乘者十枚，奈何以萬乘之國而無寶乎？』」連城，指價值連城之和氏璧。幽石，此指璞玉。

【語　譯】那麼昆岡之玉既琢，必然體現山川之精氣；五彩之羽已懸，即將聽到美妙的音樂。因此君輔佐兗州而使之進化，政務整肅百城；君輔佐兗州而宣揚風化，恩惠延及千里。君謀略顯著，超越出晉朝王祥的盛德；君聲績傳揚，超過了東漢陶謙的政化。已有呂虔贈佩刀之美德，又讚賈琮揭車帷之巡視；為龐德未展百里之才而叫屈，將如袁宏那樣馳騁奉揚仁風之車駕。加上君能禮賢待士，下階引進俊才，明察璥子之一言；倒屣延請賓客，辨別王粲之雅量。因而能使徑寸之珠，朗照於十二車乘；高山之巔，剖得連城之璧於幽石。

賓王瓶筲小器，鷦蚊末品。斜帶嶧桐，戢晞陽之厚德；傍鄰汶篠，慕貫時之貞勁❶。直以容膝一丘，曲阜之瓢遽切；枕肱五畝，成都之壁已窮。擔石厭於糟糠，負薪疲於短褐❷。

【章　旨】敘述自己之困境。

【注　釋】❶賓王瓶筲小器六句　謂自己生逢盛世。瓶筲，指瓶子和飯筐，兩物皆小器，比喻才微量狹。《陳書・韓子高華皎傳論》：「瓶筲小器，輿臺末品。」鷦蚊，指鷦鷯鳥和蚊蟲，比喻微賤。鷦鷯，一說即小黃雀，又名工雀、巧婦。嶧桐，即嶧山之桐，見本書卷六〈上司列太常伯啟〉注。晞陽，《詩經・小雅・湛露》：「湛湛露斯，匪陽不晞。」此謂太陽把露水曬乾。厚德，原作「導德」。汶篠，《文選》潘岳〈笙賦〉：「鄒魯之珍，有汶陽之孤篠。」李善注：「《漢書》：魯國有鄒縣、有汶陽縣。杜預曰：汶水、太山出萊蕪縣。《說文》：篠，小竹。戴凱之《竹譜》曰：篠出魯郡，堪為笙也。」篠，原作「蓧」。慕，羨慕，原作「暮」。貫時，謂貫通一年四季。貞勁，堅貞勁節。《禮記・禮器》：「其在人也，如竹箭之有筠（竹子的青皮）也，如松柏之有心也，二者居天下之大端矣，故貫四時，而不改柯易葉。」貞，原缺。❷直以容膝一丘六句　謂自己之困境。直，特；但。容膝，謂地方狹小，僅能容納雙膝。曲阜之瓢，謂困居曲阜。瓢，瓜瓢，原作「飄」。《論語．雍也》：「子曰：『賢哉，（顏）回也！一簞食（一竹筐飯），一瓢飲（一瓜瓢水），在陋巷，人不堪其憂，（顏）回也不改其樂。賢哉，（顏）回也！』」枕肱，彎起胳膊做枕頭。《論語．述而》：「子曰：『飯蔬食飲水，曲肱而枕之，樂亦在其中矣。』」五畝，《孟子．梁惠王章句上》：「五畝之宅，樹之以桑，五十者可以衣帛矣。」此謂種植農桑。成都之壁，《漢書．司馬相如傳》：「（卓）文君夜亡奔（司馬）相如，相如乃與馳歸成都，家居徒四壁立。」顏師古注：「徒，空也，但有四壁，更無資產。」壁，原作「璧」。窮，原作「勞」。擔石，亦作「儋石」。《通雅．算數》：「《漢書》一石為石，再石為儋，言人儋之也。」此謂米粟為數不多。厭，飽；滿足。糟糠，酒渣和糠皮，謂窮人充飢之粗劣食物。負薪，背柴，此喻地位卑賤。《後漢書．班固傳》：「采擇狂夫之言，不逆負薪之議。」短褐，獸毛或粗麻製成的短衣，為貧賤者所服。

【語譯】賓王不過是瓶筲那樣的小器，鷦蚊那樣的末品。斜斜傾出的嶧桐，承受陽光露水之厚德；依傍相鄰的汶篠，羨慕貫通四時之勁節。僅能容膝於一丘之地，一瓢之飲急切；僅能枕肱於五畝之宅，家中四壁已空。家無擔石，只能以糟糠飽肚子，身世卑賤，落得背柴之疲勞。

然則少奉過庭之訓，長趨克己之方。弋志書林，咀風騷於《七略》；耘情藝圃，偃圖籍於九流。灑惠渥於羊陂，屢泛文通之麥；峻曲岸於鶯谷，時遺公叔之冠❶。雖不能縱逸韻於霜皋，唳野致九天之響；而頗亦蓄餘芬於露薄，垂薰有十步之方。而乃恧迹魯鴻，非荊山之抵鵲；箎名韓犬，歎稽阜之陸梁❷。

【章旨】敘述自己滯居齊魯。

【注釋】❶然則少奉過庭之訓十句　謂自己銳志書林。過庭，即鯉庭，見本書卷一〈靈泉頌〉注。此謂父訓。克己，《論語・顏淵》：「顏淵問仁。子曰：『克己復禮為仁。』」孔子的意思是說，抑制自己的欲望，使言行都符合禮的規範，這就是「仁」。弋，取。咀，咀嚼；含味。風騷，《詩經》和《楚辭》的並稱。七略，見本書卷六〈上兗州刺史啟〉注。藝圃，六藝之圃。按六藝為古代學校的教育內容，即禮、樂、射、御、書、數。藝，原作「義」。偃，偃仰，俯仰的意思。九流，見本書卷六〈上司列太常伯啟〉注。羊陂，《三國志・魏書・楊俊傳》：「楊俊，字季才，河內獲嘉人也。……本郡王象，少孤特，為人僕隸，年十七八，見使牧羊而私讀書，因被箠楚。俊嘉其才質，即贖象著家，聘娶立屋，然後與別。」文通，即東漢高鳳潦水流麥事，見本書卷六〈上吏部侍郎帝京篇啟〉注。鶯谷，見本書卷四〈酬思玄上人林泉四首〉之三注。此謂鶯因幽谷高峻，難於出遷喬木。公叔之冠，《後漢書・朱樂何列傳》：「頡子穆，字公叔，銳意講誦。或時思至，不自知亡失衣冠，顛隊坑岸。其父常以為專愚，幾不知數馬足，穆愈更精篤。」❷雖不能縱逸韻於霜皋八句　謂自己滯居齊魯。逸韻，指鶴唳。霜皋，楊素〈贈薛播州〉：「雁飛窮海寒，鶴唳霜皋淨。」皋，深澤。九天，《詩經・小雅・鶴鳴》：「鶴鳴於九皋，聲聞於天。」餘芬，猶餘芳。餘，原缺。十步，即十步芳草，見本書卷五〈詠懷〉。魯鴻，劉向《新序・雜事第五》：「田饒事魯哀公，而不見察。田饒謂魯哀公曰：『臣將去君，而鴻鵠舉矣。』哀公曰：『何謂也？』田饒曰：『君獨不見夫雞乎？頭戴冠者，文也；足傅距者，武也；敵在前敢鬥者，勇也；見食相呼，仁也；守夜不失時，信也。雞雖有此五者，君猶日瀹而食之，何則？以其所從來近也。夫鴻鵠一舉千里，止君園池，食君魚鱉，啄君菽粟。無此五者，君猶貴之，以其所從來遠也。臣請鴻鵠舉矣。』」此以魯鴻喻滯居齊魯。荊山之抵鵲，桓寬《鹽鐵論・崇禮篇》：「南越以孔雀珥門戶，崑山之旁以玉璞抵烏鵲。」荊山，在湖北西部，產玉，楚國卞和曾得玉於此。抵，投擲。簉名韓犬，《戰國策・齊策三》：齊國想攻打魏國，淳于髡勸阻齊王，就對齊王說：「韓子有頭叫盧的狗，是天下跑得最快的狗；東邊城郭有頭叫逡的兔子，是海內最狡詐的兔子。叫盧的狗去追逐叫逡的兔子，圍繞山追了三圈，翻過山又追了五遍，兔子在前，狗子在後，都累得跑不動了，結果牠們都分別死在那裡。農夫發現了，沒有費什麼勁，而獨得其利。」簉名，名副其實。簉，副。稽阜，指會稽縣之會稽山。見本書卷二〈夏日遊德州贈高四〉注。陸梁，跳躍。《文選》揚雄〈甘泉賦〉：「飛蒙茸而走陸梁。」李善注引晉灼曰：「飛者蒙茸而亂，走者陸梁而跳，謂猛士之輩。」陸，原作「橫」。

【語　譯】我小時遵奉嚴父之教訓，長大遵循儒家克己復禮之規範。銳志書林，含味《詩》、《騷》於《七略》之中；傾情藝圃，俯仰圖籍於九流之間。我讀書用功，如王象那樣牧羊私讀受罰而獲得恩惠，如高鳳那樣專心致志攻讀使流水漂麥而不覺。如曲岸高峻，不能出遷鶯谷，如公叔講誦，常常失落衣冠。即使不能像鶴鳴於霜澤，聲聞九天；但也可以蓄餘芳於薄露，薰染十步之芳草。結果我滯居齊魯，不能成為投擲烏鵲的荊山之玉璞；也不是名副其實的韓犬，能在稽阜上追逐跳躍。

方今玉琯纏秋，金風動籟。吳宮歸乙，望陰岫以依遲；素林返雁，候陽潮而低舉❶。籯金味道之子，侔縹帛以彈冠；屑玉含毫之人，望弓旌而翹足❷。竊不揆於庸識，輒輕擬於揚庭。所冀曲逮恩波，時流咳唾，倘能分其斗水，濟濡沫之枯鱗，惠以餘光，照孀棲之寒女。得使伏櫪駑蹇，希騏驥而蹀足；竄棘翩翾，排鴛鸞而刷羽。則捐軀匪吝，碎首無辭。雖復投報楊金，君子以之貽誡。效誠魏草，小人之所懷恩。輕瀆威嚴，深懼履尾，載塵聽覽，迫其蹈冰❸。謹啟。

【章　旨】希望得到提攜。

【注　釋】❶方今玉琯纏秋六句　謂時屆秋季。玉琯，亦作「玉管」。玉製的古樂器，用以定律。《晉書・律曆志》：「黃帝作律，以玉為管，長尺六孔，為十二月音。至舜時，西王母獻昭華之琯，以玉為之。」此指以蘆葦灰置玉管內候驗節氣，見卷五〈塵灰〉注。纏，日月星辰運行的度次。金風，即秋風，因西方為秋而主金，故云。吳宮，指三國吳之王宮。乙，玄鳥，即燕子。《禮記・月令》：「仲秋之月，鴻雁來，玄鳥歸。」望陰岫，《駱丞集》顏文選注：「乙，燕也，春社則來，秋社歸山，故云望陰岫。」依遲，依依不捨的樣子。候陽潮，《駱丞集》顏文選注：「雁，秋冬還南，至春北鄉，故云候陽潮。」❷籯金味道之子四句　謂招賢納士之盛世。籯金味道，指追求功名之人。籯金，見本書卷二〈夏日遊德州贈高四〉注。籯，原作「籝」。味道，見本書卷六〈上兗州刺史啟〉注。侔，同「牟」，謀取；求。一作「俟」。縹帛，猶「縹招」。《後漢書・逸民列傳》：「（嚴光）少有高名，與光武同遊學。及光武即位，乃變姓名，隱身不見。帝思其賢，乃令以物色訪之。後齊國上言：「有一男子，披羊裘釣澤中。」帝疑其光，乃備安車玄纁，遣使聘之，三反而後至。」後稱招聘隱士出仕為「纁招」或「纁帛」。彈冠，見本書卷三〈秋日山行簡梁大官〉注。屑玉含毫，指文人學士。屑玉，《晉書·胡母輔之傳》：「胡母輔之，字彥國，與王澄、王敦、庾敳，俱為太尉王衍所昵（親近），號曰四友。澄嘗與人書曰：『彥國吐佳言，如鋸木屑，霏霏不絕，誠為後進領袖也。』」屑，原作「眉」。弓旌，猶「弓招」。《左傳·昭公二十年》：「旃以招大夫，弓以招士。」又，《左傳·莊公二十二年》：「《詩》云：『翹翹車乘，招我以弓，豈不欲往，畏我友朋。』」杜預注：「古者聘士以弓。」此謂以弓作信物招聘士人。翹足，舉足。❸竊不揆於庸識二十二句　謂希望提攜。揆，估量；揣度。庸識，猶庸才，謙詞。擬，起草；編寫。引申為上書。揚庭，《易·夬卦》：「揚於王庭。」按，王庭，即百官所在之處。指君王的法庭。揚，宣布。原作「陽」。曲逮恩波，謂局部地得到天子的恩澤。曲逮，原缺。咳唾，謂咳唾成珠。《莊子·秋水》：「子不見乎唾者乎？噴則大者如珠，小者如霧。」此喻言語不凡或詩文優美。餘光，《史記·樗里子甘茂列傳》：「甘茂之亡秦，奔齊，逢蘇代。代為齊使於秦。甘茂曰：『臣得罪於秦，懼而遁逃，無所容迹。臣聞貧人女與富人女會績，貧人女曰：我無以買燭，而子之燭光幸有餘，子可分我餘光，無損子明而得一斯便焉。今臣困而君方使秦而當路矣。茂之妻子在焉，願君以餘光振之。』蘇代許諾。」孀棲，寡居。駑蹇，劣馬。騏驥，千里馬。蹀，蹈，踐踏，引申為奔跑。竄棘，《詩經·秦風·黃鳥》：「交交黃鳥，止於棘。」按，黃鳥即黃雀。棘，棗樹。翩翾，連文同義，飛動的樣子。排，排行。鴛鸞，鴛雛和鸞鳳。捐，原作「指」。投報楊金，《後漢書·楊震列傳》：「（楊）震遷荊州刺史、東萊太守。當之郡，道經昌邑，故所舉荊州茂才王密為昌邑令，謁見。至夜懷金十斤以遺震，震曰：『故人知君，君不知故人，何也？』密曰：『暮夜無知者。』震曰：『天知神知，我知子知，何謂無知！』密愧而出。」貽誡，留下的警誡。效誠魏草，即結草以報。《左傳·宣公十五年》：「魏武子有嬖妾，無子。武子疾，命顆（魏武子之子）曰：『必嫁是。』疾病，則曰：『必以為殉（殉葬）。』及卒，顆嫁之，曰：『疾病則亂，吾從其治也。』及輔氏之役，顆見老人結草以亢杜回，杜回躓而顛，故獲之。夜夢之曰：『余，而所嫁婦人之父也。爾用先人之治命，余是以報。』」誡，原作「試」。履尾，《易·履》：「履虎尾」。此謂行走在虎尾之後，有被噬的危險。載塵聽覽，有辱聖鑑的意思。載，同「再」。塵，辱也，使之辱。聽覽，聖鑑，猶高明、高見。蹈冰，《書·君牙》：「心之憂危，若蹈虎尾，涉於春冰。」孔安國傳：「言祖業之大，己才之弱，故心懷憂懼。虎尾畏噬，春冰畏陷，危懼之甚。」

【語　譯】當今時屆秋季，秋風吹拂，萬籟有聲。吳宮歸燕，春社飛來，秋社歸山，望山巒而依依不捨；素林歸雁，秋冬回南，至春北去，候陽潮而低低飛翔。那些追名逐利之人，等待「纁招」而彈冠相慶；那些文人學士，等待「弓招」而舉足相望。我不估量自己的平庸，就輕率地上書於王庭。希望局部地得到皇帝的恩光，又能時時得到您的教澤。如果能分其斗水，救活涸轍的枯魚；分其餘光，暖照寡居之寒女。使得伏槽的劣馬，如駿馬那樣奔馳；竄棘的黃鳥，如鴛鸞那樣飛翔。那麼我將為朝廷不惜捐軀，不辭碎首。如投報楊金，君子留下警誡；如效誠魏草，小人有恩必報。如果輕率冒犯威嚴，其恐懼深於履尾，若再有辱聖鑑，其危急甚於蹈冰。謹啟。

【賞　析】本篇上呈兗州崔長史的啟，也作於閒居齊、魯時期。

駱賓王為初唐新興中下層知識分子的代表人物。他富於幻想和激情，積極進取，建功立業，力圖憑藉自己的學識和才能，去追求人生價值的實現。他干謁求仕，也出於這樣的動因。且看其中一段話：「然則少奉過庭之訓，長趨克己之方。弋志書林，咀《風》《騷》於《七略》；耘情藝圃，偃圖籍於九流。灑惠渥於羊陂，屢泛文通之麥；峻曲岸於鶯谷，時遺公叔之冠。雖不能縱逸韻於霜皋，唳野致九天之響；而頗亦蓄餘芬於露薄，垂薰有十步之方。而乃恧迹魯鴻，非荊山之抵鵲；簉名韓犬，歎稽阜之陸梁。」這是對自己的學識和才能，充滿了自信和自豪，對自我價值作了肯定和弘揚。本來像他這樣有理想抱負、有學問才能的人，是應該得到朝廷青睞和重用的，但面對現實，卻是懷才不遇，仕途坎坷，因此，深深感到憤懣不平。

上兗州張司馬啟

【題　解】本篇原缺，《駱丞集》亦缺。茲據《全唐文》卷一九八、陳熙晉《駱臨海集箋注》卷七補入。兗州，見本書卷六〈上兗州刺史啟〉題解。司馬，官名，見本書卷四〈初秋登王司馬樓宴〉題解。

某啟：竊聞網凋緝裳，傃指雲於偃蓋；排虛止棘，附絕電於纖離❶。然則左右為容，鏘金有階於蟠木；無因而至，按劍致懼於連城。是以賃牘干榮，發仞資於禽息；求光抱燧，束髮濟於于髡❷。

【章　旨】說明位尊者引薦、提攜的重要性。

【注　釋】❶某啟五句　謂卑者借助位尊者而顯著。網凋緝裳，謂如網狀密布凋邊、可用以緝裳的女蘿。網凋，為地衣類爬蔓寄生植物，全體為無數細枝，狀如網線，長數尺，依附他物生長。緝裳，編織裁製衣裳，《楚辭・九歌・山鬼》：「被薜荔兮帶女蘿。」傃，向。偃蓋，指松樹。排虛止棘，指蒼蠅。排虛，凌空。止棘，《詩經・小雅・青蠅》：「營營青蠅，止於棘（酸棗樹）。」附，託附。絕電，超越閃電。纖離，古良馬名。《後漢書・隗囂公孫述列傳》：「時陳倉人呂鮪擁兵數萬，與公孫述通，寇三輔。（隗）囂復遣兵佐征西大將軍馮異擊之，走鮪，遣使上狀。帝報以手書曰：『……數蒙伯樂一顧之價，而蒼蠅之飛，不過數步，即託驥尾，得以絕群。……』」唐李賢等注：「張敞書曰：『蒼蠅之飛，不過十步，自託騏驥之尾，乃騰千里之路，然無損於騏驥，得使蒼蠅絕群也。』」❷然則左右為容八句　謂亟需引薦。容，雕飾；裝飾。引申為介紹、關說、引薦。《文選・鄒陽獄中上書自明》：「蟠木根柢，輪囷離奇，而為萬乘器者，何則？以左右先為之容也。」李善注：「器，謂玩之屬。容，謂雕飾。」鏘金，鏘金鳴玉，金玉相撞而發聲，比喻音節響亮、詞句優美的美言。階，臺階。蟠木，指盤曲而難以成器的樹木。無因，無端；無故。按劍，《文選・鄒陽獄中上書自明》：「臣聞明月之珠，夜光之璧，以暗（在暗夜）投人（投擲給別人）於道路，眾無不按劍相眄（警惕環顧）者，何則？無因而至前也。」懼，戒懼。連城，謂價值連城。賃，租借。牘，簡牘，指書簡。干榮，求取榮身。發仞，猶發刃，刀斧新開口，此指發跡。資，憑藉；依靠。禽息，人名。王充《論衡》卷八〈儒增篇〉：「儒書言：禽息薦百里奚，繆公不聽。禽息出，當門仆頭碎首而死。繆公痛之，乃用百里奚。」燧，古代取火用具，有火燧、鏡燧等。束髮，古代男孩成童時束髮為髻，因以指代成童之年。于髡，指淳于髡。《戰國策・齊策四》：「淳于髡一日而見七人於宣王。王曰：『今子一朝而見七士，則士不亦眾乎？』淳于髡曰：『不然，夫物各有疇，今髡賢者之疇也。王求士于髡，譬若挹水於河，而取火於燧也。髡將復見之，豈特七士也。』」

【語　譯】某啟：網佈澗邊的女蘿，寄生於松樹而指向雲霄，淩空止棘的蒼蠅，託附於驥尾而遠致千里。那麼左右給予引薦，美言可以使蟠木成為萬乘之器的臺階，如果無端得到高位，就像暗夜投擲路上的連城璧玉，使眾人按劍驚顧，心存戒懼。因此，借助書簡求榮，如百里奚得到禽息的引薦才能發跡；借助燧木取火求光，如束髮修學希望得到淳于髡的救助。

伏惟某官瓊峰聳峭，儼曦觀而爭峙；瑤派驚瀾，泝天潢而比濬。漢臺引路，夕翊浮雲之陰；晉閣垂璫，朝曄文星之苑。劍池濯彩，耀震德於渥津；弱水摛祥，炫離精於丹穴❶。辯懸曈於朗鏡，肇自觿年；對似魄於虧陽，光乎弱歲。言河激箭，浴紫貝以飛湍；情岳驚峰，蔽丹霄而傑峻。文條擢秀，馥長坂之幽蘭；筆苑揚葩，煜小山之丹桂。松飆結韻，搢紳藉以雌黃；巖電流光，通賢資其月旦❷。

【章　旨】歌頌張司馬的家世及文才。

【注　釋】❶伏惟某官瓊峰聳峭十二句　謂張司馬的家世。伏惟，亦作「伏維」。下對上的敬辭。瓊峰，秀美的石峰。聳峭，聳立峻峭。儼，儼然。莊嚴的樣子。曦觀，指泰山日觀峰。瑤派，猶瑤池，古代傳說中昆侖山上的池名，為西王母所居。泝，追溯；推求。天潢，謂天潢貴冑，指皇族或帝王後裔。漢臺，漢官因襲秦制，以尚書為中臺，御史為憲臺，謁者為外臺。此指謁者。引路，謂由謁者官職進入仕途。《漢書．張馮汲鄭傳》：張釋之，字季，南陽堵陽人。以貲為騎郎，事漢文帝，補謁者。後拜為謁者仆射，又拜為公車令，再拜為中大夫，不久至中郎將，拜為廷尉。由此，天下稱之。翊，同「翼」。輔佐；護衛。浮雲，即《莊子．天地》所謂「乘彼白雲，遊於帝鄉」，比喻帝都。見本書卷三〈晚泊江鎮〉注。陰，陰土，滋潤的土壤。晉閣，《晉書．張華傳》：「張華，字茂先，范陽方城人也。晉受禪，拜黃門侍郎。數歲，拜中書令，後加散騎常侍，名重一世，眾所推服。晉史及禮儀憲章，並屬於華，多所損益。為司空，領著作，進封壯武郡公。」此以「晉閣」指代散騎常侍。該官以從容侍從、承答顧問為職，又掌贊詔命、平處文籍，故前世多參用言語文學之士。垂璫，指散騎常侍的華飾，璫以金為之，當冠前，附以金蟬。《舊唐書・職官志二》：「貞觀初，置常侍二人，隸門下省。明慶二年，又置二員，置中書省，始有左、右之號，並金蟬珥貂。左常侍與侍中左貂，右常侍與中書令右貂，謂之八貂。」曄，光盛的樣子。文星，星名，即文昌星，又名文曲星，相傳文曲星主文才。劍池，池名，有兩說。一說在江蘇省吳縣虎丘山中，相傳吳王闔廬死後葬虎丘山，專諸魚腸之劍在焉。《吳地記》：「秦始皇東巡至虎丘，求吳王寶劍，虎當墳而踞，始皇以劍擊之不及，誤中於石，遺迹尚存，劍無復獲，乃陷成池，古號劍池。」一說在江西省豐城縣西南三十里，池前有石函，長六尺，廣三尺，俗呼石門，相傳晉雷煥得龍泉、太阿二劍於此。濯，光明。震德，疑指《易經》之震卦。《易・說卦傳》：「帝出乎震，……萬物出乎震，震，東方也。」此謂震卦是主宰大自然生機的元氣，於方位象徵東方，日月由東方升起；於節令象徵春分，萬物由春分發生。渥洼，水名，即渥洼，在今甘肅省安西縣境，傳說產神馬之處。弱水，古代神話傳說中稱險惡難渡的河海。摛祥，傳播吉祥。離精，疑指《易經》之離卦。離象為火，有光明、附麗之義。《易・說卦傳》：「離為火，為日，為電。」丹穴，即《山海經・南山經》所載丹穴之山。見本書卷五〈傷祝阿王明府〉注。❷辯懸瞳於朗鏡十六句 謂張司馬之文才。懸瞳，為顏淵遠辨吳門白馬事。見本書卷三〈久客臨海〉注。肇自，始自。髫年，指童年。見本書卷六〈上兗州崔長史啟〉注。似魄，用黃琬七歲辯日蝕如初月事。見本書卷六〈上兗州崔長史啟〉注。光，榮耀。弱歲，指弱冠之年。言河，形容文思敏捷。劉義慶《世說新語・賞譽》：「郭子玄言詞清雅，奕奕有餘，吐章陳文，如懸河瀉水，注而不竭。」紫貝，以紫貝為飾的宮闕，此指水府龍宮。飛湍，飛速回旋的急流。丹霄，絢麗的天空。傑，高聳；高大。擢秀，草木欣欣向榮的樣子。馥，香氣散發。熤，照耀。松飆結韻，劉義慶《世說新語・賞譽》：「世目李元禮謖謖如勁松下風。」搢紳，插笏於紳帶之間，舊時官宦的裝束，此藉指士大夫。雌黃，議論；評論。《晉書・王衍傳》：「衍既有盛才美貌，明悟若神。義理有所不安，隨即改更，世號口中雌黃。朝野翕然，謂之一世龍門矣。」巖電流光，《晉書・王戎傳》：「幼而穎悟，神彩秀徹，視日不眩。裴楷見而目之曰：『戎眼爛爛，如巖下電。』」月旦，謂月旦評，指品評人物。《後漢書・郭符許列傳》：「初，(許)劭與靖俱有高名，好共覈論鄉黨人物，每日輒更其品題，故汝南俗有月旦評焉。」

【語譯】司馬公家世如玉峰峻峭聳立，儼然與泰山日觀峰相雄峙；如瑤池湧起波瀾，追溯天潢貴胄淵源試比深。由外臺謁者而升官，晚則護衛帝京之土地；因散騎常侍垂璫，朝則光耀文星之苑囿。又如劍池濯彩，耀震德於渥洼；又如弱水呈祥，炫離精於丹穴。司馬公的文才，如顏淵遠辨吳門亂馬的目光，始自童年；如黃琬巧對日食如初月，榮耀弱冠。言河滔滔如飛箭，沐浴著水府龍宮；情岳高高有峻峰，飛峙於絢麗的天空。文條欣欣向榮，香如長坂之幽蘭；筆苑花開璀燦，花如小山之丹桂。高雅的風姿如勁松下風，文士藉其口中雌黃；智慧的眼睛如巖電流光，賢人藉其月旦品評。

於是佐褰帷於魯甸。威懾列藩；匡露冕於梁陰，恩覃絕境。緝諧麟甸，下白鶴於仙庭；輔弼梟郊，重黃金於帝里❶。加以獎拔幽滯，汲引英髦。錫以吹噓，暖燕郊之陰谷；延之顧盼，焰漢圄之寒灰❷。

【章旨】歌頌張司馬之政績與獎拔。

【注釋】❶於是佐褰帷於魯甸八句　謂張司馬之政績。褰帷，即《後漢書・郭杜孔張廉王蘇羊賈陸列傳》所載東漢冀州刺史賈琮褰帷事。見本書卷六〈上兗州刺史啟〉注。魯甸，指兗州。露冕，《華陽國志・士女志》：「郭賀，字喬卿，為荊州刺史，有殊政。明帝到南陽巡狩，賜三公服，勅行部去襜（同「幨」。車上的帷幕）露冕，使百姓見之，以彰有德。」梁陰，指山東泰山旁的梁甫山。見本書卷六〈為齊州父老請陪封禪表〉注。絕境，猶絕地，極遠的地方。緝諧，連文同義，和諧。緝，同「輯」。會合；協和。麟甸，指山東曲阜之西的獲麟之野。見本書卷六〈為齊州父老請陪封禪表〉注。白鶴，指象徵祥瑞的仙鶴。梟郊，《太平寰宇記》：「河南道兗州鄒縣，梟山，在縣東南三十里。」黃金，古臺名，又稱金臺、燕臺，故址在今河北省易縣東南北易水南，相傳戰國燕昭王所築，置千金於臺上，延請天下之賢士。故名。《文選》鮑照〈放歌行〉：「豈伊白璧賜，將起黃金臺。」帝里，指帝都。❷加以獎拔幽滯六句　謂張司馬之獎拔、汲引。獎拔，猶獎挹、獎進，謂推許提拔。幽滯，幽居淹留，指隱士。英髦，英俊之士。《詩經・小雅・甫田》：「烝我髦士。」錫，賜。吹噓，吹氣使冷，噓氣使暖，如此吹冷噓暖，可使萬物枯榮。《後漢書・鄭孔荀列傳》：「孔公緒清談高論，噓枯吹生。」李賢等注：「枯者吹之使生，生者吹之使枯，言談論有所抑揚也。」後以「吹噓」專言贊助。陰谷，指鄒衍在燕所居黍谷之陰。見本書卷六〈上李少常啟〉注。延，請。顧盼，看顧，為伯樂到市場相馬，使駿馬增價十倍事。見本書卷二〈在江南贈宋五之問〉注。圄，即囹圄，亦作「囹圉」。牢獄。寒灰，為漢代韓長孺使寒灰重燃事。見本書卷一〈螢火賦〉注。

【語譯】於是君以司馬輔佐刺史於兗州，威嚴使列藩懾服；以司馬匡扶刺史於梁陰，恩德澤及邊遠之地。和睦麟甸，有白鶴呈瑞仙庭；輔助梟山，使帝都名重黃金。加上君能獎拔隱士，引薦英俊。給予贊助，如鄒衍在燕郊給寒谷送暖；給予顧盼，如韓長孺在獄要使寒灰重燃。

某篠派庸微，桐巖賤伍。託根鄒邑，時聞闕里之音；接閈雩津，屢聽杏壇之說❶。加以承斷織之慈訓，得銳志於書林；奉過庭之嚴規，遂容情於義圃❷。

【章旨】敘述自己所受儒家文化之薰陶及家庭之教育。

【注釋】❶某篠派庸微六句 謂儒家文化之薰陶。篠派，指汶陽之孤篠，見本書卷六〈上兗州崔長史啟〉注。桐巖，指嶧陽之孤桐，見本書卷六〈上司列太常伯啟〉注。賤伍，入於卑賤之列。伍，同「列」。等輩。鄒邑，即山東兗州之鄒縣，為戰國時期孟子的故鄉。闕里，春秋時孔子住地，在今山東曲阜城內闕里街，孔子曾在此講學。接閈，謂巷門相連接。閈，巷門。雩津，即雩水，在山東瑕丘，孔子學生曾點所謂「浴乎沂，風乎舞雩，泳而歸」之所在。見《論語・先進》。《水經注・泗水》：「沂水北對稷門，一名高門，一名雩門，門南隔水有雩壇，壇高三丈，曾點所欲風舞處也。」杏壇，相傳為孔子講學處。《莊子・漁父》：「孔子游乎緇帷之林，休坐乎杏壇之上。」水澤中之高地稱壇，以其地多杏樹，故名杏壇，後人附會杏壇在今山東曲阜孔廟大成殿前。斷織，為孟母教子事。孟子小時候，剛上完學回家來，孟母正在紡織麻線，問他：「你學得很好了吧?」孟子回答：「還是像原來那個樣子。」孟母一聽，立刻用剪刀剪斷織機上的麻線。孟子敬畏地詢問是甚麼原因，孟母說：「你荒疏學業，就像我剪斷麻線那個樣子。君子學習是為了立身揚名，向人求教是為了增長知識。因此有了學問，安坐就能心靜氣和，行動就能遠避禍害。現在你荒疏學業，將來難免要成為賤役，又不能避開禍害，這同靠織績養活自己沒有甚麼不同。如果使織績半途而廢，豈不是讓家人長年不能吃飽穿暖嗎？女的停止衣食供養，男的敗壞仁義道德，那麼不是淪為盜賊，就將淪為僕役了。」孟子從此心懷警惕，早晚勤學不止，並拜子思門人為師，終於成為名揚天下的大儒。見漢劉向《列女傳・鄒孟軻母》。過庭，即趨庭，為《論語・季氏》所載孔子教育其子鯉（伯魚）學詩、禮之事，見本書卷一〈靈泉頌〉注。義圃，禮義之圃。庾信《徵調曲》：「黎人耕植於義圃。」

【語　譯】我不過是平庸的汶陽之篠，卑賤的嶧陽之桐。由於寄託身家於鄒邑，因而能常常領受到儒家之教益，由於巷門連接雩津，因此能屢屢聆聽到孔子之學說。加上家庭中又承受慈母斷織之訓誡，使我能勵志於經典書籍之林；遵奉嚴父過庭之教導，使我能容情於詩書禮義之園囿。

方欲閉門卻掃，養拙以終年；幽遁鑿坏，甘貧而卒歲。直以棲遲五畝，獲鷦鷯之數粒；蕭條三徑，匱侏儒之斗儲❶。雖則放曠林泉，頗得閒居之趣；而乃寂寞蓬戶，惟深色養之憂。是以望檄動容，慨南陽而閴寂；祈名夙駕，歎郢路而依遲❷。

【章　旨】敘述自己之困境。

【注　釋】❶方欲閉門卻掃八句　謂生活之貧困。卻掃，亦作「却埽」、「却掃」。不再掃徑迎客，謂閉門謝客。江淹〈恨賦〉：「閉門卻掃，塞門不仕。」鑿坏，即鑿後牆逃遁，見本書卷四〈同辛簿簡仰酬思玄上人林泉四首〉之三注。棲遲，游息；行止。五畝，指「五畝之宅」，見本書卷六〈上兗州崔長史啟〉注。鷦鷯數粒，晉張華〈鷦鷯賦〉：「巢林不過一枝，每食不過數粒。」蕭條，聯綿詞，零落；凋謝。三徑，指「三徑就荒」，見本書卷四〈送費六還蜀〉注。匱，缺乏。侏儒。亦作「朱儒」，身材特別矮小的人，此藉指未成年的人。漢揚雄〈太玄・童〉：「次七脩侏侏，比于朱儒。」范望注：「朱儒，未成年人也。七雖長大而不學道，侏侏焉若未成人也，故以朱儒為論焉。」斗儲，斗粟之儲。❷雖則放曠林泉八句　謂擺脫困境。寂寞，冷落；孤獨。色養，謂和顏悅色承歡父母。見本書卷一〈靈泉頌〉注。望檄動容，為廬江毛義奉檄喜動顏色事。見本書卷二〈夏日遊德州贈高四〉注。南陽，指南陽人張奉，對毛義奉檄動容是為了養親，表示理解和尊重。見本書卷二〈夏日遊德州贈高四〉注。闃寂，斷絕；寂滅。夙，肅敬。駕，蒞臨。郢路，指郢曲，謂曲高和寡，知音難求。見本書卷二〈在江南贈宋五之問〉注。依遲，依依不捨的樣子。

【語　譯】我正要閉門來隱居，養育拙身而終天年；鑿牆來遁逃，自甘貧賤熬到年終。只不過游息五畝，也只獲鷦鷯所食粟米數粒；凋零三徑，也缺乏侏儒所需斗粟之儲。雖然是放縱曠達於山林泉石，頗能得到閒居的樂趣；但還是身處冷落孤獨之蓬戶，深懷孝親養之隱憂。因此，望檄動容，感慨沒有人能理解我的孝心，祈求名人駕臨照顧，又感歎找不到依依不捨的知音。

方今涼秋屆節，嚴飆扇序。衡陽極浦，振朝音於負霜；寒皐迥甸，驚宵吟於靜野❶。弓旌之禮斯及，辟聘之際是期。不揆庸愚，輕斯自衒。所冀分其末照，惠以餘波。得預觀光，全由咳唾。倘雲鑣釋絏，申其漱玉之音；霜匣開輝，照以盤蛟之影。則陰山之雀，敢懷飧惢之心；漢東之蛇，期致投珠之報，不勝窘迫之至❷。謹啟。

【章　旨】希望得到引薦、獎掖。

【注　釋】❶方今涼秋屆節六句　謂時屆秋季。嚴飆，嚴厲的秋風。扇序，謂秋風煽動秋天時序。衡陽極浦，暗用北雁南飛事。衡陽，即湖南省衡陽縣，相傳雁飛抵衡陽就不再往南飛，待春而回。衡山有回雁峰。漢張衡〈西京賦〉：「上春候來，季秋就溫。南翔衡陽，北棲雁門。」朝音，指雁叫於早晨。負霜，謂雁飛時背負霜天。寒皐，秋寒的沼澤。迥甸，遠郊。宵吟，指雁叫於夜晚。❷弓旌之禮斯及十七句　謂予獎掖。弓旌，弓招，古時以弓為信物招聘士人。見本書卷六〈上兗州崔長史啟〉注。辟聘，徵召禮聘賢者。自衒，炫耀自己。末照，即多餘之燭光。見本書卷一〈螢火賦〉注。觀光，即《易・觀卦》所謂「觀國之光，利用賓於王」。此以「觀光」指代仕進。見本書卷二〈在江南贈宋五之問〉注。咳唾，指咳唾成珠，比喻美言之珍貴。見本書卷六〈上兗州崔長史啟〉注。雲鑣，騰雲之千里馬。釋紲，放開馬韁。紲，牽牲畜的繩子。漱玉，金玉相撞擊的聲音，形容千里馬的嘶鳴。霜匣，指劍匣。盤蛟，盤繞的蛟龍，比喻寶劍。陰山之雀，即黃衣童子的故事。晉干寶《搜神記》卷二十：漢代弘農郡人楊寶，九歲時到華陰山北，看到有隻黃雀被惡鳥鴟梟所攻擊，墜於樹下，受螻蟻的侵擾。楊寶憐憫黃雀，即救回家，放在巾箱中，用菊花花蕊餵養牠。過了一百多天，黃雀羽毛豐滿，朝去暮還。一天晚上，有黃衣童子向楊寶行禮，說：「我是西王母的使者，出使到蓬萊，不小心被鴟梟攻擊。君施仁愛拯救，實在感激君之大恩大德。」於是他拿出四個白玉環給楊寶，說：「讓君之子孫品德高尚純潔，官至三公，會像這玉環一樣。」漢東之蛇，即《搜神記》卷二十所記「隋侯珠」的故事，見本書卷六〈上司列太常伯啟〉注。漢東，《左傳・桓公六年》：「鬥伯比言於楚子曰：『漢東之國，隨為大。』」窘迫，處境困急。

【語　譯】當今到了涼秋季節，嚴厲的秋風在煽動秋氣。鴻雁南飛衡陽之濱，鳴叫於霜天的清晨；鴻雁翱翔寒澤遠郊，鳴叫於靜夜的曠野。此時正是招聘士人的時機，征聘賢士的季節。我不量度自己的庸愚，輕率地自我炫耀。希望您給我分點多餘的燭光，賜點多餘的水波。以便能仕進於王朝，效忠於君王，全靠您美言引薦。如果騰雲之駿馬，放開馬韁，便會發出金石相擊的鳴聲；如果打開霜劍之匣，便會使盤龍寶劍劍光閃耀。那麼我將如陰山之黃雀，不忘食菊蕊活命之恩德；如漢東之靈蛇，投獻隋珠來報效。我真是經受不起如此之困急。謹啟。

【賞　析】本文仍是作者閒居齊、魯時期干謁求仕之作。但其中所敘，有的情況卻是十分真實的：「某篠派庸微，桐巖賤伍。託根鄒邑，時聞闕里之音；接閈雩津，屢聽杏壇之說。加以承斷織之慈訓，得銳志於書林；奉過庭之嚴規，遂容情於義圃。」這段話意思是說作者雖然出身微賤，但由於「託根鄒邑」、「接閈雩津」，卻受過博大精深的儒家文化的薰陶，以及良好的家庭教育。齊魯是春秋末期的思想家、政治家、教育家、儒家的創始者孔子，和戰國時期的著名思想家、政治家、教育家孟子的誕生地，是儒家文化的搖籃。作者浸淫其間，得天獨厚，「時聞闕里之音」、「屢聽杏壇之說」，加之嚴規慈訓，使他「銳志於書林」、「容情於義圃」。因此，作者志有重託，學有淵源，才有根底，奠定他一生成長發展的基礎。這對於理解作者成才的文化學術環境氛圍與儒學教養，有重要意義。

上齊州張司馬啟

【題　解】齊州，《舊唐書・地理志》：「河南道齊州，上。武德二年（六一九），置總管府。貞觀元年（六二七），廢都督府。七年（六三三），又置都督府。」張司馬，不詳。司馬，官名，見本書卷四〈初秋登司馬樓宴〉題解。

某啟：昔者薛邑聞歌，揖馮諼於彈鋏；夷門命駕，顧侯嬴於抱關。何則？志合風雲，戴笠鈞乎乘馬；情諧道術，忘筌貴乎得魚❶。是以挹蘭言於斷金；交蓬心於匪石。庶清音默聽，賞流水於牙絃；妙思通神，叶成風於郢匠❷。

【章　旨】敘述知遇的重要。

【注　釋】❶薛邑聞歌九句　謂知遇的重要。薛邑聞歌，即馮諼彈鋏事。見本書卷五〈詠懷古意上裴侍郎〉注。薛邑，為孟嘗君田文之父田嬰的封地，在今山東省滕縣之南。夷門命駕，《史記・魏公子列傳》載：魏國有隱士叫侯嬴，是大梁夷門（東城門）看守城門的人。魏公子信陵君聽說，就帶著隨從的車駕，空出左首的尊位，親自迎接侯嬴。侯嬴拂拭一下破爛的衣帽，略不推辭，逕直上車，坐於公子空出的尊位上，一點也不謙讓，想藉此考驗公子。公子手握御車的轡繩，愈見恭敬。侯嬴又對公子說：「我有朋友是市井的屠戶，麻煩你的車馬到屠戶那裡去訪問他。」公子即引車入市，侯嬴下車見朋友朱亥，斜著眼睛，故意地站在那裡，與朱亥交談，暗地裡考驗公子，公子臉上的神色更見和悅。到了公子府中，公子引侯嬴坐在上首的座位上，一一向賓客介紹侯嬴而盛稱他的賢能，賓客感到意外。侯嬴對公子說：「今日夠難為你公子了。我不過是夷門上抱著門栓的人啊，當著大眾的面親自迎接我，不過我想成就公子之名，故久立公子車騎於市井中，過訪屠戶中的朋友來考驗你的氣度，公子愈是恭敬。市上的人都把我看作是小人，而把公子看作是不恥下交的長者。」後來侯嬴向信陵君獻計，竊符救趙。抱關，守關。關，用來固護門戶之物，即門栓。風雲，指風雲之士，見本書卷二〈夏日遊德州贈高四〉注。戴笠，《初學記・人部》：「《風土記》曰：越俗性率樸，初與人交，有禮，封土壇，祭於犬雞，祝曰：『卿雖乘車我戴笠，後日相逢下車揖。我步行，君乘馬，後日相逢君當下。』」此以「戴笠」比喻貧賤，以「乘車」、「乘馬」比喻富貴。鈞，同「均」。平均。道術，指無為的境界，見本書卷二〈夏日遊德州贈高四〉注。忘筌，即莊子所謂得魚忘筌，此喻得到摯友而忘卻功名。❷是以挹蘭言於斷金六句　謂希望有知遇。挹，同「揖」。作揖。蘭言、斷金，見本書卷一〈靈泉頌〉注。蓬心，蓬草之心，見本書卷三〈早發諸暨〉注。匪石，《詩經・邶風・柏舟》：「我心匪石，不可轉也；我心匪席，不可卷也。」此喻友情的堅貞不移。匪，同「非」。默聽，猶靜聽。妙思，精妙的思緒。妙，原作「奴」。郢匠，見本書卷二〈夏日遊德州贈高四〉注。

【語譯】賓王啟：從前薛邑聞歌，孟嘗君恭揖彈鋏歸來的馮諼；夷門命駕，信陵君下顧守關抱栓的侯嬴。這是什麼緣故呢？因為志合於風雲之士，能做到貧賤與富貴相平等；情諧於無為之境，貴在忘卻功名而追求摯友。因此相揖金蘭之交，二人同心其利斷金；相交蓬心之友，心志非石不可轉移。也許可以靜聽清音，欣賞高山流水的牙絃；妙思通神，看到石匠運斧成風於郢人。

伏惟公流源白水，浸地軸以輪波；纂慶黃軒，感星精而誕命。綴珠華於七曜，聯玉葉於五雲❶。至夫神石摛祥，靈鈞表貺。千年馭鶴，振仙氣於帝鄉；七葉珥貂，襲榮光於戚里。因以紛綸國牒，昭晰家聲❷。洎乎鹿走周原，輔秦圖而興霸；蛇分沛澤，翼唐運以開基。常山王之玉潤金聲，博望侯之蘭薰桂馥。羽儀百代，掩梁竇以霞褰；鍾鼎一時，罩袁楊而嶽立❸。

【章旨】歌頌張司馬的家世、職位及王佐之地位。

【注釋】❶伏惟公流源白水六句　謂張司馬的家世。白水，神話傳說中源出崑崙山的一條河流。《楚辭・離騷》：「朝吾將濟於白水兮，登閬風而緤馬。」王逸注引《淮南子》：「白水出崑崙之山，飲之不死。」纂同「纘」。繼承。慶，慶裔，對後代的敬稱。黃軒，軒轅黃帝。星精，梁元帝《金樓子・興王篇》：「黃帝，有熊氏，號軒轅，亦曰帝鴻，少典之子，姬姓也，又姓公孫。少典娶有蟜女附寶，見大電光繞北斗樞，星照郊野，附寶感孕，二十四月生。」此謂張司馬為黃帝後裔。按鄭樵《通志・氏族略》：「張氏，譜家謂黃帝子少昊，青陽氏，第五子揮，為工正。觀弧星，始制弓矢，主祀弧星，賜姓張氏。」七曜，亦作「七耀」，古人以日、月與金、木、水、火、土五大行星為七曜。五雲，五色瑞雲，吉祥的徵兆。❷至夫神石擿祥八句　謂張司馬的職位。神石，《搜神記》卷九載：常山人張顥，任梁州牧。有一天剛下過雨，有隻類似山鵲的鳥，飛到市上，忽然墜落在地。市人爭著去取牠，卻化為一塊圓石。張顥椎破圓石，裡面有一顆金印，印文上寫有「忠孝侯印」的字。張顥把金印獻給皇帝，收藏於宮廷秘府。後來議郎汝南人樊衡夷上奏說：「堯舜時原有這個官職，而今上天降下金印，最好能再恢復這一官職。」張顥後來官至太尉。擿，傳播。靈鉤，即張氏傳金鉤事，見本書卷五〈寒夜獨坐遊子多懷簡知己〉注。鉤，原作「鈞」。貺，賜予。馭鶴，葛洪《神仙傳》：「張道陵者，沛國人也。本太學書生，得黃帝九鼎丹法，乃與弟子入蜀，住鵠鳴山，著作道書二十四篇。」又，《太平寰宇記》：「劍南道資州盤石縣，鶴鳴山，在縣南五百步，古老傳云：張道陵乘白鶴飛鳴此山。」七葉珥貂，《文選》左思〈詠史〉之二：「金張籍舊業，七葉珥漢貂。」李善《注》：「班固《漢書》金日磾贊曰：『夷狄亡國，羈虜漢庭，七葉內侍，何其盛也。』又，張湯傳贊曰：『張氏之子孫相繼，自宣（漢宣帝）、元（漢元帝）以來，為侍中、常侍者凡十餘人。功臣之後，唯有金氏、張氏，親近貴寵，比於外戚。』」珥，插。貂，貂尾。董巴《輿服志》：「侍中、中常侍，武弁，貂尾為飾。」戚里，漢代長安城中外戚居住的地方。紛綸，此是繁盛之意。國牒，亦稱玉牒，指王家之族譜。牒，原作「諜」。昭晰，彰明昭著。家聲，一家素有的聲譽。❸洎乎鹿走周原十句　謂張司馬為王佐。洎，及；到。鹿走，《漢書・蒯通傳》：「秦失其鹿，天下共逐之。」顏師古注引張晏曰：「以鹿喻帝位。」周原，古地名，在今陝西省岐山縣北岐山下，為西周王朝的發源地。輔秦圖，《史記・張儀列傳》：

張儀，戰國時魏人。秦惠文君十年（前三二八）任秦相，號曰武信君。執政期間，曾迫使魏獻上郡，幫助秦惠文君稱王，游說各國服從秦國，瓦解齊楚聯盟，奪取楚漢中地。後入魏為相，不久即死。蛇分沛澤，即漢高祖斬白蛇事，見本書卷四〈過故宋〉注。翼唐運，《史記・留侯世家》：留侯張良，其先韓人。他屢屢以《太公兵法》說沛公，沛公善之，常用其策。漢六年（前二〇一）正月，封功臣。良未嘗有戰鬥功，高帝曰：「運籌策帷帳中，決勝千里外，子房功也。自擇齊三萬戶。」乃封張良為留侯。唐運，《漢書・高帝紀贊》：「漢帝本系，出自唐帝，降及於周，在秦作劉，涉魏而東，遂為豐公。」常山王，原作「皇帝王」。《史記・張耳陳餘列傳》載：張耳，大梁（今河南省開封市）人。戰國末為魏國外黃（今河南民權西北）令。高祖為布衣時，嘗數從張耳遊，客數月。張耳從項羽諸侯入關。漢元年（前二〇六）二月，項羽立諸侯王，便分趙立張耳為常山王，治信都。後投奔劉邦，立為趙王。漢五年（前二〇二）薨，謚為景王。玉潤金聲，《孟子・萬章下》：「孔子之謂集大成；集大成也者，金聲而玉振之也。」按金指鐘，玉指磬，奏樂時以鐘發聲，以磬收韻，集眾音之大成。此喻德行全備。博望侯，即東漢之張騫，他曾被封為博望侯。蘭薰桂馥，此喻功名流芳。羽儀，見本書卷六〈和道士閨情詩啟〉注。梁竇，《初學記・人部・許史梁竇》：「謝承《後漢書》曰：『梁不疑子為潁陰侯，胤子為城父侯，（梁）冀一門三皇后、六貴人、二大將軍，夫人女侯邑稱君七人，尚公主三人，其餘卿將尹校五十七人，百僚側目，莫敢違命。』」《東觀漢記》曰：「竇融嗣子穆，尚內黃公主，而融弟顯親侯竇友嗣子固，尚沮陽公主，穆長子勳，尚東海恭王女，竇氏一公兩侯三公主，四二千石。自祖至孫，官府廐第相望，奴婢千數。雖親戚功臣，莫與為比」。霞褰，猶霞騫，謂雲霞飛動。鐘鼎，即鐘鳴鼎食，形容貴族的豪奢排場。袁楊，《後漢書・劉焉袁術呂布列傳》：「（袁）術大會群下，因謂曰：『吾家四世公輔，百姓所歸。』」章懷太子注：「袁安為司空，子敞及京，京子湯，湯子逢，並為司空。」《後漢書・楊震列傳》：「自（楊）震至（楊）彪，四世太尉，德業相繼，與袁氏俱為東京名族云。」

【語譯】公之家世，源流於崑崙之白水，開發水源輪波而灌溉大地；繼承黃帝之後裔，感孕北斗星精而附寶誕生。連綴珠寶光華輝映七曜，聯接金枝玉葉瑞兆五雲。至於神石傳播上天祥瑞，靈鉤顯示上天恩賜。張道陵千年乘白鶴，發放仙氣於帝鄉；金日磾七葉插貂尾，承襲榮光於戚里。因此使王家族譜得以繁衍興盛，使家族聲譽得以彰明昭著。及至鹿走周原，如張儀輔秦而興霸業；蛇分沛澤，如張良佐漢而創帝基。如常山王張耳玉潤金聲，德行全備；如博望侯張騫蘭薰桂馥，功名流芳。楷模百代，蓋過梁、竇家族如雲霞飛動；鐘嗚鼎食，覆蓋袁、楊家族如山岳峙立。

故得重規遠鏡，湛月路以流清；茂祉遐鋪，駕雲門而擢秀。公飛英鳳穴，藻五色以凝華；穎耀龍泉，涵九重而毓潤。風情疏朗，霜明月湛之姿；氣骨端嚴，雪白水清之概❶。若乃性符神授，道擅生知。挫三端於情峰，朝九流於學海。博聞強記，辨晉國之黃熊；將聖多能，識吳門之白馬。言泉潄迴，驚瀑布以飛瀾；文江澮清，含濯錦而翻浪。欝槐市以增茂，穆蘭室以流芳❷。

【章　旨】歌頌張司馬之風儀和才學。

【注　釋】❶故得重規遠鏡十二句　謂張司馬之風儀。重規遠鏡，見本書卷六〈上兗州刺史啟〉注。月路，《駱丞集》顏文選注：「一脈之清。」祉，福。雲門，《駱丞集》顏文選注：「門第之高。」飛英，對鳳凰的美稱。鳳穴，即丹穴，見本書卷五〈傷祝阿王明府〉注。五色，指鳳凰身上具備德、義、禮、仁、信之文彩。穎，聰敏。龍泉，一作「驪泉」。猶驪淵。毓潤，意謂孕育珍珠。風情，謂風神、風采。氣骨，謂風骨。端嚴，端莊；嚴肅。概，氣概。❷若乃性符神授十四句　謂張司馬之才學。神授，猶天授。道，指人的本原、本體。生知，生而知之，指天賦。三端，《韓詩外傳》：「是以君子避三端：避文士之筆端；避武士之鋒端；避辯士之舌端。」博聞強記，《禮記‧曲禮上》：「博聞強識而讓。」此謂見聞廣博，記憶力強。黃熊，《左傳‧昭公元年》：「晉侯聞子產之言，曰：『博物君子也。』」七年，鄭子產聘於晉。晉侯有疾，韓宣子逆客，私焉，曰：『寡君寢疾，於今三月矣。今夢黃熊入於寢門，其何厲鬼也？』對曰：『昔堯殛鯀於羽山，其神化為黃熊，以入於羽淵，實為夏郊。三代祀之，晉為盟主，其或者未之祀也乎？』韓子祀夏郊。晉侯有間，賜子產莒之二方鼎。」將聖多能，尊稱孔子大聖之德，見本書卷五〈敘寄員半千〉注。將，大的意思。吳門之白馬，見本書卷三〈久客臨海有懷〉注。言，語助詞。澮清，澮淡清澄。濯錦，見本書卷六〈上兗州刺史啟〉注。濯，原作「擢」。槐市，漢代長安市場之一。《三輔黃圖》：「常滿倉之北為槐市，列槐樹數百行為隊，無牆屋。諸生朔望會，且各持郡所出貨物及經傳書記、笙磬樂器，相與買賣，雍容揖讓，議論槐下。」槐，原作「樞」。蘭室，見本書卷五〈冬日過故人任處士齋〉注。

【語　譯】因此言行規範，月路澄澈有一脈之清；盛德遠鋪，雲門高駕有繁茂之象。公如飛鳳出於丹穴，凝成五色而文彩斑爛；聰敏照耀驪淵，醞涵九重而珠圓玉潤。風神疏朗，有霜潔月朗之英姿；風骨端肅，有雪白水清之氣概。至於君天性符應天授，本體獨擅天賦。能挫敗三端峙立情岳，能朝向九流奔入學海。博聞強記，如子產辨識晉國之未祀黃熊；大聖多能，如孔子辨識吳門之練光白馬。泉流遠漱，如興動瀑布直掛飛流；文江澹清，如含蘊濯錦翻起波浪。使槐市繁榮而增盛，使蘭室淳和而流芳。

於是翔鱣應符，觀光上國。飛龍成卦，利見大人。摶羊角以垂天，展驥足而騰景❶。翼貳藩邸，巴敬祖之清廉；光贊外臺，陳君回之亮直。推公平而折獄，磔鼠謝其嚴明；擁端愨而行仁，化蛇慚其智勇❷。加以清規日舉，湛虛照於冰壺；玄鑒露凝，朗機心於水鏡。謙光自牧，恭己愛人。片善必甄，揖虞翻於東箭；一言可紀，許顧榮於南金❸。

【章　旨】歌頌張司馬之職位、政績及禮賢待士。

【注　釋】❶於是翔鱣應符六句　謂張司馬之職位。翔鱣，《後漢書・楊震列傳》：「楊震，字伯起，常客居於湖，不答州郡禮命數十年。後有冠雀（即鸛雀）銜三鱣魚，飛集講堂前。都講取魚進曰：「蛇鱣者，卿大夫服之象也；數三者，法三臺也，先生自此升矣。」後來楊震果為司徒，遷太尉。鱣，同「鱔」。即黃鱔，長三尺，黃地黑文，如卿大夫所穿衣服之象。應符，即符應，古時以所謂天降符瑞，附會與人事相應。觀光上國，即《易・觀》所謂「觀國之光，利用賓於王」，見本書卷二〈在江南贈宋五之問〉注。飛龍成卦，《易・乾》：「九五，飛龍在天，利見大人。」孔穎達《正義》：「言九五陽氣盛至於天，故云飛龍在天，此自然之象，猶若聖人有龍德，飛騰而居天位，德備天下，為萬物所瞻睹，故天下利見此居王位之大人。」搏羊角，見本書卷六〈上司列太常伯啟〉注。騰景，騰影。❷翼貳藩邸八句　謂張司馬之政績。翼貳藩邸，《新唐書・百官志》：「武德元年（六一八）雍州置牧一人，以親王為之，然常以別駕領州事。……高宗即位，改別駕皆為長史。上元二年（六七五），諸州復置別駕，以諸王子為之。永隆元年（六八〇）省，永淳元年（六八二）復置。景雲二年（七一〇），始參用庶姓。」按，寫此文時當是諸王子為刺史或以別駕領州事，故曰翼貳藩邸。巴敬祖，《太平御覽・職官部》：「謝承《後漢書》曰：『巴祇，字敬祖，為揚州刺史，在官不迎妻子（妻兒子女），俸祿不使有餘。幘毀壞，不復改易。以水澡傅墨用之。夜與士對坐，暗中不然（燃）官燭。』」光贊，猶光輔。外臺，見本卷〈上兗州張司馬啟〉「外臺」注。陳君回，未詳。亮直，即諒直，《論語・季氏》：「友直，友諒，友多聞，益矣。」諒，信實。直，正直。推，推許；推重。折獄，判決訴訟案件，使曲直分明。磔鼠，《史記・酷吏傳》：「張湯者，杜人也。其父為長安丞，出，湯為兒，守舍。還而鼠盜肉，其父怒，笞湯。湯掘窟，得盜鼠及餘肉，劾鼠掠治，傳爰書，訊鞫論報，並取鼠與肉，具獄磔堂下。其父見之，視其文辭如老獄吏，大驚，遂使書獄。」磔，古代酷刑之一，即分屍。原作「傑」。謝，慚愧。端愨，端正篤實。《荀子・臣道篇》：「若夫忠信端愨而不害傷，則無接而不然，是仁人之行也。」化蛇，晉干寶《搜神記》卷十九：「漢武帝時，張寬為揚州刺史。先是，有二老翁爭山地，詣州訟疆界，連年不決。寬視事，復來。寬窺二翁，形狀非人，令卒持杖戟將入，問：『汝等何精？』翁走，寬呵格之，化為二蛇。」❸加以清規日舉十句　謂張司馬禮賢。清規，見本書卷六〈上兗州刺史啟〉注。虛照，指月亮。冰壺，即玉壺之冰心，見本書卷四〈別李嶠得勝字〉注。玄鑒，即玄覽，見本書卷六〈上兗州刺史啟〉注。水鏡，比喻如水如鏡那樣清澈澄明。謙光，《易・謙》：「〈象〉曰：『謙尊而光。』」意謂謙虛的人高居尊位，道德光明。自牧，《易・謙》：「〈象〉曰：『謙謙君子，卑以自牧也。』」意謂謙謙君子用謙卑來修養自己。牧，治；養。東箭，為虞翻事，見本書卷六〈上李少常啟〉注。南金，為顧榮事，見本書卷六〈上李少常啟〉注。

【語　譯】於是上天降下翔鱣的符瑞，使君仰觀王朝的光輝盛治。如飛龍在天，德備天下，使天下利見此居王位之大人。君拍擊羊角盤旋而上天，展開驥足飛奔而騰影。君輔翼藩王，有巴敬祖的清高廉潔；光佐諸郡，有陳君回的正直信實。推許能公平判決案件，具有張湯磔鼠堂下的嚴明；擁有端正篤實之仁行，使蛇精慚於騰挪變化的智勇。再加上舉止清規，如明月照著玉壺之冰心；內心明朗，如水鏡鑒察功利之機心。謙虛自尊，恭己愛人。片善必加擢拔，使虞翻得到東箭之美名；一言可成準則，使顧榮得到南金的推重。

某抱疾支離，材均臃腫。進不能握蘭分竹，綰銀黃於雲臺；退不能絕粒茹芝，鍊金丹於地肺❶。而出沒風塵之內，淪漂名利之間。游無毛、薛之交，仕乏金、張之援。塊然獨處者，一紀於茲矣❷。

【章　旨】敘述自己的困境。

【注　釋】❶某抱疾支離六句　謂自己進退兩難。支離，聯綿詞，形容殘缺不全，引申為憔悴。均，同。臃腫，同「擁腫」。見本書卷二〈浮查〉注。握蘭，《初學記・職官部》：「應劭《漢官儀》曰：『尚書郎，含雞舌香，伏案奏事，黃門郎對揖跪受，故稱尚書郎。懷香握蘭，趨走丹墀。』」分竹，即剖竹，給予作為權力象徵的竹使符，見本書卷六〈上兗州刺史啟〉注。綰，繫。銀黃，指銀印與黃金印。雲臺，漢代臺名。永平中，顯宗追感前世功臣，乃圖畫二十八將於南宮雲臺。絕粒，猶辟穀，古代道教以摒除火食、不進米穀以便延年益壽的修煉方法。茹芝，服食靈芝，道教認為靈芝是不死藥。金丹，將朱砂放在爐火中燒鍊成丹，道教認為服食後可長生不老。地肺，傳說中的山名。皇甫謐《高士傳》曰：「四皓共入商洛，隱地肺山，以待天下定。」❷而出沒風塵之內六句　謂獨處之困境。風塵，指仕途。毛薛，指毛公、薛公，見本書卷六〈上李少常啟〉注。金張，指金日磾、張安世，見本書卷〈上李少常啟〉注。一紀，《書・畢命》：「既歷三紀，世變風移。」孔安國傳：「十二年曰紀。」

【語　譯】我病體憔悴，如臃腫朽株。仕進，不能做到握蘭分竹，繫銀印、金印於雲臺；退隱，不能做到辟穀茹芝，修身鍊丹於地肺。卻出沒於仕進之途，淪浮於名利之場。沒有戰國時毛公、薛公那樣的知交，沒有西漢時金日磾、張安世那樣的擢拔。孤身獨處於此地，已有十二年的時間了。

然而日夜相代，恐溝壑以非遙；窮病交侵，思薜蘿之可託。常願處幽棲寂，追夏黃於商山；樂道棲真，從魯連於滄海❶。豈徒語默易爽，心迹難逃。題橋之恨逾深，攀桂之情徒結。是用絕心乾沒，耽閱〈丘〉〈墳〉，謁子將於南荊，訪康成於北海。西遊梁益，仰司馬王楊之風；東入臨淄，慕淳于管晏之智。瞻言前古，從欲思齊。俯惟當今，空勞懷刺❷。

【章　旨】敘述自己徘徊於退隱仕進之間的矛盾。

【注　釋】❶然而日夜相代八句　謂擬欲退隱。夏黃，即夏黃公，為漢代隱居於商山的「四皓」之一。見本書卷三〈秋日山行簡梁大官〉注。魯連，即戰國齊人魯仲連，見本書卷六〈上李少常啟〉注。❷豈徒語默易爽十六句　謂擬仕進。語默，見本書卷二〈在江南贈宋五之問〉注。此指代仕途。爽，失。心迹，指功名之心。題橋，一作「從橋」，《駱丞集》作「題橋」，為漢代司馬相如事。《成都記》：「司馬相如初西去，過升仙橋，題柱曰：『不乘高車駟馬，不過此橋。』」此謂希望得官顯耀。恨，遺憾。攀桂，為晉人郤詵事。《晉書・郤詵傳》載：郤詵，字廣基，洛陽單人。累遷雍州刺史，武帝於東堂會送，問詵曰：「卿以為何如？」詵對曰：「臣舉賢良對策，為天下第一，猶桂林之一枝，崑山之片玉。」此謂希望擢拔。結，盤結。乾沒，儌倖取利。《漢書・張湯傳》：「(湯) 始為小吏，乾沒，與長安富賈田甲、魚翁叔之屬交私。」顏師古《注》曰：「服虔曰：『乾沒，射成敗也。』如淳曰：『豫居物以待之，得利為乾，失利為沒。』」耽，嗜好。丘墳，指〈九丘〉、〈三墳〉。見〈上司列太常伯啟〉注。子將，《後漢書・郭符許列傳》：「許劭，字子將，汝南平輿人也。少峻名節，好人倫，多所賞識，若樊子昭、和陽士，並顯名於世，故天下言拔士者，咸稱許、郭。」康成，《後漢書・張曹鄭列傳》載：鄭玄，字康成，北海高密（今屬山東）人。曾從馬融學古文經。自遊學十餘年，乃歸鄉里。家貧，客耕東萊，聚徒講學，弟子眾至數百千人。因黨錮事起，即隱修經業，杜門不出，成為漢代經學之集大成者，被稱為純儒，齊魯間宗之。梁益，州名。《水經注・江水》：「《地理風俗記》曰：『華陽黑水惟梁州，漢武帝元朔二年（前一二七），改梁曰益州，以新啟犍為、牂柯、越巂，州之疆壤益廣，故稱益云。』」司馬王楊，《文選》陳琳〈為曹洪與魏文帝書〉：「間自入益都，仰司馬揚王遺風，有子勝斐然之志。」

李善注：「司馬相如、楊雄、王褒也。」臨淄，亦作臨菑、臨甾，以城臨菑水而得名，故址在今山東省淄博市東北。淳于管晏，指戰國時期的淳于髡，春秋時期的管仲、晏子，都是齊國的政治家。瞻，瞻仰。言，語助詞。思齊，謂想向前賢看齊。《論語・里仁》：「子曰：『見賢思齊焉，見不賢而內自省也。』」刺，名刺，見本書卷二〈夏日遊德州贈高四〉注。

【語　譯】然而日以繼夜，恐怕野死山溝、死無棺槨的遭際已為期不遠；貧病交迫，思量只有披薜帶蘿、隱居山林的生活可以托身。常願處幽控寂，追隨夏黃公隱遁商山；樂道棲真，跟著魯仲連避匿海上。豈料仕進之途容易失落，而功名之志又難於逃避。如司馬相如題橋言志，得官顯達的遺憾愈是深切，如郤詵賢良對策，攀桂擢拔的期望空空盤結。因此，我絕心於儌倖取利，嗜讀於〈三墳〉〈九丘〉。拜謁許劭於荊南，拜訪鄭玄於北海。向西遊學梁益，仰慕司馬相如、王褒、揚雄之學風；向東遊學臨淄，仰慕淳于髡、管仲、晏子之智能。瞻仰前賢，即想向他們看齊學習。當今之世，投擲名刺，以求引薦，但勞而無功。

不意雲浮礎潤，霜落鐘鳴。揖郭泰於靈舟，有道斯在；賞嚴明於樽俎，盛德猶存❶。雖調叶清歌，誠寡和於郢路；而庸音濫吹，竊混奏於齊竽。輕課撮囊，揄揚盛德。庶金波離畢，零陵之石自飛；瑤光建寅，蕭丘之火暫熱。學慚麟角，德類鴻毛。愧汗如漿，憂心若厲❷。謹啟。

【章　旨】希望得到獎掖。

【注　釋】❶不意雲浮礎潤六句　謂張司馬之盛德。雲浮礎潤，見本書卷六〈上司列太常伯啟〉注。霜落鐘鳴，《山海經・中山經》：「豐山有九鐘焉，是知霜鳴。」郭璞傳：「霜降則鐘鳴，故言知也。物有自然感應，而不可為也。」鐘，原作「鍾」。靈舟，仙舟，為郭泰與李膺同舟共濟望之如神仙事，見本書卷二〈在江南贈宋五之問〉注。泰，原作「秦」。有道，謂仙道；

又屬合郭泰本人，因郭泰字林宗，又字有道。罽明，即罽蔑、然明，見本書卷六〈上吏部侍郎帝京篇啟〉注。明，原缺。樽俎，同「尊俎」。古代盛酒和盛肉的器皿，此用作宴席的代稱。樽。原作「樹」。❷雖調叶清歌十四句　謂希望獎掖。叶，原缺。郢路，即郢曲，見本書卷二〈在江南贈宋五之問〉注。庸音，猶庸才。音，原作「容」。齊竽，即濫竽充數，見本書卷六〈上兗州刺史啟〉注。課，試。撮囊，繫挂而不用之囊，比喻棄而不用者。《太平御覽》卷六〇七引《莊子》：「人而不學，謂之視肉；學而不行，謂之撮囊。」原注：「撮，繫者也。」按，今本《莊子》已佚。揄揚，聯綿詞，稱引、發揚。原作「榆楊」。金波，即月亮，見本書卷六〈上司列太常伯啟〉注。離畢，謂月離於畢星則雨，見本書卷六〈上司列太常伯〉「離箕」注。畢，原作「早」。零陵之石，《初學記‧天部》：「庾仲雍《湘州記》曰：『零陵山有石燕，遇雨則飛；雨止，還化為石也。』」又，《水經注‧湘水》：「湘水又東北得洮口，水出永昌縣北羅山，東南流，逕石燕山東，其山有石，紺而狀燕，因以名山。其石或大或小，若母子焉。及其雷風相薄，則石燕群飛，頡頏如真燕矣。」零陵，原作「零陸」。瑤光，北斗七星第七星名，古代以為象徵祥瑞。《淮南子‧本經》：「瑤光者，資糧萬物者也。」高誘注：「瑤光，謂北斗杓第七星也。……一說，瑤光，和氣之見（現）者也。」建寅，古代以北斗星斗柄的運轉計算月分，斗柄指向十二辰中的寅即為夏曆正月。蕭丘之火，《抱朴子‧嘉道篇》：「尺水不能卻蕭丘之熱。」麟角，《顏氏家訓‧養生篇》：「學如牛毛，成如麟角。」德，原作「得」。鴻毛，形容輕細。厲，同「癘」。疫病。

【語　譯】不意很快就至秋季，山雲浮動，礎柱潤濕，霜露已降，九鐘鳴響。恭揖郭泰於仙舟，仙道還在；賞賜罽明於宴席，盛德猶存。雖然叶韻清歌，但郢曲少有應和；不過是庸音濫吹，齊竽權當充數。希望試用棄而不用之囊，發揚君之大德。以便月附畢星，使零陵石燕遇雨而飛；星移斗轉，使蕭丘之火開始生熱。我有愧於學問不成麟角，德行輕似鴻毛。真是愧汗如漿，憂心若病。謹啟。

【賞　析】本篇是上呈齊州張司馬的啟，也是作於齊魯期間。

本篇篇幅很長。作者干謁求仕有一個重要原因，即關於他自己進退兩難的處境：「某抱疾支離，材均臃腫。進不能握蘭分竹，綰銀黃於雲臺；退不能絕粒茹芝，鍊金丹於地肺。而出沒風塵之內，淪漂名利之間。游無毛、薛之交，仕乏金、張之援。塊然獨處者，一紀於茲矣。」這雖然說的是個人問題，但又具有典型意義，它反映了初唐時期懷才不遇的知識分子的獨特命運。而「塊然獨處者，一紀於茲矣」，又進一步為作者閒居齊魯十年提供了證明。

卷七 書啟

上廉察使啟

【題解】文題缺「察」字。廉察使，《新唐書．百官志》：「龍朔二年（六六二），改御史臺曰憲臺。光宅元年（六八四），分左右臺，兩臺歲再發使八人，春曰風俗，秋曰廉察，以四十八條察州縣。」

賓王啟：每讀書，見古人負米之情，捧檄之操，未嘗不廢書輟卷，流涕傷心❶。何則？情蓄於中，事符則感；形潛於內，迹應斯通。而悅帝力以栖魂，情欣養素；仰皇華而暢息，敢用披丹❷。

【章旨】敘述有感於古人為養親而仕進。

【注釋】❶賓王啟六句　謂古人負米捧檄。負米之情，《孔子家語．致思》：「子路見於孔子曰：『負重涉遠，不擇地而休；家貧親老，不擇祿而仕。昔者由也，事兩親之時，常食藜藿之實，為親負米百里之外。親歿之後，南遊於楚，從車百乘，積粟萬鍾，累茵而坐，列鼎而食，願欲食藜藿，為親負米，不可復得也。』」捧檄，見本書卷二〈夏日遊德州贈高四〉注。

❷何則九句　謂有感而發。潛，深藏。帝力，帝王的作用或恩德。栖魂，猶栖身。養素，修養而保持本性。皇華，《詩經・小雅》中之篇名，《序》謂「〈皇皇者華〉，君遣使臣也。送之以禮樂，言遠而有光華也。」後即以「皇華」為贊頌奉命出使者之典故。此謂廉察使。暢息，猶舒暢。一作「暢慮」。披丹，猶披心。披露真誠。

【語　譯】賓王啟：每每讀書，看到古人負米之孝心，捧檄之情操，沒有不放下書本傷心流淚的。這是為什麼呢?因為負米之情蓄積心中，有了孝親的行事，就會受到感動；捧檄之操深藏內心，碰上孝親的事迹，就會息息相通。欣感帝王的恩典，使自己得以安身，故志在保持樸素的本性；仰慕廉察使奉命出征，使自己感到舒暢愉快，故敢不揣冒昧披露真誠。

伏惟公源控玉輪，激神濤而涵地；基疏金闕，架飛巴以韜雲。洎乎鹿走周原，霸燕圖於即墨；蛇分沛澤，封漢爵於華城。福祿攸鍾，公侯必復。炳靈丹穴，襲吉黃裳❶。若乃峰秀學山，列〈三墳〉而仰止；瀾清筆海，委九流以朝宗。登小魯之山，辨練光於亂馬；臨大吳之國，識寶氣於連牛。垂秋實於翰林，絢春花於文苑。清規湛秀，照月日而雕談；素論凝玄，開夜光於妙辨❷。既而業成麟角，引茅茹而彈冠；道映鴛池，絢桃花而曳綬。揆留皇鑒，忠簡帝心。奉職春宮，標離光於青殿，代工天府，明台燿於紫宸。故得龍浡垂光，戢兩星而開照；鶴蓋浮影，翼五雲以連陰❸。

【章　旨】歌頌廉察使之家世、才學和政績。

【注　釋】❶伏惟公源控玉輪十二句　謂廉察使之家世。玉輪，即岷山西之玉輪坂。見本書卷二〈在江南贈宋五之問〉注。

金闕，見本書卷五〈傷祝阿王明府〉注。飛岊，飛峙的高山。岊，此指山峰。洎，原作「泊」。鹿走周原，見本書卷六〈上齊州張司馬啟〉注。霸燕圖，《史記．樂毅列傳》載：樂毅賢，好兵。諸侯害怕齊湣王之驕暴，都爭著合縱與燕伐齊。燕昭王悉起兵，使樂毅為上將軍，趙惠文王以相國印授樂毅。樂毅於是並護趙、楚、韓、魏、燕之兵以伐齊，破之濟西，攻入臨淄。燕昭王封樂毅於昌國，號為昌國君。樂毅留徇齊五年，攻下齊七十餘城，皆為郡縣以屬燕，唯獨莒、即墨未服。燕昭王死後，子立為燕惠王，便使騎劫代將，而召樂毅。樂毅畏誅，遂西降趙。趙封樂毅於觀津，號曰望諸君。即墨，古邑名，戰國齊邑，在今山東平度東南。蛇分沛澤，見本書卷四〈過故宋〉注。封漢爵，《史記．樂毅列傳》載：樂毅死後，過了二十多年，高帝（即漢高祖）過趙，問左右：「樂毅有後代嗎？」回答說：「有樂叔。」高帝封之樂鄉，號曰華成君。華成君，即樂毅之孫。華城，陳熙晉《駱臨海集箋注》：「《地理志》云：信都有樂鄉縣。按樂鄉，今直隸深州。成，古通作城。」華，原作「筆」。福祿攸鍾，謂福祿所聚。攸鍾，原作「鍾攸」。攸，語助詞。鍾，聚。公侯必復，《左傳．閔公元年》：「公侯之子孫，必復其始。」此謂公侯之子孫後代，必將成為公侯。炳靈，謂氏系門第的顯赫。炳，光明；顯著。丹穴、黃裳，見本書卷五〈傷祝阿王明府〉注。❷若乃峰秀學山十四句　謂廉察使之才德。秀，原缺。翰林，猶儒林。月旦，謂月旦評，指品評人物。《後漢書．郭符許列傳》：「初，劭與靖俱有高名，好共覈論鄉黨人物，每月輒更其品題，故汝南俗有『月旦評』焉。」雕談，比喻善於言辭。見本書卷四〈和王記室從趙王春日遊陁山寺〉注。素論，猶高論。辨，同「辯」。❸既而業成麟角十四句　謂廉察使的政績。既而，原缺「而」字。麟角，見卷六〈上齊州張司馬啟〉注。茅茹，《易．泰卦》：「拔茅茹，以其彙，征吉。」王弼注：「茅之為物，拔其根而相牽引者也。茹，相牽引之貌也。」此喻同類事物相互牽引。彈冠，謂入仕。鳳池，一作「鳳池」，即鳳凰池。指魏晉時的中書省，掌管一切機要，因為接近皇帝，故名。此指代御史臺之廉察使。花，原缺。龍浡，《禮記．緇衣》：「王言如絲，其出如綸；王言如綸，其出如浡。」注：「言言出彌大也。」陸德明《釋文》：「綍，音弗，大索。喻銜詔出使也。」戢，聚集的意思。兩星，《後漢書．方術列傳》：「李郃，善河洛風星。和帝分遣使者，皆微服單行，各至州縣，觀采風謠。使者二人，當到益部，投郃候舍。時夏夕露坐，郃因仰觀問曰：『二君發京師時，寧知朝廷遣二使邪？』二人默然，驚相視曰：『不聞也。』問何以知之，郃指星示云：『有二使星向益州分野，故知之耳。』」鶴蓋，見本書卷五〈送劉少府遊越州〉注。此指代廉察使的車駕。五雲，指五色祥雲。

【語　譯】公之家世，如銜控玉輪水源，激發波濤沐浴大地；如疏通金闕基址，駕起高山飛峙雲霄。及至鹿走周原，如樂毅輔燕興霸於即墨；蛇分沛澤，如樂叔受爵被封於華城。這就是福祿富貴聚於樂氏，公侯子孫必成公侯。氏系顯赫靈氣鍾於仁義之鄉，恪守臣職而達到中和吉祥。至於君之才德，如同學山綿亙中的秀峰，擁有〈三墳〉典籍而令人仰慕；如同波瀾壯闊的筆海，依託九流百家而以海為尊。登上泰山之巔，能看清閶門練光搖亂馬；臨大吳之國，能識別豐城劍氣連斗、牛。儒林中秋實纍纍，文壇內春花爛漫。清正廉明，如月旦品題，雕談人事；論旨深奧，如夜光照射，妙辯宏麗。說到君之政績，不久即學成麟角，如茅根相互牽引而進入仕途；道映鴛池，如九卿桃花絢麗而搖曳綬帶。您的政績，得到皇帝的賞識；您的忠誠，得到皇帝的關注。您奉職朝廷，使日月閃爍宮殿；您代天理官，使台省照耀紫宸。因此，廉使的光輝，如聚集兩顆使星而開照；廉察使的車駕，如遮護五色祥雲而連陰。

某大塊流形，小人餘慶。幸河神入昴，映白榆以疏祥；江使負圖，泛青蓮而薦兆。薰風廣扇，聖日揚輝❶。進不能高議雲臺，談社稷之上務；退不能銷形地肺，揖箕潁之餘芳。而出沒風塵，湮淪名利，十年無祿，萬里惟桑❷。

【章旨】敘述自己的困難處境。

【注釋】❶某大塊流形八句　謂生逢盛世。某，原作「其」。大塊流形，即《莊子・大宗師》所謂「大塊載我以形」之意，見本書卷一〈螢火賦〉注。形，原作「行」。小人，舊時地位低下的人對上自稱的謙詞。餘慶，留下慶祥。《易・坤》：「積善之家，必有餘慶。」河神入昴，即五老入昴之神話傳說，見本書卷三〈晚泊河曲〉注。昴，星宿名，二十八宿之一，白虎第七宿的第四宿，又名旄頭、髦頭。古人以為有五顆亮星，故有昴宿之星轉化為五老之傳說。白榆，《古樂府・隴西行》：「天上何所有，歷歷種白榆。」此以白榆指昴宿之星。江使負圖，《史記・龜策列傳》載：有神龜在江南嘉林中，常巢於芳蓮之上。宋元王二年，江使神龜使於河，至於泉陽，被漁人所獲，置於籠中。夜半，龜來現夢於宋元王。元王召博士衛平告以夢龜狀，衛平諫元王留下神龜作為國家重寶。❷進不能高議雲臺八句　謂自己之困境。雲臺，漢代臺名。《文選》江淹〈詣建平王上書〉：「次則結綬金馬之庭，高議雲臺之上。」銷形，謂隱身。地胏，山名。見本書卷六〈上齊州張司馬啟〉注。箕潁，《呂氏春秋・六論求人篇》：「昔者，堯朝許由於沛澤之中，曰：『請屬天下於夫子。』許由辭曰：『為天下之不治與！而既已治矣，自為與！啁噍巢於林，不過一枝；偃鼠飲於河，不過滿腹。歸已君乎，惡用天下?』」遂之箕山之下，潁水之陽，耕而食。」高誘注：「箕山，在潁川陽城之西，水北曰陽也。」無棣，指博昌。因博昌古屬齊國，在無棣故治，故名。《左傳・僖公四年》：「管仲對曰：『昔召康公命我先君太公曰：五侯九伯，女實征之，以夾輔周室。賜我先君履，東至於海，西至於河，南至於穆陵，北至於無棣。』」杜預注：「穆陵、無棣，皆齊境也。」惟桑，即桑梓。

【語　譯】天地給我以形體，還給我留下許多祥和。五老入昴，映照星星呈祥瑞；神龜負圖，游泛青蓮薦吉兆。恩澤如南風普遍揚扇，如聖日普遍照耀。但是我進不能高議雲臺，討論社稷國家之大事；退不能隱身地胏，汲取箕山潁水之餘芳。出沒於風塵之中，湮沒於名利之場，十年滯居於齊境，離家鄉有萬里之遙。

既而日遠長安，出蓬門而西笑；雲飄吳會，遙松浦以南浮❶。冀塵迹於丘中，絕漢機於俗網。承歡膝下，馭潘輿以家園❷。不悟地絡遐張，維白駒於空谷；天羅迥布，弋黃鶴於高雲。顧己駑鉛，並從媒衒❸。力農賤事，未免東皋之勞；反哺私情，遽切南陔之詠。少希顧復，輒布悃誠。雖噬臍思歸，空軫倚廬之望；而嚙臂未仕，非圖高蓋之榮❹。

【章　旨】敘述求仕與孝親的關係。

【注　釋】❶既而日遠長安四句　謂求仕。日遠長安，見本書卷二〈夏日遊德州贈高四〉注。此指赴京求仕。西笑，見卷四〈同崔駙馬曉初登樓思京〉注。雲飄吳會，見本書卷三〈白雲抱幽石〉注。吳會，指東漢的吳和會稽兩郡。此喻思念家鄉。❷冀塵迹於丘中四句　謂孝親。塵迹，指隱居。丘中，山中。漢機，指機心。見本書卷二〈夏日遊德州贈高四〉注。膝下，

《孝經・聖治》：「故親生之膝下，以養父母，日嚴。」鄭玄注：「膝下，謂孩幼之時也。」後以「承歡膝下」表示子女孝敬父母。潘輿，即潘岳〈閒居賦〉所謂「太夫人乃御版輿」。見本書卷三〈和孫長史秋日臥病〉注。按，版輿，亦作「版轝」，一名「步輿」，是一種木製的輕便車。❸不悟地絡遐張六句　謂朝廷網羅英才。地絡，地網。維，繫。白駒，白色駿馬。此喻英才。迥，遠。原作「迴」。弋，用繩繫於箭上射出。黃鶴，當作「黃鵠」，古人引用多以「鵠」為「鶴」。此喻英才。高雲，高高的雲空。顧，原作「願」。駑鉛，《後漢書・隗囂公孫述傳》：「昔文王三分，猶服事殷，但駑馬鉛刀，不可強扶。」此以劣馬鈍刀比喻庸才。媒衒，自我求進的意思。媒，媒介。衒，炫耀。❹力農賤事十句　謂自己目前的處境。東皋，《文選》潘岳〈秋興賦〉：「耕東皋之沃壤兮。」李善注：「水田曰皋。東者，取其春意。」此泛指田野。反哺，烏雛長大，銜食反哺其母。此喻子女奉養父母。反，亦作「返」。遽，遂；就。切，切合。〈南陔〉，《詩經・小雅》篇名，六笙詩之一，有目無詩。《詩經・小雅・南陔序》：「〈南陔〉，孝子相戒以養也。」後用為奉養和孝敬父母的典故。顧復，《詩經・小雅・蓼莪》：「父兮生我，母兮鞠我，拊我畜我，長我育我，顧我復我，出入腹我。欲報之德，昊天罔極！」此謂父母撫育兒女的深情摯愛。顧，看顧；眷顧。原作「願」。復，反覆。悃誠，誠懇之心。原作「應誠」。噬臍，當作「噬指」。《後漢書・劉趙淳于江劉周趙列傳》：「磐同郡蔡順，……少孤，養母。嘗出求薪，有客卒至，母望順不還，乃噬其指，順即心動，棄薪馳歸，跪問其故。母曰：『有急客來，吾噬指以悟汝耳。』」軫，軫念，輾轉思念。倚廬之望，劉向《續列女傳・王孫氏母》：「王孫氏母謂賈曰：『汝朝出而晚來，則吾倚門而望汝；汝暮出而不還，則吾倚閭而望汝。』」囓臂，咬臂出血，以示誠信和堅決。高蓋，車名，古時稱車蓋高、可以立乘的車子。此指代高官。

【語譯】我即前去求仕，走出蓬門，奔赴京城；心隨白雲飄向吳會，因為遠遠地離開了家鄉。我本來希望隱居山中，斷絕機心於俗網；承歡膝下，奉養母親於家園。不想朝廷正在網羅英才，如地網遠張，繫住駿馬於空谷；如天羅高張，射獲黃鵠於雲空。我想想自己雖是庸人，還是要謀求仕進。我目前在家致力農事，未免有東皋耕耘之勞苦；奉養母親，切合〈南陔〉孝親之歌詠。少時得到母親的撫育照顧，因此常想表示誠懇的孝心。噬指思歸，以免老母空有倚廬之懸念；囓臂未仕，也不是謀求高官之榮寵。

明公資孝履忠，恕己及物，惟機成務，論道經邦❶。庶得顧兔離星，動清風於舜海；從龍潤礎，霈甘雨於堯雲。則白羽書生，自銘恩於食稻；黃裳童子，將賽德於餐花。拜首迴遑，傾心霢霂❷。謹啟。

【章旨】希望獲得提攜。

【注釋】❶明公資孝履忠四句　謂廉察使忠於職守，地位顯要。資孝履忠，《孝經・士章第五》：「資於事父以事君而敬同。」資，取。履，履行；實行。❷庶得顧兔離星十句　謂希望提攜。顧兔，原作「願兔」。白羽書生，吳均《續齊諧記》：「陽羨許彥，於綏安山行，遇一書生，年十七八，臥路側，云腳痛，求寄鵝籠中。彥以為戲言，書生便入籠。籠亦不更廣，書生亦不見小，宛然與雙鵝並坐，鵝亦不驚。彥負籠而去，都不覺重，前行，息樹下。書生乃出籠，留大銅盤，可二尺廣，與彥別曰：『無以藉君，與君相憶也。』彥太元中為蘭臺令史，以盤餉侍中張散。散看其銘，題云是永平三年作。」銘恩，銘感恩情。恩，原缺。黃裳童子，見本書卷六〈上兗州張司馬啟〉注。迴遑，同「徊徨」。聯綿詞，徬徨的意思。傾心，竭誠；一心嚮往。霢霂，小雨。《詩經・小雅・節南山》：「雨雪雰雰，益之以霢霂。」此謂恩澤。

【語譯】明公取孝行忠，恕己及物。處理天下複雜的事務，研究治國的策略和方法。如月兔離箕，啟動南風吹舜海；如雲龍潤礎，降下甘雨霈堯天。那末白羽書生，將會銘感恩情於食稻；黃衣童子，將會銜環報恩於餐花。跪拜徬徨，竭誠感恩。謹啟。

【賞析】陳熙晉《駱臨海集箋注》：「案，光宅係武后紀元，而此啟具陳為親欲仕之意，必上於高宗時。蓋武后元年，始分左右臺，其設廉察等使，則非始於此時也。」據此，則此啟可能作於閒居齊魯期間。而文中提到的「十年無棣」，正如陳熙晉《駱臨海集箋注》所說，「猶言十年於齊境也」。這與本書卷六〈上李少常啟〉之「塊然獨處，十載於茲矣」，本書卷六〈上齊州張司馬啟〉之「塊然獨處，一紀於茲矣」，是相一致的。

儒家提倡忠孝節義，強調孝道的重要意義。如「子曰：『夫孝，德之本也，教之所由生也。』」如「夫孝，始於事親，中於事君，終於立身。」（《孝經》卷第一）並且分別對諸侯、卿大夫、士、庶人等提出孝親的要求，做到「居則致其敬，養則致其樂，病則致其憂，喪則致其哀，祭則致其嚴。五者備矣，然後能事親」（《孝經》卷六）。

本文即繼承、發揚儒家有關孝親的思想，闡述出仕正是為了孝親的主旨，反覆強調「承歡膝下，馭潘輿以家園」，「反哺私情，遽切〈南陔〉之詠」。這就是《韓詩外傳》記載曾子所謂「故家貧親老，不擇官而仕」的道理。

上瑕丘韋明府啟

【題解】瑕丘，《元和郡縣志》：「河南道兗州瑕丘縣，本漢縣，屬山陽郡，即魯之負瑕邑也。宋元嘉十三年（四三六），立兗州，理瑕丘城，而瑕丘無縣，至隋文帝，割鄒縣、汶陽、平原三縣界，立瑕丘縣，屬兗州。」韋明府，不詳。

側聞觸籠戢翮，負垂天而跼影；伏櫪羈蹄，望絕塵而踠足❶。故以遊蓮遇紲，悟宋王於嬰羅；在藻迷波，顧蒙莊於煦轍。是以臨邛遺婦，寄東緼於齊鄰；邯鄲下客，效處囊於趙相❷。

【章旨】敘述處境之艱難。

【注釋】❶側聞觸籠戢翮四句　謂困境。觸籠，原作「觸龍」。戢翮，收斂翅膀。跼影，謂被拘束、限制身影。伏櫪，猶伏櫪。櫪，馬槽。羈蹄，馬蹄受縛。蹄，原作「啼」。絕塵，謂蹄不沾地，形容飛快奔跑。踠足，《文選》班固〈東都賦〉：「馬踠餘足。」李善《注》：「踠，屈也。」❷故以遊蓮遇紲八句　謂擬擺脫困境。遊蓮，指神龜千歲巢於蓮葉之上。見本書卷七〈上廉察使啟〉注。紲，縛。宋王，即宋元王，見本書卷七〈上廉察使啟〉注。嬰羅，猶羈絆。顧，瞻望，原作「願」。蒙莊，即莊子。他為戰國時蒙（今河南省商丘市東北）人，故云。原作「家莊」。喣轍，即《莊子・外物》所引「涸轍之魚」之典故，見本書卷三〈春霽早行〉注。臨邛遣婦，《漢書・蒯伍江息夫傳》：「蒯通，范陽人也。至齊悼惠王時，曹參為相，禮下賢人，請通為客。初，齊王田榮，怨項羽，謀舉兵畔之，劫齊士不與者死。齊處士東郭先生、梁石君在劫中，強從。及田榮敗，二人醜之，相與入深山隱居。客謂通曰：『先生知梁石君、東郭先生，世俗所不及，何不進之於相國乎？』通曰：『諾。臣之里婦，與里之諸母相善也。里婦夜亡肉，姑以為盜，怒而逐之。婦晨去，過所善諸母，語以事而謝之。里母曰：女安行，我今令而家追女矣。即束縕請火於亡肉家，曰：昨暮夜，犬得肉，爭鬥相殺，請火治之。亡肉家遽追呼其婦。故里母，非談說之士也。束縕乞火，非還婦之道也。然物有相感，事有適可。臣請乞火於曹相國。』迺見相國曰：『婦人有夫死三日而嫁者，有幽居守寡不出門者。足下即欲求婦，何取？』曰：『取不嫁者。』通曰：『然則求臣亦猶是也。彼東郭先生、梁石君，齊之俊士也，隱居不嫁，未嘗卑節下意以求仕也。願足下使人禮之。』曹相國曰：『敬受命。』皆以為上賓。」束縕，捆束的亂麻。處囊，為毛遂自薦事。他是戰國時趙國人，平原君門下食客。趙孝王九年（前二五七），秦圍邯鄲（今屬河北），平原君到楚求救，他自薦同往。平原君曰：「夫賢士之處世也，譬若錐之處囊中，其末立見。今先生處勝之門下三年於此矣，左右未有所稱頌，勝未有所聞，是先生無所有也。先生不能，先生留。」毛遂曰：「臣乃今日請處囊中耳。使遂早得處囊中，乃穎脫而出，非特其末見而已。」平原君即偕他與楚王談判，他直陳利害，說服楚王實行趙楚合縱。見《史記・平原君虞卿列傳》。趙相，即平原君。他名趙勝，為趙之諸公子，曾相趙惠文王及孝成王。

【語譯】我曾聽說，關進籠子的鳥，收斂起遮天的翅膀，受到拘束；伏在馬槽的馬，收斂起飛奔的馬蹄，被迫屈腿。神龜受縛，讓宋元王醒悟把牠當成國寶；車轍鮒魚，瞻望莊周給牠活命之水。因此臨邛遣婦，束縕乞火於齊鄰；邯鄲食客，處囊穎脫於趙相。

伏惟明府公締址瓊峰，靈嶽蔽丹霄之景；圖基珠溜，神流沃清漢之波❶。玉札飛文，綜宏詞於楚傅；金籯緝藝，味雅道於扶陽。孕蘭畹於生姿，澧灞踵高門之慶；產銅溪而寫鍔，荊藍資象德之禎❷。

【章旨】歌頌韋明府的家世。

【注釋】❶伏惟明府公締址瓊峰四句　謂家世的高貴。靈嶽，靈山。珠溜，如珍珠似的水流。原作「珠淄」。❷玉札飛文八句　謂家世的顯赫。玉札，此指詩札。飛文，光彩閃耀的樣子。宏詞，廣博宏大的詞章。楚傅，《漢書・韋賢傳》：「韋賢，字長孺，魯國鄒人也。其先韋孟，為楚元王傅。……自孟至賢五世。賢為人質樸少欲，篤志於學，兼通《禮》、《尚書》，以《詩》教授，號稱鄒魯大師，徵為博士、給事中。本始（西漢宣帝年號）二年（前七二），代蔡義為丞相，封扶陽侯，諡曰節侯。少子玄成，復以明經歷位至丞相，故鄒魯諺曰：『遺子黃金滿籯，不如一經。』」雅道，風雅之事。蘭畹，〈離騷〉：「余既滋蘭之九畹兮。」此喻德行之芳香。澧灞，班固〈西都賦〉：「挾澧灞，據龍首。」李善注：「張揖〈上林賦〉注曰：『澧水，出鄠南山豐谷。』《漢書》曰：『灞水，出藍田谷。』」踵，追隨，引申為繼承、因襲。高門，謂顯貴之家。慶，餘慶。原作「應」。銅溪，《水經注・漸江水》：「東帶若耶溪，《吳越春秋》所謂歐冶涸而出銅，以成五劍。」寫，輸送。鍔，劍刃。荊藍，產玉之地。荊，荊山，即卞和抱璞之處。藍，藍田，在陝西渭河平原北緣。《初學記・寶器部》：「《京兆記》曰：『藍田出美玉如藍，故曰藍田。』」資，資助。象德，猶象賢。舊時謂效法先人之賢德。《書・微子之命》：「殷王之子，惟稽古崇德象賢。」禎，吉祥。

【語譯】明府公家世高貴，如締址玉峰，高高地隱蔽丹霄；如奠基珠水，深深地潤澤清漢。明府公家世顯赫，詩札光彩照耀，廣博宏詞成為楚傅；金籯不如一經，體味風雅成為節侯。您的風姿，蘊涵著高尚的品德，您的風範，繼承了挾澧灞、據龍首的優良傳統；您的才能如輸送寶劍材料的銅溪，盛產美玉的荊、藍，具有效法先賢的美德和吉祥。

幼辨羝羊，演飛龍之秘策；夙談孔雀，對家禽之麗詞❶。赤野浮炫價之光，珠胎瑩色；丹穴悟來儀之迅，風姿含彩❷。靈襟轉壁，絢逸照於蘭池；神府驚蘋，韻清音於桂浦。談叢散馥，韞餘氣於九蘭；筆海流濤，駭洪波於八水❸。

【章旨】歌頌韋明府之風儀、才學。

【注釋】❶幼辨羝羊四句　謂聰明睿智。幼辨羝羊，為揚信事。《太平御覽・人事部二六》：「劉向《別傳》曰：『揚信，字子烏，(揚)雄第二子，幼而明慧。雄筆玄經，不會，子烏令作九數而得之。雄又疑《易》羝羊觸藩，彌日不就，子烏曰：大人何不云荷戟入榛』」羝羊，牡羊。演，推演。飛龍，指代《易經》，因《易・乾》有「飛龍在天」之說。此謂推演《易經》。孔雀，見本書卷六〈上兗州崔長史啟〉注。❷赤野浮炫價之光四句　謂風儀。赤野，《管子・地數篇》：「夫玉起於牛氏邊山，金起於汝漢之右洿，珠起於赤野之末光。」炫價，猶炫耀。珠胎，見本書卷二〈夏日遊德州贈高四〉注。丹穴，見本書卷五〈傷祝阿王明府〉注。來儀，謂鳳凰來舞而有容儀，古以為祥瑞之兆。《書・益稷》：「簫韶九成，鳳凰來儀。」❸靈襟轉壁八句　謂才學。靈襟，胸襟。轉壁，形容日光圓動光明。逸照，遠照。神府，猶靈府。指心。驚蘋，形容和風吹動青蘋。馥，香氣。八水，八川，指涇、渭、灃、鎬、潦、灞、滻、潏，西漢時皆入上林苑。司馬相如〈上林賦〉：「蕩蕩乎八川，分流相背而異態。」

【語譯】如揚信幼時聰穎，能辨別羝羊，推演《易經》「飛龍」之秘策；如楊子州俊年敏悟，能捷對孔雀，口吐夫子家禽之麗詞。赤野有炫耀的光芒，珠胎亮色；丹穴有來舞的鳳凰，容儀煥彩。胸襟如碧玉圓動光明，使日光照射蘭池；心田如和風吹拂青蘋，使桂浦發出清韻。談叢芳香，韞含九蘭的餘氣；筆海波濤，驚動八水的洪波。

於是綰銅麟甸，製錦鳧郊。化浹下車，恩孚攬轡❶。德聲含詠，仁風飄十地之雄；道化遍謠，惠露灑三天之渥。狎中牟之馴雉，豈懼驍媒；驚重泉之瑞鸞，非關照舞。雖則塵飛范甑，垂銀有結綬之華，而乃調理宓絃，亨雞屈涵牛之量。加以招攜白屋，勸誘青襟。遂使漱流逸客，望驥足以雲蒸；棲泌遺才，款龍門而霧會❷。

【章旨】歌頌韋明府之政績。

【注釋】❶於是綰銅麟甸四句　謂任縣令之職。於是，原缺。據《文苑英華》補。綰銅，指任縣令。綰，繫。銅，銅章，古代銅製的官印，唐以來稱郡縣長官及相應官職。《漢書·百官公卿表》：「凡吏秩比二千石以上，皆銀印青綬；秩比六百石以上，皆銅印墨綬。」麟甸，見本書卷六〈為齊州父老請陪封禪表〉注。此指兗州之瑕丘。製錦，此指裁製之官服。《左傳·襄公三十一年》：「子皮欲使尹何為邑。子產曰：『子有美錦，不使人學製焉。大官大邑，身之所庇也，而使學者製焉。其為美錦，不亦多乎？』」鳧郊，見本書卷六〈上兗州張司馬啟〉注。此指兗州之瑕丘。化浹，教化浹洽。《漢書·禮樂志》：「於是教化浹洽。」顏師古注：「浹，徹也；洽，沾也。」下車，《後漢書·循吏列傳》：「衛颯遷桂陽太守，下車修庠序之教，設婚姻之禮。」此謂教化。孚，信。攬轡，見本書卷六〈上兗州崔長史啟〉注。❷德聲含詠十二句　謂德政。十地，梵文的意譯，亦譯「十住」，佛教用語，指佛教修行過程的十個階位。三天，道教稱清微天、禹餘天、大赤天為三天。狎，親近。中牟，縣名，在河南中部。馴雉，為東漢魯恭事，見本書卷四〈春夜韋明府宅宴〉注。驍媒，潘岳〈射雉賦〉：「眄箱籠以揭驕，睨驍媒之變態。」徐爰注：「媒者，少養雉子，至長狎人，能招引野雉，因名曰媒。」此喻邪惡。重泉，見本書卷五〈傷祝阿王明府〉注。泉，原作「眾」。關，原作「開」。照，謂鸞鏡。范甑，為東漢范冉事，見本書卷四〈春夜韋明府宅宴〉注。垂銀，謂銀印青綬。宓絃，為宓子賤事，見本書卷四〈過故宋〉注。宓，原作「密」。涵牛，《後漢書·文苑列傳》：「邊讓，字文禮，議郎蔡邕深敬之，以為讓宜處高任，乃薦於何進曰：『竊見令史陳留邊讓，天授逸才，聰明賢智，階級名位，亦宜超然。傳曰函牛之鼎以亨雞，多汁則淡而不可食，少汁則熬而不可熟，此言大器之於小用，固有所不可也。』」白屋，《漢書・吾丘壽王傳》：「三公有司，或由窮巷，起白屋，裂地而封。」顏師古注：「白屋，以白茅覆屋也。」此指未做官的讀書人的住屋。青襟，猶青衿。《詩經・鄭風・子衿》：「青青子衿，悠悠我心。」毛傳：「青衿，青領也，學子之所服。」此代指讀書人。漱流，即枕石漱流。南朝宋劉義慶《世說新語・排調》：「孫子荊年少時，欲隱，語王武子『當枕石漱流』，誤曰『漱石枕流』。王曰：『流可枕，石可漱乎？』孫曰：『所以枕流，欲洗其耳；所以漱石，欲礪其齒。』」後以「枕流漱石」喻隱居生活。驥足，喻高才。見本書卷六〈上兗州崔長史啟〉注。棲泌，《詩經・陳風・衡門》：「衡門之下，可以棲遲。泌之洋洋，可以樂飢。」此以泉水充飢喻隱居。泌，泉水。原作「宓」。款，同「叩」。敲。龍門，見本書卷四〈初秋登王司馬樓宴〉注。

【語譯】於是您任兗州瑕丘之縣令，下車就職，即教化庶民；攬轡赴任，即恩信天下。德政之聲合詠，仁風飄拂，使「十地」宏大；道行之化遍謠，惠露飄灑，使「三天」濕潤。接近中牟之馴雉，豈怕邪惡之媒；驚歎重泉之瑞鸞，不關照鏡而舞。您清正廉潔，如范冉為萊陽令，飯甑生塵；您賢明多才，如宓子賤鳴琴治單父，大器小用。再加上您能招納提攜士人，勉勵教導士人。使得隱居逸客，展望驥足而騰雲奔馳；隱居遺才，叩開龍門如霧合雲集。

某緯蕭末品，拾艾幽人。寓迹雩壇，挹危直之秘說；託根磬渚，戢戰勝以良圖❶。幸以奉訓趨庭，束情田於理窟；從師負笈，私默識於書林。至於九流百氏，頗探其異端；萬卷五車，亦研其奧旨❷。將欲優游三樂，負杖以終年；棲遲一丘，鳴絃而卒歲。諒以糟糠不贍，甘旨之養屢空；簞食無資，朝夕之歡寧展？是以祈安陽之捧檄，擬毛義之清塵；思魯國之執鞭，蹈孔丘之餘志❸。

【章　旨】敘述自己的身世、教育及求仕原因。

【注　釋】❶某緯蕭末品六句　謂自己的身世。緯蕭，指用荻蒿編織畚箕為活的人。緯，織。蕭，荻蒿。拾艾，指採艾蒿為食。此喻貧困。幽人，幽棲的人。雩壇，猶杏壇，相傳為孔子講學處。此指代士林。挹，汲取。危直，不詳，據顏文選《駱丞集》注：「危直秘說，用危言危行意。」按，《論語・憲問》：「子曰：『邦有道，危言危行；邦無道，危行言孫。』」大意是朝廷政治清明，言語正直，行為正直；朝廷政治昏暗，行為正直，言語謙遜。磐渚，磐石，有砥礪的意思。戰勝，指科舉考試登第。❷幸以奉訓趨庭八句　謂自己在兗州所受之教育。奉訓，奉行父親的嚴訓。趨庭，見本書卷一〈靈泉頌〉注。束，約制；管束。情田，《禮記・禮運》：「人情以為田，……故人情者，聖王之田，修禮以耕之，陳義以種之，講學以耨之，本仁以聚之，播樂以安之。」理窟，道理深奧之處。從師負笈，陳熙晉《駱臨海集箋注》：「篇中所云，從師負笈，則臨海之學問，亦得於齊魯者為多。」負笈，外出求學。笈，書箱。默識，暗記而不忘。原作「情識」。百氏，原作「百代」。探，探求，原作「忽」。異端，儒家稱儒家以外的學說、學派為異端。❸將欲優游三樂十二句　謂自己為孝親而求仕進。優游，悠閒自得的樣子。三樂，《列子・天瑞》：「孔子游於太山，見榮啟期行乎郕之野，鹿裘帶索，鼓琴而歌。孔子問曰：『先生所以樂，何也？』對曰：『吾樂甚多。天生萬物，惟人為貴；而吾得為人，是一樂也。男女之別，男尊女卑，故以男為貴；吾既得為男矣，是二樂也。人生有不見日月，不免襁褓者；吾既已行年九十矣，是三樂也。』」諒，料想。不贍，不足。贍，充裕；足夠。甘旨，美好的食物。此指養親的食物。簞食，猶蔬食。簞，竹製或葦製的盛器。資，資助；供給。朝夕之歡，謂孝親承歡。祈，向神祈禱，引申為向人請求。原作「折」。安陽，原作「南陽」。捧檄，見本書卷二〈夏日遊德州贈高四〉注。擬，類似。清塵，比喻清高的遺風，高尚的品德。執鞭，做市場的守門卒，手拿皮鞭維持秩序。意謂給他人服役。《論語・述而》：「子曰：『富而可求也，雖執鞭之士，吾亦為之。如不可求，從吾所好。』」孔丘，孔子名丘，字仲尼。

【語　譯】我身世微賤，又是貧困幽棲。寄身士林，汲取危言危行之秘說；托根礪石，聚集科考登第之良圖。幸好我在兗州能奉行家父之嚴訓，約束情田於理窟之中；外出從師，私自攻讀於書林之內。至於九流百家，我亦探究學說之異同；萬卷五車，我亦研求深奧之宗旨。我本來打算悠閒於三樂，負杖終老；棲遲於一丘，鳴弦終歲。但是我糟糠不足，養親的食物屢屢空缺；簞食困乏，又怎麼能讓母親朝夕展開笑顏？因此，我請求如安陽之捧檄為官，如毛義之高尚品德；思慕魯國之執鞭服役，繼承孔子之遺志。

屬以蛬秋應節，鴈序戒時。颯金將露玉共清，柳黛與荷緗漸歇。實含毫振藻之際，離經析理之期。不揆雕朽之材，竊冀遷喬之路。輒期泛愛，輕用自媒❶。儻荆璞無見致疑，夜光不逢按劍。則沉骸九死，終望銜珠；殞首三泉，猶希結草。載塵清矚，跼蹐影慚。冒瀆威嚴，循心內駭❷。謹啟。

【章旨】希望給予提攜。

【注釋】❶屬以蛬秋應節十句　謂自媒求進。蛬，同「蛩」。蟋蟀。宋鮑照〈擬古詩〉之七：「秋蛬扶戶吟，寒婦成夜織。」原作「蠶」。戒時，到了秋季。戒，同「届」。至；到。颯金，猶金風。露玉，猶白露。共，原作「供」。清，清爽。柳黛，指柳色。黛，青黑色的顏料。荷緗，指荷色。緗，淺黃色。歇，盡。含毫振藻，謂抒寫文章。離經析理，謂攻讀經書。離經，《禮記．學記》：「一年視離經辨志。」鄭玄注：「離經，斷句絕也。」析理，分析萬物之理。雕朽，《論語．公冶長》：「宰予晝寢。子曰：『朽木不可雕也，糞土之牆不可杇也；於予與何誅？』」此謂腐朽的木頭雕刻不得，糞土似的牆壁粉刷不得，比喻不堪造就。冀，希望。原作「異」。遷喬，見本書卷四〈酬思玄上人林泉四首〉之三注。輒，原作「輙」。泛愛，博愛。輕，輕率。用，以。❷儻荆璞無見致疑十句　盼望提攜。荆璞，荆山之璞玉。按，審察；研求。銜珠，《搜神記》卷二十：「漢時，弘農楊寶，年九歲時，至華陰山北，見一黃雀，為鴟梟所搏，墜於樹下，為螻蟻所困。寶見，愍之，取歸置巾箱中，食以黃花，百餘日，毛羽成，朝去，暮還。一夕，三更，寶讀書未臥，有黃衣童子，向寶再拜曰：『我西王母使者，使蓬萊，不慎為鴟梟所搏。君仁愛，見拯，實感盛德。』乃以白環四枚與寶曰：『令君子孫潔白，位登三事，當如此環。』」三泉，猶九泉。結草，見本書卷六〈上兗州崔長史啟〉注。清矚，清鑑。跼蹐，聯綿詞。畏縮不安的樣子。影慚，謂顧影自慚。循心，撫心。

【語　譯】當前蟋蟀鳴秋季節，鴻雁南飛屆時。金風與白露相共清爽，柳色與荷色漸漸褪盡。實在是抒寫文章之佳日，攻讀經書之良時。我不估量自己不堪造就，想走擢升之路。期望廣施博愛，理解我冒昧求進。如果荊山之璞不遇識玉之主，夜光之劍不逢求劍之人，那麼，我即使沉身九死，終望能銜珠酬恩；殞首九泉，猶望能結草報德。有辱清鑑，畏縮不安，顧影自慚。冒犯威嚴，撫心駭懼。謹啟。

【賞　析】本文如同本卷〈上廉察使啟〉一樣，把儒家的孝親思想作為干謁求仕的重要理由。「諒以糟糠不贍，甘旨之養屢空；簞食無資，朝夕之歡寧展？是以祈安陽之捧檄，擬毛義之清塵；思魯國之執鞭，蹈孔丘之餘志。」這段話用濃濃的親情，注入於字裡行間，給人以親切之感。在用典方面，除了用毛義捧檄之典外，還用了孔子在《論語·述而》中說的「富而可求也，雖執鞭之士，吾亦為之」的話，這就大大增強了為孝親而求仕的思想感情分量。

上郭贊府啟

【題　解】郭贊府，不詳。贊府，古代對縣丞的別稱。

側聞樞精嘯谷，韻清籟於驚蘋；震德昇乾，靉玄枝而布族❶。雖涸鱗濡沫，懷觖望於鯨波；而決羽搶榆，頗思遷於鶯樹❷。

【章　旨】要求解脫困境。

【注　釋】❶側聞樞精嘯谷四句　謂需要風雷的力量。樞精，即樞星精。指虎。陳熙晉《駱臨海箋注》：「《春秋運斗樞》：

「樞星精為虎」。」原作「承樞」。《淮南子・天文》：「虎嘯而谷風生。」籟，孔穴。原作「瀨」。震德昇乾，謂雷鳴則致雲。《易・說卦傳》：「震為雷。」靉，雲氣濃盛、飄拂的樣子。玄枝，形容黑雲如枝葉狀。族，聚。❷雖涸鱗濡沫四句　謂希望解脫困境。涸鱗，即涸轍之魚。見本書卷三〈春霽早行〉注。觖望，不滿；怨望。鯨波，猶海水。搶榆，即《莊子・逍遙遊》所寫蜩與學鳩所謂「我決起而飛，槍榆枋」，見本書卷一〈螢火賦〉注。遷鶯，見本書卷四〈酬思玄上人林泉四首〉之三注。

【語　譯】我聽到山谷中狂風呼嘯，使初起的小風在孔穴中發出清音；天空中雷聲震動，使雲氣布滿天際聚成濃黑的雲團。涸轍之魚要唾沫濕潤，因而怨恨得不到大海的波濤；衝過榆枋即落地的蜩和小鳥，希望如黃鶯那樣出谷升遷。

伏惟公瓊基疊秀，積珠構於三龍；玉幹驚薰，曄瑤林於八桂❶。仙飛有道，榮河泛高尚之舟；德驗通神，靈策動幽明之境。產耶溪而濯質，霜鐔朗豐匣之資；孕鍾嶺而飛華，紅玉絢荊巖之氣。松秋表勁，翊頹霞而插極；菊晚馳芳，涵清露而炫沼❷。

【章　旨】歌頌郭贊府的風儀和德行。

【注　釋】❶伏惟公瓊基疊秀四句　謂郭贊府之風儀。瓊基，猶瓊林。即瓊樹之林。《世說新語・賞譽第八》：「王戎云：『太尉（王衍）神姿高徹，如瑤林瓊樹，自然是風塵外物。』」此形容超出風塵之外如神仙中人的風姿。積珠，謂珠多積聚。構，連綴。三龍，指眾多之驪龍，即《莊子・列禦寇》所謂千金之珠在驪龍頷下。玉幹，玉樹，傳說中的仙樹。原作「玉翰」。驚薰，湧出香氣。曄，閃光。瑤林，謂仙境之樹林。八桂，《山海經・海南經》：「桂林八樹，在番隅東。」郭璞注：「八樹而成林，言其大也。」❷仙飛有道十二句　謂郭贊府之德行。仙飛有道，指郭林宗與李膺同舟共濟事，見本書卷二〈在江南贈宋五之問〉注。德驗通神，道德的力量可以交通神靈。驗，效驗；效果。靈策，靈驗的卜筮。策，卜筮用的蓍草。《晉書・

郭璞傳》：「郭璞，字景純，河東聞喜人也。博學有高才，妙於陰陽算曆。有郭公者，客居河東，精於卜筮，璞從之受業，公以青囊書九卷與之。由是遂洞五行天文卜筮之術，攘災轉禍，通致無方，雖京房、管輅，不能過也。惠懷之際，河東先擾，璞筮之，投策而歎曰：『嗟乎！黔黎將湮於異類，桑梓其翦為龍荒乎？』璞撰前後筮驗六十餘事，名為《洞林》，又抄京費諸家要最，更撰《新林》十篇，《卜韻》一篇。」耶溪，即若耶溪，出浙江紹興南若耶山，北流入運河。濯質，有光澤的質地，指鍊劍之銅。《越絕書》卷十一：「昔者，越王句踐有寶劍五，聞於天下。客有能相劍者，名薛燭。……薛燭對曰：『不可。當造此劍之時，赤堇之山破而出錫，若耶之溪涸而出銅，……歐冶乃因天之精神，悉其伎巧，造為大刑三，小刑二：一曰湛盧，二曰純鈞，三曰勝邪，四曰魚腸，五曰巨闕。』」豐匣，用豐城劍氣事，見本書卷一〈螢火賦〉注。資，資質。鍾嶺，指鍾山。《山海經．西山經》：「峚山，其中多白玉，是有玉膏，是生玄玉。黃帝乃取峚山之玉榮，而投之鍾山之陽。瑾瑜之玉為良，堅粟精密，濁澤而有光，五色發作，以和柔剛。自峚山至於鍾山四百六十里，其間盡澤也。」飛華，指玉華。一種最精美的玉。郭璞〈瑾瑜玉贊〉：「鍾山之寶，爰有玉華。符采流映，氣如紅霞。」荊巖，荊山，即卞和得璞玉處。見本書卷二〈在江南贈宋五之問〉注。頳霞，赤色的雲霞。插極，直插雲天之意。極，頂點，最高位置。原作「亟」。馳，原作「池」。炫，原作「泫」。

【語譯】明公風姿，如仙境瓊林層出秀美，如驪龍頷下千珠攢聚；如仙境玉樹湧出芳香，如仙林光耀八桂之地。明公之德行，是仙飛有道，如郭林宗與李膺縈河泛高尚之舟；是德驗通神，如郭景純靈筮能溝通幽明之境。耶溪產銅，鍛鍊霜劍朗照豐城之劍匣；鍾嶺飛玉，紅色美玉璀燦荊山之靈氣。秋松勁節，直插雲天之赤霞；晚菊流芳，蘊涵池沼之清露。

鑒懸龍鏡，朗逸照於咸陽；韻入梟鐘，驚洪音於長樂❶。心源泛藻，控鼇壑以朝宗；情嶽披雲，掩崑岑而作鎮。惠牛曜辨，驚荀鶴於談叢；揚鳳摛文，詠鄒龍於筆海❷。

【章旨】歌頌郭贊府之才學。

【注　釋】❶鑒懸龍鏡四句　謂郭贊府的胸襟和聲名。龍鏡，背面有龍紋的銅鏡。逸照，猶逸光，指清朗的月光。《世說新語・賞譽上》：「張威伯，歲寒之茂松，幽夜之月光。」咸陽，宮名，秦孝公時所築咸陽宮，又稱信宮。此指代京城。梟鐘，《周禮・考工記・梟氏》：「梟氏為鐘。」後因稱用作樂器的銅鐘。鐘，原作「鍾」。長樂，宮名即西漢之長樂宮，故址在今陝西西安市西北郊漢長安故城。此指代京城。❷心源泛藻八句　謂郭贊府之才學。藻，文辭；文采。鼇壑，指大海。朝宗，見本書卷七〈上廉察使啟〉注。披雲，猶沖霄。原作「拔茅」。崑峇，指崑崙山，在新疆、西藏之間，西接帕米爾高原，東延入青海境內。作鎮，謂鎮守一方。惠牛曬辨，《莊子・天下篇》載，惠施有「一匹黃馬和一頭驪牛可以稱作三」的理論。司馬云：「牛馬以二為三。曰牛，曰馬，曰牛馬，形之三也。曰黃，曰驪，曰黃驪，色之三也。曰黃馬，曰驪牛，曰黃馬驪牛，形與色為三也。」荀鶴，指晉朝荀隱，字鳴鶴。《晉書・陸機傳》：「(陸)雲，字士龍，少與兄機齊名，號曰二陸。吳平入洛，機初詣華。華問雲何在？機曰：『雲有笑疾，未敢自見。』俄而雲至，雲與荀隱素未相識，嘗會華坐。華曰：『今日相遇，可勿為常談。』雲因抗手曰：『雲間陸士龍。』隱曰：『日下荀鳴鶴。』鳴鶴，隱字。雲又曰：『既開青雲，覩白雉，何不張爾弓，挾爾矢？』隱曰：『本是雲龍騤騤，乃是山鹿野麋，獸微弩強，是以發遲。』華撫掌大笑。」揚鳳，《西京雜記》卷二：「(揚)雄著《太玄經》，夢吐鳳凰，集《玄》之上，頃而滅。」摛文，鋪陳文彩。鄒龍，即《史記・孟子荀卿列傳》所載「談天衍，雕龍奭」之鄒衍和騶奭，他們均以善辯著名。

【語　譯】您胸懷磊落，如龍鏡明月，清輝朗照咸陽宮；您聲名遠播，如悠悠鐘聲，在長樂宮內迴盪。您才學淵博，文采汩汩，能貫通百川而流注大海；高情衝霄，能掩蔽崑崙而鎮守一方。您的辯才，如惠施關於牛驪馬黃的理論，顯示出他的雄辯，使荀鳴鶴那樣的辯士，也為之驚歎拜服；您的文筆，如同揚雄寫《太玄經》夢見鳳凰，讓鄒衍、騶奭筆下波浪滔滔。

故佐銅章於磬渚，側扇文鱎之風；貳墨綬於桐郊，讚誘祥鸞之化，絃揮單父，弼清韻於稽琴；化洽中牟，翊馴翬於潘雉❶。加以延賓置驛，接士軾廬；采拔芻微，邁欽賢於司馬；

提獎幽滯，駃取俊於淳于❷。

【章　旨】歌頌郭贊府德治之政績。

【注　釋】❶故佐銅章於磬渚八句　謂政績。磬渚，原作「強渚」。文鰩，傳說中的魚名。《山海經・西山經》：「又西百八十里，曰泰器之山，觀水出焉，西流注於流沙。是多文鰩魚，狀如鯉魚，魚身而鳥翼，蒼文而白首，赤喙，常行西海，遊於東海，以夜飛。」貳，輔佐。原作「戒」。桐郊，指嶧山。《史記・夏本紀》：「嶧陽孤桐。」張守節《正義》引《括地志》：「嶧山在兗州鄒縣南二十里。《鄒縣志》云：『鄒山，古之嶧山，言絡繹相連屬也。』」桐，原作「銅」。祥鸞之化，為東漢王阜德化事。見本書卷五〈傷祝阿王明府〉注。絃揮單父，為孔子學生宓子賤彈琴治魯邑單父事。絃，原作「彈」。弼，輔佐。嵇琴，晉嵇康有〈琴賦〉，故稱「嵇琴」。化洽中牟，為東漢魯恭德化禽鳥事。見本書卷四〈春夜韋明府宅宴〉注。洽，原作「俾」。翊，翊化，輔佐教化。翬，五彩山雉。潘雉，晉潘岳有〈射雉賦〉，故稱「潘雉」。❷加以延賓置驛六句　謂能延賓接士。置驛，《史記・汲鄭列傳》所載鄭當時置驛馬長安諸郊事，見本書卷三〈和孫長史秋日臥病〉注。軾廬，同「軾閭」。《呂氏春秋・期賢》：「魏文侯過段干木之閭而軾（伏軾致敬的禮節）之。其僕曰：『君胡為軾？』曰：『此非段干木之閭歟？段干木蓋賢者也，吾安敢不軾？』」此謂向賢者致敬。采拔芻微，選拔卑微的人。令狐德棻《周書・藝術傳》：「黎景熙上書曰：『自古至治之君，亦皆廣延博訪，詢採芻微。』」邁，原作「連」。司馬，即《後漢書・黨錮列傳》所載李膺拜司隸校尉事。見本書卷四〈初秋登王司馬樓宴〉注。幽滯，指隱淪而不用於世之士。駃，駃疾；迅速。俊，才德超群的人。淳于，指淳于髡。《戰國策・齊策三》：「淳于髡一日而見七人於宣王。王曰：『子來，寡人聞之，千里而一士，是比肩而立；百世而一聖，若隨踵而至也。今子一朝而見七士，則士不亦眾乎？』淳于髡曰：『……夫物各有疇，今髡賢者之疇也。王求士於髡，譬若挹水於河，而取火於燧也。髡將復見之，豈特七士也。』」

【語　譯】君之政績，輔佐郡縣於磬渚，能使文鰩之魚感化而飛；輔佐郡縣於嶧山，能使吉祥之鸞感化而舞。如宓子賤德治單父，使嵇琴奏出清韻；如魯恭德化中牟，使潘雉能夠馴服。加上君能延賓接士，做到置驛馬於長安，向賢人伏軾致敬。選拔卑微之士，如同受到李膺的接見，獲得登龍門的聲價；獎掖隱淪之人，如同希望迅速得到淳于髡的引見而選拔俊才。

某甕牖輕生，席門賤品。幸以參名比屋，悅康衢以自娛；預迹耦耕，欣日出而知作❶。又以家傳素業，弋書林而騁志；少奉庭闈，踐文囿以漁魂。至於縹卷青箱，頗測探其奧旨；竹書石記，亦幽求其邃原。雖未能叫徹帝閽，聲馳宰府；而頗亦見推里閈，譽浹鄉閭❷。

【章　旨】敘述自己貧賤身世與刻苦攻讀。

【注　釋】❶某甕牖輕生六句　謂自己貧賤。席門，以破席為門，指家境貧寒。比屋，謂家家戶戶有德行。見本書卷二〈夏日遊德州贈高四〉注。悅，喜悅。原作「稅」。康衢，指〈康衢謠〉。《列子．仲尼》：「堯治天下五十年，不知天下治歟，不治歟；不知億兆之願戴己歟，不願戴己歟……堯乃微服遊於康衢，聞兒童謠曰：『立我蒸民，莫非爾極。不識不知，順帝之則。』堯喜問曰：『誰教爾為此言？』童兒曰：『我聞之大夫。』問大夫。大夫曰：『古詩也。』堯還宮，召舜，因禪而讓之。」後以〈康衢謠〉稱歌頌盛世之歌謠。預，參與。耦耕，謂二人並耕。❷又以家傳素業十二句　謂自己發憤讀書。素業，先世所遺之業，指儒業。弋，游弋。庭闈，內舍，多指父母住處。文囿，文苑。漁，獵取，引申為追求。魂，精神；意志。縹卷，青黃色的書帙。原作「赤綀」。青箱，《宋書．王准之傳》：「曾祖彪之，尚書令。……彪之博聞多識，練悉朝儀。自是家世相傳，並諳江左舊事，緘之青箱，世人謂之王氏青箱學。」後以「青箱學」指傳家之史學。箱，原作「緗」。竹書，古代無紙，在竹簡上記事書寫。《晉書．束皙傳》：「太康二年（二八一），汲郡人不準盜發魏襄王墓，或言安釐王冢，得竹書數十車。」石記，刻在石上之傳記。《文選》左思〈吳都賦〉：「烏策篆素，玉牒石記。」劉良注：「石記，刻石書傳記也。」邃原，本原；淵源。邃，原作「遽」。帝閽，天門，天帝的宮門。浹，遍及；滿。

【語　譯】我家境貧寒，身世微賤。幸好能名列比屋之德聲，喜悅盛世歌謠而自樂；我躬自參與田間之耕作，欣慰日出日入而知作息。又因我繼承家傳儒業，使我游弋書林而馳騁志向；少奉父母教訓，使我涉足文苑而追求精神境界。至於文史書卷，頗能探測它的奧旨；竹書石記，也能深究它的本原。我的學問造詣，即使不能響徹帝都，聲馳宰府，但亦頗受鄉里的推許，聲譽遍及鄉閭。

方今銀箭纏秋，金壺應節。吮墨翹足，期簉迹於一枝；味道彈冠，望橫經於重席。不量庸昧，竊冀揚庭。伏乞恩波，暫垂迴盼❶。倘使陳留逸調，下探柯亭之篠；會稽陰德，傍眷餘溪之蔡。則迴眸之報，不獨著於前龜；清亮之音，誰專稱於往笛。雖滄溟遠量，永不愧於牛涔；而嵩岱洪恩，終曾酬於蟻蛭。輕喧視聽，憂讋唯深。猥瀆階庭，兢惶交集。❷謹啟。

【章旨】希望給予提拔。

【注釋】❶方今銀箭纏秋十句　謂希望提拔。銀箭，指銀飾的標記時刻計時的漏箭。纏，同「躔」。踐歷。金壺，銅壺，古代銅製壺形的計時器。壺，原作「壼」。吮墨，用筆蘸墨，指寫信。翹足，謂翹足而待。足，原作「長」。簉，雜廁；排列。一枝，指桂林之一枝。《晉書．郤詵傳》：「(詵)以對策上第，拜議郎，累遷雍州刺史，武帝於東堂會送，問詵曰：『卿自以為何如?』對曰：『臣舉賢良對策，為天下第一，猶桂林之一枝，崑山之片玉。』」原為自謙之詞，謂自己是群才之一。後以喻科舉考試中出類拔萃的人。味道彈冠，謂仕進。見本書卷六〈上兗州刺史啟〉注，本書卷三〈秋日山行簡梁大官〉注。橫經，《駱丞集》顏文選注：「執經橫於前，以問難也。」重席，《後漢書．儒林傳上》：「戴憑，字次仲。正旦朝賀，百僚畢會。帝令群臣能說經者，更相難詰，義有不通，輒奪其席，以益通者。憑遂重座五十五餘席，故京師為之語曰：『解經不窮戴侍中。』」後用以指學問淵博之儒者。庸昧，平庸愚昧。昧，原作「脉」。揚庭，揚於王庭。見本書卷六〈上兗州崔長史啟〉注。恩波，恩澤。迴盼，顧盼。❷儻使陳留逸調十六句　謂當報效恩德。陳留逸調，指東漢陳留人蔡邕取柯亭竹椽為笛事。見本書卷六〈上司列太常伯啟〉注。逸調，超越世俗的格調。會稽陰德，《晉書．孔愉傳》：「孔愉，字敬康，會稽山陰人也。以討華軼功，封餘不亭侯。愉嘗經餘不亭，見籠龜於路者，愉買而放之溪中。龜中流左顧者數四。及是鑄侯印，而印龜左顧，三鑄如初。印工以告，愉乃悟，遂佩焉。」蔡，占卜用的大龜。《左傳・襄公二十三年》：「且致大蔡焉。」杜預注：「大蔡，大龜。」原作「祭」。滄溟，大海。量，原作「晢」。牛涔，牛足印中的水，比喻狹小的境地。酬，酬報；報答。蟻蛭。亦作「螘蛭」。蟻穴外隆起的小土堆。憂讋，憂愁恐懼。階庭，猶閣下。集，原作「某」。

【語　譯】方今正值金秋季節，我提筆給您寫信，迫切希望您能在參加科舉出類拔萃的人群中，給我一席之地；在求仕過程中，能給我施展才能的機會。我不自量本身的平庸愚昧，企望揚名於朝廷。請您給我恩澤，請您給我照顧。如果像陳留人蔡邕用柯亭椽竹為笛那樣，像會稽人孔愉放龜於餘溪那樣，讓我施展才能。那麼我將回報，不只是像大龜回眸報答孔愉；像竹笛發出清音。無邊無際的大海，永遠無愧於牛足印中的淺水；但是，您那高山峻嶺般的大恩大德，終會得到小土堆的報答的。我隨意地喧擾您的視聽，感到深深的憂懼。我冒犯閣下，不免誠惶誠恐。謹啟。

【賞　析】本文上郭贊府的信，還是干謁求仕的主題。作者在上一篇〈上瑕丘韋明府啟〉中曾談到自己刻苦攻讀的情況：「幸以奉訓趨庭，東情田於理窟；從師負笈，私默識於書林。至於九流百氏，頗探其異端；萬卷五車，亦研其奧旨。」而本文則對此又作了延伸與發展：「又以家傳素業，弋書林而騁志；少奉庭闈，踐文囿以漁魂。至於縹卷青箱，頗測探其奧旨；竹書石記，亦幽求其邃原。雖未能叫徹帝閽，聲馳宰府；而頗亦見推里閈，譽浹鄉閭。」這段話是說得相當自信和自負的，既要干謁求仕，又能不卑不亢，保持獨立的人格，這正是駱賓王的個性。

上梁明府啟

【題　解】梁明府，不詳。

某啟：昔者聞歌薛邑，賞彈鋏於馮諼；佇駕夷門，揖抱關於侯子❶。豈惟成風之斲，妙思通神；流水之絃，清音入聽。況夫志合者，蓬心可采；情諧者，蘭味寧忘❷？

【章旨】闡明知遇的重要。

【注釋】❶某啟五句　謂知遇。彈鋏，見本書卷五〈寒夜獨坐游子多懷簡知己〉注。抱關，見本書卷六〈上齊州張司馬啟〉注。❷豈惟成風之斲八句　謂志合情諧。成風，見本書卷二〈夏日遊德州贈高四〉注。流水，見本書卷二〈夏日遊德州贈高四〉注。蓬心，此指內心。采，同「睬」。理睬；理解。蘭味，謂金蘭之芳香。

【語譯】某啟：從前知遇佳話，有薛邑聞歌，賞識彈鋏的馮諼；夷門下車，拜揖守關之侯嬴。匠石運斤成風之斲，只有郢人的配合，才能使妙思通神；伯牙高山流水之絃，只有鍾子期知音，才能使清音入聽。何況志同道合的人，更能做到內心相互理睬；感情和諧的人，又怎會忘記金蘭友誼之芳香？

伏惟公儀天峙構，層基控射牛之峰；浸地開源，驚濤疏釣鼇之浦。至夫封侯廟食，掩金許以霞褰；三主七公，罩袁揚而嶽立❶。於是功超振鷺，位典亨鮮。水鏡澄瀾，照翔鸞之舞影；吟琴動操，叶馴雉之雅音。既而盛德有鄰，佐皇華而撫俗；君子不器，扈輶軒以觀風❷。

【章旨】敘述梁明府之家世、政績。

【注釋】❶伏惟公儀天峙構八句　謂梁明府之家世。儀天，見本書卷六〈上司列太常伯啟〉注。峙構，猶聳構。高聳的屋宇。層基，謂基址。原作「魯基」。射牛之峰，謂高入斗、牛之山峰。射牛，即豐城劍氣射斗、牛事，見本書卷一〈螢火賦〉注。釣鼇，《列子．湯問篇》載，傳說渤海東面有大壑，其中有五山，常隨波上下往還。天帝恐流於西極，便命禺彊使十五隻巨鰲（即巨龜）用頭頂起來，五山才峙立不動。龍伯之國有大人，一舉足不滿數步就達五山之所，一釣而連六鰲。於是岱輿、員嶠二山流於北極，沉入大海，仙聖之播遷者巨億計。廟食，謂死後受人奉祀，在廟中享受祭饗。掩，蓋過。金，指西漢金日磾。見本書卷六〈上李少常啟〉注。許，指西漢許廣漢，宣帝許后之父，封昌成君。霍氏誅後，始親幸用事，封其子弟為侯。見《漢書・外戚傳》。霞褰，雲霞飛動。三主七公，見本書卷六〈上李少常啟〉注。罩，籠罩。袁楊，指東漢的袁術、楊震，見本書卷六〈上齊州張司馬啟〉注。❷於是功超振鷺十句　謂梁明府政績。振鷺，《詩經・周頌・振鷺》：「振鷺于飛，於彼西雝。」又《詩經・魯頌・有駜》：「振振鷺，鷺於下。」《毛傳》：「鷺，白鳥也，以興絜白之士。」鄭玄箋：「絜白之士群集於君之朝。」後以「振鷺」喻在朝的德行純潔的賢人。烹鮮，《老子》六十章：「治大國若烹小鮮。」意謂治理大國如烹小魚。後以「烹鮮」比喻治國便民之道，亦喻政治才能。翔鸞，比喻惠政。見本書卷五〈傷祝阿王明府〉注。吟，原作「冷」。馴雉，比喻惠政。見本書卷四〈春夜韋明府宅宴〉注。盛德，大德。原作「感德」。皇華，指使臣。見本書卷七〈上廉察使啟〉注。撫俗，撫慰民俗。君子不器，語本《論語・為政》，意謂君子不像器物那樣，只具有某一方面的功用。扈，護從。輶軒，輕車。古代帝王的使臣多乘輶車，後因稱使臣為輶軒使。觀風，以觀民風。

【語譯】公之家世，如高聳的屋宇，與天比配，基址高入斗、牛之峰；如開發源流，灌溉大地，驚濤疏導釣鼇之濱。至於封侯廟食，高貴蓋過金日磾、許廣，如雲霞飛舉；三主七公，顯赫籠罩袁術、楊震，如山嶽峙立。公之政績，功德超過德行純潔的賢人，職位在於主持治國之大任。如水鏡清澄，朗照翔鸞之舞姿，琴操吟動，和叶馴雉之雅音。君之美德與德化相鄰近，能夠輔佐使臣撫慰民俗；君之才能具有多方面的作用，能夠護從使者觀察民風。

某蒲石橘遷，聲鄉蓬轉。不叶十室，無專一經。攀驥逸而無由，仰鵬飛而自失❶。公顧盼成飾，咳唾為恩。庶微潤於江波，冀末光於鄰燭。使幽禽遷木，侶丹山於帝梧；鳴石在川，應黃鐘於仙管。敢布心也，詎能望焉❷。謹啟。

【章　旨】希望給予引薦。

【注　釋】❶某蒲石橘遷六句　謂自我困境。蒲石，不詳。一說作「蒲右」。橘遷，謂橘遷化為枳，比喻飄泊在外。原作「摘遷」。見本書卷二〈晚泊江鎮〉注。聲鄉，猶秦聲，指秦地之音樂。見本書卷二〈在江南贈宋五之問〉注。轉蓬，比喻身世飄零。見本書卷二〈晚泊江鎮〉注。由，因緣。❷公顧盼成飾十句　謂希望給予引薦。顧盼，即有馬經伯樂一顧而增價十倍。見本書卷二〈在江南贈宋五之問〉注。飾，飾擢，即獎飾其才能而擢拔任用。末光，原作「求免」。鄰燭，見本書卷六〈上兗州崔長史啟〉注。幽禽遷木，即黃鶯遷於喬木，見本書卷四〈酬思玄上人林泉四首〉之三注。丹山，即產鳳凰之丹穴山，見本書卷五〈幽縶書情通簡知己〉注。帝梧，《韓詩外傳》：「黃帝即位，施惠承天，一道修德，唯仁是行，鳳乃止帝梧桐，食帝竹實，沒身不去。」張正見〈賦得威鳳棲梧桐詩〉：「丹山下威鳳，來集帝梧中。」鳴石，即吳石鳴事，見本書卷一〈螢火賦〉注。黃鐘，《隋書·律曆志》：「傳稱黃帝命伶倫斷竹，長三寸九分，而吹以為黃鐘之宮，曰含少。次制十二管，以聽鳳鳴，以別十二律，比雌雄之聲以分律呂。上下相生，因黃鐘為始。」布，陳述。詎，豈。

【語　譯】我是蒲石遷徙的橘樹，秦地飄零的飛蓬。我忠不聞名於十戶，學不專精於一經。攀附驥尾但無因緣，仰慕鵬飛又錯失良機。公顧盼就可使人得到擢拔，公咳唾就可對人施加恩惠。也許可以讓涸魚得到江波的微潤，讓貧女得到鄰燭的末光。使幽鶯遷於喬木，使丹穴的鳳凰集於帝梧；使吳石鳴於川水，使黃鐘之律呂與仙管應和。我只是冒昧陳述自己的心跡，又豈敢有過高的希望。謹啟。

【賞　析】明代《永樂大典》亦附有此文，篇幅較長，而文字分別見於〈上齊州張司馬啟〉、〈上司列太常伯啟〉。另外，《欽定全唐文》卷一百九十八亦載有此文。

關於本篇的創作時間、地點，據陳熙晉《駱臨海集箋注》：「案此啟疑亦作於兗州。案本集啟凡十一篇，多作於齊魯之地。惟〈和道士閨情詩啟〉，不知為何處作。其〈上司列太常伯啟〉、〈上李少常伯啟〉，在高宗封泰山之時，楊盈川〈王勃集序〉可證。兗州則刺史、長史、司馬暨瑕丘明府、贊府各一。其〈上梁明府啟〉，聲鄉蓬轉，當為『磬鄉』之誤，則亦兗部也。」

本篇仍是干謁求仕之作。不同於其他各啟的是，篇幅較短，文字較簡潔。

上吏部裴侍郎書

【題解】吏部裴侍郎，指裴行儉，見本書卷五〈詠懷古意上裴侍郎〉題解。

四月一日，武功縣主簿駱賓王，謹再拜奉書裴公執事：《易》曰：「書不盡言，言不盡意。」然則理存乎象，非書無以達其微；詞隱乎情，非言無以筌其旨❶。僕誠鄙人也，頗覽前事。每讀古書，見高堂九仞，曾參負北向之悲，積粟萬鍾，季路起南遊之歎，未嘗不廢書輟卷，流涕霑衣。何者？情蓄於衷，事符則感；形潛於內，迹應斯通。是用布腹心，瀝肝膽，庶大雅含弘之量，矜小人悃款之誠，惟君侯察焉❷。

【章旨】敘述有感於孝親之故事。

【注釋】❶四月一日十句　謂奉書陳情。武功縣，唐時屬雍州，今陝西省武功縣。主簿，官名。《新唐書・百官志》：「京縣，主簿二人，從八品上。畿縣，主簿一人，正九品上。」執事，對裴行儉的敬稱。《易》曰，見《易・繫辭上傳》孔子所說的二句話，意思是書面文字不能完全表達作者的語言，語言不能完全表達人的思想。象，象徵；形象。《易・繫辭上傳》：「聖人有以見天下之賾，而擬諸其形容，象其物宜，是故謂之『象』。」這是說聖人發現幽深的道理，就把它模擬成具體形象，用來象徵事物適宜的意義，故稱為「象」。詮，詮釋。原作「筌」。❷僕誠鄙人也十九句　謂有感於孝親故事。鄙人，愚陋之人。前事，故事。北向之悲，為曾參孝親事，見本書卷一〈靈泉頌〉注。南遊之歎，為子路孝親事，見本書卷七〈上廉察使啟〉

注。用，原缺。布，披露。瀝，傾吐。庶，希望。大雅，高尚雅正。含弘，包容博厚。矜，憐憫。悃款，誠摯。

【語譯】四月一日，武功縣主簿駱賓王，謹再拜奉書裴公執事：《易・繫辭上》說：「書面文字不能完全表達作者的語言，語言不能完全表達人的思想。」然而，道理存在於形象之中，不是書面文字不能表達它的微妙；言詞隱藏於情感之內，不是言語不能解釋它的旨意。我是個鄙陋的人，頗知故事，常讀古書。見高堂九仞，曾參負北向之悲，知積粟萬鍾，子路有南遊之歎，未嘗不放下書卷，流涕沾衣。這是什麼道理呢？因為北向之悲情蓄積於心中，有了孝親的情事就會受到感動；南遊之節操深藏於內心，有了孝親的事跡就會息息相通。因此我敢於披露腹心，傾吐肝膽，希望高雅包容的度量，能夠憐憫我小人誠摯的心意，惟君侯加以諒察。

賓王一藝罕稱，十年不調。進寡金張之援，退無毛薛之遊❶。亦何嘗獻策干時，高談王霸，衒材揚己，歷抵公卿。不汲汲於榮名，不戚戚於卑位，蓋養親之故也，豈謀身之道哉❷？

【章旨】敘述自己的困境與孝親之操守。

【注釋】❶賓王一藝罕稱四句　謂自己十年不調的困境。十年不調，謂十年沒有調任升遷。按，用漢代張釋之事。《漢書・張釋之傳》載，張釋之為騎郎，事孝文帝，「十年不得調，無所知名。」此以「十年」指時間之長久。據駱祥發《駱賓王詩評注》之〈上吏部侍郎帝京篇并啟〉「十年不調」注云：「按詩人自四十九歲對策入選，授奉禮郎，到五十八歲從軍歸來，出任武功縣主簿，前後十年，官階不調，故稱。」金張、毛薛，指西漢金日磾、張安世和戰國的毛公、薛公，見本書卷六〈上李少常啟〉注。❷亦何嘗獻策干時八句　謂孝親之操守。何嘗，何曾。干時，求合於當時。王霸，指王業與霸業。衒，賣弄；炫耀。揚，稱揚。歷抵，一一登門拜訪。汲汲，憂惶不安。戚戚，憂懼。卑位，下位。謀身，為自身生活打算。

【語譯】賓王一藝無成，十年不調官職。仕進吧，得不到像西漢時金日磾、張安世那樣的擢升；退隱吧，得不到像戰國時毛公、薛公那樣的知交。我何曾獻策求合於當時，何曾高談王業與霸業，何曾賣弄才能稱揚自己，何曾登門拜訪王公卿相。我不憂慮於榮祿，不憂懼於下位，這都是因為我孝親的緣故，難道是為了自身生活打算嗎？

不圖君侯忽垂過聽，禮以弓招之恩，任以書記之事，儗人則多慚阮瑀，入幕則高謝郄超❶。昔聶政、荊軻，刺客之流也，田光、豫讓，烈士之分也，咸以勢利相傾，意氣相許，尚且捐軀燕趙，甘死齊韓。今君侯無求於下官，見接以國士，正當陪麾後殿，奉節前驅，賈餘勇以求榮，效輕生而報施。❷

【章　旨】感謝裴行儉任以書記之事。

【注　釋】❶不圖君侯忽垂過聽五句　謂裴行儉任以書記。垂，敬辭，有垂愛、垂察的意思。過聽，錯誤地聽取。過，誤。弓招，見本書卷七〈上兗州崔長史啟〉注。書記，《新唐書・百官志》：「外官，掌書記，掌朝覲、聘問、慰薦、祭祀所祝之文與號令升、絀之事，行軍參謀，關豫軍中機密。」儗人，謂與人相比。《禮記・曲禮下》：「儗人必於其倫。」儗，比擬。阮瑀，《三國志・魏書・王粲傳》：「陳留阮瑀，字元瑜，少受學於蔡邕。建安中，為司空軍謀祭酒，管記室。文帝書與元城令吳質曰：『元瑜書記翩翩，致足樂也。』」入幕，謂入為幕僚。郄超，《晉書・郄超傳》：「超，字景興，一字嘉賓，桓溫辟為征西大將軍掾。溫遷大司馬，又轉為參軍，尋除散騎侍郎。謝安與王坦之嘗詣溫論事，溫令超帳中臥聽之，風動帳開，安笑曰：『郄生可謂入幕之賓矣。』」❷昔聶政荊軻十四句　謂當報效謝恩。聶政，春秋戰國間軹深井里人，以為狗屠，曾為嚴仲子刺殺韓丞相俠累而死。荊軻，戰國末年衛國人，為燕太子丹刺秦王未遂而死。田光，戰國時人。燕太子丹曾通過他結識荊軻。他因避免泄密之嫌，自刎而死。豫讓，春秋戰國間晉人，為晉卿智瑤家臣。他為智氏報仇，曾用漆塗身，吞炭使啞，暗伏橋下，伺機刺殺趙襄子未遂而死。均見《史記・刺客列傳》。意氣，情誼；恩義。見，同「現」。國士，謂國內才能優秀的人才。陪麾，猶麾下。部下。後殿，最後；跟隨在後。前驅，先鋒；先頭部隊。賈餘勇，《左傳・成公二年》：「齊高固入晉師，桀石以投人，禽之，而乘其車，繫桑木焉。以徇齊壘，曰：『欲勇者，賈余餘勇。』」杜預注：「賈，賣也，言己勇有餘，欲賣之。」後以「賈勇」作為鼓足勇氣之意。輕生，看輕生命，即不愛惜生命。

【語　譯】不想君侯垂愛過聽，賜禮以弓招之恩，委任以書記之事。比擬他人，有愧於阮瑀之書記翩翩；入為幕賓，不安於郄超之帳中臥聽。從前聶政、荊軻都是刺客，田光、豫讓都是烈士，他們以權勢財利相傾軋，以情誼恩義相互推重讚許，尚且捨命於燕趙之地，甘死於齊韓之國。今君侯對下官一無所求，現在以國士之禮接待，我正當追隨君侯之麾下，奉符節為先鋒，鼓足餘勇以求榮達，不惜生命以為報效。

所以逡巡於成命、躊躇於從事者，徒以夙遭不造，幼丁閔凶。老母在堂，常嬰羸恙。糲粮無甘旨之膳，松檟闕遷厝之資。撫躬存亡，何心天地❶！故寢食夢想，噬指之戀徒深；歲時蒸嘗，崩心之痛罔極。若僕者，固名教中一罪人耳，何面目以奉三軍之事乎❷？況屬天倫之喪，奄踰七月；違膝下之養，忽至三年。而凶服之制將終，哀疚之情未洩。與言永慕，舉目增傷❸。

【章　旨】因要篤守孝道，婉辭裴行儉任以書記之事。

【注　釋】❶所以逡巡於成命躊躇於從事者九句　謂老母無人奉養。逡巡，遲疑；猶豫。成命，已作出的決定。躊躇，猶豫。從事，行事；辦事。不造，不幸。《詩經・周頌・閔予小子》：「閔予小子，遭家不造。」馬瑞辰通釋：「不，為語詞，造與戚一聲之轉，古通用。」丁，遭受。閔凶，憂患凶喪之事。嬰，遇上。羸恙，衰弱生病。糲粮，糙米乾糧。甘旨，養親之美味食物。松檟，指松樹和檟樹，因古代常植墓前，故作墓地的代稱。闕，缺乏。厝，停柩待葬。資，原作「姿」。這句是指作者之父駱履元，死於博昌任上，旅葬其地，並未運棺回義烏安葬。撫躬，反躬自問，即自我反省的意思。存亡，雖存若亡。何心天地，即天地何心。意謂天地是何心腸，而使人悲痛至此。徐陵〈與北齊尚書令書〉：「瞻望鄉關，何心天地。」❷故寢食夢想六句　謂辭謝任以書記之事。噬指，見本書卷七〈上廉察使啟〉注。歲時蒸嘗，本指春秋二祭，後泛指祭祀。崩心，心碎，形容極度悲痛。名教，指以正名定分為主的封建禮教，而以違背禮教之人斥責為名教罪人。教，原缺。三軍，軍隊的通稱。❸況屬天倫之喪八句　謂婉謝裴行儉任以書記事。天倫，《穀梁傳・隱公元年》：「兄弟，天倫也。」范寧注：「兄先弟後，天之倫次。」奄，同「淹」。久。膝下，指人幼年時常依於父母膝旁，言父母對幼孩之親暱。《孝經・聖治》：「故親生之膝下，以養父母日嚴。」後用作對父母親敬之稱。凶服，天倫之喪服。興言，語助詞。《詩經・小雅・小明》：「念彼共人，興言出宿。」馬瑞辰《通釋》：「興言猶云薄言，皆語詞也。」永慕，永久懷念。

【語　譯】我對君侯有關任以書記的決定感到遲疑、猶豫的原因，是因為我早年遭受不幸，幼時遭到凶喪。高堂老母，衰弱多病。糙米乾糧，沒有養親美味的食物；松檟墓地，缺乏遷墳待葬的錢財。反躬自省，雖存若亡，天地是何心腸而使人悲痛至此！因此寢食夢想，空有噬指之思；春秋祭祀，空有碎心之痛。像我這樣的人，不過是一個有違禮教的罪人罷了，又有什麼顏面來擔任軍中書記的職務呢？更何況我有兄弟之喪，已逾七月之久；有違孝親之養，已達三年之期。天倫的喪服尚未服完，哀痛負疚的感情尚未傾瀉。我對此不免長久地思念，觸目更增加傷痛。

夫怨於中者，哀聲可以應木石；感於情者，至性可以通神明❶。故徐元直指心以求辭，李令伯陳情以窮訴。上以棄興王之佐命，下以全奉親之篤誠。而蜀主不以為非，晉君待之逾厚。此二者豈貪貧賤、惡榮華、厭萬乘之交，甘匹夫之辱也？蓋有不得已者哉❷！

【章　旨】列舉為養親而辭不赴命的典型。

【注　釋】❶夫怨於中者四句　謂感情的作用。夫，原作「失」。中，內心。應木石，《呂氏春秋・十二紀・精通篇》：「鍾子期夜聞擊磬者而悲，使人召而問之曰：『子何擊磬之悲也？』答曰：『臣之父不幸而殺人，不得生。臣之母得生，而為公家為酒。臣之身得生，而為公家擊磬。臣不睹臣之母三年矣，昔為舍氏，睹臣之母，量所以贖之則無有，而身固公家之財也，是故悲也。』鍾子期歎嗟曰：『悲夫悲夫！心非臂也，臂非椎非石也；悲存乎心，而木石應之，故君子誠乎此而諭乎彼，感乎己而發乎人，豈必彊說乎哉！』」至性，天賦的卓絕的品性。❷故徐元直指心以求辭九句　謂辭不赴命的典型。徐元直，《三國志・蜀書・諸葛亮傳》：「潁川徐庶元直與亮友善。先主在樊，亮與徐庶並從，為曹公所追破，獲庶母。庶辭先主，而指其心曰：『本欲與將軍共圖王霸之業，以此方寸之地也；今已失老母，方寸亂矣，無益於事，請從此別。』遂詣曹公。」李令伯，李密，字令伯，一名虔，犍為武陽（今四川省彭山縣東）人。幼時父亡母嫁，由祖母劉氏撫養成人。在蜀國曾任尚書郎等職。蜀亡後晉武帝司馬炎徵召他為太子洗馬，他因祖母有病辭不赴命，便寫了〈陳情表〉說明原因，得到司馬炎的嘉獎，賜奴婢二人，並令郡縣供其祖母奉膳。祖母卒，服終，出為河內溫令、漢中太守。見常璩《華陽國志・西州後賢志》。惡，討厭；憎恨。厭，嫌惡；憎惡。萬乘，指天子。辱，委屈。

【語　譯】內心有怨氣的，哀聲可以感應木石；感動情懷的，至性可以溝通神靈。因此徐元直指心辭別，李令伯陳情訴衷。上則拋棄興王之佐命，下則成全孝親之誠心。而蜀先主不以為徐元直有誤，晉武帝給予李令伯厚愛。這兩人辭不赴命，難道是貪貧賤、惡榮華、憎惡帝王之交，自甘平民百姓的委屈嗎？實在是因為有不得已的苦衷啊！

儻有乾沒為心，脂韋成性，捨慈親之色養，許明主以驅馳，內忘顧復之私，外存傅會之眷，薄骨肉，厚榮寵，苟背恩而自效，則君侯何以處之❶？且義士期乎真夫，忠臣出乎孝子。既不能推心以奉母，亦焉能死節以事人？假物議之無嫌，實吾斯之未信也❷。流沙一去，絕塞千里。子愴入塞之魂，毋切倚閭之望。就令歡以卒歲，仰南薰之不貲；而使憂能傷人，迫西山而何幾❸。

【章　旨】敘述不能因為追求功名而忘記孝親。

【注　釋】❶儻有乾沒為心十句　謂不能薄骨肉而厚榮寵。乾沒，見本書卷六〈上齊州張司馬啟〉注。脂韋，油脂與軟皮，比喻阿諛、圓滑。色養，謂承順父母的顏色。見本書卷一〈靈泉頌〉注。驅馳，策馬快跑，比喻奔走效力。顧復，指父母的養育，見本書卷六〈上廉察使啟〉注。私，寵愛。傅會，附和，迎合。眷，恩寵。薄，輕視。厚，重視。自效，謂為他人貢獻自己的力量或生命。❷且義士期乎真夫六句　謂忠臣出於孝子。推心，以至誠相待。死節，為保全節操而死。物議，眾人的輿論。嫌，猜忌。未信，沒有信心。❸流沙一去八句　謂母子離別之憂傷。倚閭之望，見本書卷七〈上廉察使啟〉注。南薰，指〈南風歌〉。《禮記・樂記》：「昔者，舜作五絃之琴，以歌南風，夔始制樂，以賞諸侯。」孔穎達疏：「南風，詩名，是孝子之詩。南風長養萬物，而孝子歌之，言己得父母生長，如萬物得南風生也。」不貲，即不訾。形容十分貴重。西山，李密〈陳情表〉：「但以劉日薄西山，氣息奄奄，人命危淺，朝不慮夕。」何幾，即幾何。幾許；多少。

【語　譯】假如有人以僥幸取利為心計，又阿諛奉承成性，捨棄和顏悅色奉養於慈母，許諾奔走效力於明主。內忘父母養育之寵愛，外存附和迎合之恩寵。輕視骨肉之恩，重視榮寵之遇，如果違背親恩而為他人效力，那麼君侯將怎樣處理此事？況且義士希望堅守節操之士，忠臣出於孝子之門。既然不能做到以至誠奉養父母，又怎麼能做到以死節事人？即使眾人的輿論不加猜忌，但我實在對此沒有信心。一去沙漠，邊塞千里。兒子成為悲愴入塞之魂，母親深受倚閭盼望之苦。歡樂終年，就會敬仰老母如南風養育萬物般的恩情感到珍貴；憂能傷人，是因為老母已到日薄西山、氣息奄奄的時候了。

君侯深情錫類，道叶天經。明恕待人，慈心應物❶。倘矜犬馬之微願，憫烏鳥之私情，寬其負恩，遂其終養，則窮魂有望，老母知歸。賓王死罪再拜❷。

【章　旨】希望憐憫寬恕。

【注　釋】❶君侯情深錫類四句　歌頌裴行儉的高尚品德。錫類，見本書卷一〈靈泉頌〉注。天經，謂孝行為天經地義，見本書卷一〈靈泉頌〉注。明恕，聖明仁愛。❷倘矜犬馬之微願七句　謂希望得到憐憫與寬恕。犬馬，作者謙卑自比。烏鳥，相傳烏鴉能反哺，即幼烏長成後銜食餵母烏，此喻母子親情。李密〈陳情表〉：「烏鳥私情，願乞終養。」知歸，思歸。

【語　譯】君侯感情深注於賜人福善，道行協和於天經地義。待人聖明仁愛，對物慈悲為懷。如果能夠憐憫我犬馬之微願，憐憫我烏鳥之私情，寬恕我有負君侯之恩德，成全我養老送終的孝心，那麼我這窮魂有望，老母思歸。賓王死罪再拜。

【賞　析】陳熙晉《駱臨海集箋注》云：「此書作於上元三年（六七六）四月，即儀鳳元年也。據〈疇昔篇〉於懷橘傷心之下，有寥落懷抱、隱棲林泉之句，似除服移時，始簿長安，再擢侍御也。以其時計之，臨海之值內憂，即在儀鳳元年，去上書無幾時耳。」

裴行儉於上元三年，出任洮州道左二軍總管，特聘作者為軍中書記。這本是知遇之恩，也是躋身仕途的大好機遇。但是，究竟是出仕，還是孝親，是薄骨肉，還是厚榮寵，使作者面臨著一種選擇。但作者最終選擇了孝親，而放棄仕進，婉辭裴行儉任以書記之事。因此，陳情婉辭成為全文的中心思想。它從孝親的故事切入，談到自己孝親的操守：「亦何嘗獻策干時，高談王霸，衒材揚己，歷抵公卿。不汲汲於榮名，不戚戚於卑位，蓋養親之故也，豈謀身之道哉！」這就是作者孝親的道德分量與人格力量。然後從孝親出發，進行婉辭。作者的選擇，是生活道路的選擇，是一種價值取向，反映出作者已由前期的熱中仕進向後期的淡泊名利的轉變。

明人胡應麟曾將此文比之為李密的〈陳情表〉，是頗有見地的。因為此文受到〈陳情表〉的影響，並且以陳情見長。文中反覆陳情，以情感人，以理服人：一曰「徒以夙遭不造，幼丁閔凶。老母在堂，常嬰羸恙。糲糗無甘旨之膳，松檟闕遷厝之資。撫躬存亡，何心天地！」意謂老母無人奉養，父骨未葬家鄉。二曰「且義士期乎真夫，忠臣出乎孝子。既不能推心以奉母，亦焉能死節以事人？假物議之無嫌，實吾斯之未信也。」意謂忠臣出孝門，忠與孝有密切關係。三曰「流沙一去，絕塞千里。子愴入塞之魂，母切倚閭之望。就令歡以卒歲，仰南薰之不貲；而使憂能傷人，迫西山而何幾。」意謂母子離別的憂傷。四曰「倘矜犬馬之微願，憫烏鳥之私情，寬其負恩，遂其終養，則窮魂有望，老母知歸。」意謂希望憐憫寬恕。上述情況的確真情流於筆端，孝心出於肺腑，感人至深。

與程將軍書

【題　解】程將軍，即程務挺。《舊唐書・程務挺傳》：「程務挺，洛州平恩人也。父名振，稱為名將。務挺少隨父征討，以勇力聞。永隆中，突厥史伏念反叛，相次戰敗，又詔禮部尚書裴行儉率兵討之，務挺為副將，仍檢校豐州都督，以功遷右衛將軍，封平原郡公。永淳二年（六八三），綏州城平縣人率部落稽之黨據縣城反，詔務挺與夏州都督王方翼討之，又以功拜左驍衛大將軍，檢校左羽林軍。嗣聖初，與右領軍大將軍張虔勗同受則天密旨，帥兵入殿庭，廢中宗為廬陵王，立豫王為皇帝。又明年，以務挺為左武衛大將軍，單于道安撫大使，督軍以禦突厥。及裴炎下獄，務挺密表申理之，由是忤旨。務挺素與唐之奇、杜求仁友善，或構言務挺與裴炎、徐敬業皆潛相應接，則天遣左鷹揚將軍裴紹業就軍斬之，籍沒其家。」

昨見武郎將，備陳將軍之言，恩出非常，談過其實。恭聞嘉惠，深用慚惶❶。君侯懷管樂之材，當衛霍之任，豐功厚利，盛德在人；送往事居，元勳蓋俗。智足以興皇業，道足以濟蒼生。尚且屈公侯之尊，伸管庫之士❷。

【章旨】歌頌程將軍的才德、功勳。

【注釋】❶昨見武郎將六句　謂將軍的關懷。武郎將，官名。《舊唐書・職官志》：「左右衛，每府中郎將一人，皆四品下。左右郎將各一人，正五品上。左右武衛，大將軍各一員，正三品。將軍各二員，從三品。翊府中郎將，左右郎將，人數品秩如左右衛。」❷君侯懷管樂之材十句　謂程將軍的才德、功勳。管樂，指管仲與樂毅。管仲，春秋時齊國名相，名夷吾，字仲，潁上人。曾幫助齊桓公進行改革，使之成為春秋時第一個霸主。樂毅，戰國時燕國名將，曾率軍擊破齊國，先後攻下七十餘城，封昌國君。後出奔趙國，封望諸君。衛霍，指衛青與霍去病。兩人均為西漢名將。漢武帝時兩人曾多次出擊匈奴，屢建戰功，打開了通往西域的道路，解除了匈奴對漢王朝的威脅。衛青被封為大將軍、長平侯；霍去病被封為驃騎將軍、冠軍侯。見《漢書・衛青霍去病傳》。豐功厚利，謂功績。班彪〈王命論〉：「帝王之祚，必有明聖顯懿之德，豐功厚利積累之業。」送往事居，謂禮葬死者奉事生者。往，死者。此指高宗。居，生者。此指中宗。元勳，首功；大功。蒼生，指百姓。管庫之士，管理倉庫。《禮記・檀弓下》：「趙文子所舉於晉國，管庫之士七十有餘家。」鄭玄注：「管庫之士，府史以下官長所置也。舉之於君，以為大夫士也。」

【語譯】昨日見到武郎將，全面地轉述將軍之言，恩德不同於一般，言談超出於實際。恭聞您美好的恩惠，深深感到慚愧與徬徨。君侯懷有管仲、樂毅的才能，擔當衛青、霍去病的重任。豐功偉績，盛德在人，禮葬死者奉事生者，大功蓋過俗世。您的智慧足以復興皇業，您的道義足以救濟百姓。在此情況下，您尚且委屈公侯之尊，成為管庫之士。

若下僕者，天地中一無用芻狗耳！粵自旃賁之辰，即逢聖明之曆，材不經務，不能成佐命之功；智不通時，不能包周身之慮。加以天資木強，不能屈節權門；地隔蓬心，不能買名時議❶。常願為仁由己，喪我於吾。見機可以絕機，無用之為有用，隨時任其舒卷，與物同其波流者矣。其於木也，魯班無措其鈎繩；其於駕也，伯樂無施其銜策❷。

【章　旨】敘述自己的無能與「木強」的個性。

【注　釋】❶若下僕者十二句　謂自己的個性。下僕，謙稱自己。中，原缺。芻狗，見本書卷六〈為齊州父老請陪封禪表〉注。粵，發語詞。旃賁之辰，即出仕之日。曆，曆運。古代認為一個朝代的氣數、命運與天象運行相應。佐命，古代帝王得天下，自稱是上應天命，故稱輔佐帝王創業為「佐命」。周身之慮，見本書卷一〈螢火賦〉注。木強，猶木僵。即質直剛強。地隔，猶地角。即偏遠地區。蓬心，《莊子．逍遙遊》：「今子有五石之瓠（葫蘆），何不慮（拴，結）以為大樽（形如酒器的腰舟），而浮於江湖，而憂其瓠落（大而平淺）無所容，則夫子猶有蓬之心也夫！」成玄英疏：「蓬，草名，卷曲不直也。」此喻知識淺薄，不能通達事理。買名時議，買名譽於當時的輿論。❷常願為仁由己十句　謂自己不堪造就。為仁由己，謂實行仁之道德，全靠自己。《論語．顏淵》：「顏淵問仁。子曰：『克己復禮為仁。一日克己復禮，天下歸仁焉。為仁由己，而由人乎哉？』」喪我於吾，謂忘掉自己。《莊子．齊物論》：「子綦曰：『今者，吾喪我，汝知之乎？』」郭象注：「吾喪我，我自忘矣。我自忘，天下何物足識哉！」見機，用《莊子》漢陰丈人事，見本書卷二〈夏日遊德州贈高四〉注。無用，《莊子．外物》：「惠子謂莊子曰：『子言無用。』莊子曰：『知無用而始可與言用矣。夫天地非不廣且大也，人之所用容足耳，然則無用之為有用也亦明矣。』」魯班，亦作「魯般」。春秋時魯國人，姓公輸，名班（般），我國古代傑出的建築工匠，被尊為建築工匠的祖師。原作「般倕」。鈎，同「鉤」。圓規。繩，木工用於測定直線的墨線。駕，用車套在馬身上為「駕」。伯樂，原作「良樂」。銜策，馬嚼子和馬鞭。

【語　譯】像我這樣的下僕，不過是天地間輕賤無用之物罷了。自出仕之日，即逢聖明之世。我才能不經世務，不能成為帝王創業的輔佐；智慧不通時宜，不能具有保全自身的謀慮。再加上我天性質直剛強，不能屈名節於權豪之門；遠地不通事理，不能買名譽於當時輿論。我常常希望實行仁的道德，全靠自己，並且到了忘我的境地。能夠做到看見機械可以斷絕機心，知道無用而變成有用，順著時勢而任其進退出處，舒卷自如，與萬事萬物隨波逐流而變化發展。如同對於木材，魯班不能運用他的圓規、繩墨，如同對於車駕，伯樂不能施行他的馬銜、馬鞭。

不悟聖朝發明揚之詔，君侯緝雍熙之道，曲垂提獎，廣借游談，猥以樗櫟之姿，忝預賢良之薦❶。當今鴻都富學，麟閣多英。非游夏不可以升堂，非夔牙不可以擊節。儻使片言失德，事暴區中，匹夫竊議，語流天下，進乖得賢之舉，退貽薄德之譏，恐不肖之軀，為高明之累耳❷。

【章旨】婉謝程將軍的薦舉。

【注釋】❶不悟聖朝發明揚之詔六句 謂承蒙提獎。明揚，舉用；選拔。雍熙，和樂；昇平。曲垂，敬辭。猶俯賜、頒賜。提獎，提攜；獎掖。游談，宣揚。猥，辱、承。樗櫟，無用之木。樗，見本書卷二〈浮查〉注。櫟，《莊子·人間世》：「匠石之齊，至於曲轅，見櫟社樹……曰：『散木也，以為舟則沉，以為棺槨則速腐，以為器則速毀，以為門戶則液樠，以為柱則蠹，是不材之木也，無所可用。』」後以「樗櫟」喻才能低下。薦，薦舉。❷當今鴻都富學十二句 謂恐為高明之累。鴻都，見本書卷五〈久戍邊城有懷京邑〉注。原作「鴻漸」。麟閣，即麒麟閣。《漢書·李廣蘇建傳》：「甘露三年（前五一），單于始入朝。上思股肱之美，乃圖畫其人於麒麟閣，法其形貌，署其官爵姓名。」游夏，指孔子的學生子游與子夏。升堂，猶登堂入室。比喻學問技藝已入門。夔牙，《文選》揚雄〈甘泉賦〉：「陰陽清濁穆羽相和兮，若夔牙之調琴。」李善注：「《尚書》曰：「夔典樂，教胄子。」《列子》曰：「伯牙善鼓琴。」擊節，打拍子。片言失德，謂說話失誤。區中，人世間。匹夫，指平民百姓。竊議，私下議論。薄德，猶薄行。輕薄無行。高明，指崇高明智的人。

【語　譯】不想聖朝頒發選拔人才之詔書，君侯又協調於和平昇平之途徑。俯賜提拔獎掖，廣借宣傳褒揚。使我這個無用之材，有愧於能參預賢良之薦舉。當今鴻都門均是飽學之士，麒麟閣多是英豪之才。不是子游、子夏不能登堂入室，不是夔與伯牙不能調琴擊節。倘若言談有所失誤，事情暴露於世，讓平民百姓私下議論紛紛，流言蜚語傳遍天下，那麼，如果是仕進，就有違求得賢能的舉措，如果是退隱，就留下輕薄無行的譏誚。因此恐怕我這個不肖的人，使崇高明智的人受到牽累啊。

必能一盼增價，九術先登。燕昭為市駿之資，郭隗居禮賢之始❶。則當效駑鉛之用，飾固陋之心。陶鑄堯舜之典謨，憲章文武之道德，上以完三才之能事，下以通萬物之幽情。勿使將詞翰為行己外篇，文章是立身歧路耳，又何足道哉！言而不慚者，恃惠子之知我也❷。

【章　旨】希望朝廷能招賢任能。

【注　釋】❶必能一眄增價四句　謂招納賢能。一盼增價，即伯樂相馬增價事，見本書卷二〈在江南贈宋五之問〉注。九術，指九方皋相馬之術。《列子．說符》載，九方皋，春秋時人，善相馬。相傳伯樂推薦他為秦穆公外出求馬，他不辨毛色和雌雄，而觀察馬的內在精神，因得千里馬，伯樂稱讚他「得其精而忘其粗，在其內而忘其外。」燕昭，《戰國策．燕策一》：「燕昭王收破燕後即位，卑身厚幣，以招賢者，欲將以報讎。……郭隗先生曰：臣聞古之君人，有以千金求千里馬者，三年不能得。涓人言於君曰：『請求之。』君遣之。三月得千里馬，馬已死，買其首五百金，反以報君。君大怒曰：『所求者生馬，安事死馬而捐五百金？』涓人對曰：『死馬且買之五百金，況生馬乎？天下必以王為能市馬，馬今至矣。』於是不期年，千里之馬至者三。今王誠欲致士，先從隗始；隗且見事，況賢於隗者乎？豈遠千里哉？」於是昭王為隗築宮而師之。」❷則當效駑

鈆之用十一句　謂報效朝廷。駑鈆，駑馬鈆刀。即劣馬鈍刀。比喻平庸之才。《後漢書・隗囂公孫述列傳》：「昔文王三分，猶服事殷，但駑馬鈆刀，不可強扶。」鈆，同「鉛」。飭，同「飾」。整飭。固陋，閉塞淺陋。陶鑄，模仿。此為學習的意思。典謨，指《尚書》中的〈堯典〉、〈舜典〉和〈大禹謨〉、〈皋陶謨〉的並稱。因以指代經典、法言。憲章，效法。文武，指周文王、武王。三才，指天、地、人。《易・說卦傳》：「是以立天之道曰陰與陽，立地之道曰柔與剛，立人之道曰仁與義。兼三才而兩之，故《易》六畫而成卦。」詞翰，書札。行己，立身行事。外篇，古人因事理有別，將書籍分為內外篇。內篇為作者要旨所在，外篇屬餘論或附論性質。歧路，錯誤的道路。恃，原作「將」。惠子，指惠施。戰國宋人，屬名家學派，為莊周契交。惠死後，莊周曾慨歎：「自夫子之死也，吾無以為質矣，吾無與言之矣。」見《莊子・徐无鬼》。後以「惠子知我」喻朋友相知之深。《文選》曹植〈與楊德祖書〉：「其言之不慚，恃惠子之知我也。」

【語譯】如果招賢任能，必能如伯樂相馬，一顧增價；如九方臯相馬，捷足先登。如燕昭王首出購買駿馬的資金，如郭隗首創禮賢納士的榜樣。我當報效駑馬鈍刀的作用，整飭閉塞淺陋的心態。我將學習唐堯虞舜的經典，效法周文王、武王的道德，以便上可以完成三才之所能之事，下可以通達萬物之深遠情思。請不要把我的信札當作行事的不重要的餘事，不要把我的文章當作立身的錯誤的歧途，何況信札、文章又算得什麼呢！我所以說了這麼多而不感到慚愧，不過是依恃君侯是我的知心朋友啊！

所恨禁門清切，造別無緣。官守牽纏，風期有限❶。某尚辭滿，倘泛孤舟，萬里煙波，舉目有江山之恨；百齡心事，勞生無晷刻之歡。嗟乎，流水不窮，浮雲自遠。沾襟此別，把袂何時。恃以平生之私，忘其貴賤之禮❷。

【章旨】敘述惜別之情。

【注釋】❶所恨禁門清切四句　謂造別無緣。禁門，宮門。清切，清貴而切近。造別，謂造府告別。官守，官位職守。風期，猶程期。❷某尚辭滿十三句　謂依依惜別。辭滿，舊指官吏任期屆滿，自求解退。百齡，百年。晷刻，片刻。把袂，相見時把住衣袖，表示親暱。恃，原作「待」。

【語　譯】我現在遺憾的是，宮門清貴，我造府告別無緣，官位職守相互牽纏，而程期有限。我如果任滿解退，如果孤舟泛海，在萬里煙波浩渺之中，舉目有江山之根；百年心事，人生無片刻之歡。可歎啊，流水無窮無盡，浮雲自飛自遠。此別揮淚沾襟，把袂相見不知是何年月。因依恃平生之私誼，故忘其貴賤之禮儀。

【賞　析】陳熙晉《駱臨海集箋注》云：「案書中有云『送往事居』，又云『粵自旌賁之辰，即逢聖明之曆』，此書當作於中宗嗣聖元年（六八四）。」據此可推本文的創作時間當在作者被貶臨海縣丞之後，揚州起兵之前。

本文的主旨在於婉謝程將軍的賢良薦舉。當時的背景是：弘道六年（六八三），唐高宗死後，武則天廢去中宗，立豫王李旦為皇帝，居別殿，自己以皇太后的身分臨朝稱制，朝廷政局發生了急遽的變化。作者對此強烈不滿，已不在意求仕為官了。因此，辭謝薦舉本身，反映出作者一種深沉的憂患意識，已由考慮個人的命運轉向考慮唐王朝的命運了。

本文的字裡行間充滿著憤懣不平之氣，表現出作者獨立的人格。在行文方面，注重謀篇布局。首先，表述自己的無能與個性，所謂「材不經務，不能成佐命之功；智不通時，不能包周身之慮。加以天資木強，不能屈節權門；地隔蓬心，不能買名時議。」其次，表述自己不堪造就，所謂「魯班無措其鈎繩」、「伯樂無施其銜策」。再次，汲取因忠言極諫而遭貶的教訓，作為婉謝薦舉的理由：「恐不肖之軀，為高明之累耳。」這樣就做到了中心突出，層次分明。還有文章從辭謝薦舉說起，一筆宕開，後面又收回來，歸結到朝廷用賢任能的必要性。有禮有節，不卑不亢，前後呼應，首尾連貫，構成有機的整體。

答員半千書

【題　解】員半千，見本書卷五〈敘寄員半千〉題解。

張評事至，辱惠書及詩，把翫無厭，暫如有敘。上言離恨，下勗交情❶。篤以猛風乾蘇之談，弘以驟雨濕薪之喻。雖聞義則徙，道存於起予；而擬人失倫，事均乎翫物。借如誠說，蓋足下之不知言；倘或劇談，豈吾人之所仰望❷。

【章　旨】以不宜急功躁進與朋友共勉。

【注　釋】❶張評事至六句　謂收到所惠書信及詩。張評事，事跡不詳。評事，《舊唐書．職官志》：「大理寺，評事十二人，從八品下，常出使推覈。評事史十四人。」把翫，亦作「把玩」。謂賞玩不釋手。暫，便；就。勗，勉勵。❷篤以猛風乾蘇之談十句　謂與朋友共勉。篤，篤守；忠實地遵守。猛風乾蘇，謂草被風吹乾，但猛風易過。蘇，指草。驟雨濕薪，謂柴被雨淋濕，但驟雨難久。《老子》二十三章：「希言自然。故飄風不終朝，驟雨不終日，孰為此者？天地。天地尚不能久，而況於人乎？」此謂凡事均不能急功躁進，否則不能持久。徙，遷徙。指思想有所變化。啟予，啟發自己。擬人失倫，謂不與不同類的人相比。均，全；都。翫物，觀賞景物或玩賞物品。知言，知音。劇談，暢談。

【語　譯】張評事光臨，帶來您給我的書信和詩，拜讀賞玩，愛不釋手，就如與您面敘一般。您信上說到別後的離情，並以友誼來勉勵我。我要與您共勉的是：我們應該篤守猛風乾蘇之談論，弘揚驟雨濕薪的比喻，這也許就是凡事急功躁進就不能持久的道理。聽說這樣的道理，我們的思想應有所改變，因為道義的存在，對我們有所啟發。不要把我與不同類的人去相比，認為我事事都在玩物喪志。如果確實如您所說，大概足下就不是我的知音；倘若我們能開誠布公暢談，則是我們所期望的。

夫鯤之為魚也，潛碧波，泳滄流，沉鰓於渤海之中，掉尾乎風濤之下。而濠魚井鮒，自以為可得而齊焉❶。鵬之為鳥也，刷毛羽，恣飲啄，戢翼於天地之間，宛頸乎江海之畔。而雙鳧乘雁，自以為可得而褻焉❷。及其化羽垂天，搏風九萬，振鱗橫海，擊水三千。寧豈借翰於搶榆，假力於在藻，資江海涓流之水，待堀堁揚塵之風哉❸！

【章　旨】敘述鯤鵬待時而動。

【注　釋】❶夫鯤之為魚也七句　謂鯤之待時。濠魚，濠水之鯈魚。井鮒，生活在井中的鮒魚。齊，相同；一樣。❷鵬之為鳥也七句　謂鵬之待時。乘雁，四雁。褻，褻狎。❸及其化羽垂天八句　謂鯤鵬之垂天橫海。翰，鳥羽。搶榆，見本書卷七〈上兗州刺史啟〉注。在藻，見本書卷七〈上李少常啟〉注。涓流，細流。堀堁，飛塵。

【語　譯】當鯤為魚時，潛入碧波，浮游滄流，沉鰓於渤海之中，掉尾於風濤之下。而小小的濠魚井鮒，自以為能夠與牠相等同。當鵬為鳥時，洗刷毛羽，恣意飲啄，斂翅於天地之間，宛頸於江海之畔。而小小的雙鳧乘雁，自以為能夠褻狎牠。等到鯤鵬化羽垂天，搏風九萬，振鱗橫海，擊水三千，難道還要依靠搶榆，依恃在藻，借助江海細流之水，等待飛揚灰塵之微風嗎？

故張子房之達人也，擊水搏風之適焉；朱買臣之屈士也，戢翼沉鰓之致焉❶。足下雅得古人之致，不乏先賢之適，自守莊筌，無嬰魏網，亦寧不知在藻槍榆之力，非擊水搏風之助哉！而詞旨懇懃，深所未諭；盍言爾志，豈若是乎❷？

【章　旨】勸勉朋友要安貧樂道，待時而動。

【注　釋】❶故張子房之達人也四句　謂古之達人與屈士。張子房，《漢書．張陳王周傳》：「張良，字子房，其先韓人也。良數以太公兵法說沛公，沛公喜，常用其策。良為他人言，皆不省，良曰：『沛公殆天授。』故遂從不去。漢六年，封功臣，高帝曰：『運籌策帷幄中，決勝千里外，子房功也。』乃封良為留侯。」達人，顯貴的人。適，遇；際遇；機會。朱買臣，見本書卷四〈夕次舊吳〉注。屈士，猶屈己、委屈自己。指朱買臣貧賤賣柴度日。致，意態；情致。❷足下雅得古人之致十句　謂待時而動。荃，即《莊子．外物》所謂「荃者所以在魚，得魚而忘荃」之意。此指莊子避世的操守。嬰，觸犯。魏網，即天網、時網。指法令。《文選》曹子建〈上責躬應詔詩表〉有「天網不可重罹」句，以及〈責躬詩〉中有「舉挂時網」句，因曹子建為三國魏人，故稱「魏網」。懇懃，情意懇切。盍，同「蓋」。表示擬測。

【語　譯】因此，張子房成為顯貴的人，是因為他有擊水摶風的機遇；朱買臣能委屈自己，是因為他有斂翅沉鯤的情致。足下素來得到古人的情致，也不缺少先賢那樣的種種機遇，自守節操，又不觸犯法網，難道不知道魚在藻鳥搶榆之力，還未達到擊水三千摶風九萬的境界！您信中言詞懇切，但又未能說明這個道理，如果讓您的志向和盤托出，難道不是這樣的嗎？

夫人生百年，物理千變，名利寵辱之情立矣，憂憎毀譽之迹生焉。其有道在則尊，德成而上❶。幽貞為虛白之室，靜默為太玄之門。知軒冕是儻來，悟榮華非力致；苟斯道之不墮，亦何患乎無成❷？而欲圖僥倖於權重之交，養聲譽於眾多之口，斯所以楊朱徘徊於歧路，阮籍怵惕於窮途❸。

【章　旨】保持高潔堅貞的節操。

【注　釋】❶夫人生百年六句　謂道在則尊。人生，原作「人間」。物理，事物的道理、規律。寵辱，謂得失。毀譽，詆毀與讚譽。道在則尊，謂道義所在則受推崇與尊敬。蔡邕〈勸學篇〉：「人無貴賤，道在則尊。」德成而上，謂道德成就則居上位。《禮記・樂記》：「是故德成而上，藝成而下。」❷幽貞為虛白之室六句　謂保持高潔堅貞的節操。幽貞，《易・履卦》：「履道坦坦，幽人貞吉。」此以「幽貞」喻高潔堅貞。虛白之室，猶虛室生白。謂人能清虛無欲，則道心自生。《莊子・人間世》：「瞻彼闋者，虛室生白，吉祥止止。」司馬彪注：「室比喻心，心能空虛，則純白獨生也。」靜默，寧靜沉默。《文子・微明》：「聖人深居以避患，靜默以待時。」太玄，深奧玄妙的道理。嵇康〈贈兄秀才入軍詩〉之十五：「俯仰自得，游心太玄。」軒冕，古代卿大夫所坐車稱軒，所戴帽稱冕，借指官爵祿位。儻來，偶然得到。《莊子・繕性》：「軒冕在身，非性命也，物之儻來，寄者也。」成玄英疏：「儻者，意外忽來者耳。」斯道，指仕進之道。❸而欲圖僥倖於權重之交四句　謂反對圖僥倖、養聲譽。權重之交，謂擁有大權之交遊。眾多之口，謂眾人的言論、輿論。楊朱，楊朱泣岐事。《荀子・王霸》：「楊子哭衢於途曰：『此夫過舉蹞步而覺千里者夫！』哀哭之。」此謂在十字路口錯足半步，到覺悟後就差之千里了，楊朱即為此而哭泣。後即用以對世道崎嶇，擔心誤入歧途的感傷或在歧路的離情別緒。王褒〈寄周弘讓書〉：「楊朱歧路，阮籍窮途。」怵惕，戒懼；驚懼。

【語　譯】人生百年，事物千變萬化，於是產生了名利得失之情，出現了憂憎毀譽之迹。其間道義所在則受到尊崇，道德成就則居於上位。高潔堅貞為清虛無欲之室，寧靜沉默為深奧玄妙之門。因此可知官爵祿位不過是意外忽來之物，可知榮華富貴並非勉力所能獲得。不能心存僥倖於權重之交，不能培養聲譽於眾多之口，這就是楊朱歧路徘徊，阮籍窮途痛哭的理由。

嗟乎！露往霜來，歲華不待；山高河廣，離會無時。桂樹寒花，公子去而忘返；松巖春草，王孫遊乎不歸❶。去矣員生，遠離隔矣；音塵不嗣，情其勞矣；長途空谷，靜躁殊矣。

惠而好我，無密爾音❷。

【章　旨】與朋友告別。

【注　釋】❶嗟乎九句　謂與朋友離會無時。歲華，歲月光華。原作「歲寒」。公子，對人的尊稱。原作「公文」。〈九歌・山鬼〉：「怨公子兮悵忘歸，君思我兮不得閒。」王孫，指王孫草。漢劉安〈招隱士〉：「王孫游兮不歸，春草生兮萋萋。」後以「王孫草」指牽人離愁的景色。❷去矣員生八句　謂靜躁不同。音塵，音信；蹤跡。嗣，接續。勞，憂愁。空谷，謂空谷足音，《莊子・徐无鬼》：「夫逃虛空者，……聞人足音跫然而喜矣。」此喻音信難得。而，原作「存」。密，封閉。

【語　譯】唉！暑往寒來，歲月不待；宇宙山高河廣，人生離會無時。桂樹綴滿寒花，公子別而忘返；松巖萋萋春草，王孫遠遊不歸。員生啊，您離去了，我們已成為遠隔，音信不能連續，多麼令人憂愁；長途跋涉，音信難憑，靜默與躁進，想是各有不同。希望給我關照，不要封鎖您的信息。

【賞　析】員半千在〈陳情表〉中說：「臣貧窮孤露，家資不滿千錢，有田三十畝，有米五十石。聞陛下封神嶽，舉英才，貨賣以充糧食，奔走而歸故里。京官九品，無瓜葛之親；立身三十有餘，志懷松柏之操，於今立身未蒙一任，蓋同買臣之困，而乏子房之遇。」這表現出急功躁進的思想。而員半千在給作者的信中也流露有這種思想。因此，作者在回信中規勸朋友要安貧樂道，待時而動，保持節操，切切不可急功躁進。

運用自然意象進行比喻，是本文寫作上的一大特點。如開篇一段，即以「猛風乾蘇」、「驟雨濕薪」兩種自然意象，以喻急功躁進則不能持久的道理，形象具體。第二段中的鯤鵬兩個自然意象，與濠魚井鮒、雙鳧乘雁的鮮明對比中，就把待時而動的道理形象化了。

本文在結構上，由自然到人事，即由鯤鵬的待時而動到古人的達人屈己，然後歸結到「其有道在則尊，德成而上。幽貞為虛白之室，靜默為太玄之門」，也就是保持高潔堅貞節操的重要性，為做人處世樹立了一個準則。承轉自然，跌宕有致。

與博昌父老書

【題解】博昌，《元和郡縣志》卷十：「河南道青州博昌縣，本漢舊縣，屬千乘郡，昌水其勢平博，故曰博昌。」在今山東省博興縣。父老，對老年人的尊稱。

月日，駱賓王致書于博昌父老等。承並無恙，幸甚幸甚❶。雲雨俄別，風壤異鄉。春渚青山，載勞延想；秋天白露，幾變光陰。古人云別易會難，不其然也❷？

【章旨】致書問候博昌父老。

【注釋】❶月日四句　謂致書問候。月日，某月某日。一本上有「某」字。致書，一本上有「謹」字。承，為「承君之祐」的省略。無恙，古代書信中問候套語，平安的意思。陳熙晉《駱臨海集箋注》：「凡言無恙，謂無憂耳。此博昌父老先有書貽臨海，故曰承並無恙。」❷雲雨俄別八句　謂別後的思念。雲雨，形容突然離別如雲飛雨散。風壤異鄉，猶宦遊他鄉。風壤，一作「封壤」。指界域。春渚，春天的江渚。載勞延想，謂使人長想。載，語助詞。秋天白露，謂季節幾度變遷。江淹〈別賦〉：「秋露如珠，秋月如珪，明月白露，光陰往來。」云，原作「之」。別易會難，曹丕〈燕歌行〉：「別日何易會日難，山川悠遠路漫漫。」顏之推《顏氏家訓·風操》：「別易會難，古人所重。」

【語譯】某月某日，駱賓王致函於博昌父老。託你們的福，並皆平安無事，幸甚幸甚。昔年一別，如雲飛雨散，從此宦遊他鄉。春渚青山，常常牽動我對父老的長久思念。秋天白露如珠，季節時移物換。古人常說別時容易見時難，可不是嗎？

自解攜襟袖，一十五年，交臂存亡，略無半在。張學士溘從朝露，辟閭公倏掩夜臺。故吏門人，多遊蒿里；耆年宿德，但見松丘❶。嗚呼！泉壤殊途，幽明永隔，人理危促，天道奚言？感今懷舊，不覺涕之無從也❷。過隙不留，藏舟難固。追惟逝者，浮生幾何？哀緣物興，事因情感。雖蒙莊一指，殆先覺於勞生；秦失三號，詎忘情於怛化？啜其泣矣，尚何云哉❸？

【章旨】寫人事之存亡。

【注釋】❶自解攜襟袖十句　謂親朋故舊或存或亡。解攜襟袖，指與親朋分手。解攜，解散；離開。襟袖，握手相見則襟袖相接，分手則襟袖分開。一十五年，陳熙晉《駱臨海集箋注》：「按集中有〈為齊州父老請陪封禪表〉，在高宗麟德元年（六六四）封泰山時作。此書所稱『解攜襟袖，一十五年』，臨海如以麟德元年離齊，計高宗麟德二年（六六五），乾封二年（六六七），總章二年（六六九），咸亨四年（六七三），上元二年（六七五），儀鳳三年（六七八）。自麟德至是年，凡十五年，次年即調露元年也。」一，原缺。交臂，兩人把臂相交。喻親密的朋友。張學士，不詳。溘從朝露，謂忽然如同朝露一樣消散。溘，忽然。辟閭公，不詳。夜臺，指墳墓。陳熙晉《駱臨海集箋注》云：「按張學士、辟閭公，並是臨海父令博昌時所交遊者。」蒿里，本與〈薤露〉同為樂府相和曲名，相傳為齊國東部的歌謠，兩曲均為輓歌，為出殯時挽柩人所唱。後稱蒿里為人死後魂魄聚居之所。耆年宿德，指年老而德高望重者。耆，老。《禮記・曲禮上》：「六十曰耆。」松丘，指墓地。古人於墓地種松柏楸樹楊柳等為標記。❷嗚呼七句　謂感今懷舊。泉壤，謂窮泉重壤。指九泉、地下。幽明，陰陽。指地下與世上。人理危促，謂人生危難生命短促。天道，天理；上天注定的法則。司馬遷〈悲士不遇賦〉：「天道悠昧，人理促兮。」無從，無由；莫名其因。❸過隙不留十二句　謂浮生幾何，不可挽留。過隙，《莊子・知北遊》：「人生天地之間，若白駒之過郤，忽然而已。」成玄英疏：「白駒，駿馬也，亦言日也。」陸德明《釋文》：「郤，本亦作隙。隙，孔也。」此以日光馳過壁孔喻光陰飛逝。藏舟難固，語本《莊子・大宗師》。大意是說，把船藏在深溝，把山藏在水澤，這可以說是十分牢固的了。但是到了半夜，有個很有力氣的人卻把它背走了，睡熟的人並不知道呢。此喻事物變幻，生命無常。逝者，死去的人。逝，原作「遊」。浮生，即人生。《莊子・刻意》：「其生若浮，其死若休。」意謂人生在世虛浮不定，死亡如休息那樣平常。蒙莊，即莊子。因他是蒙（今河南省商丘縣）人，故有此稱。一指，《莊子・齊物論》：「天地一指也，萬物一馬也。」這是針對名家公孫龍子〈指物論〉中的「指非指」和〈白馬論〉中的「白馬非馬」而說的。意思是天下的事物都是同一概念，沒有絕對的區別，如大小、是非、生死等概念都沒有加以區別的必要。勞生，生的勞苦，見本書卷一〈螢火賦〉注。秦失，人名，老子的朋友。《莊子・養生主》：「老聃死，秦失弔之，三號而出。」失，一作「佚」。原作「天」。怛化，《莊子・大宗師》：「子來有病，喘喘然將死。其妻子環而泣之。子犁往問之，曰：『叱！避！無怛化！』」此謂不要驚動垂死之人。後稱死亡為怛化。啜，哭泣抽噎的樣子。原作「微」。

【語　譯】自己離別親朋故舊，已達十五年之久。親密的朋友或存或亡，大概活著的不到一半了。父執張學士忽然如朝露消失，辟閭公忽然掩沒於墳墓之中。父親的舊吏門人，多半魂歸蒿里；年老德劭的，也只見墳地松柳了。唉！真是生死殊途，陰陽永隔。人生危難生命短促，這是上天注定的命運，有什麼可說的呢？感今懷舊，不知什麼原因流下這麼多的涕淚。光陰飛逝，不可挽留，事物多變，不可固守。追憶逝去的人事，深覺人生虛浮，為歡幾何？哀由物生，情因事感。即使按照莊子的說法，生和死是同一個概念，沒有差別，但我首先還是感知生的勞苦；老聃死後，秦失要號哭三聲，他哪能忘情於生死呢？只有讓自己哭泣罷了，還有什麼話好說的呢？

又聞移縣就樂安故城。廨宇邑居，咸徙其地；里閈阡陌，徒有其名。荒徑三秋，蔓草滋於舊館；頹墉四望，拱木多於故人❶。嗟乎！仙鶴來歸，遼東之城郭猶是；靈烏代謝，漢南之陵谷已非❷。

【章　旨】寫世事之變遷。

【注　釋】❶又聞移縣就樂安故城九句　謂博昌之變化。移縣，指博昌縣移治原樂安郡舊城。《隋書・地理志》：「北海郡博昌，舊曰樂安。」《舊唐書・地理志》：「博昌，漢縣，治故郡城。樂安，隋縣。武德二年（六一九），屬乘州。州廢，屬青州。總章二年（六六九），移治於今所。」故城，舊郡城。城，原作「成」。廨宇，官署。邑居，城內居民。里閈阡陌，猶街巷道路。閈，里門。頹墉，傾倒的牆壁。墉，垣牆；城牆。拱木，《左傳・僖公三十二年》：「爾墓之木拱矣。」指墓地上的樹木。拱，兩手合圍。原作「棋」。❷嗟乎五句　謂對人事變遷之感喟。仙鶴來歸，即丁令威化鶴歸遼事，見本書卷二〈於紫雲觀贈道士〉注。靈烏，太陽。庾信〈象戲賦〉：「陰翻則顧兔先出，陽變則靈烏獨明。」代謝，《晉書・杜預傳》：「拜鎮南大將軍，都督荊州諸軍事。預好為後世名，常言高岸為谷，深谷為陵，刻石為二碑，紀其勳績，一沉萬山之下，一立峴山之上。曰：『焉知此後不為陵谷乎？』」陳注：「言昔吳今晉，遷謝無常。杜預都督荊州，故曰漢南。」

【語　譯】又聽說博昌縣移治於原樂安郡舊城，官署和民居，都被遷徙他方；城巷道路，徒然有其名號。三秋荒徑，蔓草長滿了舊館；四望頹牆，拱木多過於故友。唉！丁令威化鶴歸來，遼東之城郭依然猶故；昔是吳今為晉，漢南之陵谷已變得面目全非。

昔吾先君，出宰斯邑，清芬雖遠，遺愛猶存。延首城池，何心天地？雖則山河四塞，是稱無棣之墟；松柳千秋，有切惟桑之里❶。故每懷宿昔，尚想經過。于役不遑，願言徒擁❷。

【章　旨】寫緬懷先父與博昌之感情。

【注　釋】❶昔吾先君十句　謂先父之德行。先君，先父。作者尊稱已逝去的父親。先，王充《論衡・四諱》：「死亡謂之先。」出宰斯邑，謂出任博昌縣令。清芬，清純芬芳。此喻高潔的德行。陸機〈文賦〉：「詠世德之駿烈，誦先人之清芬。」遺愛，遺留後世之厚愛。指政績。《左傳・昭公二十年》：「及子產卒，仲尼聞之，出涕曰：『古之遺愛也。』」延首，伸頸。

城池，指博昌縣。何心天地，見本書卷七〈上吏部裴侍郎書〉注。四塞，《史記・蘇秦列傳》：「（蘇秦）說齊宣王曰：『齊南有泰山，東有琅邪，西有清河，北有勃海，此所謂四塞之國也。』」塞，原作「望」。無棣之墟，指博昌故城。見本卷〈上廉察使啟〉「無棣」注。墟，故城；遺址。原作「虗」。松柳，一作「松櫝」。此指賓王先君之墓樹。切，親切；貼近。惟桑之里，猶桑梓、鄉里。陳熙晉《駱臨海集箋注》：「此云松櫝千秋，知臨海之父卒於博昌，即葬其地，不復遷厝故鄉，故云有切維桑之里也。」❷故每懷宿昔四句　謂以不能回博昌為憾事。宿昔，往昔。經過，猶再次經歷舊地。于役，《詩經・王風・君子于役》：「君子于役，不知其期。」鄭箋：「君子于往行役。」于往行役，猶公務在身。不遑，沒有閒暇。願言，願望。言，助詞。

【語　譯】過去我的先父，曾出任博昌縣令，德行高潔，雖去世已久，但他留給後人的厚愛，卻仍然存在。伸頸望著舊鄉博昌，世事變遷，父未歸葬，不覺悲從中來，天道是何心腸令人悲傷如此？山河四塞，形勢險要，依然是無棣的故址；先父旅葬博昌，松柳千秋，如同親近的故里。因此每懷往昔歲月，尚想重遊舊地，使命在身，沒有空閒，探望博昌的願望不免落空。

今西成有歲，東戶無為。野老清談，怡然自得；田家濁酒，樂以忘憂。故可洽賞當年，相歡卒歲。寧復惠存舊好，追思昔遊❶？所恨跂予望之，經途密邇。佇中衢而空軫，巾下澤而莫因。風月虛心，形留神往；山川在目，室邇人遐。以此懷勞，增其歎息。情不遺書，何盡言意❷？

【章　旨】對博昌父老的思念。

【注　釋】❶今西成有歲十句　謂博昌父老惠存舊好。西成，秋季收成好。《書・堯典》：「平秩西成。」孔安國傳：「秋，西方，萬物成。」西，原作「昔」。有歲，即有年。指豐收之年。《穀梁傳・桓公三年》：「五穀皆熟為有年也。」歲，原作「戚」。東戶無為，謂農閒無事。東戶，傳說中的上古太平盛世。《淮南子・繆稱》：「昔東戶季子之世，道不拾遺，餘糧宿諸晦首，使君子小人，各得其宜也。」高誘注：「東戶季子，古之人君。」野老，田家父老。清談，閒談。怡然自得，心滿意足的樣子。洽賞當年，意謂及時行樂。惠存，承蒙父老的問候。存，問候。舊好，舊友。昔遊，往日的交遊。即舊友的意思。❷所恨跂予望之十二句　謂懷念博昌父老。跂予，踮起腳尖。《詩經・衛風・河廣》：「誰謂宋遠？跂予望之。」跂，一作「企」，意同。予、而，助詞。密邇，接近。中衢，指途中。空軫，空自傷心。巾，用作動詞，用車巾擦車。引申為停車。下澤，指下澤車，一種適宜在沼澤地行走的短轂車。莫因，沒有停車逗留的理由。風月虛心，謂風晨月夕使神志虛靜而思念父老。形留神往，謂身形在此而神往博昌。室邇人遐，謂彼此住得很近但人卻隔得很遠。指不能見面。《詩經・鄭風・東門之墠》：「其室則邇，其人則遠。」邇，近。遐，遠。

【語　譯】當今豐收年成，又值太平盛世，以德化民，無為而治。父老閒談，心滿意足；田家濁酒，樂而忘憂。因此及時行樂，相歡終年。在此情況下，竟然還承蒙博昌父老問候我這個舊友，懷念往日的交遊。遺憾的是我雖靠近博昌，只能踮腳翹望。站立中途空有痛念之情，想停車下來又沒有逗留的緣由。風晨月夕使自己神志轉向虛靜，更增對父老的思念，身形留在此地卻又神往博昌；山川歷歷在目，住得很近，卻又相隔很遠。以此懷抱憂愁，不過是增加喟歎罷了。不忘舊情，一封短信又哪能說盡千言萬語呢？

【賞　析】駱賓王是婺州義烏（今浙江義烏）人，青州博昌是他生活過的地方。據《義烏縣志・志節》記載，其父駱履元，曾官青州博昌縣令。他早年隨父北上至博昌，在博昌奉訓趨庭，嚴守家風，負笈從師，銳志書林，受到儒風的熏陶，禮義的化育，奠定他一生博學多才的基礎。後來父親死於博昌任上，旅葬其地。因此，駱賓王把博昌看作是第二故鄉。

本篇是十五年後寫給博昌父老的信。「春渚青山，載勞延想；秋天白露，幾變光陰」，主要貫穿著對博昌父老的深厚感情。文章一是寫出人事的存亡，所謂「交臂存亡，略無半在」，「泉壤殊途，幽明永隔」；一是寫出世事的變遷，所謂「荒徑三秋，蔓草滋於舊館；頹墉四望，拱木多於故人。」這兩個方面，概括出十五年的滄桑變幻，也表達出作者感今懷舊、思鄉念親的滄桑之感。

與親情書

【題　解】本文據《全唐文》卷一百九十七，分為前後兩篇。陳熙晉《駱臨海集箋注》於前篇注云：「案此書所云晚夏炎鬱，蓋調露二年（六八〇）之六月，臨海將還故里，宗族先以書存問，臨海答之云爾。」又，本文末有「賓王疾患，忽無況耳」二句，僅見於《全唐文》，其他各本俱無，特拈出備考。信中主要感謝家鄉親朋貽書。

風壤一殊，山河萬里。或平生未展，或暌索累年。存歿寂寥，吉凶阻絕。無由聚洩，每積淒涼❶。近緣之官，佐任海曲。便還故里，冀敘宗盟。徒有所懷，未畢斯願❷。不意遠勞折簡，辱逮湮淪。雖未敘言，蹔如披面。晚夏炎鬱，並想履宜❸。

【注　釋】❶風壤一殊八句　謂離愁別恨。展，伸展；舒展。暌索，離散。暌，分離。索，孤獨。累年，歷年；接連多年。存歿，存亡。歿，原作「沒」。無由聚洩，謂無從聚會，相互傾訴。❷近緣之官六句　謂冀敘宗盟。緣，因。之官，到官。海曲，海隅；海邊。此指臨海縣。便還，便道還家。宗盟，指宗族、親戚。❸不意遠勞折簡八句　謂感謝親友貽書。折簡，裁紙寫信。逮，連及。湮淪，湮沒沉淪之人。此指自己被貶臨海事。蹔，原作「暫」。披面，《魏書・宗欽傳》：「披衿蹔面，定交一言。」按披衿，即披心。謂推誠相與。蹔面，猝然相見。炎鬱，悶熱。履宜，起居和順。

【語　譯】一旦離家，風土不同，已在山河萬里之外。或平生未能伸展，或分離連續多年。存亡寂寥，吉凶隔絕。無從聚會，以發抒闊別之情。情鬱積於心，不勝淒涼之感。近因到官，佐任臨海，就便順道返歸故鄉，希望能暢敘宗親同姓之誼。我雖有此念頭，但一直未能了卻這種心願。未想到親朋貽書，又委屈親朋惠及我這個沉淪的人。雖未敘舊，但就如披心見面那樣。夏天氣候悶熱，諸親友想是起居和順。

【賞　析】這是作者貶謫臨海縣時寫的一封信。開篇即直抒胸臆：「風壤一殊，山河萬里。或平生未展，或暌索累年。存歿寂寥，吉凶阻絕。無由聚洩，每積淒涼。」以哀筆寫哀情，抑揚頓挫，富於韻味，從中可看到一個在政治上遭受迫害的士大夫的痛苦哀傷的心情。

再與親情書

【題　解】本文為後篇，寫回家後的見聞與感想。陳熙晉《駱臨海集箋注》於本文題下注云：「案此書與前篇，俱為之臨海時，與里中親舊之作。各本多合為一篇，不知前篇所云遠勞折簡數句，乃未還故里以前，親舊先已貽書，作於途次，以答親舊之辭。此篇初至鄉閭云云，係里中存問親友之作。玩其情辭，迥不相符。今從《全唐文》，釐為二篇。」

某初至鄉閭，言尋舊友。耆年者化為異物，少壯者咸為老翁。山川不改舊時，丘隴多為陳迹。感今懷古，撫存悼亡，不覺涕之無從也❶。詢問子姪，彼亦凋零。永言傷情，增以悲慟。雖死生之分，同盡此途；而存亡之情，豈能無恨❷？終期展接，以申闊懷。取此月二十日棲桐成禮，事過之後，始得可行。祇敘尚賒，傾繫何極。各願珍勗，遠無所詮❸。

【注　釋】❶某初至鄉閭九句　謂故鄉之變遷。言，語助詞。耆年，老年。化為異物，為死的委婉說法。丘隴，丘冢。撫，撫慰。❷詢問子姪八句　謂子姪凋零。永言，長言；吟詠。慟，原作「動」。❸終期展接十句　謂安葬老母。終期，猶終制。指父母去世服滿三年之喪。展接，相見；接見。展，見。闊懷，遠懷。棲桐，厝以桐棺。按，桐木做的棺材，因質地樸素，用以表示「薄葬」。陳熙晉《駱臨海集箋注》：「據〈疇昔篇〉『茹荼懷橘』之句，母當卒於儀鳳初，取此月二十日棲桐成禮。臨海殆以調露二年（六七九）七月二十日，葬其母於故山也。」祇敘尚賒，謂見面敘談還要很久。祇，敬。賒，遠。傾繫，謂傾心繫念見面的事。極，急速。詮，詳敘。

【語　譯】我初至家鄉，即尋找舊友。年老的已經逝去，少壯的成為老翁。山川不改舊日面貌，丘冢多為年久遺跡。感今懷古，撫存悼亡，不知不覺流下了涕淚。詢問子姪這一代的情況，他們中也多是凋謝零落。長歌傷情，增加悲慟。雖然死生之分，都是同途；而死亡之情，難道沒有遺憾？待我服滿三年之喪後見面，以敘遠懷。現選取本月二十日，安葬老母，厝以桐棺，以成葬禮。待事過之後，才能成行。我們見面敘談還要等待好久，但我繫念見面的心情卻非常急迫。希望各自珍重，不能詳談。

【賞　析】作者初次回到家鄉，存問親友，從舊友到子姪，到葬母，層層寫來，次序井然。「山川不改舊時，丘隴多為陳迹。感今懷古，撫存悼亡。」「雖死生之分，同盡此途；而存亡之情，豈能無恨？」作者寫出了歲月之無情，世事之滄桑，人事之劇變，並從中感受到人生的苦況和悲涼。這是與他遭受政治迫害的心情緊相聯繫的。

卷八　序　策

秋日於益州李長史宅宴序

【題解】益州，《舊唐書・地理志四》：「劍南道。成都府，隋蜀郡。武德元年（六一八）改為益州。」李長史，不詳。宴，原缺。

夫以五嶽棲真，窅眇青溪之上；六爻貞遯，寂寞滄海之濱。斯並激俗矯時，獨善之風自遠；懷材韞價，兼濟之道未弘❶。長史公玄牝凝神，虛舟應物。得喪雙遣，巢由與許史同歸；寵辱兩存，廊廟與山林齊致。乘展驥之餘暇，俯沉犀以開筵。曲浦澄漪，似對任棠之水；芳亭與洽，如歸山簡之池❷。加以秋水盈襟，寒郊滿望。洲渚肅而蒹葭變；風露凝而荷芰疏。忘懷在真俗之中，得性出形骸之外❸。雖四子講德，已頌美於中和，而五際陳詩，未形言於大雅。爰命虛謏，題其序云。弁側山頹，自有琴歌留客；操觚染翰，非無山水助人。盍各賦詩，式昭樂事云爾❹。

【注釋】❶夫以五嶽棲真八句　謂隱遁山林。五嶽，道教謂五座仙山，即東岳廣乘山，南岳長離山，西岳麗農山，北岳廣野山，中岳崑崙山。棲真，道家謂存養真性，返其本元。此指隱居。窅眇，深遠、隱晦。窅，原作「直」。青溪，水名。《水經注・沮水篇》：「沮水南逕臨沮縣西，青溪水注之，其水導源東流，以源出青山，故以青溪為名。尋源浮溪，奇為深峭。」貞遯，《易・遯卦》：「九五，嘉遯，貞吉。」孔穎達疏：「嘉，美也，得正之吉，為遯之美。」此謂及時隱遁是美事。寂寞，聯綿詞。寂靜；恬淡；閒適。激俗矯時，猶憤世嫉俗。獨善之風，指獨善其身的節操。《孟子・盡心上》：「窮則獨善其身，達則兼善天下。」此指代退隱。韞價，《論語・子罕》：「子貢曰：『有美玉於斯，韞匵而藏諸？求善賈而沽諸？』」後以「韞價」謂待價而沽，比喻懷才待用。韞，蘊藏。原作「韜」。兼濟之道，謂使天下民眾萬物皆受惠益。❷長史公玄牝凝神十二句　謂對李長史的歌頌。玄牝，道家謂孳生萬物的本源。比喻道。《老子》六章：「谷神不死，是謂玄牝。玄牝之門，是謂天地根。」虛舟應物，《莊子・山木》載：如果有兩船並行過河，有空船來相碰，即使心胸狹隘的人也不會發脾氣；假設有人在上面，這兩艘船上的人，必定張口呼喚，喊一次不聽，再喊還不聽，喊到第三次，那就要辱罵了。從前不生氣而現在生氣，是因為原來是空船，而現在有人在上面啊。人若能像無我那樣遨遊人世，那麼有誰能加害於他呢？此謂以無我對待事物。沈約〈傷王諶詩〉：「持身非詭遇，應物有虛舟。」得喪雙遣，謂得失兩除。遣，排除。巢由，指巢父與許由。皇甫謐《高士傳》：「巢父，堯時隱人。年老，以樹為巢，而寢其上，故人號為巢父。許由，字武仲，堯舜皆師之，乃致天下而讓焉。巢父聞由為堯所讓，以為汙，乃臨池水而洗其耳，池主怒曰：『何以汙我水。』由乃退而遯耕於中岳潁水之陽，箕山之下。」許史，指漢代外戚許伯、史高。許伯，為漢宣帝皇后父。史高，漢宣帝外家。見《漢書・蓋寬饒傳》。寵辱，榮寵與屈辱。廊廟，《後漢書・申屠剛傳》：「廊廟之計，既不預定。」章懷太子注：「廊，殿下屋也，廟，太廟也，國事必先謀於廊廟之所也。」此指代朝廷。山林，指代退隱。展興，猶展驥。此指公事。沉犀，指戰國秦李冰造石犀五頭，沉之於水以厭水怪，故址在今四川省犍為縣西南。見《水經注・江水一》。褚亮〈賦得蜀郡〉：「沉犀對江浦，駟馬入城闉。」澄漪，清澄的波紋。漪，水波。任棠之水，《後漢書・李陳龐陳橋列傳》：龐參，「拜參為漢陽太守。郡人任棠者，有奇節，隱居教授。參到先候之，棠不與言，但以薤一大本，水一盂，置戶屏前。自抱孫兒，伏於戶下。主簿白以為倨，參思其微意，良久曰：『水者，欲吾清也；

拔大本薙者，欲吾擊強宗也；抱兒當戶，欲吾開門恤孤也。於是歎息而還。參在職，果能抑強助弱，以惠政得民。』」芳，原作「茅」。山簡之池，指高陽池。《晉書・山簡傳》：「簡，字季倫，性溫雅。永嘉三年（三〇九），出為征南將軍，都督荊湘交廣四川諸軍事，假節，鎮襄陽。諸習氏荊土豪族，有佳園池。簡每出遊嬉，多之池上，置酒輒醉，名之曰高陽池。」

❸加以秋水盈襟六句　謂參加宴會的季候及感受。蒹葭，指蘆葦。真俗，道家謂天性與俗性。《莊子・漁父》：「真者，所以受於天也，自然不可易也。故聖人法天貴真，不拘於俗。」佛家謂因緣所生之事理曰俗，不生不滅之理性曰真；出世為真，入世為俗，即出家在家之意。此處真俗作紅塵講。形骸之外，《莊子・德充符》：「申屠嘉曰：『今子與我遊於形骸之內，而子索我於形骸之外，不亦過乎？』」此以形骸之內指人的精神，以形骸之外指人的軀體、軀殼。

❹雖四子講德十二句　謂題宴序。四子講德，指漢代王褒所虛構的四個寓言式人物。《文選》王褒〈四子講德論序〉：「褒既為益州刺史王襄作中和樂職宣布之詩，又作傳，名曰〈四子講德〉，以明其意焉。」呂延濟注：「四子，謂微斯文學、虛儀夫子、浮游先生、陳丘子也。」中和，儒家中庸之道的主要內涵。《禮記・中庸》：「喜怒哀樂之未發謂之中，發而皆中節謂之和。……致中和，天地位焉，萬物育焉。」五際，見本書卷六〈和道士閨情詩啟〉注。原作「五除」。大雅，謂高尚雅正的詩歌。爰，乃。原作「受」。虛謏，猶小才、菲才。自謙之詞。謏，原作「諛」。弁側，謂帽子歪斜。形容醉態。《詩經・小雅・賓之初筵》：「側弁之俄，屢舞傞傞。」山頹，謂玉山傾頹。南朝宋劉義慶《世說新語・容止》：「嵇叔夜之為人也，巖巖若孤松之獨立；其醉也，傀俄若玉山之將崩。」此形容人酒醉欲倒之態。操觚，執簡。謂作文。《文選》陸機〈文賦〉：「或操觚以率爾，或含毫而邈然。」李善注：「觚，木之方者，古人用之於書，猶今之簡也。」染翰，以筆蘸墨。翰，筆。無，原缺。山水助人，劉勰《文心雕龍・物色篇》：「若乃山林皐壤，實文思之奧府。……然屈平所以能洞監風騷之情者，抑亦江山之助乎？」盍，何不。式昭，顯揚。式，語助語。

【語　譯】遨遊五嶽之名山，存養真性於青溪之上；以及時退隱為美事，自甘淡泊於滄海之濱。憤世嫉俗，獨善其身之風自遠；懷材待用，兼善天下之道未弘。長史公得道凝神，能以無我對待事物。得與失兩除，山林隱士與皇親國戚同一歸向；寵與辱並存，在朝為官與在野隱居齊相一致。乘著公務之餘暇，俯臨沉犀來開宴。曲浦澄波，似對任棠之清水；芳亭融洽，如回山簡之園池。加上秋水滿襟懷，秋郊舒望眼。洲渚寒肅而蘆葦變色，風露凝聚而荷芰稀疏。在紅塵之中忘卻自我，在形骸之外得其性情。雖然四子講德，已對中和之美加以頌揚，但是五際陳詩，尚未寫成高尚雅正的詩歌。於是命我菲材，題作宴序。酒酣醉態，自有琴歌留住客人；揮筆作文，非無山水助人情懷。何不各自賦詩，來顯揚宴會的樂事呢。

【賞　析】這是為益州李長史宅宴所寫的序文。「曲浦澄漪，似對任棠之水；芳亭興洽，如歸山簡之池。」這是結合秋天的季候寫景，並用了任棠清水和山簡園池的典實，不僅顯示出宴會高雅的品位，也折射出宴會主人高雅的品格，富於浪漫氣氛。

本文還寫出「忘懷在真俗之中，得性出形骸之外」。這是參宴者突破世俗、超然物外的一種精神境界。

初秋登王司馬樓宴賦得同字并序

【題　解】寫參加王司馬的宴會。據上海古籍出版社《四庫唐人文集叢刊》之《駱丞集》，序文與詩相結合，置於詩前（見卷四）。而《駱賓王文集》卷八〈序策〉，卻將序文釐出，但又僅見標題，未見原序。茲據《駱丞集》與《駱臨海集箋注》補入。

司馬公千里騰光，翼外臺而展足；九日多暇，敞麗譙以開筵❶。于時葭散秋灰，檀移夏火。鴻飛漸陸，流斷吹以來寒；鶴鳴在陰，上中天而警露❷。於是餚開玉饌，交雜佩而薰蕳；酒泛金翹，映清罇而湛菊。雖傍臨廣派，有異漳渠之遊；而俯瞰崇墉，雅叶城隅之會。物色相召，江山助人。請振翰林，用濡筆海云爾❸。

【注　釋】❶司馬公千里騰光四句　謂司馬公之品德。騰光，謂閃射出光彩。翼，輔助。外臺，官名。後漢刺史為州郡長官，置別駕、治中，諸曹掾屬，號為外臺。麗譙，見本書卷四〈同崔駙馬曉初登樓思京〉注。❷于時葭散秋灰六句　謂宴會的季候。葭散秋灰，謂立秋節氣已到。葭灰，葭莩之灰。古人燒葦膜成灰，置於律管中，放密室內，以占氣候。當某一節氣到時，律管中的葭灰即飛出顯示。《後漢書・律曆志上》：「候氣之法，為室三重，戶閉，塗釁必周，密布緹縵。室中以木為案，每律各一，內庳外高，從其方位，加律其上，以葭莩灰抑其內端，案律而候之。氣至者灰動。」檀移夏火，指夏季已過去。相傳古代往往隨季節變換燃燒不同的木柴，以避時疫。《周禮・夏官・司爟》：「司爟，掌行火之政令，四時變國火，以救時疾。」鄭氏注：「鄭司農說以鄹子曰：『春取榆柳之火，夏取棗杏之火，季夏取桑柘之火，秋取柞楢之火，冬取槐檀之火。』」鴻飛漸陸，此指鴻雁飛翔。唐苗神客〈乙速孤府君碑銘〉：「鴻飛漸陸，振玉羽於元霄。」斷吹，《駱丞集》顏文選注：「風聲也。」鶴鳴在陰，見本書卷四〈送王明府上京參選〉注。警露，戒露。《藝文類聚・鳥部》：「《風土記》曰：『鳴鶴戒露。此鳥性警，至八月，白露降流於草上，滴滴有聲，因即高鳴相警，遷徙所宿處，慮有變害也。』」❸於是餚開玉饌十二句　謂宴會的場面。玉饌，即玉膳。指精美的食物。交雜佩，謂各色佩玉相交作響。薰蘭，薰香。蘭，蘭草之一種。金翹，黃色菊花的別稱。晉陸機〈白雲賦〉：「紅葉發而菡萏，金翹援而合葩。」清罇，酒器。廣派，大河。漳渠之遊，謂遊樂山水。《文選》應璩〈與滿公琰書一首〉：「適欲遣書，會承來命，知諸君子復有漳渠之會。夫漳渠，西有伯陽之館，北有曠野之望；高樹翳朝雲，文禽蔽綠水，沙場夷敞，清風肅穆，是京臺之樂也，得無流而不反乎？」崇墉，高的城牆。振，顯揚。翰林，指詞壇、文苑。濡，滋潤。

【語　譯】司馬公在千里外光華四溢，輔助外臺大展才能。九日閒暇，敞開高樓擺上筵席。這時值逢秋天，炎夏已經過去。鴻雁飛翔，風聲傳遠送來寒意；鶴鳴在陰，直上高空相戒警惕。於是筵開玉饌，佩玉交響而薰香滿座；酒浮金翹，映照清樽而清氣流溢。雖然傍臨大河，但勝過漳渠之遊樂；俯視高城，但雅合城隅之嘉會。景物相召，江山助人。請援筆賦詩，顯揚文苑，滋潤詞海。

【賞　析】此序與詩可以相互補充、發明。開篇即對司馬公的品德和盛情作了讚揚；次則寫初秋的時序，以「鴻飛漸陸」、「鶴鳴在陰」進行渲染、烘托；再則對宴會的場面展開描寫：「於是餚開玉饌，交雜佩而薰蘭；酒泛金翹，映清罇而湛菊。」把場面寫得很高雅，很熱鬧。從中也可看到作者的感情是明朗的。

冒雨尋菊序

【題　解】序邀朋冒雨訪菊。本文原缺，《駱賓王文集》卷八〈序策〉僅存標題。茲據《全唐文》卷一九九補入。

白帝徂秋，黃金勝友，解塵成契，冒雨相邀。問涼燠則鴻雁在天，敘交遊則芝蘭滿室。砌花舒菊，還同載酒之園；岸葉低松，直枕維舟之浦。參差遠岫，斷雲將野鶴俱飛；滴瀝空庭，竹響共雨聲相亂❶。仰折巾於書閣，行見飄麰；挹雅步於琴臺，坐聞流水。字中科斗，競落文河；筆下蛟龍，爭投學海❷。珠簾映水，風生曳鷺之濤；錦石封泥，雨濕印龜之岸。泛蘭英於戶牖，座接雞談；下木葉於中池，廚烹野雁❸。墜白花於溼柱，落葉蔕於疏藤。雖物序足悲，而人風可愛。留姓名於金谷，不謝季倫；混心迹於玉山，無慚叔夜❹。

【注　釋】❶白帝徂秋四句　謂邀朋冒雨訪菊。白帝，指秋帝。傳說春青、夏赤、中央黃、秋白、冬玄，謂之五帝。此以秋帝指代秋天。徂，至。黃金，謂一諾千金。見本書卷二〈夏日遊德州贈高四〉注。勝友，良友。解塵，謂解脫塵俗之事務。契，契己；知己。涼燠，涼熱；冷暖；寒暑。芝蘭滿室，《孔子家語》卷四〈六本〉：「孔子曰：……故曰：與善人居，如入芝蘭之室，久而不聞其香，即與之化矣。」砌，臺階。還同，恰似。載酒之園，《宋書・陶潛傳》：「嘗九月九日無酒，出宅邊菊叢中坐久，值（王）弘送酒至，即便就酌，醉而後歸。……貴賤造之者，有酒輒設。潛若先醉，便語客：『我醉欲眠，卿可去。』其真率如此。」枕，臨；靠近。維舟，謂繫船停泊。遠岫，遠山。❷仰折巾於書閣八句　謂以文會友。折巾，指林宗巾。《後漢書・郭符許列傳》載：郭太，字林宗，名重一時。一日道遇雨，頭巾沾濕，一角折疊。時人效之，特意折巾一角，稱為「林宗巾」。飄麰，用高鳳飄麥事。見本書卷六〈上吏部侍郎帝京篇啟〉注。挹，挹慕；羨慕。流水，指高山流水。為伯牙與鍾子期的故事，見本書卷二〈夏日遊德州贈高四〉注。科斗，指蝌蚪文字。古代字體之一，以其筆畫頭圓大、尾細長而得名。此指代文字。蛟龍，比喻文字。❸珠簾映水八句　謂盛情接待。曳鷺之濤，比喻波浪如飛鷺。見本書卷二〈夏日遊德州贈高四〉注。錦石，美石。印龜，用晉代孔愉印龜左顧事。見本書卷七〈上郭贊府啟〉注。蘭英，酒名。以蘭入酒，故稱。雞談，應作「談雞」。《藝文類聚・鳥部》：「《幽明錄》曰：晉兗州刺史沛國宋處宗，嘗買得一長鳴雞，愛養甚至，恆籠著窗間。雞遂作人語，與處宗談論，極有玄致，終日不輟，處宗因此玄功大進。」此以「談雞」比喻能言善辯的朋友。廚烹野雁，《莊子・山木》：「夫子出於山，舍於故人之家。故人喜，命豎子殺雁而烹之。」❹墜白花於溼桂八句　謂人風可愛。白花，指木桂之花。溼，同「濕」。蔕，亦作「蒂」。指花或瓜果與枝莖相連的部分。物序，謂時序的變遷。金谷，園館名。為晉石崇在河陽金谷澗中所築園館。劉義慶《世說新語・品藻》：「謝公云：金谷中蘇、紹最勝。紹是石崇姊夫，蘇則孫愉子也。」劉孝標注：「石崇〈金谷詩敘〉曰：『余以元康六年，從太僕卿，出為使持節監青、齊諸軍事、征虜將軍，有別廬在河南縣界金谷澗中，或高或下，有清泉茂林，眾果竹柏藥草之屬，莫不畢備。又有水碓魚池土窟，其為娛目歡心之物備矣。時征西大將軍祭酒王詡當還長安，余與眾賢共送，往澗中，晝夜遊宴，屢遷其坐，或登高臨下，或列坐水濱。時琴瑟笙筑，合載車中，道路並作。及住，令與鼓吹遞奏，遂各賦詩，以敘中懷。或不能者，罰酒三斗。感性命之不永，懼凋落之無期，故具列時人官號姓名年紀，又寫詩著後，後之好事者，其覽之哉！凡三十人，吳王師議郎關中侯始平武功蘇紹字世嗣，年五十為首。』」季倫，指石崇，字季倫。玉山，謂玉山傾頹。形容醉態。見本書卷八〈秋日於李長史宅宴序〉注。叔夜，指魏末的嵇康，字叔夜。

【語　譯】時令到了秋天，有一諾千金的良友，擺脫俗務，結成知己，冒著秋雨，相邀訪菊。若問氣候之冷暖，天空中有大雁南飛；若問交遊，如芝蘭薈萃，香滿居室。階下菊花盛開，恰似當年陶潛載酒之園；岸上松針低拂，直接靠近停船的水邊。遠山綿延，片雲帶著野鶴同飛；空庭滴瀝，竹響和著雨聲錯雜。仰慕林宗巾於書齋，行見潦水飄麥之高鳳；羨慕琴臺之蹤步，坐聞高山流水之知音。文人雅士，以文會友。文字有如蝌蚪，競相奔向文河；文筆有如蛟龍，爭相投向學海。珠簾映水，風吹波濤；美石封泥，苔濕溪岸。戶牖之下酒泛蘭香，座接晤談之友朋；池水之中落浮木葉，廚烹野雁之美味。雨溼木桂下墜白花，稀疏青藤下落葉蒂。即使秋氣足悲，但人風可愛。留姓名於金谷園中，不謝石崇之殷勤；醉情懷如玉山傾倒，無慚嵇康之高雅。

【賞　析】本文寫出秋天冒雨尋菊的情趣。

本文注重用典的貼切。「砌花舒菊，還同載酒之園」，用陶潛喝酒賞菊的典故，很切合本文的主題。菊花，在秋天開放，鬥霜傲雪，被稱為隱逸之花，而陶潛愛菊，是與他安貧樂道、崇尚自然的生活態度分不開的。在陶潛那裡，花品美與人品美是結合得很好的，是他追求人格美的體現。因此，這一典故大大提高了作者冒雨尋菊的品位。另外，金谷園這個典故，容量是很大的，它包含了「金谷宴」、「金谷酒數」、「金谷友」等多種層次，對於拓展冒雨尋菊的表現領域，起著重要作用。

晦日楚國寺宴序

【題　解】序參加楚國寺宴會。本文原缺，《駱賓王文集》卷八〈序策〉僅存標題。茲據《全唐文》卷一九九補入。晦日，農曆每月最後一天。唐代以正月晦日（三十）為晦節。楚國寺，陳熙晉《駱臨海集箋注》於題下注云：「宋敏求《長安志．唐京城二》：朱雀街東，第三街東，進昌坊西南隅，楚國寺。本隋興道士之地，大業七年廢。高祖起義并州，第五子智雲在京，為隋留守陰世師等所害。後追封為楚哀王，因此立寺，水竹幽靜，類於慈恩。」

夫天下通交，忘筌蹄者蓋寡；人間行樂，共烟霞者幾何？群賢抱古人之清風，翫新年之淑景。情均物我，緇衣將素履同歸；迹混汙隆，廊廟與江湖齊致❶。於是春生城闕，氣改川原。聞遷鶯之候時，行欣宦侶；見遊魚之貪餌，坐悟機心❷。加以慧日低輪，下禪枝而返照；法雲凝蓋，浮定水以涵光。忘懷在真俗之中，得性出形骸之外。雖交非習靜，多慚谷口之談；然醉可逃諠，自得山陽之氣。詩言志也，可不云乎❸？

【注　釋】❶夫天下通交十句　謂宴會的和諧融洽。通交，即交通。指朋友間的相互交往、往來。筌蹄，此喻功名利祿。烟霞，指代山林泉石。抱，奉戴。清風，清惠的風化。翫，觀賞。新年，指春節。淑景，美景。緇衣，僧尼的衣服。素履，《易・履卦》：「初九，素履往，無咎。」此以素履指代平民樸素無華的裝束。❷於是春生城闕六句　謂宴會時的景色。遷鶯，見本書卷四〈酬思玄上人林泉四首〉之三注。宦侶，僚友；求仕的同伴。機心，見本書卷四〈和王記室從趙王春日遊陁山寺〉注。❸加以慧日低輪十二句　謂宴會的感受。慧日，佛家指普照一切的法慧、佛慧。見本書卷二〈夏日遊德州贈高四〉注。禪枝，寺廟禪堂周圍之樹枝。法雲，比喻佛法涵蓋一切。定水，佛家有定性之論。謂定心澹然，譬如止水，乃見真性。習靜，亦作「習靖」。謂習養靜寂的心性，亦指過幽靜獨居生活。谷口，古地名。在今陝西淳化西北，秦時於置雲陽縣。西漢末年，高士鄭樸，字子真，曾隱居於此，號鄭谷口。《漢書・王貢兩龔鮑傳》：「其後谷口有鄭子真，……皆修身自保，非其服弗服，非其食弗食。成帝時，元舅大將軍王鳳，以禮聘子真，子真遂不詘而終。」諠，猶喧鬧、喧囂。山陽，漢置縣名，屬河南郡，故城在今河南省修武縣境。魏晉之際，嵇康、向秀等曾居此作竹林之遊。後因以指代高人雅士聚會之地。

【語　譯】天下交相往來，忘掉功名利祿者大概很少；人間及時行樂，同賞山林泉石者又有幾何？群賢奉戴古人清惠的風化，觀賞新年的美景。物我之情相同，僧與俗同歸；高下之跡相混，官與民齊致。於是城闕生春，川原氣象一新。聽到遷鶯候時的啼聲，欣慰宦侶之同行；看見游魚貪食的情態，頓悟機心之變詐。加上慧日低輪，下禪枝而返回光照；法雲凝蓋，浮真性而蘊含光明。在紅塵之中忘卻自我，在形骸之外得其性情。雖然交通非幽靜之地，有慚於谷口鄭子真的隱居；但是醉酒可以逃避喧囂，自得山陽竹林之遊的風氣。詩歌言志抒情，可不就是如此嗎？

【賞　析】本文序晦日楚國寺宴會。開篇即發出感慨：「夫天下通交，忘筌蹄者蓋寡；人間行樂，共烟霞者幾何？」這充分肯定了蔑視功名、笑傲煙霞的生活態度，表現出宴會者不同流俗的情懷；而「緇衣將素履同歸」、「廊廟與江湖齊致」，又反映出宴會僧俗一體、官民同樂的平等和諧氣氛。

本文還結合楚國寺這一特定的佛教環境，寫了慧日、禪枝、法雲、定水，被染上一層宗教的色彩。

餞宋三之豐城詩序

【題　解】序餞別宋三往豐城。宋三，不詳。原作「宋五」。之，往。豐城，見本書卷一〈螢火賦〉注。

黯然銷魂者，豈非生離之恨歟？帝里天津，槐衢分黑龍之水；巴陵地道，楓江連白馬之門。親友徘徊，締歡言於促膝；故人樽酒，掩離涕於交頤❶。于時晚吹吟桐，疑奏離別之曲；輕秋入麥，似驚搖落之情。白日將頹，青山行暮。想姑蘇之地，夕露沾衣；望吳會之郊，斷風飄蓋❷。嗟乎，岐路是他鄉之恨，溝水非明日之歡。玉斗臨吳，太阿之氣可識；金陵背楚，小山之路行遙。盍各賦詩，式昭離緒❸。

【注　釋】❶黯然銷魂者十句　謂餞別。黯然銷魂，謂心神沮喪，失魂落魄。江淹〈別賦〉：「黯然銷魂者，惟別而已矣。」帝里，京都；帝都。《晉書・王導傳》：「建康，古之金陵，舊為帝里，又孫仲謀、劉玄德俱言王者之宅。」天津，天漢。此指帝里之水。槐衢，槐路，見本書卷五〈久戍邊城有懷京邑〉注。黑龍之水，比喻江河之水。巴陵地道，《文選》郭璞〈江賦〉：「爰有苞山洞庭，巴陵地道。」李善注：「郭璞《山海經注》曰：『洞庭，地穴，在長沙巴陵。吳縣南太湖中有苞山，山下有洞庭穴道。潛行水底，無所不通。』」楓江，《楚辭·招魂》：「湛湛江水兮上有楓。」白馬之門，指吳閶門，見本書卷三〈久客臨海有懷〉注。締，交結。促膝，見本書卷四〈秋日別侯四〉注。掩，原作「淹」。交頤，滿腮。❷于時晚吹吟桐十句　謂餞別季節。晚吹，猶晚風。晚，原作「挽」。輕秋，謂輕微的秋風。頹，墜落。行，將。姑蘇，指江蘇省吳縣之姑蘇臺，見本書卷五〈秋晨同淄州毛司馬秋九咏〉之四注。吳會，見本書卷三〈白雲抱幽石〉注。飄蓋，飄蕩的浮雲如同車蓋。❸嗟乎九句　謂惜別。溝水，《宋書·樂志·白頭吟》：「平生共城中，何嘗斗酒會。今日斗酒間，明旦溝水頭。蹀躞御溝上，溝水東西流。」玉斗臨吳，《漢書·地理志》：「吳地，斗（北斗星）分壄（同「野」）也。今之會稽、九江、丹陽、豫章、廬江、廣陵、六安、臨淮郡，盡吳分也。」太阿之氣，謂豐城劍氣事，見本書卷一〈螢火賦〉注。小山，指淮南小山，見本書卷三〈早發淮口回望盱眙〉注。原作「小子」。

【語　譯】心神沮喪，難道不是因為離情別恨嗎？帝都江河，有槐路分開黑龍之水；巴陵地道，有楓江連接白馬之門。親友依依不捨，促膝對坐而親切交談；故人樽酒餞別，掩面哭泣而涕淚滿腮。此時晚風吟詠梧桐，似奏出離別的曲調；清氣進入麥田，似驚動落寞的情懷。夕陽將落，青山將暮。想姑蘇臺上，晚露沾濕衣裳；望吳會郊外，浮雲如車蓋飄忽。可歎啊，一分離就走向他鄉的歧路，明日就如同溝水流西東。北斗高臨吳地，豐城太阿劍氣可識；金陵背靠楚地，淮南小山之路行遙。何不各賦詩詞，以顯揚離情別緒。

【賞　析】本文以離情別緒為感情線索，貫穿其間。開篇即以「黯然銷魂者，豈非生離之恨歟」的反詰句式，提出離情別緒，接著多角度、多層次地描寫離情別緒：「親友徘徊」、「故人樽酒」，是以親故來襯墊；「于時晚吹吟桐，疑奏離別之曲；輕秋入麥，似驚搖落之情」，是以景物來渲染；「白日將頹，青山行暮」，是以時間來點染；「想姑蘇之地」、「望吳會之郊」，是以思鄉來烘托，等等。

初秋於竇六郎宅宴序

【題　解】寫參加竇六郎之宅宴。據上海古籍出版社《四庫唐人文集叢刊》之《駱丞集》，序文與詩相結合，置於詩前（見卷四）。而《駱賓王文集》卷八〈序策〉，卻將序文釐出，單獨成篇。

六郎道合采葵，嘯懸鶉而契賞；諸君情諧伐木，仰登龍以締歡❶。于時一葉驚寒，下陳柯而捲翠；百花凝照，撲虛牖以披紅❷。既而俱欣得兔之情，共掩亡羊之淚❸。物我雙致，匪石席以言蘭；心口兩齊，泯汙隆而酌桂❹。雖忘筌戴笠，興交態於靈臺；而搦管操觚，叶神心於勝氣❺。盍陳六義，請賦一言，即事凝毫，成者先唱云爾❻。

【注釋】❶六郎道合采葵四句　謂六郎友情真摯。采葵，〈古詩〉：「采葵莫傷根，傷根葵不生。結交莫羞貧，羞貧交不成。」此喻交友之誠心。嘯，嘯歌。懸鶉，即形容衣服破爛如鵪鶉之尾禿。此謂貧賤。契賞，友誼相契合。伐木，《詩經．小雅．伐木》：「伐木丁丁，鳥鳴嚶嚶，……嚶其鳴矣，求其友聲。」後以「伐木」為表達朋友間高情厚誼之典故。登龍，謂參加宴會。見本書卷四〈初秋登王司馬樓宴〉注。締歡，結歡。❷于時一葉驚寒四句　謂初秋季節。一葉驚寒，猶一葉知秋。下，落下。陳柯，老的枝幹。捲翠，謂褪盡翠綠而變黃。百花，指落花。撲，原作「淡」。❸既而俱欣得兔之情二句　謂得兔亡羊。欣，原缺。得兔之情，指忘言之交。亡羊之淚，謂徬徨歧路而流淚，見本書卷二〈夏日遊德州贈高四〉注。❹物我雙致四句　謂志同道合。匪石席，即《詩經．邶風．柏舟》：「我心匪石，不可轉也；我心匪席，不可捲也。」石，原作「名」。言蘭，謂同心同德的金蘭之交。酌桂，酌飲桂酒。❺雖忘筌戴笠四句　謂交友的志趣。忘筌。即得魚忘筌，此謂忘卻功名。戴笠，《初學記．人部》：「《風土記》曰：越俗性率樸，初與人交，有禮，封土壇，祭以犬雞，祝曰：『君雖乘車我戴笠，後日相逢下車揖。我步行，君乘馬，後日相逢君當下。』」此以「戴笠」喻貧賤。興，興起。原作「與」。交態，交友的情態。靈臺，內心。見本書卷二〈夏日遊德州贈高四〉注。搦管操觚，謂執筆作文。觚，木簡。叶，同「協」。和洽。此指協韻。神心，猶神韻。❻盍陳六義四句　謂為宴會賦詩。盍，何不。六義，即指《詩經》有風、雅、頌、賦、比、興六義。請，原作「詩」。

秋日餞尹大往京序

【題解】序餞別尹大往京。據上海古籍出版社《四庫唐人文集叢刊》之《駱丞集》，序文與詩相結合，置於詩前（見卷四）。而《駱賓王文集》卷八〈序策〉，卻將序文釐出，單獨成篇。

尹大官三冬業暢，指蘭臺而拾青；薛六郎四海情深，飛桂樽而舉白❶。于時兔華東上，龍火西流。劍彩沉波，碎楚蓮於秋水；金輝照岸，秀陶菊於寒隄❷。既切送歸之情，彌軫窮途之感。重以清江帶地，間吳會於星津；白雲在天，望長安於日路。人之情也，能不悲乎❸！雖道術相忘，叶神交於靈府；而風煙悲隔，貴申心於翰林。請振詞鋒，用開筆海，人為四韻，用慰九秋❹。

【注釋】❶尹大官三冬業暢四句　謂餞別尹大。尹大官，對尹大的尊稱。三冬，三年。指學業攻讀期。見本書卷二〈夏日遊德州贈高四〉注。業暢，謂學業通達。業，原作「懸」。指，指向；向著一定目標。蘭臺，官署名。《初學記・職官部》：「龍朔二年（六六二），改秘書省曰蘭臺，其監改名太史。初，漢御史中丞在殿中掌蘭臺秘書圖籍，唐以秘書省為蘭臺。」拾青，喻求官，見本書卷三〈宿山莊〉注。薛六郎，為餞別尹大的東道主。四海，曹植〈贈白馬王彪詩〉：「丈夫志四海，萬里猶比鄰。」桂樽，即桂花酒。舉白，乾杯；舉杯告盡。一說是罰酒。白，指罰酒之酒杯。❷于時兔華東上六句　謂餞別的季候。兔華，月亮。傳說月中有兔，故以兔指代月亮。華，原作「苑」。龍火，猶流火。火，大火。星宿名。七月之中，有西流者，為火之星，知將寒之漸。劍彩，《越絕書・外傳記寶劍》：「越王取純鈞，薛燭手振拂揚其華，捽如芙蓉始出。」楚蓮，楚國的蓮花。因越併於楚，故名。金輝，指金菊的光彩。寒隄，寒秋的堤岸。❸既切送歸之情八句　謂觸景生悲。送歸，謂送尹大歸京。軫，痛。原作「輣」。窮途，謂窮困的生活道路。清江帶地，謂江河如帶。間，隔。原作「問」。吳會，指吳都。春秋時吳國的都城，在今江蘇之蘇州。星津，此指星河、銀河。日路，見本書卷二〈夏日遊德州贈高四〉注。❹雖道術相忘八句　謂賦詩贈別。道術，《莊子‧大宗師》：「魚相忘乎江湖，人相忘乎道術。」此以「道術」指道路。即求仕之道路。忘，原作「望」。神交、靈府，見本書卷六〈上司列大常伯啟〉注。風煙，指風物、風光。申心，表達心意。翰林，見本書卷八〈初秋登王司馬樓宴賦得同字並序〉注。四韻，指八句四韻的律詩。九秋，秋天。

【語　譯】尹大官三冬攻讀，準備求取蘭臺大史的功名；薛六郎四海情深，是設宴餞別的東道主。此時月亮東升，天氣漸寒。劍彩映水，如楚地芙蓉出秋水；金輝照岸，如東籬黃菊發寒堤。這些景致，既切合送別之情，又痛增窮途之歎。加之江河帶地，從此隔斷家鄉吳會之路程；白雲行天，遙向京都長安去求仕。人有感情，值此離別之際，能不悲痛於心嗎！雖相忘於道術，但契心於忘形之交；風物相隔，貴在表情達意於文苑。請顯揚詞鋒，以開筆海，每人都賦律詩，以慰金秋。

【賞　析】本篇寫出參加東道主薛六郎為餞別尹大而作。尹大前往京都長安，是為了求仕，所謂「指蘭臺而拾青」，既是點明尹大理想的目標，也是表達作者美好的祝願。相比之下，尹大是青雲有路，而自己卻仕途蹭蹬，生活困頓。因此，面對「兔華東上」、「龍火西流」、「劍彩沉波」、「金輝照岸」的景色，不免有送歸之情，窮途之感。這雙重的感情負荷，不知有多少辛酸，多少無奈，從而為贈別詩定下一個感傷的基調。

秋日餞陸道士陳文林序

【題　解】寫餞別陸道士、陳文林兩人。據上海古籍出版社《唐人文集叢刊》之《駱丞集》，序文與詩相結合，置於詩前（見卷四）。而《駱賓王文集》卷八〈序策〉，卻將序文釐出，單獨成篇。

陸道士將游西輔，通莊指浮氣之關；陳文林言返東吳，修途走落星之浦。於是維舟錦水，藉蘭葉以開筵，絏騎金隄，泛榴花於祖道❶。于時赤熛沉節，青女司辰。霜雁啣蘆，舉賓行而候氣；寒蟬噪柳，帶涼序以含情❷。加以山接太行，聳羊腸而飛蓋；河通少海，疏馬頰以開瀾。登高切送歸之情，臨水感逝川之歎❸。既而嗟別路之難駐，惜離樽之易傾。雖漆園筌蹄，已忘然於道術；而陟陽風雨，貴抒情於詠歌。各賦一言，同為四韻。庶幾別後，用暢離憂云爾❹。

【注釋】❶陸道士將游西輔八句　謂餞別。西輔，西漢治理京畿長安的「三輔」之一，即渭城（今咸陽市）以西地區。《太平御覽》卷一六四引《三輔黃圖》：「武帝太初元年（前一〇四），改內史為京兆尹，以渭城以西屬右扶風，長安以東屬京兆尹，長陵以北屬左馮翊，以輔京師，謂之三輔。」通莊，猶康莊。浮氣之關，指函谷關。見本書卷二〈代女道士王靈妃贈道士李榮〉注。東吳，泛指古吳地，大約相當於今之江蘇、浙江的東部地區。修途，長途。錦水，秀麗的江水。藉蘭葉，《楚辭・九歌・東皇太一》：「蕙肴蒸兮蘭藉」。意謂用蕙草包裹著祭肉，用蘭草墊底。藉，墊底。蘭葉，原作「蘭若」。絏，同「紲」。拴住。榴花，《南史・夷貊傳上・扶南國》載，頓遜國有酒樹似安石榴，采其花汁停甕中，數日成酒。後以「榴花」雅稱美酒。祖道，古代為出行者祭祀路神，並飲宴送行。❷于時赤熛沉節六句　謂餞別時的季候。赤熛，南方之神，司夏。後亦以借指夏天、夏日。熛，原作「煙」。青女，霜雪之神。《淮南子・天文》：「至秋三月，……青女乃出，以降霜雪。」司晨，此指早晨。賓行，雁行。《淮南子・時則》：「季秋之月，候雁來賓。」高誘注：「雁以仲秋先至者為主，後至者為賓。」候氣，等候寒氣。帶，連同。涼序，涼秋的節序。序，原作「亭」。❸加以山接太行六句　謂餞別的地點。太行，山名。在山西高原和河北平原間。羊腸，指太行山的羊腸阪。少海，指渤海，也稱幼海。《山海經・東山經》：「南望幼海。」晉郭璞注：「即少海也。」馬頰，河名。古九河之一。《書・禹貢》：「九河既道。」孔穎達疏：「馬頰河勢，上廣下狹，狀如馬頰也。……太史、馬頰、覆釜在東光之北，成平之南。」登高切送歸之情，即孔子所謂君子登高必賦之意。見本書卷三〈北眺春陵〉「登高」注。逝川之歎，《論語．子罕》：「子在川上曰：『逝者如斯夫，不舍晝夜！』」❹既而嗟別路之難駐十句　謂惜別之情。易傾，原作「百傾」。道術，比喻達到某種目的的手段或憑藉。此指仕進的途徑。陟陽風雨，《文選》晉孫楚〈征西官屬送於陟陽候作詩〉：「晨風飄岐路，零雨被秋草。傾城遠追送，餞我千里道。」此喻依依惜別之情。陟，原作「維」。一言，一首。一作「五言」。四韻，謂律詩。暢，暢敘。

【語　譯】陸道士將遊西輔，康莊大道直指函谷關，陳文林將返東吳，長途迢迢奔往落星樓。繫舟於秀麗的江水，藉蘭葉擺開雅宴；拴馬於金色的隄岸，泛榴花祭奠路神。此時炎夏已過，霜露降臨。秋雁啣蘆，賓行飛舉而候氣；寒蟬噪柳，領有涼秋而含情。山接太行，羊腸矗立如飛蓋；河通渤海，馬頰疏開起波瀾。登高必賦，切合送別之情；臨水感歎，逝川不舍晝夜。接著嗟歎別路之難留，歎惜離樽之易盡。莊子所謂忘筌忘蹄，我們將忘掉仕進的途徑；陟陽的零雨秋風，我們將抒情於歌詠。請各賦一詩，同為四韻，庶幾離別之後，能借以暢敘離憂罷了。

【賞　析】序文為詩的詮釋，詩為序文的昇華，序與詩相互補充。本文以「浮氣之關」、「落星之浦」，分別交代陸道士和陳文林的走向；以「錦水」、「蘭葉」、「金隄」、「榴花」，描繪宴會的高雅品味；以「赤嫖」、「青女」、「霜雁」、「寒蟬」，點明送別的季節。經過這些鋪墊之後，才寫出「登高切送歸之情，臨水感逝川之歎」，「雖漆園筌蹄，已忘然於道術；而陟陽風雨，貴抒情於詠歌」。這既是抒發了依依惜別的情懷，也蘊含著人生的況味。

初春邪嶺送益府參軍序

【題　解】序送益府參軍。邪嶺，即斜谷。《太平寰宇記》：「關西道雍州武功縣，斜谷。其斜谷水出衙嶺北，至湄入渭。」益府，即益州。《舊唐書．地理志》：「劍南道成都府，隋蜀郡。武德元年（六一八），改為益州，置總管府。三年（六二〇）罷總管，置西南道行臺。九年（六二六），罷行臺，置都督府。龍朔二年（六六三）升為大都督府。」

分首三秦，送君千里。青山白日，非舊國之春秋；翠斝清樽，是他鄉之盃酒。況復圭峰南望，切登高之情；渭水北流，動臨川之歎❶。于時寒光將歇，春景未華。殘雪飄花，猶開六出。輕冰涵鏡，未解三川❷。晨風軫孫楚之情，岐路下楊朱之淚。雖載言載笑，賞風月於離前；一詠一吟，寄心期於別後。詩言志也，可不云乎❸？

【注　釋】❶分首三秦十句　謂送別。分首，離別。三秦，項羽滅秦後，分秦國關中地為雍、塞、翟三國，號稱「三秦」。此泛指長安附近的關中地區。原作「三春」。白日，原作「向日」。舊國，故都。翠斝，翠玉酒杯。盃酒，謂一杯酒。圭峰，在陝西終南山。登高、臨川，見本書卷八〈秋日餞陸道士陳文林序〉注。❷于時寒光將歇六句　謂送別季節。三川，見本書卷三〈途中有懷〉注。❸晨風軫孫楚之情八句　謂惜別。晨風，孫楚〈征西官屬送於陟陽候作詩〉：「晨風飄岐路，零雨被秋草。傾城遠追送，餞我千里道。」軫，傷痛。楊朱，見本書卷七〈答員半千書〉注。載言載笑，謂一面說一面笑。《詩經・衛風・氓》：「既見復關，載笑載言。」載，乃；於是。原作「再」。心期，期望。

【語　譯】離別三秦，送君千里。青山白日，已不是舊都的歲月；玉杯清樽，飲的是他鄉的老酒。再說圭峰南望，切合登高必賦的情趣；渭水北流，引發臨川逝水的感歎。此時此際，寒冬將盡，春景未盛。殘雪紛紛下，還開出冰花六瓣；冰皮如鏡面，未融化三川之水。晨風吹拂，傷痛孫楚的情懷；歧路徬徨，流下楊朱的涕淚。有說有笑，欣賞風月於離別之前；一詠一吟，寄予期望於離別之後。詩歌是言志抒情的，說的不就是這樣的意思嗎？

【賞 析】本文感情跌宕，搖曳多姿。「分首三秦，送君千里」，開篇寫送別，籠括全局。「青山白日，非舊國之春秋；翠罕清罇，是他鄉之盃酒」，謂作客他鄉，風物大異，是一個頓挫；「況復圭峰南望，切登高之情；渭水北流，動臨川之歎」，謂登高臨水，觸景生情，是一個頓挫；「于時寒光將歇，春景未華。殘雪飄花，猶開六出。輕冰涵鏡，未解三川」，謂春寒料峭，倍增離情，又是一個頓挫。經幾個頓挫之後，即轉向感情的高潮：「晨風軫孫楚之情，岐路下楊朱之淚。」

秋日餞麴錄事使西州序

【題 解】序餞麴錄事出使西州。麴錄事，不詳。錄事，職官名。晉公府置錄事參軍，掌總錄眾官署文簿，舉彈善惡。後代刺史領軍而開府者亦置之。省稱「錄事」。西州，《元和郡縣志》：「隴右道西州，本漢車師國之高昌壁也。貞觀十四年（六四〇），詔兵部尚書侯君集，統薛萬鈞、牛進達等總兵討之，下其二十二城，獲戶八千，列其地為西州，並置安西都護以統之。」

麴錄事務切皇華，指輪臺而鳳舉；群公等情敦素賞，臨別館而鳧分。促樽酒而邀歡，望山川而起恨❶。于時露團龍濕，雲斂雁天。落葉響而庭樹寒，殘花疏而蘭皋晚。聞秋聲之亂水，已愴分溝；對零雨之飄風，倍傷岐路。五日之趣，未淹蘭籍之娛；二星之輝，行照葱河之境❷。清飆朗月，我則相思；隴水秦川，君方嗚咽。行歌不駐，遽驚班馬之嘶；贈言可申，聊振飛魚之藻。人探一字，四韻四篇❸。

【注　釋】❶麴錄事務切皇華六句　謂餞行。皇華，指使臣，見本書卷七〈上廉察使啟〉注。輪臺，古地名。在今新疆省輪臺縣東南，見本書卷四〈西行別東臺詳正學士〉注。鳳擧，比喻奉詔出使遠方。敦，崇尚；注重。素賞，平素所賞識的朋友。別館，客館。鳧分，李陵〈贈蘇武別詩〉：「雙鳧相背飛，相遠日已長。」此喻分離。邀懽，謂尋求歡樂。懽，同「歡」。❷于時露團龍濕十二句　謂餞別之季節。團，凝聚。龍，同「壟」。田壟。斂，收斂。雁天，猶秋天。蘭皋，長有蘭草的涯岸。秋聲，指秋天自然界發出的聲響，如風聲、落葉聲、蟲鳴聲等。分溝，謂溝水分流。見本書卷八〈餞宋三之豐城詩序〉注。岐路，一作「遠道」。五日，謂五日相聚。趣，意趣；興味。淹，淹沒。蘭籍，猶蘭譜。指金蘭之交。謂友誼如蘭之芬芳流遠。籍，原作「藉」。二星，指二使星，見本書卷七〈上廉察使啟〉注。原作「二屋」。葱河，西州地名。❸清飆朗月十句　謂惜別。隴水，河名。源出隴山而得名。酈道元《水經注．渭水一》：「渭水又東與新陽崖水合，即隴水也，東北出隴山，其水西流。」秦川，古地區名。見本書卷五〈行軍軍中行路難〉注。嗚咽，悲泣聲。班馬，離群之馬。《左傳．襄公十八年》：「邢伯告中行伯曰：『有班馬之聲，齊師其遁。』」杜預注：「夜遁，馬不相見也，故鳴。班，別也。」振，發揚。飛魚之藻，曹植〈大暑賦〉：「飛魚躍渚，潛黿浮岸。」此借喻詞藻華麗。

【語　譯】麴錄事擔任使臣的任務，奉詔出使直指遠方的輪臺。群公等情重平素賞識的朋友，特地到達客館為他送行。催促樽酒而尋求歡樂，遠望山川而深感遺憾。當時霜露凝聚田壟濕透，雲霧收斂雁行飛天。落葉響時而庭樹生寒，殘花落處而蘭皋尚晚。聽到秋聲亂水，已悲溝水分流；對著雲雨飄風，倍傷岔路徬徨。五日相聚的意趣，未能淹沒金蘭之交的歡娛；二星在天之光輝，將要照耀西州葱河的境地。這邊是清風朗月，我則相思；那邊是隴水秦川，君方悲泣。行歌不停，忽驚班馬之嘶鳴；贈言可伸，發揚華麗之詞藻。每人探得一字，四韻四篇。

【賞　析】本文是餞別麴錄事奉詔出使西州之作。友誼真摯，而西州又遠僻荒涼，故惜別之情，更顯纏綿。分別前，已醞釀著「望山川而起恨」的惆悵情緒，而落葉響，庭樹寒，殘花疏，蘭皋晚的深秋氣氛，又使之觸景生情，又添惆悵，所謂「聞秋聲之亂水，已愴分溝；對零雨之飄風，倍傷岐路」。待想像到分別之後，人各一方，異域天涯，風物迥異，更是感傷不已。「清飆朗月，我則相思；隴水秦川，君方嗚咽」，出自肺腑，真切感人。

餞李八騎曹詩序

【題解】序餞李八騎曹詩。此文又見於《王子安集》，題作〈送李十五序〉，但《全唐文》卷一九九卻歸入駱作，錄此備考。李八，不詳。騎曹，官名。鄭樵《通志·職官略第五》：「騎曹參軍，左右衛各一人。魏司馬景王為大將軍，有騎兵。宋武帝為相，有騎兵參軍。隋左右衛府，有騎兵參軍。唐初因之，其後改為騎曹。」

夫人生百齡，促膝是忘言之契；丈夫四海，交頤非贈別之資。然而想山川之遽遙，送歸將遠；惜歲華之不待，行樂無時。是用輟征驂以少留，敞離亭而多暇❶。山芳襲吹，坐疑蘭室之中；水樹含春，宛似楓江之上。加以御溝新溜，近入離絃；賓館餘花，遙催別酒。既而滎波東注，灞岸高登。淥蟻傾而高宴終，金烏落而離言促❷。雖相思有贈，終結想於華滋；而素賞無睽，盍申情於麗藻。人為四韻，各賦一言❸。

【注釋】❶夫人生百齡十句　謂惜別之情。促膝，原作「從膝」。交頤，見本書卷〈餞宋三之豐城詩序〉注。資，資助；給與。遽遙，遙遠。征驂，指旅人遠行的車馬。敞，敞開。原作「敝」。❷山芳襲吹十二句　謂餞別宴會。含，原作「倉」。楓江，見本書卷八〈餞宋三之豐城詩序〉注。催，原作「摧」。滎波，《尚書·禹貢》：「滎波既豬。」孔穎達疏：「沇水入河，而溢為滎。滎是澤名，洪水之時，此澤水大動，成波浪，其時波水已成遏豬，不濫溢也。」滎，原作「榮」。灞岸，即灞陵岸。淥蟻，見本書卷四〈在兗州餞宋五之問〉注。金烏，原作「金馬」。❸雖相思有贈六句　謂賦詩贈別。贈，指贈詩。結想，凝聚思念。華滋，枝葉繁茂。〈古詩十九首〉：「庭中多奇樹，綠葉發華滋。」此指代華麗的詞藻。暌，暌違；分離。

【語　譯】人生不過百年，能促膝而談的是忘言之交；大丈夫志在四海，淚流滿腮並不是贈別的資助。然而一想到山川迢迢，送別後即將遠去；歎惜歲月不等人，行樂無時。因此，希望能停下遠行的車馬，能稍許停留，希望敞開離亭，能多留點時間。此時山花的芳香隨風吹來，幾疑自己坐在蘭室之中；水樹蔥蘢，飽含春色，宛似自己浮於楓江之上。再加上御溝流水潺潺，好像在彈奏別離的樂曲；賓館窗外的落紅，也好像在催我們斟滿杯中離別之酒。不久滎水向東流，高登灞陵岸。淥蟻酒已飲盡，別宴結束，夕陽快要落山，離言急促。雖然是相思有贈，但還是把思念凝聚在華美的詞句中；而平素賞識的朋友，如果要做到像沒有分別的那樣，就要把感情寄託於華麗的詩賦中。請各為四韻，人為一首。

【賞　析】本文從心理的角度去寫離別的情景。「然而想山川之遽遙，送歸將遠；惜歲華之不待，行樂無時。」是用輟征驂以少留，敞離亭而多暇」。這是一種期待的心理，把惜別留戀之情表現得細緻入微。「山芳襲吹，坐疑蘭室之中；水樹含春，宛似楓江之上。」把山芳、蘭室、水樹、楓江等景物，有虛有實、有明有暗地組合起來，造成宴會的特有的環境氣氛，給人以詩意般的心理感受。「加以御溝新溜，近入離絃；賓館餘花，遙催別酒」，在作者看來，景物似乎都有了思想感情，「新溜」可以與「離絃」共響，「餘花」可以與「別酒」泛紅，這是移情入景的寫法，把景物心理化了。這些心理活動，能產生親切感人的藝術效果。

揚州看競渡序

【題　解】序揚州競渡之情景。揚州，州名，今江蘇省揚州市。《舊唐書・地理志・淮南道》：「揚州大都督府，隋江都郡。武德三年（六二〇），杜伏威歸國，於潤州江寧縣置揚州，以隋江都郡為兗州。七年（六二四）改兗州為邗州。九年（六二六）省江寧縣之揚州，改邗州為揚州，置大都督。」競渡，宗懍《荊楚歲時記》：

「五月五日競渡，俗謂是屈原投汨羅日，傷其死，故並命舟楫以拯之。舸舟取其輕利，一自以為水軍，一自以為水馬，州將及士人，悉臨水而觀之。」競，原作「竟」。

夏日江干，駕言臨眺。于時桂舟始泛，蘭棹初遊❶。鼓吹沸於江山，綺羅蔽於雲日。㛹娟舞袖，向淥水以頻低；飄颺歌聲，聽清風而更遠。是以臨波笑臉，艷出浦之輕蓮；映渚娥眉，麗穿波之半月。靚妝舊飾，此日增奇；絃管相催，茲辰特妙❷。能使洛川回雪，猶賦陳思；巫嶺行雲，專稱宋玉。凡諸同好，請各賦詩❸。

【注　釋】❶夏日江干四句　謂揚州競渡。江干，江邊；江岸。干，涯岸。駕言，語本《詩經・衛風・竹竿》：「駕言出游，以寫我憂。」此謂駕舟。言，助詞。無義。臨眺，登臨遠望。桂舟，用桂木所製的船，為船的美稱。蘭棹，用蘭木所製的槳，為槳的美稱。❷鼓吹沸江山十四句　謂競渡的壯觀。鼓吹，謂播鼓和竽笙等各種樂器的演奏。沸，原作「咽」。綺羅，有花紋的絲織品。原作「耀緒」。此指代參觀競渡的人。㛹娟，聯綿詞。形容舞姿回環曲折的樣子。淥水，《淮南子・俶真》：「足蹀陽阿之舞，而手會淥水之趨。」高誘注：「淥水，舞曲。趨，投節也。」頻低，謂頻頻垂下舞袖。頻，原作「金」。臨波，面臨波濤。臨，原作「眼」。映渚，倒映在水中。渚，水中的小塊陸地。此指代江水。蛾眉，比喻美女。蛾，原作「娥」。舊飾，指往日的妝扮。增，原作「憎」。相催，相互催促。催，原作「摧」。茲辰，猶此日。❸能使洛川回雪六句　謂請同好賦詩。洛川，洛水。回雪，雪花旋轉飛舞。此形容舞姿之美妙。陳思，即曹植，他曾被封為陳思王。他寫有〈洛神賦〉，歌頌洛川神女之舞姿如同「流風回雪」。巫嶺行雲，巫山之行雲。戰國時楚國詩人宋玉，曾作〈高唐賦〉，記敘楚王夢與神女相會於高唐，神女自謂「旦為行雲，暮為行雨」。稱，稱美。

【語　譯】夏天的長江邊上，我們駕舟登臨眺望，此時桂舟蘭棹開始競渡。鼓吹的聲浪，使江山沸騰，觀賞的人多得遮蔽了雲日。在渡船上，回旋的舞袖，在舞曲節拍中頻頻低垂；飄揚的歌聲，被清風傳送得更遠更遠。

因此，美女面對波浪的笑容，美如出水的芙蓉；美女倒映水中的倩影，美如水中的月亮。靚妝舊飾，此時增加了許多奇情異彩；弦歌管樂，此時顯得特別美妙動聽。這一切如曹植〈神女賦〉寫的，能使洛水回風舞雪；如宋玉〈高唐賦〉寫的，能使巫山行雲行雨。凡是愛好的同人，請各賦詩抒情吧。

【賞析】五月龍舟競賽，為荊楚風俗。《隋書・地理志》記載：「屈原於五月望日赴汨羅。土人追至洞庭，不見，湖大船小，莫得濟者，乃歌曰：『何由得渡湖。』因爾鼓櫂爭歸，競會亭上，習以相傳，為競渡之戲。其迅檝齊馳，櫂歌亂響，喧振水陸，觀者如雲。諸郡率然，而南郡襄陽尤甚。」

唐睿宗文明元年（六八四），作者在揚州密謀起義期間，正好踫上五月五日揚州的競渡盛會。作者登臨遠望，豪情滿懷。「鼓吹沸於江山，綺羅蔽於雲日」，寫出競渡的盛大場面。「㛹娟舞袖」、「飄颻歌聲」、「臨波笑臉」、「映渚蛾眉」、「靚妝舊飾」、「絃管相催」等，寫出競渡船上美女載歌載舞的情景。這是本文的主體部分。

本文有虛有實。前面的主體部分是實寫，後面的「洛川回雪」、「巫嶺行雲」是虛寫。另外，它還融入剛與柔的風格。寫盛大、熱鬧場面，通過一「沸」一「蔽」的誇張，顯出陽剛之美；用比喻寫美女「艷出浦之輕蓮」、「麗穿波之半月」，又呈現陰柔之美。剛柔並濟，相映成趣。

秋日與群公宴序

【題解】寫秋日與群公宴會，歌頌群公的人品。

昔挂瓢隱舜，蹈箕山而不歸；解組逃齊，泛滄波而長往。咸用潛心物外，擯影丘中；豈若擬迹小山，陶心大隱。叶仲長之怡性，偶潘岳之棲閒❶。群公或道洽忘筌，契金蘭而貴舊；

或情深傾蓋，披玉葉以交新❷。于時玉女司秋，金烏返照。煙含碧篠，結虛影於鮮枝；風起青蘋，動波文於異態。庭榴剖實，擎丹彩以成珠；岸石澄瀾，泛清漪而散錦❸。既而誓敦交道，俱忘白首之情；款爾連襟，共挹青田之酒。不有雅什，何以攄情？共引文江，同開筆海❹。

【注釋】❶昔掛瓢隱舜十句　謂怡性隱居。掛瓢，指許由隱居事。見本書卷二〈夏日遊德州贈高四〉注。蹈，踏上。箕山，指許由隱居處。見本書卷七〈上廉察使啟〉注。解組，解去印綬。指辭官。原作「臨組」。逃齊，為魯仲連隱於海上事，見本書卷六〈上李少常啟〉注。泛，原作「戔」。丘中，指丘壑之中。小山，指淮南小山，見本書卷三〈早發淮口望盱眙〉注。陶心，陶冶心情。大隱，王康琚〈反招隱詩〉：「小隱隱林藪，大隱隱朝市。」仲長，指東漢仲長統。《後漢書・王充王符仲長統列傳》：「仲長統，字公理，山陽高平人也。每州郡命召，輒稱疾不就。常以為凡遊帝王者，欲以立身揚名耳，而名不常存，人生易滅，優遊偃仰，可以自娛，欲卜居清曠，以樂其志。」潘岳，見本書卷二〈夏日遊德州贈高四〉注。❷群公或道洽忘筌四句　謂群公之交誼。傾蓋，車上的傘蓋相靠對語。謂交情親密。玉葉，本書見卷二〈夏日遊德州贈高四〉「玉葉」注。❸于時玉女司秋十句　謂宴會的季候。玉女，猶青女。指霜雪之神。見本書卷八〈秋日餞陸道士陳文林序〉注。金烏，古代神話傳說太陽中有三足烏，即用以稱太陽。篠，小竹。鮮枝，司馬相如〈上林賦〉：「鮮枝黃礫。」司馬貞索隱：「或云，鮮枝亦香草。」鮮，原作「鱗」。青蘋，見本書卷二〈代女道士王靈妃贈道士李榮〉注。擎，持；取。原作「擊」。丹彩，朱紅色。應貞安〈石榴賦〉：「丹葩結秀，朱實星懸。膚拆理阻，爛若珠駢。」❹既而誓敦交道八句　謂群公宴的場面。白首，此謂友誼堅貞，至老不變。款爾，交好。連襟，謂彼此知心。青田之酒，晉崔豹《古今注・草木》：「烏孫國有青田核，莫測其樹之形，至中國者，但得其核耳。得清水則有酒味出，如醇美好酒。核大如六升瓠，空之以盛水，俄而成酒，……名曰青田酒。」後作美酒的代稱。雅什，高雅的詩篇。原作「佳叶」。攄，抒發；表達。

【語譯】從前有許由掛瓢隱居，入箕山而不歸家；魯仲連辭官逃齊，長此隱居於海上。他們都潛心於塵世之外，隱身於丘壑之中；他們都嚮往淮南小山的行徑，大隱於朝市陶冶心情。他們效法東漢仲長統，能卜居娛性；他們仿照晉朝潘安仁，能休閒適意。群公有的是志同道合不求仕進，結金蘭之契而貴在舊雨；有的是車蓋相交情深對語，重純真之誼而初識新朋。此時正值秋天，夕陽返照。暮靄含吮竹林，結虛影於香草；秋風起於水蘋，使波紋呈現異態。庭間石榴結實，如同朱紅的珠玉；石岸波瀾澄清，如同華美的緞錦。群公誓重交情，友誼至老不變；交好知己，共挹青田美酒。如果不賦高雅的詩篇，又怎麼能抒發我們的感情？讓我們共引文江，同開筆海。

【賞析】本文序秋日群公宴的全過程，從宴會的開始，寫群公舊雨新朋，聚會一堂，「道洽忘筌」、「情深傾蓋」，再寫到宴會的高潮和結束：「誓敦交道，俱忘白首之情；款爾連襟，共挹青田之酒。」

但是本文的主旨不在寫宴會本身，而在揭示出群公的精神境界，贊揚他們的人品。他們都是懷才不遇，退隱山林之士，而且是許由、魯仲連、仲長統、潘安仁一類的高人志士。他們超塵脫俗，淡泊名利，在大自然的懷抱中，或「潛心物外」，或「擯影丘中」，或「怡性」於山水，或「棲閒」於煙霞，這就顯得境界比較高尚了。在宴會上，他們飲酒賦詩，其樂融融，一掃鬱悶不平的氣氛。

對策文三道

【題解】對策，文體名。明吳訥《文章辨體序說》「制策」條：「按《說文》，策者，謀也。凡錄政化得失顯而問之，謂之對策。」按，策有三種。明徐師曾《文體明辨序說》：「一曰制策，天子稱制以問而對者也；二曰試策，有司以策試士而對者也；三曰進策，著策而上進者也。」本文即為試策。

問：岱岳遊魂，入佳城而怛化；瀛洲羽客，竦鶴轡而輕舉。雖則備於縑素，昭晰可觀；求諸耳目，虛無罕驗❶。棄杖成龍，有異虞翻之旨；銜恩結草，寧符宗岱之言❷？二者何從，爾其揚攉❸！

【章　旨】策問一道：世上有無鬼神的存在？

【注　釋】❶岱岳遊魂八句　謂無鬼神之說。岱岳遊魂，即東漢尚平事，見本書卷八〈秋日於益州李長史宅宴序〉注。佳城，墳墓。葛洪《西京雜記》卷四：「滕公（即夏侯嬰）駕至東都門，馬鳴，跼不肯前，以足跑地久之。滕公使士卒掘馬所跑之地，入三尺所，得石槨。滕公以燭照之，有銘焉。……曰：『佳城鬱鬱，三千年見白日，吁嗟滕公居此室。』滕公曰：『嗟乎，天也！吾死其即安此乎？』死遂葬焉。」怛化，《莊子・大宗師》：「俄而子來有病，喘喘然將死，其妻子環而泣之。子犂往而問之，曰：『叱！避，無怛化！』」意謂人之死亡是自然變化，不要去驚動他。後謂人死為「怛化」。怛，驚。原作「恒」。瀛洲，傳說中海上三神山之一。羽客，指神仙或方士。竦，高聳。鶴轡，猶鶴駕。漢劉向《列仙傳》：「王子喬者，周靈王太子晉也，好吹笙，作鳳凰鳴。游伊、洛間，道士浮丘公接以上嵩高山三十餘年。後求之於山上，見栢良曰：『告我家，七月七日待我於緱氏山巔。』至時，果乘白鶴駐山頭，望之不得到，舉手謝時人，數日而去。」縑素，細絹，可供書畫。此指代書冊。昭晰，見本書卷六〈上齊州張司馬啟〉注。虛無，空無。罕驗，罕有應驗。❷棄杖成龍四句　謂有鬼神之說。棄杖成龍，見本書卷二〈代女道士王靈妃贈道士李榮〉注。虞翻，《三國志・吳書・虞翻傳》：「虞翻，字仲翔，會稽餘姚人也，……翻性疏直，數有酒失。（孫）權與張昭論及神仙，翻指昭曰：『彼皆死人，而語神仙，世豈有仙人（也）！』權積怒非一，遂徙翻交州。」銜恩結草，見本書卷六〈上兗州崔長史啟〉注。宗岱，《太平廣記・鬼二》：「宗岱為青州刺史，禁淫祀，著〈無鬼論〉，甚精，無能屈者。鄰州咸化之。後有一書生，葛巾修刺詣岱，與之談甚久。岱理未屈，辭或未暢。書生輒為申之，次及〈無鬼論〉，便苦難岱。岱理欲屈，書生乃振之而起曰：『君絕我輩血食二十餘年，君有青牛髯奴，未得相困耳。今奴已叛，牛已死，今日得相制矣。』言絕，遂失書生。明日而岱亡。」原作「宗伐」。❸二者何從二句　謂二說孰為正確。揚攉，亦作「揚搉」、「揚榷」。即商推、評論。

【語　譯】問：泰山的鬼魂，進入佳城而死去；瀛洲的神仙，駕起白鶴而高飛。雖然這些情況，都已載入書冊，明白可觀；但是求索耳聞目見，卻又空無應驗。棄杖而化龍，不同於虞翻世無仙人的宗旨；結草而報恩，豈符宗岱世無鬼魂之論調？二說究竟孰是孰非，你不妨作出評論。

對：遐觀素論，眇覿玄風。惟鬼惟仙，難究難測❶。至夫滕公長往，佳城開白日之徵；洪涯不歸，曾丘控紫雲之蓋。或祟成蒼狗，自是趙王之神；道叶赤龍，爰通陸安之治。玉壘變萇弘之血，金闕化浮丘之靈。固能日覩桑田，來作西王之使；魂遊蒿里，還為北帝之臣❷。然而將聖生鄒，本忘情於語怪；多材封魯，亦默論於通仙。洎乎大義已乖，斯文將墜。於是八儒三墨之道，異軫分馳；九流百家之文，殊途竟爽。語仙則有無交戰，語鬼則虛實相紛。使結草抗軍，爰乖宗岱之論；化竹游水，有異虞翻之言❸。然而博訪古書，緬尋曩冊，徇其浮說，徒有奔競之談；求諸至言，抑匪通經之旨❹。何則？高明瞰室，已著六爻之文；太虛游形，式編三洞之籙。故齊君出獵，遇豕啼於貝丘；周嗣登仙，浮鶴軒於洛浦。況乎干寶碩德，已緝搜神之書；劉向通儒，非無列仙之傳。斯皆實錄，諒匪虛談。謹對❺。

【章旨】對答：有鬼神存在。

【注釋】❶遐觀素論四句　謂神鬼難究難測。素論，指談鬼說神的高論。眇覿，連文同義。看的意思。玄風，玄談之風尚。

❷至夫滕公長往十四句　謂有關鬼神之記載。徵，徵驗。洪崖不歸，晉葛洪《神仙傳》卷二載，衛叔卿，中山人，服雲母得仙。漢武帝曾派使者往中山尋找他。後來其子度世齋戒上華山，望見父親與數人於石上嬉戲，上有紫雲覆蔭鬱鬱，白玉為牀，有數仙童執幢節立其後。度世問父親博者為誰，叔卿曰：「洪崖先生、許由、巢父、王子晉、薛容也。」又，《太平廣記‧神

仙一》：「木公，亦云東王父，居於雲房之間，以紫雲為蓋，青雲為城。」蒼狗，青狗；天狗；古代以為不祥之物。《漢書・五行志》：「高后八年三月，祓霸上，還過軹道，見物如蒼狗，檝（拘持）高后掖，忽而不見。卜之，趙王如意為祟，遂病掖傷而崩。先是，高后鴆殺如意，支斷其母戚夫人手足，搉其眼以為人彘。」赤龍，劉向《列仙傳》卷下：「陶安公，六安鑄冶師也，數行火，火一旦散，上行，紫色衝天，安公伏冶下求哀。須臾，朱雀止冶上，曰：『安公安公，冶與天通。七月七日，迎汝以赤龍。』至期，赤龍到，大雨，而安公騎之東南上，一城邑數萬人眾，共往視之，皆與辭決去。」玉壘，山名。即玉壘山。在四川省理縣東南，多作為成都的代稱。萇弘之血，見本書卷一〈螢火賦〉注。金闕，《史記・封禪書》：「自威、宣、燕昭使人入海求蓬萊、方丈、瀛洲。此三神山者，其傳在勃海中，去人不遠；患且至，則船風引而去。蓋嘗有至者，諸仙人及不死之藥皆在焉。其物禽獸盡白，而黃金銀為宮闕。未至，望之如雲；及到，三神山反居水下。臨之，風輒引去，終莫能至云。」桑田，見本書卷二〈代女道士王靈妃贈道士李榮〉注。西王之使，神話傳說中為西王母取食傳信的神鳥。《山海經・大荒西經》：「西有王母之山，有三青鳥。」郭璞注：「皆西王母所使也。」蒿里，古挽歌名。崔豹《古今注・音樂第三》：「〈薤露〉、〈蒿里〉，並喪歌也，出田橫門人。橫自殺，門人傷之，為之悲歌，言人命如薤上之露，易晞滅也；亦謂人死，魂魄歸乎蒿里，故有二章。其一章曰：『薤上露，何易晞，露晞明朝還復滋，人死一去何時歸？』其二章曰：『蒿里誰家地，聚斂魂魄無賢愚。鬼伯一何催促，人命不得久踟躕。』至孝武時，李延年乃分二章為二曲：〈薤露〉，送王公貴人；〈蒿里〉，送士大夫庶人；使挽柩者歌之，世亦呼為挽歌也。」此以「蒿里」指死人魂魄聚居之所。蒿，原作「萬」。北帝，葛洪《枕中書》：「張衡、楊雲，為北方鬼帝。」❸然而將聖生鄒十六句　謂雜家之說紛呈。將聖，大聖。指孔子。將，大。鄒，鄒邑。《史記・孔子世家》作「陬邑」。春秋魯地，今山東曲阜東南。多材，指周公旦。《史記・魯周公世家》：「旦巧能，多材多藝，能事鬼神。」封魯，指周武王封周公旦於少昊之虛曲阜，是為魯公。通仙，眾仙。洎，原作「治」。大義，要義；要旨。乖，違背。斯文，猶文化。指禮樂教化、典章制度。八儒三墨，《韓非子・顯學》：「世之顯學，儒、墨也；儒之所至，孔丘也，墨之所至，墨翟也。自孔子之死，有子張之儒，有子思之儒，有顏氏之儒，有孟氏之儒，有漆雕氏之儒，有仲良氏之儒，有孫氏之儒，有樂正氏之儒。自墨子之死也，有相里氏之墨，有相夫氏之墨，有鄧陵氏之墨。故孔、墨之後，儒分為八，墨離為三，取舍相反不同，而皆自謂真孔、墨；孔、墨不復生，將誰使定後世之學乎？」軫，車子。競爽，謂競爭激烈。爽，激烈；威猛。紛，糾紛。指交錯雜亂。抗，抵禦；抵擋。❹然而博訪古書六句　謂雜家之說虛飾浮誇，過分渲染。古書，原作「綿書」。緬，遠。徇，依從。浮說，虛飾浮誇之說。奔競，奔走競爭。至言，極其高明的話。抑，似；如。通經，解釋經旨。❺何則十六句　謂有實錄可證鬼神的存在。高明瞰室，《文選》揚雄〈解嘲〉：「高明富貴之家，鬼神窺望其室，將害其滿盈之志矣。」六爻，《易》卦之畫曰爻，六十四卦中，每卦六畫，故稱。後指占卜。太虛，指天。天空。游形，謂神仙。式，式序：按次第、順序。三洞之籙，《隋書・經籍志》：「道經者，推其大旨，蓋亦歸於仁愛清靜。積而修習，漸致長生，自然神化。或白日登仙，與道合體。其受道之法，初受五千文籙，次受三洞籙，次受洞玄籙，次受上清籙，籙皆素書，紀諸天曹官屬佐吏之名有多少。又有諸符，錯在其間。文章詭怪，世所不識。」齊公出獵，《左傳・莊公八年》：「冬十二月，齊侯游於姑棼，遂田（田獵）於貝丘，見大豕，從者曰：『公子彭生也。』公怒曰：『彭生敢見！』射之，豕人立而啼。公懼，隊於車，傷足喪屨。反，遂弒之。」周嗣登仙，即王子喬登仙事。他原是周靈王太子晉。浮鶴軒，《水經注・洛水》：「昔王子晉好吹鳳笙，招延道士，與浮丘同游伊洛之浦。洛水又東逕零星塢，水流潛通，重源又發，側緱氏原，開山圖謂之緱氏山焉，亦云仙者升焉。言王子晉控鶴斯阜，靈王望而不得近，舉手謝而去。」干寶，字令升，新蔡（今屬河南）人，為東晉著名的史學家、文學家。因有感於死生之事，「遂撰集古今神祇靈異、人物變化，名為《搜神記》。」《晉書》有傳。劉向，字子政，沛（今江蘇省沛縣）人，為西漢著名的經學家、史學家、文學家和校讎目錄學家。相傳他著有《列仙傳》。通儒，指通曉古今、學識淵博的儒者。實錄，符合實際、信而有徵的記載。班固《漢書・司馬遷傳贊》：「然自劉向、揚雄博極群書，皆稱遷有良史之材，服其善序事理，辨而不華，質而不俚，其文直，其事核，不虛美，不隱惡，故謂之『實錄』。」

【語　譯】對答：遠求談神說鬼的高論，近看談玄論道的風氣，究竟是鬼是仙，似乎難於查究和測定。至於滕公長逝，進入佳城顯出開白日的徵驗；洪崖得道，居於層巒以鬱鬱紫雲為蓋。或是蒼狗作祟，自是趙王鬼神變化；赤龍迎載，原為陸安鑄冶通天。玉壘藏萇弘之碧血，金闕化神山之靈氣。成仙能日睹滄桑，來作西王母的青鳥；成鬼能魂遊萬里，來作北方鬼帝的使臣。然而生於鄒邑的孔聖人，本來忘情於談論神鬼；封於魯地的多材周公，對於眾仙諸神也靜默不言。自從儒家的要義有違，斯文將墜，於是雜家之說紛呈，八儒三墨如異車分道揚鑣；九流百家如殊途競爭猛烈。說仙則有與無相交戰，談鬼則虛與實相糾紛。使得結草抗軍之事，有違宗岱無鬼之論；化竹浮水之事，不同虞翻無仙之言。但是廣求古書，遠尋舊冊。依照雜家浮誇之說，缺乏競爭交鋒的論據；求之於高明之論，似不合解釋儒家經典的要旨。為什麼呢？高明富貴之家，有鬼神窺望其室，這已著錄在《易經》六爻之文中，天空有神仙遊行，已次第編入《三洞籙》裡。因此齊侯出獵貝丘，有大豕人立而啼；周嗣王子喬登仙，控鶴於伊洛之浦。再說還有東晉大儒干寶，輯有談鬼神的《搜神記》，西漢通儒劉向，非無談神仙的《列仙傳》。這些都是「實錄」，大概不是虛言。謹對。

問：士農工商，四氓各業，廢一不可，取譬五材❶。而闕里致言，鄙於學稼；漆園起論，爰稱絕機❷。豈先聖垂文，義有優劣；將隨方設教，理或變通者哉？爾其敷陳，用啟前惑❸。

【章　旨】策問二道：士農工商，廢一不可。何以孔子鄙於學稼、莊子主張絕機？

【注　釋】❶士農工商四句　謂士農工商的重要。士農工商，《漢書・食貨志》：「士農工商，四民有業。聖王量能授事，四民陳力受職。」四氓，即四民。因避太宗諱，改「民」為「氓」。取譬，打比方；尋取比喻。《詩經・大雅・抑》：「取譬不遠，昊天不忒。」五材，亦作「五才」。五種物質。《左傳・襄公二十七年》：「天生五材，民並用之，廢一不可。」杜預注：「五材，金木水火土也。」❷而闕里致言四句　謂孔子鄙於學稼，莊子不屑用機。闕里，孔子故里。此指代孔子。鄙於學稼，鄙視學種莊稼。《論語・子路》：「樊遲請學稼。子曰：『吾不如老農。』請學為圃。曰：『吾不如老圃。』樊遲出，子曰：『小人哉，樊須也！上好禮，則民莫敢不敬；上好義，則民莫敢不服；上好信，則民莫敢不用情。夫如是，則四方之民襁負其子而至矣，焉用稼？』」漆園，指莊子，因莊子曾為蒙之漆園吏。絕機，杜絕機巧變詐之心。見本書卷二〈夏日游德州贈高四〉注。原作「絕巧」。❸豈先聖垂文六句　謂對先聖之言作何解惑。先聖，指孔子、莊子。垂文，留下文章。隨方，謂順應形勢和情況的變化。設教，實施教化。變通，謂不拘常規，能隨時隨地變化通達。敷陳，鋪陳；解釋。

【語　譯】問：士農工商，四民從事的職業。譬如金木水火土那樣，廢一不可。但是孔子致言，鄙視學種莊稼；莊子始論，乃稱杜絕機心。難道孔子、莊子留下文章，是要旨有優有劣，還是為了順應情勢，實施教化，道理有所變化通達呢？你不妨解釋一下，以啟發前面的疑惑問題。

對：出震登皇，垂衣裳而馭籙；乘乾踐帝，順舒慘而字氓。莫不列九土以開疆，因四人而安業❶。故農為政本，兩漢舉力田之勤；財用聚人，九市列惟金之利。陟龍門而就日，入仕彈冠；斲蟬翼以成風，追工運斧。咸用因人成事，隨利濟時，蓋五帝通規，三王茂範❷。然則泣麟上聖，訓三千以領徒；夢蝶幽人，摶九萬以齊物。欲使丘門志學，折以問農之言；漢渚絕機，抒以灌園之巧。斯乃變通權數，趨捨適宜❸。當今海內乂安，天下樂業。仕食舊德，農服先疇。自可孫弘獻書，以待公車之制；王丹載酒，時慰田家之勞❹。謹對。

【章旨】對答：強調士農工商廢一不可的重要性。

【注釋】❶出震登皇六句　謂重視士農工商的傳統。出震，《易．說卦傳》：「帝出乎震。」孔穎達《正義》：「帝若出萬物，則在乎震。」意謂大自然的主宰使萬物出生於震，因為震卦代表萬物萌生的東方。登皇，猶登極。垂衣裳，謂定衣服之制，示天下以禮。《易．繫辭下傳》：「黃帝、堯舜垂衣裳而天下治。」後用以稱帝王的無為而治。馭籙，謂受天命而駕馭天下。籙，古稱上天賜與的符命文書。乘乾踐帝，連文同義。指登極為帝。乘乾，見本書卷六〈為齊州父老請陪封禪表〉注。踐帝，登臨帝位。舒慘，《文選》張衡〈西京賦〉：「夫人在陽時則舒，在陰時則慘，此牽乎天者也。」薛綜注：「陽為春夏，陰為秋冬。」字氓，亦作「字甿」、「字民」。謂撫治、管理老百姓。九土，九州之土。四人，即四民。因避太宗諱，改「民」為「人」。❷故農為政本十二句　謂士農工商的重要作用。農為政本，《書．洪範》：「農用八政。」孔穎達疏：「張晏、王肅皆言農，食之本也。……食為八政之首，故以農言之。」按，八政為古代國家施政的八個方面，據《書．洪範》即：「一曰食，二曰貨，三曰祀，四曰司空，五曰司徒，六曰司寇，七曰賓，八曰師。」力田之勤，謂勤於農事。《漢書．惠帝紀》：

「四年春正月，舉民孝弟力田者復其其身。」《後漢書・孝明帝紀》：「詔曰：『朕承大運，繼禮守文，其賜天下男子爵，人二級；三老孝弟力田，人三級。』」財曰聚人，《易・繫辭下傳》：「何以守位曰仁，何以聚人曰財。」韓康伯注：「財，所以資物生也。」九市，《文選》班固〈西都賦〉：「九市開場，貨列隧分。」李善注：「《漢宮闕疏》曰：『長安列九市，其六市在道西，三市在道東。』」惟金之利，《書・禹貢》：「惟金三品。」孔安國傳：「金銀銅也。」陟，登。龍門，見本書卷四〈初秋登王司棲宴〉注。就日，見本書卷二〈夏日游德州贈高四〉注。彈冠，見本書卷三〈秋日山行簡梁大官〉注。斲蟬翼，見本書卷二〈夏日遊德州贈高四〉注。咸，原作「成」。因人成事，見本書卷一〈螢火賦〉注。五帝，指少昊、顓頊、高辛、唐堯、虞舜。三王，指夏禹、商湯、周文王、武王。茂範，美好的典範。❸然則泣麟上聖十句　謂先聖之言是變通權數。泣麟，《公羊傳・哀公十四年》：「十有四年，春，西狩獲麟。……麟者，仁獸也。有王者則至，無王者則不至。有以告者，曰：『有麕而角者。』孔子曰：『孰為來哉！孰為來哉！』反袂拭面，涕沾袍。」後以「泣麟」為哀歎世道衰落之典。上聖，指孔子。三千，《史記・孔子世家》：「孔子以詩書禮樂教弟子，蓋三千焉。」夢蝶，即蝴蝶夢，見本書卷四〈酬思玄上人林泉四首〉之二注。幽人，指神人。摶九萬，即《莊子・逍遙遊》寫鯤鵬「摶扶搖而上者九萬里」。齊物，即《莊子・齊物論》提出的哲學思想，認為宇宙間一切事物，如生死壽夭、是非得失、物我有無都應等同看待。折，責難。漢渚絕機，見本書卷二〈夏日遊德州贈高四〉注。抒，解除。權數，指權術。原作「權教」。趨捨，取捨。❹當今海內乂安八句　謂當今安居樂業。乂，治。原作「人」。食，原作「植」。舊德，謂先人的德澤。服，從事；致力。先疇，謂先人的田畝。《文選》班固〈西都賦〉：「士食舊德之名氏，農服先疇之畎畝。」孫弘獻書，《文選》任昉〈為范始興作求立太宰碑表〉李善注：「劉歆《七略》曰：孝武皇帝敕丞相公孫弘，廣開獻書之路。百年之間，書積如山。」公車，即公車司馬令。漢官名。掌管司馬門和宮中的警衛事宜。顏師古注引《漢官儀》：「公車司馬掌殿司馬門，夜徼宮中，天下上事，及四方貢獻闕下，凡所徵召，皆總領之。」王丹載酒，《後漢書・宣張二王杜郭吳承鄭趙列傳》：「王丹，字仲回，京兆下邽人也。王莽時，連徵不至。家累千金，隱居養志，好施周急。每歲農時，輒載酒肴於田間，候勤者而勞之。其墮孏者，恥不致丹，皆兼功自厲，邑聚相率以致殷富。」

【語　譯】問：萬物萌生於春天，天皇登基，制定衣裳而駕馭天下；帝王登極，順應天時而治理百姓。無不分封九州土地而開拓疆域，憑藉士農工商而安居樂業。因此，農為政本，兩漢推行力耕，勤於農事；商賈財用可以聚民，九市陳列金銀之利；士人一登龍門即入宮為官，彼此彈冠相慶；工匠施展斫蟬翼的技巧，運斧成風。這一切足以證明，依靠士農工商才能辦成事業，有了他們所奉獻的利益才能濟人救世。這就是五帝的通規，也是三王的典範。然則上聖孔子泣麟，以禮樂教化教育三千弟子；幽人莊子夢蝶，搏風九萬而等同看待一切事物。樊遲孔門志學，受到問農學稼的責難；漢渚文人絕機，解除灌園機詐之心。由此看來，孔子鄙於學稼，莊子主張絕機，不過是變通權術，取捨適宜。當今海內安寧，天下樂業。仕人享用先人的德澤，農人從事先人的田疇。如公孫弘獻書，以待公車司馬之制；如王丹載酒，農時慰問農家之勤勞。謹對。

問：四十強仕，七十懸車。著在格言，存諸甲令❶。然則顏駟韞價，殆乎白首；和尊播美，始自齠年❷。欲使滋泉之彥必臻，洛陽之才無捨，則隄防或爽，襟帶徒施❸。其道如何？佇聞嘉答❹。

【章旨】策問三道：四十強仕，七十懸車，何以有白首才出仕、齠年則從政之情況？

【注釋】❶四十強仕四句　謂四十強仕七十懸車的傳統。四十強仕，《禮記‧曲禮上》：「人生十年曰幼學，二十曰弱冠，三十曰壯，有室。四十曰強，而仕。五十曰艾，服官政。六十曰耆，指使。七十曰老，而傳。八十、九十曰耄。百年曰期頤。」懸車，指致仕。古人一般七十歲辭官家居，廢車不用，故云。《禮記‧曲禮上》：「大夫七十而致仕。」格言，指經籍有教育意義可為準則的語言。甲令，朝廷頒發的重要法令。《易‧蠱卦》：「先甲三日，後甲三日。」王弼注：「甲者，創制之令也。」❷然則顏駟韞價四句　謂何以有白首出仕、齠年為官之情況。顏駟，漢文帝時為郎。武帝輦過郎署，見駟龐眉皓髮，問何其老也。對曰：「文帝好文而臣好武；景帝好美而臣貌醜；陛下好少而臣已老，是以三世不遇，老于郎署。」帝感其言，擢拜會稽都尉。韞價，《論語‧子罕》：「有美玉於斯，韞匵而藏諸？求善賈而沽諸？」後以「韞價」謂韞櫝而藏、待價而沽。比喻懷才待用。殆乎，接近。乎，原作「子」。和尊，人的姓名，生平事跡不詳。播，傳揚。齠年，指童年。齠，同「髫」。兒童的頭髮。❸欲使滋泉之彥必臻四句　謂人才的重大作用。滋泉之彥，指太公望呂尚。《呂氏春秋・八覽・謹聽篇》：「太公釣於滋泉，遭紂之世也，故文王得之而王。」臻，到達。洛陽之才，指漢代賈誼。捨，離開。隄防，防水的堤壩。爽，喪失。襟帶，如襟似帶。比喻地理形勢險要。❹其道如何二句　謂是何道理。佇，肅立恭聽。

【語　譯】問：人生四十歲強而出仕，七十歲辭官家居。這種情況是記載於經籍格言裡，保存於朝廷的政令中。但是顏駟拜會稽都尉，已經是白髮蒼蒼；和尊傳揚從政的美名，是從童年開始。如果要使呂尚那樣的彥才前來投奔，要使賈誼那樣的人才不會離去，那麼其結果將會讓堅固的隄防喪失它的功能，險要的地理形勢也將起不到什麼作用了。這道理在哪裡呢？恭聽你的回答。

對：竊聞大人有作，義佇良材；真士徇名，理資明主。是知君必待士，士必待君。故使飛龍在天，荀勗代良平之佐；巨魚縱壑，元后得唐虞之臣❶。然則否泰或爽，材運難并。歲漸懸車，尚牧淄源之冢，年甫志學，且珥漢庭之貂。是知因藉時來，和君播玄髫之俊；當其未遇，顏生致白首之勤。語其古今，稽之運會；雖則人事，抑亦天時❷。當今乘六御天，得一居帝。翹車獵彥，束帛旌賢。故叢桂幽人，罷韜真於文豹；青蓮江使，自裂兆於非熊。豈止洛陽之才，來儀漢國，滋泉之叟，降止周朝而已哉❸！某談謝二龍，識迷三冢。徒以鑽木輕焰，仰昇扶而曜暉；化草餘光，對含桂而炫彩。迴遑如失，俯仰多慚❹。謹對。

【章　旨】說明白首出仕、髫年從政雖屬人事，而且取決於時運。

【注　釋】❶竊聞大人有作十句　謂君與士相互依恃。大人，指賢君。有作，猶在位。佇，積聚。真士，指有操守、才能的人。徇，追求。資，助。原作「賫」。待，依恃；依靠。飛龍在天，出於《易・乾卦》。此喻賢君飛騰而居天位。荀勗，潁川潁陰人。十餘歲，能屬文。入晉後曾多次獻策輔佐晉武帝，封濟北郡公，拜中書監，進光祿大夫，掌樂事，修律呂，正雅樂，領秘書監。《晉書》有傳。良平之佐，指漢代的張良、陳平二人，為劉邦的謀臣。佐，原作「禜」。巨魚縱壑，縱游於川壑中的大魚。《文選》王子淵〈聖主得賢臣頌〉：「君人者，勤於求賢而逸於得人；人臣亦然。……故世必有聖智之君，而後有賢明之臣。……《易》曰：『飛龍在天，利見大人。』《詩》曰：『思皇多士，生此王國。』故世平主聖，俊乂將自至。若堯舜禹湯文武之君，獲稷、契、皋陶、伊尹、呂望之臣，明明在朝，穆穆布列，聚精會神，相得益彰。……故聖主必待賢臣而弘功業，俊士亦俟明主以顯其德。上下俱欲，懽然交欣，千載一會，論說無疑。翼乎如鴻毛遇順風，沛乎若巨魚縱大壑。」元后，指天子。臣，原作「后」。❷然則否泰或爽十四句　謂君臣際會當取決於時運。否泰，《易經》中的兩個卦名，天地交，萬物通謂之「泰」，不交閉塞謂之「否」。後常用以指世事的盛衰、命運的順逆。材運，才能與命運。并，合併；聚合。牧淄源之家，《史記・平津侯主父列傳》載：丞相公孫弘者，齊菑川國薛縣人也。字季，少時為薛獄吏，有罪免。家貧，牧豕海上。年四十餘，乃學《春秋》雜說。建元元年，弘年六十，徵以賢良為博士，使匈奴。元光五年，有詔徵文學，弘至太常，太常令所徵儒士各對策，百餘人，弘策居下，策奏，天子擢弘對為第一，拜為博士，卒以弘為丞相，封平津侯。珥漢庭之貂，留侯子張辟彊為侍中，年十五。見《漢書・外戚傳》。按，漢之侍中、中常侍，加黃金璫，附蟬為文，貂尾飾之。藉，憑藉。原作「籍」。齠，原作「貂」。稽，查考。運會，時運際會。❸當今乘六御天十二句　謂當今賢君求賢若渴。乘六御天，《易・乾卦》：「彖曰：時乘六龍以御天。」王弼注：「處則乘潛龍，出則乘飛龍，故曰時乘六龍也。」此喻賢君在位。得一居帝，《老子》三十九章：「昔之得一者，天得一以清，地得一以寧，神得一以靈，谷得一以盈，萬物得一以生，侯王得一以為天下貞。其致之一也。」《淮南子・詮言》：「一也者，萬物之本也，無敵之道也。」翹車，《左傳・莊公二十二年》引逸詩：「翹翹車乘，招我以弓。」後因謂禮聘賢士的車子為「翹車」。獵彥，搜求特出的人才。束帛，古代用為聘問、饋贈的禮物。《周禮・春官・大宗伯》：「孤執皮帛。」賈公彥疏：「束者十端，每端丈八尺，皆兩端合卷，總為五匹，故云束帛也。」旌賢，即旌招。謂以旌招賢士。《孟子・萬章下》：「敢問招虞人何以？」曰：「以皮冠，庶人以旃（用紅綢子製的旗子），士以旂（有鈴子的旗），大夫以旌（有羽毛的旗）。」叢桂，劉安〈招隱士〉：「桂樹叢生兮山之幽。」此喻隱居之地。原作「當杜」。幽人，隱士。韜真，指隱居。文豹，指豹子，因毛皮有斑紋。見本書卷二〈夏日遊德州贈高四〉注。青蓮江使，見本書卷七〈上廉察使啟〉注。裂兆，謂顯示徵兆。兆，占卜時灼龜甲所見之裂紋。非熊，《史記・齊太公世家》：「太公望呂尚者，東海上人。西伯將出獵，卜之，曰：『所獲非龍非彲，非虎非羆，所獲霸王之輔。』於是周西伯獵，果遇太公於渭之陽，載與俱歸，立為師。」叟，原缺。降止，猶光臨。❹某談謝二龍八句　謂自己求仕之心情。謝，慚愧；不安。二龍，指東漢許劭、許虔兄弟。見本書卷五〈傷祝阿王明府〉注。識迷三家，《呂氏春秋．六論察傳篇》：「子夏之晉，過衛，有讀《史記》者，曰：『晉師三家涉河。』子夏曰：『非也，是己亥也。夫己與三相近，豕與亥相似。』至於晉而問之，則曰：『晉師己亥涉河也。』」鑽木，見本書卷一〈螢火賦〉注。昇扶，《文選》陸機〈日出東南隅行〉：「扶桑升朝暉，照此高臺端。」李善注：「《山海經》曰：『湯谷上有扶木。扶木者，扶桑也，十日所浴。』」化草餘光，指螢火，因螢為腐草所化。含桂，指月中桂。迴遑，猶徬徨。失，原作「矢」。俯仰，形容沉思默想。

【語　譯】對答：我聽說賢君在位，義在積聚良材；真士求名，理在資助明主。因此得知賢君必依恃真士輔佐，真士必依恃賢君任用。故使賢君飛騰而居天位，荀勗代張良、陳平之輔佐；巨魚騰躍於川壑之間，天子獲唐堯虞舜之賢臣。但是命運之順逆時有差錯，才能與時運難於合併。時運不好，公孫弘直到晚年尚牧豕於淄源；時運亨通，張辟彊年剛十五就插戴侍中之貂璫。憑藉時來運轉，和尊傳揚齠年從政之美名；未遇時來運轉，顏駟獲得白首為郎之勤苦。談論古往今來，考查時運際會，雖是有關於人事，抑且取決於天時。當今賢君在位，得道為帝。翹車禮聘，搜求人才。束帛聘問，旌招賢士。所以桂樹叢中的隱士，不再像文豹為養成斑紋而隱匿形跡；青蓮中的神龜，自當裂紋卜示獲霸王之佐的徵兆。豈止是洛陽之才來儀漢庭，滋泉之叟光臨周朝呢！我談論有愧於二龍，學識迷惑於三家。空以鑽木輕焰，仰慕扶桑之十日；化草螢火，仰慕月宮之耀彩。徬徨若失，沉思多慚。謹啟。

【賞　析】本文為駢體文。陳熙晉《駱臨海集箋注》云：「唐初，對策用儷體，約三百言內外。當時皆如此類。……張東之〈賢良方正策〉，其二道策文，尚沿此體。張說〈試洛州進士策問四道〉，兵部〈試將門子弟策問三道〉，兵部〈試沈謀秘算舉人策問三道〉，均與此策問相仿。」

《舊唐書．職官志》：「有唐以來，出身入仕者，著令有秀才、明經、進士、明法、書算。」又，《新唐書・選舉志》：「凡明經，先帖文，然後口試，經問大義十條，答時務策三道，亦為四等。」此指明經科考試的時務策。詩人在高宗封禪之後上長安，參加明經科考試，對策入選，拜奉禮郎，任東臺詳正學士。

本文有三道策問。第一道是問有無鬼神的存在？第二道是問士農工商，廢一不可，何以孔子鄙於學稼、莊子主張絕機？第三道是問四十強仕，七十懸車，何以有白首出仕、齠年從政的情況？這三道策問或關於哲學命題的，或關於國計民生的，或關於仕途經濟的，都是當世的大事。作者的對答，有辯證因素，既言之成理，又持之有故，既折中，又公允，能變通地、靈活地把道理說得很圓融，很透闢，而不是片面化、絕對化，因此能產生令人信服的效應。

卷九 雜著

帝京篇

【題解】詩題一作〈上吏部侍郎帝京篇〉。詩前有〈上吏部侍郎帝京篇啟〉，見本書卷六〈表啟〉。據《文苑英華》，在「柏梁高宴今何在」與「莫矜一旦擅繁華」之間有如下四句：「春來春去苦自馳，爭名爭利徒爾為。久留郎署終難遇，空掃相門誰見知」。其他各本均無此四句，茲特補入，以備查考。

山河千里國，城闕九重門。不覩皇居壯，安知天子尊❶。皇居帝里崤、函谷，鶉野龍山侯、甸服。五緯連影集星躔，八水分流橫地軸。秦塞重關一百二，漢家離宮三十六。桂殿陰岑對玉樓，椒房窈窕連金屋。三條九陌麗城隈，萬戶千門平旦開。複道斜通鳷鵲觀，交衢直指鳳凰臺❷。

【章旨】描寫帝京的雄偉，壯麗的形勢。

【注　釋】❶山河千里國四句　謂帝都的風貌。山河，指帝都被山帶河。《史記・劉敬叔孫通列傳》：「且夫秦地（在今陝西境）被山帶河，四塞以為固。」千里國，指京畿，即長安四周方千里之地。《史記・留侯世家》：「留侯曰：『夫關中，左崤、函，右隴、蜀，沃野千里，南有巴蜀之饒，北有胡苑之利，阻三面而守，獨以一面東制諸侯。……此所謂金城千里，天府之國也。』」城闕，皇宮門兩邊的望樓。此指代皇宮。九重門，宋玉〈九辯〉：「君之門以九重。」鄭康成〈月令注〉稱：「天子九門者，路門也，應門也，雉門也，庫門也，皋門也，城門也，近郊門也，遠郊門也，關門也。」皇居，皇帝所居之地，即帝都。唐太宗〈帝京篇〉：「秦川雄帝宅，函谷壯皇居。」尊，尊貴。❷皇居帝里崤函谷十二句　謂帝京的繁華氣派。崤函谷，指以崤山、函谷關為屏障。崤山，又稱嶔崟山，在今河南省洛寧縣西北。函谷關，在今河南省靈寶縣西南，號稱「天險」。鶉野，鶉首的分野，指秦地。鶉首為二十八宿中南方七宿的井、鬼二宿。《漢書・地理志》：「秦地，於天官，東井輿鬼之分野也。自井十度至柳三度，謂之鶉首之次，秦之分也。」龍山，即龍首山，在今陝西省西安市北龍首村一帶，漢蕭何築未央宮於此。《藝文類聚》卷九六引《三秦記》曰：「龍首山長六十里，頭入渭水，尾達樊川，頭高二十丈，尾漸下，高五六丈。云昔有黑龍自南山出，飲渭水，行其道成山，因以為名。」侯甸服，泛指京郊地區。《周禮・夏官・職方氏》：「方千里曰王畿，其外方五百里曰侯服，又其外方五百里曰甸服。」五緯，即五星，金、木、水、火、土五星。集星躔，謂五星會聚於京畿的上空。《文選》張衡〈西京賦〉：「自我高祖之始入也，五緯相叶，以旅於東井。」李善注：「五緯，五星也。漢元年十月，五星聚於東井。」東井，星名，其分野在秦。星躔，泛指星宿。躔，日月星辰運行的度數。八水，即八川，見本書卷七〈上瑕丘韋明府啟〉注。地軸，古代傳說謂大地有軸。見本書卷二〈夏日遊德州贈高四〉注。秦塞重關，指秦地的山河關隘。《史記・蘇秦列傳》：「秦，四塞之國。」張守節《正義》：「東有黃河，有函谷、蒲津、龍門、合河等關。南有南山及武關、嶢關。西有大隴山及隴山關、大震、烏蘭等關。北有黃河南塞。」一百二，語本《漢書・高帝紀》：「田肯賀上曰：『秦，形勝之國也。帶河阻山，懸隔千里，持戟百萬，秦得百二焉。』」此謂秦憑藉險要地形，可以二抵百。離宮，即行宮，古代天子出巡時所住之宮。三十六，形容數字多。語本班固〈西都賦〉：「離宮別館，三十六所。」桂殿，即漢武帝所建之桂宮，在未央宮北，周圍四十餘里，中有光明殿。陰岑，謂桂宮建在北面的土山上。陰，北。岑，山。玉樓，即玉堂。《三輔黃圖》：「《漢書》曰：『建章宮南有玉堂，壁門三層，臺高三十丈，玉堂內殿十二門階，階皆玉為之。』」椒房，古代后妃居住的宮室。《三輔黃圖》：「椒房殿，在未央宮，以椒和泥塗壁，溫暖而芬芳。」窈窕，聯綿詞，深遠的樣子。金屋，指後宮。《漢武故事》：傳說漢武帝幼時曾對其姑母說：「若得阿嬌，當作金屋貯之。」後即稱后妃所居之室。三條九陌，泛稱長安街道之多。麗城隈，遍布城中的意思。麗，附麗。隈，角落。平旦，早晨。平，原作「年」。複道，即閣道，宮苑中連結樓閣與樓閣之間的空中通道。鳷鵲觀，在甘泉苑中，為漢武帝所建。交衢，縱橫交錯的街道。鳳凰臺，見本書卷一〈蕩子從軍賦〉注。

【語　譯】被山帶河千里國，城郭宮闕九重門。不是親眼見到帝京的壯麗，又怎麼知道貴為天子之尊。皇居帝里，有崤山、函谷為護衛；秦地龍山，有侯服、甸服之廣闊。有五星照耀上空，有八水流向地軸。秦塞重關一百二，漢家離宮三十六。輝煌的桂殿對著玉堂，深遠的椒房連著金屋。三條九陌遍布城中，千門萬戶及早洞開。複道凌空通向鳷鵲觀，大道通暢直指鳳凰臺。

劍履南宮入，簪纓北闕來。聲明冠寰宇，文物象昭回❶。鉤陳肅蘭戺，璧沼浮槐市。銅羽應風回，金莖承露起。校文天祿閣，習戰昆明水❷。朱邸抗平臺，黃扉通戚里。平臺戚里帶崇墉，酌金饌玉待鳴鐘。小堂綺帳三千戶，大道青樓十二重。寶蓋雕鞍金絡馬，蘭窗繡柱玉盤龍❸。

【章　旨】描寫帝京的繁榮昌盛的氣象。

【注　釋】❶劍履南宮入四句　謂帝京的聲名文物。劍履，即上朝時不脫履不去劍，為皇帝賜給親信大臣的殊榮。《漢書・蕭何傳》：「賜帶劍履上殿，入朝不趨。」此指代大臣。簪纓，古代官僚的冠飾。此指代大臣。聲明，即聲譽，好名聲。寰宇，天下。文物，古代禮樂典章制度的統稱。《左傳・桓公二年》：「文物以紀之，聲明以發之。」昭回，謂日月星辰照耀回轉之光。語本《詩經・大雅・雲漢》：「倬彼雲漢，昭回于天。」朱熹《集傳》：「雲漢，天河也。昭，光。回，轉也。言其光隨天而轉也。」❷鉤陳肅蘭戺六句　謂帝京的文治武功。鉤陳，星名。《後漢書・班彪列傳》引錄〈西都賦〉：「周以鉤陳之位。」李賢注引《前（漢）書音義》曰：「鉤陳，紫宮外星也。宮衛之位亦象之。」此指按照鉤陳星位所建立的宮衛。肅，肅穆。蘭戺，蘭砌。戺，階旁所砌之斜石。張衡〈西京賦〉：「金戺玉階，彤庭輝輝。」璧沼，指辟雍，學宮前半圓形的水池，又稱泮池。此指代學宮。浮，興盛。槐市，即漢代長安市場之一，見本書卷六〈上齊州張司馬啟〉注。銅羽，銅製的鳥形風標。漢代長安宮南有靈臺，高十五仞，上有渾儀，為張衡所製，有向風銅烏，遇風乃動。金莖，指承露盤之銅柱。漢武帝時作承露盤，高二十丈，大七圍，以銅為之，上有仙人掌，以承露水，武帝以露水和玉屑飲之，乞求長生。校文，指校書。天祿閣，漢宮殿名，為收藏典籍和校書之處。此指代文治。昆明水，漢武帝仿雲南昆明滇池所建，在長安西南，用以習水戰。此指代武功。❸朱邸抗平臺八句　謂帝京的豪華宅第。朱邸，即朱門，門塗紅色，為王侯的宅第。一說為古代諸侯朝見天子時所住的館舍。抗，匹敵。平臺，漢諸侯王梁孝王的離宮，在今河南省商丘縣東北。黃扉，即黃闥，禁門。扉，原作「扇」。戚里，皇帝姻戚聚居之地。帶，連接。崇墉，高牆。墉，城牆。此指宦官之家的宅牆。酌金饌玉，謂食物的精美貴重。鳴鐘，古代貴族之家每食必列鼎鳴鐘。小堂，小殿堂。縞帳，白絹做的帳帷。戶，原作「萬」。青樓，此指貴族之家。寶蓋，以珠寶裝飾的車蓋。雕鞍，雕有花紋的馬鞍。金絡，用黃金裝飾的馬籠頭。蘭窗，雕有蘭花圖案的窗戶。玉盤龍，謂柱子上用玉石雕成盤繞的龍。

【語譯】大臣帶劍履從南宮進入，官宦冠簪纓從北闕進來。美名佔天下之首位，文物如日月之昭回。鉤陳宮衛，使蘭砌肅穆；學宮泮池，使槐市興盛。銅烏隨風轉動，銅柱承露立起。朱門可比匹平臺，黃門直通向戚里。平臺戚里連接高牆，酌金饌玉列鼎鳴鐘。小堂裡面有白色絹帳三千戶，大道旁邊有貴族樓房十二重。寶蓋雕鞍配上金籠頭，蘭窗繡柱飾有玉盤龍。

繡柱璇題粉壁映，鏘金鳴玉王侯盛。王侯貴人多近臣，朝遊北里暮南鄰。陸賈分金將讌喜，陳遵投轄正留賓。趙、李經過密，蕭、朱交結親❶。丹鳳朱城白日暮，青牛紺幰紅塵度。俠客珠彈垂楊道，倡婦銀鉤采桑路。倡家桃李自芳菲，京華遊俠盛輕肥。延年女弟雙飛入，羅敷使君千騎歸。同心結縷帶，連理織成衣。春朝桂樽樽百味，秋夜蘭燈燈九微。翠幌珠簾不獨映，清歌寶瑟自相依。且論三萬六千是，寧知四十九年非。❷

【章　旨】揭露帝京王侯貴戚的奢靡生活。

【注　釋】❶繡柱璇題粉壁映八句　謂王侯貴戚的驕奢。璇題，用美玉裝飾的椽頭。璇，美玉。原作「旋」。題，頭，此指榱椽之頭。粉壁，用胡椒塗的牆壁。原作「彩壁」。鏘金鳴玉，古代達官貴人以金和玉作佩飾，走動時發出鏗鏘的響聲。《禮·玉藻》：「古之君子必佩玉。……進則揖之，退則揚之，然後玉鏘鳴也。」近臣，皇帝身邊的親近大臣。北里，即長安之平康里，在城之北門，為妓院所在。南鄰，遊樂場所。陸賈，楚人，有辯才。漢高祖時，曾出使南越，招諭尉佗向漢稱臣，任太中大夫。他曾將千金分給五子，每人二百金，使治產業。自己常乘車帶鼓瑟侍從輪流過諸子家，由諸子供酒食。見《漢書·陸賈傳》。讌喜，飲宴嬉遊。陳遵，字孟公，漢杜陵（今陝西省西安市東南）人，封奮威侯。他為人好客，每逢宴飲，將賓客的車轄投井中，使客不得去。見《漢書·游俠傳》。趙、李，一說為漢成帝后趙飛燕和婕妤李平，兩人均以出身微賤而專寵，過從甚密。李，原作「季」。此指代外戚。蕭、朱，指漢之蕭育和朱博，兩人曾為知交密友，聞名當時。見《漢書·蕭育傳》。

❷丹鳳朱城白日暮十六句　謂王侯貴戚的淫佚。丹鳳，指長安。漢武帝於長安造鳳闕，故名。朱城，宮城。青牛，指犢車，又稱七香車。紺幰，深青色繪有花紋的車幔。《隋書·禮儀志》：「犢車，……五品以上，紺幰碧里，皆白銅裝。」紺，原作「網」。俠，游俠，此指貴族闊少。原作「狹」。珠彈，即彈珠，用名貴的珠子彈雀。銀鉤，銀製的籠鉤。桑，原作「薪」。桃李，形容妓女的美貌。輕肥，謂輕裘肥馬。延年女弟，漢李延年，性知音，善歌舞，漢武帝喜歡他。其妹李夫人因此得到武帝的寵幸。女弟，妹妹。雙飛入，前秦苻堅納慕容沖姊河清公主，寵冠後宮，沖亦受寵。有歌謠諷刺：「一雌復一雄，雙飛入紫宮。」此指李延年兄妹。羅敷，漢樂府〈陌上桑〉的女主人公，美女。使君，對太守或刺史的稱呼。千騎歸，謂羅敷與太守同載而歸。同心，指用絲帶結成的同心結，比喻男女情愛。連理，指衣服上繡有連枝的花紋，比喻男女情愛。桂樽，指桂酒。蘭燈，用蘭膏點的燈。九微，即九微燈。翠幌，用翠鳥羽毛做的帷帳。幌，帳子。珠簾，用珍珠綴成的門簾。寶瑟，古弦樂器。三萬六千，即三萬六千日，亦即百年，指人的一生。是，正確。原作「二十八年全」。四十九年非，指以往的過錯。

語本《淮南子・原道》：「蘧伯玉年五十，而知四十九年非。」此謂王侯貴戚對奢靡生活沒有認識。

【語　譯】繡柱玉椽與粉壁輝映，金玉鏘鳴是王侯氣盛。王侯貴戚多是近臣，朝遊北里暮遊南鄰。如陸賈分重金宴飲嬉遊，如陳遵投車轄揮霍留賓。趙、李彼此過從甚密，蕭、朱相互交結親。鳳闕朱城朝朝暮暮，犢車青幔紅塵度。闊少彈珠垂楊道，歌女提籠採桑路。倡家的桃李正自芳菲，京華的遊俠裘輕馬肥。延年兄妹雙入宮，羅敷使君同騎歸。恩愛結成同心帶，情結織成連理衣。春朝桂酒多百味，秋夜蘭燈有九微。翠帳珠簾相輝映，清歌寶瑟相託依。窮奢極慾，只論三萬六千是；醉生夢死，不知四十九年非。

古來榮利若浮雲，人生倚伏信難分。始見田竇相移奪，俄聞衛霍有功勳❶。未厭金陵氣，先開石槨文。朱門無復張公子，灞亭誰畏李將軍❷。相顧百齡皆有待，居然萬化咸應改。桂枝芳氣已消亡，柏梁高宴今何在？春去春來苦自馳，爭名爭利徒爾為。久留郎署終難遇，空掃相門誰見知❸。莫矜一旦擅豪華，自言千載長驕奢。倏忽摶風生羽翼，須臾失浪委泥沙。黃雀徒巢桂，青門遂種瓜。黃金銷鑠素絲變，一貴一賤交情見。紅顏宿昔白頭新，脫粟布衣輕故人。故人有湮淪，新知無意氣。灰死韓安國，羅傷翟廷尉❹。

【章　旨】總結世事滄桑、樂極生悲的歷史教訓。

【注　釋】❶古來榮利若浮雲四句　謂禍福相倚伏。榮利，榮華富貴。浮雲，過眼雲煙。《論語・述而》：「不義而富且貴，於我如浮雲。」倚伏，語本《老子》：「禍兮福之所倚，福兮禍之所伏。」此謂禍福可以相互轉化。田竇，指西漢時的外戚田蚡和竇嬰。田蚡為漢景帝王皇后同母弟，封武安侯。竇嬰為漢景帝母竇太后從兄子，封魏其侯。先竇嬰得勢，趨炎附勢者多投門下。後田蚡得勢，誣殺竇嬰和灌夫，門客朝臣多趨歸田蚡。見《史記・魏其武安侯列傳》。相移奪，指權勢轉移，互相爭奪。衛霍，指西漢名將衛青與霍去病。見本書卷七《與程將軍書》注。

②未厭金陵氣四句 謂世事無常。厭，同「壓」。壓勝，是一種以詛咒制服人或物的巫術。金陵氣，《晉書・元帝紀》：「始秦時，望氣者云，五百年後，金陵有天子氣。故始皇東遊以壓之，改其地曰秣陵，塹北山以絕其氣。」氣，原缺。石椁文，刻有銘文的石棺。椁，古代棺有兩重，外為椁，內為棺。此指秦始皇身亡。張公子，指富平侯張放，漢成帝佞臣，成帝每私行，常攜帶張放，其家之富可比王侯。見《漢書・外戚傳》。灞亭，即灞陵亭，在長安東。灞，原作「灑」。李將軍，指西漢名將李廣。李廣有次與匈奴交戰中被俘，後逃脫，罪當斬，贖為庶人，居於藍田南山中。一日射獵，飲酒夜歸，行至灞亭，灞亭尉醉呵斥廣，不准過亭。廣之從人回說是「故李將軍」，亭尉曰：「今將軍尚不得夜行，何乃故也！」遂宿廣亭下。見《史記・李將軍列傳》。❸相顧百齡皆有待八句　謂滄桑變化。百齡，百歲，指人的一生。皆，原作「昔」。有待，有所憑藉。居然，竟然。萬化，萬物化生。應改，必然改變。桂枝芳氣，比喻美人。漢武帝〈傷悼李夫人賦〉：「秋氣憯以淒淚兮，桂枝落而銷亡。」亡，原作「之」。柏梁，即柏梁臺，在長安城北門。漢武帝時用柏木建成，高二十丈。帝嘗置酒其上，詔群臣和詩，能七言詩者乃得上。馳，馳驅。徒爾為，空忙碌。徒，徒然；枉然。久留郎署，《文選》張衡〈思玄賦〉李善注引《漢武故事》曰：「顏駟，不知何許人，漢文帝時為郎。至武帝，嘗輦過郎署，見駟龐眉皓髮。上問曰：『叟何時為郎，何其老也？』答曰：『臣文帝時為郎，文帝好文，而臣好武；至景帝好美，而臣貌醜；陛下即位好少，而臣已老，是以三世不遇，故老於郎署。』上感其言，擢拜會稽都尉。」掃相門，《史記・齊悼惠王世家》載，漢魏勃欲見齊相曹參，家貧無以自通，乃早晚打掃丞相舍人門外，求舍人引見。後終得見曹參，被拜為齊國內史。❹莫矜一旦擅繁華十四句　謂樂極生悲。矜，矜誇。擅，獨佔。豪華，指榮華富貴。倏忽，急速的樣子。摶風生羽翼，謂鯤魚化為大鵬盤旋而上。《莊子・逍遙遊》：「摶扶搖而上者九萬里。」此喻青雲直上。失浪，失水。《淮南子・主術》：「吞舟之魚，蕩而失水，則制於螻蟻。」此喻貶官失勢。黃雀，是諷刺王莽篡漢事。《漢書・五行志》載，成帝時有歌謠曰：「桂樹華不實，黃爵巢其顛。」桂花赤色，象徵漢家，開花不結果，意謂無繼嗣。黃爵，王莽自稱黃象。爵，同「雀」。巢其顛，謂代漢而立。青門，青門瓜，即東陵瓜。見本書卷二〈夏日遊德州贈高四〉注。此喻權貴失勢。銷鑠，溶化。素絲變，白絲可染成別的顏色。紅顏，指青春少年。宿昔，猶早晚。脫粟布衣，用漢公孫弘事。葛洪《西京雜記》卷二：「公孫弘起家徒步，為丞相。故人高賀從之，弘食以脫粟飯，覆以布被。賀曰：『何用故人富貴為？脫粟布被，我自有之。』弘歎曰：『寧逢惡賓，不逢故人。』」輕，輕視。湮淪，湮沒沉淪。新知，新交的朋友。意氣，此指義氣。灰死，謂死灰復燃，

用漢韓安國事，見本書卷一〈螢火賦〉注。羅傷，謂門可羅雀，用漢翟廷尉事，見本書卷二〈夏日遊德州贈高四〉注。

【語　譯】古來榮華富貴若浮雲，人生禍福倚伏確難分。才見田蚡、竇嬰相移奪，又聞衛青、霍去病立功勳。秦王本想壓住金陵氣，孰料身死先開石槨文。朱門王侯不再見有張公子，灞亭呵斥誰還畏懼李將軍。一生百年總有憑藉，萬物化生都有更改。桂枝的芳香已經消失，柏梁的高宴而今安在？春來春去苦自馳驅，爭名爭利空有所為。久困郎署終無機遇，空掃相門有誰見知。莫誇一旦獨享榮華，別說千載久恃驕奢。倏忽間青雲直上居高位，一下子貶官失位落泥沙。失勢時黃雀徒然巢桂樹，貶官後青門也種東陵瓜。黃金溶化白絲變色，一貴一賤交情即現。昔日紅顏白頭常新，脫粟布被輕視故人。故人沉淪失勢，新交沒有恩義。滄桑多變，死灰復燃有韓安國；世態炎涼，門可羅雀悲翟廷尉。

已矣哉！歸去來❶。馬卿辭蜀多文藻，揚雄仕漢乏良媒。三冬自矜成足用，十年不調幾邅回。汲黯薪逾積，孫弘閣未開。誰惜長沙傅，獨負洛陽才❷。

【章　旨】抒寫自己懷才不遇的感慨。

【注　釋】❶已矣哉二句　謂隱居山林。歸去來，即歸去。來，語助辭。晉陶潛不願為五斗米而折腰，棄官歸田，作〈歸去來兮辭〉，中謂「歸去來兮，田園將蕪，胡不歸！」❷馬卿辭蜀多文藻八句　謂仕途乖蹇。馬卿，即西漢辭賦家司馬相如，字長卿，蜀郡成都人，富於文才，所作〈子虛賦〉為漢武帝賞識，被召見，由蜀入京，授以郎官。揚雄，《漢書．揚雄傳》載，揚雄，字子雲，蜀郡成都人，西漢著名學者。成帝時為給事黃門郎，後歷經成帝、哀帝至平帝三朝，均不得升遷。乏良媒，缺乏得力的薦舉之人。三冬，即三年，為漢東方朔事。見本書卷二〈夏日遊德州贈高四〉注。十年不調，謂見本書卷七〈上吏部裴侍郎書〉注。邅回，難於行進。汲黯，《漢書．汲黯傳》載，汲黯，字長孺，漢濮陽人。當他位列九卿時，公孫弘、張湯還是小吏，後來公孫弘為丞相，封侯，張湯為御史大夫，而汲黯卻未能升官。於是他對皇帝說：「陛下用群臣如積薪耳，後來者居上。」孫弘，即公孫弘，《漢書．公孫弘傳》載，「起徒步（平民出身），數年至宰相，封侯。於是起客館，升東閣門以延賢人，與參謀議。」此謂無人延攬人才。長沙傅，指西漢著名的政治家、辭賦家賈誼。文帝時曾為博士，官太中大夫。後因遭權貴的嫉忌，被貶為長沙王太傅，懷才不遇，三十三歲抑鬱而死。見《漢書．賈誼傳》。負，辜負。洛陽才，指賈誼，因賈誼為洛陽人，少年多才。潘岳〈西征賦〉：「賈生洛陽之才子」。

【語　譯】 算了啊！歸田去吧。司馬辭蜀入京多文采才藻，揚雄仕漢不遷乏引薦良媒。三冬自詡文史足用，十年不調仕途徘徊。汲黯積薪之喻，後來居上；孫弘攬才東閣，未能洞開。誰來憐惜賈長沙，唯獨辜負洛陽才。

【賞　析】 本篇以帝京長安為審美對象，很有影響。《舊唐書．駱賓王傳》稱「嘗作〈帝京篇〉，當時以為絕唱。」明人胡應麟之《詩藪．內篇》評它「初唐長歌，賓王〈帝京篇〉為冠。」而清人陳熙晉在《駱臨海集箋注》中，不同意沈德潛「此非詩之正聲也」之貶抑，曾指出：「此詩為上吏部而作。借漢家之故事，喻身世於本朝，本在攄情，非關應制；國風比興，豈尚敷陳，〈啟〉中已自言之矣。篇末自述邅回，毫無所請之意，露於言表。顯以賈生自負，想見卓犖不可一世之概，非天下之才不可作是論也。沈說非是。」

本篇在結構上可分五大部分。但每一部分，在表現方法上又各有特點。

第一部分，描寫長安雄偉壯麗的形勢。作者用俯瞰法，居高臨下，對長安作了全方位的宏觀觀照。由「山河」到「城闕」，由「崤函谷」到「侯甸服」，由「秦塞重關」到「漢家離宮」，由「桂殿」、「玉樓」到「椒房」、「金屋」，這樣由遠至近，由外到內，由表及裡，隨著視野的伸展，角度的變化，形成了長安雄偉險要的立體圖畫，具有含宏萬彙、籠蓋一切的氣勢。其中注重運用了許多對稱的數量詞，如「千里」對「九重」，「五緯」對「八水」，「一百二」對「三十六」，「三條九陌」對「萬戶千門」，等等，概括出俯視中的廣闊、深遠的壯觀場面，正是藝術表現上的主要特點。

第二部分，描寫長安繁榮昌盛的氣象。「聲明冠寰宇，文物象昭回」，寫人文薈萃；「校文天祿閣，習戰昆明水」，寫文治武功；而「南宮」、「北闕」、「平臺」、「戚里」，寫豪華氣派等等。在審美觀照上，很注重用色彩美，去映襯、烘托豪華的氣象，如「銅羽」、「金莖」、「朱邸」、「黃扉」、「縞帳」、「青樓」、「金絡馬」、「玉盤龍」等。

第三部分，揭露長安王侯貴戚的奢靡生活。作者從「繡柱璇題」、「鏘金鳴玉」、「丹鳳朱城」、「青牛紺幰」、「珠彈」、「銀鉤」、「桂樽」、「蘭燈」等各個角度，去揭露包括衣食住行奢靡生活的方方面面。但既見物又見人，特別突出各色人物的活動，其中有王侯、貴人，有俠客、娼婦。還通過「陸賈」、「陳遵」、「趙李」、「蕭朱」、「延年女弟」、「羅敷使君」等歷史或傳說人物，借古諷今，寓意深刻。

第四部分，總結世事滄桑、樂極生悲的歷史教訓。這裡強調的是時間的短暫，人事盛衰的變化。作者運用了一系列的歷史人物，如田蚡、竇嬰、衛青、霍去病、秦皇、張放、李廣、韓安國、翟廷尉等，在於論證歷史教訓的客觀真實性，以便使人信服和警覺。大量時間副詞的運用，很有特色，如「古來」、「始」、「俄」、「一旦」、「千載」、「倏忽」、「須臾」、「宿昔」等，表現出在時間的急遽推移中的世態炎涼、人情冷暖。

第五部分，抒發自己懷才不遇的感慨。「已矣哉！歸去來。」這樣的唱歎，真是長歌當哭。作者在引用那些懷才不遇的歷史人物中，特別提出揚雄的三朝不遷、賈誼的短命而死，顯然把自己比作是才人揚雄和賈誼，在悲歎中又很自負。

本篇還值得注意的有兩點。

第一，漢代以後，隨著城市經濟的發展，出現了以城市為題材的漢賦，如班固的〈兩都〉，張衡的〈西京〉、〈東京〉，司馬相如的〈子虛〉、〈上林〉，揚雄的〈長楊〉等。到了初唐，已初步形成了城市詩的新格局。如唐太宗寫有十首〈帝京篇〉，李嶠有〈汾陽行〉，王勃有〈臨高臺〉等。本篇與盧照鄰的〈長安古意〉，在思想藝術方面，大體一致，可說是寫長安的姐妹篇。「不覩皇居壯，安知天子尊」，長安是唐朝強大的象徵。它幅員遼闊，河山壯麗，宮闕巍峨，人文薈萃。本篇主要表現的就是初唐蓬勃向上、積極進取的時代精神，和博大厚重的人文精神。

第二，本篇為雜言歌行，共九十六句，十七韻。句式較為自由，以七言為主體，又雜於三言、五言，其中七言六十四句，三言二十二句，五言三十二句；用韻方面或二句一韻，或四句一韻，或六句、八句、十句一韻，這樣長短相間，平仄錯綜，加之作者在敘述描寫中流露出讚歎、頌揚、譏諷、悲憤的感情，使旋律流轉於字裡行間，氣韻動蕩於章節之內，具有較大的感染力。本篇以鋪排的賦體展開，卻有三個跌宕。一是敏銳地看到繁榮現象掩蓋下的王侯貴戚的奢靡生活；二是由讚歎一下轉向樂極生悲的感慨；三是對自身仕途困頓的憤懣。於是在行文上做到了有呼應，有開闔，有承轉，有起伏。

疇昔篇雜言

【題解】疇昔，往昔，指從前的經歷。

少年重英俠，弱歲賤衣冠。既托寰中賞，方承膝下歡。遨遊灞陵曲，風月洛城端。且知無玉饌，誰肯逐金丸❶。金丸玉饌盛繁華，自言輕侮季倫家。五霸爭馳千里馬，三條競騖七香車。掩映飛軒乘落照，參差步障引朝霞。池中舊水繞懸鏡，屋裡新妝不讓花。意氣風雲倏如昨，歲月春秋屢回薄。上苑頻經柳絮飛，中園幾番梅花落❷。當時門客今何在，疇昔交遊已疏索。莫見憔悴損容儀，會得高秋雲霧廓❸。

【章旨】敘述青年時期進京求仕的經歷。

【注　釋】❶少年重英俠八句　謂少年意氣。英俠，指英雄俠義之人。弱歲，猶弱冠。古代男子二十歲束髮戴冠，表示成年。賤，輕視。衣冠，指恪守禮法的士大夫、官紳。托，託付；得到。原作「記」。寰中賞，謂京都社會上的賞識，指在京求仕。寰中，畿內，即京畿一帶。膝下歡，指承受母親的愛撫。陳熙晉《駱臨海集箋注》謂駱賓王：「早喪父，奉母居於兗州。嗣赴帝鄉，未虛子職。此篇首稱膝下，深情篤行，千載如見。」遨遊，連文同義，遊玩。灞陵曲，因灞陵在灞水曲岸，故名。見本書卷三〈晚泊江鎮〉注。洛城端，指洛陽城。洛，原作「落」。玉饌，精美的食物。逐金丸，典出晉葛洪《西京雜記》卷二：「韓嫣好彈，常以金為丸，所失者日有十餘。長安為之語曰：『苦飢寒，逐金丸。』京師兒童每聞嫣出彈，輒隨之，望丸之所落，輒拾焉。」❷金丸玉饌盛繁華十二句　謂京都的繁盛。輕侮，輕視。季倫，指晉之石崇，字季倫，官至散騎常侍，荊州刺史，家豪富。見《晉書．石崇傳》。五霸，指春秋五霸。即齊桓公、宋襄公、晉文公、秦穆公和楚莊王。此指代王侯。一作「九陌」。三條，帝都大道。騖，馳。七香車，用七種香木製作的車。掩映，聯綿詞，隱約映襯。飛軒，飛檐。軒，屋檐。步障，用以避風塵或遮隔內外的屏風。障，原作「陣」。舊水，指池水。新妝，指美女之盛妝。意氣風雲，謂氣壯風雲。倏如昨，很快成為過去。回薄，循環往復。薄，迫；到。上苑，即上林苑。本秦舊苑，漢武帝擴建，闢為宮苑，內養禽獸，供皇帝射獵宴息。舊址在今陝西省西安市西。柳絮飛，謂季候變化。中園，即園中。梅花落，亦謂季候變遷。❸當時門客今何在四句　謂仕途之得失。疏索，稀少。高秋，秋高氣爽。雲霧廓，廓清雲霧。

【語　譯】少年時代很看重英俠豪舉，到了弱冠，即瞧不起恪守禮法的衣冠。為求仕得到京都社會上的賞識，幼喪父承受母親的膝下之歡。遨遊在灞陵曲岸，賞玩在洛陽城端。自知家境貧寒無玉饌，卻能做到不羨富貴逐金丸。金丸玉饌是那樣昌盛繁華，自謂豪情滿懷賤視豪富家。京都王侯爭奔千里馬，皇城大道競馳七香車。隱約映襯的飛檐追逐落照，參差錯落的步障牽引朝霞。池中清澈的積水環繞明鏡，屋內少女的盛妝美不讓花。氣壯風雲很快過去，歲月春秋屢屢回環。上林苑頻頻柳絮飛，花園中幾番梅花落。當日的門客今何在，往日的交遊已蕭索。莫要憂愁憔悴損容貌，總會有秋高氣爽把雲霧廓。

淹留坐帝鄉，無事積炎涼❶。一朝披短褐，六載奉長廊❷。賦文慚昔馬，執戟慕前揚❸。

揮戈出武帳，落筆入文昌❹。文昌隱隱皇城裡，由來奕奕多才子。潘陸詞鋒駱驛飛，張曹翰苑縱橫起。卿相未曾識，王侯寧見擬。徒勞倦負薪，何處逢知己❺。判將運命賦窮通，從來奇舛任西東。不應永棄同芻狗，且復飄飄類轉蓬。客鬢年年異，春花歲歲同。榮親未盡禮，徇主欲申功❻。

【章　旨】 敘述入道王府為府屬、任奉禮郎、任東臺詳正學士的經歷，和從軍出塞、懷才不遇之感。

【注　釋】 ❶淹留坐帝鄉二句　謂滯留長安。帝鄉，指長安。炎涼，炎暑與涼秋。❷一朝披短褐二句　謂入道王府為府屬。短褐，粗布短衣，為平民之衣。長廊，比喻道王府李元慶的府第。六載奉長廊，一說為失官後六年，始入道王府府屬；一說作了六載的道王府府屬。❸賦文慚昔馬二句　謂為奉禮郎。賦文，謂作賦。昔馬，指昔人司馬相如，為漢代辭賦家。執戟，指為執戟郎。《文選》曹植〈與楊德祖書〉：「昔揚子雲先朝執戟之臣。」李善注：「《漢書》曰：『揚雄奏〈羽獵賦〉為郎。然郎皆執戟而侍也。』」前揚，指前人揚雄。❹揮戈出武帳二句　謂由奉禮郎而任東臺詳正學士。揮戈，猶執戟而侍，此喻奉禮郎。武帳，置有武器的帳幕，帝王所用，因稱御武帳。文昌，三國魏都正殿名。此指代當時門下省弘文館。陳熙晉《駱臨海集箋注》曾考證駱賓王於咸亨元年（六七〇）西行出塞前曾為東臺詳正學士。東臺，即門下省。唐高宗龍朔二年（六六二）改門下省為東臺。詳正學士，即弘文館學士。因掌詳正圖書，故名。❺文昌隱隱皇城裡八句　謂在弘文館懷才不遇。隱隱，隱約的樣子。奕奕，盛大的樣子。潘陸，指晉代著名文學家潘岳、陸機，有「陸海潘江」之稱。駱驛，同「絡繹」。聯綿詞，不絕的意思。張曹，指漢代辭賦家張衡和三國魏之文學家曹植。翰苑，即文苑。卿相，指當權者。識，賞識。寧見擬，意謂不被人考慮提拔或重用。寧，豈。見，被。擬，計劃；考慮。負薪，《史記．河渠書》：「自河決瓠子後二十餘歲，……天子乃使汲仁、郭昌發卒數萬人塞瓠子決。於是天子已用事萬里沙，則還自臨決河，沉白馬玉璧於河，令群臣從官自將軍已下皆負薪寘決河。」此以負薪喻為國立功。❻判將運命賦窮通八句　謂從軍邊塞。判，同「拚」。賦，給予。窮通，窮困和通達。窮，未做官。達，做官。劉峻〈辨命論序〉：「余謂士之窮通，無非命也。」通，原作「途」。奇舛，不順利，指命運不好。

應，原作「臂」。芻狗，見本書卷七〈與程將軍書〉注。榮親，猶榮養，謂贍養父母。未盡禮，指出塞未盡榮親之禮。徇主，謂出塞為忠君報國。

【語譯】我獨自滯留在帝鄉，無所事事度炎涼。一朝披上短褐平民服，六載進入道王府屬的官場。我賦才有愧於司馬相如，卻如執戟的揚雄成為奉禮郎。我由執戟之臣奉禮郎，又成為東臺詳正學士在文昌。文昌隱約皇城裡，從來盛大多才子。如潘岳、陸機文詞駱驛不絕，如張衡、曹植在文苑縱橫而起。卿相不賞識，王侯不重視。空勞為國出力，何處能遇知己。拚將命運付給窮通，從來乖蹇由他西東。不應永久拋棄如芻狗，怎能四處漂泊如轉蓬。在邊塞客鬢年年異，在他鄉春花歲歲同。贍養父母未能如願以償，忠君報國當在邊塞立功。

脂車秣馬辭鄉國，策轡西南使邛僰。玉壘銅梁不易攀，地角天涯渺難測。鸎囀蟬吟有悲望，鴻來鴈度無音息。陽關積霧萬里昏，劍閣連山千里色❶。蜀路何悠悠，岷峰阻且脩。迴腸隨九折，迸淚連雙流。寒光千里暮，露氣三江秋。長途看束馬，平水見沉牛。華陽舊地標神制，石鏡娥眉真秀麗。諸葛才雄已號龍，公孫躍馬輕稱帝。五丁卓犖多奇力，四士英靈用文藝。雲氣橫開八陣形，橋影遙分七星勢。川平煙霧開，遊戲錦城隈。墉高龜步轉，水淨鴈文回。尋姝入酒肆，訪客上琴臺。不識金貂重，偏惜玉山頹❷。他鄉冉冉消年月，帝里沉沉限城闕。不見猿聲助客啼，唯聞旅思將花發。我家迢遞關山裡，關山迢迢不可越。故園梅柳尚有餘，春來勿使芳菲歇❸。

【章　旨】敘述奉使入蜀、從軍姚州、淹留蜀中的經歷。

【注　釋】❶脂車秣馬辭鄉國八句　謂奉使入蜀、從軍姚州。脂車，用油膏滑潤車輪，使之轉動更快。秣馬，用飼料餵飽馬。鄉國，故鄉和京都。一作「京國」。策轡，猶駕馭。策，馬鞭，原作「縈」。轡，繮繩。邛僰，即邛崍山。見本書卷五〈行軍軍中行路難〉注。玉壘，即玉壘山。銅梁，即銅梁山。見本書卷五〈行軍軍中行路難〉注。地角天涯，泛指天地極遠處。據稱成都境內有「地角石」和「天涯石」。《歷代詩話》云：「俗言天涯海角，不知成都獨有此兩石也。賓王以使事入蜀，故及之。按《游宦紀聞》云：「天涯石在中興寺，耆老傳云，人坐其上，則腳腫不能行，至今人不敢踐履及坐其上。……地角石，舊有廟，在羅城內西北角，高三尺餘。王均之亂，為守城者所壞，今不復存矣。」」渺，渺茫。原作「映」。陽關，關名，即重慶市東石洞關。劍閣，棧道名。見本書卷五〈行軍軍中行路難〉注。❷蜀路何悠悠二十四句　謂巴山蜀水的形勢。蜀路，即蜀道。悠悠，遙遠。岷峰，即岷山，在四川、甘肅交界處。阻，險阻。修，長。九折，即九折坂，見本書卷二〈代女道士王靈妃贈道士李榮〉注。雙流，縣名。漢為廣都縣地，屬蜀郡，隋置雙流縣。唐屬劍南道成都府。三江，泛指長江上、中、下游為南、中、北三江。一作「二江」。束馬，指束馬懸車以越險阻，即包裹馬腳、掛牢車子，以防滑跌。《晉書・羊祜傳》錄〈上疏〉：「蜀之為山，非不險也，高山尋雲霓，深谷肆無景，束馬懸車，然後得濟。」見，原作「且」。沉牛，古代沉牛於水，以祭山川林澤。《水經注・江水》載，李冰昔作石犀五頭，以厭水精。後轉犀牛二頭，一頭在市橋，一頭沉之於淵。華陽舊地，古稱今陝西秦嶺以南、四川和雲南、貴州一帶為華陽國，因其地在華山之陽而得名。神制，神靈之制作，即天地的創造化育。石鏡，見本書卷二〈艷情代郭氏答盧照鄰〉注。娥眉，即四川峨眉山。諸葛，即諸葛亮。因早年隱居襄陽隆中，人稱「臥龍」。公孫，指公孫述。他字子陽，扶風茂陵（今陝西省興平縣）人。西漢末起兵佔領益州（今四川），稱帝，後被漢軍所殺。見《後漢書・隗囂公孫述列傳》。左思〈蜀都賦〉：「公孫躍馬而稱帝。」五丁，即蜀國之五丁力士，見本書卷五〈餞鄭安陽入蜀〉注。卓犖，超絕；特出。四士，指司馬相如、嚴君平、王褒、揚雄。左思〈蜀都賦〉：「近則江漢炳靈，世載其英：蔚若相如，皭若君平；王褒韡曄而秀發，揚雄含章而挺生。」八陣形，陣法，即諸葛亮之八陣圖。《三國志・蜀書・諸葛亮傳》：「推演兵法，作八陣圖。」橋，原作「僑」。七星，傳說李冰在西南兩江造有七橋，上應七星。見《華陽國志・蜀志》。星，原作「里」。錦城，即錦官城。四川成都的別稱。墉，牆。龜步轉，《元和郡縣志》載，成都州城，為秦惠王二十七年（前三一一）張儀所築。張儀初築城，屢頹不立，忽有大龜周行旋走，巫言依龜行處築之，遂得豎立。原作「龜望出」。

雁文，指雁陣。尋姝，用司馬相如與卓文君事。見本書卷二〈艷情代郭氏答盧照鄰〉注。姝，美女。琴臺，即司馬相如琴臺舊址。宋樂史《太平寰宇記》引《益都耆舊傳》曰：「相如宅在州西笮橋北百許步，有琴臺在焉。」金貂，帽飾，漢代武官所戴，稱武冠。《後漢書・輿服下》：「武冠，……侍中、中常侍加黃金璫，附蟬為文，貂尾為飾。」此喻高官。玉山，酒醉的樣子。此用晉朝嵇康醉酒如玉山事，見本書卷六〈上兗州崔長史啟〉注。此謂以詩酒自娛。❸他鄉冉冉消年月八句　謂蜀中旅思。他鄉，指蜀中。冉冉，光陰漸進的意思。帝里，帝都。《晉書・王導傳》：「導曰：『建康，古之金陵，舊為帝里。』」此指代長安。限，阻隔。原作「恨」。將花發，猶共花發。隋薛道衡〈人日思歸〉：「人歸落雁後，思發在花前。」迢遞，聯綿詞，遙遠的樣子。迢，原作「迸」。

【語譯】脂車餵馬辭別鄉國，駕臨西南出使邛僰。玉壘銅梁高不易攀，地角天涯深不可測。鶯啼蟬鳴有悲望，鴻來雁去無消息。陽關積迷霧萬里昏昏，劍閣連高山千里一色。蜀道遠悠悠，岷山阻且修。迴腸隨著九折轉，淚水連著江雙流。寒光漾開千里暮靄，露氣籠罩三江寒秋。長途跋涉看束馬，平水渡過見沉牛。華陽舊地標誌著天地化育，石鏡峨眉代表了山川秀麗。諸葛雄才號臥龍，公孫躍馬來稱帝。五丁超絕多奇力，四士英靈出文藝。雲氣橫開八陣圖形，橋影遙應七星形勢。川平煙霧散，娛樂錦城隈。牆高龜步轉，水淨雁陣回。尋姝即入酒肆去，訪客當上琴臺來。不識高官金貂重，偏愛詩酒玉山頹。蜀中冉冉消磨年月，京都沉沉阻隔城闕。不見哀猿聲聲助客啼，唯聞纏綿旅思共花發。我家遠隔關山裡，關山迢迢不可越。故園尚有梅柳在，春來勿使芳香歇。

解帙欲言歸，執袂愴多違。北梁俱握手，南浦共沾衣。別情傷去蓋，離念惜光輝。捐鄉有何託，木落雁南飛❶。回來望平屋，春來酒應熟。相將菌閣望青溪，且用藤杯泛黃菊❷。十年不調為貧賤，百日屢遷隨倚伏。祇為須求負郭田，使我再干州郡祿❸。

【章旨】敘述離蜀返京任畿縣主簿之經歷。

【注釋】❶解帙欲言歸八句　謂告別蜀中。解帙，猶收拾行裝。帙，小囊。一作「執」。執袂，拉著朋友的衣袖，表示惜別的情狀。愴，悲傷。違，離別。北梁，北山梁，指代告別之地。南浦，江淹〈別賦〉：「送君南浦，傷如之何？」後用南浦指代告別之地。去蓋，離去的車蓋。蓋，原作「益」。惜，憐惜。原作「借」。光輝，指光陰。一作「徂輝」。捐鄉，指離開鄉土。原作「梢舛」。南飛，指南飛雁。❷回來望平屋四句　謂回到京城。回來望，原缺。平屋，謂家居。一作「平陸」。菌閣，花園的亭閣。青溪，山名，見本書卷二〈夏日遊德州贈高四〉注。此指代隱居地。藤杯，用酒杯藤的花做的杯。杯，原作「盃」。黃菊，謂菊花酒。❸十年不調為貧賤四句　謂任畿縣主簿。十年不調，見本書卷七〈上吏部裴侍郎書〉注。百日屢遷，似指由武功主簿調任明堂主簿。倚伏，謂禍福，見本書卷〈上吏部侍郎帝京篇〉注。負郭田，近城的良田。《史記・蘇秦列傳》：「且使我有洛陽負郭田二頃，吾豈能佩六國相印乎？」司馬貞索隱：「負，背也，枕也。近城之地，沃潤流澤，最為膏腴，故曰負郭。」干，求。州郡祿，州郡的俸祿，指做官。

【語譯】收拾行囊要回京，執袂依依傷別離。北梁握手來話別，南浦揮淚共沾衣。見別情悲傷離去的車蓋，見離念憐惜逝去的光輝。昔日離鄉何所託，今日木落雁南歸。回京望平屋，春來酒當熟。相將園亭望青溪，且用藤杯飲黃菊。十年不調仍舊貧賤，百日屢遷不管禍福。只是為了謀生計，使我再求州郡祿。

百年鬱鬱少騰遷，萬里迢迢入鏡川。吳江沸潮衝白浪，淮海長波接遠天。叢竹凝朝露，孤山起暝煙。賴有邊城月，常伴客旌懸❶。東南美箭古稱會，名都隱軫三江外。塗山執玉應昌期，曲水開襟重文會。仙鏑流音鳴鶴嶺，寶劍分輝落蛟瀨。未看白馬對蘆芻，且覺浮雲似車蓋❷。江南節序多，文酒屢經過。共踏春江曲，俱唱〈採菱歌〉。舟移疑入鏡，棹舉若乘波。風光無限極，歸櫂礙池荷。眺聽煙霞正流盻，即從王事歸艫轉。芝田花發屢徘徊，金谷佳期重遊衍。登高南適嗤梁叟，憑軾西征想潘椽。岸開華岳聳疑蓮，水激龍門急如箭❸。

【章旨】敘述奉使吳越的經歷，描繪江南的形勢。

【注釋】❶百年鬱鬱少騰遷八句　謂出使吳越。鬱鬱，疊詞，憂鬱的樣子。騰遷，仕途升遷。語本梁荀濟〈贈陰梁州詩〉：「坎壈多構難，鬱怏少騰遷。」鏡川，指山陰（今浙江省紹興市）鏡湖。吳江，即錢塘江。古又稱浙江、之江。浙江流至舊錢塘縣境稱錢塘江，錢塘縣東漢時屬吳郡，故稱吳江。吳，原作「涘」。沸潮，沸騰的潮水，即錢塘潮。淮海，即淮河。叢竹，叢生的竹林。孤山，江邊孤立之山峰。原缺。暝煙，指烽煙。陳熙晉《駱臨海集箋注》：「庾闡〈揚都賦〉注：『烽火，以炬置孤山頭，皆緣江相望。或百里，或五十、三十里。寇至則舉以相告，一夕可行萬里。』」暝，原作「溟」。客旌，使者所持的旌節。❷東南美箭古稱會八句　謂江南形勢。東南美箭，即竹箭，見本書卷六〈上李少常伯啟〉注。會，指會稽，今浙江省紹興市。隱軫，猶殷軫，繁盛的意思。塗山執玉，《左傳．哀公十年》：「禹會諸侯於塗山，執玉帛者萬國。」按塗山地點舊說不一，此指會稽山。昌期，昌勝的時期。曲水，晉王羲之〈蘭亭集序〉所寫蘭亭之會。序曰：「暮春之初，會於會稽山陰之蘭亭，修褉事也。群賢畢至，少長咸集。……引以為流觴曲水，……一觴一詠，亦足以暢敘幽情。」開襟，開懷。文會，文人詩酒之會。仙鏑，仙人的響箭。孔靈符《會稽記》載，會稽有仙人射箭的射的山，山南有白鶴山，白鶴專為仙人取箭。鄭弘入山砍柴，曾拾到過仙人的箭。寶劍，《淮南子．道應》載，荊有佽非，得寶劍於干隊，有兩蛟夾繞其船。佽非瞋目，勃然攘臂拔劍，赴江刺蛟，遂斷其頭，船中人盡活，風濤畢除。白馬、蘆芻，指雲氣。《寰宇記》載：「江南東道蘇州吳縣。閶闔門，吳縣西門也。孔子與顏淵俱登魯東山，望吳閶門，謂曰：『爾何見？』曰：『見一匹練，前有生藍。』孔子曰：『噫！此白馬蘆芻。』使人視之，果然。」浮雲，見本書卷三〈渡瓜步江〉注。❸江南節序多十六句　謂江南風俗、風光。節序，節令的順序。文酒，詩酒，即飲酒賦詩之雅事。踏，踏歌，唱歌的意思。《宣和書譜》：「南方風俗，中秋夜，婦人相持踏歌，婆娑月影中，最為盛集。」採菱歌，楚歌曲名。《楚辭．招魂》：「〈涉江〉、〈採菱〉，發〈揚荷〉（當作〈陽阿〉）。」王逸注：「楚人歌曲也。」檝，同「楫」。船槳，此代船。礙池荷，謂行船受池水上茂密的荷葉阻礙。❹眺聽煙霞正流盼八句　謂返回長安。王事，猶公事。指奉使吳越之事。歸艫，歸船。芝田，見本書卷二〈艷情代郭氏答盧照鄰〉注。金谷，即金谷園，見本書卷二〈艷情代郭氏答盧照鄰〉注。佳期，原作「德明」。遊衍，遊賞。梁叟，指東漢梁鴻，梁鴻因在京師作〈五噫歌〉，觸怒肅宗，便改姓名避難吳越，常登山放歌。見《後漢書．逸民列傳》。憑軾西征，晉潘岳曾為長安令，因作〈西征賦〉，中有「潘子憑軾西征，自京徂秦」之句。潘椽，即潘岳，他曾為太尉賈充的椽吏。華岳，即西岳華山。聳疑蓮，謂華山諸峰高聳如同蓮花。水，指黃河。龍門急如箭，見本書卷六〈晚渡黃河〉注。

【語　譯】百年憂鬱少升遷，萬里迢迢入鏡川。錢塘潮湧衝起白浪，淮河長波遠接天邊。叢竹林凝結朝露，孤山上燃起烽烟。賴有邊城月色，常伴旌節高懸。東南美竹出會稽，名都繁盛三江外。塗山執玉昌勝日，曲水流觴蘭亭會。仙人響箭鳴鶴嶺，寶劍分輝斬蛟瀨。雖未看白馬對蘆芻的雲氣，且覺得浮雲亭亭如車蓋。江南節日真是多，賦詩飲酒屢經過。共唱春江曲，都唱〈採菱歌〉。行船恍惚入明鏡，舉棹如同乘風波。風光美無限，歸舟礙池荷。欣賞烟霞正流盼，卻因王事歸舟轉。芝草田內，洛陽花開屢徘徊；金谷園中，洛陽佳期重遊衍。登高南適要勝過梁鴻，憑軾西行卻想到潘椽。岸開華山，高聳如蓮花；水激龍門，湍急快如箭。

人事謝光陰，俄遭霜露侵。偷存七尺影，分沒九泉深。窮途行泣玉，憤路未藏金❶。茹荼徒有歎，懷橘獨傷心❷。年來歲去成銷鑠，懷抱心期漸寥落。挂冠裂冕已辭榮，南畝東皋事耕鑿。賓階客院常疏散，蓬徑柴扉終寂寞。自有林泉堪隱棲，何必山中事丘壑❸。我住青門外，家臨素滻濱。遙瞻丹鳳闕，斜望黑龍津。荒衢通獵騎，窮巷抵樵輪。時有桃源客，來訪竹林人❹。

【章　旨】敘述臥病、母逝、服喪之經歷。

【注　釋】❶人事謝光陰六句　謂生病。謝，代謝；變更。霜露侵，指患病。偷存，猶偷生。七尺影，謂七尺之軀。九泉，猶黃泉。指地下。泣玉，用卞和獻玉事，見本書卷二〈在江南贈宋五之問〉注。此喻懷才不遇。藏金，《晉書．藝術傳》載，隗炤臨終前恐家中金盡受困，便將五百金埋在堂屋裡面，後為妻掘得。此謂家無藏金，生活貧困。❷茹荼徒有歎二句　謂喪母。茹荼，指生活艱苦。荼，苦菜。原作「茶」。歎，感歎，原作「歡」。懷橘，《三國志・吳書・陸績傳》載，陸績少時去見袁術，袁術送橘給他吃，績把三個橘子揣在懷裡，準備帶回家去孝敬母親，受到袁術的讚賞。❸年來歲去成銷鑠八句　謂離職服喪。銷鑠，謂精力被消磨、耗盡。挂冠裂冕，將官帽掛起或毀掉，指離職。辭榮，辭去榮名，即辭官。此謂為母服喪三年。事耕鑿，從事耕田鑿井。疏散，荒疏、閒置的意思。寂寞，聯綿詞，冷落。❹我住青門外八句　謂服喪期間的生活。青門，《三輔黃圖》：「長安城東出南頭第一門，曰霸城門。民見門色青，名曰青城門，或曰青門。門外舊出佳瓜。」青，原作「清」。素滻濆，即滻水濆。丹鳳闕，見本卷〈上吏部侍郎帝京篇〉注。闕，原作「閣」。黑龍津，在長安縣龍首山未央殿附近。桃源客，用晉陶潛〈桃花源記〉事，指代隱士。竹林人，用晉「竹林七賢」事，指代隱士。

【語譯】人事隨光陰的流逝而變化，我不久就遭到不幸病魔侵。雖然保住七尺軀，自料墜入九泉深。泣窮途懷才不遇，憤失路家無藏金。吃苦菜空有感歎，母病逝獨自傷心。年來歲去精力耗盡，懷抱志向逐漸寥落。掛冠辭官為服喪，南畝東皋事耕鑿。賓階客院常荒疏，蓬徑柴門終冷落。近處即有林泉可隱棲，又何必去遠方山中找丘壑。我住青門外，家近滻水濆。遙看京都丹鳳闕，斜望皇城黑龍津。野路馳獵騎，窮巷通樵輪。時有隱居的桃源客，來訪我服喪竹林人。

昨夜琴聲奏悲調，旭日含顰不成笑。果乘驄馬發囂書，復道郎官稟綸誥❶。冶長非罪曾縲紲，長孺然灰也經溺。高門有閱不圖封，峻筆無聞欲敷妙❷。適離京兆謗，還從御府彈。炎威資夏景，平曲況秋翰。畫地終難入，書空自不安。吹毛未可待，搖尾且求餐。丈夫坎壈多愁疾，契闊迍邅盡今日。慎罰寧憑兩造辭，嚴科直挂三章律。鄒衍銜悲繫燕獄，李斯抱怨拘秦桎。不應白髮軟成絲，直為黃沙暗如漆。紫禁終難叫，朱門不易排。驚魂聞葉落，危魄逐輪埋。霜威遙有勵，雪枉更無階。含冤欲誰道，飲氣獨居懷❸。忽聞驛使發關東，傳道天波萬里通。涸轍去鱗先遊海，幽禽釋網便翔空。舜澤堯曦方有極，讒言巧佞儻無窮。誰能局迹依三輔，會就商山訪四翁❹。

【章　旨】敘述被誣贓下獄及遇赦的經歷。

【注　釋】❶昨夜琴聲奏悲調四句　謂遭誣被劾。果，果然。驄馬，指代御史臺，見本書卷五〈幽縶書情通簡知己〉注。囂書，猶謗書。此指御史彈劾奏章。郎官，指尚書省刑部郎官。綸誥，御詔。❷冶長非罪曾縲紲四句　謂含冤下獄。冶長非罪，指魯人公冶長無罪入獄事，見本書卷一〈螢火賦〉注。縲紲，一作「累紲」，拘繫犯人的繩索，引申為囚禁。長孺然灰，用韓安國所說死灰復燃事。見本書卷一〈螢火賦〉注。溺，同「尿」。高門有閭，《漢書・于定國傳》載，于定國之父于公，對重修里門的鄉人說：「少高大門閭，令容駟馬、高蓋車。我治獄多陰德，未嘗有所冤，子孫必有興者。」後來于定國為丞相，封侯傳世。閥，閥閱，指高門之功勳。《史記・高祖功臣侯者年表》：「人臣功有五品，明其等曰閥，積日曰閱。」原作「閣」。峻筆，嚴峻之筆，此指彈劾之奏章。無聞，猶無言。敷妙，敷陳奇巧，指羅織罪名。❸適離京兆謗二十四句　謂含冤負屈的悲憤。離，同「罹」。遭到。京兆，即京兆府，作者任長安主簿，而長安縣屬京兆府。謗，誹謗，謂被誣任長安主簿時犯有贓罪。御府，即御史臺，作者似任侍御史，屬御史臺。此謂任侍御史時遭彈劾。炎威，炎熱的威嚴。《左傳・文公七年》：「趙盾，夏日之日也。」杜預注：「夏日可畏。」此喻權貴。資，憑藉。夏景，指夏日。景，同「影」。平曲，意謂平法而曲處其罪，即玩弄法律，製造冤案。秋翰，秋天羽毛豐滿的蒼鷹。翰，羽毛。《史記・酷吏列傳》：「郅都遷為中尉，……列侯宗室見都，側目而視，號曰蒼鷹。」此喻酷吏。畫地，即畫地為牢。司馬遷〈報任少卿書〉：「故士有畫地為牢勢不可入。」意思是，即使在地上劃個範圍作為監牢，也勢不能進去。畫，同「劃」。書空，《晉書・殷浩傳》載，殷浩被黜放，雖口無怨言，但每天都用手指在空中書寫「咄咄怪事」四字，發泄內心的憤慨。吹毛，即吹毛求疵，謂獄吏故意挑剔。搖尾，謂猛虎入檻阱搖尾而求食，見本書卷五〈幽縶書情通簡知己〉注。坎壈，見本書卷五〈詠懷古意上裴侍郎〉注。契闊，此謂勞苦、勤苦。迍邅，行動困難。慎罰，慎於刑罰。兩造，訴訟的雙方，即原告和被告。此指「京兆謗」和「御府彈」。嚴科，嚴明的刑律。

科，條，指刑律條文。三章律，《漢書・刑法志》載，漢高祖初入關，約法三章曰：「殺人者，死；傷人及盜，抵罪。」此指代法律。鄒衍，戰國齊人。相傳他在燕國時，無罪被拘，時當夏天五月，他仰天而歎，天為之降霜。見王充《論衡・感虛篇》。李斯，戰國楚人。他幫助秦始皇平天下，封為丞相。二世即位，他被宦官趙高讒害，下獄，仰天悲歎，不久被腰斬於咸陽。見《史記・李斯列傳》。桎，桎梏，刑具。原作「格」。軟，一作「頓」。黃沙，監獄名，《晉書・武帝紀》載，太康五年（二八四）六月，「初置黃沙獄。」沙，原作「紗」。紫禁，指皇宮。因象紫微，故名。朱門，宦官之家的大門，因塗於朱漆，故稱朱門。排，開。聞葉落，謂見一落葉，便知四時將終。見本書卷一〈螢火賦〉注。危魄，形容內心憂懼。輪埋。即埋輪，為東漢張綱事。見本書卷六〈上李少常伯啟〉注。勵，同「厲」。嚴厲。雪枉，昭雪冤枉。無階，謂沒有途徑。飲氣，即飲氣吞聲。居懷，停留胸中。❹忽聞驛使發關東八句　謂遇赦出獄。驛使，驛站傳遞文書的人。關東，指洛陽。唐朝都關內，故以洛陽為關東。天波，比喻天子大赦的恩澤。《舊唐書・高宗紀》載：儀鳳四年（六七九），「六月辛亥，制大赦天下，改儀鳳四年為調露元年。」天，原作「大」。涸轍去鱗，一作「涸鱗去轍」。見本書卷三〈春霽早行〉注。此喻出獄。幽禽釋網，《史記・殷本紀》載：「（商）湯出，見野張網四面，祝曰：『欲天下四方，皆入吾網。』湯曰：『嘻！盡之矣。』乃去其三面，祝曰：『欲左，左；欲右，右。不用命，乃入吾網。』」諸侯聞之曰：『湯德至矣，及禽獸。』」此喻大赦。舜澤堯曦，謂堯舜所賜的陽光和恩澤，喻大赦的恩典。極，窮極；窮盡。儻，偏儻；偏私。原作「讜」。局迹，猶跼蹐。聯綿詞，畏縮不安的樣子。局，原作「躅」。三輔，京畿一帶，見本書卷八〈秋日餞陸道士陳文林序〉注。此指京都長安。四翁，即漢代隱居於商山的四皓。見本書卷三〈秋日山行簡梁大官〉注。

【語譯】昨夜琴聲忽奏悲調，天明發愁再不成笑。果然有御史臺臣上奏彈劾，又聽說刑部郎官秉承御詔。如公冶長無辜陷牢獄，如韓長孺死灰也經溺（尿）。高門有功積陰德，不該去圖封賞；峻筆無言要慎重，不該玩弄奇巧。剛遭京兆的誹謗，又受御府的彈劾。炎熱的威嚴，憑藉夏日的酷烈；玩法出冤案，正是新貴的手段。劃地為牢終難入，用指書空自不安。獄吏吹毛求疵，豈能久待；入檻猛虎搖尾，暫且求餐。丈夫困頓多愁苦，勞苦艱難盡今日。慎用刑罰怎憑兩造辭，嚴明刑法自有三章律。鄒衍含悲無辜入獄，李斯抱怨受秦桎梏。頭髮不應白如絲，因是黃沙暗如漆。投訴無門，皇宮叫不應；走投無路，朱門不易開。感到心驚，是因為聞一葉已落而知秋天將至；內心憂懼，是希望能伸張正義把冤屈排開。但是寒霜肅殺刑法嚴酷，昭雪冤屈卻無臺階。含冤負屈向誰訴，飲氣吞聲在胸懷。忽然聽說驛使發關東，傳來天恩大赦萬里通。一遇赦如涸魚離轍先遊海，一出獄如幽禽釋網便翔空。只是堯舜的恩澤有極限，讒言巧佞卻無窮。誰能局迹依京都，會就商山訪四翁。

【賞　析】本篇為自傳性的長篇敘事詩。作者大體上把自己參加揚州起義前的大半生經歷，都濃縮到詩中，成為一篇詩化的自傳。從青年時代進京求仕寫起，到為道王李元慶府屬，到任奉禮郎、任東臺詳正學士；由從軍邊塞、奉使入蜀、從軍姚州、淹留蜀中，到離蜀返京，任武功主簿、明堂主簿；由奉使江南，到離職住長安城東滻水濱為母服喪；由被誣下獄，到遇赦獲釋……等等。這些經歷，從時間跨度說，由唐太宗貞觀末年至唐高宗時期，從空間說，地域廣闊，由家鄉到京城，到蜀中、江南、邊塞，等等。這雖有濃重的個人色彩，但也多少反映出初唐的社會生活面貌。

本篇還具有政治抒情詩的特點。作者的大半生經歷，概括起來，就是仕途蹭蹬，人生坎坷，帶有悲劇性。因此，筆端常帶感情。「當時門客今何在，疇昔交遊已疏索」，是對世態炎涼的感慨。「卿相未曾識，王侯寧見擬。徒勞倦負薪，何處逢知己」，是對懷才不遇的抱怨。「判將運命賦窮通，從來奇舛任西東」，是對命運乖蹇的歎息。「他鄉冉冉消年月，帝里沉沉限城闕。不見猿聲助客啼，唯聞旅思將花發」，是對作客他鄉的憂思。「年來歲去成銷鑠，懷抱心期漸寥落」，是對人生易老的惆悵。特別是作者遭受誹謗、含冤入獄之後，政治抒情成份更為強烈。「鄒衍銜悲衛燕獄，李斯抱怨拘秦桎。不應白髮軟成絲，直為黃沙暗如漆」，其中有驚詫，有悲痛，有憤慨，有盼望等。本篇繼承和發揚了政治抒情詩的優良傳統。由於它反映了理想與現實的對立，故近似戰國時期屈原的〈離騷〉，如《史記．屈原列傳》所說，「屈平正道直行，竭忠盡智以事其君，讒人間之，可謂窮矣。信而見疑，忠而被謗，能無怨乎？屈平之作〈離騷〉，蓋自怨生也。」由於它表現出個人與環境的不調和，又近似漢末蔡琰所寫被擄入胡的遭際和思鄉情結的〈悲憤〉詩。

但是，本篇主要的價值取向，在於塑造出作者狷介高潔的自我形象。作者在〈在獄詠蟬〉中以蟬的高潔自喻，在〈螢火賦〉中以流螢的美德自詡，而在〈自敘狀〉中又表示要堅持「狷介之高節」。這種真實的自我，在本篇中又有了進一步的表現。他在青年時代有英俠之風，輕視衣冠之士和富貴之家：「少年重英俠，弱歲賤衣冠」，「金丸玉饌盛繁華，自言輕侮季倫家」。他孝敬母親，更盡忠於國家：「榮親未盡禮，徇主欲申功」。他淡泊名利，不拘形迹：「不識金貂重，偏惜玉山頹」。他出獄後，即想隱居山林：「誰能局迹依三輔，會就商山訪四翁」，等等。作者的這一個性，表現他對理想、對人格的執著追求，特立獨行，不隨流俗，具有內在的人格力量。這正是他仕途蹭蹬、生活坎坷的原因。

本篇在藝術上有所創新。它在形式上為歌行體，以七言為主，又雜以五言，其中五言九十六句，七言一百零四句，全詩共二百句，一百韻。它在行文上以賦體展開，把敘事、抒情融為一爐，意象非常豐富，有歷史、神話人物，有器物，特別是以自然意象為多，如「風月」、「柳絮」、「梅花」、「雲霧」、「轉蓬」、「鶯囀蟬吟」、「鴻來雁去」、「寒光」、「露氣」、「雲氣」、「橋影」、「吳江沸潮」、「淮海長波」、「池荷」、「烟霞」、「霜露」，等等。它在結構上，篇幅宏大，縱橫捭闔，大起大落，氣足神完。它在語言運用上，用了不少雙聲、疊韻、疊詞、聯綿詞，造成音節美。如「掩映」、「參差」、「憔悴」、「絡繹」、「迢遞」、「芳菲」、「寥落」、「寂寞」、「坎壈」、「迍邅」、「隱隱」、「奕奕」、「悠悠」、「沉沉」、「冉冉」、「鬱鬱」、「迢迢」等。它在風格上，寫出京都的雄麗、蜀中的險峻，江南風光，邊塞風雲，顯得有剛有柔。

兵部奏姚州道破逆賊諾沒弄楊虔柳露布

【題　解】姚州，地名。《舊唐書・地理志》：「劍南道姚州，武德四年（六二一）置。漢益州郡之雲南縣，古滇王國。後置永昌郡，雲南哀牢博南，皆屬邑也。……武德四年，安撫大使李英以此州內人多姓姚，故置姚州，管州二十二。」按姚州故地在今雲南大姚縣北。諾沒弄、楊虔柳，姚州叛酋。原作「柳諾設弄楊虔」。露布，文體名，指告捷的文書。劉勰《文心雕龍・檄移》：「檄，或稱露布。」封演《封氏聞見記》卷四：「露布，捷書之別名也。諸軍破賊，則以帛書建諸竿上，兵部謂之『露布』。蓋自漢以來有其名。所以名『露布』者，謂不封檢露而宣布，欲四方速知。亦謂之『露版』。」

《舊唐書・高宗紀上》載：「咸亨三年（六七二）春正月辛丑，發梁益等一十八州兵，募五千三百人，遣右衛副率梁積壽往姚州擊叛蠻。」作者此時隨軍至姚州平叛而作。

尚書兵部：臣聞北極列象，六合奉天子之尊；南面乘乾，一統成聖人之業。是知衣裳所會，義有輯於殊鄰；霜露所由，誠兼育於異類。故塗山萬國，誅後至者防風；丹浦一戎，緩前禽者就日❶。然則利弧矢以威天下，法雷霆以震域中。四時行焉，天道不能去煞；五兵備矣，皇業所以勝殘。雖事切救焚，苟順時以濟物；恩深祝網，不獲已而用兵❷。

【章旨】歌頌大唐王朝的強盛及權威。

【注釋】❶尚書兵部十三句　謂大唐王朝之強盛。北極，北辰，即北極星。《爾雅・釋天》：「北極謂之北辰。」《論語・為政》：「為政以德，譬如北辰，居其所而眾星共之。」此喻帝王之尊。六合，指天地四方。南面，謂南面而治。古代以坐北朝南為尊位，聖人帝王接見群臣皆面向南而坐。《易・說卦傳》：「聖人南面而聽天下」。這就是聖人坐北朝南而聽政於天下的意思。乘乾，見本書卷六〈為齊州父老請陪封禪表〉注。業，統一大業。原作「表」。衣裳所會，即「衣裳之會」，謂國與國之間以禮交好之會，相對「兵車之會」，即戰爭而言。《穀梁傳・莊公二十七年》：「衣裳之會十有一，未嘗有歃血之盟也，信厚也。」輯，和睦。殊鄰，不同的鄰邦。兼，原作「無」。異類，不相同的族類。塗山萬國，《左傳・哀公七年》：「禹合諸侯於塗山，執玉帛者萬國。」按塗山，一說在今安徽省壽縣；一說在今浙江紹興西北；一說在今四川重慶之真武山。防風，指傳說中汪芒氏之君名。《國語・魯語下》：「吳伐越，墮會稽，獲骨焉，節專車。吳子使來好聘，且問之仲尼，……客執骨而問曰：『敢問骨何為大？』仲尼曰：『丘聞之，昔禹致群神於會稽之山，防風氏後至，禹殺而戮之，其骨節專車，此為大矣。』」丹浦一戎，《呂氏春秋・八覽・召數篇》：「堯戰於丹水之浦，以服南蠻。」高誘注：「丹水，在南陽。浦，岸也，一曰崖也。」緩前禽，寬緩在前面逃走的禽獸。《易・比卦》：「顯比，王用三驅，失前禽，邑人不誡，吉。」這大意是說，君王田獵時三方驅圍，網開一面，聽憑前面的禽獸逃逸。此喻帝堯德及禽獸。就日，謂帝堯「就之如日，望之如雲」，見本書卷二〈夏日遊德州贈高四〉注。❷然則利弧矢以威天下十句　謂大唐王朝的威權。弧矢，指弓箭。《易・繫辭下傳》：「弦木為弧，剡木為矢，弧矢之利，以威天下」。這是說弓箭的好處在於威服天下。雷霆，疾雷。《易・繫辭上傳》：「鼓之以雷霆，潤之以風雨。」此以雷霆喻威權和威勢。行，原作「得」。天道，天理；天意。去煞，免除虐殺。煞，同「殺」。殺傷；損傷。五兵，五種兵器。《周禮・夏官・司兵》：「掌五兵五盾。」鄭玄注引鄭司農云：「五兵者，戈、殳、戟、酋矛、夷矛。」皇業，指皇統、皇權。勝殘，克服殘暴。救焚，猶救焚拯溺。焚，火災。溺，落水者。此謂救民於水火之中。苟，但；只。恩深祝網，用商湯祝網事，見本書卷九〈疇昔篇〉注。不獲已，猶不得已。

【語　譯】尚書兵部：臣聞眾星環繞北辰，如天地遵奉天子之尊位；帝王南面而治，是天下一統成就聖人的大業。衣裳之會，在於和睦不同的鄰邦；霜露普降，在於兼育不同的族類。因此禹合諸侯於塗山，殺戮後至者防風；堯服南蠻於南浦，寬緩前禽者就日。那麼弓箭的好處，在於威服天下；雷霆的震響，在於威震國中。四時運行，天意不能免除虐殺；五兵齊備，皇權所以克服殘暴。事合救焚，只是順天時以濟萬物；恩深祝網，也只是不得已而用兵。

伏惟皇帝陛下，登翠嬀以握名，憲紫微而正象。玄功不宰，混太始以凝神；至道無為，佇華胥而得夢❶。闡文教以清諸夏，崇武功以制九夷。環海十洲，通波太液之水；鄧林萬里，交影甘泉之樹。反踵穿胸之域，襲冠帶以來王；奇肱儋耳之酋，奉正朔而請吏❷。

【章　旨】歌頌唐高宗的文治武功。

【注　釋】❶伏惟皇帝陛下七句　謂高宗登位祥瑞呈現。翠媯，水名，傳說黃帝在此受龍圖龜書，即河圖洛書。此喻吉祥。握名，一作「握圖」。謂得到河圖洛書。憲，顯示。紫微，即紫微垣。星官名。見本書卷六〈為齊州父老請陪封禪表〉注。此以紫微喻祥瑞。正象，上天正中之表象。紫微垣為三垣之一，為大帝之座。它有星十五顆，分兩列，以北極（即北辰）為中樞，成屏藩狀。而北極正中即天之中，古謂之天極，故云。玄功，玄德，見本書卷一〈螢火賦〉注。玄，原作「女」。不宰，不主宰；不宰割。《老子》五十一章：「生而不有，為而不恃，長而不宰，是謂玄德。」這是說「道」對於萬物，生長之而不據為己有，作成之而不恃以為德，養育之而不宰割以為器用，這就稱為「玄德」。宰，原作「幸」。混，混成。太始，古代指天地開闢、萬物開始形成的時代。《列子・天瑞》：「太始者，形之始也。」凝神，凝聚神明。至道，最高的準則。無為，即儒家所主張的任賢用能、以德化民的治國方法。為，原作「圖」。佇，久立。華胥，華胥氏國。《列子・黃帝篇》：「（黃帝）晝寢而夢，遊於華胥氏之國。華胥氏之國在弇州之西，台州之北，不知斯齊國幾千萬里；蓋非舟車足力之所及，神遊而已。其民無嗜欲，自然而已。……黃帝既寤，怡然自得。」此喻大唐王朝為理想國。❷闡文教以清諸夏十句　謂唐高宗之文治武功。文教，古代稱禮樂法度、文章教化。清，潔淨；純潔。諸夏，周代王室所分封的諸國，後用以稱中國。九夷，即淮夷，此指諸夷。環海十洲，東方朔《十洲記》：「漢武帝既聞王母說八方巨海之中，有祖洲、瀛洲、玄洲、炎洲、長洲、元洲、流洲、生洲、鳳麟洲、聚窟洲。有此十洲，乃人跡所稀絕處。」太液，即長安建章宮內的太液池。鄧林，《列子・湯問篇》：「夸父不量力，欲追日影，逐之於隅谷之際。渴欲得飲，赴飲河渭；河渭不足，將走北飲大澤。未至，道渴而死，棄其杖，尸膏肉所浸，生鄧林。鄧林彌廣數千里焉。」甘泉，宮名，本秦之林光宮，漢武帝增廣之，故址在今陝西淳化西北甘泉山。反踵穿胸，《淮南子・墬形》：「自西南至東南方，有結胸民、穿胸民。自東北至西北方，有跂踵民。」高誘注：「穿胸，胸前穿孔達背。跂踵，踵不至地，以五指行。」來王，古代謂中原以外的民族來朝。奇肱，《山海經・海外西經》：「奇肱之國在其北，其人一臂三目，有陰有陽，乘文馬。」肱，原作「眩」。儋耳，古部族名。《後漢書・南蠻西南夷列傳》：「哀牢人皆穿鼻儋耳。」《山海經・大荒北經》：「有儋耳之國。」郭璞注：「其人耳大，下儋垂在肩上。」正朔，謂帝王新頒布的曆法。古代帝王易姓受命，必改正朔，故夏、商、周、秦及漢初的正朔各不相同。自漢武帝後，直至今之農曆，都用夏制，即以建寅之月為歲首。《禮記·大傳》：「改正朔，易服色。」孔穎達疏：「改正朔者，正，謂年始；朔，謂月初，言王者得政，示從我始，改故用新，隨寅丑子所損也。」請吏，請臣置吏。

【語　譯】伏惟皇帝陛下，登上翠嬀之川接受祥瑞圖籙，顯示紫微星官居於正中之天象。偉大的功德在於養育萬物，混成太始凝聚神明；最高的準則在於以德化民，進入華胥氏理想國的境界。闡揚文治來純潔中國，崇尚武功來制服九夷。環海十洲，通向太液池之水；鄧林萬里，交接甘泉宮之樹。反踵穿胸之域，都戴冠披帶來朝拜；奇肱儋耳之酋，都遵奉我朝正朔而請臣置吏。

逆賊蒙儉、和舍等，浮竹遺胤，沉木餘苗。邑殊禮義之鄉，人習貪殘之性❶。日者皇明廣燭，帝道遐融。頗亦削左衽而被朝衣，解椎髻而昇華冕。而豺狼有性，梟獍難馴。遂敢亂我天常，變九隆而背誕；負其地險，攜七部以稽誅。騷亂邊疆，敓攘州郡❷。

【章　旨】寫姚州夷酋叛亂之本性。

【注　釋】❶逆賊蒙儉和舍等五句　謂姚州叛酋之家世。蒙儉，即設蒙儉，當地夷酋，襲爵麼州刺史。和舍，夷酋。浮竹，常璩《華陽國志·南中志》：「楚莊蹻泝沅水出且蘭，以伐夜郎，植牂牁繫船，於是因名且蘭為牂牁國。漢興，有竹王者興於豚水。初，有一女子浣於水濱，有三節大竹流入女子足間，推之不肯去，聞有兒聲。取持歸破之，得一男兒，長養有才武，遂雄夷濮。氏以竹為姓，捐所破竹於野，成竹林，今竹王祠竹林是也。」此謂蒙儉為竹王的後裔。遺胤，指後嗣。沉木，《後漢書·南蠻西南夷列傳》：「哀牢夷者，其先有婦人，名沙壹，居於牢山，嘗捕魚水中，觸沉木若有感，因懷妊十月，產子男十人。後沉木化為龍出水上，沙壹忽聞龍語曰：『若為我生子，今悉何在？』九子見龍驚走，獨小子不能去，背龍而坐，龍因舐之。其母鳥語，謂背為九，謂坐為隆，因名子曰九隆。及後長大，諸兄以九隆能為父所舐而黠，遂共推以為王。」此謂蒙儉的祖先九隆為沉木化生。❷日者皇明廣燭十二句　謂夷酋之叛。日者，往日；從前。皇明，皇帝的聖明。燭，亦作「爥」。照耀。帝道，指帝王治國之道。融，融合。剷，革除。左衽，古代少數民族的衣服前襟向左掩，不同於中原一帶衣服前襟向右掩。衽，衣襟。朝衣，唐王朝之衣服。椎髻，謂為髻一撮，以椎結之，指少數民族髻飾。《後漢書．南蠻西南夷列傳》：「西南夷者，在蜀郡徼外，其人皆椎結左衽。」梟獍，亦作「梟鏡」。相傳梟為食母的惡鳥，獍，又名破鏡，是食父的惡獸。此喻忘恩負義的惡人。天常，天的常道，此指倫常、綱常。負，倚恃。七部，《新唐書．南蠻傳》：「烏蠻與南詔世昏姻，其種分七部落。」稽誅，稽延討伐。騷，原作「搔」。戕戮，連文同義，搶奪。

【語　譯】叛逆蒙儉、和舍等，原是剖竹而生的竹王的後裔，是沉木化生的九隆的餘苗。城邑有別於中原禮義之邦，人群習慣於貪婪殘暴之性。從前皇帝聖明普照，治國之道和融，使他們革除左衽而穿上唐衣，解除椎髻而高戴華冕。但是豺狼成性，梟獍難馴，於是竟敢亂我綱常，改變其祖先傳統而背叛作亂；倚恃險要，率領七部而稽延誅伐。騷亂邊疆，搶奪州郡。

是用三門授律，長驅無戰之師；五月渡瀘，深入不毛之地❶。去月二十一日，軍次三胐崙鎮，前後捕得生口，知守捉山差傍山連結十部蠻，有徒五萬眾。此山即南中巨防也，崗巒千里，西通大荒之郊；溪谷萬重，南極炎洲之境。聳喬林而插漢，陰兔有假道之標；拔崇巖以隱天，陽烏無回翼之地。峰危束馬，路絕懸車。賊踞臨代之形，垂建瓴之勢，徵風召雨，蝟起蜂飛，驅雜種以挺災，封狐十里；肆沉黎而作孽，雄虺九頭❷。

【章　旨】寫夷酋作亂的經過。

【注　釋】❶是用三門授律四句　謂平叛之歷史。是用，因此。三門，古代天子都城四面各有三門。《周禮．考工記．匠人》：

「匠人營國，方九里，旁三門。」鄭玄注：「天子十二門，通十二子。」此以三門指代天子和帝都。授律，天子所授的詔命。無戰之師，淮南王安〈諫誅閩越書〉：「臣聞天子之師，有征而無戰，言莫敢校也。」這是說王師出征，不須交戰，敵人即望風歸降。五月渡瀘，《三國志・蜀書・諸葛亮傳》載，建興元年（二二三），南中諸郡，並皆叛亂。建興三年（二二五）春，諸葛亮率眾南征，至秋悉平。其〈出師表〉曰：「故五月渡瀘，深入不毛。」按瀘即瀘水。不毛，即不毛之地，見本書卷五〈從軍軍中行路難〉注。❷去月二十一日二十四句　謂夷酋叛亂。去月，過去的歲月。崙鎮，地名，一作「崑崙鎮」。生口，俘虜。守捉，《新唐書・兵志》：「唐初，兵之戍邊者，大曰軍，小曰守捉，曰城，曰鎮，而總之者曰道。其軍、城、鎮、守捉皆有使，而道有大將一人，曰大總管。」十部蠻，《新唐書・南蠻傳》：「南詔有十瞼，夷語瞼若州。」南中，指南郡之中。巨防，高峻險阻之防禦。防，原作「旁」。大荒，《山海經・大荒西經》：「大荒之中有山，名曰大荒之山；日月所入，是謂大荒之野。」炎洲，東方朔《十洲記》：「炎洲，在南海中，地方二千里，去北岸九萬里。」插漢，直插雲漢，形容高大挺拔。原作「掙月」。陰兔，指月亮。月為陰精，又傳說月中有玉兔，故名。原作「陰靈」。假道，借路。標，高標，此指高枝。陽烏，指太陽。古代傳說日中有三足烏，故名。回無翼，應作「無回翼」，指沒有翅膀回旋的地方。庾信〈秦州天水郡麥積崖佛龕銘〉：「陰兔假道，陽烏回翼。」懸，原缺。臨代之形，此指山嶺的高峻險要形勢。見本書卷二〈夏日遊德州贈高四〉注。建瓴，即高屋建瓴。《漢書・高帝紀》：「田肯賀上曰：『秦地勢便利，其以下兵於諸侯，譬如居高屋之上，建瓴水也。』」這是形容居高臨下的形勢。建，同「瀽」。傾倒。瓴，盛水瓶。原作「鈑」。挺災，生出災禍。挺，生出；生長。封狐，大狐，見本書卷五〈從軍軍中行路難〉注。沉黎，郡名。《漢書・西南夷傳》：「及漢誅且蘭邛君，並殺筰侯，以邛都為粵嶲郡，筰都為沉黎郡。」雄虺，大蛇。

【語　譯】因此天子授以詔命，馳騁有征無戰之王師，五月渡過瀘水，深入未加開發之地方。去月二十一日，軍隊駐紮三朏崙鎮，前前後後捕有俘虜，才得知守捉山差依山連結十部蠻夷作亂，有五萬之眾。此山即南郡中之高峻險阻所在，崗巒千里，西面通向大荒之郊，溪谷萬重，南面到達炎洲之境。聳立的喬林直插霄漢，陰兔有了借路之高標；挺立的高山隱蔽天日，陽烏沒有回旋的餘地。山高束馬，路斷懸車。叛酋盤踞高峻險要的山形，利用高屋建瓴的地勢。呼風喚雨，蝟起蜂飛。有大狐十里，驅使雜種而生災；有九首大蛇，肆虐沉黎來作孽。

臣以為制敵以權，柔遠者理成於德教；伐叛以義，決勝者不在於干戈。於是廣布朝恩，恭宣帝澤，申之以安撫，曉之以存亡。信重蠻陬，無負黃龍之約；賞隆漢爵，不踰白馬之盟。地接冉駹，詞屢殫於喻蜀；俗通盤瓠，聲不輟於吠堯❶。臣遣左三軍子總管、寧遠將軍、前守右驍騎萬安府長史、折衝都尉、上柱國劉惠基，率檢校果毅驍騎尉、井陘縣開國男劉玄暕等，銜枚遠襲，卷甲前驅。偃危旆而設潛兵，疑從天落；乘間道而掩不備，若出地中。又遣右二軍子總管、明威將軍、行左武衛翊府中郎將高奴弗，率左武衛天水府折衝都尉張仁操等，陟南山之南，衝其要害之路。又遣左一軍子總管、前右金吾衛翊府郎將孫仁感，率衛尉府左果毅都尉王文雅等，凌北山之北，絕其飛走之途❷。賊首領楊虔柳、諾沒弄、諾覽斯等，振螳蜋之力，拒轍當輪；縱蚊蚋之群，彌山滿谷。劉惠基、高奴弗、孫仁感等，並忠勤克著，智略遠聞。識明君之重恩，輕生有地；提太阿之神劍，視死無時。彎弧而兇黨土崩，舉刀而妖徒瓦解。雖危苕沸鼎，未窮梟首之誅；救死扶傷，獨致析骸之爨❸。

【章旨】寫平叛的策略和部署。

【注釋】❶臣以為制敵以權十六句　謂以權制敵，以義伐叛的策略。權，威權。柔遠，懷柔邊遠。德教，道德教化。朝恩，朝廷的恩義。帝澤，天子的德澤。安撫，安頓撫慰。黃龍之約，《後漢書·南蠻西南夷列傳》載，秦昭襄王時，有一白虎，傷害千餘人。昭王乃重募國中能殺虎者，時有巴郡閬中夷人，射殺白虎。昭王以其夷人，不欲加封，乃刻石盟要，盟曰：「秦犯夷，輸黃龍一雙。夷犯秦，輸清酒一鍾。」夷人安之。此喻懷柔政策。白馬之盟，指古代以白馬為犧牲的盟誓。《漢書·高惠高后文功臣表》：「漢興八載，而天下迺平，始論功而定封。訖十二年，侯者四十有三人。封爵之誓曰：『使黃河如帶，泰山若礪，國以永存，爰及苗裔。』」於是申以丹書之信，重以白馬之盟。」冉駹，地名，陳熙晉《駱臨海集箋注》：「按冉駹今四川茂州。」冉，原作「周」。殫，盡。原作「彈」。喻蜀，《史記・司馬相如列傳》：「相如為郎數歲，會唐蒙使略通夜郎西僰中，發巴蜀吏卒千人，郡又多為發轉漕萬餘人，用興法誅其渠帥，巴蜀民大驚恐。上聞之，乃使相如責唐蒙，因喻告巴蜀民以非上意。……相如還報。天子問相如，相如曰：『邛、筰、冉駹者，近蜀，道亦易通，秦時嘗通為郡縣，至漢興而罷。今誠復通，為置郡縣，愈於南夷。』天子以為然，乃拜相如為中郎將，建節往使。……便略定西夷，邛、筰、冉駹、斯榆之君，皆請為內臣。」盤瓠，《後漢書・南蠻西南夷列傳》載，傳說高辛氏畜有狗，其毛五彩，名曰盤瓠。瓠，原作「𩚬」。吠堯，《戰國策・齊策六》：「跖之狗吠堯，非貴跖而賤堯也，狗固吠非其主也。」後以「吠堯」比喻惡人攻擊好人。❷臣遣左三軍子總管十六句　謂平叛的部署。「臣遣」至「劉玄暐等」七句，原作「臣遣左二軍子總管、寧遠將軍、前守右驍尉、井陘縣開國男劉玄暐等」，茲據陳熙晉《駱臨海集箋注》校補。總管，官名。《玉海・官制部》：「武德初，邊要之地，置總管以統軍，加號使持節，蓋漢刺史之任。」寧遠將軍，《新唐書・百官志》：「武散階四十有五，正五品上曰定遠將軍，正五品下曰寧遠將軍、懷化郎將。」右驍尉，《新唐書・百官志》：「又十六衛，武德五年（六二二），改左右翊衛曰左右衛府，左右驍騎衛曰左右驍騎府。」折衝都尉，《新唐書・兵志》：「武德初，始置軍府，以驃騎、車騎兩將軍府領之。……六年（六二三），改驃騎曰統軍、車騎曰別將。……太宗貞觀十年（六三六），更號統軍為折衝都尉，別將為果毅都尉，諸府總曰折衝府。」上柱國，官名，戰國楚之官制，凡立覆軍斬將之功者，官封上柱國，爵為上執珪，榮寵至極，歷代沿用。井陘縣，在今河北省西部。開國男，指晉以後在五等封爵前所加的稱號。宋人高承《事物紀原・官爵封建・開國》：「晉令始有開國之稱，故五等皆郡縣開國。陳亦有開國郡公、縣侯伯子男，侯已降，無郡封。由唐迄今，因而不改。」銜枚，古代進軍襲擊敵人時，常令士兵銜枚口中，以防喧嘩。枚，形如箸，兩端有帶，可繫於頸上。前驅，前導；先鋒。旆，大旗。潛兵，伏兵。間道，偏僻的小路。明威將軍，《新唐書・百官志》：「武散階，從四品上曰宣威將軍；從四品下曰明威將軍。」左武衛，《舊唐書・職官志》：「左、右衛，每府中郎一人，中郎將一人，皆四品下，左右郎將各一人，正五品上，左、右武衛、翊府中郎將，左右郎將，人數品秩如左、右衛。」郎將，即中郎將。秦置中郎，至西漢分五官、左、右三署，各置中郎將以統領皇家侍衛。東漢以後，統兵將領多用此名，其上再加稱號。要害之路，指兵家攻守必爭之路。右金吾衛，《舊唐書・職官志》：「左右金吾衛，秦曰中尉，掌徼巡，武帝改名執金吾，隋曰候衛。龍朔二年（六六二），改為左、右金吾衛，采古名也。」飛走之途，指逃跑的途徑。走，原缺。❸賊首領楊虔柳諸沒弄諾覽斯等十八句　謂平叛將士的英勇。螳蜋之力，指螳臂擋車。《莊子・人間世》：「汝不知夫螳蜋乎？怒其臂車轍，不知其不勝任也。」輕生，謂不怕犧牲生命之意。太阿，亦作「泰阿」。古寶劍名，相傳為春秋時歐冶子、干將所鑄。兇黨，兇惡的黨徒，指叛亂的夷酋。危苕，《大戴禮・勸學篇》：「南方有鳥，名曰蝫鳩，以羽為巢，編之以髮，繫之葦苕，風至苕折，子死卵破。巢非不完也，所繫者然也。」此喻處境危殆。沸鼎，《後漢書・杜欒劉李劉謝列傳》：「此猶養魚沸鼎之中，棲鳥烈火之上。水木本魚鳥之所生也，用之不時，必至燋爛。」此喻死亡邊緣。析骸之爨，《左傳・宣公十五年》載，楚國圍宋五月不解。宋城中急，無食，使華元夜入楚師，登子反之床，起之，曰：「寡君使元以病告，曰：『敝邑易子而食，析骸以爨。雖然，城下之盟，有以國斃，不能從也。去我三十里，唯命是聽。』」此喻戰亂時期老百姓糧盡柴絕的悲慘生活。

【語　譯】臣認為以威權制敵，懷柔理應是道德教化；以正義伐叛，決戰不在於大動干戈。於是要廣布朝廷的恩義，恭宣天子的德澤，向夷人表示安頓撫慰，讓夷人通曉生死存亡。信義重於蠻隅，不負黃龍之約；當以漢爵賞賜，不越白馬之盟。但是地接冉駹，俗通盤瓠，卻要屢屢告喻巴蜀，卻不停地吠堯，因為堯不是牠的主人。臣派遣左三軍子總管、寧遠將軍、前守右驍騎萬府長史、折衝都尉上柱國劉惠基，率檢校果毅驍騎尉、井陘縣開國男劉玄暕等，銜枚遠襲，卷甲前導。偃旗息鼓設下伏兵，似從天而降；利用小道攻其不備，若冒出地中。又派遣右二軍子總管、明威將軍、行左武衛翊府中郎將高奴弗，率左武衛天水府折衝都尉張仁操等，登上南山之南，衝其攻守必爭之路。又派遣左一軍子總管、前右金吾衛翊府中郎將孫仁感，率府左果毅都尉王文雅等，超越北山之北，斷絕其飛走脫逃之途。賊首領楊虔柳、諾沒弄、諾覽其等，想振其螳蜋之力，拒擋車輪；放縱蚊蠅之群，滿山遍谷。劉惠基、高奴弗、孫仁感等，都以忠勇勤奮著稱，智慧謀略遠聞，深識明君之重恩，不怕犧牲；手提太阿之神劍，視死如歸。一張弓兇黨土崩，一舉刀妖徒瓦解。處危殆死亡之境，未能殺盡梟首；獻救死扶傷之力，解救百姓缺食缺柴的困厄。

二十二日，臣遣副總管兼安撫副史、定遠將軍、前左驍騎翊府中郎將令狐智通，率右武衛郎將、壯府左果毅都尉韓惠德等，擁貔豹之雄，順天機而左轉。遣副總管兼安撫副使、守銀州刺史、上柱國宜春縣開國男李大志，率前左武衛靜福府右果毅都尉、上柱國陳弘義等，率犀象之卒，乘地軸以右回。又遣行軍司馬、守嶲州都督府長史梁待辟，率守右金吾衛宜昌府果毅都尉閻文成等，總投石拔距之材，蹈中權而撫其背。又遣前守右威衛龍西府果毅都尉康留買等，騰躍鐵歕金之騎，犯前茅而扼其喉。臣率守左衛清宮府左果毅許懷秀等，橫玉弩以高臨，摐金鉦而直進❶。玄雲結陣，影密西郊。赤堇揮鋒，氣衝南斗。揚塵埃而匝地，白日為之晝昏；積氛祲以稽天，滄溟為之晦色。兵交刃接，鳥散魚驚，自卯及申，追奔逐北，斬首千餘級，轉戰三十里。激流膏而為泉，似變萇弘之血；委亂骸而擠壑，若泛鼈靈之屍。既而照盡高春，雲昏乙夜，賊乃收集餘眾，保據重巖。臣度彼遊魂，慮其宵遁，彼三軍齊進，四面合圍❷。二十三日，乘魚爛之危，啟蛇形之陣。揚麾誓眾，杖節訓兵。一鼓先登，賞必懸於芳餌；九攻失律，罪無赦於嚴誅。五部材雄，三河俠少，或生居燕地，尤工即墨之圍；或家本秦人，早習昆明之戰。叱咤則江山搖蕩，慷慨則林壑飛騰。舉鵬力以揚威，耀犀渠而賈勇。澄氣氛廓祲，同夏景之潰春冰；滅迹掃塵，若霜風之卷秋籜❸。

【章　旨】敘述平叛的戰鬥歷程。

【注　釋】❶二十二日十八句　謂我軍前、後、左、右之進兵。二十二日，原缺「二」。翊，原作「衝」。安撫副使，《新唐書・百官志》：「貞觀初，遣大使十三人，巡省天下諸州，水旱則遣使，有巡察、安撫、存撫之名。又，節度使又兼安撫使，則有副使、判官各一人。」貔貅，比喻勇猛的軍士。貔，一種猛獸。順天機，謂順從天意。左轉，向左包抄。地軸，指大地，見本書卷二〈夏日遊德州贈高四〉注。右回，向右迂回。投石拔距，亦作「投石超距」。指古代軍中的習武練功活動。《史記・白起王翦列傳》：「王翦使人問軍中戲乎？對曰：『方投石超距。』」司馬貞《索隱》：「超距，猶跳躍也。」中權，指主將所在的中軍。撫其背，指後路進擊。撫，同「拊」。拍，擊。騰，原作「勝」。躍鐵，馬以鐵為甲，故云。鐵，原作「截」。歕金，飾金之馬勒。陳熙晉《駱臨海集箋注》：「馬以鐵為甲，故曰躍鐵，以金為勒，故曰歕金。」前茅，指斥候。《左傳・宣公十二年》：「前茅慮無，中權後勁。」杜預注：「慮無，如今軍行前有斥候踏伏，皆持以絳及白為幡，見騎賊舉絳幡，見步賊舉白幡，備慮有無也。茅，明也，或曰時楚以茅為旌識。」摐，同「撞」。擊。金鉦，金鼓。❷玄雲結陣二十六句　謂戰鬥的激烈。赤堇，指代寶劍。《越絕書・外傳・記寶劍》：「王取純鈞，薛燭對曰：『當造此劍之時，赤堇之山，破而出錫，若耶之溪，涸而出銅，雨師掃灑，雷公擊橐，蛟龍捧鑪，天帝裝炭，太乙下觀，天精下之。歐冶乃因天之精神，悉其伎巧。』」「氣衝南斗」至「晦色」五句，原作「氣南斗，授以稽天，滄溟為之晦色。」茲據陳熙晉《駱臨海集箋注》校補。匝地，環繞大地。氛祲，此指妖氛。稽天，至於天際，形容勢大。稽，至；到。滄溟，大海。萇弘，傳說中周朝的臣子。《莊子・外物》：「萇弘死於蜀，藏其血三年，而化為碧（青綠色的美石）。鼈靈，亦作「鼈令」、「鱉令」、「鼈泠」，神話傳說中的蜀帝。《經典集林》卷十四引漢揚雄〈蜀王本紀〉：「荊有一人，名鼈靈，其尸亡去，荊人求之不得。鼈靈尸隨江水上至郢，遂活，與望帝相見。望帝以鼈靈為相，……乃委國授之而去，如堯之禪舜。鼈靈即位，號曰開明帝。」高春，《淮南子・天文》：「至於淵虞，是謂高春；至於連石，是謂下春。」乙夜，二更時分。度，猜度。遊魂，指叛酋。❸二十三日二十三句　謂我軍英勇作戰。魚爛，《公羊傳・僖公十九年》：「梁亡，魚爛而亡也。」何休注：「魚爛從內發。」蛇形之陣，《孫子・九地篇》：「故善用兵者，譬如率然。率然者，常山之蛇也，擊其首，則尾至；擊其尾，則首至；擊其中，則首尾俱至。」杖節，執持符節。失律，《易・師卦》：「〈象〉曰：『師出以律』，失律凶也。」大意是〈象傳〉說：「『兵隊出發要用法律號令來約束』，說明喪失紀律必有凶險。」五部，《華陽國志・南中志》：「建興三年（二二五），改益州為建寧，分建寧、越嶲置雲南郡；

又分建寧、牂牁置興古郡，移南中勁卒青羌萬餘家於蜀，為五部，所當無前，號為飛軍。」三河，指河東、河南、河內。即墨之圍，戰國時齊將田單堅守即墨，使燕將樂毅長久圍攻不下。齊襄王五年（前二七九）田單於此用火牛陣大敗燕軍，一舉收復七十多城。見《史記·田單列傳》。按即墨在今山東平度東南。昆明之戰，漢武帝元狩三年（前一二〇），開鑿昆明池，訓練水軍，準備和昆明國作戰。故址在今陝西省西安市西南斗門鎮一帶。犀渠，傳說中之獸名，犀牛之屬。此為盾名，疑用此獸皮蒙盾，故名。澄，原作「登」。廓，原缺。冰，原作「水」。秋籜，秋天草木落葉。

【語　譯】二十二日，臣派遣副總管兼安撫副史、定遠將軍、前左驍騎翊府中郎將令狐智通，率右武衛郎將、壯府左果毅都尉韓惠德等，擁有勇猛之戰士，順著天意向左包抄。派遣副總管兼安撫副使、守銀州刺史、上柱國宜春縣開國男李大志，率前左武衛靜福府右果毅都尉、上柱國陳弘義等，率領勇猛士卒，乘著地軸向右迂迴。又派遣行軍司馬、守嶲州都督府長史梁待辟，率守右金吾衛宜昌府果毅都尉閻文成等，統領勇猛之材士，中軍而從後面進攻。又派遣前守右威衛龍西府果毅都尉康留買等，飛馳鐵甲金勒的戰騎，冒犯斥候而扼其咽喉。臣則率守左衛清宮府左果毅許懷秀等，張弓引箭，居高臨下，擊鼓進軍，長驅直入。戰鬥非常激烈。黑雲陣陣，籠蓋西郊，寶劍揮鋒，氣衝南斗。揚起的塵埃環繞大地，使白晝為之昏黑；積聚的妖氛直達天際，使大海為之變暗。兵刃交接，使鳥散魚驚，自卯時至申時，追奔逐北，斬首千餘級，轉戰三十里。激濺的油脂成為流水，似乎是萇弘的血；丟棄骨骸墜落溝壑，如同浮泛鼇靈的屍體。不久太陽下山，到了深夜時分，叛酋收集餘眾，佔據重巖自保。臣考慮叛酋遊蕩，或乘夜幕逃跑，便使三軍前進，四面包圍。二十三日，乘叛酋內亂之危，啟動蛇行之陣。揚麾誓眾，杖節訓兵。一鼓先登，必受到重賞；違犯紀律，必嚴誅不赦。五部材雄，三河俠少，有的生於燕地，工於即墨之突圍；有的家本秦人，早習昆明之戰術。叱吒時使江山搖蕩，慷慨時使林谷飛騰。大鵬飛舉發揚威力，犀渠光耀鼓足勇氣。澄清妖氛，如同夏日融化春天的冰河；掃滅塵跡，如同霜風席捲秋天的落葉。

戰踰百里，時歷三朝。前後生擒四千餘人，斬首五千餘級。諾沒弄、楊虔柳等，殞元行陣，懸首旌門。蒙儉、和舍等，委眾奔馳，脫身挺險。雖復刑以止殺，丁壯咸伏於誅夷；禮不重傷，班白必存於寬宥❶。昔魏臣賦蜀，徒聞蒟醬之奇；漢使開邛，才通竹杖之利。豈若膺紫泥而吊伐，指丹徼以臨戎。一戰而孟獲成擒，再舉而哀牢授首。斯並皇威遠暢，廟略遐宣。奉玄猷以配天，徒知帝力；掩皇輿而闢地，豈曰臣功？不勝慶快之至，謹奉露布以聞❷。

【章旨】總結平叛的勝利。

【注釋】❶戰踰百里十四句　謂平叛之戰果。殞元，指被殺。殞，同「隕」。墜落。元，人頭。挺險，亦作「鋌險」，指無路可走而被迫冒險。刑以止殺，謂以終止殺戮作示範。刑，同「型」。示範。班白，頭髮花白。❷昔魏臣賦蜀十六句　謂皇威遠暢。魏臣賦蜀，指左思之〈蜀都賦〉。按左思仕晉，因晉受魏禪，故云魏臣。徒，獨。蒟醬，〈蜀都賦〉：「其園則有蒟蒻茱萸，瓜疇芋區。」劉逵注：「蒟，蒟醬也，緣樹而生，其子如桑椹，熟時正青，長二三寸，以蜜藏而食之，辛香，溫調五臟。」漢使開邛，西漢張騫出使大月氏，曾歷大宛、大月氏、康居、大夏等地，後又出使烏孫，從而加強了漢朝與西域少數民族的聯繫。見《史記・大宛列傳》。邛，西南夷國名。竹杖，指邛杖。邛竹製成的手杖。《史記・大宛列傳》：「(張)騫曰：『臣大夏時，見邛竹杖、蜀布。』」張守節《正義》：「邛都、邛山出此竹，因名邛竹。節高實中，或寄生。」紫泥，古人以泥封書信，泥上蓋印。皇帝詔書則用紫泥，後以紫泥稱詔書。丹徼，崔豹《古今注・都邑第二》：「丹徼，南方徼色赤，故稱丹徼，南方之極也。」丹，原作「場」。孟獲，《三國志・蜀書・諸葛亮傳》裴松之注：「《漢晉春秋》曰：亮在南中，所在戰捷。聞孟獲者，為夷、漢並所服，募生致之。既得，使觀於營陣之間，問曰：『此軍何如?』獲對曰：『向者不知虛實，故敗。今蒙賜觀看營陣，若祇如此，即定易勝耳。』亮笑，縱使更戰，七縱七擒，而亮猶遣獲。獲止不去，曰：『公，天威也，南人不復反矣。』遂至滇池，南中平。」哀牢，見卷五〈從軍軍中行路難〉注。廟略，猶廟算、廟策，即廟堂的策劃。玄猷，見卷六〈為齊州父老請陪封禪表〉注。配天，追配上天，此指當天子。帝力，帝王的作用或恩德。掩，古代「掩」「奄」

通用。盡，遍及。皇輿，皇帝所乘的高大的車子，借指國君或王朝。皇，原作「望」。闢地，開闢疆土。闢，原作「闡」。

【語　譯】戰事超越百里，時間經歷三天。前前後後活捉四千餘人，斬首五千餘級。諾沒弄、楊虔柳等，被殺於行陣之中，懸首於帥門之外。蒙儉、和舍等，棄眾逃跑，脫身鋌險。即使以終止殺戮為範型，但是青壯年卻受到誅殺；以禮對待不重傷，中老年才得到寬宥。從前左思寫〈蜀都賦〉，獨聞蒟醬之奇特；張騫出使西域，才通邛竹之便利。受詔命弔民伐罪，指南徼兵臨夷地。一戰使孟獲就擒，再戰使哀牢被殺。這都是我朝天子的威權遠播，朝廷的決策遠揚。遵奉先聖的大道當上天子，獨知皇帝的恩德；遍及皇輿開闢疆土，豈能說是臣子的功勞？不勝慶快之至，謹奉露布以聞。

【賞　析】本篇是一篇平定姚州夷酋叛亂的告捷文書，必然要寫出告捷的內容。文章詳盡地、具體地概括出平叛的戰鬥歷程，其中包括「制敵以權」、「伐叛以義」的朝廷策略，兵分幾路迂迴包抄的戰略部署，以及戰鬥場面的激烈，我軍將帥的英勇，叛酋的慘敗，等等。

但是，本篇的重點內容卻有兩個方面。一是歌頌大唐王朝的強盛和威權。「奉天子之尊」、「成聖人之業」、「衣裳所會，義有輯於殊鄰」、「霜露所由，誠兼育於異類」，這是強盛的象徵；「利弧矢以威天下」、「法雷霆以震域中」，這是威權的標誌。二是歌頌皇帝的文治武功，認為高宗的偉大功績在於養育萬物，最高準則在於以德化民，因此「闡文教以清諸夏，崇武功以制九夷」，起到了溝通環海與太液池之水，連接鄧林與甘泉宮之樹的作用，影響所及，使得「反踵穿胸之域，襲冠帶以來王；奇肱儋耳之酋，奉正朔而請吏。」文章最後總結，把平叛的勝利，完全歸功於「皇威遠暢，廟略遐宣」，說是「奉玄猷以配天，徒知帝力；掩皇輿而闢地，豈曰臣功」，呼應全局，關合全文。

本篇因為是寫軍事行動，頭緒紛繁，事務龐雜。但作者善於處理時空關係，按照二十一日、二十二日、二十三日的順序，和變換不同的地點，使平叛活動歷歷在目，顯得有條不紊，層次分明。

本篇在行文上駢散兼用，語言形式前後關聯，思想內容脈絡貫通，構成全文有機的整體。由於散行中以對偶句為主，使得錯綜中有對稱，整齊中有變化，參差錯落，搖曳多姿。

兵部奏姚州破賊設蒙儉等露布

【題　解】篇名原作〈又破設蒙儉露布〉，今據陳熙晉《駱臨海集箋注》本改。本篇背景，與〈兵部奏姚州道破逆賊諾沒弄楊虔柳露布〉相同，寫的是姚州平叛的繼續和戰果的擴大。

臣聞七緯經天，星墟分張翼之野；八紘紀地，炎洲限建木之鄉❶。西距大秦，雜金行而孕氣；南通交趾，枕銅柱以為鄰。俗帶白狼，人習貪殘之性；河渝赤虺，川多風雨之妖。水積炎光，山涵毒霧❷。竹浮三節，肇輿外域之源；木化九隆，頗為中國之患❸。年將千祀，代歷百王。鄭純之化不追，猛獲之風逾扇。故三年疲眾，徒聞定筰之譏；五月出師，未息渡瀘之役。❹然則大人拯物，上聖乘期，法乾坤以握樞，體剛柔而建極。知仁義不能禁暴，設刑網以勝殘。知揖讓不可濟時，用干戈而靜亂❺。

【章　旨】寫姚州的形勢。

【注　釋】❶臣聞七緯經天四句　謂姚州的地理位置。七緯，亦作「七曜」、「七政」，指日、月及金、木、水、火、土五星。經天，行天，在天空運行。星墟，猶星土，指古代以星宿分主九州土地或諸侯國封地。張翼，張宿和翼宿。野，分野，謂姚州為張翼之分野。《漢書・地理志》：「周地，柳、七星、張之分野也。……楚地，翼、軫之分野也。」八紘，猶八極，謂大地的極限。《淮南子・墬形》：「九州之外，乃有八殥，……八殥之外，而有八紘。」高誘注：「紘，維也。維落天地而為之表，故曰紘也。」紘，原作「絃」。炎洲，傳說中南海洲名。東方朔《十洲記》云：「炎洲在南海中，地方二千里。」此以炎洲指代姚州。建木，傳說中神木名。《淮南子・墬形》：「建木在都廣，眾帝所自上下，日中無景，呼而無響，蓋天地之中也。」高誘注：「都廣，南方山名。」木，原作「水」。❷西距大秦十句　謂姚州的地理形勢。大秦，國名。《後漢書・西域傳》：「大秦國，一名犂鞬，以在海西，亦云海西國，地方數千里，其人民皆長大平正，有類中國，故謂之大秦。」金行，謂大秦國五行屬金。《後漢書・西羌傳》：「金行氣剛，播生西羌。」孕氣，孕育金氣。交趾，古縣名，在今越南河內西北。銅柱，《後漢書・馬援列傳》注：「《廣州記》曰：『援到交趾，立銅柱，為漢之極界也。』」白狼，部族名。左思〈蜀都賦〉：「陪以白狼，夷歌成章。」劉逵注：「白狼夷，在漢壽西界。」渝，泛濫。赤虺，河名，即赤虺河，又名赤水河，在今貴州境內。炎光，指炎氣。毒霧，指瘴氣。霧，原作「露」。❸竹浮三節四句　謂設蒙儉之祖先。竹浮，指蒙儉為浮竹後代。見本書卷九〈兵部奏姚州道破逆賊諾沒弄楊虔柳露布〉注。外域之源，謂建立了外域部族政權。木化九隆，謂蒙儉先人九隆為沉木化生。見本書卷九〈兵部奏姚州道破逆賊諾沒弄楊虔柳露布〉注。中國，即中原。❹年將千祀八句　謂姚州夷人不服教化。鄭純之化，《華陽國志・士女志》本卷載，鄭純，字長伯，為益州西部都尉，處地金銀琥珀、犀象翠羽，出作此官者，皆富及十世。純獨清廉，毫毛不犯，夷、漢歌歎，明帝嘉之，乃改西部為永昌郡，以純為太守，在官十年卒，列畫頌東觀。猛獲，見本書卷九〈兵部奏姚州道破逆賊諾沒弄楊虔柳露布〉注。扇，同「煽」。煽動，引申為熾盛。三年疲眾，《史記・司馬相如列傳》載，漢武帝為了開通西南夷的道路，曾發巴、蜀、廣漢士卒數萬人開道，歷時三年，道不成，士卒多死，費以巨萬計。司馬相如被拜為中郎將，出使西蜀，著書諷諫武帝，有謂「今罷三郡之士，通夜郎之途，三年於茲，而功不竟，士卒勞倦，萬民不贍。」筰，即沉黎郡，見本書卷九〈兵部奏姚州道破逆賊諾沒弄楊虔柳等露布〉注。渡瀘，即諸葛亮五月渡瀘事。役，原作「後」。❺然則大人拯物八句　謂王者剛柔並濟。大人，猶王者。拯物，猶濟世。晉袁宏《三國名臣傳》：「知能拯物，愚足全生。」乘期，趁著時勢。法乾坤，以天地為法式，意謂根據自然法則。握樞，猶握機。謂掌握天下的權柄。體剛柔，實行寬嚴相結合的政策。體，體驗；實行。建極，《書・洪範》：「皇建其有極。」孔穎達疏：「皇，大也。極，中也。施政教治下民，當使大得其中，無有邪僻。」刑網，刑罰。網，原作「綱」。勝殘，戰勝殘暴。揖讓，古代賓主相見的禮節。此指禮讓。濟時，治理世事。

【語譯】臣聞七緯在天空運行，姚州為張宿、翼宿的分野；八極為大地極限，姚州南至生長建木的炎洲。西達大秦，雜五行而孕育金氣；南通交趾，靠銅柱而相鄰極界。帶有白狼民俗，人習貪殘之本性；河有赤水泛濫，水多風雨之怪異。水積炎熱之氣，山涵瘴氣之毒。蒙儉祖先為剖竹而生，建立了西南部族之政權；哀牢九隆為沉木化生，成為了中原地區之邊患。雖然經歷了千年時間，百王更代，但是夷酋不願追隨鄭純之教化，卻讓孟獲之逆風愈煽愈盛。因此士卒疲勞三年，留下定筰的譏諷；諸葛五月出師，未息渡瀘的戰役。那麼王者濟世救民，聖人審時度勢。根據自然法則掌握機樞，實行寬嚴相濟大得其中。當只憑仁義教化不能禁暴時，就採用刑罰來制裁殘暴；當僅靠拱手禮讓不能治世時，就利用武力來平定叛亂。

伏惟皇帝陛下，祥摛戴玉，拓地軸以登皇；道契寢繩，掩天紘而踐帝。玄雲入戶，纂靈瑞於丹陵；綠錯昇壇，薦禎圖於翠渚❶。垂衣裳以朝萬國，崇玉帛而禮百神。昭儉防奢，露臺惜中人之產；宣風布政，明堂法上帝之宮。致群生於太和，登品物於仁壽❷。四神踐雪，五老飛星。君囿祥麟，樂班文於仙卉；女牀鳴鳳，韻歸昌於帝梧。四隩同文，五風異色。鄧林萬里，才疏苑囿之基；曾城九重，未出池隍之域。合璧臨照之地，候月歸琛；大鑪覆載之間，占風納賮❸。

【章旨】歌頌唐高宗的德政教化。

【注釋】❶伏惟皇帝陛下九句　謂高宗登基。祥摛，祥瑞呈現。祥，原作「禪」。摛，傳布。原作「螭」。戴玉，佩戴玉英。相傳神農氏曾戴玉英，駕六龍而出地軸，始立地形。拓地軸，開拓疆土。登皇，登上帝位。道契寢繩，謂治國使百姓安居。

道，方法。契，契合。寢繩，直身安臥。《淮南子・覽冥》：「往古之時，……蒼天補，四極正，淫水涸，冀州平，狡蟲死，顓民生，背方州，抱圓天，和春，陽夏，殺秋，約冬，枕方，寢繩。」高誘注：「寢繩，直身而臥。」此以女媧補天使百姓安居，喻高宗治國有道。掩天紘，收攏天網的綱繩，即主宰上天的意思。曹植〈與楊德祖書〉：「吾王於是設天網以該之，頓八紘以掩之。」玄雲入戶，《初學記・中宮部》載，相傳堯之母慶都，為天皇之女，她懷上堯時，玄雲入戶，蛟龍守門。纂，匯集。丹陵，相傳堯降生之地。《初學記・帝王部》引《帝王世紀》曰：「堯，伊祁姓也。母曰慶都，孕十四月而生堯於丹陵。」綠錯昇壇，指有關河圖洛書之傳說。《水經注》卷十五〈洛水〉：「黃帝東巡河過洛，修壇沉璧，受龍圖於河，龜書於洛，赤文綠字。堯帝又修壇河洛，擇良即沉，榮光出河，休氣四塞，白雲起，回風逝，赤文綠色，……以授之堯。又東沉書於日稷，赤光起，玄龜負書，背甲赤文成字，遂禪於舜。舜又習堯禮，沉書於日稷。赤光起，玄龜負書，至於稷下。榮光休至，黃龍卷甲，舒圖壇畔，赤文綠錯以授舜，舜以禪禹。此喻祥瑞。翠渚，即翠嬀，水名。❷垂衣裳以朝萬國八句　謂高宗的德政。垂衣裳，《易・繫辭下傳》：「黃帝、堯、舜垂衣裳而天下治。」意謂天下太平無事，可垂衣拱手，無為而治，即漢王充《論衡・自然》所謂「垂衣裳者，垂拱無為也。」朝萬國，使萬國前來朝見，即臣服之意。玉帛，指圭璋和束帛，古代祭祀、會盟、朝聘等所用禮物。禮百神，敬事百神。昭儉防奢，倡明節儉，防止奢侈。昭，昭明，顯揚。露臺，《漢書・文帝紀》：「（文帝）嘗欲作露臺，召匠計之，直百金，上曰：『百金，中人十家之產。吾奉先帝宮室，常恐羞之，何以臺為？』」此喻崇尚節儉。宣風布政，弘揚風教，流布德政。明堂，古代天子宣明政教的地方，凡朝會、祭祀、慶賞、選士等大典均在此舉行。明堂本祭天帝，故又稱法天之宮。太和，《易・乾卦》：「保合太和」。本指天地間沖和之氣。此謂太平。曹植〈七啟〉：「吾子為太和之民，不欲仕陶唐之氏乎？」品物，《易・乾卦》：「雲行雨施，品物成形。」這是說各類事物因雨水的滋潤而壯大成形。❸四神致雪十六句　謂教化天下。四神，見本書卷六〈為齊州父老請陪封禪表〉注。五老，見本書卷三〈晚泊河曲〉注。君囿，君王的園林苑囿。祥麟，指吉祥之獸麒麟。班文，即「斑紋」。女牀，山名，原作「文林」。《山海經・西山經》：「女牀之山……有鳥焉，其狀如翟，而五采文，名曰鸞鳥。」歸昌，指鳳凰集鳴。漢劉向《說苑・辨物》：「夫鳳……晨鳴曰發明，晝鳴曰保長，飛鳴曰上翔，集鳴曰歸昌。」帝梧，《說苑・辨物》：「（黃帝）於是乃備黃冕，帶黃紳，齋於中宮。鳳乃蔽日而降。……於是鳳乃遂集東囿，食帝竹實，棲帝梧樹，終身不去。」四隩，《書・禹貢》：「九州攸同，四隩既宅。」此指四方邊遠地區。五風，《文選》枚乘〈七發〉：「眾芳芬鬱，亂於五風。」李周翰注：「五風，宮、商、角、徵、羽之風也。」按古代以宮、商、角、徵、羽五音配東、西、南、北、中五方。鄧林，見本書卷九〈兵部奏姚州道破逆賊諾沒弄楊虔柳露布〉注。鄧，原作「配」。曾城，即層城。《淮南子．墬形》：「禹乃以息土填洪水，以為名山，掘崑崙以下地，中有增城九重，其高萬一千里一十四步二尺六寸。」高誘注：「增，重也，古「層」字通作「增」、「曾」。」池隍，指城池。水曰池，無水曰隍。合璧，比喻日月。《漢書．律曆志上》：「日月如合璧，五星如連珠。」原作「六合」。候月，謂等候時間。見本書卷三〈邊城落日〉注。歸琛，獻寶。《爾雅．釋言》：「琛，寶也。」大鑪，比喻天地。《莊子．大宗師》：「今一以天地為大鑪。」占風，察看風向以測吉凶。東方朔《十洲記．聚窟洲》：「延和三年，武帝幸安定，西胡月支國王遣使獻香四兩。……使者對曰：『臣國去此三十萬里，國有常占，東風入律，百旬不休，青雲干呂，連月不散者，當知中國有好道之君。』」此指代受唐王朝的教化。納賮，納貢。

【語譯】伏惟皇帝陛下，佩戴玉英吉祥呈現，開拓疆土而統治天下；治國有道百姓安居，主宰上天而登上帝位。玄雲入戶，匯集靈瑞於丹陵；綠文昇壇，進獻洛書於翠嬀。垂拱無為而治，使萬國臣服來朝；崇尚禮儀祭祀，對百神虔誠敬事。倡儉防奢，露臺憐惜中人之產；弘揚德政，明堂效法上帝之宮。使眾生生活在太平盛世，使萬物生育壯大成長。四神踏雪而降，五老化為飛星。吉祥的麒麟，喜愛皇帝苑囿中的仙草；女牀的鳳凰，鳴叫於皇帝苑囿中的梧桐。四邊受教化使文字一統，五方受教化使異彩紛呈。萬里鄧林，直接開通御苑的地基；九重曾城，未能超越皇城的範圍。日月照臨大地，候時獻寶；天地覆載之間，占風納貢。

蠢茲蠻貊，敢亂天常。橫赤熛以疏疆，背朱提而設險。石林萬仞，巖邑千里。望泰阜以相傾，嶠陵失四塞之阻；對梁山而錯峙，劍門成一簣之峰❶。自謂絕壤遐荒，中外足以迷聲教；憑深負固，江山可以逃靈誅。不知玉弩垂芒，凶水無九嬰之沴；瑤階舞戚，洞庭有三苗之墟❷。

【章　旨】寫姚州夷酋叛亂。

【注　釋】❶蠢茲蠻貊十句　謂夷酋憑險叛亂。蠻貊，對少數民族的蔑稱，此指南蠻。橫，紛雜；充溢。赤熛，火焰，比喻囂張的氣焰。疏疆，分裂疆土。疏，分散；分開。朱提，《水經注．若水》：「又東北至犍為朱提縣西，為瀘江水。」酈道元注：「朱提，山名也。應劭曰：在縣西南，縣以氏焉。犍為，屬國也，在郡南千八百許里。建安二十年（二一五），立朱提郡，郡治縣故城。郡西南二百里，得所綰堂琅縣，西北行，上高山，羊腸繩屈，八十餘里，……緣陟者若將階天。三蜀之人及南中諸郡，以為至險。」仞，古代長度單位，周制為八尺，漢制為七尺。秦阜，指秦嶺，又名秦山、終南山，位於今陝西境內。《三秦記》：「秦嶺東起商雒，西盡汧隴，東西八百里。」崤陵，即崤山。在今河南省洛寧縣北。四塞，謂四塞之國，指關中。梁山，即劍門山。錯峙，交錯對峙。一簣，謂一筐土石。簣，筐。❷自謂絕壤遐荒八句　謂德化的威懾力。絕壤遐荒，指姚州僻遠荒蕪的地方。迷聲教，迷失教化的聲音，意謂不接受唐朝教化。迷，迷失。憑深，憑藉溝壑之深。深，原作「休」。負固，依恃高山險阻。靈誅，猶天誅。此指代朝廷的誅伐。玉弩，玉箭。玉，原作「王」。垂芒，疑指箭矢。九嬰，《淮南子．本經》：「堯乃使羿誅鑿齒於疇華之野，殺九嬰於凶水之上。」高誘注：「九嬰，水火之怪，為人害。北狄之地有凶水。」沴，猶沴孽，即妖孽。瑤階舞戚，《淮南子．繆稱》：「禹執干戚，舞於兩階之間，而三苗服。」此喻教化。戚，古兵器名，斧的一種。原作「鐵」。三苗，古部族名。

【語　譯】愚蠢的夷酋，竟敢擾亂我天朝朝綱。煽動囂張氣焰分裂疆土，背靠朱提天險設置險阻。石林萬仞高，巖邑千里長。朱提屹立天際，使秦嶺為之傾倒，使崤山也失去關中的險要形勢。朱提與梁山錯峙，使劍門山也成為一筐土石。不要自作聰明，認為姚州是絕壤遐荒，就可以內外逃避教化；憑藉深溝高壘，就可以法外逃過神罰。不知道后羿的玉箭曾經射殺水火之妖怪，禹舞干戚於兩階而使三苗臣服。

臣等謬以散材，忝專分閫。自白招乘候，順秋帝以揚旌；絳節臨邊，通夜郎而解辮。自雲開嶲穴，旆轉邛川。崚岐折坂之危，盡忘襟帶；滇池漏江之固，曾莫藩籬❶。唯逆賊設蒙儉等，未革狼心，仍懷豕突。陸梁放命，旅拒偷安。城接祠雞，竟無希於改旦；山多神鹿，終未息於擇音❷。臣以大帝宣威，有征無戰；明王杖順，先德後刑。施聖澤於中孚，緩天誅於大造。庶南薰解慍，仰雲闕以翔魂；東徙變音，扣轅門而頓顙❸。而祝禽疏網，徒開三面之恩；毒虺挺祅，逾肆九頭之暴。乃鳩集餘眾，蟻結兇徒。儋耳椎髻之渠，千里露合；鑿齒雕題之孽，一呼雲屯。凌石菌以開營，拒巖椒而峻壘。崇巒切漢，若登藏寶之山；絕壑憑霄，似瞰封泥之谷。以去月十七日，運營布陣，踞險揚兵，東西三十里，馬步二十萬。聚蚊蚋而成響，聲若雷霆；縱蛇豕以為群，氣稽宇宙❹。

【章旨】敘述揚旌西南以及叛酋作亂的經過。

【注釋】❶臣等謬以散材十二句　謂臣等揚旌於西南。散材，不能成材的人。自謙之詞。分閫，在外統兵。閫，指閫外，謂郭門之外。後因稱軍事職務為「閫外」。白招，指白招拒，西方白帝神名，主秋。《隋書．禮儀志二》：「秋迎白招拒者，招，集。拒，大也，言秋時集成萬物，其功大也。」此指秋天。絳節，大紅色的杖節。夜郎，古族名、國名，戰國至漢，在今貴州西部及北部，包括今雲南東北、四川南部及廣西北部部分地區。此指代姚州。解辮，解開椎髻，此喻接受教化。嶲穴，《續漢書．郡國志》：「益州越嶲郡邛都。」劉昭注：「河有嗕嶲山，又有溫穴，冬夏常熱。」邛川，即邛河。《水經注．若水》：「邛都縣，漢武帝開邛筰置之。縣陷為池，今因名為邛池，南人謂之邛河。」峻岐，峻峭。左思〈蜀都賦〉：「羲和假道乎峻岐。」折坂，即九折坂，見本書卷二〈代女道士王靈妃贈道士李榮〉注。襟帶，如襟如帶，比喻地勢的回互縈帶。杜篤〈論都賦〉：「關梁之險，多所襟帶。」滇池，湖名，在今雲南省昆明市西南。漏江，《水經注．葉榆水》：「葉榆水自澤又東北逕滇池縣南，又東逕漏江縣，伏流山下，復出蝮口，謂之漏江。」莫，不是。藩籬，用竹木編成的籬笆或圍柵。此喻門戶或屏障。❷唯逆賊設蒙儉等九句　謂夷酋不服教化。豕突，亦作「豨突」。謂像野豬一樣奔突，指叛亂。陸梁，跳走的樣子，引申為囂張、跋扈。放命，抗命；違命。旅拒，亦作「旅距」。聚眾抗拒。祠雞，《漢書．郊祀志下》：「或言益州有金馬碧雞之神，可醮祭而致。」改旦，更改黑夜為白天。神鹿，《華陽國志．南中志》：「雲南郡，有熊倉山，上有神鹿，一身兩頭，食毒草。」擇音，《左傳．文公十七年》：「鹿死不擇音。」孔穎達疏引服虔云：「鹿得美草，呦呦相呼，至於困迫，將死，不暇復擇善音，急之至也。」❸臣以大帝宣威十句　謂明王先德後刑。有征無戰，見本書卷九〈兵部奏姚州道破逆賊諾沒弄楊虔柳等露布〉注。明王，聖明的君王。仗順，依仗民心歸順。先德後刑，《管子．勢篇第四十二》：「秉時養人，先德後刑。」此謂先行德政，後施刑罰。施，施及。一作「弘」。聖澤，指皇恩。中孚，卦名。《易．中孚》：「〈象〉曰：澤上有風，中孚。」孔穎達《正義》：「風行澤上，無所不周，其猶信之被物，無所不至，故曰『澤上有風，中孚』。」後稱廣布信德如和風吹拂。大造，大功。造，原作「過」。南薰解慍，謂南風薰陶可解民怨。《孔子家語》第八卷〈辯樂解〉：「昔者舜彈五弦之琴，造南風之詩，其詩曰：『南風之薰兮，可以解吾民之慍兮；南風之時兮，可以阜吾民之財兮。』唯修此化，故其興也勃焉，德如泉流至於今，王公大人述而弗忘。」雲闕，天闕，指代朝廷。翔魂，猶心悅神服，謂受到教化。東徙變音，劉向《說苑》卷十六〈談叢〉：「梟逢鳩，鳩曰：『子將安之?』梟曰：『我將東徙。』鳩曰：『何故?』梟曰：『鄉人皆惡我鳴，以故東徙。』鳩曰：『子能更鳴可矣！不能更鳴，東徙，猶惡子之聲。』」徙，原作「徤」。扣，同「叩」。轅門，軍營之門。《史記．項羽本紀》：「項羽召見諸侯，將入轅門，無不膝行而前，莫敢仰視。」裴駰《集解》引張晏曰：「軍行以車為陣，轅相向為門，故曰轅門。」頓顙，叩頭。顙，額。祝禽，見本卷〈疇昔篇〉注。開，原作「闕」。挺祆，生長邪惡。祆，同「妖」。邪惡。❹而祝禽疏網二十五句　謂夷酋的叛亂經過。僭耳椎髻，見本書卷九〈兵部奏姚州道破賊諾沒弄楊虔柳等露布〉注。椎，原作「推」。渠，渠帥，謂首領或部落酋長。鑿齒，《淮南子．墬形》：「自西南至東南方，鑿齒民。」高誘注：「鑿齒，鑿一齒出口下，長三尺。」雕題，《禮．王制》：「南方曰蠻，雕題交趾，有不火食者矣。」鄭康成注：「雕文，謂刻其肌，以丹青涅之。」孔穎達疏：「題，謂額也。」屯，聚。石菌，靈芝之屬。此喻高山重崖。拒，據守。巖，椒，即崖頂。《初學記．地理部》：「《釋名》云：山頂曰冢，亦曰巔，亦曰椒。」峻壘，高壘。壘，原作「疊」。崇巒，高山。巒，原作「蠻」。切漢，接近霄漢。切，原作「劫」。藏寶之山，指藏寶符的常山，見本書卷二〈夏日遊德州贈高四〉注。憑霄，靠著雲霄。霄，原作「宵」。封泥之谷，即函谷關，見本書卷三〈北眺春陵〉注。稽，至；及。

【語　譯】臣等很不成材，有愧於擔任軍事要職。乘秋天季節，揚旌於西南外域，持節杖臨邊，使姚州夷酋受到教化。雲開巂穴，旗指邛川。峻峭九折之高，盡忘它的險阻；滇池漏江之固，已不是什麼屏障。唯逆賊設蒙儉等，未改狼心，仍懷叛意，氣焰囂張，聚眾抗命。他們不服教化，城中有光明使者碧雞，他們卻不願用光明去取代黑暗；山中有吉祥的神鹿，他們卻不願聽聽鹿鳴的善音。臣以為大帝弘揚赫赫威權，有征伐而不須交戰；明王依仗民心歸順，先行德政後施刑罰。廣布恩澤於百姓，緩求殺伐之武功。以便讓信德普降，消除怨恨，仰望天闕而向順；東徙變音，改惡向善，直叩營門而臣服。但是如祝禽疏網，空空開放三面之恩德；毒蛇生災，更加放縱九頭之暴行。夷酋他們鳩集餘眾，蟻結兇徒。儋耳椎髻之首領，千里聚合；鑿齒雕題之餘孽，一呼雲集。凌駕重崖來紮寨，佔據山頂設高壘。高峰直逼霄漢，如攀登藏寶之山；斷壑直插雲際，如俯瞰封泥之谷。以去月十七日，夷酋運營佈陣，踞險揚兵，東西三十里，馬軍步兵二十萬。聚蚊蟲嗡嗡作響，聲若雷霆；縱蛇豕成群結陣，氣衝天地。

臣遣中郎將令狐智通等，擁拔山超海之雄，當其步陣。遣銀州刺史李大志等，驅躍景騰雲之騎，承其馬軍。遣巂州刺史行軍司馬梁大辟等，領勁卒一千，絕其飛走之路。遣臨源府果毅都尉馬仁靜等，勒精兵九百，斷其潛伏之軍。臣率行軍長史韓餘慶等，負霜戈而直進，指雲陣以長驅。庶令斬馘七擒，將士挾雷公之怒；伏屍百里，蠻夷識天子之威❶。於是三略訓兵，五申誓眾。先登陷敵，無遺大樹之功；後拒亂行，必致曲梁之罰。楚人三戶，蜀郡五丁。氣擁玄雲，精貫白日。喑嗚則乾坤搖蕩，呼吸則林巒沸騰。列旗影以雲舒，似長虹之東指；橫劍鋒而電轉，疑大火之西流。刃接兵交，洞胸達腹。自辰踰午，魚爛土崩。沸殘息於層峰，更切守陴之哭；積圓顱於重阜，殆成京觀之封❷。

【章　旨】寫我朝的戰略部署。

【注　釋】❶臣遣中郎將令狐智通等十九句　謂我軍戰略部署。拔山超海，形容軍隊強大雄壯。拔，超出。當其步陣，謂抵擋夷酋的步軍。刺史，官名，原為朝廷所派督察地方之官，後沿為地方官職名稱。漢武帝時分全國為十三部（州），部置刺史。唐初改郡為州，後一度改州為郡。在稱州時，長官是刺史；在稱郡時，長官是太守。耀景騰雲，形容駿馬飛馳。原作「籥景騰雷」。負，原作「貢」。斬馘，稱古代戰爭中割取敵人的左耳以計功。斬，原作「軸」。七擒，指諸葛亮七擒孟獲事。百里，原作「百死」。❷於是三略訓兵二十四句　謂我軍士氣旺盛。三略，兵書名，即《黃石公三略》。五申，謂三令五申。大樹，指東漢大樹將軍馮異，見本書卷一〈蕩子從軍賦〉注。後拒亂行，指行軍斷後而亂了行陣。曲梁之罰，《左傳・襄公三年》：「晉侯之弟揚干亂行於曲梁，魏絳戮其僕。」楚人三戶，《史記・項羽本紀》：「范增往說項梁曰：『夫秦滅六國，楚最無罪。自懷王入秦不反，楚人憐之至今，故楚南公曰：楚雖三戶，亡秦必楚也。』」此喻對敵的怨恨。五丁，即傳說中的蜀之五丁力士，見本書卷五〈餞鄭安陽入蜀〉注。喑嗚，亦作「喑噁」。聯綿詞。《史記・淮陰侯列傳》：「項王喑噁叱咤，千人皆廢。」司馬貞《索隱》：「喑嗚，懷怒氣，叱咤，發怒聲。」大火，星宿名，即心宿。殘息，猶一息尚存。層峰，層疊的峰巒。層，原作「胃」。守陴之哭，《左傳・宣公十二年》：「國人大臨，守陴者皆哭。」按陴即城上女牆。圓顱，即頭顱。京觀，將屍體堆積，封土其上。

【語　譯】臣派遣中郎將令狐智通等，簇擁拔山超海的雄師，抵擋敵方的步兵。派遣銀州刺史李大志等，驅動躍景騰雲之鐵騎，對付敵方馬軍。派遣嶲州刺史行軍司馬梁大辟等，領勁卒一千，斷絕敵方逃走之路。派遣臨源府果毅都尉馬仁靜等，帶領精兵九百，斷絕敵方埋伏之兵。臣即率行軍長史韓餘慶等，背負霜戈從正面進攻，指揮雲陣而長驅直入。以便斬馘七擒，將士挾雷公之怒；伏屍百里，蠻夷識天子之威。於是《三略》訓兵，五申誓眾。勇於先登陷敵，不會遺忘大樹將軍的功勞；如果後拒亂行，必然導致曲梁被戮的懲罰。楚人三戶，蜀郡五丁，怒氣掀捲玄雲，精神橫貫白日。叱咤時使天地搖蕩，呼吸時使林壑沸騰。旌旗雲霞舒卷，似長虹之東指；寶劍雷光轉動，似大火之西流。刃接兵交，洞胸穿腹。自辰至午，魚爛土崩。喧騰一息尚存於層巒，愈是貼近守城之哭聲；積聚頭顱於重阜，幾乎成為京觀之土封。

唯賊師夸千，未悟傾巢之兆，敢懷拒轍之心。獨率馬軍，平川轉鬪。驚塵亂起，六合為之寢光；殺氣相稽，四溟由是變色❶。副總管李大志，忠惟徇國，義則亡軀。臨危而貞節逾明，制敵而神機獨遠。丹誠自守，雖九死其如歸；白刃交前，豈三軍之可奪。投袂則祆徒霧廓；搴旗而兇黨山崩。困獸猶鬪，如戰廩君之魂；窮鳥尚飛，如驚杜宇之魄。斬甲卒七千餘級。獲裝馬五千餘匹。僵屍蔽野，臨赤坂而非遙；流血灑途，視丹徼以何遠❷？

【章　旨】寫我朝將士英勇殺敵。

【注　釋】❶唯賊師夸千九句　謂敵方的頑抗。拒轍，即螳臂擋車不自量力之意。平川，廣闊平坦之地。塵，原缺。六合，天地四方。寢光，光芒消失。相稽，相合。四溟，四海。❷副總管李大志二十三句　謂我將士之英勇。貞節，堅貞的氣節。貞，原作「負」。神機，神妙的韜略。丹誠，丹心；忠心。九死，謂多次蹈死。奪，奪志。《論語・子罕》：「三軍可奪帥也，匹夫不可奪志也。」投袂，揮動衣袖。廓，清除。原缺。搴旗，拔旗。困獸猶鬪，謂垂死掙扎。《左傳・宣公十二年》：「困獸猶鬪，況國相乎？」廩君之魂，指老虎。《後漢書・南蠻西南夷列傳》載，巴郡南郡蠻人，本有五姓，皆出於武落鍾離山，共立巴氏之子務相為君，是為廩君。廩君死，魂魄世為白虎。杜宇之魄，左思〈蜀都賦〉：「鳥生杜宇之魄」。劉逵注：「《蜀記》曰：昔有人姓杜名宇，王蜀，號曰望帝。宇死，俗說云化為子規。子規，鳥名也。蜀人聞子規鳴，皆曰望帝也。」赤坂，西域地名，以酷熱著稱。鮑照〈苦熱行〉：「赤坂橫西阻，火山赫南威。」遙，原作「道」。

【語　譯】唯賊師夸千，沒有意識傾巢覆滅的先兆，敢於抱著螳臂擋車的野心。獨率馬軍，轉鬥於廣闊平坦之地。驚塵亂起，天地為之昏暗；殺氣相合，四海由此變色。副總管李大志，他忠心在於報國，大義在於獻身。他的堅貞在臨危時更為突出，他的韜略在制敵時獨具遠識。堅守丹心，視九死如同歸家；白刃交鋒，雖三軍也不能奪志。揮袖奮起，妖霧一一掃除；拔旗直進，兇徒山崩瓦解。於是乘勝追擊，隨機深入。夷酋困獸猶鬥，如與廩君之魂交戰；窮鳥尚飛，如使杜宇之魄受驚。斬甲卒七千餘級，獲裝馬五千餘匹。此時僵屍蔽野，近赤坂已不遙；流血灑途，距南極又何遠？

酋領和舍等，並計窮力屈，面縛軍門。寬其萬死之誅，弘以再生之路。唯蒙儉脫身挺險，負命窮山。顧巢穴而靡依，逃晷漏其何幾？況妖徒革面，徼外非復他人；部落離心，舟中皆為敵國。瞻言梟首，指日可期。凡在歸降，隨事招撫。與之更始，復其故業。首丘懷戀，疑臨舊國之墟；安堵識家，似入新豐之邑❶。然後班師隧水，振旅禺山。建鴻動於武功，暢玄猷於文教。庶荒陬襲中原之禮，邊疆息外戶之虞。華封祝堯，兆皇基於千載；夷歌頌漢，美王澤於三章。宜與夫天帝前星，廣賜秦公之冊；坤元益地，遙開王母之圖。蓋亦有云，曾何足紀❷？

【章　旨】寫平叛的勝利和班師回朝。

【注　釋】❶酋領和舍等二十三句　謂平叛勝利。舍，原作「含」。面縛，雙手反縛於背而面向前，古代用以表示投降。軍門，原作「君門」。弘，擴大；光大。負命，抱命，即逃命。靡依，無依，指喪失安身立命之地。逃晷漏，逃避受懲罰的時日。

晷漏，古代測日影計時和滴水計時的儀器，此指代時日。革面，改過。《三國志・魏書・武帝紀》：「遠人革面，華夏充實。」舟中，《史記・孫子吳起列傳》：「（魏）武侯浮西河而下，中流，顧而謂吳起曰：『美哉乎山河之固，此魏國之寶也！』起對曰：『在德不在險。……若不修德，舟中之人盡為敵國也。』」武侯曰：『善。』」此謂左右的人都可能成為敵人。瞻言，遠見；明察。言，助詞，無義。梟首，懸首級於木上。更始，重新開始。一作「經始」。故業，舊業。首丘，《禮記・檀弓上》：「狐死，正丘首，仁也。」孔穎達疏：「狐死，正丘首而嚮丘。所以正首而嚮丘者，丘是狐窟穴，根本之處，雖狼狽而死，意猶嚮此丘，是有仁恩之心也。」此喻懷戀故土。安堵，猶安居。墟，故城；遺址。新豐，地名，故址在今陝西臨潼東北。晉葛洪《西京雜記》卷二：「高帝既作新豐，並移舊社，衢巷棟宇，物色惟舊。士女老幼，相攜路首，各知其室。放犬羊雞鴨於通塗，亦競識其家。」❷然後班師遯水十六句　謂班師回朝。遯水，《水經注・溫水》：「鬱水即夜郎豚水也。漢武帝時，有竹王興於豚水是也。豚水東北流，經談藁縣，東經牂牁郡且蘭縣，謂之牂牁水。」按豚水，《後漢書》作「遯水」，即牂牁江，出貴州都勻。振旅，整頓軍隊。禺山，即禺同山，有金馬碧雞之祀，在今雲南省大姚縣。鴻勳，大的功勳。息，停止。外戶，謂夜不閉戶。《禮記・禮運》：「盜竊亂賊而不作，故外戶而不閉。」虞，憂慮。華封祝堯，《莊子・天地》：「堯觀乎華。華封人曰：『嘻，聖人！請祝聖人。』『使聖人壽。』堯曰：『辭。』『使聖人富。』堯曰：『辭。』『使聖人多男子。』堯曰：『辭。』……。」成玄英疏：「華，地名也，今華州也。封人者，謂華地守封疆之人也。」後以「華封三祝」為祝頌之辭。夷歌，謂夷人作頌歌。《後漢書・南蠻西南夷列傳》載，永平中，益州刺史梁國朱輔，在州數歲，宣示漢德，威懷遠夷，有百餘國稱臣奉貢。白狼、唐菆等慕化歸義，作詩三章。帝嘉之，事下史官，錄其歌焉。兆，預兆。千載，謂千載永存。宜，原作「豈」。天帝，天王星。前星，天王星之子星。《漢書・天文志》：「心為明堂，大星天王，前後星，子屬。」此謂天王前星為天之子，即天子。秦公之冊，張衡《西京賦》：「昔者大帝說秦繆公而覲之，饗以鈞天廣樂。帝有醉焉，乃為金策，錫用此土，而翦諸鶉首。」按大帝，即天帝。鶉首，指南方七星宿中的井、鬼、柳三星，為秦地的分野。此謂天帝以秦地賜給秦繆公。坤元，《易・坤卦》：「《彖》曰：『至哉坤元，萬物資生，乃順承天。』」按坤為地，元為首，「地」配合「天」，能開創化生萬物。此指地上女主。王母之圖，梁元帝《金樓子・興王篇》：「堯乃老，使舜攝行天子政，西王母使使乘白鹿，駕羽車，建紫旗，來獻白環之玦，益地之圖，乘黃之駟。」紀，記載。

【語譯】酋領和舍等，計窮力盡，雙手反縛，投降於軍門。因此寬恕他萬死之誅，給予他再生之路。唯有蒙儉逃脫，鋌而走險，逃命於窮山。但是回顧巢穴卻沒有安身之地，逃亡躲藏又有多少時日？再說叛眾已改過自新，邊地收歸朝廷，已不再被他人所佔據；部落已離叛心，你身邊左右都可能成為敵人。明見梟首，指日可待。凡是願意歸降，隨時可以招撫。一切重新開始，恢復舊業。懷戀故土，如到故城之址；安居識家，似入新豐之邑。然後班師遡水，振旅禺山。我朝建立勳業於武功，暢通王道於文治。以便使荒隅承中原之禮儀，邊塞有夜不閉戶之平安。夷人祝頌，預示皇帝的基業千載永存；夷歌歡唱，讚美皇帝的恩澤有三章樂曲。姚州歸屬我朝，如同天帝賜給秦繆公國土，王母賜堯舜益地之圖。這些事實，前人說得很多，一時哪能記載完呢？

斯並玄謀廣運，廟略遐覃。一戎而荒裔肅清，再鼓而邊隅底定❶。豈臣等提戈擐甲，克全百勝之功，杖節揚麾，能通九變之策？詣藁街而獻捷，大帝成規；聞〈杕杜〉之勞旋，小臣何力？不勝慶快之至，謹遣行軍司馬朝散大夫、守嶲州都督府長史、上柱國梁待辟奉露布以聞❷。

【章旨】總結勝利原因，歌頌聖明天子。

【注釋】❶斯並玄謀廣運四句　謂平叛勝利。玄謀，大謀，重大的謀略。遐覃，遠及。覃，延及。一戎，謂用兵。見本書卷三〈在軍登城樓〉注。再鼓，古代戰爭，擊鼓進兵，故云。再，第二次。原作「二」。❷豈臣等提戈擐甲十句　謂天子聖明。擐甲，穿貫衣甲。九變之策，九種變通的戰略。《孫子兵法・九變第八》：「凡用兵之法，將受命於君，合軍聚眾，圮地無舍，衢地合交，絕地無留，圍地則謀，死地則戰，途有所不由，軍有所不擊，城有所不攻，地有所不爭，君命有所不受。故將通於九變之利者，知用兵矣。」詣，前往。原作「謁」。藁街，長安之街名，為蠻夷邸之所在。獻捷，猶報捷。捷，原作「旅」。

成規，既定的計劃。〈杕杜〉，為《詩經・小雅》篇名之一。《詩經・小雅序》：「杕杜，勞還役也。」勞旋，慰勞凱旋。慶快，歡慶愉快。慶，原作「發」。

【語　譯】天子大謀廣運，朝廷決策遠播。一戰肅清荒裔，再戰安定邊隅。難道是臣等提戈貫甲，取得百戰百勝的全功；杖節揚旗，通曉用兵九變的策略？前往藁街獻出捷報，是皇帝既定的策劃；聞說〈杕杜〉慰勞凱旋，怎談得上小臣的微力？不勝歡慶愉快，謹遣行軍司馬梁大辟奉露布以聞。

【賞　析】本篇作為告捷文書，有一定的程式。它從姚州的形勢，到姚州夷酋的叛亂；從我朝皇帝的德化兵威，到我朝的戰略部署，到我朝將士平叛的英勇；從凱旋班師，到總結勝利的根本原因，等等，可看作是〈兵部奏姚州道破逆賊諾沒弄楊虔柳露布〉的姊妹篇。

本篇的語言風格，有它的特點。它以駢文為主體，注重字法、句法、章法，以及平仄、對仗等，具有很強的旋律和節奏。不妨用樂曲來作個比喻。樂曲中有頌歌，以歌功頌德為主旋律；樂曲中有進行曲，是一種用步伐節奏寫成的樂曲。本篇歌頌唐王朝的德化兵威，如「玄雲入戶，纂靈瑞於丹陵；緣錯昇壇，薦禎圖於翠渚」，「垂衣裳以朝萬國，崇玉帛以禮百神」，如「致群生於太和，登品物於仁壽」，「四隩同文，五風異色」，寫來忠貞誠篤，莊重嚴肅，相當於頌歌。本篇寫平叛的戰鬥歷程，節奏明快，結構整齊，又相當於進行曲，使人從中感受到戰鬥中的各種音響，如金鼓聲、叱吒聲、馬蹄聲、刀槍撞擊聲等。因此，本篇是以頌歌和進行曲相結合，表現出宏麗雄壯、激昂慷慨的風格。

卷十 雜著

代李敬業以武后臨朝移諸郡縣檄

【題解】一作〈代李敬業傳檄天下文〉。武后，即武則天（六二四——七〇五），名曌（即「照」字），并州文水（山西文水）人，唐高宗后，武周皇帝。高宗死後，李唐宗室與武氏集團鬥爭逐步激化。唐中宗李顯繼位，武則天臨朝稱制，改元「嗣聖」（六八四）；同年二月廢中宗立睿宗李旦，改元「文明」；同年九月，又改「文明」為「光宅」。當時眉州刺史英公李敬業，憤而在揚州舉兵，反對武后，自領揚州大都督，以駱賓王為藝文令，駱即代為草擬這篇檄文。檄，文體之一，見本書卷二〈夏日遊德州贈高四〉注。

偽臨朝武氏者❶，人非溫潤，地實寒微❷。昔充太宗下陳，曾以更衣入侍❸。洎乎晚節，穢亂春宮❹。密隱先帝之私，陰圖後房之嬖❺。入門見嫉，蛾眉不肯讓人❻；掩袂工讒，狐媚偏能惑主❼。踐元后於翬翟，致吾君於聚麀❽。加以虺蜴為心，豺狼成性❾；近狎邪佞，殘害忠良❿；殺姊屠兄，弒君鴆母⓫。人神之所共嫉，天地之所不容⓬。猶復包藏禍心，窺竊神器⓭。

君之愛子，幽在別宮⑭；賊之宗盟，委之重任⑮。嗚呼！霍子孟之不作，朱虛侯之已亡⑯。燕啄皇孫，知漢祚之將盡⑰；龍漦帝后，識夏庭之遽衰⑱。

【章旨】從「偽」字領起，歷數武氏的惡德醜行，為討武張本。

【注釋】❶偽臨朝武氏者　謂武氏為非法王朝。原作「偽周武氏者」。偽，非法的；非正統的。臨朝，君臨朝廷；把持朝政。此指唐中宗李顯繼位，武則天臨朝稱制事。❷人非溫潤二句　指武氏的人品、家世。溫潤，溫柔賢慧。一作「溫順」。地，同「第」。門第，家族的社會地位。下文「地協周親」的「地」，同此。寒微，寒賤卑下。《新唐書·李義府傳》載，唐貞觀年間，曾為高門世族修《氏族志》，武氏家族因是寒門，未能入志，故云。❸昔充太宗下陳二句　謂出身妃嬪，而伺機得寵，手段卑劣。武則天十四歲時，被召入宮，充當唐太宗李世民的才人，賜號「武媚」。見《新唐書·后妃傳》。下陳，後列。謂地位低。此指才人，為妃嬪的稱號。《舊唐書·后妃傳》載：才人九人，正五品，故名。曾，一作「嘗」。更衣，更換衣服。古人也用作上廁所的委婉說法。漢武帝時，歌女衛子夫，乘武帝更衣入侍而得寵。見《史記·外戚世家》。❹洎乎晚節二句　謂武氏後期淫亂。武則天充當太宗才人的後期，即與太子李治（後來的高宗）有淫亂行為。見《新唐書·后妃傳》。洎，及；到。晚節，指才人後期。穢亂，淫亂。春宮，東宮。指太子所居之處。❺密隱先帝之私二句　謂掩飾隱私，暗圖寵幸。唐太宗死後，武則天就削髮為尼，居感業寺，掩蓋她曾是太宗才人的身分，得以再度進入高宗的後宮，被立為昭儀，受到寵愛。見《新唐書·后妃傳》。先帝，唐太宗。私，隱私。後房，一作「後庭」。即後宮。妃嬪所住地。嬖，寵幸。❻入門見疾二句　謂妒忌爭寵。見，被。疾，同「嫉」。妒忌。與下文「人神之所共嫉」的「嫉」，意為憎恨者不同。蛾眉，長而美的眉毛。比喻美女。此指武則天。❼掩袖工讒二句　謂進讒惑主。武則天為高宗昭儀時，生一女兒，王皇后聞訊前往看視撫弄。待王皇后離開後，武則天即將女兒窒息致死，以此嫁禍於王皇后，使之被廢。見《新唐書·后妃傳》、《舊唐書·后妃傳》。掩袖，一作「掩袂」。猶「掩面」、「掩涕」。用衣袖掩面涕泣。工，擅長；善於。原作「攻」。讒，讒言；故意陷害別人的壞話。狐媚，傳說狐狸善於化成美女，以陰柔手段媚人、害人。此指武則天。❽踐元后於翬翟二句　謂登上后位，陷君不義。武則天殺女嫁禍王皇后，高宗即下詔廢后，立昭儀武則天為皇后。見《新唐書·后妃傳》。踐，登；履。原作「陷」。元后，皇后。翬翟，野雞名。古代皇后衣服上飾有翬翟的形狀。此喻皇后之位。致，求得。一作「陷」。聚麀，謂兩頭雄鹿共一頭母鹿。《禮記・曲禮》：「夫惟禽獸無禮，父子聚麀。」此指唐太宗、高宗父子兩人共一妃子，是一種亂倫行為。聚，共。麀，母鹿。原作「塵」。❾加以虺蜴為心二句　謂心性狠毒。虺，毒蛇。蜴，蜥。❿近狎邪佞二句　指信奸害忠。武則天重用奸臣李敬宗、李義府，殺害忠臣褚遂良、長孫無忌、上官儀等。見《新唐書・姦臣傳》、《新唐書・長孫褚韓來李上官傳》。狎，親近。⓫殺姊屠兄二句　謂誅族滅親，大逆不道。武則天毒殺姊女賀蘭氏，殺死侄子武惟良、武懷運，並將同父異母之兄武元慶、武元爽流放邊遠地區而死。見《舊唐書・外戚傳》。弒君鴆母，謂大逆不道。史書中並未發現武氏有謀殺唐高宗、毒死其母楊氏的事。弒，古稱臣殺君、子殺父為弒。鴆，鳥名，羽毛有毒，置酒中能毒死人。⓬人神之所共嫉二句　謂罪大惡極。⓭猶復包藏禍心二句　謂陰謀稱帝。唐高宗稱「天皇」，武則天稱「天后」。高宗因有風疾，百司奏表，都委天后詳決，從此內輔國政數十年，威勢與皇帝無異，當時稱為「二聖」。見《舊唐書・則天本紀》。窺竊，窺伺竊取。神器，指帝位。⓮君之愛子二句　謂囚禁愛子。唐高宗之子李顯、李旦，前者被武則天廢為廬陵王，囚禁於別所；後者雖立，武則天讓其居於別殿，不得干預朝政，形同囚禁。見《新唐書・后妃傳》、《舊唐書・睿宗本紀》。幽，幽禁。⓯賊之宗盟二句　謂重用宗族。武則天倚重武承嗣、武三思，見《舊唐書・外戚傳》。賊，指武氏集團。原作「城」。⓰霍子孟之不作二句　借漢喻唐，謂缺少挽救唐朝、為國除害的忠臣。霍子孟，即西漢大司馬大將軍霍光。他受漢武帝遺詔，輔助年幼的漢昭帝；昭帝死，他廢去荒淫無道的昌邑王，另立漢宣帝，使漢祚延續。見《漢書・霍光傳》。朱虛侯，即西漢劉章，漢高祖之子齊悼惠王之次子，封朱虛侯。高祖死，呂后專政，重用諸呂。他與周勃、陳平等誅滅諸呂，擁立漢文帝，使漢室轉危為安。見《漢書・高五王傳》。⓱燕啄皇孫二句　借漢喻唐，謂國統將亡。漢成帝時，有童謠說「燕飛來，啄皇孫。」後趙飛燕為皇后，殘忍地殺害許多皇子。不久，西漢滅亡。見《漢書・五行志》。此指武則天也曾殺害皇子李忠、李弘、李賢等。見《新唐書・高宗本紀》。祚，皇位；國統。⓲龍漦帝后二句　借西周喻唐，謂氣數將終。傳說夏代衰亡時，有兩神龍降於宮廷，夏帝把龍漦用木盒裝起來。到周厲王，打開木盒，龍漦溢出。有一後宮童女沾上龍漦，便受孕而生褒姒。周幽王因寵褒姒，使西周滅亡。見《史記・周本紀》。漦，唾沫。帝后，指夏帝，因夏朝始祖夏禹，姒姓，為夏后氏首領。

【語　譯】那個非法把持朝政的武氏，人品並不溫柔賢慧，家世實在寒賤卑微。她不過是太宗皇帝的才人，卻利用更衣時機得以侍奉太宗。到了當才人的後期，竟至淫亂東宮。是她竭力掩飾太宗妃嬪的隱私，圖謀獲得高宗的專寵。是她搔首弄姿不讓別人，心懷嫉妒；是她掩袖進讒陷害別人，狐媚君主。是她處心積慮爭取到正宮皇后，讓高宗父子蒙上亂倫的污垢。加上她有毒蛇般的本性，豺狼般的心腸；親近奸邪，殺害忠良；殺姊屠兄，殘害了骨肉；弒君鴆母，破壞了綱常。如此種種，真是神人共憤，天理難容。她還包藏禍心，窺伺竊取帝位。皇上的愛子，被她打入冷宮；武氏的宗親，被她重用加封。嗚呼！再不見霍光那樣扶助漢室的異姓忠臣，扶幼主重安社稷；實難找劉章那樣為國除奸的皇室宗親，除奸佞再振唐宗。有了「燕啄王孫」的童謠，就預知兩漢的國統將盡，有了「龍漦帝后」的傳說，就預見西周的氣數將終。

敬業皇唐舊臣，公侯冢子❶。奉先君之成業，荷本朝之厚恩❷。宋微子之興悲，良有以也；桓君山之流涕，豈徒然哉❸？是以氣憤風雲，志安社稷❹。因天下之失望，順宇內之推心，爰舉義旗，以清妖孽❺。南連百越，北盡三河，鐵騎成群，玉軸相接。海陵紅粟，倉儲之積靡窮；江浦黃旗，匡復之功何遠❻。班聲動而北風起，劍氣衝而星斗平；喑嗚則山嶽崩頹，叱咤則風雲變色。以此制敵，何敵不摧！以此攻城，何城不克❼！

【章旨】以「義」字立意，申明討武的正義性、合法性。

【注釋】❶敬業皇唐舊臣二句　謂徐敬業之家世、出身和爵位。皇唐，猶大唐。原缺「唐」字。公侯，李敬業之祖父徐世勣，被賜姓李，曾封英國公，卒贈太尉。李敬業也隨之姓李，襲封英國公，任眉州刺史。冢子，嫡長子。此指長孫。❷奉先君之成業二句　表明守成之忠心、職責。奉，事奉。先君，一作「先帝」。成業，謂先帝的成就、業績。一作「遺訓」。荷，承受；蒙受。本朝，指唐朝。❸宋微子之興悲四句　謂悲歎朝廷之衰危。宋微子，殷紂王之庶兄，名啟。周滅殷後，封於宋地，故名。興悲，《尚書大傳》：「微子將往朝周，過殷之故墟，志動心悲，作雅聲，謂之〈麥秀歌〉。」而《史記・宋微子世家》則稱朝周作《麥秀歌》者為紂王親戚箕子。良，的確。有以，有道理。以，原由；道理。桓君山，即東漢的桓譚，字君山，見本書卷一《靈泉頌》注。原作「袁君山」。豈，難道。徒然，偶然。❹是以氣憤風雲二句　申明討伐的目的。是以，因此。一作「是用」。社稷，土神與穀神，指國家。❺因天下之失望四句　申明討伐的信心和決心。因，趁。失望，謂國人對武氏的失望。推心，尊崇、讚許之心。謂國人對李敬業的推崇、擁護。義旗，正義的旗幟。❻南連百越八句　申明討伐的實力。百越，同「百粵」。古代對南方各部族的總稱。此指東南沿海。三河，指中原地區的河東、河內、河南三部。玉軸，精美的戰車。一說：軸，同「舳」。船舵。此代指船。海陵，古縣名。指唐代的揚州。漢、唐時在此設米倉，今為江蘇省泰縣。紅粟，年久變紅的粟米。《文選・吳都賦》：「觀海陵之倉，則紅粟流衍。」此指糧食充足。江浦，江濱。指揚州。黃旗，一種象徵天子祥瑞之雲氣。此謂李敬業是應運起兵，出於天意，而非人為。❼班聲動而北風起八句　渲染討伐的聲威。班聲動，班馬嘶鳴。班，班馬；離群的馬。此指戰馬。星斗，一作「南斗」。喑嗚，形容怒氣。叱吒，形容發怒的聲音。「以此制敵」之「以此」，原作「以斯」；「以此攻城」，原作「以斯圖功」；「何城不克」，原作「何功不剋」。

【語　譯】本都督李敬業為大唐老臣，是公侯嫡孫。事奉先帝的成業，蒙受本朝的大恩。宋微子看到殷墟荒廢而悲傷，自是心懷故土；桓君山感懷自身遭際而流涕，難道是平白無故？因此正氣可以憤蕩天際風雲，壯志在於安定大唐天下。趁著國人對武氏失望之日，正是國人對討伐擁戴之時。於是高舉正義的大旗，掃除害民的妖孽。從南方的百越，到北邊的中原，鐵騎鋪天蓋地，戰車前後相連。海陵紅粟，顯示倉儲糧食無窮無盡，江濱黃旗，象徵匡復大唐為期不遠。萬馬嘶鳴，北風怒吼，劍氣衝天，直射星斗。戰士一聲怒喝，可使山岳為之崩裂；英雄一聲叱吒，能使風雲為之變色。用這樣的聲威對付敵人，有什麼敵人不被摧折！用這樣的氣概攻奪城池，有什麼城池不被攻克！

公等或家傳漢爵，或地協周親；或膺重寄於爪牙，或受顧命於宣室❶。言猶在耳，忠豈忘心？一抔之土未乾，六尺之孤安在？倘能轉禍為福，送往事居，共立勤王之勛，無廢舊君之命，凡諸爵賞，同指山河❷。若或眷戀窮城，徘徊歧路，坐昧先幾之兆，必貽後至之誅。請看今日之域中，竟是誰家之天下❸！移檄諸郡，咸使知聞❹。

【章 旨】號召朝野人士共同勤王，匡復李唐天下。

【注 釋】❶公等或家傳漢爵四句 謂檄文所號召的對象。公等，猶諸公、諸位。家傳漢爵，指世代受唐的封爵，如同漢朝之封王。一作「居漢地」。地協周親，指與唐朝有至親（宗室或聯姻）關係，如同周室之宗親。協，合。原作「叶」。膺，受。重寄，重大的託付。爪牙，比喻將領。《漢書・李廣傳》：「將軍者，國之爪牙也。」一作「話言」。顧命，皇帝臨死時的遺命。宣室，漢代未央宮正殿前室。此借指唐皇宮正殿。❷言猶在耳十句 號召忠於李唐。忠豈忘心，即豈忘忠心。一抔之土，指皇帝的陵墓。《史記・張釋之馮唐列傳》：「假令愚民取長陵一抔土，陛下將何法以加之乎？」一抔，一捧。原作「一杯」。未乾，指唐高宗安葬不久。唐光宅元年（六八四）八月，高宗葬於乾陵，九月，徐敬業即起兵，只隔一個月，故云。六尺之孤，語本《論語・泰伯》：「可以託六尺之孤」。此指幼少之君中宗李顯。唐弘道元年（六八三）十二月，中宗繼位，次年即被武則天廢為廬陵王。安在，一作「何托」。轉禍為福，謂拋棄武氏，響應討伐。送往事居，謂安葬死者，事奉生者，指中宗。往，死去的。居，現存的。原作「君」。勤王，古時天子蒙難，諸侯大臣興兵救援。此指匡復中宗的帝位。勷，援助；扶助。勛，功勛。原作「師」。舊君，指高宗。原作「大君」。同指山河，謂指著泰山、黃河發誓，為封爵之誓。見《漢書・高惠高后孝文功臣表序》。❸若或眷戀窮城六句 發出警告。若或，如果。眷戀，留戀；不放棄。窮城，孤立無援之城。昧，不明白。先幾之兆，事前的徵兆。後至之誅，傳說禹在會稽山大會諸侯，防風氏後至，被禹殺死。見《國語・周語下》。域中，國中。❹移檄諸郡二句 原缺。移檄，謂將檄文發往不相統屬的官署之間。

【語 譯】諸公有的是世襲的勛爵，有的是皇室的宗親，有的是身負使命的將軍，有的是肩挑重託的大臣。先帝的話音還在耳邊回響，你們的忠心怎能一下遺忘？一捧墳土尚未乾透，六尺遺孤囚在何方？倘能將禍患化為吉祥，安葬先帝，扶助幼王，共建救唐的功勛，不負先帝的期望，那麼所有參加討武的人，加官晉爵自有份，同指山河誓不忘。如果戀守孤城，徘徊歧路，就會坐失良機，必遭嚴厲懲處。請看今日國中，究竟是誰家天下！就這樣移檄各郡縣，使大家都知道。

【賞 析】唐初，宮廷內部發生了財產與權力再分配的鬥爭。武則天在逐步掌握政權以後，與李唐宗室的對立更為尖銳。「時諸武用事，唐宗室人人自危，眾心憤惋。」（《通鑑》卷二〇三）在此情勢下，作者參加李敬業討武的幕府，當然有忠於李唐王朝的正統思想，不滿武則天的臨朝稱制，但與自己身陷囹圄、含冤負屈不無關係。

以「義」與「偽」的對立展開，是全文的核心所在。這種對立，即是正統與非正統、正義與非正義的分野。作者以儒家的正統思想和倫理道德作為價值尺度，去評判武則天。一方面，作者運用諷刺、揶揄、斥責的方法，將武則天的惡德醜行加以揭露；另方面，作者用頌讚的手法，熱烈歌頌李敬業起兵討武的合法性與正義性。這兩個方面構成了「善」與「惡」、「美」與「醜」的鮮明對比，表現了作者愛憎褒貶的鮮明態度。《舊唐書・李勣傳》載：「初，敬業傳檄至京師，則天讀之微哂，至『一抔之土未乾』，遽問侍臣曰：『此語誰為之？』或對曰：『賓王之辭也。』則天曰：『宰相之過，安失此人？』」可見檄文對武則天起到震懾作用。

武則天是中國歷史上唯一的女皇帝。在位期間，撫外安內，採取英明措施，表現她的政治才幹。作者的評判，不一定完全符合歷史真相，但從中可以看到武則天在弄權過程中排除異己、殘害忠良、任用奸佞的某些側面。

本篇用駢體寫成，理直氣壯，義正辭嚴，縱橫捭闔，慷慨激昂，以氣勢取勝。劉勰《文心雕龍・檄移》曾對檄文提出「氣盛」的要求：「必事昭而理辨，氣盛而辭斷，此其要也。」氣盛，首先取決於充實的思想內容，其次也要講究章法、句法與修辭手段。本文在章法上緊緊圍繞「義」與「偽」，這種對立分成三個層次。一是歷數武則天的惡德醜行，為起義的依據，二是敘述起義的目的、信念、決心；三是號召勤王。如此步步推進，節奏分明，具有強烈的鼓動性。在句法上，駢散結合，以四六句為主，又雜以五、七言句。四六句中，又分為四六四六、四四六六、六四六四等，長短參差，錯落有致。句式有「人非溫潤，地實寒微」的對偶句，有「加以虺蜴為心，豺狼成性；近狎邪佞，殘害忠良；殺姊屠兄，弒君鴆母」的排比句，有「一抔之土未乾，六尺之孤安在」的反詰句，等等。這些句式，都有加重、強調、突出的作用，回環往復，前呼後應，一氣呵成，傳達出特別強烈的感染力，這就是所謂「雄文勁采，足以壯軍聲而作義勇」（《古文觀止》卷七）。由於駢文還講求聲韻，平仄相錯，輕重相間，讀起來抑揚頓挫、疾徐抗墜，琅琅上口，故此文除整飾美、錯綜美外，更具有節奏美。

釣磯應詰文

【題　解】 釣磯，指嚴陵瀨，相傳為東漢嚴光隱居垂釣處，在浙江省桐廬縣南。應詰，猶酬對、對答。詰，詢問。原作「誥」。

余以三伏辰行，至七里瀨。此地即新安江口也，有嚴子陵釣磯焉。澄潭至清，洞徹見底，往往有群魚戲，歷歷如水上行耳❶。

【章　旨】 寫嚴子陵釣磯。

【注　釋】 ❶余以三伏辰行八句　謂嚴子陵釣磯景色。三伏，即初伏、中伏、末伏，為一年最熱的氣候。《初學記》卷四引《陰陽書》：「從夏至後第三庚為初伏，第四庚為中伏，立秋後初庚為後伏。」辰，同「晨」。七里瀨，顧野王《輿地志》：「七里瀨，在東陽江下，與嚴陵瀨相接。」新安江，《元和郡縣志》：「江南道睦州清溪，新安江自歙州黟縣界流入縣，東流入浙江。」歷歷，清晰的樣子。原作「遷」。上，原缺。

【語　譯】我以夏天三伏天的早晨旅行，到了七里瀨。此地就是新安江的江口，有東漢嚴子陵的釣磯在這裡。潭水極為清澄，洞徹見底，往往有群魚遊戲其間，清晰得如同水上游行那樣。

舟人有釣者，試取餌投之。或有浮而不顧者，或有貪而輒吞者，引竿而舉，因以獲焉。其始出也，乃掉尾揚鬐，有若恃力而自免；其少退也，則鼓鰓濡沫，有似屈體而求哀。嗟乎！勢牽於人，道窮於我，將欲以下座而歌馮子，又安能中轍而呼莊周哉❶？余乃祝曰：猛獸搏也，拘於檻穽；鷙鳥攫也，縶於籠樊；素龜靈也，被髮阿門；白龍神也，掛鱗且網。何不泥潛而穴處，何故貪餌而吞鉤乎？於是放之江流，盡其生生之理❷！

【注　釋】❶舟人有釣者十七句　謂魚貪餌吞釣之情狀。舟，原缺。餌，原缺。免，原作「勉」。勢，形勢；情勢。牽，牽制。馮子，指戰國時孟嘗君的門客彈鋏而歌的馮驩。見本書卷五〈咏懷古意上裴侍郎〉注。轍，車轍。原作「徹」。❷余乃祝曰十三句　謂放魚江流。祝，祝禱。搏，搏擊。原作「摶」。檻穽，亦作「檻阱」。捕獸用的機具和陷坑。鷙鳥，凶猛的鳥。攫，攫擊；以爪搏擊。縶，拘禁；捆綁。籠樊，鳥籠。被髮阿門，《莊子．外物》載：宋元君半夜夢見有人披頭散髮向偏門偷看，並說是清江的使臣到河伯那裡去，途中被漁夫余且捕獲。宋元君讓人圓夢，回答是一隻神異的龜。後來宋元君要余且獻上白龜，讓人占卜，卜辭說殺龜占卜是吉利的。於是把龜殺掉，用龜甲占卜，非常靈驗。阿門，偏門。原作「河津」。掛鱗且網，劉向《說苑．正諫》載：吳王想要跟老百姓一起喝酒，伍子胥進諫說：「從前有白龍從天上下到清泠池，化身成魚，被漁夫豫且射中了眼睛。白龍向天帝告狀，天帝問牠：『當時你是以什麼樣的化身出現的？』白龍回答：『我下到清泠池中，化身為魚。』天帝說：『魚本來就是人們所要射殺的，像這樣，豫且有何罪過？』那白龍是天帝的珍貴動物，豫且是宋國低賤的漁夫；白龍不化成魚，豫且不會射它。現在君王放棄萬乘之尊的地位，去跟平民百姓喝酒，我恐怕將有白龍被豫且射中的災難了。」於是吳王才取消這一行動。泥潛，謂潛入泥土中。原作「穴處」。生生，指生生不息。

【語　譯】船上有釣魚的，我試將魚餌投到水中。有的魚浮出水面而不顧吞餌，有的魚會因貪餌而吞鉤，當舉起魚竿時，就可以釣到魚了。魚剛出水面時，擺尾揚鰭，好像要依恃自己的力量而免去災禍；等到取下鉤以後，就鼓鰓吐著唾沫，好像是彎曲身體向人求哀。唉！我想到當前的情勢是被人所牽制，對我來說命運的窮途已到了盡頭。我本想下座來讚美彈鋏而歌的馮驩，又怎能在車轍中呼喚莊周以升斗之水救命呢？我於是祝禱說：「猛獸能搏擊，但被拘禁在機具和陷坑中；猛鳥能攫擊，但被關在鳥籠裡；素龜靈異，也只能披髮偏門來託夢；白龍神異，卻難脫被豫且所射的災禍。何不潛入泥土中穴居，為什麼要貪餌而吞鉤呢？」於是我將魚放之江流，以盡其生生不息之理呀！

時同行者顧詰余曰：「夫至人之處世也，擬迹而後投，隱心而後動。終始不易其道，悔吝不生其情❶。而吾子沉緡於川，登魚於陸。烹之可以習政術，羞之可以助庖廚。曩求之將何圖？今捨之將何欲❷？」

【章　旨】寫同行者之詰問，提出求與捨的問題。

【注　釋】❶時同行者顧詰余曰六句　謂至人處世之法。至人，見本書卷第一〈螢火賦〉注。擬迹揣度腳步。《文選》揚雄〈解嘲〉：「欲行者擬足而投迹。」李善注：「欲行擬足不前，待彼行而投其迹也。」隱心，審度；忖度。《文選》崔瑗〈座右銘〉：「隱心而後動，謗議庸何傷。」李善注：「劉熙《孟子注》曰：『隱，度也。』」終始，從開頭至結局，指事物發生演變的全過程。《禮記・大學》：「物有本末，事有終始，知所先後，則近道矣。」悔吝，亦作「悔恡」、「悔忞」。災禍。《易・繫辭上傳》：「悔吝者，憂虞之象也。」按，憂虞，謂憂驚。❷而吾子沉緡於川六句　謂求與捨的問題。吾子，對對方之敬稱，一般用於男性。沉緡，垂釣。登，取得。政術，治理政事的方法。羞，進食。庖廚，連文同義。指廚房。

【語　譯】當時同行的人回頭詰問我說：「學問道德最為完美的君子，自有他的處世方法。那就是揣度自己的腳步後才舉步，反省自己的內心後才行動。從開頭到結局，不會改變自己的道路，有了什麼災禍，不會產生憂驚的感情。但是您既然垂鈎於川流，取魚於陸地。將魚烹飪，可以學習治理政事的方法；將魚進食，可以輔助庖廚的美味。從前鈎魚將希圖什麼？現在放魚又將希圖什麼？」

余笑而應之曰：「聖人不凝滯於物，智士必推移於時。知幾之謂神，舍生之謂道❶。殷乙聖也，囚於夏；孔丘賢也，畏於匡。且夫明哲之賢，尚罹幽憂之患，況鱗羽之族，能無弋鈎之累哉❷？」

【章　旨】闡述魚鳥有弋鈎之累。

【注　釋】❶余笑而應之曰五句　謂要變通隨俗。凝滯，拘泥；執著。屈原《漁父》：「聖人不凝滯於物，而能與世推移。」與世推移，指隨俗從流。知幾，預知幾微的徵兆。神，神妙。《易．繫辭下傳》：「子曰：『知幾其神乎？』」舍生，此謂放生。即承上「於是放之江流，以盡其生生之理」。一作「養生」。義同。舍，原作「食」。道，道義。❷殷乙聖也八句　謂魚鳥難免有弋鈎之累。殷乙，《史記．殷本紀》：「主癸卒，子天乙立，是為成湯，因於夏。」畏於匡，《史記．孔子世家》載，孔子到陳國去，路過匡（衛邑名，在今河南省長垣縣境內），由他的學生顏刻駕駛馬車。顏刻用馬鞭指著城缺口說：「以前我入城，就是從那個缺口進去的。」匡邑的人聽說，誤以為是騷擾過他們的魯國的陽虎一夥來了，便蜂擁而上，把孔子圍禁。因孔子貌似陽虎，被拘禁五日。明哲，明智睿哲。鱗羽，指魚類和鳥類。弋鈎，射鳥鈎魚。弋，原作「匕」。累，憂患。

【語　譯】我笑著回答說：「聖人對客觀事物不是固執地抱著一成不變的看法，智士必定能夠變通而隨俗從流。預知幾微的徵兆就叫做神。將魚放諸江流，使其生生不息，就稱為道義。殷乙是聖人，他曾受到囚於夏的不幸；孔子是賢人，他曾受到匡人的拘禁。這些明智睿哲的聖賢，尚且遭到深深的憂患，何況是魚類和鳥類，難道還能避免弋釣之憂患嗎？」

故曩吾有心也，恐求之不得，今吾無心也，既得之而捨。求與捨，不亦雙美乎？烹與羞，不亦兩傷乎❶？況療飢者半菽可以充腹，為政者一言可以興邦，亦奚必因小鮮而後明三異之規，勦大命而後冀一食之飽。擒而不殺，可謂「仁」乎？獲而不饗，可謂「廉」乎❷？

【章旨】敘述求與捨皆為美德。

【注釋】❶故曩吾有心也八句　謂求與捨為雙美。有心，謂有意求魚。無心，謂無意求魚。❷況療飢者半菽可以充腹八句　謂不殺為仁，不饗為廉。半菽，《漢書・項籍傳》：「今歲飢民貧，卒食半菽。」臣瓚曰：「士卒食蔬菜，以菽雜半之。」菽，豆類。一言可以興邦，謂一句話可以興國。《論語・子路》：「定公問：『一言而可以興邦，有諸？』」小鮮，即烹鮮，見本書卷七〈上梁明府啟〉注。三異，指東漢中牟令魯恭德化禽鳥事，見本書卷四〈春夜韋明府宅宴〉注。勦，滅絕；中斷。大命，天年；壽命。饗，指宴會或祭祀所用的食品。

【語譯】因此，從前我有意求魚時，惟恐求之不得；現在我無意求魚，偏又得到魚後又放之江流。求與捨，不都是一種美德麼？烹魚與食魚，不都是在傷害魚麼？何況要充飢的人，蔬菜半雜豆子一樣可以填飽肚子；執政的人，一句話可以振興邦國。為什麼一定要烹調小魚，而後才懂得德治教化的準則；滅絕魚命，而後才得到一飽肚子的滿足。擒魚而不殺，可不是稱得上「仁」嗎？獲魚而不食，可不是稱得上「廉」嗎？

且夫垂竿而為事者，太公之遺術也。形生磻溪之石，兆應滋水之璜❶。夫如是者，將以釣川耶？將以釣國耶？然後知古善釣者，其惟太公乎？又有妙於此者，其惟文王乎？夫文王制六合為鈞，懸四履為餌。筮之於清廟，投之於巨川。一引而獲太公，再舉而登尚父❷。由是觀之，蹲會稽而沉犗者，鮑肆之徒也；踞滄海而負鼇者，漁父之事也。斯亦眇小者之所習，安知大丈夫之所為哉❸！

【章旨】讚揚文王、太公之善釣，斥責眇小者之所習。

【注釋】❶且夫垂竿而為事者四句　謂垂釣為太公之遺術。太公，指周之太公望呂尚，為齊之始祖。遺術，遺留的策略、手段。磻溪，亦作「磻磎」、「磻谿」。水名。在今陝西省寶雞縣東南，傳說為周呂尚未遇文王時垂釣處。《韓詩外傳》卷八：「太公望少為人婿，老而見去。屠牛朝歌，賃於棘津，釣於磻溪。」兆應滋水，《尚書大傳・殷傳》：「西伯勘者。周文王至磻溪，見呂望釣，文王拜之。尚父曰：『望釣得魚，腹中有玉璜，刻曰周受命，呂左檢德合，於今昌來提。』」鄭玄注：「釣得魚，魚中得玉璜也。左檢，猶即也。提者，取也。」滋水，《水經注・渭水》：「渭水之右，磻溪水注之。水出南山茲谷，乘高激流，注於溪中，溪中有泉，謂之茲泉。泉水潭積，自成淵渚，即《呂氏春秋》所謂太公釣茲泉也。」璜，玉器名。狀如半璧。原作「瓚」。❷夫如是者十三句　謂太公、文王為善釣者。釣川，指小釣釣川，而擒其魚。釣國，指中釣釣國，而擒其萬國諸侯。文王，指周文王姬昌，曾為西伯。《孟子・離婁上》：「吾聞西伯善養老者。」焦循正義：「西伯即文王也，封命為西方諸侯之長，得專征伐，故稱西伯。」六合，見本書卷九〈兵部奏姚州道破逆賊諾沒弄楊虔柳露布〉注。四履，《左傳・僖公四年》：「賜我先君履，東至於海，西至於河，南至於穆陵，北至於無棣。」杜預注：「履，所踐履之境。」筮，卜筮。《駱丞集》顏文選注：「指文王出獵之卜也。」清廟，《駱丞集》顏文選注：「清靜之廟也。」尚父，即師尚父。對齊太公呂望的尊稱。《詩經・大雅・文王》：「維師尚父，時維鷹揚。」毛傳：「師，大師也。尚父，可尚可父。」鄭玄箋：「尚父，呂望也，尊稱焉。」❸由是觀之七句　謂眇小者之所習。蹲會稽，《莊子・外物》載，任公子做了一個大魚鉤和一條很長的釣絲，用五十頭牛的肉為釣餌，蹲在會稽山上，把魚鉤投放東海，天天在那裡垂釣，釣了一年也沒有釣到一條魚。不久，一條大魚上鉤了，……白浪像雪山湧起，海水震盪，聲似鬼神，驚駭千里。任公子釣到大魚，把牠剖開，製成魚乾，使得浙水以東、蒼梧山以北的人都吃飽了。牿，犍牛。此泛指牛。原作「轄」。鮑肆，即「鮑魚之肆」。亦作「鮑魚之次」，謂賣鹹魚的店鋪。因魚常腐臭，故喻小人聚集之地。《大戴禮記・曾子疾病》：「與君子游，苾乎如入蘭芷之室，久而不聞，則與之化矣；與小人游，貸乎如入鮑魚之次，久而不聞，則與之化矣。」負鼇，《列子・湯問》載，傳說歸墟有五神山，天帝命十五鼇舉首而負戴之，五山始峙而不動。「而龍伯之國有大人，舉足不盈數步而暨五山之所，一釣而連六鼇，合負而趣，歸其國，灼其骨以數焉。」此以釣鼇指代釣魚。眇小者，細微；渺小。大丈夫，指有志氣、有節操、有作為的男子。丈，原缺。

【語 譯】再說垂竿釣魚這種事，是周太公望呂尚遺留下來的一種策略、手段。他身坐磻溪石上，釣滋水得魚，魚腹有玉璜之吉兆。像這個樣子的，究竟是小釣釣魚呢？還是中釣釣萬國諸侯呢？然後才知道古代善釣的人，大概是太公呂望吧？又有精於釣道策略高明的，大概是周文王吧？文王控制天下四方為鉤，高懸四方踐履為餌，出獵時卜筮於清廟，投餌於大川，一伸手而獲太公望，再舉竿而得師尚父。由此看來，蹲在會稽山上，用五十頭牛的肉做餌釣魚的，是小人之輩；坐在大海之濱，而釣巨龜的，是漁父之事。這些都不過是渺小之人所習好，又哪裡知道有作為的大丈夫之治國策略呢！

【賞 析】本文是一篇寓言體哲理散文。

小中見大，借題發揮，是本文寫作上的一大特點。它通過釣魚這樣的小事，闡發為政治國的大道理，從而賦予平常生活小事以不平常的社會意義。它以主客問答的形式展開，並以「求」與「捨」作為結構的中心來組織，如詰者提出「曩求之將何圖？今捨之將何欲？」而應者則答曰：「故曩吾有心也，恐求之不得，今吾無心也，既得之而捨。求與捨，不亦雙美乎？」

但是，本文的重點卻在結尾一段文字，所謂卒章顯其志。《莊子・胠篋》說：「彼竊鉤者誅，竊國者為諸侯；諸侯之門，而仁義存焉。則是非竊仁義聖知邪？」這是說那些偷取腰帶鉤小物的，逮住就被殺掉，而竊奪整個國家的卻能成為諸侯；於是在諸侯門裡也就有了仁義，這不是連仁義、聖智都竊去了嗎？本文的主旨正是發揮了莊子的思想。作者通過「大丈夫」與「眇小者」的強烈對比，把愛憎褒貶的感情滲透其中。一方面，他熱烈讚揚太公、文王等聖君賢相為善鈞者，能把國家治理好。另方面，他又斥責那些「鮑魚之徒」、「漁父之事」，諷刺他們為「眇小者之所習」。

自敘狀

【題　解】狀，文體名，向上級陳述意見或事實的文章。

某官某謹再拜言：伏奉恩旨，令通狀自敘所能。某本江東布衣人也，幸屬大鑪貞觀，合璧光輝，易彼上農，叨茲下秩，于今三年矣❶。然而進不能談社稷之務，立事寰中；退不能掃丞相之門，買名天下。徒以黃離元吉，白賁幽貞。沐少海之波瀾，照重光之麗景。雖任能尚齒，載弘進善之規；而觀過知人，異降自媒之旨。是用披誠歷懇，以舒愚衷❷。

【章　旨】自敘身世和一無所能。

【注　釋】❶某官某謹再拜言九句　謂自己之身世。伏，伏惟。下對上之敬辭。江東，三國時孫權建都於建康，因稱孫吳統治下的地區為江東，作者為浙江義烏人，故稱。布衣，平民。大鑪，天地，見本書卷六〈上李少常伯啟〉注。此指代大唐天下。貞觀，謂以正道示人，見本書卷六〈上司列太常伯啟〉注。此關合太宗年號，《舊唐書・太宗紀》：「貞觀元年（六二七）春正月乙酉，改元。」合璧，指日月。《宋書・符瑞志》：「日月如合璧，五星如連珠。」此關合高宗宮名，《舊唐書・高宗紀》：「顯慶五年（六六〇）夏四月戊寅，造八關宮於東都苑內。五月壬戌，幸八關宮，改為合璧宮。」易彼上農，謂祿位等同於上農。《禮記・王制》：「諸侯之下士視上農夫，祿足以代其耕也。」《文選》顏延之〈陶徵士誄〉：「爵同下士，祿等上農。」按，下士，喻爵卑。上農，亦稱「上農夫」。古代指種植條件較好、收益較多的農民。王充《論衡・別通》：「耕夫多植嘉穀，謂之上農夫；其少者，謂之下農夫。」此喻祿薄。下秩，謂官秩卑下。❷然而進不能談社稷之務十四句　謂自己一無所能。寰中，宇內；天下。丞相之門，見本書卷九〈上吏部侍郎帝京篇〉注。黃離元吉，《易・離卦》：「六二，黃離，元吉。」按，黃，為中正之色。此指正道。離，附麗；像人有柔和之德附麗正道，可獲吉祥。白賁，《易・賁卦》：「上九，白賁，無咎。」此謂素白無華的文飾，見其自然真趣，必無咎害。幽貞，堅貞高潔的節操。貞，原作「與」。少海，見本書卷八〈秋日餞陸道士、陳文林序〉注。重光，即重輪。喻吉祥。見本書卷四〈和王記室從趙王春日遊陁山寺〉注。任能，任用有才能的人。尚齒，即上齒。敬老的意思。齒，指高齡。載，助詞。進善之規，謂進舉賢善之人的規範。觀過知人，察看一個人所犯過錯的性質，就可以瞭解他的為人。《論語・里仁》：「人之過也，各於其黨。觀過，斯知仁（同「人」）矣。」此謂過錯即承上文之「進不能談社稷之務」「退不能掃丞相之門」而言。異，特別。降，給予。自媒，此為自薦的意思。披，披露。歷，流露。舒，抒發。

【語　譯】某官某謹再拜言：伏惟承奉恩旨，令通狀自敘自己的才能。我為浙江義烏人，屬江東平民。今幸逢大唐貞觀盛世，日月光輝普照天地。我俸祿微薄，官秩卑下，到現在已經有三年時間了。然而我做官不能談論國家大事，成就大業於寰中；退隱不能掃丞相之門，買名譽於天下。我徒然以中正之道來求得吉利，以樸素本色來保持高潔堅貞的節操。沐浴少海的波瀾，受惠日月的光影。君任用賢能，尊敬長者，弘揚進舉賢善的規範，而且又能觀過知人，特別給我以自薦才能的機會。因此我披露真誠，來抒發愚衷。

若乃忘大易之謙光，矜小人之醜行，彈冠入仕，解褐登朝。飾懷祿之心，效當年之用，莫不徇名養利，勵朽磨鉛，自謂身負管樂之資，志懷周召之業。若斯人者，何勝道哉❶！而修譽衒能，聽言觀行，捨真筌而擇士，沿虛談以取材，將恐有其語而無其人，得其名而喪其實。故曰知人不易，人不易知❷。

【章　旨】敘述小人的醜行和選才的失誤。

【注　釋】❶若乃忘大易之謙光十二句　謂小人之醜行。大易，指《易經》。謙光，《易．謙卦》：「謙尊而光」。此謂謙虛的人高居尊位，道德光明。解褐，脫去布衣，擔任官職。懷祿，懷戀俸祿。見本書卷三〈遠使海曲春夜多懷〉注。效，顯示。當年，壯年；身強力壯的時期。用，行事。徇名，謀求功名。養利，謀取利祿。養，取。勵朽磨鉛，謂才能低下者也在激勵求進。班固〈答賓戲〉：「當此之時，搦朽磨鈍，鉛刀皆能一斷。」召，原作「邵」。❷而修譽察能八句　謂選材的失誤。修譽，猶循名。依照名譽。真筌，比喻真言。真，原作「直」。筌，原缺。

【語　譯】至於忘記《易經》所謂「謙尊而光」的教言，去誇耀小人的醜行，一旦入仕則彈冠相慶，脫去布衣則入朝為官。為了粉飾懷戀俸祿的心計，顯示壯年時期的行事，無不營求功名，謀取利祿，即使才能低下也在激勵求進，自謂身負管仲、樂毅之才質，志懷周公、召公之大業。像這樣的人，又哪能說得完呢！循名察能，聽言觀行，拋棄真言去擇士，順著虛談去取材，恐怕後果是有其語而無其人，得其名而喪其實。所以說知人不易，人不易知。

抑又聞之：知臣莫若君，知子莫若父❶。誠能簡材試劇，考績求功，觀其所由，察其所以，臨大節而不可奪，處至公而不可干。冀斯言之無虧，於從政乎何有❷？

【章　旨】闡明選材的正確途徑。

【注　釋】❶抑又聞之三句　謂知人。抑，而且；於是。知臣，《管子．大匡第十八》：「齊僖公生公子諸兒、公子糾、公子小白，使鮑叔傅小白，鮑叔辭，稱疾不出。管仲與召忽往見之曰：「何故不出?」鮑叔曰：「知子莫若父，知臣莫若君。今君知臣不肖也，是以使賤臣傅小白，賤臣知棄矣。」」❷誠能簡材試劇八句　謂選材之正確途徑。誠，假如。簡材，亦作「簡才」。選擇賢才。試劇，以職務作考查。試，任用；檢驗；考查。劇，繁重的職務。所繇，即所由。指所由以達到目的的方式、方法。《論語・為政》：「視其所以，觀其所由，察其所安，人焉廋（藏匿，隱蔽）哉?人焉廋哉?」所以所作所為。大節，關係存亡安危的大事。《論語・泰伯》：「曾子曰：『可以託六尺之孤，可以寄百里之命，臨大節而不可奪也——君子人與?君子人也。』」何晏《集解》：「大節，安國家，定社稷。」奪，由於強力而動搖、改變。至公，最公正；極公正。干，干犯；干擾。無虧，沒有欠缺。

【語　譯】而且我又聽說這樣一個道理：最了解臣子的莫過於君主，最了解兒子的莫過於父親。假如能夠選擇賢才，考查職責，檢驗政績，查究功效，觀察他所由以達到目的的方法，審視他所作所為，遇到存亡危急的緊要關頭，能夠堅守節操，而不為強力所動搖，處於大公無私的境地而不可干犯。希望上面說的都能做到而沒有欠缺，那麼對於讓他們去從政又有什麼不可以呢?

若乃脂韋其迹，乾沒其心，說己之長，言身之善。靦容冒進，貪祿要君，上以紊國家之大猷，下以瀆狷介之高節，此凶人以為恥，況吉士之為榮乎❶?所以令衒其能，斯不奉令❷。謹狀。

【章　旨】指出自敘所能的弊端。

【注　釋】❶若乃脂韋其迹十句　謂自敘所能之弊病。脂韋，油脂和軟皮。比喻阿諛和圓滑。乾沒，見本書卷六〈上齊州張司馬啟〉注。靦容，厚著臉皮。冒進，謂才德不稱而求仕進。要君，要脅君主。紊，亂。大猷，大道；法則。狷介，孤高潔身。狷，原作「與」。吉士，猶賢人。❷所以令衒其能二句　謂不奉令。衒，炫耀；自誇；賣弄。

【語　譯】至於他們的行為是那樣圓滑世故，他們的內心是那樣貪得無饜，喜歡吹噓自己的長處，喜歡誇耀自身的美善。厚著臉皮，明知才德不稱，還要追求仕進，貪求利祿而要脅君主。他們這樣做上可以紊亂國家的法則，下可以褻瀆君子孤高潔身的節操。這是惡人都認為是羞恥之事，何況是賢人呢，難道還能以此為光榮嗎？所以命令自我炫耀所能，我不能奉令。謹狀。

【賞　析】本文為作者擔任道王府掾屬時寫的。道王李元慶，是高祖第十六子，唐太宗的異母弟。太宗貞觀十年（六三六），改封道王，授豫州（河南省汝南縣）刺史。大概作者於此期間就在道王府供職，可能有六年時間，故有「六載奉長廊」（〈疇昔篇〉）之說。由於道王曾要求作者「自敘所能」，但作者卻「斯不奉令」，加以婉拒，於是有〈自敘狀〉之作。

據吳兢《貞觀政要‧擇官第七》記載：「貞觀十三年（六三九），太宗謂侍臣曰：『能安天下者，惟在用得賢才。公等既不知賢，朕又不可徧識，今欲令人自舉，於事何如？』魏徵對曰：『知人者智，自知者明；知人既以為難，自知誠亦不易。且愚暗之人，皆矜能伐善，恐長澆競之風，不可令其自舉。』」太宗為了「用得賢才」，「欲令人自舉」，而道王則欲「通狀自敘所能」，這可能是初唐的風氣。

〈自敘狀〉現實針對性強。它揭露、抨擊世俗小人之醜行，並將「彈冠入仕，解褐登朝」、「徇名養利，勵朽磨鉛」的醜惡現象，與「自敘所能」的弊端聯繫起來，指出其危害性在於「上以紊國家之大猷，下以瀆狷介之高節」，真是針砭時弊，入木三分。這表現了作者不同流合污、不夤緣求進的剛強性格。

本文的主要精神，是在反對「自敘所能」的同時，提出任賢用能的人才觀。他認為選材的正確標準是「簡材試劇，考績求功，觀其所由，察其所以，臨大節而不可奪，處至公而不可干」。而選材的失誤是「捨真筌而擇士，沿虛談以取材」。通過一正一反的鮮明對比，突出了作者的愛憎褒貶的感情。

祭趙郎將文為李義作

【題　解】趙郎將，指趙武貴。郎將，《舊唐書・職官志》：「中郎將，領本府之屬，以宿衛左右郎將貳之。」祭文，文體名，祭祀或祭奠時表示哀悼或禱祝的文章。此文為作者代姚州道大總管李義所作的祭文。據《舊唐書・張柬之傳》引其罷姚州屯表曰：「臣竊按姚州者，古哀牢之舊國。……姚州本龍朔中武陵縣主簿石子仁奏置之，後長史李孝讓、辛文協並為群蠻所殺。前朝遣郎將趙武貴討擊，貴及蜀兵應時破敗，噍類無遺。又使將軍李義總等往征，郎將劉惠基在陣戰死，其州乃廢。」按，李義可能是李義總之誤。大總管，官名。《新唐書・兵志》：「唐初，兵之戍邊者，大曰軍，曰守捉，曰城，曰鎮，而總之曰道。其軍、城、鎮、守捉皆有使，而道有大將一人曰大總管，已而更曰大都督。至太宗時，行軍征討，曰大總管。在其本道，曰大都督。」

姚州道大總管李義，祭趙郎將之靈❶：惟靈降精辰象，委質昌期。棄筆文場，早徇封侯之志；彯纓武帳，坐昇戎秩之榮❷。

【章　旨】敘述趙武貴棄文從武。

【注　釋】❶姚州道大總管李義二句　謂祭文的開端。❷惟靈降精辰象六句　謂趙武貴投筆從戎。靈，神靈。精，指日月星辰之屬，有光明、清朗的意思。辰象，天象。《文選》沈約〈齊故安陸昭王碑文〉：「公含辰象之秀德，體河岳之上靈。」呂向注：「辰象，日、月、星也。」委質，亦作「委摯」、「委贄」。向君王獻禮，表示獻身。《國語・晉語九》：「臣聞之，委質為臣，無有二心，委質而策死，古之法也。」韋昭注：「言委質於君，書名于冊，示必死也。」昌期，猶昌朝。昌盛興隆的朝代。棄筆文場，謂棄文就武。此為東漢班超投筆從戎封侯事。見本書卷三〈宿溫城望軍營〉注。徇，謀求；取。原作「狗」。彯纓，冠纓飄動。指在朝為官。武帳，見本書卷九〈疇昔篇〉注。戎秩，武職。秩，原作「袟」。

【語　譯】姚州道大總管李義，祭奠趙郎將之靈前：上天神靈降下您光明的將星，獻身於興隆昌盛的王朝。您如班定遠投筆從戎，以便早日實現封侯的志向；您頭戴冠纓在朝為官，坐昇武帳得到武職的榮寵。

屬滇浦挺妖，昆明習戰。應星文而動將，奉天罰以揚威❶。不能引妙算於五戎，叶神謀於九變，致令王師失律，兇狡憑凌。巂穴南臨，同五溪之深入；邛關北阻，類雙崤之不歸。亭候多虞，故有負於明代；《春秋》責帥，豈無慚於幽途❷？

【章　旨】敘述趙武貴在戰爭中失利。

【注　釋】❶屬滇浦挺妖四句　謂趙武貴出征姚州。滇浦，即雲南昆明之滇池，見本書卷五〈從軍軍中行路難〉「滇池」注。挺，頂；抵。妖，原缺。應星文，《隋書・天文志》：「郎將一星，在郎位北，主閱具，所以為武備也。」❷不能引妙算於五戎十二句　謂趙武貴失利。五戎，《禮記・月令》：「季秋之月，天子乃教於田獵，以習五戎，班馬政。」鄭玄注：「五戎，謂五兵，弓矢、殳、矛、戈、戟也。」五，原作「西」。九變，指用兵九變之利，見本書卷九〈兵部奏姚州破賊設蒙儉等露布〉注。失律，謂失去法紀約束。見本書卷五〈行軍軍中行路難〉注。憑凌，又作「憑陵」。侵犯；橫行。巂穴，指漢代越巂昆明國，我國西南古族名。五溪，地名。漢屬武陵郡，為少數民族聚居地。《水經注・沅水》：「武陵有五溪，謂雄溪、樠溪、無溪、西溪、辰溪其一焉。」邛關，指四川邛崍關，見本書卷五〈行軍軍中行路難〉注。北，原作「不」。雙崤，《左傳・僖公三十三年》：「晉人及羌戎敗秦師於殽。」杜預注：「殽在弘農澠池縣西。此道在二殽之間南谷中，谷深委曲，兩山相嶔，故可以避風雨。」亭候，亦作「亭堠」。古代邊塞上用以瞭望或監視敵情的崗亭、土堡。多虞，多憂患；多災難。明代，聖明的朝代。責帥，謂下屬有罪，要處分統帥。三國蜀諸葛亮〈街亭自貶疏〉：「臣明不知人，恤事多闇，《春秋》責帥，臣職是當。」

【語　譯】郎將赴滇浦抵蠻，至昆明征戰。是順應星象而調遣，奉天征伐以揚威。遺憾的是不能運妙算於五兵，用神謀於九變，致使王師失去法紀約束，蠻夷借機侵犯橫行。越巂南犯，連同五溪深入內地，邛關北阻，類似雙崤不再回歸。邊亭憂患，有負於聖明的朝代；《春秋》責帥，豈能無愧於幽途？

夫任賢與能，明君之事也；陳力就列，忠臣之義也。雖見危授命，固誠節之有餘，臨難權機，何智謀之不足。嗚呼哀哉❶！某猥以散材，謬專分閫。途經夷落，路踐戎場。停疲驂於九原，悲來有地；痛遺骸於四野，泣下無從。暫輟征旅之勤，爰崇掩骼之義。庶幽靈有託，梧丘息入夢之魂；壯士不還，〈薤露〉起送終之曲❷。

【章　旨】哀祭趙武貴之死節，讚揚他忠誠不渝。

【注　釋】❶夫任賢與能八句　謂趙武貴忠貞不渝。陳力，貢獻；施展才力。就列，就位；任職。見危授命，謂在危難關頭勇於獻身。《論語・憲問》：「見利思義，見危授命，久要不忘平生之言，亦可以為成人矣！」誠節，忠誠不渝的節操。權機，猶權變的機宜。嗚乎哀哉，悲痛之辭，表示對死者之哀悼，為祭文的固定結構形式。❷某猥以散材十四句　謂哀挽趙之死節。散材，指散樗。謙詞，見本書卷六〈上李少常啟〉注。分閫，謂出任將帥或封疆大吏。見本書卷九〈兵部奏姚州破賊設蒙儉等露布〉注。夷落，夷居，見本書卷五〈行軍軍中行路難〉注。戎場，戎馬往來之地。即戰場。九原，見本書卷五〈傷祝阿王明府〉注。輟，原作「輒」。掩骼，《禮記・月令》：「孟春之月，……掩骼埋胔。」鄭注：「骨枯曰骼，肉腐曰胔。」此謂安葬。梧丘，《晏子春秋・內篇雜下》：「景公畋於梧丘。夜猶早，公姑坐睡，而夢有五丈夫北面韋廬稱無罪焉。公覺，召晏子而告其所夢，晏子對曰：『昔者，先君靈公出畋，有五丈夫，罟而駭獸，故殺之，斷其頭而葬之，命曰五丈夫之丘，此其地邪？』公令人掘而求之，則五頭同穴而存焉。公曰：『嘻！』令吏葬之。國人不知其夢也，曰：『君憫白骨，而況於生者乎！』」薤露，見本書卷八〈對策文三道〉注。

【語　譯】信任重用賢臣，是明君之政事；任職施展才能，是忠臣之道義。君在危難關頭勇於獻身，表現出忠誠不渝的節操，但面臨急難又缺乏權變的機宜，顯得智謀不足。嗚呼哀哉！我辱蒙無用之散材，出任將帥。途經夷落，路過戰場。我停下疲馬於九原處所，不免悲來有地；我痛惜遺骸於四野荒郊，不禁流下涕淚。暫歇征程客旅的勤勞，崇尚掩埋枯骨的情義。庶幾乎使幽靈有託，息梧丘入夢之魂；壯士死節，奏薤露送終之曲。

嗚呼！九真邊徼，萬里長安。城危疏勒，山峻皋蘭。因原為隴，即壤成棺。夕陰低而平蕪晦，秋風急而荒戍寒❶。哀哉！異域幽埏，但有新栽松柏；他鄉古木，非復舊邑枌榆。感平生其若斯，聊申絜酒；儻聰明之不昧，或薦簞醪。尚饗❷！

【章　旨】祭奠趙武貴葬身他鄉。

【注　釋】❶嗚呼九句　謂安葬邊徼。九真，《漢書．地理志》：「九真郡，武帝元鼎六年（前一一一）開。」《元和郡縣志》：「嶺南道愛州，秦象郡地也。漢平南越，置九真郡。」疏勒，古西域諸國之一，王莽時稱世善，唐名佉沙，在新疆省維吾爾自治區喀什市一帶。其治疏勒城，即今疏勒縣。勒，原缺。皋蘭，山名。在今甘肅省蘭州市南。隴，同「壟」。墳墓。即壤，就著土壤。低，低垂。原作「儀」。平蕪，平曠原野。荒戍，荒涼的戍邊地。❷哀哉十句　謂以酒祭奠。幽埏，深幽的墓道。埏，《文選》潘岳〈楊仲武誄〉：「龜筮既襲，埏隧已開。」李善注：「《聲類》曰：『埏，墓隧也。』」枌榆，漢高祖故鄉的里社名，亦指漢高祖即位後於秦故驪邑移置的新豐縣枌榆社。見本書卷九〈兵部奏姚州破賊設蒙儉等露布〉注。此泛稱故鄉。枌，原作「粉」。平生，謂平生遭際。絜酒，用以祭奠的酒。聰明，謂耳目，視聽。薦，進獻。簞醪，瓢酒。尚饗，亦作「尚享」。舊時用作祭文的結語，表示希望死者來享用祭品的意思。

【語　譯】嗚呼！九真邊城，距離長安有萬里遙遠。疏勒城高，皋蘭山峻。依託原野即為安葬的墳墓，就著土壤即成安葬的棺木。夕陰低垂而平原曠野幽暗，秋風急吹而荒涼戍地寒冷。哀哉！異域的墓道，只有新栽的松柏；他鄉的古木，再不是故鄉的枌榆。感歎趙武貴平生如此遭際，暫且以絜酒祭奠；倘若他在九泉之下視聽有知，即以瓢酒進獻。尚饗！

【賞　析】本文為作者代姚州道大總管李義所起草的一篇祭文，是祭奠在出征姚州的一次戰役中陣亡的郎將趙武貴。祭文對趙郎將的投筆從戎、忠君報國、見危授命，作了熱烈的讚揚，對趙郎將智謀不足，戰事失利，「致令王師失律，兇狡憑淩」，又作了委婉的批評。但讚揚才是主導方面。

明人徐師曾《文體明辨序說》「祭文」條：「按祭文者，祭奠親友之辭也。古之祭祀，止於告饗而已。中世以還，兼讚言行，以寓哀傷之意，蓋祝之變也。其辭有散文，有韻語，有儷語；而韻語之中，又有散文、四言、六言、雜言、騷體、儷體之不同。……劉勰云：『祭奠之楷，宜恭且哀；若夫辭華而靡實，情鬱而不宣，皆非工於此者也。』」本文即注意「以寓哀傷之意」，對趙郎將為國死節、葬身異域表示深深的悼念。「因原為隴，即壤成棺。夕陰低而平蕪晦，秋風急而荒戍寒」，「異域幽埏，但有新栽松柏；他鄉古木，非復舊邑枌榆」，這些有關異域荒戍的描寫，把荒涼的環境氣氛，與悲涼的哀情抒發，融為一體，顯得更為真摯感人。

樂大夫挽辭五首

【題　解】樂大夫，生平不詳。大夫，官名。《舊唐書・職官志》：「御史臺，大夫一員，正三品。龍朔改為大司憲，咸亨復為大夫。」挽辭，即挽歌，指哀悼死者的歌。挽，又作「輓」。

(一)

可歎浮生促，吁嗟此路難❶。丘陵一起恨，言笑幾時歡。蕭索郊埏晚，荒涼井徑寒❷。誰當門下客，獨見有任安❸。

【章　旨】哀悼樂大夫的逝世。

【注　釋】❶可歎浮生促二句　謂人生短促。浮生，人生。《莊子・刻意》：「其生若浮，其死若休。」此路，指人生或生活道路。陸機〈歎逝賦〉：「瞻前軌之既覆，知此路之良難。」❷丘陵一起恨四句　謂哀挽樂大夫。丘陵，猶丘墟。指墳墓。庾信〈傷心賦〉：「丘陵兮何忍，能留兮幾人？」原作「丘林」。恨，遺憾。言笑，談笑。幾時，原作「幾將」。埏，墓道。見本書卷十〈祭趙郎將文〉注。井徑，田間小路。此指代墓地小路。❸誰當門下客二句　謂世態炎涼中獨來憑弔。門下客，門下；門客。任安，漢武帝時大將軍衛青舍人，居門下。後來衛青日益失勢，而驃騎將軍霍去病日益顯貴。衛青之故人門下，多去事霍去病，得到官爵，唯有任安不肯這麼做。見《史記・衛將軍驃騎列傳》。

【語　譯】可歎人生若浮的短促，可嗟人生道路的艱難。哀悼樂大夫長留丘陵恨，何時能與你談笑展歡顏。郊野的墓道在晚風中顯得淒涼蕭瑟，墓地的小路在寒秋中顯得冷落荒寒。在樂大夫門客風流雲散之際，唯有我前來憑弔學任安。

(二)

蒿里誰家地？松門何代丘❶？百年三萬日，一別幾千秋❷。返照寒無影，窮泉凍不流❸。

居然同物化，何處欲藏舟❹？

【章　旨】哀悼樂大夫魂魄無所歸宿。

【注　釋】❶蒿里誰家地二句　謂荒冢纍纍。蒿里，見本書卷八〈對策文三道〉注。松門，猶墓門。因古代墓地多植松樹，故名。丘，丘塚。❷百年三萬日二句　謂人生短促。百年，指人生百年。一別，謂死別。❸返照寒無影二句　謂荒塚淒涼。返照，夕照。影，光影。窮泉，猶九泉。指墓中。❹居然同物化二句　謂樂大夫精魂無處歸宿。居然，安然。物化，事變物化。指人死。《文選》〈古詩十九首〉：「奄忽隨物化，榮名以為寶。」李善注：「化，謂變化而死也，不忍斥言其死，故言隨物而化也。《莊子》曰：『聖人之生也天行，其死也物化。』」藏舟，《莊子・大宗師》：「夫藏舟於壑，藏山於澤，謂之固矣。然而夜半，有力者負之而走，昧者（睡著的人）不知也。」此以藏舟不固比喻無處歸宿。

【語　譯】這蒿里是哪一家的墓地？這墓門是哪一代的塚丘？匆匆百年不過三萬日，悠悠死後殘留幾千秋。夕照在寒氣中失去了光影，九泉在冰凍下再也不能通流。樂大夫安然物化逝去，何處尋覓他生命之舟的歸宿？

(三)

昔去梅笳發，今來薤露晞❶。彤騶朝帝闕，丹旐背王畿❷。城郭猶疑是，原陵稍覺非❸。
九京如可作，千載與誰歸❹？

【章　旨】哀悼樂大夫萬事皆空。

【注　釋】❶昔去梅笳發二句　謂樂大夫離京與逝世。梅笳，猶梅花落。漢樂府橫吹曲名。薤露晞，喻逝世。❷彤騶朝帝闕

二句　謂樂大夫的榮哀。彤騶，為達官貴人吆喝開道的紅衣騎卒。朝帝闕，朝拜皇帝。丹旐，喪事用的一種魂幡。❸城郭猶疑是二句　謂物是人非。原陵，泛稱陵墓。❹九京如可作二句　謂樂大夫的賢德。九京，即九原。指墓地。《禮記・檀弓下》：「是全要領以從先大夫於九京也。」鄭氏注：「晉卿大夫之墓地在九原，京蓋字之誤，當為原。」原作「九年」。作，起；起身。借指死而復活。《國語・晉語八》：「趙文子與叔向游於九原，曰：『死者若可作，吾誰與歸？』」《世說新語・賞譽》：「王太尉曰：『見裴令公精明朗然，籠蓋人上，非凡識也。若死而可作，當與之同歸。』」

【語　譯】昔日離京梅笳發，今來薤上露水晞。彤騶前導朝拜帝闕，魂幡引路送葬王畿。城郭依然如故，陵墓稍覺已非。如果墓中人能復活的話，那麼他們誰是與樂大夫同道的賢人呢？

(四)

一旦先朝菌，千秋掩夜臺❶。青烏新兆去，白馬故人來❷。草露當春泣，松風向夕哀❸。
寧知荒隴外，吊鶴自徘徊❹！

【章　旨】抒發自己憑弔樂大夫墓之情景。

【注　釋】❶一旦先朝菌二句　謂樂大夫之逝世。朝菌，一種朝生暮死的菌類植物。《莊子・逍遙遊》：「朝菌不知晦朔」。此借喻樂大夫命短。掩，掩埋；埋沒。夜臺，墳墓。借指陰間。❷青烏新兆去二句　謂前來憑弔新墓。青烏，即青烏子。古代傳說中的堪輿家，或說黃帝時人，或說秦漢人，相傳著有《相塚書》。新兆，新的葬地。兆，亦作「垗」。《廣雅・釋丘》：「宅垗塋域，葬地也。」白馬，《後漢書・獨行列傳》：「范式，字巨卿，山陽金鄉人也，一名汜。少游太學為諸生，與汝南張劭為友。劭字玄伯，二人並告歸鄉里。式仕郡為功曹，後玄伯寢疾篤，同郡郅君章、殷子徵晨夜省視之。玄伯臨盡，歎曰：『恨不見吾死友。』尋而卒。式忽夢見玄伯，玄冕垂纓屣履而呼曰：『巨卿，吾以某日死，當以爾時葬，永歸黃泉，子未我忘，豈能相及。』式怳然覺寤，悲歎泣下。具告太守，請往奔喪。式未及到而喪已發引，既至壙，將窆，而柩不肯進。……移時，乃見有素車白馬，號哭而來。其母望之曰：『是必范巨卿也。』……式因執紼而引，柩於是乃前。」❸草露當春泣二句　謂墓地的悲涼氣氛。❹寧知荒隴外二句　謂在墓前徘徊不忍離去。荒隴，荒冢。隴，同「壠」。《廣雅・釋丘》：「壠，冢也。」弔鶴，即「鶴弔」。傳說陶侃母湛氏，賢明有法訓。及侃丁母憂，忽有二客來弔，不哭而退，化為雙鶴，衝天而去。見《晉書・陶侃傳》。後以「鶴弔」稱弔喪。

【語　譯】樂大夫一旦逝去，就被千秋墳墓所掩埋。堪輿建成新葬地，我這故人素車白馬弔喪來。墓草的露水似乎對著春色而流淚，墓松的風聲好像向著暮色而致哀。豈知在那荒塚之外，獨有我不忍離去自徘徊。

(五)

忽見泉臺路，猶疑水鏡懸；何如開白日，非復覩青天❶。華表迎千歲，幽扃送百年❷。獨嗟〈流水引〉，長掩伯牙絃❸。

【章　旨】讚揚樂大夫高潔明朗的人格。

【注　釋】❶忽見泉臺路四句　謂樂大夫的高潔。泉臺，即墓穴。水鏡，比喻人品的清澈明朗。見本書卷四〈東日宴〉注。開白日，指葬地。見本書卷八〈對策文三道〉注。青天，喻人品的高朗純潔。❷華表迎千歲二句　謂樂大夫得道成仙。華表，用丁令威化鶴歸遼事。見本書卷二〈於紫雲觀贈道士〉注。幽扃，指墳墓。❸獨嗟流水引二句　謂對知音的緬懷。流水引，即高山流水曲。見本書卷二〈夏日遊德州贈高四〉注。

【語　譯】忽然發現樂大夫的墓穴，就彷彿見到他高潔的人品如水鏡高懸。為何開白日葬身佳城，卻再也見不到他磊落胸懷如湛湛青天。華表迎來千年化鶴，幽墓送走人生百年。唯獨嗟歎高山流水知音絕，從此長期埋沒情長誼深的伯牙絃。

【賞　析】這是一組挽詩，共有五首。因為是挽樂大夫的，既可以獨立成篇，又可以合成整體。第一首哀挽樂大夫逝世；第二首哀挽樂大夫靈魂無所歸宿；第三首哀挽樂大夫萬事皆空；第四首抒寫自己憑弔樂大夫墓之情景；第五首讚揚樂大夫高朗純潔的人格。

抒發人生短促的感慨，是貫穿這五首挽詩的基調，如「可歎浮生促，吁嗟此路難」、「百年三萬日，一別幾千秋」、「一旦先朝菌，千秋掩夜臺」、「華表迎千歲，幽扃送百年」等等，這顯然與〈古詩十九首〉「人生寄一世，奄忽若飆塵」、「人生非金石，豈能長壽考」、「浩浩陰陽移，年命如朝露」、「人生不滿百，常懷千歲憂」的情調是相一致的。

作者為了抒發這種感慨，一是很注重渲染墓地的淒涼氣氛，運用「郊埏」、「井徑」、「返照」、「窮泉」、「草露」、「松風」等自然意象，和「蕭索」、「荒涼」、「晚」、「寒」、「泣」、「哀」等富於感情色彩的字眼。二是注重在每首詩的結尾處用典，給人以言有盡而意無窮之感。如「誰當門下客，獨見有任安」，出之於世態炎涼，人情冷暖。「居然同物化，何處欲藏舟」，突出樂大夫魂魄無歸、身後淒涼。「獨嗟流水引，長掩伯牙絃」，比喻知己長逝、知音斷絕，等等。

丹陽刺史挽詞三首

【題　解】丹陽刺史，生平不詳。丹陽，古郡名。《通典．州郡門》：「宣城郡宣州，今理宣城縣，秦屬鄣，郡二。漢為丹陽郡。」

(一)

百齡嗟倏忽，一旦附山阿❶。丹桂銷已盡，青松哀更多。〈薰風〉虛聽曲，〈薤露〉反成歌❷。自有藏舟處，誰憐隙駟過❸。

【章旨】哀挽丹陽刺史葬身山阿。

【注釋】❶百齡嗟倏忽二句　謂人生短促。百齡，百年。此指人的一生。附山阿，指死後埋於山丘。陶潛〈挽歌〉：「死去何所道，託體同山阿。」山阿，山的曲折處。原作「山河」。❷丹桂銷已盡四句　謂丹陽刺史逝世。丹桂銷，比喻人死。漢武帝〈傷悼李夫人賦〉：「桂枝落而銷亡」。青松哀，指墓上松濤在哀號。沈約〈傷王融詩〉：「折風落迅羽，流恨滿青松。」薰風，相傳舜唱〈南風歌〉，有「南風之薰兮」句，見《孔子家語・辯樂》，後以「薰風」指〈南風歌〉。虛，空。原作「慮」。薤露，喻死亡。見本書卷八〈對策文三道〉注。❸自有藏舟處二句　謂留有孤墳。藏舟處，此指墳墓。隙駟過，《禮記・三年問》：「則三年之喪，二十五月而畢，若駟之過隙。」孔穎達疏：「駟謂駟馬，隙謂空隙。駟馬峻疾，空隙狹小，以峻疾而過狹小，言急速之甚。」此以「隙駟」喻人生易逝。

【語譯】可歎人生頃刻過，一旦葬身在山阿。丹桂銷落人逝去，墓上松濤哀聲多。〈南風〉雅曲知音絕，〈薤露〉反而成喪歌。自有孤墳留歸宿，誰憐人生易逝可奈何。

(二)

惻愴恆山羽，留連棣萼篇❶。佳城非舊日，京兆即新阡❷。城郭三千歲，丘陵幾萬年❸。

唯餘松柏樹，朝夕起寒煙❹。

【章　旨】哀挽丹陽刺史以丘陵為新居。

【注　釋】❶惻愴恆山羽二句　謂丹陽刺史離開了親人。惻愴，悲傷。恆山羽，《孔子家語・顏回》：「孔子在衛，顏回侍側，聞哭聲甚哀。子曰：『回！汝知此何哭？』對曰：『非但為死者而已，又有生離別者也。聞恒山之鳥，生四子焉。羽翼既成，將分於四海，其母悲鳴而送之。聲有似於此，謂其往而不返也。』孔子使人問哭者，果曰：『父死家貧，賣子以葬，與之長訣。』子曰：『回也善於識音矣。』」此喻丹陽刺史與子女訣別。棣萼，猶棣華。《詩經・小雅・常棣》：「常棣之華，鄂不韡韡。凡今之人，莫如兄弟。」此喻丹陽刺史與兄弟訣別。❷佳城非舊日二句　謂墓地成為新居。佳城，指墓地。見本書卷八《對策文三道》注。京兆，指新墳。《漢書・游俠傳》載，原涉，字巨先。其父哀帝時為南陽太守，死後乃大治起冢舍，周閣重門，極為奢華。初，武帝時京兆尹曹氏葬茂陵，民謂其道為「京兆阡」。原涉很羨慕，便買地開道，立表署曰「南陽阡」。人們不從，謂之「原氏阡」。阡，同「仟」。墳墓。❸城郭三千歲二句　謂留下孤墳。城郭，指佳城。丘陵，指墳墓。原作「金陵」。❹唯餘松柏樹二句　謂孤墳的淒涼。樹，原作「隴」。

【語　譯】悲傷丹陽刺史逝世，永遠離開了親人的身邊。佳城不是舊住居，京兆才把新居遷。而今留下佳城三千歲，剩有孤墳幾萬年。唯有墓前松柏樹，朝朝暮暮籠寒煙。

(三)

短歌三獻曲，長夜九泉臺❶。此室玄扃掩，何年白日開❷。荒郊疏古木，寒隧積陳荄❸。

獨此傷心地，松聲薄暮來❹。

【章　旨】哀挽丹陽刺史孤冢悲涼。

【注　釋】❶短歌三獻曲二句　謂前來弔喪。短歌，指挽歌。《初學記・禮部》：「挽歌詞，又有長歌短歌，言壽命長短，不可妄求。」三獻，古代祭祀時獻酒三次，即初獻爵、亞獻爵、終獻爵。《儀禮・聘禮》：「薦脯醢，三獻。」長夜，即夜臺。指墳墓。九泉臺，即泉臺。指墳墓。阮瑀〈七哀詩〉：「冥冥九泉室，漫漫長夜臺。」❷此室玄扃掩二句　謂墓門長扃。此室，指墳墓。玄扃，指墓門。白日，謂墳墓。見本書卷十〈樂大夫挽辭〉五首之五注。❸荒郊疏古木二句　謂墓地荒涼。寒隧，寒冷的墓道。陳荄，陳年的草根。❹獨此傷心地二句　謂松聲助哀。

【語　譯】我來致哀三獻曲，憑弔長夜九泉臺。但是墓門深掩閉，何年才能白日開。荒野古木雖稀疏，寒墓草根卻深埋。獨自來此傷心地，薄暮松濤又添哀。

【賞　析】這三首挽詩，相互關聯。第一首哀挽丹陽刺史葬身山阿；第二首哀挽丹陽刺史以丘隴為新居；第三首哀挽丹陽刺史孤冢悲涼。作者以哀情貫穿其中，表達出生離死別、生命無常的悲痛。詩的結尾處，匠心獨運，如「唯餘松柏樹，朝夕起寒煙」、「獨此傷心地，松聲薄暮來」等等，餘音裊裊，情韻悠長。

附錄

《駱賓王文集》原序　（唐）郗雲卿

駱賓王，婺州義烏人也。年七歲，能屬文。高宗朝，與盧照隣、楊炯、王勃，文詞齊名，海內稱焉，號為四傑，亦云盧駱楊王四才子。仕至侍御史。後以天后即位，頻貢章疏諷諫，因斯得罪，貶授臨海丞。文明中，與嗣業於廣陵共謀起義。兵事既不捷，因致逃遁，遂致文集悉皆散失。後中宗朝，降勅搜訪賓王詩筆，令雲卿集焉。所載者即當時之遺漏，凡十卷。此集並是家藏者，亦足傳諸好事。魯國郗雲卿。

汪道昆序

夫中情懷而不論，當其致有文之用，故情以披文，文以相質，則文之致已。顧胡論文者之固也，曰文人無行。夫曰文人無行者，則纂組鞶帨，乏中悃而閑外貌，其操業固然。如咸陽韓非、東京息夫躬之徒，作〈孤憤〉，賦〈絕命〉，詞源炳奕，幾傾十洲，搖五嶽，乃才之為罪，驅儈脂韋，羊質而虎皮，則幾無行矣。然余觀駱義烏之於唐，末路阻喪，終身離憂，比跡方軌，庶幾乎兩人。顧其附敬業，荷義戈，志在掃攙搶而新日月，即沉淪落魄，不失為節俠慷慨之士。彼實驁其行，無人乎五步之內，銳於闘睫，一擊不中，卒以不振。

若今老其才，養晦俟時而動，五王之烈，方茲蔑矣。逮其為文，凝厚質而擄藻思，雖浸淫俳偶，氣之爾雅，亦漸靡使然。若歌行古詩，體制雅騷，翩翩合度，時其剪綵屬絢，春華讓麗，才士之深致也，足不朽矣。顧余獨謂士也才，則不得潔其行；即潔其行，亦不得毀其才。潔義烏之才也者，幾得以偉行掩奇；潔義烏之行也者，幾得以高華晦節。尤怪行儉豎儒，謬託衡鑒，使與照鄰二三子，並以器識論殿，今猶以榮名貌士也夫。武林虞君更生，嗜古而雅言詩，於初唐獨左袒義烏，因以暇蒐其全，而間為之故，其著歸緣往，自足行不朽。嗟嗟！文以行重，行以文遠，是寧以文士目義烏，義烏益不朽矣。萬曆辛卯三月社日，千秋里人汪道昆敘。

毛奇齡序

《臨海集》者，唐義烏駱賓王集也。賓王本才士，而伸大義於天下。時之傳其文者，初稱《武功集》，以起家武功簿也；繼又稱《義烏集》，則繫之以所生之地；而究其生平，實以好言事，由永淳侍御史，謫臨海丞，因之哀其志者，即以所謫官名之。雖其所為文，與龍門王勃、幽州盧照鄰、華陰楊炯三人者齊名，名「垂拱四傑」。然而垂拱武氏號，非其志云。夫以六季多才士，不幸遭逢亂朝，相沿事篡竊，以至于唐，非遇擯斥，即殞身焉，其亦苦矣。然而大義不明，忠憤無所發，即新都居攝，亦嘗舉東平義旗，移檄郡國，然無一字傳於天下。而賓王草英國檄，淋漓慷慨，激切而光明。一若是文出，而天經地義歷數百年來不能白者；而一旦而盡白之，此豈才士文章已哉！特是五嶽四瀆，地不多產，聖賢豪傑，接踵有幾，所賴生其後者，表式而維持之。況文章遞代，尤易銷亡，曩時〈藝文志〉，有幾存者。據本傳，賓王亡後，中宗曾詔求其文，而已多散失，然且二十之字，至今不識。即唐史所載，官職為丞為簿，亦一往闕落。惟魯國郗氏，受詔收賓王文者有云：賓王在高宗朝，為侍御史，以諷諫下獄，至今集中有在獄賦螢、在獄詠蟬之作，而唐史無有。又且父祖閥閱，終古滅沫，至明萬曆間，蘭谿胡氏，讀其〈與博昌父老書〉，中有云昔吾先君出宰斯邑一語，而後知其父為博昌令也。乃予則又有進者，考集之首卷第一篇，則〈靈泉頌〉也。靈泉為邑丞宋公孝事後母，丞廳堦下涌泉而作，然而未知為何邑丞也。但以請作者為蕭縣尉，因之作《舊唐書》者，屬之徐州之蕭縣，而予嘗爭之。頌明云：此邑城控剡溪，地聯禹穴。徐州控剡溪乎？又云：某出贊荒隅，途經勝壤。賓王之臨海當經徐乎？此必吾邑蕭山，實有斯蹟，而生其地者，既弇鄙而不自知，即前時史官，又並不遇一讀書人，可檢點及此。而既而自疑，予邑之復名永興，在儀鳳年，其改名蕭山，在天寶年，賓王之臨海時，即又安得有蕭山？既而讀《文苑英華》，則蕭縣蕭字，本是前字，且有註云：前，集誤作蕭。然後知前縣尉者，謂前之縣尉，即予邑永興。而前此之為尉者，不惟蕭縣誤，即蕭山亦誤。夫即此一字之誤，而時地改易，史乘乖錯，其所藉於後人之刊正如此。今同邑黃君景韓，不忘前烈，凡其家之先達與此邦賢哲，皆表其已行而修復其所未備，因之以釐訂之餘，較及臨海，景韓可謂後賢之特達者矣，抑予有感焉。寶婺為文章之藪，自宋、元以來，作者大興，而湮沒者亦復不少，嘗聞之蘇伯衡曰：乾道、淳熙間，東萊呂公與仲友唐公，皆以儒術為寶婺冠，而仲友所著，過於東萊，見有六經解、九經發微、十七史廣義、帝王經世圖譜、天官地理、禮樂刑法、陰陽王霸諸考辨以及乾道祕府、群書新錄，合不下八百餘卷，徒以為門戶所抑，至今子姓無一板存者。即永康陳亮，傑士也，亦以門戶故，而所遺文集，欲再為刊定而不可得。蘭谿胡氏，曾較《臨海集》而重梓之，其已事也。景韓有志，能傍及他縣，盍亦發其微而表著之。康熙丁亥仲夏月，蕭山毛奇齡老晴氏題於書留草堂，時年八十有五。

《舊唐書》文苑本傳

駱賓王，婺州義烏人。少善屬文，尤妙於五言詩。嘗作〈帝京篇〉，當時以為絕唱。然落魄無行，好與博徒遊。高宗末，為長安主簿，坐贓，左遷臨海丞，怏怏失志，棄官而去。文明中，與徐敬業於揚州作亂，敬業軍中書檄，皆賓王之詞也。敬業敗，伏誅。文多散失，則天素重其文，遣使求之。有兗州人郄雲卿，集成十卷，盛傳於世。

《新唐書》文藝本傳

駱賓王，義烏人。七歲能賦詩。初為道王府屬，嘗使自言所能，賓王不答。歷武功主簿。裴行儉為洮州總管，表掌書奏，不應。調長安主簿。武后時，數上疏言事，下除臨海丞，鞅鞅不得志，棄官去。徐敬業亂，署賓王為府屬，為敬業傳檄天下，斥武后罪。后讀，但嘻笑，至「一抔之土未乾，六尺之孤安在」，矍然曰：「誰為之？」或以賓王對，后曰：「宰相安得失此人。」敬業敗，賓王亡命，不知所之。中宗時，詔求其文，得數百篇。

《唐才子傳》駱賓王傳

賓王，義烏人。七歲能賦詩。武后時，數上疏言事，得罪，貶臨海丞，怏怏不得志，棄官去。文明中，徐敬業起兵欲反正，往投之，署為府屬。為敬業作檄傳天下，暴斥武后罪，后見讀之，矍然曰：「誰為之？」或以賓王對，后曰：「有如此才不用，宰相之過也。」及敗亡命，不知所之。後宋之問貶還，道出錢塘，游靈隱寺。夜月，行吟長廊下，曰：「鷲嶺鬱岧嶢，龍宮隱寂寥。」未得下聯。有老僧燃燈坐禪，問曰：「少年不寐，而吟諷甚苦，何耶？」之問曰：「欲題此寺，而思不屬。」僧笑曰：「何不道『樓觀滄海日，門對浙江潮』？」之問終篇曰：「桂子月中落，天香雲外飄。捫蘿登塔遠，刳木取泉遙。雲薄霜初下，冰輕葉未凋。待入天台路，看余渡石橋。」僧一聯，篇中警策也。遲明訪之，已不見。老僧即駱賓王也，傳聞浮海而去矣。

補《唐書》駱侍御傳

（明）胡應麟

駱賓王，越東陽郡人也。父為博昌令。賓王生七歲，能詩。嘗嬉戲池上，客指鵝群令賦焉。應聲曰：「白毛浮綠水，紅掌撥清波。」客歎詫，呼神童。比長，天才逸發，與王勃、楊炯、盧照隣並以藻繪擅一時，號「垂拱四傑」云。先是，唐起梁、陳衰運後，詩文纖弱委靡，體日益下。賓王首與勃等一振之，雖未能驟革六朝餘習，而詩律精嚴，文辭雄放，滔滔混混，橫絕無前。唐三百年風雅之盛，以四人者為之前導也。永徽中，歷官侍御史。時高宗孱不君，后曌擅國，賓王覩唐運且密移，數上書言天下大計。后曌怒，誣以法，逮繫獄中，作〈螢火賦〉以自廣。久之，謫臨海丞。高宗崩，后曌廢盧陵，改唐物。賓王恥食周粟，即日棄官歸，賦「寶劍思存楚，金鎚許報韓」之句。會英公徐敬業起兵誅后曌，賓王仗策從之。敬業雅慕賓王名，得之大悅，引至戎幕中，羽書文告之屬，一切諉焉。既而義師大集，將直指長安，賓王援筆慷慨為文以諭，海內檄傳，四方振動。曌讀之，至「一抔」、「六尺」語，凜然曰：「如此材而流落不偶，宰相之過也。」敬業進兵，拔潤州，敗偽周將雷仁智，與李孝逸遇下阿，擊其前鋒，大破之，敵垂遁。適星墜營中，魏元忠縱火圍逼，敬業軍遂潰。黨與悉禽，獨賓王變姓名逸去，削髮為浮屠，居天竺靈隱間十餘載。考功郎宋之問謫官嶺表，宿寺中，賦詩得「鷲嶺」、「龍宮」之句，思不屬。方苦吟，一老僧臥禪榻問故。遽續云：「樓觀滄海日，門聽浙江潮。」之問大駭，質明，趣訪之，逝矣。識者云：「此駱賓王也。」以是知敬業之敗，有司慮曌以檄故，必蘄得其人，因斬貌類者以獻云。始，賓王父蚤亡，奉母竭力。裴行儉再辟幕下，皆陳啟峻辭，意致委篤，人以方李密〈陳情表〉。世傳士先器識之云，殆匪實錄。至奮身為國，舉宗百口，棄置若遺，其忠孝天性然也。賓王既以起義亡，無敢裒其製作者。廬陵復辟，累詔訪求，魯國郗雲卿始集傳之。天寶以還，唐風載變，後生輕薄，齮齕前薪。杜甫氏以凌跨百代之才，特推轂賓王，至擬之江河不廢。李夢陽、王世貞皆本朝稱大匠，咸歸甫論篤，而斥行儉為腐談。新都汪道昆尤重賓王檄洎〈帝京〉、〈疇昔〉二歌，方諸秦漢間作者。當孽曌革運滔天，剞剝生靈，毒痡九野，蓋開闢未聞之變。一時唐之臣子宋璟、姚崇、婁師德輩，俯首北面，蒲伏裙裾，殆不知廬陵何物。獨賓王仗義執言，大聲其惡，視行儉苟全性命，器識先後何如哉？自唐世因仍周曆，目以叛臣，剌戾相沿，郡乘邑志，咸屏弗錄。萬曆丙子，滕觀察伯輪董浙學事，於是門下士胡應麟，婺人也，首上事訟賓王云：「竊見故唐臨海縣丞駱賓王，大節高風，瑰材卓行，詞華冠代，學業超群。至孝篤於平生，孤忠竭於始仕。微官奉母，任武功簿而不辭；直道事人，謫臨海丞而愈奮。屬牝晨之篡國，元樞搣而八極搖；奮雄略以登壇，赤羽呼而萬眾集。慟一抔於故主，問六尺於元兇。歷數屠兄殺子之姦，鯨鯢褫魄；亟發酖母弒君之惡，猰貐寒心。既首建義旗，將裂渠魁於七廟；旋身膏逆刃，尚飛靈爽於千秋。偉哉器量無雙，詎曰文章寡二？迺史氏因循，弗昌言於紀述；而州民謭陋，迄罷享於烝嘗。誠亙古不白之沉冤，實闔郡當先之鉅典。伏惟闡發幽光，播揚茂烈，聿修廢墜，廣勵風猷。俾乾坤壯氣，恢宏於崇正之朝；海甸英魂，鼓舞於右文之日。」書上，事垂下，所司適擢去，不果。已蘇督學濬至，亟申前議，列祠郡城。已洪督學啟睿至，復采夙聞，專祀邑里。三觀察使皆閩人，雅尚風節，而後先繼至。故自賓王舉事，歷宋迄今，八百餘載，而公論始定於一，殆若有天意存焉。於戲！賓王不死矣。顧《新書》文苑，闊略未詳；而劉昫《舊唐》，論述尤謬。因稍據《臨海丞集》，掇其忠孝大都暨野乘稗官之足徵信者，為〈駱侍御補傳〉以傳。

胡應麟曰：吾越之言詩文，率繇賓王始，非直婺一方耳也。迺余產婺中，於賓王實晚進云。賓王檄后曌大惡數十，義炳日星，而史臣以怨誹譏之。偽周群鼠，倒置君臣大倫以媚曌，可也。而亙千百載而下，而皆周之史，何也？聖人御寓，覆盆洞鑒，勾萌蠕動，有濫必伸，而矧於賓王。於虖！歷世久而公論明，蓋記之古昔矣。

駱丞列傳

（明）吳之器

唐駱賓王，義烏人。父某，濟南博昌令。賓王少有志節，善屬文。與王勃、楊炯、盧照鄰齊名，號稱「四傑」。已，薦為道王府屬，王下教，使自言所能，賓王恥之。具狀，辭不對。調武功主簿。裴行儉總筦洮州，辟掌書記，時最稱雄任，士人多階以顯。賓王以母老，為書謝之曰：僕本鄙人，頗覽前事。見高臺九仞，曾參負北向之悲；積粟千鍾，季路起南遊之歎；未嘗不廢書輟卷，流涕沾衣。何者？情蓄乎中，事符則感；形潛於內，迹應斯通，惟君侯察焉。賓王一藝罕稱，十年不調。進寡金、張之援，退無毛、薛之侶。亦何嘗獻策干時，高譚王伯，衒材揚己，歷抵公卿。不圖執事誤聽，委以筦記。昔者，荊、聶、田、豫之流，勢利相傾，意氣偶許，捐軀燕、趙，為殉齊、韓。今君侯無求于下官，見接以國士，正當陪麾後殿，奉節前驅，賈勇求榮，輕生答施。顧逡巡成命，躊躇從事者，徒以夙遭不造，幼罹閔凶，老母在堂，常丁羸恙。藜藿無甘旨之膳，松檟闕遷厝之資。撫躬存亡，無心天地，何面目以奉三軍之事乎？嘗觀元直指心，令伯窮訴，非甘賤貧，良非得已。況流沙一去，絕幕千里，子迷度磧之魂，母切倚閭之恨。就令歡以卒歲，仰南薰之不貲，而使憂能傷人，迫西山而何幾。君侯情深錫類，道叶天經，寬其負恩，遂其終養。窮魂有望，老母知歸。又〈答員半千書〉曰：張評事至，辱惠書及詩，把翫無厭。上言離恨，下勗交情，篤以猛風乾蘇之譚，彌以驟馬溼薪之喻。雖聞義則徙，道存起予，而擬人失倫，事均翫物。夫鯤之沉鰓，井鮒可齊；鵬之戢翼，乘雁可褻。及其化羽摶風，振鱗橫海，寧但借翰搶榆，假力在藻，資涓流之水，待堀堁之風哉？夫人間百年，物理千變，其有道在則尊，德成而上。幽真為虛白之室，靜默為太玄之門；知軒冕是儻來，悟榮華非力致。斯道不墮，何患無成。而欲圖僥倖於權重之交，養聲譽於眾多之口，斯所以楊朱徘徊於歧路，阮籍怵惕於窮途也。無何，調長安主簿，授侍御史。時武氏篡唐，數上書諷諫，得罪謫臨海丞。因棄官，遊廣陵，作詩曰：「寶劍思存楚，金鎚許報韓。」會徐敬業起兵，即為傳檄曰：「偽周武氏者，人非淑順，地實寒微。虺蜴為心，豺狼成性；暱狎邪佞，殘害忠良。弒君酖母，包藏禍心，窺竊神器。君之愛子，幽之別宮；賊之宗盟，委之重任。嗚呼！霍子孟之不作，朱虛侯之已亡。幕府氣感風雲，志安社稷，爰舉義旗，以清妖孽。南連百粵，北盡三河；海陵紅粟，倉儲之積靡窮；江浦黃旗，匡復之功何遠！公等或居漢地，或協周親，或膺重寄于爪牙，或受顧命于宣室，言猶在耳，忠豈忘心？一抔之土未乾，六尺之孤安在！倘能轉禍為福，送往事居，共立勤王之師，無廢大君之命。凡諸爵賞，同指山河。」檄至，后讀之，但嬉笑，至「一抔」兩句，矍然曰：「誰為之？」左右以賓王對。后曰：「宰相之過也，人有如是才，而使之流落不偶乎？」敬業敗，亡命，不知所之。後宋之問至江南，遊靈隱寺。夜月極明，長廊吟步，為詩曰：「鷲嶺鬱岧嶢，龍宮鎖寂寥。」忽思不屬。有老僧問曰：「少年夜久不寐，而吟諷甚苦，何也？」之問曰：「弟子偶欲題此，而思不繼，奈何？」僧曰：「何不云『樓觀滄海日，門對浙江潮』乎？」之問愕然，訝其遒麗。遲明訪之，則不復見矣。或曰：「此駱賓王也。」文集多散失，中宗復辟，降勑搜訪，得數百篇，令魯國郗雲卿敘次為十卷，行於世。賓王負逸才，五言氣象雄傑，構思精沉，含初包盛，卓然鮮儷；七言綴錦貫珠，汪洋洪肆，〈帝京〉、〈疇昔〉，特為擅場。〈靈妃〉、〈豔情〉，尤極淒靡。雖本體間有離合，抑亦六代之遺則也。

論曰：王元美先生有言，裴行儉詆誹四傑，臆其不終，亦偶耳。彼所重王勮、蘇味道者，或鉤黨族誅，或模稜流竄。區區祿位，何與人毛髮事，而千古肉食人舉為譚柄，良可笑也。以余觀駱丞，始謝顯辟，終激義舉，去就較然，不肯鹿鹿，雖古狂狷何以加。徒以仕艱再命，一蹶不復，竟致厚訾。嗟乎！彼豈謂魯連、翟文仲，遂出新垣衍、孔光諸人下哉！

贊曰：仕不違親，黜匪後君，婉孌取義，慷慨邀勳。毛檄甫棄，韓椎始聞。期頤逝波，絓組飄雲。懿惟大雅，千秋曷群。

臨海集序

（清）陳熙晉

臨海志士也，非文士也。楊用修有言：孔北海與建安七子並稱，駱賓王與垂拱四傑為列。以文章之末技，掩立身之大閑，可惜也。嗚呼！文章與立身，果有二道哉？亦論其志而已矣。北海志乎漢，建安，獻帝紀年也。概北海於七子，不可，概以建安，未始不可。臨海志乎唐，垂拱，武氏紀年也。概臨海於四傑，不可，概以垂拱，尤不可。北海糜身，無捄於炎祚；臨海倡明大義，志卒伸於二十一年之後，非直北海比。唐史於臨海，不傳之忠義。而儕之王、楊諸人，違其志矣。或曰：孔璋居袁，呼操為豺狼；在魏，目紹為蛇虺。顏黃門以為文人之巨患。臨海窮途落魄，幕府草檄，非必出於本心，設宰相憐才，牝朝物色，安知不與李嶠、陳子昂諸人，頌金輪功德乎？是不然，夫觀人於其素。臨海於道王使自敘所能，則不奉令；於〈上裴行儉書〉，則辭以養親；於〈答員半千書〉，則勗以守道；於賦螢、詠蟬諸作，則見上疏之實，坐贓之誣；讀「寶劍思存楚，金鎚許報韓」之句，自命不在申包胥、張子房下，非其素所蓄積者然乎？或曰：敬業開三府於揚州，不掃地度淮，而覬負江之固，此盩厔尉料其無能為者也。臨海杖策從之，不可謂智。是又不然，兵法，常為不可勝，以待敵之可勝。祖逖自京口糾合驍健，擊楫渡江，威行河朔；劉季奴奮起京口，定晉室，克燕秦，敬業猶是也。異時琅琊王沖、越王貞舉兵於博、豫二州，何嘗不敗乎？然臨海未嘗不聯長安將相以為聲援也。「緋衣小兒」之謠，蓋出於傾陷之口，而為敬業書計，取裴炎同起事，當不誣。武氏曰「炎反有端」，豈即「青鵝」之字歟？炎與程務挺，以將相行廢立事，炎以請復辟誅，務挺以申理炎誅。按臨海〈與程將軍書〉有曰「送往事居」，知此書作於嗣聖元年，將軍即務挺。書又有「忝預賢良之薦」及「辭滿泛舟」諸語，則是去臨海後以薦舉至長安。即以是年由長安至廣陵，並非失職怨望也。夫敬業有弟敬猷、唐之奇、杜求仁、薛璋、魏思溫、李宗臣、李崇福謀於外，有臨海結裴炎、程務挺應於內，與朱虛、絳侯何以異？事之成不成，天也，未可以病敬業，何可以病臨海！且武氏兇狡，百倍呂雉，然卒不敢舍盧陵而立承嗣、三思者，大義持之也。當是時，武氏所信者，張易之兄弟耳，均房之居。李昭德、狄仁傑、蘇安恆輩爭之不能得。而天下人人思唐，易之、昌宗心孤，故吉頊之謀得入，乘間言於武氏，始託疾召盧陵。不然，武氏以羽林屬之諸武，張柬之、桓彥範等，何從舉兵乎？由是觀之，唐之復，非復於五王討亂之日，而復於中宗再入東宮之時；非復於中宗再入東宮之時，而復於柳州司馬傳檄天下之時。雖謂唐之中興，與於一檄可也。中宗追復李勣官爵，敬業不在原宥。至於臨海，獨下詔求其文傳之。後人因其文以見其志，臨海亦可以無憾矣。吾故曰：臨海志士也，非文士也。集編自郗雲卿，凡十卷，著錄於《唐志》。行世既久，訛舛滋多，因取各本校正，援據載籍，為之箋注。自知涓滴無補江河，西陵郡齋，公餘多暇，因取篋衍舊藁排次之。臨海一生蹤跡，略見於茲。不具論，論其大者於簡端。道光二十三年，歲在昭陽單閼，夏五月，義烏後學陳熙晉序。

續補《唐書》駱侍御傳

（清）陳熙晉

駱賓王，婺州義烏人。父為青州博昌令，有遺愛。賓王七歲能屬文，目為神童。隨父至博昌，與其邑之張學士、辟閭公遊。趨庭奉訓，負笈從師，學問得於齊、魯者為多。既而父卒於博昌，旅葬其地，父老多憐之者。尋奉母居兗州之瑕丘縣，性篤孝，每讀書見古人負米之情，捧檄之操，未嘗不廢書輟卷，流涕傷心。道王元慶，永徽中，歷滑州刺史，後歷徐、沁、衛三州刺史。賓王為府屬，使自敘所能。賓王狀曰：「某官某謹再拜言：伏奉恩旨，令通狀，自敘所能。某本江東布衣人也，幸屬大鑪貞觀，合壁光輝，易彼上農，叨茲下秩，于今三年矣。然而進不能談社稷之務，立事寰中；退不能掃丞相之門，買名天下。徒以黃離元吉，白賁幽貞，沐少海之波瀾，照重光之麗景。雖任能尚齒，載弘進善之規；而觀過知人，巽降自媒之旨。是用披誠瀝懇，以抒愚衷。若乃忘大易之謙光，矜小人之醜行，彈冠入仕，解褐登朝。飾懷祿之心，效當年之用，莫不徇名養利，勵朽磨鉛，自謂身負管、樂之資，志懷周、召之業，若斯人者，可勝道哉？而循譽察能，聽言觀行，舍真筌而擇士，沿虛談以取材，將恐有其語而無其人，得其賓而喪其實。故曰：『知人不易，人不易知。』抑又聞之：『知臣莫若君，知子莫若父。』誠能簡材試劇，考績求功，觀其所繇，察其所以；臨大節而不可奪，處至公而不可干；冀斯言之無虧，於從政乎何有？若乃脂韋其迹，乾沒其心，說己之長，言身之善，靦容冒進，貪祿要君。上以紊國家之大猷，下以瀆狷介之高節，此凶人以為恥，況吉士之為榮乎？所以令衒其能，斯不奉令。謹狀。」麟德初，高宗有事於泰山，應岳牧，舉對策。車駕至齊州，賓王〈為齊州父老請陪封禪表〉曰：「臣聞圓天列象，紫宮通北極之尊；大帝凝圖，玄猷暢東巡之禮。是知道隆光宅，既得河浮五老，啟赤文於帝期；海薦四神，奉丹書於王會。瑞開三脊，祥洽五雲。既而緝總章之舊文，捃辟雍輯玉於雲臺；業紹禋宗，必塗金於日觀。伏惟陛下乘乾握紀，纂三統之重光；御辨登樞，應千齡之累聖。故之故事。非烟翼軑，移玉輦於梁陰；若月乘輪，祕金繩於岱巘。臣等質均芻狗，陰謝桑榆。幸屬堯鏡多輝，照餘光於連石；軒圖廣耀，追盛禮於撥金。然而鄒魯舊邦，臨淄遺俗，俱穆二周之化，咸稱一變之風。境接青疇，俯瞰獲麟之野；山開翠屺，斜連辨馬之峰。豈可使稷下遺氓，頓隔陪封之禮；淹中故老，獨奏告成之儀。是用就日披丹，仰璧輪之三舍；望雲抒素，叫天閽於九重。儻允微誠，許陪大禮，則夢瓊餘息，翫仙闕以相歡；就木殘魂，遊岱宗而載躍。」詔兗州給復二年，齊州一年半。拜奉禮郎，為東臺詳正學士。咸亨元年，吐蕃入寇，罷安西四鎮，以薛仁貴為邏娑大總管。適賓王以事見謫，從軍西域，會仁貴兵敗大非川，賓王久戍未歸，作〈蕩子從軍賦〉以見意。未幾，自塞外還。至蜀，從軍姚州。姚州者，古哀牢之國。咸亨三年，姚州群蠻叛，蠻刺史蒙儉，實始其亂。郎將趙武貴失律。蜀兵大潰，使將軍李義為姚州道大總管，往征之。轉戰百餘里，歷三晝夜，誅首領諾沒弄、楊虔等於行陣。蒙儉及首領和舍遁，鳩集餘眾，陸梁旅拒。賊帥夸千，獨率馬軍轉鬬。擊敗之，乘利深入，擒和舍等，惟蒙儉仍脫身巢穴。前後露布，皆賓王所草也。遊蜀久之，歷武功主簿。上元三年二月，吐蕃寇鄯、廓、河、芳等四州，詔吏部侍郎裴行儉為姚州道左二軍總管，受元帥周王節度，聘賓王為記室。賓王上書曰：「四月一日，武功縣主簿駱賓王，謹再拜奉書吏部侍郎裴公執事。《易》曰：『書不盡言，言不盡意。』然則理存乎象，非書無以達其微；詞隱乎情，非言無以詮其旨。僕誠鄙人也，頗覽前事。每讀古書，見高堂九仞，曾參負北向之悲；積粟萬鍾，季路起南遊之歎，未嘗不廢書輟卷，流涕霑衣。何者？情蓄自衷，事符則感；形潛於內，迹應斯通。是用布腹心，瀝肝膽，庶大雅含弘之量，矜小人悃款之誠，惟君侯察焉。賓王一藝罕稱，十年不調。進寡金、張之援，退無毛、薛之遊，亦何嘗獻策干時，高談王霸，衒材揚己，歷抵公卿？不汲汲於榮名，不戚戚於卑位，蓋養親之故也。豈謀身之道哉！不圖君侯忽垂過聽，禮以弓招之恩，任以書記之事。儗人則多慚阮瑀，入幕則高謝郗超。昔聶政、荊軻，刺客之流也；田光、豫讓，烈士之分也。咸以勢利相傾，意氣相許，尚且捐軀燕、趙，甘死秦、韓。今君侯無求於下官，見接以國士，正當陪麾後殿，奉節前驅，賈餘勇以求榮，效輕生而答施。所以逡巡於成命，躊躇於從事者，徒以夙遭不造，幼丁閔凶。老母在堂，常嬰羸恙，藜藿無甘旨之膳，松檟闕遷厝之資，撫躬存亡，何心天地！故寢食夢想，噬指之戀徒深；歲時蒸嘗，崩心之痛罔極。若僕者，固名教中一罪人耳，何面目以奉三軍之事乎？況屬天倫之喪，奄踰七月；違膝下之養，忽已三年。而凶服之制行終，哀疚之情未洩，興言永慕，舉目增傷。夫怨於心者，哀聲可以應木石；感於情者，至性可以通神明。故徐元直指心以求辭，李令伯陳情以窮訴。上以棄興王之佐命，下以全奉親之篤誠，而蜀主不以為非，晉君待之逾厚。此二人者，豈貪貧賤，惡榮華，厭萬乘之交，甘匹夫之辱也？蓋有不得已者哉！人有乾沒為心，脂韋成性。舍慈親之色養，許明主以馳驅；內忘顧復之私，外存傅會之眷。薄骨肉，厚榮寵，苟背恩而自效，則君侯何以處之？而且義士期乎貞夫，忠臣出乎孝子，既不能推心以奉母，亦安能死節以事人？雖物議之無嫌，實吾斯之未信也。流沙一去，絕塞千里，子迷入塞之魂，母切倚閭之望。就令歡以卒歲，仰南薰之不貲；而使憂能傷人，迫西山而何幾！君侯情深錫類，道協天經，明恕待人，慈心應物。倘矜犬馬之微願，憫烏鳥之私情，寬其負恩，遂其終養，則窮魂有望，老母知歸。賓王死罪再拜。」是時周王不行，行儉亦未出塞。調明堂主簿。著

〈帝京篇〉上行儉，當時以為絕唱。俄持母服，隱棲澨濱。服闋，補長安主簿。儀鳳三年，以薦遷侍御史。時高宗不君，政由武氏，賓王數上章疏諷諫，為當時所忌。誣以贓，下獄久縶，尚未昭雪，作〈螢火賦〉以自廣。儀鳳四年，高宗幸東都。六月改元調露，遇赦得釋。歷敘平生坎壈，以攄懷抱，曰〈疇昔篇〉。調露二年，除臨海縣丞。緣之官，便還義烏葬母。始行，道經永興。主簿宋思禮，事繼母徐以孝聞。會亢旱。川源堙絕。思禮禱於天，忽有泉出庭下，味甘且寒，日以養母。賓王為〈靈泉頌〉，縣尉柳晃刻之石。至臨海，快快不得志，棄官去。高宗崩，宰相裴炎受顧命立中宗。天后武氏聽政，廢帝為廬陵王，立相王為皇帝。時諸武當權，人情憤怨。李勣孫敬業，少從勣征伐，有勇名。歷太僕少卿，襲英國公，為眉州刺史。嗣聖元年，左遷柳州司馬。弟敬猷，以盩厔令坐事免，同客揚州。左驍騎衛大將軍程務挺，檢校羽林軍。與炎、敬業相結。嗣聖元年，賓王以薦舉至長安。敬業令賓王畫計，取炎同起事。臨行，有〈與程將軍書〉曰：「昨見武郎將，備陳將軍之言，恩出非常，談過其實。恭聞嘉惠，深用慚惶。君侯懷管、樂之材，當衛、霍之任。豐功厚利，盛德在人；送往事居，元勳蓋俗。智足以興皇業，道足以濟蒼生，尚且屈公侯之尊，伸管庫之士。若下僕者，天地中一無用芻狗耳。粵自旌賁之辰，即逢聖明之曆。材不經務，不能成佐命之功；智不通時，不能包周身之慮。加以天資木強，不能屈節權門；地隔蓬心，不能買名時議。常願為仁繇己，喪我於吾；見機可以絕機，無用之為有用；隨時任其舒卷，與物同其波流者矣。其於木也，般垂無所措其鉤繩；其於駕也，良藥無所施其銜策。不悟聖朝發明揚之詔，君侯緝雍熙之道。曲垂提獎，廣借游揚，猥以樗櫟之姿，忝預賢良之薦。方今鴻都富學，麟閣多英，非游、夏不可以升堂，非夔、牙不可以擊節。儻使片言失德，事暴區中，匹夫竊議，語流天下。進乖得賢之舉，退貽薄德之譏，恐不肖之軀，為高明之累耳。必能一眄增價，九衛先登，燕昭為市駿之資，郭隗居禮賢之始。則當效駑鉛之用，飾固陋之心；陶鑄堯、舜之典謨，憲章文、武之道德。上以究三才之能事，下以通萬物之幽情，勿使將詞翰為行己外篇，文章是立身歧路耳，又何足道哉！言而不慚者，恃惠子之知我也。所恨禁門清切，造別無緣，官守牽纏，程期有限。某尚期辭滿，儻泛孤舟，萬里烟波，舉目有江山之恨；百齡心事，勞生無晷刻之歡。嗟夫！流水不窮，浮雲自遠，霑襟此別，把袂何時？恃以平生之私，忘其貴賤之禮，幸勿為過，謹不多談。」遂至揚州，敬業自稱匡復府上將，領揚州大都督。以括蒼令唐之奇為左長史，黟令杜求仁為右長史，參軍李宗臣為左司馬監察御史，薛璋為右司馬江都令，韋知止為英公府長史，賓王為藝文令，盩厔尉魏思溫為軍師。旬日，兵十餘萬。賓王為敬業作文檄傳天下。武氏讀檄，但嬉笑，至「一抔」「六尺」之句。矍然曰：「誰為之？」左右以賓王對。武氏曰：「此宰相之過也！人有如此才，而使之淪落不偶乎？」義師大集，四方振動，楚州司馬李崇福，率所部三縣應之。敬業使敬猷屯淮陰，韋超屯都梁山，自引兵渡江，拔潤州。回兵屯高郵下阿溪，敗左玉鈐衛大將軍李孝逸，殲總管蘇孝祥。敵營風逆不利，俄而風回，孝逸縱火逼敬業軍，敗之。敬業入海，欲奔東夷，至海陵界，阻風，敬業將王那相斬以降，餘黨多赴水死。賓王亡命，不知所之。十餘載，考功郎宋之問遊靈隱寺，月色空明，長廊行吟曰：「鷲嶺鬱岧嶢，龍宮隱寂寥。」思不屬。一老僧坐大禪床問故，續曰：「樓觀滄海日，門聽浙江潮。」之問愕然。遲明訪之，不復見。寺僧有知者曰：「此駱賓王也。」龍朔初載，文場變體，爭構纖微，競為雕刻，骨氣都盡，剛健不聞。賓王與龍門王勃、華陰楊炯、范陽盧照隣，務革其弊。以經典為根柢，積年綺碎，一朝清廓。海內稱為王楊盧駱，亦號為「四傑」。照隣謂人曰：「吾喜居王後，恥在駱前。」在武功與富嘉謨齊名，稱為富駱。在長安與畿尉李嶠、劉光業等夷。賓王既以舉義事不捷逃遁，無有裒其著作者。則天素重其文，遣使求之。中宗復辟，降勅搜訪賓王詩筆。兗州人郗雲卿，集當時之遺漏，為十卷。又《百道判》三卷。明萬曆中，郡人胡應麟上其事，祀於鄉。福藩監國，東陽張國維請於朝，謚「文忠」。本朝雍正中，建忠孝祠，與顏孝子烏、宗忠簡澤並祀云。

現代人不可不讀的智慧經典——古籍今注新譯叢書

集當代學者智識菁華
重現古人的文字魅力

【文學類】

新譯千家詩　邱燮友、劉正浩注
新譯花間集　朱恒夫注　耿湘沅校
新譯幽夢影　馮保善注　黃志民校
新譯菜根譚　吳家駒注　黃志民校
新譯搜神記　黃　鈞注　陳滿銘校
新譯古詩源　馮保善注
新譯薑齋文集　平慧善注　周鳳五校

新譯詩品讀本　成　林注　黃志民校
新譯詩經讀本　滕志賢注　葉國良校
新譯楚辭讀本　傅錫壬注
新譯漢賦讀本　簡宗梧注
新譯樂府詩選　溫洪隆注
新譯人間詞話　馬自毅注　高桂惠校
新譯文心雕龍　羅立乾注　李振興校

新譯世說新語　劉正浩等注

新譯古文觀止　謝冰瑩等注

新譯江文通文集　羅立乾注

新譯阮籍詩文集　林家驪注　簡宗梧等校

新譯明散文選　周明初注　黃志民校

新譯昭明文選　周啟成等注　劉正浩等校

新譯唐傳奇選　束　忱注　侯迺慧校

新譯曹子建集　曹海東注　蕭麗華校

新譯陶淵明集　溫洪隆注　齊益壽校

新譯陶庵夢憶　李廣柏注

新譯揚子雲集　葉幼明注　周鳳五校

新譯陸士衡集　王德華注

新譯嵇中散集　崔富章注　莊耀郎校

新譯賈長沙集　林家驪注　陳滿銘校

新譯橫渠文存　張金泉注

新譯李白全集　郁賢皓注

新譯顧亭林文集　劉九洲注　黃俊郎校

新譯元曲三百首　賴橋本、林玫儀注

新譯宋元傳奇選　姚　松注

新譯宋詞三百首　汪　中注

新譯唐人絕句選　卞孝萱等注　齊益壽校

新譯唐詩三百首　邱燮友注

新譯諸葛丞相集　盧烈紅注

新譯駱賓王文集　黃清泉注　陳全得校

新譯明傳奇小說選　陳美林等注

新譯昌黎先生文集　周啟成等注　陳滿銘等校

新譯范文正公選集　王興華等注　葉國良校

新譯王安石文集　沈松勤注　王基倫校

新譯杜牧詩文集　張松輝注　陳全得校

新譯李商隱詩集　朱恒夫注

新譯古文辭類纂　黃　鈞等注

新譯蘇軾文選　滕志賢注

新譯李清照集　姜漢椿注

新譯閱微草堂筆記　嚴文儒注

【歷史類】

新譯公羊傳　雪　克注　周鳳五校

新譯列女傳　黃清泉注　陳滿銘校

新譯越絕書　劉建國注　黃俊郎校

新譯燕丹子　曹海東注　李振興校

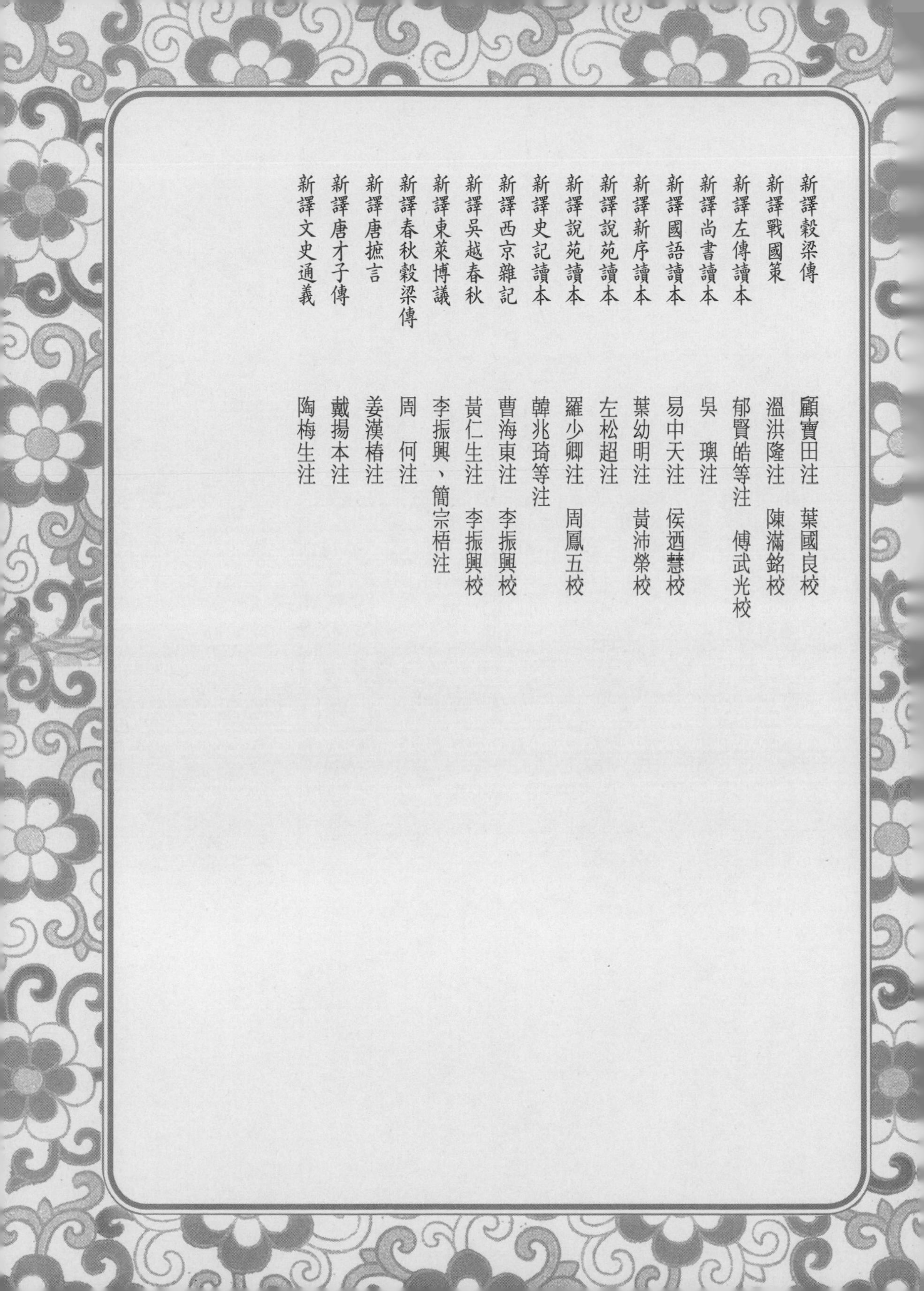

新譯穀梁傳	顧寶田注	葉國良校
新譯戰國策	溫洪隆注	陳滿銘校
新譯左傳讀本	郁賢皓等注	傅武光校
新譯尚書讀本	吳　璵注	
新譯國語讀本	易中天注	侯迺慧校
新譯新序讀本	葉幼明注	黃沛榮校
新譯說苑讀本	左松超注	
新譯說苑讀本	羅少卿注	周鳳五校
新譯史記讀本	韓兆琦等注	
新譯西京雜記	曹海東注	李振興校
新譯吳越春秋	黃仁生注	李振興校
新譯東萊博議	李振興、簡宗梧注	
新譯春秋穀梁傳	周　何注	
新譯唐摭言	姜漢椿注	
新譯唐才子傳	戴揚本注	
新譯文史通義	陶梅生注	

開卷解惑——汲取大師智慧，優游國學瀚海

國學常識

邱燮友　張文彬　張學波　馬森　田博元　李建崑　編著

搜羅研讀國學者不可或缺的基礎常識，
以新觀念、新方法加以介紹。
書末並附有「國學基本書目」及「國學常識題庫」，
助您深化學習，融會貫通。

國學常識精要

邱燮友　張學波　田博元　李建崑　編著

擷取《國學常識》之精華而成，易於記誦，
便於攜帶。

國學導讀（一）～（五）

邱燮友　田博元　周何　編著

將國學分為五大門類，分別由當前國內外著名學者，
匯集其數十年教學研究心得編著而成。
是愛好中國思想、文學者治學的寶典，
自修的津梁。

走進至情至性的詩經天地

詩經評註讀本（上）（下）

裴普賢 著

薈萃兩千年來名家卓見，賦予詩經文學的新見解，
詳盡而豐富的析評，篇篇精采，
讓您愛不釋卷。

詩經欣賞與研究（改編版）

（一）～（四）

糜文開 裴普賢 著

白話翻譯，難字注音；
以分篇欣賞的方式，重現古代社會生活，
以深入淺出的筆調，還原詩經民歌風貌。